Michael Meinert

Die Verstoßene

Hochwald-Saga V

Medien mit Nährwert.
BOAS media

Die Bibelzitate sind der Elberfelder Übersetzung
(Edition CSV Hückeswagen) entnommen.

Titelfoto: © Lee Avison / Trevillion Images
Foto Coverrückseite: © Tim Fuhrländer

Lektorat: Friedhelm von der Mark
Umschlaggestaltung und Satz: DTP-MEDIEN GmbH, Haiger
Druck und Bindung: ARKA, Cieszyn, Polen

Paperback:
ISBN 978-3-942258-09-8
Bestell-Nr. 176.809

eBook (ePub):
ISBN 978-3-942258-59-3
Bestell-Nr. 176.859

www.boas-media.de

Für eine, die Ähnliches erlebt hat wie die Hauptfigur dieser Geschichte. Ohne deine Offenheit und dein Vertrauen wäre dieses Buch nie entstanden. Danke!

Vorwort

1914 in Wölfelsgrund, Vauquois, Varennes-en-Argonne, Neuvilly. Sie wundern sich, warum ich Sie ausgerechnet in Dörfer schleppen will, von denen Sie vielleicht noch nie etwas gehört haben? Und ich kann Ihnen verraten: Es sind wirklich Dörfer, sie alle haben gerade einmal zwischen 100 und 1 000 Einwohner. Sollte ich mit Ihnen im Jahr 1914 nicht lieber nach Berlin, London, Paris und Sankt Petersburg reisen? – Wenn Sie sich mit großer Politik und Diplomatie beschäftigen wollen, haben Sie zweifellos recht. – Wollen Sie aber nicht? Sondern lieber das Schicksalsjahr Europas hautnah erleben? Wie die Leute damals in den kleinen Städten und Dörfern? Dann sind Sie in diesen Orten genau richtig.

Warum ich ausgerechnet diese Orte ausgewählt habe? Wölfelsgrund, dieses 700-Seelen-Dorf am Fuß der Sudeten, etwa 100 Kilometer südlich von Breslau in Schlesien, ist gleichsam der Heimathafen der Hochwald-Saga. Und die französischen Dörfer? – Autoren erzählen zwar viel, aber sie können auch schweigen.

Da Sie nun einmal das Jahr 1914 erleben wollen, gebe ich Ihnen gern etwas Orientierung an die Hand. So finden Sie im Anschluss an das Vorwort eine Karte des Deutschen Reichs in den Grenzen von 1871 bis 1918, in die auch der ungefähre Verlauf der Westfront (Stand Ende 1914) eingezeichnet ist. Damit Sie mir nicht in Ostfrankreich verloren gehen, versorge ich Sie zudem mit einer Kartenskizze des Grabensystems rund um Vauquois. Und zur Zeit des überbordenden Militarismus dürfen ein paar Soldaten als Geleitschutz natürlich auch nicht fehlen. Damit Sie die Herrschaften richtig ansprechen, liefere ich Ihnen eine Liste der Dienstgrade gleich mit.

Da wir gerade bei der Truppe sind: Für dieses Buch hatte ich eine Menge guter Kameraden, ohne die ich es nie hätte schreiben können. Da ist zunächst der Spieß oder Kompaniefeldwebel. Wie die sogenannte *Mutter der Kompanie* für geschmeidige Abläufe sorgt, schafft mir meine Frau immer die nötigen Freiräume für Recherche, endloses Hacken auf der Laptop-Tastatur und stundenlange Konferenzen mit dem Herrn Lektor.

Womit wir schon beim nächsten Kameraden sind: dem beinharten Unteroffizier, der jeden Fehler, jede Schwäche aufdeckt und ausmerzt. Das geht – ganz unmilitärisch – nicht ohne Diskussionen ab, aber immer in guter Kameradschaft.

Ganz neu in der Truppe: zwei Gefreite in der Schreibstube. Elisabeth und Johannes haben mein schier unleserliches Manuskript (*Manuskript* im buchstäblichen Sinne) mühevoll abgetippt und gleich kommentiert. Ein starkes Rückgrat der Armee!

Unverzichtbar: der Geheimdienst. Ich kann gar nicht alle aufzählen, die mir Informationen beschafft haben. Besonders im medizinischen Bereich war viel Spionagearbeit notwendig, aber auch Fragen zu allen möglichen anderen Kleinigkeiten habt ihr mir geduldig beantwortet.

Was wäre eine Armee ohne Sanitätsdienst? Meine Testleserinnen haben für die medizinische Erstversorgung des Manuskripts gesorgt, haben Verbände angelegt, manchmal nur ein Pflaster aufgeklebt oder durch nette Nachfragen den Autor neu motiviert. Ein Hoch auf meine Frontschwestern Franziska, Liliane, zweimal Elisabeth, Catharina und Sarah.

Kurz vor Schluss kommen noch die Pioniere, die sich mit technischem Sachverstand des Buches angenommen haben, als es fast fertig war: die Korrekturleserinnen, die jeden Buchstaben, jedes Satzzeichen auf Rechtschreibung und Grammatik geprüft haben.

Und über allem steht der große Generalfeldmarschall: mein Gott, Herr und Heiland Jesus Christus, von dem alles kommt und für den alles ist. Meine Bitte an Ihn ist, dass er dieses Buch samt seiner Botschaft mit Seinem Segen begleitet.

Wem dient nun diese ganze Heerschar? Natürlich Ihnen, meine Leser. Damit Sie jetzt endlich aufbrechen können, zuerst nach Breslau und dann in die Dörfer und Dörfchen. Na los, blättern Sie schon um!

Mülheim an der Ruhr, im August 2019 — Michael Meinert

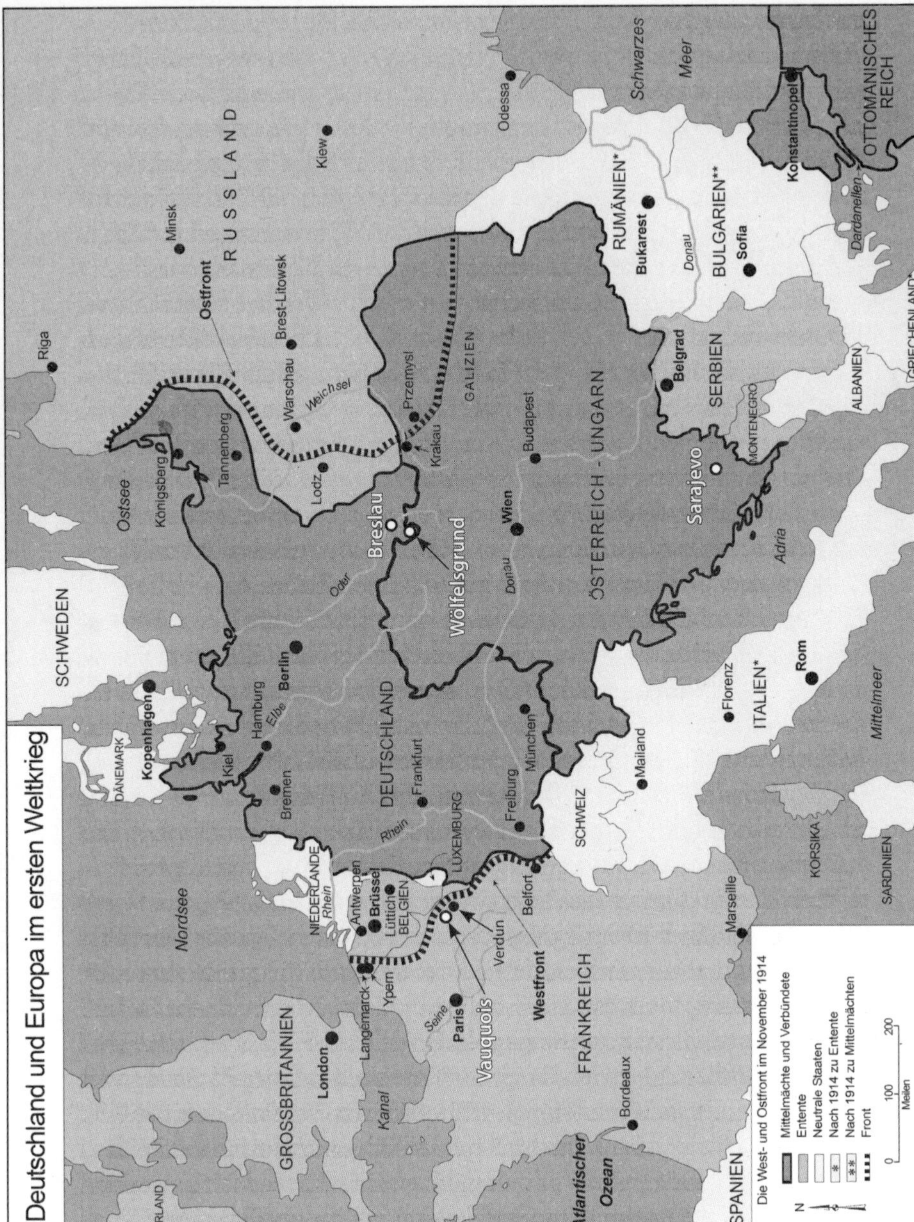

Kartografie: Mapping Solutions, Alaska.

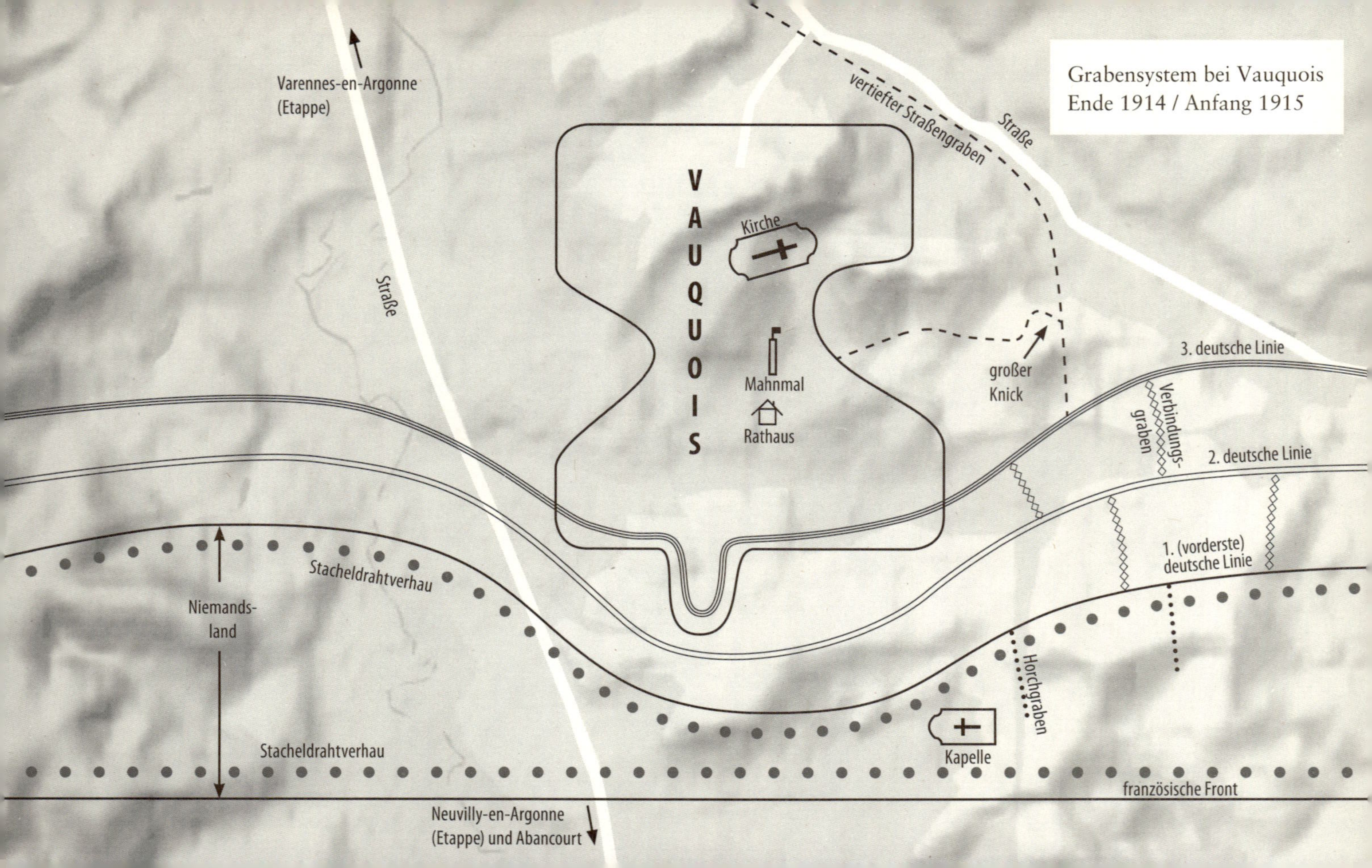
Grabensystem bei Vauquois
Ende 1914 / Anfang 1915
Varennes-en-Argonne
(Etappe)
Straße
vertiefter Straßengraben
Straße
VAUQUOIS
Kirche
Mahnmal
Rathaus
großer
Knick
3. deutsche Linie
Verbindungs-
graben
2. deutsche Linie
1. (vorderste)
deutsche Linie
Stacheldrahtverhau
Niemands-
land
Horchgraben
Kapelle
Stacheldrahtverhau
französische Front
Neuvilly-en-Argonne
(Etappe) und Abancourt

Infanterie der kaiserlichen Armee	Bemerkung
Mannschaftsdienstgrade	
Grenadier, Füsilier, Schütze etc.	
Gefreiter	
Unteroffiziersdienstgrade	
Unteroffizier	meist Führer einer Korporalschaft (ca. 30 Mann)
Sergeant	
Vizefeldwebel	
Feldwebel	
Offiziersstellvertreter	
Fähnrich	Offiziersanwärter im Rang eines Feldwebels
Offiziersdienstgrade	
Feldwebelleutnant	
Leutnant	meist Zugführer (bis zu 60 Mann starke Einheit)
Oberleutnant	meist Stellvertreter des Kompaniechefs
Hauptmann	meist Chef einer Kompanie, einer bis zu 250 Mann starken Einheit
Major	meist Kommandeur eines Bataillons, einer etwa 1 000 Mann starken Einheit
Oberstleutnant	meist Stellvertreter des Regimentskommandeurs
Oberst	Kommandeur eines Regiments, einer ca. 3 000 Mann starken Einheit
Generäle	
Generalmajor	
Generalleutnant	meist Kommandeur einer Division, einer ca. 10 000 – 30 000 Mann starken Einheit
Generaloberst	Oberbefehlshaber einer Armee
Generalfeldmarschall	

Kapitel 1

Breslau, 13. Juli 1914 (Montag)

Baronesse Lydia von Gedigk presste die Umschläge mit den Bewerbungen fest an sich. Seit sie *ihn* vor ein paar Tagen zum ersten Mal nach langer Zeit wieder in Breslau gesehen und er versucht hatte, sie anzusprechen, stand ihr Entschluss fest: Sie musste fort aus Breslau, wohin er zurückgekehrt war und wo sie ihm jederzeit begegnen konnte. Und sie musste fort aus der Enge des Pensionats, wo Fräulein von Steinbach als Vorsteherin die Knute schwang. Hin nach Berlin, wo niemand nach dem Fehler ihrer Vergangenheit fragen würde. Und wo sie als Gouvernante in einer der ersten Familien endlich Anerkennung finden könnte.

Sie drückte den Hut fester auf den Kopf und sah zum wolkenverhangenen Himmel hinauf. Hoffentlich fing es nicht wieder an zu regnen. Es würde sich bestimmt nicht gut machen, wenn ihre Bewerbungen regendurchweicht in Berlin einträfen. Ehrfürchtig strich sie mit dem Finger über den Umschlag, der an die kaiserliche Familie gerichtet war. Der Kronprinz hatte bereits vier Söhne im Alter von drei bis acht Jahren, vielleicht würde es ihr mit ihren hervorragenden Zeugnissen sogar gelingen, Erzieherin eines künftigen deutschen Kaisers zu werden.

Träumerin!, schalt sie sich selbst. *Seit damals solltest du keine Träume mehr haben.*

An der Kreuzung mit der Schweidnitzer Straße blieb sie stehen und sah den Stadtgraben entlang. Seit einigen Jahren bevölkerten immer mehr Automobile die Straßen, und der Geruch von Pferdemist wurde mehr und mehr vom Gestank nach Abgasen und Öl, das Klappern der Hufe durch das Knattern und Hupen der selbstfahrenden Karossen abgelöst. Sie sollte sich daran gewöhnen, in Berlin würde es bestimmt noch schlimmer sein.

Als sich eine Dame mit riesigem Hund näherte, der knurrend und sabbernd auf sie zu zerrte, setzte sie rasch einen Fuß auf die Straße, um den Stadtgraben zwischen sich und die Bestie zu bringen. Im selben Augenblick öffnete der Himmel wieder seine Schleusen. Hätte sie doch bloß ihren Schirm mitgenommen!

Rasch schob sie die Bewerbungen unter den Mantel, übersprang eine Pfütze am Straßenrand, die von den Regenschauern der letzten Stunden übrig geblieben war, und hastete über die Straße. Nur schnell das Postamt erreichen, ehe der Regen durch ihren Mantel drang und die Briefe durchnässte. Sonst müsste sie sie wieder neu schreiben, und zwar heimlich, damit Fräulein von Steinbach nichts von ihren Plänen erfuhr. Die verbohrte Pensionatsleiterin würde gewiss nicht davor zurückschrecken, ihr an ihrer neuen Stelle zu schaden, besonders wenn es sich um eine herausragende Stellung handeln sollte.

Sie zog ihren Hut tiefer in die Stirn – plötzlich erklang grelles Hupen, jemand schrie: „Fräulein! Passen Sie doch auf!“ Sie ließ den Hut los – der Wind riss ihn mit sich fort –, und fuhr in die Richtung herum, aus der das Hupen ertönte.

Ein Automobil schoss direkt auf sie zu, der Fahrer zerrte am Lenkrad – Lydia sprang zur Seite und landete mit dem Fuß auf der Bordsteinkante; irgendwo schepperte und klirrte etwas, sie verlor das Gleichgewicht, schlug mit dem Knie auf den Rinnstein und fiel in die Gosse.

Als sie versuchte, sich aufzurichten, schoss ein stechender Schmerz durch ihren rechten Knöchel und sie sank auf den Bordstein.

„Fräulein? Sind Sie verletzt?“

Sie sah auf und wischte sich das Wasser aus den Augen. Ein fein gekleideter Herr mit sorgfältig gestutztem Henriquatre[1] beugte sich über sie.

„Meine Briefe …“ Sie fingerte unter ihren Mantel, dann wanderte ihr Blick in die Gosse. Dort lagen sie, zerquetscht, durchweicht, beschmutzt. „Warum müssen Sie bei diesem Wetter so rasen?“

„Warum springen Sie so unachtsam auf die Straße?“ Er ging neben ihr in die Hocke. Bäche von Regenwasser gingen über sein Gesicht nieder, sein akkurater Seitenscheitel löste sich mehr und mehr auf. „Ihre Briefe können Sie neu schreiben, aber meine schöne neue Beckmann Sport-Limousine, die ich soeben erst in der Fabrik abholte …“

1 Rund-um-den-Mund-Bart

Lydia sah zu dem Automobil hinüber, das an einer Laterne zum Stehen gekommen war. Scherben lagen auf der Straße, an der Front war allerlei zerbeult und weiße Dampfschwaden stiegen auf. Ein Mann in Chauffeursuniform machte sich an der Motorhaube zu schaffen. „Was ist eine Beule in Ihrem Wagen verglichen mit meinen Briefen, an denen meine Zukunft hängt?" Ganz abgesehen davon, dass der Steinbach auffallen würde, dass sie das Pensionat verlassen hatte, wenn sie so lange ausblieb und auch noch derangiert und humpelnd zurückkehren würde. Zumal sie schon in zwanzig Minuten einen Termin bei der Vorsteherin hatte.

Er stand auf und sah zu seinem Wagen hinüber. „Verstehe einer, warum Sie solch ein Aufheben um Ihre Briefe machen. Es ist doch eine Kleinigkeit, sie neu zu schreiben."

Währenddessen betastete Lydia ihren Knöchel. Er war angeschwollen und schmerzte stechend, aber sonst schien sie bis auf ein paar Schürfwunden und ein aufgeschlagenes Knie nichts abbekommen zu haben.

„Danken Sie Gott lieber, dass nichts Schlimmeres passiert ist." Er streckte ihr die Hand entgegen. „Sie können doch gehen? Oder soll ich einen Arzt rufen?"

„Ich danke. Es wird schon gehen." Sie ergriff seine Hand und richtete sich auf. Was für eine imposante Gestalt! Sie war ja selbst schon größer als die meisten Frauen, aber dieser Herr überragte sogar sie um Haupteslänge.

„Sind Sie sicher, Fräulein?" Er winkte seinem Chauffeur. „Bitte einen Schirm für die Dame."

Vorsichtig belastete sie ihren Fuß. Der Schmerz wurde stechender, aber sie würde den Weg zurück zum Pensionat schon schaffen. „Es geht mir gut."

Der Bedienstete hastete mit einem Schirm herbei und hielt ihn über sie.

„Lassen Sie mich Ihnen wenigstens eine Droschke besorgen." Er nahm dem Chauffeur den Schirm ab.

„Danke, ich werde laufen." Dann hatte sie vielleicht die Möglichkeit, unbemerkt ins Pensionat zu huschen. Wenn sie dagegen in einer Droschke vorfuhr, würde das erst recht die Aufmerksamkeit auf sie lenken.

Er zuckte mit den Schultern. „Wie Sie wünschen. Aber bitte nehmen Sie wenigstens meine Karte und melden Sie sich, wenn Sie sich doch stärker verletzt haben."

Sie starrte auf das feine Papier. Zuerst sprang ihr die Grafenkrone ins Auge. Dann las sie den Namen. Graf Claus Ferdinand Grüning von Wedell. Der Bruder ihrer ehemaligen Pensionatsfreundin Franzi von Wedell. Ausgerechnet einer der reichsten und angesehensten Großgrundbesitzer Schlesiens.

Sie sah an sich hinunter. Ihr Kleid war zerrissen und verdreckt, ein Schuh zerschrammt und sie war völlig durchnässt. So konnte sie unmöglich noch länger in der Gegenwart dieses vornehmen Herrn bleiben.

Er strich sich eine feuchte Haarsträhne aus der Stirn. „Wenn auch Sie mir Ihren Namen nennen wollten ..."

Besser nicht. Der Name Gedigk hatte keinen guten Klang mehr. Ihretwegen. Sie knickste, obwohl das zu ihrem derangierten Zustand so gar nicht passte und der stechende Schmerz im Fußgelenk dabei beinahe unerträglich wurde. „Mein Name tut nichts zur Sache." Rasch fischte sie ihre Bewerbungen aus der Pfütze und eilte, so schnell ihr Fuß es zuließ, davon.

„Aber Fräulein, so nehmen Sie doch wenigstens den Schirm!"

Einen Blick über die Schulter werfend, sah sie noch, wie er eine Droschke heranwinkte. Rasch bog sie in eine Nebengasse ein. Zu dem Termin mit der Steinbach kam sie jetzt unvermeidlich zu spät.

Kapitel 2

„Sie sind spät dran, Herr Graf."

Die Stimme der Pensionatsvorsteherin schrillte in Wedells Ohren und er verstand sofort, warum seine Schwester Franziska ihn vor dieser *Beißzange mit der Fanfarenstimme* gewarnt hatte. Dies schien tatsächlich ein höchst streng geführtes Pensionat zu sein, und er hatte Mühe, sich vorzustellen, dass er hier eine solche Perle von Lehrerin finden könnte, wie Franzi ihre ehemalige Mitpensionärin beschrieben hatte.

Wedell verbeugte sich nur widerwillig vor dem verknöcherten Fräulein, das hinter einem massiven Mahagonischreibtisch thronte. „Bitte verzeihen Sie. Es gab auf dem Weg hierher einen kleinen Zwischenfall."

„Ich liebe so etwas nicht." Fräulein von Steinbach funkelte ihn durch ihr Lorgnon an. „Bitte nehmen Sie Platz. Sie sind also der Bruder meiner ehemaligen Schülerin Franziska Elisabeth von Wedell, die ich vor neun Jahren wegen ungebührlichen Verhaltens der Anstalt verweisen musste."

Knirschend presste Wedell die Zähne aufeinander. Jetzt bloß kein unbedachtes Wort, sonst stünde seine Nichte weiterhin ohne Erzieherin da. „Ich bin nicht hergekommen, um über meine Schwester zu sprechen. Meine Zeit ist dafür zu kurz bemessen, da ich den letzten Zug nach Habelschwerdt unbedingt erreichen muss. Mein Automobil ist leider nicht mehr fahrtauglich."

„So ergeht es einem mit dem neumodischen Kram." Die Steinbach zog einen Brief hervor. „Sie schrieben mir, dass Sie eine Gouvernante für Ihre Nichte, die Tochter Ihrer Schwester Franziska Elisabeth von Schenck, suchen."

„Ganz recht. Ich musste die letzte Erzieherin unter anderem wegen Lieblosigkeit meiner Nichte gegenüber entlassen. Meine Schwester hat mir eine Ihrer Lehrerinnen, ein gewisses Fräulein von Gedigk, wärmstens ..."

„Kinder vom Schlage Ihrer Schwester sind nur mit Strenge – um nicht zu sagen: mit Härte – zu rechten Menschen zu erziehen", schrillte die Steinbach dazwischen.

„Gnädiges Fräulein, ich bitte Sie ..." Wedell ballte die Faust in seinem Schoß, dann fuhr er ruhiger fort: „Bitte unterlassen Sie es, meine Schwester zu diskreditieren. Es geht hier um meine Nichte."

Die Steinbach funkelte ihn aus ihren meergrauen Augen an, dann warf sie wieder einen Blick auf den Brief. „Sie erwähnten, dass Ihre Schwester und ihr Mann als Missionare am Tanganjikasee in Deutsch-Ostafrika tätig sind. Wie ich Franziska kenne, hätte ich erwartet, dass sie ihr Kind lieber selbst unterrichtet – und sei es mehr schlecht als recht –, als es allein nach Deutschland zurückzuschicken."

Wedell verdrehte die Augen. Musste er seine Schwester jetzt auch noch vor der Steinbach rechtfertigen? „Das war allerdings eine Überlegung, jedoch wünscht Franziska eine bessere Bildung für ihre Tochter, als sie selbst zu vermitteln vermag. Und eine Lehrerin in den Urwald zu holen – Sie können sich vorstellen, dass es noch schwieriger wäre, eine dafür geeignete Person zu finden."

„Tja, hätte Ihre Schwester damals mehr Bildungseifer an den Tag gelegt ..."

Er atmete tief durch, um eine harsche Antwort zu unterdrücken. „Ich gebe Ihnen recht, gnädiges Fräulein. Aber denken Sie auch an einen möglichen Krieg. Sollte sich der gegenwärtige Konflikt zwischen Österreich-Ungarn und Serbien ausweiten, werden unsere Kolonien unweigerlich dort hineingezogen. Deshalb ist es besser, meine Nichte ist in Wölfelsgrund in Sicherheit."

„Hat Ihre Schwester noch weitere Kinder?" Fräulein von Steinbach drehte ihr Lorgnon zwischen den mageren Fingern.

„Einen Sohn, er ist aber noch zu klein, als dass er allein in Deutschland bleiben könnte. Falls sich jedoch die Kriegsgefahr verschärfen sollte, wird meine Schwester mit ihm nach Wölfelsgrund zurückkehren."

Die Steinbach hielt ihr Lorgnon vor die Augen und sah erneut auf den Brief. „Viola Neema von Schenck heißt das Kind – was ist das überhaupt ..." Sie räusperte sich. „Nun ja, ein befremdlicher Name."

Wedell schnippte eine Fluse von seinem Rock. „Vermutlich meinen Sie den Zweitnamen meiner Nichte. Neema ist ein Suaheli-Wort und bedeutet *Gnade*."

„Der erste Name ist nicht viel schicklicher. Dass Ihre Schwester ihre Tochter nach dem Instrumente benannte, das sie so abgöttisch liebt ..."

„Gnädiges Fräulein" – Wedell warf einen Blick zu der massigen Standuhr hinüber –, „ich vermute, dass Sie meinem Wunsch gemäß Fräulein von Gedigk zu diesem Gespräch geladen haben. Ich ersuche Sie nun dringend, das Fräulein rufen zu lassen."

„Eigentlich müsste Fräulein von Gedigk längst hier sein. Ich bestellte sie zur gleichen Zeit wie Sie." Die Steinbach legte ihr Lorgnon auf den Tisch. „Aber es ist mir ganz recht, vorher einige Augenblicke mit Ihnen allein reden zu können."

„Aber ich muss unbedingt den Zug ..."

„Das erwähnten Sie bereits", trompetete die Steinbach. „Ich für mein Teil habe manchmal Schwierigkeiten, mich mit Fräulein von Gedigks Lehrmethoden eins zu machen. Ich stehe auf dem Standpunkte, dass jungen Gemütern Disziplin, Respekt und Gehorsam beizubringen ist. Fräulein von Gedigk hingegen ist mehr Freundin als Lehrerin ihrer Schülerinnen."

„Sie wollen damit andeuten, dass Fräulein von Gedigk nicht Ihrem Idealtyp einer Lehrerin entspricht?" Und in Gedanken fügte er hinzu: *Das spricht unbedingt für das Fräulein.*

„Meine Anschauungen habe ich dargelegt. Disziplin, Respekt und Gehorsam sind die Tugenden, die Deutschland groß gemacht haben. Wehe unserem Vaterlande, wenn diese Säulen untergraben werden. Ich beobachte mit Sorge, dass liberale Erziehungsmethoden mehr und mehr Anhänger finden."

„Ich nehme an, dass Fräulein von Gedigk ihre Schülerinnen trotzdem zu führen weiß? Schließlich kann man auch durch Güte leiten."

Die Steinbach schoss einen scharfen Blick auf ihn ab und um ihre Mundwinkel zuckte ein verstohlenes Grinsen, das aber sofort wieder der missbilligenden Miene Platz machte. „Ich gebe zu, dass Fräulein von Gedigks Schülerinnen in ihrem Unterrichte höchst aufmerksam sind, gute Leistungen erbringen und auch sonst durchweg ihren Anweisungen folgen."

Wedell legte den Kopf schief und sah die Steinbach an. Was ging hier vor? Obwohl die Leiterin die Methoden ihrer Lehrerin unverkennbar missbilligte, war dies nun wiederum ein deutliches Lob –

schließlich wusste die Steinbach aus seinem Brief, dass *er* von der Lehrerin seiner Nichte neben der nötigen Strenge vor allem Güte, Verständnis und Einfühlungsvermögen verlangte. Wollte die Vorsteherin diese missliebige Lehrerin loswerden und er bot ihr die willkommene Gelegenheit dazu? Aber wenn das so war: War Fräulein von Gedigk dann wirklich eine so hervorragende Lehrerin? Denn bei aller Meinungsverschiedenheit über Erziehungsmethoden – deshalb versuchte man doch nicht, eine exzellente Lehrerin loszuwerden.

„Ich möchte mir von dem Fräulein gern selbst ein Bild machen. Wenn Sie sie nun bitte rufen lassen."

„Es ist mir unverständlich, wo sie bleibt. Aber Ihnen scheint Unpünktlichkeit ja nicht so viel auszumachen." Die Steinbach erhob sich. „Ich werde selbst nachsehen."

Heute machte ihm Unpünktlichkeit sehr wohl etwas aus. Wenn er den Zug nicht mehr erreichte, würde das seinen gesamten Zeitplan durcheinanderwerfen, denn er musste schon in einer Woche zum Manöver einrücken und konnte sich keinen längeren Aufenthalt in Breslau erlauben. Wenn ihm nur dieses unachtsame Mädchen nicht vor den Wagen gelaufen wäre!

Kapitel 3

Keuchend erreichte Lydia das Pensionat. Das würde ein Donnerwetter von der Steinbach geben, weil sie viel zu spät kam. Aber noch schlimmer war: Die Vorsteherin hatte dadurch zweifellos mitbekommen, dass sie das Pensionat verlassen hatte, und würde nun wissen wollen, wo sie gewesen war. Und wenn sie erfuhr, dass sie sich auf Stellen in allerhöchsten Kreisen beworben hatte, würde sie ihr alle nur erdenklichen Felsbrocken, wenn nicht sogar gleich die gesamten Sudeten in den Weg legen.

„Ach, das gnädige Fräulein geruhen doch noch zurückzukehren." Fräulein von Steinbachs Fanfarenstimme schrillte in der hohen Eingangshalle. „Aber wie sehen Sie aus? Haben Sie mit dem Bahnhofspöbel gerauft?"

Lydia verbarg die durchweichten Bewerbungen unter ihrem Mantel und löste den nassen Haarknoten. „Ich hatte einen kleinen Unfall. Es ist aber nicht der Rede wert."

„Und darüber versäumen Sie den Termin mit mir! Ich hatte Sie für vier Uhr am Nachmittage in mein Büro bestellt! Wo sind Sie überhaupt gewesen?"

„Ich wollte nur zum Postamt." Sie strich sich eine nasse Haarsträhne hinters Ohr. „Ich werde mich trocknen und umkleiden, dann komme ich sofort zu Ihnen."

„Ausgeschlossen." Die Steinbach packte sie am Arm. „Sie kommen sofort mit. Der Herr Graf ist in Eile."

„Der Herr Graf?" Wie vielen Grafen sollte sie heute denn noch begegnen? „Ich dachte, Sie wollten mit mir ..."

„Der Herr Graf sucht eine Gouvernante für seine Nichte. Sicherlich wird er Ihnen ein Salär bieten, das Sie gar nicht verdienen. Ich sage Ihnen: eine ausgezeichnete Stellung. Noch dazu gar nicht weit entfernt von hier."

Lydia löste ihren Arm aus dem Griff der Steinbach. „Ich weiß doch genau, dass Sie mich lieber gestern als heute entlassen würden."

„Es ist schlimm genug, dass die Schirmherrin des Pensionates Sie trotz Ihrer verwerflichen Vergangenheit so protegiert. Aber diese Stelle sollten Sie unbedingt annehmen. Der Herr Graf ist ein feiner Charakter, und es ist doch sicher in Ihrem Sinne, eine Stellung in einem vornehmen Hause anzunehmen."

Hier stimmte etwas nicht. Natürlich wollte die Steinbach sie so schnell wie möglich loswerden. Sie konnte ihr einfach nicht verzeihen, was damals passiert war. Aber dass sie ihr dazu eine exzellente Stelle anbot, passte einfach nicht. Die Steinbach hatte sie immer nur schikaniert, warum sollte sie ihr jetzt eine ausgezeichnete Stelle gönnen, ja, geradezu aufnötigen? Die Sache musste einen Haken haben!

„Kommen Sie schon!" Wie die Krallen eines Geiers umfasste die Hand der Leiterin erneut ihren Arm. „Der Herr Graf ist in höchster Eile."

„Aber ich kann doch nicht in diesem Aufzug ..." Lydia wies an sich hinunter. Vielleicht war die Stelle ja auch objektiv betrachtet exzellent, dann sollte sie besser einen guten Eindruck hinterlassen. Auch wenn ihr Ziel eigentlich in Berlin und dort vielleicht sogar in der kaiserlichen Familie lag.

„Wenn Sie sich zuerst umkleiden, wird der Herr Graf abgereist sein und die Stelle anderweitig vergeben. Also kommen Sie schon." Die Steinbach zog sie durch die Eingangshalle zur Treppe.

Was hatte Gott mit ihr vor? Warum wurden binnen einer Stunde erst ihre Bewerbungen zerstört und ihr dann eine andere Stelle angeboten? War das Zufall? Oder Führung? Aber warum sollte sie dann in ihrem derangierten Zustand zu diesem Grafen? Er würde sich doch umgehend mit einem spöttischen Lächeln empfehlen und eine andere Lehrerin für seine Nichte suchen.

Ehe sie weiter darüber nachdenken konnte, standen sie vor der Tür zu Fräulein von Steinbachs Büro. Mit fliegenden Fingern band Lydia sich die Haare wieder zusammen.

* * *

Als die Steinbach die Bürotür öffnete, blieb Lydia wie angewurzelt stehen. Der Mann, der sich gerade erhob, war niemand anderes als – ihr Unfallgegner! Im Gegensatz zu ihr hatte er es sogar geschafft, sich ein trockenes Jackett anzuziehen.

Auch er schien nicht weniger überrascht zu sein. „*Sie* sind Baronesse von Gedigk?"

„Und *Sie* suchen eine Erzieherin?"

„Sie kennen sich bereits?", trompetete die Steinbach.

Wedell verbeugte sich. „Wir hatten bereits das Vergnügen ..."

Lydia räusperte sich und warf ihm einen warnenden Blick zu. Die Steinbach musste nicht erfahren, unter welch sonderbaren Umständen sie sich soeben begegnet waren, sonst würde das nur unnötige Nachfragen provozieren.

Der Graf sah sie an, dann zuckte es um seine Mundwinkel. „Wir trafen uns zufällig." Er sah auf seine Taschenuhr. „Bitte lassen Sie uns rasch beginnen. Mein Zug geht schon in vierzig Minuten."

„Also nehmen wir Platz." Die Steinbach nahm ihren Thron hinter dem Schreibtisch ein; Lydia und Wedell setzten sich auf die Stühle auf der anderen Seite.

„Also, meine Liebe" – die Steinbach schien ihrer Stimme eine Spur von Wärme geben zu wollen –, „hier ist der Herr, der Ihnen eine hervorragende Stellung bietet."

Wedell sah Lydia an und zeigte ein hintergründiges Lächeln. „Zuerst möchte ich Sie ein wenig – und anders – kennenlernen, Baronesse, ehe ich Ihnen eine Stellung anbiete. Sicherlich erinnern Sie sich noch meiner Schwester?"

„An Franzi? Aber selbstverständlich!" Lydia musste unwillkürlich lächeln.

„Jeder, der sie kannte, wird dieses renitente Wesen nicht vergessen", brummte die Steinbach.

Wedell zog die Augenbrauen zusammen, seine braunen Augen blitzten.

Doch ehe er etwas erwidern konnte, fuhr Lydia fort: „Ich habe sie immer bewundert. Sie hat sich nie von Widerstand unterkriegen lassen. Ich war zwar nur drei Jahre mit ihr zusammen hier, aber ich habe nie wieder eine so starke Persönlichkeit getroffen."

„Es freut mich, dass Sie so über meine Schwester sprechen." Wedell warf der Steinbach einen Seitenblick zu. „Sicherlich wissen Sie, dass Franzi in Deutsch-Ostafrika verheiratet ist und inzwischen zwei Kinder hat. Das ältere, ihre Tochter Viola, ist sieben Jahre alt und seit einigen Monaten bei mir im Forstschloss zu Wölfelsgrund, um eine deutsche Erziehung zu genießen. Leider musste ich schon zwei Gouvernanten entlassen."

„Das tut mir leid. Bei Kindern in diesem Alter sollten die Bezugspersonen nicht ständig wechseln." Lydia klemmte ihren Rock so zwischen die Beine, dass der Graf die zerrissenen Stellen nicht bemerken konnte.

„Dann verstehen Sie, wie wichtig meiner Schwester ist, dass Viola endlich eine dauerhafte Erzieherin bekommt."

„Sie sehen also, Fräulein von Gedigk", schrillte die Steinbach dazwischen, „dass Ihnen hier eine langfristige Stellung geboten wird."

„Sicherlich erkennt die Baronesse selbst die Vorzüge und Nachteile einer Stellung, die ihr angeboten wird", entgegnete Wedell. Dann wandte er sich wieder Lydia zu. „Können Sie mir sagen, wie Sie die Erziehung meiner Nichte angehen würden?"

Würde er mit ihren abwechslungsreichen Methoden einverstanden sein oder besonderen Wert auf Strenge und Disziplin legen? „Ich halte nicht viel von verstaubten Lehrbüchern und dumpfen Unterrichtsräumen. Zweifellos muss Ihre Nichte auch Theorie erlernen, aber ich möchte den Unterricht so lebendig wie möglich gestalten. Das mag gelegentlich außerhalb Ihres Schlosses geschehen, um ihr auch praktischen Anschauungsunterricht zu geben. Wenn ich mich nur um eine Schülerin zu kümmern habe, sollte das leicht möglich sein."

„Derzeit sind Sie wohl eher gewohnt, mehrere Schülerinnen auf einmal zu unterrichten. Wird es Ihnen nicht schwerfallen, dann nur noch eine Schülerin zu betreuen?"

„Ich stelle mir diese persönliche Art des Unterrichts besonders reizvoll vor. Sie gestattet mir, individuell auf meine Schülerin einzugehen, und bietet mir mehr Gestaltungsmöglichkeiten. Und selbstverständlich würde ich mich besonders freuen, die Tochter meiner Pensionatsfreundin zu unterrichten. Allerdings habe ich auch meine gesamte Klasse ins Herz geschlossen."

„Fräulein von Gedigk meint, dass zu einer einzelnen Schülerin eine engere Bindung entsteht, worauf sie viel Wert legt." Die Steinbach klopfte mit den langen Fingernägeln auf die Tischplatte.

Wedell zupfte eine Fluse von seinem Jackett. „Ich habe die Baronesse schon verstanden. – Ihnen ist also eine persönliche Beziehung zu Ihren Schülerinnen wichtig?"

„Ja. Dann lernen sie leichter und mit größerem Interesse. Und ich vermute, dass meine Aufgabe bei Ihrer Nichte über die einfache Vermittlung des Lehrstoffes hinausgeht.“

„Das ist richtig. Ich verlange alle Tätigkeiten einer Gouvernante. Sie sollen ihr also neben dem Unterricht auch so gut als möglich die Mutter ersetzen und sie auf ihr künftiges Leben vorbereiten. Dazu gehört selbstverständlich auch eine christliche Erziehung im Sinne des Wortes Gottes – meine Schwester versicherte mir, dazu seien Sie bestens geeignet.“

„Oh, Fräulein von Gedigk ist meine frömmste Lehrerin. Die Bibel ist ihr steter Begleiter.“ Die Steinbach drehte ihr Lorgnon zwischen den Fingern.

Lydia presste die Lippen aufeinander. Jetzt war der entscheidende Augenblick. Sie musste dem Grafen den wunden Punkt ihrer Vergangenheit beichten. „Ich muss Ihnen jedoch gestehen, Herr Graf ...“

„Ich bin überzeugt, dass Fräulein von Gedigk alle Anforderungen mit Bravour meistern wird.“ Konnte die Steinbach sie nicht einmal ausreden lassen?

„Fräulein von Steinbach, ich möchte Sie bitten, das Gespräch nicht zu unterbrechen.“ Der Graf fuhr sich mit der flachen Hand über das dunkle Haar, in dem sich erste silberne Fäden zeigten. „Meine Zeit ist schon knapp genug bemessen, ich werde meinen Zug kaum noch erreichen können. – Baronesse, ich vermute, dass Sie eine Ausbildung zur Lehrerin vorweisen können?“

„Nach meiner Ausbildung hier im Pensionat besuchte ich zwei Jahre die Präparandenanstalt[2] in Breslau. Dann wechselte ich zum Lehrerinnenseminar.“ Da war es passiert. Und sie musste es Wedell sagen. Ehrlichkeit war immer das Beste.

„Ihre Zeugnisse waren immer glänzend“, mischte sich die Steinbach erneut ein.

„Während des Lehrerinnenseminars ...“

„Seit letztem Jahr unterrichtet Fräulein von Gedigk hier im Pensionate Deutsch, Heimatkunde und Geschichte. Ihre Schülerinnen lieben sie abgöttisch.“

---

2 Die untere Stufe der Lehrerinnenausbildung. Sie bereitete auf den Besuch der Lehrerinnenseminare vor.

Warum hinderte die Steinbach, die sonst bei jeder Gelegenheit auf ihrem Fehltritt herumritt, sie daran, diesen zu gestehen? Es brachte doch nichts, zu verschweigen, was damals geschehen war. Oder sah sie etwa keine andere Möglichkeit, sie loszuwerden, weil die Schirmherrin des Pensionats einer Entlassung niemals zustimmen würde? Trotzdem musste sie es sagen. „Herr Graf ..."

„Diese Eckpunkte genügen mir vorerst." Der Graf lächelte sie an. „Die Empfehlung meiner Schwester wiegt viel bei mir. Ich biete Ihnen monatlich 80 Mark Gehalt bei freier Station und Verpflegung. Familienanschluss ist selbstverständlich. Wie schnell könnten Sie die Stelle antreten?"

Das war allerdings ein ordentliches Salär. „Ich muss mir zuerst klar werden, ob es Gottes Wille für mich ist. Und dann müsste Fräulein von Steinbach die Freigabe erteilen."

„Ich werde Ihnen bei diesem exzellenten Angebote nicht hinderlich im Wege stehen." Natürlich, die Steinbach wollte sie lieber gestern als heute loswerden – obwohl es Lydia immer noch unwahrscheinlich vorkam, dass sie ihr diese zweifellos hervorragende Stelle gönnte.

„Sie müssen wissen, Baronesse, dass ich Sie am liebsten sofort mit nach Wölfelsgrund nehmen würde." Der Graf strich eine Falte aus seinem Rock. „Am kommenden Montag, also genau heute in einer Woche, muss ich zu einem zweiwöchigen Manöver einrücken. Ich kann es nicht verantworten, meine Nichte ohne Betreuung zu lassen, bis ich zurückkehre. Und die eine Woche bis zu meiner Abreise benötigen wir, um Sie in Ihre Pflichten einzuarbeiten."

Lydia starrte in das markante Gesicht des Grafen. Sie konnte doch nicht binnen weniger Minuten entscheiden, ob sie ihre Pläne, in die Metropole Berlin zu gehen, aufgeben sollte, um eine Stelle in diesem verschlafenen Dorf Wölfelsgrund anzutreten! Und vor allem musste sie ihm immer noch sagen, was damals geschehen war – doch die Steinbach würde es jetzt und hier wohl weiterhin unterbinden. „Herr Graf, ich muss um etwas Bedenkzeit bitten."

„Was gibt es da zu bedenken?" Die Steinbach richtete ihre meergrauen Augen durch das Lorgnon auf Lydia. „Sie können doch nicht ernsthaft in Erwägung ziehen, dieses Angebot auszuschlagen."

„Ich möchte die Entscheidung gerne mit meinem Gott treffen. Ich denke, der Herr Graf hat Verständnis dafür."

„Selbstverständlich. Aber begreifen Sie bitte auch meine Lage. Bei der aktuellen politischen Situation in Europa, die Ihnen sicher nicht unbekannt ist, könnte es sogar schon bald dazu kommen, dass ich nicht nur für die Dauer eines kurzen Manövers eingezogen werde."

Natürlich. Am 28. Juni war mit der Ermordung des österreichischen Thronfolgerpaares der Funke in das Pulverfass Europa geflogen – noch wusste niemand, ob er zünden würde oder nicht. Seine Zeitnot war folglich nur zu begreiflich. Sollte sie also beherzt zugreifen? Aber dann musste er doch erfahren, was sie für eine Vergangenheit hatte! Sie musste nur schnell genug sein, ehe die Steinbach wieder eingriff. „Herr Graf, lassen Sie mich ..."

„Der Herr Graf macht Ihnen ein einzigartiges Angebot, Sie müssen nur noch zusagen!", trötete die Steinbach. „Was wollen Sie sich da lange bedenken? Gerade in der jetzigen Situation! Seitdem Deutschland mit einem Blankoscheck an Österreich-Ungarn Bündnistreue in jedem Falle zugesagt hat, kann niemand davon ausgehen, dass sich Deutschland aus dem Konflikte mit Serbien heraushalten kann. Sollte es zum Äußersten kommen, befinden Sie sich in gesicherten Verhältnissen."

„Halten Sie die Lage ebenfalls für so ernst, Herr Graf?" Lydia schaute zum Bildnis von Kaiser Wilhelm II. an der Wand auf. 26 Jahre regierte der Friedenskaiser inzwischen schon, der letzte Krieg war 43 Jahre her – sollte es dem Kaiser nicht gelingen, einen Waffengang abzuwenden? „Glauben Sie auch, dass keine diplomatische Lösung mehr möglich ist?"

Der Graf fuhr sich mit der Hand über den Henriquatre. „Ich halte eine diplomatische Lösung nicht für ausgeschlossen. Es ist jedoch schwer zu beurteilen, wie wahrscheinlich sie ist."

„Mit diesen aufrührerischen Serben muss einmal gründlich aufgeräumt werden!" Die Steinbach schlug mit der flachen Hand auf den Schreibtisch, dass das Tintenfass bedenklich schwankte.

„Ihre politische Ansicht tut hier nichts zur Sache." Wedell stand auf. „Da ich meinen Zug nun ohnehin nicht mehr erreichen werde, kann ich Ihnen zugestehen, eine Nacht über mein Angebot zu schlafen. Ich werde morgen um elf Uhr wieder hier erscheinen. Ich bitte Sie, mir Ihre Entscheidung dann mitzuteilen."

Lydia erhob sich ebenfalls. „Ich werde darüber beten und hoffe, dass Gott mir bis dahin eine Antwort gibt.“

Kapitel 4

„Herr Jesus, was soll ich bloß tun?" Lydia kniete trotz der Schmerzen an ihrem aufgechlagenen Knie vor ihrem Bett. Es war bereits Dienstag halb elf Uhr – in einer halben Stunde würde Graf Wedell kommen und ihre Antwort einfordern.

Natürlich wollte sie fort aus dem Pensionat – oder vielmehr fort von Fräulein von Steinbach. Aber gleich heute? Der Abschied von Breslau würde ihr schwerfallen, schließlich hatte sie hier die Hälfte ihrer 24 Lebensjahre verbracht. Und ihre Kolleginnen im Pensionat hatten – bis auf Fräulein von Steinbach – den dunklen Punkt in ihrer Vergangenheit akzeptiert. Oder wenigstens hatten sie sich damit abgefunden und sagten nichts mehr dazu. Zudem würde sie ganz besonders ihre Schülerinnen vermissen, die sie von Herzen liebte. Und die an ihr hingen – wahrscheinlich, weil sie anders war als die übrigen Lehrerinnen.

Bei dem einen Mal, als sie das Pensionat verlassen hatte, um sich zur Lehrerin ausbilden zu lassen, war das Unheil geschehen, die Katastrophe ihres Lebens, die ihr niemand verzeihen wollte. Außer Gott.

Vielleicht fand sie genau in jenem Forstschloss zu Wölfelsgrund die Möglichkeit, auch Vergebung von Menschen zu erlangen? Dort hatte sie einen gläubigen Dienstherrn, und vielleicht wäre er der erste Christ, der ihr sagen würde: *Was Sie getan haben, war falsch, aber wenn Gott Ihnen vergeben hat, habe ich kein Recht, Sie zu verachten.* Doch dazu musste sie dem Grafen sagen, was geschehen war ... Und würde er ihr dann wirklich die gewünschte Absolution erteilen?

Nein. Darum hatte sie schon viel zu lange gekämpft. Und immer verloren. Das würde sie nicht noch einmal in Angriff nehmen. Stattdessen würde sie sich allein auf ihre Karriere konzentrieren, das einzige, das ihr geblieben war, seit sie aus der Gesellschaft ausgestoßen worden war. Selbst überzeugte Christen, sogar ihre Eltern eingeschlossen, wollten nichts mehr mit ihr zu tun haben, obwohl sie alles bekannt und Gott ihr vergeben hatte.

Gouvernante in einem angesehenen Haus – angesehen war die

Familie Wedell allemal. Allerdings würde ihre Stellung bei einem ledigen Dienstherrn auch viel Taktgefühl erfordern. Das Vorurteil, Gouvernanten wollten grundsätzlich Ehefrauen ihrer Arbeitgeber werden, hielt sich viel zu hartnäckig. Aber um ihrer Pensionatsfreundin Franzi, die sich um eine gute Erziehung ihrer Tochter sorgte, einen Dienst zu erweisen, würde sie auch diese Schwierigkeiten überwinden. Nachdem sie sich dort profiliert hatte, konnte sie, perfekt vorbereitet, immer noch den Sprung nach Berlin wagen.

Wenn es nur nicht ausgerechnet in diesem winzigen Wölfelsgrund wäre. Sie war eben ein Stadtkind. Und nun zunächst Wölfelsgrund statt Berlin? Außerdem lag Wölfelsgrund viel zu nah an Breslau, wo Alfred nach all der Zeit wieder aufgetaucht war. Und offenbar war er entschlossen, wieder an sie heranzutreten, was ihm in Wölfelsgrund vermutlich leicht gelingen könnte. In Berlin hatte sie bessere Möglichkeiten, unterzutauchen.

Ihr schwirrte der Kopf von all den Gedanken. „Bitte, mein Gott, gib Du mir Klarheit. Ich weiß nicht, was richtig ist."

Plötzlich drehte sich ein Schlüssel im Schloss ihrer Tür, dann wurde die Tür unsanft geöffnet.

„Was tun Sie denn da auf der Erde?" Die Fanfarenstimme der Steinbach füllte das kleine Zimmer.

Lydia erhob sich von den Knien und glättete ihren Rock. „Ich habe gebetet. Und ich finde es nicht recht, dass Sie den Besitz eines Zweitschlüssels als jederzeitige Zutrittserlaubnis interpretieren."

„Und? Hat Gott schon zu Ihnen gesprochen? Es kann doch nur in seinem Sinne sein, wenn Sie in einem frommen Hause eine Stellung annehmen."

Sie sollte der Pensionatsleiterin lieber nicht sagen, dass sie gerade die Ablehnung von Gläubigen fürchtete – jedenfalls hatte sie sie von ihnen in überreichlichem Maße erfahren. „Warum wollen Sie eigentlich so dringend, dass ich das Pensionat verlasse? Habe ich Ihnen irgendetwas zuleide getan?"

„Das können Sie sich doch denken." Fräulein von Steinbach setzte sich an Lydias Schreibtisch. „Ich kann den Gedanken an ein schwarzes Schaf unter meinen Lehrerinnen nicht ertragen. Sie sind die einzige, deren Vergangenheit einen dunklen Punkt aufweist. Wenn es nach mir gegangen wäre, hätte es an diesem Pensionate nie eine Lehrerin Gedigk gegeben. Aber unsere Schirmherrin stellt ja niemanden lieber ein als ehemalige Pensionärinnen, egal, was sie auf dem Kerbholze haben. Wenn diese dann noch beste Zeugnisse mitbringen, gibt es schlichtweg kein Kriterium mehr, mit dem ich dagegenhalten kann.“ Sie senkte ihre Stimme. „Man munkelt, es gebe bei Ihrer Hoheit auch einen dunklen Punkt.“

Das war es also: Was der Steinbach wichtig erschien, war für die Schirmherrin ohne Bedeutung; sie fühlte sich dadurch bei den Einstellungen von Ihrer Hoheit übergangen.

Mit angewidertem Gesichtsausdruck schob die Steinbach Dumas' *Graf von Monte Christo*, die Unterrichtslektüre ihrer Klasse, zur Seite. „Außerdem kann es nicht recht sein, dass die Eltern unserer Pensionärinnen im Unklaren darüber gelassen werden, was für eine Vergangenheit Sie haben. Doch die Prinzessin hat nun einmal strikt untersagt, etwas davon verlauten zu lassen.“

„Aber wenn Graf Wedell mich als Gouvernante für seine Nichte einstellt, ohne etwas davon zu wissen, halten Sie das für recht?“ Lydia ging ebenfalls zum Schreibtisch und starrte in ihre aufgeschlagene Bibel. *Bitte, mein Gott, was soll ich tun?*

„Das ist nicht meine Sache. Ich bin nur für die Schülerinnen dieser Anstalt verantwortlich. Was Sie mit Graf Wedell abmachen, verantworten Sie.“

„Noch ist mit dem Grafen gar nichts abgemacht.“

Die Steinbach stand auf – für Lydia war es eine Genugtuung, dass sie einen halben Kopf größer war als die Leiterin.

„Ich rate Ihnen dringend“, trötete die Vorsteherin, „die Stelle anzunehmen. Man kann nicht wissen, wie lange die Prinzessin ihre Hand noch über Sie halten kann.“

„Was ist denn mit der Prinzessin? Sie ist doch trotz ihres hohen Alters noch recht rüstig.“

„Sie wollte dem Pensionate dieser Tage einen Besuch abstatten, musste ihn aber krankheitsbedingt absagen. Und Sie wissen genau, dass die Prinzessin ihre Besuche immer peinlich genau wahrgenommen hat – es scheint sich also um eine ernsthafte Erkrankung zu handeln.“ Ein winziges Grinsen huschte über das Gesicht der Steinbach.

Lydia starrte die Steinbach an. Wenn die Prinzessin wirklich sterben sollte, was bei ihren weit über 80 Jahren durchaus im Bereich des Möglichen lag, dann waren ihre Tage hier gezählt. Der Prinz, der die Schirmherrschaft dann übernehmen würde, würde sich vermutlich kaum um das Pensionat kümmern, sondern der Steinbach freie Hand lassen. Und eine ihrer ersten Amtshandlungen würde zweifellos ihre, Lydias, Entlassung sein.

Damit war die Wahl getroffen. Sie musste Wedell zusagen. Denn bis sie eine Stelle in Berlin bekam – vor allem eine, die ihren Vorstellungen entsprach –, konnte die Prinzessin längst gestorben sein und sie ohne Anstellung dastehen.

Soll das deine Antwort sein, Herr Jesus? Ich habe einfach ein ungutes Gefühl dabei! Wedell weiß noch nichts von meiner Vergangenheit – wird er mich nicht auch ablehnen wie alle anderen? Es wäre besser, sie würde gar nicht um seine Anerkennung kämpfen, sondern sich nur auf ihre Lehrerinnenkarriere konzentrieren. Wenn die kleine Viola von Schenck groß war, konnte sie sich mit entsprechend hervorragenden Referenzen auf eine Stelle in Berlin bewerben, was ihre Erfolgsaussichten deutlich erhöhen würde.

Lydia richtete sich hoch auf und sah der Steinbach in die meergrauen Augen. „Gut, ich werde Graf Wedell zusagen."

„Ich wusste, dass Sie vernünftig sein würden." Die Steinbach lächelte – es war ein boshaftes Lächeln, das Lydia unwillkürlich einen Schauer über den Rücken jagte.

Sie klappte die Bibel zu. „Eine Frage habe ich noch: Gönnen Sie mir diese gute Stelle beim Grafen Wedell wirklich?"

Die Steinbach machte große Augen. „Warum sollte ich sie Ihnen nicht gönnen? Wo Sie in Stellung gehen, ist mir gleichgültig, solange es nicht in diesem Pensionate ist."

Lange sah Lydia in diese grauen Augen, die kalt waren wie Eis. Sie glaubte ihr kein Wort. *Ich fürchte, für die Annahme dieser Stelle werde ich noch einen hohen Preis bezahlen.*

„Kommen Sie, der Graf müsste jeden Augenblick eintreffen – wenn er denn diesmal pünktlich ist."

Lydia warf noch einen Blick in den Spiegel. Heute sah sie wenigstens ordentlich aus. Sie hatte extra ein Kleid gewählt, das zu ihren vergissmeinnichtblauen Augen passte. Und ihr dunkelbraunes Haar war auch ordentlich frisiert und zu einem schlichten Knoten aufgesteckt. Rasch wusch sie sich die letzten Kreidespuren von den Händen, dann folgte sie der Steinbach.

Kaum waren sie im Büro der Leiterin, als Graf Wedell eintraf. Für die Steinbach hatte er nur eine steife Verbeugung übrig, Lydia dagegen küsste er sogar die Hand. „Ich hoffe, Sie haben eine gute Nachricht für mich."

Lydia atmete tief durch. War es wirklich eine gute Antwort? Ohne dass sie ihm etwas von Ihrer Vergangenheit gesagt hatte? „Herr Graf, ich danke Ihnen für Ihr Vertrauen. Bevor ich Ihnen antworte, möchte ich noch erwähnen ..."

„Selbstverständlich wird Fräulein von Gedigk die Stelle bei Ihnen annehmen." Die Stimme der Steinbach schrillte in Lydias Ohren.

Es hatte einfach keinen Sinn, wenn die Steinbach dabei war. Sie würde die Stelle also ohne Bekenntnis annehmen müssen und dem Grafen bei der ersten sich bietenden Gelegenheit alles sagen. „Ich bin bereit, Ihr Angebot anzunehmen. Nur geben Sie mir bitte bis übermorgen Zeit, meine Angelegenheiten hier in Breslau zu ordnen. Ich möchte mich von meinen Schülerinnen und Kolleginnen verabschieden. Dann werde ich am Donnerstag mit dem Frühzug abreisen."

„Ich würde Sie zwar am liebsten sofort mit mir nehmen, aber ich verstehe Ihre Gründe. Nun gut, ich werde am Donnerstag den Wagen nach Habelschwerdt zur Station schicken."

„Ich danke Ihnen, Herr Graf." Lydia sah zur Steinbach hinüber – und bemerkte auf deren Gesicht ein Lächeln, das ihr boshaft und hämisch vorkam. Das war doch nicht nur ein Lächeln der Erleichterung, weil die unliebsame Lehrerin endlich ging!

Als sie das Büro verließ, spürte sie die Blicke der Steinbach wie ein Messer im Rücken.

Kapitel 5

Mit kreischenden Bremsen fuhr der Zug in den Bahnhof von Habelschwerdt ein. Lydia hievte einen ihrer Koffer hoch und kämpfte sich zur Tür. Von der Sonne geblendet musste sie die Augen einen Moment schließen, ehe sie ihren Blick über den Perron schweifen ließ. Es war kein herrschaftlicher Diener zu entdecken. Hatte er sich verspätet?

Als sie aussteigen wollte, eilte ein Schaffner herbei und streckte die Hand aus, um ihr den Koffer abzunehmen, doch dann wurde er von einem hochgewachsenen Herrn beiseitegeschoben. „Lassen Sie nur."

Überrascht sah Lydia auf den eleganten Herrn hinab. „Herr Graf, Sie haben sich selbst bemüht?"

Er ergriff ihren Koffer. „So haben wir während der Fahrt zum Forstschloss bereits etwas Zeit, uns besser kennenzulernen. – Sicherlich haben Sie noch mehr Gepäck?"

„Selbstverständlich." Sie grinste. „Ich bin eine Frau."

„Gut, dass ich nicht mit dem Einspänner gekommen bin." Er grinste zurück. „Das Automobil war aufgrund der Unaufmerksamkeit einer Dame allerdings nicht fahrbereit."

Immerhin konnte er inzwischen über den Unfall scherzen – war das seine Art zu verzeihen?

Sie ging zurück in ihr Abteil, um das restliche Gepäck zu holen. Dabei schoss ihr durch den Kopf, was er eben gesagt hatte. *So haben wir während der Fahrt bereits etwas Zeit, uns besser kennenzulernen.* Das Gespräch bei der Steinbach hatte ihm also nicht gereicht – was ja auch kein Wunder war, waren sie doch ständig von ihr unterbrochen worden.

Was würde er noch von ihr wissen wollen? Und welche Antworten erwartete er? Oder hatte er die wenigen Tage genutzt, um Erkundigungen über sie einzuziehen? Hatte er etwa herausgefunden, was damals geschehen war? Aber hatte er sich nicht über sie informiert, bevor er sie im Pensionat aufgesucht hatte? Und wenn er doch noch etwas herausgefunden hätte, wäre er bestimmt nicht persönlich zum

Bahnhof gekommen, um sie abzuholen, sondern hätte einen Lakaien geschickt, der sie per Express nach Breslau zurückgeschickt hätte.

Eines stand für sie fest: Sie musste die Fahrt nach Wölfelsgrund nutzen, um ihm zu gestehen, was sie in Breslau noch nicht hatte sagen können. Auch auf die Gefahr hin, dass er sie ebenfalls verstoßen würde und sie dann ohne Stelle dastand. Ehrlichkeit ging vor.

Wenig später saß sie neben ihm im offenen Wagen. Mit klappernden Hufen ging es durch die Gassen der Kreisstadt Habelschwerdt in Richtung Schneegebirge.

Der Graf sah sie von der Seite an. „Fällt es Ihnen schwer, Breslau zu verlassen?"

Sie zögerte, ehe sie antwortete. „Eigentlich hatte ich nie gedacht, dass ich einmal aufs Land gehen würde. Schon als Kind habe ich immer in großen Städten gelebt und auch die letzten zwölf Jahre in Breslau verbracht. Ich hoffe, ich werde mich recht bald in der Einsamkeit Ihres Waldes einleben."

„Wenn Viola Sie ins Herz schließt, wird es nicht einsam für Sie sein – sie kann sehr anhänglich sein." In seiner Stimme lag viel Wärme, doch er wurde sofort wieder geschäftsmäßig. „Ihr Vater ist Diplomat, nicht wahr?"

Er hatte also wirklich Erkundigungen über sie eingezogen und sich nicht allein auf die Erzählungen seiner Schwester verlassen. „Ich wurde in Athen geboren, als Vater dort Generalkonsul war. In den nächsten Jahren mussten wir, später meine Eltern allein, regelmäßig aus einer Stadt in die nächste ziehen, je nachdem wo mein Vater gerade als Gesandter tätig war." Bis diese Tätigkeit durch den Skandal, den sie ausgelöst hatte, beendet worden war.

„Ich hörte, dass Ihr Vater vor seiner Rückkehr in die Heimat als Botschafter in Großbritannien war. Ein prestigeträchtiger Posten." Der Graf verscheuchte eine Hummel, die mit lautem Gebrumm seinen Kopf umschwirrte.

Wieder zögerte sie. Jetzt war der passende Augenblick. Jetzt musste sie ihm sagen, dass ihr Vater ihretwegen von diesem prestigeträchtigen Posten abberufen und auf einen unwichtigen Posten im Auswärtigen Amt abgeschoben worden war. „Ja, London war sein letzter Einsatzort im Ausland, bevor er vor fünf Jahren in die Heimat zurückkehrte." Jetzt – jetzt musste sie es erzählen! Wie würde der

Graf reagieren? Hätte sie es doch bloß am Montag schon gesagt! Sie holte tief Luft.

„Wahrscheinlich war das Nomadenleben eines Gesandten für Ihre Familie nicht mehr tragbar? Das ist verständlich."

Lydia sah einem Automobil nach, das sie knatternd und stinkend überholte. Soviel besser als in Breslau war die Luft in Habelschwerdt auch nicht. „Ich – ich war zu dieser Zeit schon seit Langem in Breslau. Es – es waren andere Gründe, die ihn zur Rückkehr nach Deutschland veranlassten." Sie presste eine Hand auf ihr wild wummerndes Herz. „Ich war der Grund."

Er sah sie an und lächelte. „Es wundert mich nicht, dass ein Vater sich nach seiner Tochter sehnt."

War denn hier nirgendwo ein Loch, in dem sie versinken konnte? Die Sehnsucht ihres Vaters nach ihr war so groß, dass sie ihn seit damals nur einmal zu Gesicht bekommen hatte. Das war vor drei Jahren gewesen und er hatte sie mit solcher Eiseskälte behandelt, dass sie heute noch fröstelte. – Abermals holte sie tief Luft, um endlich den entscheidenden Satz auszusprechen.

Doch in diesem Moment beschrieb er mit dem Arm einen Kreis um sich herum. „Schauen Sie, Baronesse, wir haben Habelschwerdt hinter uns gelassen."

Der Kutscher lenkte den Wagen auf eine Straße Richtung Süden.

„Hier sehen Sie nichts mehr als Felder, umkränzt von den bewaldeten Höhen des Glatzer Kessels. Ist das nicht zehnmal schöner als die Straßenschluchten Breslaus?"

Sie sah sich um, gedanklich immer noch bei ihrem unausgesprochenen Geständnis, und versuchte, sich auf die Landschaft zu konzentrieren. Die Gegend glich wirklich einem Kessel, ringsum grüßten waldige Hügel, und das Tal leuchtete in unterschiedlichen goldenen Schattierungen – wahrscheinlich verschiedene Getreidearten. An den Feldrändern blühte der Mohn in verschwenderischem Rot. „Es sieht wirklich wunderschön aus. Mich fasziniert vor allem die Stille. Bis auf das Klappern der Hufe und das Rattern des Wagens ist ja rein gar nichts zu hören."

„Eugen, bitte halten Sie an. – Merken Sie, Baronesse, dass es überhaupt nicht still ist? Da – eine Lerche, einer der wenigen Vögel, die im Flug singen."

Sie hörte nur ein Zirpen und Zwitschern und konnte der Richtung, die er mit seinem Finger anzeigte, gar nicht so schnell folgen, wie der Vogel flog und irgendwo im Feld verschwand.

„Die Lerche kann sogar Stimmen anderer Vögel imitieren. Und jetzt – hören Sie die Singdrossel? Sie muss dort vorne im Baum sitzen. Sie singt immer zwei- bis dreimal dieselbe Melodie. Tülip – tülip – tülip – tschiditrü – tschiditrü – tschiditrü."

Lydia musste schmunzeln. Sie vermochte die Geräusche, die der Graf ihr vormachte, beim besten Willen nicht wiederzuerkennen. „Sie haben recht, Herr Graf: Die Stille ist erfüllt von Vogelstimmen."

Wedell gab dem Kutscher einen Wink, weiterzufahren. „Sie werden noch viele Vogelstimmen kennenlernen. Viola ist fasziniert von unseren heimischen Singvögeln. Daher wird die Lehrerin noch einiges von der Schülerin lernen können."

„Das schadet nicht." Sie lehnte sich aufatmend zurück. Wie brachte sie nur das Gespräch wieder zum vorherigen Thema zurück, um ihm endlich ihren Fehltritt zu beichten?

Er schnippte ein Stäubchen von seinem Revers. „Was denken Sie, welche Unterrichtsinhalte für meine Nichte von Wichtigkeit sein werden?"

Er wollte sie also weiter examinieren. Wenn sie nur wüsste, was genau er von ihr verlangte. Ein Mensch vom Schlag der Steinbach schien er nicht zu sein, aber befürwortete er auch moderne Unterrichtsinhalte und -methoden? „Zunächst ist es wichtig für mich, dass ich meine Schülerin kennenlerne, um einen ihr entsprechenden Unterrichtsplan auszuarbeiten. Jedenfalls meine ich, dass junge Mädchen mehr lernen sollten als Handarbeiten und Tanzen. Mathematik, Heimatkunde, Geschichte und eine Fremdsprache – vorzugsweise Französisch – ist das Mindeste, das ich Ihrer Nichte vermitteln möchte. In Biologie werde ich dann bei ihr in die Schule gehen."

Er lächelte.

War das ein Zeichen seiner Zustimmung? Oder welche Vorstellungen hatte er? Sollte sie ihn offen danach fragen? – Aber erst mal musste sie endlich ...

„Sie haben sicherlich ein Lieblingsfach, nicht wahr? Offenbar nicht Biologie."

Lydia sah zum wolkenlosen Himmel hinauf, wo zwei große Vögel kreisten. „Biologie ist es in der Tat nicht. Dennoch bin ich mir sicher, dass dort oben zwei Störche fliegen."

Der Graf folgte ihrem Blick. „Sie haben recht."

„Dann ist doch ein wenig hängen geblieben. – Um Ihre Frage zu beantworten: Ich liebe Geschichte. Vor allem möchte ich aus Geschichte Geschichten machen. Viola soll lernen, dass historische Persönlichkeiten auch Menschen voller Leben waren und nicht nur verstaubte Fakten. Und vor allem möchte ich, dass Ihre Nichte aus der Geschichte und den Erlebnissen der historischen Persönlichkeiten lernt." *So wie ich nicht ausschließlich auf der Grundlage der Fakten meines Fehlverhaltens beurteilt werden möchte.* Konnte sie ihm so erklären, was vorgefallen war?

„Das wäre wünschenswert, obwohl uns doch die Geschichte lehrt, dass wir nicht aus der Geschichte lernen." Der Wagen bog von der Hauptstraße nach links ab. „Dort oben sehen Sie schon die Maria-Schnee-Kapelle oberhalb von Wölfelsgrund."

Und sie hatte immer noch nicht gesagt, was ihr auf der Seele brannte.

„Es gibt noch einen wichtigen Punkt, über den ich mit Ihnen sprechen möchte." Der Graf drehte sich halb um und sah ihr fest in die Augen. „Als Sie Franzi zu Ihrer gemeinsamen Zeit als Schülerinnen im Pensionat kennengelernt haben, stand sie dem christlichen Glauben ablehnend gegenüber. Und obwohl Franzi mir gegenüber betonte, dass Sie an Jesus Christus glauben, haben Sie sich gut mit ihr verstanden."

Lydia faltete die Hände. „Es war merkwürdig. Obwohl ich für Franzi zu den Frommen gehörte, hatte sie doch ein gutes Verhältnis zu mir. Julie von Götzen, mit der sie ja auch jetzt noch in Deutsch-Ostafrika ist, war zwar ihre beste Freundin. Aber ich glaube, Franzi hat gespürt, dass Glaube für mich nicht nur bedeutet, am Sonntag in den Gottesdienst zu gehen und zu Weihnachten an die Geburt Jesu sowie zu Ostern an seine Kreuzigung und Auferstehung zu denken. Glaube bedeutet für mich ein Leben mit Jesus Christus. Und zwar jeden Tag."

„Das haben Sie schön gesagt. Möge Gott Ihnen helfen, genau das auch der kleinen Viola beizubringen."

Wenn er sie nach ihrem Geständnis noch ließe. „Herr Graf ..."

„Ich weiß, was Sie fragen möchten. Sie möchten wissen, ob ich mit Ihren Einstellungen und Methoden einverstanden bin." Er verscheuchte eine Fliege von seinem Rockärmel.

Nein, das war es überhaupt nicht – wenigstens jetzt nicht. Im Moment wollte sie einfach nur die belastende Wahrheit loswerden! Als ihr Dienstherr musste er diesen dunklen Punkt einfach kennen.

„Sie haben völlig freie Hand", sagte er mit Wärme. „Bitte erstellen Sie nach Möglichkeit noch heute den ersten Entwurf eines Unterrichtsplans und nutzen Sie ansonsten den Tag, um mit Viola vertraut zu werden. Heute Abend oder morgen früh legen Sie mir den Plan vor und beginnen dann direkt mit dem Unterricht. – Und sehen Sie: Das ist Wölfelsgrund."

Vor ihnen tauchten ein paar herrschaftliche Häuser auf, die sich malerisch in das Tal und an den Wald schmiegten. Tief atmete Lydia ein – es roch nach Holz und duftigen Wiesen.

„Hier links sehen Sie den *Gelben Dragoner*, das beste Hotel am Platz." Eine schmucke Kellnerin mit weißer Schürze stand auf der Terrasse des Hotels und winkte ihnen zu, doch der Graf grüßte nicht zurück.

Der Wagen rollte über eine Brücke und vor ihnen tauchte das *Kurhaus zur guten Laune* auf. Lydia fühlte sich wie im Traum. Vor wenigen Stunden noch in der lauten, pulsierenden Großstadt, war sie jetzt plötzlich in die Idylle eines Dörfchens mitten im Wald versetzt. Die Kutsche ratterte weiter am Sanatorium vorbei, dann wurde die Bebauung schon wieder spärlicher.

Eine Weile fuhren sie durch den Wald. Ab und zu ließ Wedell halten, um ihr erneut Vogelstimmen zu erklären, sie auf ein besonders schönes Exemplar eines Baumes aufmerksam zu machen oder einfach nur das Rauschen seines Waldes und des kleinen Flusses, der Wölfel, zu genießen.

„Da sind wir." Wedell deutete nach vorn.

Zwischen den Stämmen tauchte ein schlichtes Forsthaus mit grünen Fensterläden und einem Hirschgeweih über der Haustür auf. Daran angebaut fand sich ein größerer, schlossähnlicher Bau, vor dem der Wagen hielt.

„Willkommen im Forstschloss, Baronesse." Er lächelte sie an.

Nur zögerlich lächelte Lydia zurück. Wie eine Mauer fühlte sie das Geheimnis zwischen sich und ihm. Wenn er es von anderer Seite erführe? Würde er sich nicht zurecht hintergangen fühlen? Sie musste so schnell wie möglich eine Gelegenheit finden, es ihm doch noch zu sagen. Vielleicht wenn sie ihm den Unterrichtsplan vorlegte.

Da flog die Tür des Schlosses auf und ein kleines, dunkelhaariges Mädchen stürzte heraus, begleitet von einem riesigen Schäferhund. Jedenfalls kam er Lydia riesig vor.

„Onkel Claudinand, endlich kommst du!“, rief die Kleine und riss den Schlag auf.

Der Hund rannte um den Wagen herum und sprang an Lydias Seite bellend hinauf. Mit einem spitzen Schrei wich sie zurück und prallte gegen den Grafen. „Pardon – der Hund!“

Die kleine Viola fing an zu kichern. „Was hast du nur für eine Gouvernante mitgebracht, Onkel? Schau nur, sie fürchtet sich vor Hector!“

„Hector!“, rief der Graf mit Nachdruck. Sofort war der Hund still und trottete an Violas Seite. „Du solltest nicht lachen, Viola. Woher soll die Baronesse wissen, dass Hector niemandem etwas zuleide tut?“

Doch Viola konnte das Kichern immer noch nicht unterdrücken. „Ich habe doch immer gesagt, du sollst mich lieber selbst unterrichten. Was soll so ein Angsthase schon wissen, das du mir nicht beibringen könntest?“

„Viola! So etwas darfst du nicht über deine Erzieherin sagen!“

„Wärst du mein Erzieher, würde ich es auch nicht sagen. Du bringst mir nämlich viel schönere Sachen bei als solche Lehrerinnen, die immer nur aus ihren grässlichen Büchern lesen.“

„Bitte verzeihen Sie.“ Wedell sprang aus dem Wagen. „Ich bin sicher, dass Viola sich schnell an Sie gewöhnen wird.“

Das war ja ein blendender Einstand im Forstschloss. Sie fürchtete sich vor einem anscheinend harmlosen Hund, sprang dem Grafen vor Schreck fast auf den Schoß, ihre neue Schülerin lachte sie aus und über das alles schleppte sie immer noch ein Geheimnis mit sich herum, das wie eine Zeitbombe tickte.

* * *

Lydia legte ihr vorläufiges Unterrichtskonzept in eine Mappe und sah gähnend auf die Uhr. Schon beinahe zehn Uhr. Ob sie um diese Zeit noch zu dem Grafen gehen konnte? Würde das nicht für Getuschel bei der Dienerschaft sorgen, wenn sie ihn so spät aufsuchte? Aber vielleicht fand sie dann endlich die Gelegenheit, ihm alles zu offenbaren, was ihr auf der Seele brannte.

Von draußen drang Pferdegetrappel herein. Rasch trat Lydia ans Fenster. Der Graf! Was für ein prächtiges Bild, die hohe, kraftvolle Gestalt des Grafen auf einem feurigen Schimmel. Er sprang aus dem Sattel, strich dem Pferd, das seinen Kopf an seiner Schulter rieb, mit der flachen Hand über die Nüstern und übergab die Zügel schließlich einem herbeieilenden Stallknecht. Dann stieg er sporenklirrend die Treppe hinauf und verschwand im Schloss.

Lydia drückte beide Hände auf ihr galoppierendes Herz. Warum überschlug es sich beinahe? Bestimmt nur, weil sie jetzt wusste, dass der Graf noch zu sprechen war, und weil sich in diesem Gespräch ihr weiteres Schicksal entscheiden würde.

Sie würde noch einige Minuten warten, damit er sich frisch machen konnte. Und diese Zeit konnte sie zum Beten nutzen. Sie ging auf die Knie. „Bitte, mein Gott, gib mir den Mut, Graf Wedell alles zu sagen. Und bitte gib, dass nicht wieder etwas dazwischenkommt."

Da rollte draußen ein Wagen vor. Lydia sprang auf und sah aus dem Fenster. Derselbe offene Wagen, mit dem sie vom Bahnhof abgeholt worden war. Dieses Mal saß ein einzelner junger Herr darin, groß, breitschultrig, etwas jünger als der Graf. Er trug eine prächtige Uniform und die Epauletten wiesen ihn als Hauptmann aus. Wer mochte das sein?

Der Oberdiener Hachmann empfing ihn mit einem tiefen Bückling und trug eilfertig das Gepäck ins Schloss. Der junge Mann sprang mit einem eleganten Satz aus dem Wagen und ebenso leichtfüßig die Treppe hinauf. Wer mochte das sein? Wollte dieser Herr etwa zu Graf Wedell?

Das käme ihr gar nicht zupass. Denn sie musste dem Grafen jetzt den Unterrichtsplan übergeben und ihm vor allen Dingen alles offenbaren. Davon durfte sie sich nicht durch eine bloße Vermutung abhalten lassen.

Sie klemmte die Mappe unter den Arm und verließ ihr Zimmer.

Im großen Treppenhaus kam ihr der Oberdiener Hachmann entgegen. „Herr Hachmann, ist der Herr Graf noch zu sprechen?"

Der Diener zog die Augenbrauen hoch. „Um diese Zeit noch, Baronesse?"

„Ich sah ihn eben von einem Ausritt zurückkehren und hoffte, ihm noch den Unterrichtsplan für seine Nichte übergeben zu können."

Hachmann kniff die Augen zusammen und schüttelte den Kopf. „In Ihrer Stellung könnte es ratsam sein, nicht so spät noch zu dem Herrn Grafen zu gehen."

Lydia presste die Lippen aufeinander. „Aber ich bitte Sie!"

„Ich muss Sie ohnehin enttäuschen. Soeben ist der jüngere Bruder des Herrn Grafen eingetroffen und weilt gerade bei dem Herrn Grafen. Und danach noch ..." Der Oberdiener räusperte sich. „Nun, das wäre sicher wirklich ..."

Also wurde es heute Abend wieder nichts. Warum kam bloß immer etwas dazwischen? Sie reichte Hachmann die Mappe. „Dann übergeben Sie bitte dem Herrn Grafen den Unterrichtsplan."

Hachmann nahm die Mappe mit einer Verbeugung entgegen, aber über sein Gesicht huschte ein süffisantes Grinsen.

Kapitel 6

Zur gewohnten Frühstückszeit betrat Wedell den Speisesaal des Forstschlosses. Von Baronesse Gedigk und Viola war noch nichts zu sehen, nur sein Bruder Friedrich Wilhelm saß schon auf seinem Platz. Rahel Grüning, seine Großmutter, wohnte nebenan im alten Forsthaus und kam erst zum zweiten Frühstück herüber.

Wedell legte die Mappe mit dem Lehrplan auf den Tisch und schüttelte seinem Bruder die Hand. „Fritz, hast du die erste Nacht in der heimatlichen Waldesruhe nach vier Monaten in Sarajevo gut verbracht?"

„Es ist mir fast zu still hier." Die Stimme seines Bruders klang noch rauchiger als sonst. „Aber so ging es mir in den ersten Tagen in Sarajevo auch, weil ich vom noch lauteren Berlin verwöhnt war."

„Du musst mir unbedingt ausführlich erzählen, was in Sarajevo vor sich geht, insbesondere von deinen Erlebnissen dort. Gestern hatten wir nach deiner Ankunft ja kaum Zeit." Wedell setzte sich ihm gegenüber. „Es kursieren so viele widersprüchliche Gerüchte über das Attentat auf den Erzherzog und seine Gemahlin, dass ich froh bin, endlich etwas aus erster Hand zu erfahren."

„Das kannst du allerdings von mir." Sein Bruder schob sich eine Salmiakpastille zwischen die Zähne. „Aber wo bleibt denn deine vortreffliche Gouvernante? Will sie unserer Nichte etwa Unpünktlichkeit beibringen?"

„Das muss dem in afrikanischen Verhältnissen aufgewachsenen Kind nicht beigebracht werden." Wedell sah auf die Uhr. „Es ist doch erst zwei Minuten nach acht Uhr."

„Bist du wirklich sicher, dass diese junge Dame sich bei Viola Respekt verschaffen kann? Wenn ich es richtig mitbekommen habe, waren doch alle bisherigen Erzieherinnen älter."

„Vermutlich braucht Viola genau das. Nicht eine ältliche Dame, die sie zu einer Salonpuppe erziehen will, sondern eine junge, frische Persönlichkeit, die ihr Vertrauen erwirbt."

„Dann wünsche ich der Baronesse, dass sie wirklich die Liebe des kleinen Wildfangs gewinnt." Sein Bruder kaute auf der Salmiakpastille. „Sonst wirst du sie wahrscheinlich ebenso wie alle anderen schon in wenigen Wochen wieder entlassen."

Eigentlich wollte er mit seinem Bruder gar nicht so ausführlich über die Baronesse sprechen, sondern lieber etwas aus Sarajevo erfahren. Bei Tisch würden sie Violas wegen nicht offen darüber reden können. „Ich denke, dass ich die richtige Erzieherin gefunden habe. Franzi hat sie mir empfohlen, und sie hat auf mich einen tadellosen Eindruck gemacht."

Sein Bruder grinste. „Hast du das nicht bisher bei jeder Gouvernante behauptet?"

„Franzis Empfehlung wiegt viel bei mir. Außerdem sagen mir ihre Ansichten zu." Wedell spürte, wie Ärger in ihm hochkroch. „Sie denkt fortschrittlich über die Ausbildung einer höheren Tochter, scheint geeignete Unterrichtsmethoden anzuwenden und außerdem entschlossen zu sein, Viola so lange zu betreuen, bis sie ihrer nicht mehr bedarf. Darüber hinaus ist ihr der Glaube an Jesus Christus ..."

„Natürlich, das ist ja das Wichtigste." Sein Bruder verdrehte die Augen. „Mit einer heiligen Erzieherin kann ja nichts schiefgehen."

„Du wirst schon sehen, dass ich recht habe. Baronesse von Gedigk ist perfekt für Viola." Zumindest legten ihre Antworten während der Kutschfahrt das nahe. Es war nur ein wenig verwunderlich, dass sie bei jeder Frage so viel Zeit zum Nachdenken benötigt hatte. Aber das lag bestimmt daran, dass sie noch zurückhaltend im Umgang mit ihm war.

„Eine perfekte Person wirst du niemals finden, Claudinand. Auch deine neue Gouvernante ist nur ein fehlbarer Mensch."

Wedell atmete tief durch, damit ihm kein böses Wort hinausrutschte. „Natürlich ist sie das. Trotzdem bin ich sicher, dass sie die perfekte Erzieherin für Viola ist."

„Dann könnte ja auch deine Suche nach einer perfekten Ehefrau bald ein Ende haben." Sein Bruder blinzelte ihn mit seinen leuchtend blauen Augen an. „Wenn diese Baronesse von Gedigk so ein Ausbund an Frömmigkeit und Vollkommenheit ist, solltest du sie dir nicht entgehen lassen."

„Bitte spotte nicht darüber." Natürlich hatte sein Bruder recht damit, dass es für ihn mit seinen 33 Jahren wirklich Zeit wurde, eine Frau zu finden. Aber bisher hatte jede, die in Betracht gekommen war, einen Fehler aufgewiesen, den er nicht hinzunehmen bereit gewesen war. „Erzähle mir lieber von deinen Erlebnissen in Sarajevo."

„Habe ich da etwa einen wunden Punkt getroffen?" Sein Bruder lachte und goss sich eine Tasse Kaffee ein. „Wenn du nicht aufpasst, Claudinand, schnappe ich dir Fräulein Einzigartig ungesehen vor der Nase weg."

Das sah seinem Bruder ähnlich. Mit seinem faszinierenden Aussehen – groß, breit, blond, Dreitagebart, verwegen blickende blaue Augen – hatte er schon manches Mädchen betört.

„Nichts für ungut." Sein Bruder gab ihm einen klatschenden Klaps auf die Schulter. „So etwas Frommes ist ohnehin nichts für mich. – Aber höre ich recht? Offenbar beliebt es den beiden jungen Damen, uns endlich mit ihrer Gegenwart zu beglücken." Er erhob sich.

Tatsächlich erschien Baronesse Gedigk mit Viola in der Tür. Die Erzieherin hielt das Mädchen fest an der Hand und Violas Gesicht war eindeutig verheult.

„Onkel Claudinand, bitte schicke das grässliche Fräulein wieder weg!"

Wedell sprang auf und nahm seine Nichte in die Arme. „Was ist denn los? Du kannst die Baronesse doch nicht *grässlich* nennen!"

„Bitte verzeihen Sie, Herr Graf ..." Die Baronesse knickste.

„Ich wollte wie jeden Morgen in meinem Bett mit Hector kuscheln, aber dieses Fräulein hat mir verboten, den Hund überhaupt in mein Zimmer zu lassen!", schniefte Viola, während neue Tränen über ihre Wangen kullerten.

„Bitte, Herr Graf." Die Stimme der Baronesse klang zittrig. „Ich halte es für ungut, wenn der Hund zu dem kleinen Fräulein ins Bett geht. Und das hat nichts mit meiner Angst vor Hunden zu tun."

Er richtete sich auf und sah sie an. „Schon gut, ich gebe Ihnen recht. Vermutlich habe ich ihr zu viel durchgehen lassen. Sie werden noch lernen, sich bei ihr durchzusetzen."

Da entdeckte Viola ihren anderen Onkel. Sie riss sich los und rannte auf ihn zu. „Onkel Fritz! Endlich bist du da!"

Sein Bruder hob Viola hoch und warf das vor Freude quietschende Mädchen in die Luft.

Wedell reichte der Baronesse die Mappe mit dem Lehrplan. „Ihr Plan gefällt mir ausgesprochen gut. Wir brauchen nicht weiter darüber zu reden. Bitte beginnen Sie gleich heute mit dem Unterricht."

Sie nahm die Mappe entgegen und sah ihn an. Zögernd öffnete sie den Mund, als ob sie etwas sagen wollte, doch dann presste sie die Lippen aufeinander.

„Haben Sie noch eine Frage, Baronesse?"

Sie sog hörbar die Luft ein und öffnete wieder den Mund, doch da trat sein Bruder mit Viola an der Hand herbei.

„Willst du uns nicht endlich einander vorstellen, Claudinand?"

Wedell verbeugte sich vor der Baronesse. „Mein Bruder Friedrich Wilhelm, gestern Abend aus Sarajevo eingetroffen." Er wandte sich seinem Bruder zu. „Baronesse Lydia von Gedigk."

Die Baronesse knickste erneut.

Sein Bruder stieß ihn an. „So sieht also eine perfekte Erzieherin aus?", raunte er ihm grinsend zu. „Aber eines muss man ihr lassen: Sie ist hübsch wie eine Prinzessin."

* * *

Lydia hob Viola energisch auf den Stuhl neben sich. „Nun wollen wir uns vertragen und brav unser Frühstück einnehmen."

„Ich will aber zwischen Onkel Claudinand und Onkel Fritz sitzen!", rief die Kleine und machte sich steif.

„Psst." Lydia legte den Arm um Violas Schultern. „Dein Onkel möchte beten."

„Du sollst mich nicht immer anfassen!"

Lydia zog seufzend den Arm zurück. Wenigstens war Viola jetzt so still, dass Graf Wedell das Tischgebet sprechen konnte.

„Unser Vater, wir danken Dir, dass wir den neuen Tag erleben dürfen. Bitte gib uns einen guten Tag, den wir so verbringen, wie es Dir gefällt."

Viola schnaufte.

Lydia schielte zu ihr hinüber. Hoffentlich gab es während des Gebets nicht den nächsten Aufstand ihres Schützlings.

„Bitte hilf Baronesse Gedigk, sich gut mit Viola anzufreunden."

Ein böser Seitenblick des kleinen Mädchens.

„Danke, dass Fritz gesund bei uns eingetroffen ist. Und bitte gib uns, dass wir in unserem Land weiter in Frieden leben können."

Viola stöhnte hörbar. Lydia stieß sie an und legte den Finger auf die Lippen.

„Danke, dass Du Deinen geliebten Sohn für uns in den Tod gegeben hast, damit alle, die an Ihn glauben, nun Deine Kinder sein können. Danke, dass Du so gut für uns sorgst. Viele haben es nicht so gut ..."

Viola baumelte mit den Beinen und stieß polternd gegen ein Tischbein. Lydia legte ihr die Hand aufs Bein. „Psst."

Die Kleine streckte ihr die Zunge heraus.

„Und danke, dass Du uns dieses reichhaltige Frühstück gibst. Amen."

Unmittelbar danach griff Viola nach dem Brötchenkorb, doch Lydia hielt ihren Arm fest. „Was sagt man nach einem Gebet?"

„Du sollst mich nicht anfassen!"

Friedrich Wilhelm von Wedell lachte schallend. „Das war definitiv die falsche Antwort!" Er krabbelte die Kleine am Kinn. „Nun los, sag schon brav dein *Amen*, dann darfst du auch ein Brötchen essen."

„Amen", knurrte Viola.

„Na siehst du." Er legte ein Brötchen auf ihren Teller.

Lydia schenkte ihrer Schutzbefohlenen eine Tasse Milch ein. „Schau, die magst du doch bestimmt gern."

„Onkel Claudinand soll das tun!", fauchte Viola, fasste aber mit beiden Händen nach der Tasse.

Aufseufzend sah Lydia zu dem Grafen hinüber, der die Augenbrauen in die Höhe zog. „Sie schaffen das schon", raunte er.

„Nun kann ich endlich von Sarajevo erzählen." Friedrich Wilhelm von Wedell nahm einen großen Schluck aus seiner Kaffeetasse. „Ich habe alles hautnah miterlebt, da ich Fahrer eines Begleitfahrzeuges war."

„Erstaunlich, dass man dir als deutschem Militärattaché diese vertrauensvolle Aufgabe zugewiesen hat." Gewissenhaft teilte der Graf ein Brötchen in zwei gleich große Hälften.

„Leider lag es nicht an meinen außerordentlichen Fähigkeiten, sondern nur daran, dass ein Fahrer erkrankt war." Der Bruder des Grafen schmierte sich die Butter in einer dicken Schicht auf ein Croissant.

Lydia nahm das Brötchen von Violas Teller. „Womit soll ich es dir belegen?"

„Gar nicht, Onkel Claudinand soll das tun." Viola riss ihr das Brötchen aus der Hand.

„Du merkst doch, dass deine Onkel miteinander sprechen möchten. Ich werde dir dein Brötchen belegen." Sie nahm es der Kleinen wieder ab.

„Ich erlebte auf dem Weg vom Bahnhof zum Rathaus schon den ersten Anschlagsversuch auf den Wagen des Erzherzogs mit", erzählte Friedrich Wilhelm von Wedell kauend. „Wir bildeten eine Kolonne von sieben Fahrzeugen. Der Erzherzog und seine Gattin saßen im zweiten Fahrzeug, ich steuerte das vierte Fahrzeug, in dem einige Hofmarschälle mitfuhren."

Lydia legte der mit offenem Mund zuhörenden Viola das fertig geschmierte Brötchen auf den Teller. „Iss, Viola."

„Es war an der Ćumurija-Brücke", fuhr der Bruder des Grafen fort. „Ich sah urplötzlich einen dunklen Gegenstand fliegen. Der erzherzogliche Wagen preschte unvermittelt vorwärts, der Erzherzog riss den Arm hoch ..."

„Was war denn das?", rief Viola atemlos.

„Du sollst dein Brötchen essen." Lydia fegte ein paar Krümel von Violas Kleid.

„Richtig. Und keine vorwitzigen Fragen stellen, wenn Erwachsene sich unterhalten." Friedrich Wilhelm von Wedell gab seiner Nichte einen Nasenstüber.

„Bitte, Baronesse, sehen Sie zu, dass Viola ihr Frühstück rasch beendet." Der Graf zog die Augenbrauen hoch. „Die Geschehnisse von Sarajevo sind nichts für Kinderohren."

„Ich will aber wissen, wie die Geschichte weitergeht!" Die Kleine zog einen Schmollmund. „Hat jemand einen Stein auf den Herzog geworfen?"

„Schlimmer noch. Es war eine Bombe." Friedrich Wilhelm von Wedell goss sich eine weitere Tasse Kaffee ein.

„Fritz!" Der Graf schüttelte den Kopf.

„Ich meine, sie ist alt genug ..."

„Eine Bombe???" Viola fiel das Brötchen aus der Hand.

„Du hast gehört, was dein Onkel gesagt hat." Lydia wischte der

Kleinen mit der Serviette Butter von den Fingern. „Wenn Erwachsene reden, haben Kinder zu schweigen."

„Ich will aber wissen, was passiert ist!" Sie schob Lydias Hand weg.

„Nichts Schlimmes – jedenfalls zu diesem Zeitpunkt noch nicht." Friedrich Wilhelm von Wedell legte Violas Brötchen wieder auf ihren Teller. „Der Erzherzog wehrte die Bombe mit dem Arm ab, der Fahrer gab Gas und sie explodierte direkt vor dem folgenden Fahrzeug. Darin wurden allerdings Oberstleutnant Merizzi und Graf Boos-Waldeck verletzt, sowie auch einige Schaulustige am Straßenrand."

„Da hat Gott dich ganz offensichtlich bewahrt, dass du nicht dieses, sondern erst das nächste Fahrzeug steuertest." Der Graf atmete durch.

Friedrich Wilhelm von Wedell lachte leise. „Es war ja klar, dass du das sagst. Nach meinem Dafürhalten habe ich einfach Glück gehabt, nicht mehr."

„Nein, der Heiland hat auf dich aufgepasst!", rief Viola.

Lydia beugte sich zu der Kleinen hinunter. „Natürlich hat Er das. Und nun iss dein Brötchen auf." Sie drückte ihr das Brötchen erneut in die Hand. – Warum Graf Wedell nicht einmal ein Machtwort sprach? Wenn Viola so an ihm hing, hatte er doch gewiss großen Einfluss auf sie.

„Auf den Erzherzog hat Gott allerdings nicht aufgepasst", warf Friedrich Wilhelm von Wedell bitter ein.

„Fritz!" Der Graf warf einen Blick zu Viola hinüber. „Ich dulde nicht, dass du so etwas vor den Ohren unserer Nichte sagst!"

„Es ist doch nur die Wahrheit." Friedrich Wilhelm von Wedell schlürfte an seinem Kaffee. „Außerdem duldest du ja auch die Unartigkeiten unserer Nichte."

„Verzeihen Sie, Baronesse." Der Graf neigte den Kopf leicht in Lydias Richtung. „Ich denke, es ist in Ihrem Sinne, wenn Sie sich selbst bei Ihrer Schutzbefohlenen Respekt verschaffen."

„Wie galant", brummte der Bruder des Grafen.

„Ich will, dass du weitererzählst, Onkel Fritz!" Violas Brötchen wurde immer noch nicht kleiner.

„Nun, das eigentliche Unglück geschah, als der Erzherzog mit seiner Frau vom Rathaus zum Krankenhaus fahren wollte, um den verletzten Oberstleutnant Merizzi zu besuchen."

„Was für ein Unglück ist denn passiert?"

Lydia kniff Viola leicht in den Arm. „Du sollst endlich still sein und dein Brötchen essen!"

„Au, du tust mir weh!"

„Nun ist es genug." Lydia stand auf. Der Graf hatte recht, sie musste sich bei Viola Respekt verschaffen, und wenn es mit Liebe nicht gelang, dann eben mit Strenge. „Herr Graf, bitte gestatten Sie, dass ich mich mit Ihrer Nichte zurückziehe."

„Ich will aber nicht! Onkel Fritz soll weiter von dem Herzog erzählen!" Über Violas Wangen kullerten Tränen.

Sie konnte die Kleine gut verstehen. Es interessierte sie auch brennend, aus erster Hand etwas über das Attentat von Sarajevo zu hören. Aber so, wie Friedrich Wilhelm von Wedell darüber sprach, war es in der Tat nichts für Kinderohren.

„Bitte." Der Graf erhob sich und glättete seinen Rock. „Ich hoffe, dass wir morgen ein ruhigeres Frühstück verleben werden."

Lydia zerrte Viola von ihrem Stuhl, klirrend fiel ein Löffel zu Boden. Sie warf noch einen Blick auf den Grafen, der sie mit gerunzelter Stirn ansah – und hinter dieser gerunzelten Stirn konnte sie beinahe die Frage lesen, ob sie für dieses bockige Kind wirklich die geeignete Erzieherin war.

* * *

Wedell sah der Baronesse nach, dann nahm er wieder Platz. „Fritz, ich dulde deine Einmischung nicht."

„Wie bitte?" Sein Bruder sah ihn groß an. „Was habe ich denn verbrochen?"

„Ich habe bewusst nicht eingegriffen, sondern es Baronesse Gedigk überlassen, Viola zu bändigen."

„Wie schon gesagt: Ich halte das für wenig galant."

„Es geht hier nicht um Galanterie. Die Baronesse ist die Erzieherin, sie muss sich Respekt verschaffen." Wedell fegte einen Krümel von seiner Hose. „Und dabei ist es wenig hilfreich, wenn ich in jeder kritischen Situation eingreife."

„Ein wenig Ritterlichkeit könnte dir nicht schaden, Bruder. Die Baronesse ist doch ausgesprochen hübsch und verteidigt sogar Violas Glauben gegen meinen Unglauben. Ich würde sie mir an deiner Stelle nicht entgehen lassen."

Wedell starrte auf die Tür, durch die die Baronesse soeben verschwunden war. Er musste sich eingestehen, dass die junge Dame nicht nur hübsch, sondern eine ausgesprochene Schönheit war. Ihr Haar war von seidig schimmerndem Dunkelbraun, auch ihre Haut war leicht gebräunt – damit bildete sie einen interessanten Kontrast zu den durchweg viel zu blassen Damen der Gesellschaft. Das Überraschendste waren aber ihre Augen. Zu ihrem brünetten Typ hätte er braune Augen erwartet, aber sie waren so blau wie die Vergissmeinnicht, die am Ufer der Wölfel blühten. Doch er würde sich nicht von ihrem faszinierenden Äußeren blenden lassen. Ihr Glaube fiel für ihn jedenfalls mehr ins Gewicht. „Bitte unterlasse es, dermaßen respektlos über die Baronesse zu reden. Sie ist Bewohnerin dieses Hauses und ich werde nicht dulden – auch nicht von dir –, dass ihr jemand bloß zum Vergnügen Avancen macht."

„Wer spricht denn gleich von Avancen?" Sein Bruder goss sich schon wieder eine Tasse Kaffee ein. „Ich sprach von Ritterlichkeit, von Galanterie."

„Das führt nur zu unnötigen Verwicklungen." Das hatte er als vermutlich reichster Junggeselle der Grafschaft Glatz oft genug erlebt. „Ich will bei der Baronesse keine falschen Hoffnungen wecken, und dasselbe verlange ich auch von dir."

„Um mich brauchst du dir keine Sorgen zu machen." Sein Bruder lehnte sich zurück und schlürfte an seinem Kaffee. „Ich werde schon in Kürze wieder verschwinden."

„Ein neuer Auftrag? Etwa zurück nach Sarajevo?" Wedell faltete seine Serviette zusammen und legte sie neben seinen Teller.

„Dort braucht man mich nicht mehr." Sein Bruder grinste verschmitzt. „Nach einer gründlichen Ausbildung geht es weit in den Osten. Aber mehr darf ich nicht sagen. Streng geheim."

„Streng geheim?" Wedell kniff ein Auge zu und fixierte seinen Bruder. „Großer Generalstab, Abteilung III b[3]?"

---

3 Die Abteilung III b im Großen Generalstab war bis 1918 der militärische Nachrichtendienst der preußisch-deutschen Armee.

Er legte den Finger auf die Lippen. „Psst. So etwas darf man höchstens denken."

Sein Bruder musste sich in Sarajevo ausgesprochen bewährt haben, sonst würde man ihn kaum in diese prestigeträchtige Abteilung versetzen. „Hältst du es für richtig, in dieser Weise tätig zu werden? Abgesehen von der Gefahr ..."

„Ach was, Gefahr." Sein Bruder lachte. „Das ist es doch gerade, was mich reizt. Was glaubst du, wie langweilig das Leben als Militärattaché in Sarajevo war. Zum Sterben langweilig, sage ich dir. Ich will endlich etwas erleben!"

„Als hättest du dort nicht genug erlebt. Aber schlimmer ist doch noch, dass es sich um ein äußerst schmutziges Geschäft handelt. Du hast mir gerade noch von Ritterlichkeit gepredigt. Hältst du diese Art von Auftrag etwa für ehrenhaft?"

„Willst du damit sagen, unser allergnädigster Kaiser und König vergebe unehrenhafte Aufträge?"

Wedell wiegte den Kopf. „Diese Art von Tätigkeit, die du offenbar im Sinn hast, kann ich jedenfalls nicht als ehrenhaft bezeichnen. Sicherlich hätte es auch andere Aufträge für dich gegeben."

„Sehr wohl – langweilige Aufträge in irgendwelchen Stäben oder mit endlosen Paraden. Nein, du wirst mich nicht davon abhalten."

„Wenn du es schon nicht unterlässt, weil es für einen Christenmenschen unziemlich ist, so solltest du wenigstens an unseren Namen denken."

Sein Bruder schob mit lautem Schaben seinen Stuhl zurück und stand auf. „Claudinand, ich werde definitiv nichts tun, was unserem Namen Schande bereitet. An dem Auftrag, den ich erhalten habe, kann ich nichts Ehrenrühriges erkennen."

Warum war sein Bruder bloß so ganz anders als er? Sie hatten doch dieselben Eltern, die gleiche Erziehung genossen, und doch hatte sein Bruder eine so ganz andere Einstellung als er.

„Außerdem legtest du gerade selbst Wert darauf, dass du keine Einmischung duldest. In diesem Punkt dulde ich sie meinerseits nicht. Du bist zwar mein älterer Bruder, aber ich werde mich nicht von dir gängeln lassen."

Wedell erhob sich ebenfalls. „Lass uns nicht streiten, Fritz."

„Es ist doch immer dasselbe: Bevormundung und Streit. Ich hätte gar nicht herkommen sollen." Mit festen Schritten verließ sein Bruder das Speisezimmer.

Kapitel 7

Lydia legte die Zeitungsartikel, die sie über den Vorfall in Sarajevo gesammelt hatte, auf einen Stapel und beschwerte sie mit einem Atlas, damit der Wind sie nicht wegwehte. „Du darfst dir dort vorn auf der Wiese einige Blumen pflücken, Viola."

„Fein! Dann windest du daraus einen Kranz für mich!", jubelte das Mädchen und flitzte davon.

Aufatmend sah Lydia ihr nach. Die heutige Unterrichtsstunde war besser gelaufen als gestern die erste. Violas Widerwille war schon etwas geschwunden, als sie die Stunde in den Park verlegt hatte. Dann hatte sie noch das Attentat von Sarajevo, verpackt als das Abenteuer ihres Onkels Friedrich Wilhelm, zum Thema gemacht; da war Viola endgültig mit Feuereifer bei der Sache gewesen.

Sie schloss die Augen und lauschte auf das Zwitschern der Vögel und das Wispern des Windes in den Baumkronen. *Danke, Herr Jesus, dass Du mir geholfen hast.* Doch es lag noch ein weiter Weg vor ihr. Violas Vertrauen war noch lange nicht gewonnen.

Und den Grafen konnte sie immer noch nicht recht einschätzen. Einerseits war er höflich und zuvorkommend, andererseits paarte sich diese freundliche Schale mit einer gewissen Skepsis – jedenfalls ließen seine intensiven Fragen und sein Verhalten beim gestrigen Frühstück darauf schließen. Und dann war da immer noch ihre Vergangenheit. Sie hatte einfach noch keine ungestörte Gelegenheit gefunden, sie dem Grafen zu offenbaren.

„Ich sehe, Sie wissen, wie man kleine Mädchenherzen überwindet." Die rauchige Stimme Friedrich Wilhelm von Wedells riss sie aus ihren Gedanken. „Ich hoffe, mein Bruder missbilligt es nicht, dass Sie den Unterricht ins Freie verlegen."

Lydia erhob sich und knickste. „Der Herr Graf hat sich mit meinen Plänen einverstanden erklärt."

„Bitte behalten Sie Platz. Ich halte nichts von diesen Konventionen." Friedrich Wilhelm von Wedell setzte sich auf den Stuhl, den Viola eben noch innegehabt hatte, und legte den rechten Fuß auf das linke Knie. „Oh, ich sehe, Sie wählten das Attentat von Sarajevo zum Thema?"

„Ich glaube, dass es für Viola wichtig ist, die aktuellen Entwicklungen zu verstehen." Lydia nahm ebenfalls wieder Platz. „Es könnte sein, dass diese ihr Leben noch gehörig auf den Kopf stellen."

„Mich müssen Sie davon nicht zu überzeugen suchen, Baronesse." Er grinste sie an. „Ich finde sowohl den Unterrichtsort als auch den Gegenstand trefflich gewählt. Ich zweifle nur daran, dass mein Bruder gleicher Ansicht ist."

Hätte sie ihn vorher um Erlaubnis fragen müssen? Hatte sie etwa schon das Missfallen des Grafen erregt? „Ihr Herr Bruder hat mir freie Hand gelassen."

„Vermutlich tut er das am Anfang immer." Friedrich Wilhelm von Wedell schob sich eine Salmiakpastille in den Mund. „Aber Sie sollten berücksichtigen, dass mein Bruder erzkonservativ, um nicht zu sagen: altmodisch, ist. Ich habe Zweifel, ob er solch progressive Methoden dauerhaft billigen wird."

Trotzdem wirkte der Graf keineswegs so verbohrt wie Fräulein von Steinbach. Und der Erfolg gab ihr – jedenfalls heute – recht. Aber ob das den Grafen überzeugte? Sein Bruder musste es ja eigentlich wissen.

„Noch dazu dieses Thema." Friedrich Wilhelm von Wedell schlug theatralisch die Hände zusammen und ahmte den Tonfall des Grafen nach. „Ob das wirklich für die zarte Kinderseele meiner Nichte geeignet ist?"

„Ich denke, ich habe es meiner Schülerin in den richtigen Worten nahegebracht." Lydia strich sich die Haare hinters Ohr. Warum sprach er so negativ über seinen Bruder? Sonderlich innig schien das Verhältnis der beiden nicht zu sein.

„*Ich* bin davon überzeugt." Er beugte sich vor und sah ihr in die Augen. „Wenn Schwierigkeiten auftreten oder Sie Unterstützung benötigen, zögern Sie nicht, sich an mich zu wenden. Über mein Regiment bin ich zumindest in den nächsten Wochen, vielleicht auch Monaten, noch zu erreichen."

Lydia rückte mit ihrem Stuhl ein Stück zurück. Am liebsten hätte sie Viola zu sich gerufen, um nicht länger mit Friedrich Wilhelm von Wedell allein sein zu müssen. Aber das Mädchen war so vergnügt und trällerte *Der Mai ist gekommen* vor sich hin, dass sie sie nicht stören wollte. „Vielen Dank für Ihr Angebot. Ich werde mich mit Gottes Hilfe hier einleben und einarbeiten." Sofern der Graf sie nicht hinauswarf, wenn er von ihrer Vergangenheit erfuhr oder ihm ihre Unterrichtsmethoden so missfielen, wie sein Bruder vermutete. „Ihren Worten entnehme ich, dass Sie das Forstschloss schon bald wieder verlassen werden?"

„Wenn Sie morgen aus dem Gottesdienst kommen, bin ich bereits fort." Er beugte sich noch weiter vor. „Leider."

„Ich sollte mit Viola nun ins Haus ..."

„Ich werde aber versuchen, so bald wie möglich zurückzukehren. Ich hoffe, Sie sind dann immer noch hier."

„Ich habe vor, Viola so lange zu unterrichten, wie sie meiner bedarf." Falls der Graf sie ließ und sich zwischenzeitlich nicht eine exzellente Stelle in Berlin fand. Sie stand auf. „Nun bitte ich Sie, mich zu entschuldigen."

Er sprang ebenfalls auf und verneigte sich eine Spur zu tief. „Ich freue mich, dass meine Heimat einen neuen Anziehungspunkt für mich hat."

Nun war es wirklich genug. Sie war nicht hierhergekommen, um sich von dem Bruder des Grafen Avancen machen zu lassen. „Viola! Komm, wir wollen hineingehen!"

Das Mädchen näherte sich mit einem Arm voller Blumen, deren Namen Lydia nicht einmal kannte. „Du wolltest mir doch einen Kranz winden!"

Lydia warf einen Seitenblick auf Friedrich Wilhelm von Wedell. Seine Augen funkelten sie an. „Das werden wir später tun, Viola. Jetzt bringen wir zuerst die Unterrichtsmaterialien ins Schloss."

„Aber du sollst mir jetzt einen Kranz winden!" Die Kleine stampfte mit dem Fuß auf.

Seufzend packte Lydia den Atlas. Sie hatte gerade nicht nur einen ungewollten Verehrer gewonnen, sondern auch Violas aufkeimendes Wohlwollen schon wieder verloren.

Kapitel 8

Wedell strich seinen Sonntagsrock glatt und sah den Kirchgängern nach, die dem *Gelben Dragoner* und der *Grafschaft Glatz* zustrebten, um ihren Frühschoppen einzunehmen. – Wo nur Baronesse Gedigk mit Viola blieb?

Da sah er die beiden an der Wölfelbrücke stehen. Ein Wagen hielt dort. Wieso war außer der Kutsche, mit der sie zum Gottesdienst gefahren waren, ein weiterer Wagen aus dem Forstschloss im Dorf? – Natürlich, Fritz fuhr ja heute zur Bahn.

Sein Bruder beugte sich aus dem Wagen und sprach mit der Baronesse. Dann reichte er ihr die Hand, kniff Viola in die Wange, und der Wagen rumpelte davon.

Wedell ging zu seiner Nichte und ihrer Gouvernante. „Baronesse, ich sehe, mein Bruder hat sich würdig von Ihnen verabschiedet."

Sie sah ihn groß an – lag ein Ausdruck des Schreckens in ihrem Blick? „Wir trafen Ihren Herrn Bruder zufällig. Er wollte sich noch von Viola ..."

„Schon gut." Er konnte es seinem Bruder ja nicht verdenken, dass er Feuer gefangen hatte. Die brünette Baronesse mit den Vergissmeinnichtaugen sah wirklich umwerfend aus. Und Fritz war schon immer leicht entflammbar gewesen, auch wenn er es bisher nie ernst gemeint hatte.

Sie schien noch etwas sagen zu wollen, doch seine Nichte zupfte ihn energisch am Rockschoß. „Onkel Claudinand, wann kommt Onkel Fritz wieder?"

Er strich ihr über den Kopf. „Ich weiß es nicht. Und er selbst wahrscheinlich auch nicht. – Baronesse, Sie wissen, dass ich morgen für zwei Wochen ins Manöver muss. Würde es Ihnen etwas ausmachen, mich zu Fuß zum Forstschloss zu begleiten?"

„Das ist fein!" Viola hüpfte von einem Bein aufs andere. „Ich gehe mit euch!"

„Du kannst mit deiner Urgroßmama im Wagen fahren. Es ist so warm heute, da wird sie bestimmt das Verdeck öffnen – das magst du doch so gern."

„Ich möchte aber viel lieber mit euch durch den Wald laufen!", rief seine Nichte. „Lydia, du wirst sehen, Onkel Claudinand wird uns wieder ganz viel über die Tiere und Bäume erzählen."

Die Baronesse sah Wedell an. „Es wird bestimmt ungemein lehrreich sein, mit Ihnen zu gehen, aber wollen Sie mir Ihre Direktiven nicht lieber in Ihrem Arbeitszimmer statt vor den Augen aller Kirchgänger von Wölfelsgrund geben? Ich möchte nicht in den allgemeinen Ruf der Gouvernanten geraten ..."

Wedell zupfte ein Blütenblatt von seinem Ärmel. Er wollte doch nur die notwendigen Dinge für die Zeit seiner Abwesenheit mit ihr besprechen, ohne viel Zeit zu verlieren. Aber zugegebenermaßen hätten die Vorgängerinnen der Baronesse sich eine solche Gelegenheit sicher nicht entgehen lassen. War Fräulein von Gedigk tatsächlich so auf die uneingeschränkte Wahrung des Anstands bedacht? Oder hatte es vielleicht schon ein Vorkommnis mit seinem Bruder Fritz gegeben, das sie nun zögern ließ?

„Komm, Lydia, es macht riesig viel Spaß, mit Onkel Claudinand durch den Wald zu gehen." Viola hing sich an die Hand ihrer Lehrerin. „Und ich werde auch ganz artig sein."

Wedell lächelte. „Offenbar haben Sie die Aversion des kleinen Wildfangs bereits überwunden."

„Seit wir gestern Abend noch einen Kranz gewunden haben, sind wir wieder versöhnt, nicht wahr?" Die Baronesse ordnete mit wenigen Handgriffen Violas dunkle Locken, doch die Kleine nickte so eifrig, dass diese Bemühung sofort wieder zunichtewurde.

„Lydia kann wundervolle Kränze winden!"

Wedell suchte den Blick der Erzieherin. „Was meinen Sie? Nehmen wir Viola mit? Dann müssen Sie wegen der Kirchgänger keine Sorge mehr haben." Dann konnte er der Baronesse zwar bestenfalls ein paar erste allgemeine Andeutungen machen, aber immerhin konnte er so noch einmal aus erster Hand erleben, wie sie mit Viola umging.

Fräulein von Gedigk presste die Lippen aufeinander, dann nickte sie. „Einverstanden, Herr Graf."

Sie nahmen Viola zwischen sich und gingen langsam die Dorfstraße hinauf.

„Ich bin froh, Baronesse, dass Sie sich inzwischen mit Viola angefreundet haben." Er hatte nach dem wenig verheißungsvollen Beginn nicht so schnell damit gerechnet. „Sie müssen ein gutes Gespür für das Kind haben."

„Danke, Herr Graf. Ich bin Gott dankbar, der offensichtlich geholfen hat."

Diese Einstellung gefiel ihm. „Das noch selbst erlebt zu haben, ist eine große Beruhigung für mich, wenn ich nun für einige Zeit fortmuss."

„Schau mal, Onkel!" Viola zerrte an seinem Arm. „Da kommt die grässliche Frau, die immer so lange mit dir redet."

Wedell sah nach vorne. Pauline Behrendt, die Kellnerin aus dem *Gelben Dragoner*, auf die er vor neun Jahren beinahe hereingefallen war. Sie hatte ihm vorgegaukelt, eine gute Christin werden zu wollen, um sich an ihn heranzumachen – nur um ihren betrügerischen Vater, den Verwalter der Wedellschen Güter, zu retten.

Mit strahlenden Augen kam Pauline Behrendt auf sie zu. „Herr Graf, wie schön, Sie zu treffen! Wollen Sie nicht dem *Gelben Dragoner* wieder einmal einen Besuch abstatten? Das Fräulein Nichte freut sich bestimmt über einen Becher Kakao mit Sahne."

„Komm, Onkel." Viola zog an seiner Hand. „Ich will keinen Kakao von dieser grässlichen Frau."

Woher kam bloß Violas Abneigung, dass sie sogar auf ihren geliebten Kakao verzichtete? War es nur das untrügliche Gespür eines Kindes? Er warf einen Seitenblick zu Baronesse Gedigk, doch in ihrem Gesicht konnte er keine Regung entdecken. „Sie sehen, dass ich in Gesellschaft bin, Fräulein Behrendt."

„Oh, heute so förmlich!" Pauline Behrendt lachte girrend. „Sonst nennen Sie mich doch immer beim Vornamen. Aber natürlich, wenn Sie in solch holdseliger Begleitung sind ..."

Wedell biss die Zähne aufeinander. Seit dem Tod ihres Vaters arbeitete Pauline wieder bei ihrem Onkel im *Gelben Dragoner* und ließ keine Gelegenheit aus, sich an ihn heranzumachen.

„Es gab sogar eine Zeit", fuhr die Kellnerin fort, „da Sie mir zuredeten, den Grafen fortzulassen und Sie wie in unserer Schulzeit Claudinand zu nennen."

Konnte diese Frau nicht einfach den Mund halten? Musste sie ihn vor der Baronesse so bloßstellen? „Sie wissen, Fräulein Behrendt, warum sich das geändert hat."

„Sie haben mir den Fehltritt meines Vaters immer noch nicht verziehen, nicht wahr?"

Aus dem Augenwinkel bemerkte Wedell, dass die Baronesse eine ruckartige Bewegung machte. Er sah sie an und gewahrte gerade noch einen Blick, der ihn an ein gehetztes Reh erinnerte. Doch rasch deckte sie die Hand über die Augen, als blende sie die Sonne.

Er wandte sich wieder Pauline Behrendt zu. „Ihnen ist bekannt, dass Sie sich das selbst zuzuschreiben haben. Und nun wünsche ich Ihnen einen angenehmen Sonntag." Er fasste Violas Hand fester. „Komm."

„Endlich. Hast du gesehen, Onkel, wie böse sie Lydia angeguckt hat?"

Wedell verbeugte sich in Richtung der Gouvernante. „Bitte verzeihen Sie den Zwischenfall."

Die Baronesse nickte stumm. Zwischen ihren Augen grub sich eine tiefe Falte ein.

* * *

Lydia fror bis ins Herz hinein. Warum wies der Graf das Fräulein so schroff ab? Als sie kürzlich vom Bahnhof kamen, hatte er schon nicht zurückgewinkt. Was mochten diese Kellnerin und ihr Vater bloß getan haben, dass der Graf ihren Fehltritt nicht verzeihen wollte? Das war mit Blick auf ihren eigenen Fehltritt besorgniserregend – und verwirrend. Denn wie passte das damit zusammen, dass die Kellnerin ihr Revier gerade so deutlich markiert hatte?

Der Graf marschierte mit verbissener Miene los und legte einen Sturmschritt vor, als wolle er vor der jungen Frau fliehen.

„Onkel, du gehst zu schnell!", jammerte Viola, und Lydia stimmte ihr innerlich zu.

Sofort drosselte der Graf seinen Schritt und strich seiner Nichte über den Kopf. Dann wandte er sich Lydia zu. „Bitte verzeihen Sie."

„Danke, in unseren Kleidern sind wir nicht so schnell." Sie sah ihn erwartungsvoll an. Wollte er ihr denn keine Aufklärung geben, was dieser Auftritt zu bedeuten hatte?

Als sie das Dorf schon hinter sich hatten und die kühlen Schatten des Hochwaldes sie umfingen, atmete er tief durch. „Trauern Sie noch dem Stadtleben hinterher, Baronesse?"

„Hier ist es doch viel schöner als in der Stadt!“, rief Viola. „Ich war mal mit Onkel Claudinand in Habelschwerdt, aber da will ich nie wieder hin. Da musste ich immer an seiner Hand gehen, weil überall Kutschen und Autos fuhren.“

Der Graf nickte Viola zu. „Dann wollen wir uns beide recht viel Mühe geben, dass Baronesse Gedigk ebenfalls den Wald und das Forstschloss liebgewinnt, damit sie möglichst lange bei uns bleibt, nicht wahr?“

Viola nickte eifrig, dass ihre Locken flogen. „Kannst du nicht für immer bei uns bleiben?“

Lydia lachte verlegen. „Dein Onkel würde sich schön bedanken. Irgendwann wirst du meiner nicht mehr bedürfen.“

„Es ist wirklich erstaunlich, wie schnell Sie das Herz meiner Nichte erobert haben.“ Der Graf umfasste sie mit einem warmen Blick. „Viola ist sonst keine, die schnell Zutrauen fasst.“

„Aber Lydia ist ganz anders als Mademoiselle Falgière. Und ihr Unterricht ist viel spannender!“

„Das freut mich.“ Der Graf sah Lydia an. „Besonders für Sie. Mein Verhalten bei Ihrem Einstand war wahrscheinlich keine große Hilfe für Sie. Aber ich wollte, dass Sie sich selbst bei Viola durchsetzen. Und Sie haben es geschafft – mehr mit Liebe als mit Strenge.“

Bei seinem Lob fühlte sie eine wohlige Wärme im Herzen. „Danke, Herr Graf.“

„Aber Sie haben meine Frage noch nicht beantwortet: Vermissen Sie das Stadtleben sehr?“

Lydia drückte die Hand ihres Schützlings fester. „Vom städtischen Amüsement habe ich auch in Breslau kaum etwas mitbekommen.“

„Hat Fräulein von Steinbach Sie an so kurzer Leine gehalten?“

„Ich hatte selbst wenig Interesse daran.“ Nach ihrer negativen Erfahrung stand ihr nicht der Sinn nach schalen Vergnügungen. „Trotzdem vermisse ich das rege Treiben auf dem Breslauer Ring, das Flanieren auf der Oderpromenade und die gemütlichen Läden auf der Schweidnitzer Straße ein wenig.“ War dies die Gelegenheit, ihm von ihrem Fehltritt zu erzählen? Trotz Violas Anwesenheit? Wohl kaum! Aber wann dann? Der Graf reiste morgen früh zu dem Manöver ab.

Plötzlich blieb er stehen. „Haben Sie es gehört? Der Pirol ruft!"

Sie hatte noch nie gehört, dass es ein Tier dieses Namens gab.

„Hörst du?" Viola hob den Zeigefinger. „Büloo – büloo. Das ist er."

Irgendwo hörte sie einen Vogel, der ungefähr das sang, was Viola nachzuahmen versuchte. „Ich glaube, auf diesem Gebiet habe ich noch viel zu lernen."

„Wenn Sie des Öfteren mit uns durch den Wald gehen, werden Sie bald eine perfekte Ornithologin sein." Der Graf lachte leise.

Sie sah ihn von der Seite an. Es war erstaunlich, wie nett, beinahe herzlich er sein konnte. Er wirkte gar nicht so verbohrt, wie sein Bruder ihn dargestellt hatte.

Der Graf lächelte sie an, wobei seine dunklen Augen warm leuchteten. Offensichtlich bereitete es ihm Freude, ihr die Vogelstimmen zu erklären.

Langsam gingen sie weiter, während Viola davon plauderte, welche im Hochwald beheimateten Vögel sie schon kannte.

Lydia ließ das Geplauder der Kleinen an sich vorüberfließen, während sie darüber nachgrübelte, wie und wann sie endlich ihr Geheimnis loswerden konnte. Wenn der Graf so herzlich war, mochte sie fast daran glauben, dass er das gefallene Mädchen nicht entlassen würde. Aber was die Kellnerin gesagt hatte, ließ sie das Gegenteil befürchten ...

„Hast du gehört?" Viola riss an ihrem Arm und brachte sie in die Gegenwart zurück. „Der Dompfaff singt!"

„Ich glaube, Baronesse Gedigk träumte soeben von Breslau – dem versonnenen Gesichtsausdruck nach zu urteilen", versetzte der Graf mit leisem Lachen.

Wenn er wüsste, worüber sie gerade nachgedacht hatte!

„Onkel Claudinand hat mir erzählt, dass der Dompfaff immer dabei ist, wenn ein Paar heiratet", plapperte das Mädchen weiter, ohne sich durch die Bemerkung des Grafen irritieren zu lassen.

„Jedenfalls heißt es im Zigeunerbaron von Johann Strauß so", erklärte der Graf.

Sofort fing Viola an zu singen:

„Wer uns getraut? Ei sprich!
Der Dompfaff, der hat uns getraut!
Im Dom, der uns zu Häupten blaut."

Doch plötzlich brach sie ab. „Meinst du, zu deiner Hochzeit wird auch ein Dompfaff singen, Onkel?“

Lydia unterdrückte ein Auflachen. Eine typische Kinderfrage! Zum Glück hatte sie ihren Onkel und nicht sie gefragt!

Der Graf blieb stehen und ging vor Viola in die Hocke. „Das weiß nur Gott allein. Auch ob es überhaupt jemals eine Hochzeit für mich geben wird.“ Seine Stimme klang rau, und er richtete sich rasch auf. „Nur Er weiß, ob es für mich die passende Frau ...“

„Du könntest doch einfach Lydia heiraten!“ Viola strahlte sie beide nacheinander an. „Dann würde sie für immer bei uns bleiben.“

„Viola!“ Lydia spürte, wie sie rot anlief.

„Was ist denn? Onkel Claudinand hat doch gerade selbst gesagt, dass wir uns Mühe geben wollen, damit du bei uns bleibst.“

Der Graf warf Lydia einen Blick zu, den sie nicht deuten konnte. Dann sagte er: „Weißt du, Viola, ich kann nicht jede Frau heiraten, die ich gerne im Forstschloss halten möchte. Dann müsste ich schon mit der Köchin anfangen, die jeden Tag für unser deliziöses Essen sorgt. – Und jetzt wollen wir nicht weiter davon reden.“ Er straffte sich und strich seinen Rock glatt.

Den Rest des Weges redeten sie kaum noch. Sogar Violas Geplapper war verstummt – wahrscheinlich war sie traurig, weil ihr genialer Einfall auf so wenig Begeisterung gestoßen war.

Kapitel 9

Keuchend ließ sich Wedell in den Schatten eines Baumes fallen, nahm die Pickelhaube ab und wischte sich den Schweiß von der Stirn. Dass dieses Manöver ausgerechnet im Hochsommer stattfinden musste! Schon nach vier Tagen sehnte er sich danach, endlich wieder in seinen kühlen Hochwald zurückkehren zu können. Sogar das manchmal lästige Geplauder seiner Nichte vermisste er.

Unwillkürlich musste er an den Spaziergang vom letzten Sonntag denken. Wie die Kleine bloß darauf gekommen war, dass er ihre Lehrerin heiraten könnte? Ohne Zweifel war die Baronesse eine sympathische und hübsche junge Frau, aber er hatte sich ihr gegenüber doch so neutral wie möglich verhalten. Freundlich, um ihr das Einleben zu erleichtern, aber auch zurückhaltend, um keine Hoffnung bei ihr zu wecken – er hieß schließlich nicht Fritz. Offenbar hatte Viola ihre intuitive Menschenkenntnis, die sie bei Pauline an den Tag gelegt hatte, in diesem Fall im Stich gelassen.

Zumal die Baronesse auch reservierter war, als er erwartet hatte. War er vielleicht nicht freundlich genug, sodass sie zu viel Respekt vor ihm hatte? Bestimmt nicht. Er vermutete eher, dass sie von Fritz eingenommen war – schließlich war dessen Wirkung auf Frauen stets enorm. Bis sie irgendwann merkten, dass er, Claus Ferdinand, als der Ältere der Erbe des Majorats war. Und damit die begehrenswertere Partie.

Oder wollte die Baronesse keine Rivalität zwischen ihnen als Brüdern aufkommen lassen? Das wäre allerdings ein Konflikt, in dem sie unweigerlich zerrieben werden würde. Aber er hatte sich doch eindeutig so verhalten, dass sie sich keine Hoffnung machen sollte.

Vielleicht war sie auch nur eine emanzipierte Lehrerin, die bewusst auf eine Familie verzichtete. Denn wenn sie heiratete, musste sie schon von Gesetzes wegen ihren Beruf aufgeben.[4]

Seitlich raschelten Schritte, dann ließ sich jemand mit lautem Stöhnen neben ihm ins Gras fallen.

„Du bist es, Papendorff.“

---

4 Das sog. Lehrerinnenzölibat wurde 1880 im Deutschen Reich eingeführt und untersagte Lehrerinnen, zu heiraten; auf Missachtung erfolgte die Kündigung.

„Stimmt auffallend." Der schmächtige Oberleutnant dehnte seine kurze Gestalt. „Für stundenlanges Exerzieren ist es an und für sich zu heiß. Selbst das Schießen strengt an."

„Obwohl die Hitze dem besten Schützen des Regiments offenbar nicht zugesetzt hat. Du hast alle Ziele getroffen und vergießt nicht einmal ein winziges Tröpflein Schweiß dabei." Wedell sah durch das Blätterdach zum wolkenlosen Himmel hinauf.

„Du weißt, ich schwitze nie." Papendorff setzte sich aufrecht hin und sah Wedell in die Augen. „Ich kenne dich jetzt seit drei Jahren, als wir uns beim damaligen Manöver zum ersten Mal trafen. Aber so ernst wie in den letzten Tagen habe ich dich noch nie erlebt."

„Ich kann das Leben eben nicht so leichtnehmen wie du mit deinem Sonnengemüt."

„Dabei warst du es doch, der mir an und für sich die Sonne aufgehen ließ, als du mich zu Christus führtest." Papendorff legte die Pickelhaube neben sich. „Nun rede schon, du alter, weiser Graf von Wedell: Was ist geschehen? Hat ein Gewitter deinen besten Baumbestand zerstört? Ist ein Wilderer in deinem Forst? Leidet dein vortrefflicher Schimmel Allegro an Keuchhusten? Oder hat eine Katze deinen allerliebsten Pirol gefressen?"

Wedell musste schmunzeln. „Für gerade einmal drei Jahre kennst du mich erschreckend gut."

„Das fällt nach einem Besuch bei dir im Forstschloss nicht schwer. Aber nun sage an: Mit welcher meiner Vermutungen habe ich recht?"

„Dieses Mal hast du fehlgeschossen, du Seelenleser." Wedell sah auf die Erde, wo sich eine Assel mühsam einen Weg durch das plattgetretene Gras suchte. „Manchmal komme ich mir vor wie dieses Tierchen hier."

Papendorffs Blick folgte seinem ausgestreckten Zeigefinger. „Bewahre! So hässlich bist du an und für sich nicht."

„Alle hehren Ideale, die ich als junger Mann hatte, wurden niedergetreten wie dieses Gras. Und jetzt krabbele ich zwischen den zerstörten Halmen umher und suche, ob es doch einen Menschen gibt, der diesem Ideal entspricht."

Papendorff verlor seine lustige Miene. „Dieser Mensch ist weiblichen Geschlechts?"

„Eine Frau war es, die alles niedergetreten hat.“ Pauline Behrendts Bild stieg vor ihm auf. Hatte er sie wirklich geliebt? Oder war es nur eine unselige Leidenschaft gewesen?

„Und jetzt glaubst du, dass alle Frauen ebenso sind? Und bist deshalb mit deinen 33 Jahren noch unbeweibt?“

„Ich habe jedenfalls noch keine gefunden, die mir den Anlass gegeben hätte, zu glauben, sie sei anders.“ Jetzt sah er plötzlich Lydia von Gedigk vor sich. Hatte Gott ihm die Baronesse ins Haus geführt, damit er endlich die langersehnte Frau fand, der er bedingungslos vertrauen konnte? Und die ihn nicht nur seiner gesellschaftlichen Vorzüge wegen heiraten wollte?

„Es gibt sie doch.“ Papendorff wies auf die Assel, die auf einen senkrecht stehenden Grashalm zukrabbelte. „Es mag sein, dass die Suche mühselig ist und lange dauert ...“

„Bis jetzt waren alle, die mir begegnet sind, gleich.“ Wedell schnippte die Assel fort. „Töchter verarmter Adeliger, die sich von ihren Eltern auf mich ansetzen ließen, um den Familienbesitz zu retten; Neureiche, die durch die Heirat mit dem Grafen in die Welt des Adels aufsteigen wollten – oder eben jene, die über eine Heirat mit mir ihren kriminellen Vater retten wollte. Aber die eine, die mich auch als armen Mann lieben würde, gibt es wohl nicht.“

„Du täuschst dich, Wedell. Es gibt sie.“ In Papendorffs Stimme schwang Schmerz mit. „Ich habe so eine Frau gefunden, aber sie nicht festgehalten. Dennoch werde ich sie wiederfinden.“

„Vielleicht mag es bei dir stimmen. Du bist weder reich noch hast du einen klangvollen Namen, sondern stattdessen ein sonniges Gemüt und ein charmantes Wesen. In meinen Kreisen glaube ich nicht mehr daran.“

Papendorff drehte sich voll zu ihm um und sah ihm in die Augen. „Liegt es nicht an und für sich an dir?“

Wedell fühlte sich wie ins Gesicht geschlagen. „An mir? Wenn ich betrogen werde?“

„Nein, sondern ...“ Papendorff rieb sich die Stirn. „Liegt es vielleicht daran, dass du jener Person – und allen anderen – nicht vergeben kannst? Oder willst?“

Der nächste Schlag ins Gesicht. Und das von Papendorff, der erst vor drei Jahren – durch ihn! – zum Glauben an Jesus Christus gekommen war.

Sein Kamerad legte ihm die Hand auf den Arm. „Sei mir nicht böse, Wedell. Es ist nur eine Vermutung. Aber es schwang so viel Unversöhnlichkeit in deinen Worten mit."

Wedell schloss die Augen. Unversöhnlichkeit. Sollte dieser Neuling im Glauben recht haben? – Alles in ihm sträubte sich gegen diesen Gedanken.

Ein Melder flitzte heran und nahm Haltung an. „Herr Hauptmann, Herr Oberleutnant – die Offiziere zum Bataillonskommandeur."

Wedell stülpte den Helm wieder auf den Kopf und entfernte einige Grashalme von seiner Uniform. „Es scheint etwas Besonderes zu sein."

Wenig später waren die Offiziere im Bataillonsgefechtsstand – einer leerstehenden Scheune – um Major Lincke versammelt.

„Männer, neue Nachrichten aus der Politik lassen uns aufhorchen." Der bärenhafte Kommandeur tigerte in der überhitzten Bretterbude auf und ab. „Die k. u. k. Regierung[5] hat der serbischen Regierung ein Ultimatum gestellt. Es enthält zehn Forderungen. Unter anderem sollen alle anti-österreichischen Publikationen unterbunden werden; der anti-österreichischen Propaganda schuldige Lehrer, Offiziere und Beamte sollen entlassen werden. Am weitreichendsten dürfte sein, dass Organe der k. u. k. Regierung bei der Unterdrückung anti-österreichischer Strömungen in Serbien und an der gerichtlichen Untersuchung der Attentäter mitwirken sollen. Meine Herren, Sie wissen, was das bedeutet."

Wedell stieß Papendorff an. „Krieg", raunte er.

„Wenn die Serben es nicht doch akzeptieren", raunte Papendorff zurück.

„Ausgeschlossen." Denn das würde bedeuten, dass die Serben ihre staatliche Eigenständigkeit aufgeben müssten.

5 Abkürzung für die kaiserliche und königliche Regierung Österreich-Ungarns.

Kapitel 10

Langsam stieg Lydia, Viola an der Hand, die Treppen von der Kirche zur Dorfstraße hinunter. Sie musste an den vergangenen Sonntag zurückdenken, als sie den Weg zum Forstschloss mit dem Grafen zurückgelegt hatte. Ihr Herz schlug schneller und doch war sie froh, dass er heute nicht hier war. Die Predigt hatte sie zu stark aufgewühlt.

„Guck mal, da unten steht Urgroßmama mit dem Wagen." Viola wies auf die Forstschloss-Kalesche. „Aber wir gehen wieder zu Fuß, ja?"

Am liebsten wäre Lydia allein gegangen, aber Viola hatte sich in der kurzen Zeit der Abwesenheit ihres Onkels bereits so eng an sie angeschlossen, dass sie das Vertrauen ihres Schützlings nicht enttäuschen wollte. „Magst du deiner Urgroßmama Bescheid sagen?"

Viola sprang davon und Lydia sah ihr mit einem wehmütigen Ziehen im Herzen nach. Wenn sie doch auch noch einmal so unbeschwert sein könnte! Die Predigt hatte ihr gerade noch einmal verdeutlicht, wie weit sie von der kindlichen Unbeschwertheit entfernt war.

Wie war der Prediger nur darauf gekommen, über Judas zu sprechen? Über den Verräter, der jahrelang sein Geheimnis vor allen anderen Jüngern wahren konnte, bis der Herr ihn entlarvte? Sie zog ihre Bibel aus der Tasche und schlug die Stelle im 4. Buch Mose auf, die der Prediger dazu gelesen hatte: *Wenn ihr aber nicht so tut, so habt ihr gegen den Herrn gesündigt; und wisst, dass eure Sünde euch finden wird.*[6]

„Was liest du denn da?" Viola sah das Buch von unten an. „Willst du mir unterwegs eine Geschichte aus der Bibel erzählen?"

Lydia steckte die Bibel in ihre Handtasche. „Komm, wir gehen."

Die Kleine schnappte ihre Hand. „Heute werde ich dir noch mehr Vogelstimmen erklären."

Zwar stand ihr so gar nicht der Kopf danach, aber darauf konnte sie keine Rücksicht nehmen. Während Viola darüber plauderte, was

6 4. Mose 32,23

sie mit den anderen Kindern nach dem Gottesdienst gemacht hatte, hörte Lydia immer noch die Stimme des Predigers. *Gott ist ein Offenbarer von Geheimnissen.* Und dann hatte er aus dem 1. Brief an Timotheus zitiert: *Von einigen Menschen sind die Sünden vorher offenbar und gehen voraus zum Gericht, einigen aber folgen sie auch nach.*[7] Die Sünden mancher Menschen geschahen so offenbar, dass sie von dem Gericht zeugten, das auf sie folgen würde. Aber auch die Sünden, die im Geheimen geschahen, würden irgendwann offenbar werden – sie folgten dem Sünder und holten ihn ein.

„Der Onkel auf der Kanzel hat heute streng gepredigt." Violas Stimme drang in ihr Bewusstsein. „Er hat gesagt, was Onkel Claudinand mir auch ständig einbläut: *Bleib immer bei der Wahrheit, es kommt sowieso heraus.* Ob Onkel Claudinand ihm gesagt hat, dass er mich daran erinnern soll?"

Lydia biss sich auf die Unterlippe. „So, das sagt also dein Onkel ständig?"

„Ja, er meint, Lügen haben kurze Beine. Aber das verstehe ich nicht. Lügen können doch gar nicht laufen."

Sie verließen die heiße Dorfstraße und betraten den kühlen Hochwald. „Ich glaube, dein Onkel will damit sagen, dass wir, wenn wir nicht die Wahrheit sagen ..." Sie schluckte. „Damit kommen wir nicht so gut vorwärts, wie wir vielleicht denken. Und auch nicht weit. Die Wahrheit wird uns immer einholen."

Die Kleine sah sie nachdenklich an. „Ich glaube, das stimmt. Ich habe kürzlich auch gelogen. Aber Onkel Claudinand hat es sofort herausgefunden."

„Möchtest du mir erzählen, was du getan hast?"

Sie nickte. „Onkel Claudinand hat ein altes Buch mit ganz vielen Gedichten drin. Ich glaub, es ist von seiner Mama. Er nennt es *den Spitta.*"

„Philipp Spitta war ein Dichter, der viele schöne Gedichte geschrieben hat."

„Onkel Claudinand hat mir streng verboten, das Buch in die Hand zu nehmen. Aber ich habe es doch getan. Ich wollte unbedingt sehen, was das Besondere an dem Buch ist. Und dann ist es mir aus der Hand gerutscht. Ein paar Seiten sind rausgefallen."

7 1. Timotheus 5,24

„Und du hast es deinem Onkel nicht gesagt?“, fragte Lydia atemlos – was jedoch nicht an dem steilen Weg lag.

„Nein. Er hat es irgendwann gesehen. Da habe ich gesagt, dass es bestimmt die Hermine beim Putzen runtergeworfen hat.“

„Und? Wie lang waren die Beine deiner Lüge?“

Viola grinste sie verschmitzt an, offenbar stolz darauf, dass sie das Sprichwort nun verstand. „Nur gaaanz kurz. Onkel Claudinand hat sofort gewusst, dass ich es war. Und er fand es schlimmer, dass ich gelogen hatte, als dass ich das Buch genommen und fallen gelassen habe.“

Wieder biss sich Lydia auf die Unterlippe. War das ein Hinweis Gottes, dass sie dem Grafen ihr Geheimnis so schnell wie möglich offenbaren sollte, bevor Er es tat? *Wisst, dass eure Sünde euch finden wird.*

„Ich durfte eine Woche nicht mit ihm in den Wald. Das war schlimm. Bei so etwas ist Onkel Claudinand sehr streng.“

„Und trotzdem liebst du ihn, nicht wahr?“

„Oh ja!“ Viola schaute sie ob dieser dummen Frage vorwurfsvoll an. „Wenn ich tue, was er sagt, ist er der beste Onkel der Welt. Besonders wenn er mich in seinen Wald mitnimmt.“ Und dann erzählte Viola wieder einmal begeistert von den Wanderungen mit ihrem Onkel.

Lydia hörte nur mit halbem Ohr zu. *Herr, was soll ich – was muss ich tun? Dem Grafen gleich nach seiner Rückkehr mein Geheimnis offenbaren? Und dann? Wird er anders sein als all die anderen und mir vergeben? Nicht nur mein Schweigen, sondern auch meine Tat?*

Viola hatte ihr soeben den Beweis geliefert, dass der Graf ein geradliniger Christ war – und gerade von denen hatte sie bisher so viel Ablehnung erfahren. Schließlich hätte ihr als guter Christin dieser Fehltritt gar nicht unterlaufen dürfen. Wenn doch wenigstens einer anders wäre – wenigstens einmal! Und dieser eine – konnte das nicht Graf Claus Ferdinand von Wedell sein?

Sie blieb abrupt stehen, sodass Viola ihr Geplauder unterbrach und mit großen Augen zu ihr aufsah. „Was ist, Lydia?“

„Dieser Gedanke – er ist ungeheuerlich!“, murmelte sie.

„Ein Ungeheuer? Sowas gibt’s in unserem Hochwald nicht. Nur in Märchen oder Romanen.“

„Da hast du natürlich recht." Lydia nahm Viola wieder an die Hand, immer noch erschrocken über sich selbst. Jahrelang hatte sie um Absolution durch die, die denselben Glauben hatten wie sie, gekämpft. Bis sie gelernt hatte – oder geglaubt hatte, es gelernt zu haben –, dass sie diesen Kampf nur verlieren konnte. Seitdem war ihr Beruf ihr einziger Lebenszweck. Und genau deshalb war sie doch ins Forstschloss gekommen, um wenigstens als gute Lehrerin akzeptiert zu werden und sich für höhere Aufgaben zu empfehlen. Und jetzt schrie ihr dummes Herz schon wieder nach Absolution durch einen wahrhaftigen Christen!

„Du hörst mir gar nicht zu!" Viola zog an Lydias Hand.

„Entschuldige, Viola. Ich muss heute viel nachdenken." Sie zupfte der Kleinen eine Tannennadel aus den Locken. „Weißt du, wenn Gott zu einem Menschen spricht, dann muss man gut zuhören. Und darüber nachdenken, was Gott gesagt hat."

„Gott hat mit dir gesprochen?" Viola sah sich mit großen Augen um. „Ich habe nichts gehört."

Lydia lächelte. Ihre Lektion war wohl noch etwas zu hoch für die Kleine. „Er hat vorhin durch die Predigt zu mir gesprochen. – Schau, dort können wir schon das Forstschloss sehen. Und deine Urgroßmama steht vor der Tür und wartet auf dich. Magst du ihr entgegenlaufen?"

Viola raffte ihr Röckchen und rannte ihrer Urgroßmama, die schon die Arme ausbreitete, mit einem Jubelruf entgegen. So kam Viola wenigstens nicht dazu, sie zu fragen, was Gott zu ihr gesagt hatte.

Lydia erreichte das Forstschloss wenige Augenblicke später. Lächelnd humpelte Rahel Grüning ihr entgegen. „Ich weiß schon alles: Die kleine Plaudertasche ist heute unzufrieden mit Ihnen."

„Verzeihen Sie, die Predigt hat mir viel zum Nachdenken gegeben."

„Auch das weiß ich schon. Gott hat zu Ihnen gesprochen." Beim Lächeln entstanden tausend kleine Fältchen in Rahel Grünings Gesicht. „Es quält Sie doch hoffentlich keine verborgene Last?"

Lydia spürte an der Hitze in ihren Wangen, dass sie tief errötete. Schnell senkte sie den Kopf.

„Baronesse?" Rahel Grünings Stimme klang unendlich sanft. „Ich wollte Sie mit meinen Worten nicht verletzen."

Sie schüttelte den Kopf. „Es – es ist nichts."

Die alte Dame gab Viola einen Klaps auf den Allerwertesten. „Laufe schnell hinein und ziehe dich um."

Lydia sah Viola nach. Wollte Rahel Grüning sie jetzt unter vier Augen examinieren?

„Es gibt Neuigkeiten aus Serbien." Die alte Dame senkte die Stimme. „Das österreichische Ultimatum wurde beantwortet."

„Abgelehnt?" Lydias Stimme war plötzlich so heiser wie das Krächzen eines Raben.

„Die Serben sagen zu, die meisten Forderungen zu erfüllen. Nur die Mitwirkung von k. u. k. Beamten in Serbien weist die Regierung zurück."

Lydia atmete tief durch. „Glauben Sie, dass ein Krieg noch abgewendet werden kann?"

Rahel Grüning wiegte den Kopf. „Wenn die Vermutung korrekt ist, dass die k. u. k. Regierung bewusst ein Ultimatum mit unannehmbaren Bedingungen gestellt hat, dann wird sie auf diesen einen abgelehnten Punkt pochen. Wir können nur beten, dass das serbische Entgegenkommen die k. u. k. Regierung zum Einlenken bewegt."

Da stürmte Viola bereits wieder herbei, sie hatte ihr feines Sonntagskleid gegen ein kurzes Röckchen und eine luftige Bluse getauscht. „Komm in den Park, Lydia. Du wolltest mir doch das Spiel erklären, dass du in Italien gelernt hast."

Lydia lächelte Rahel Grüning an. „Viola meint Boccia. Ich lernte es kennen, als mein Vater Gesandter in Rom war."

„Gehen Sie nur." Rahel Grüning legte ihr die Hand auf den Arm. „Und wenn Sie etwas bedrückt – kommen Sie freimütig zu mir."

Sie wandte sich schnell ab, sodass die Hand der alten Dame von ihrem Arm fiel.

„Ich werde für Sie beten."

Lydia biss sich auf die Unterlippe und folgte ihrer Schülerin langsam in den kleinen Schlosspark.

Kapitel 11

Wedell nahm einem Gefreiten, der mit seinen Kameraden im Gras saß, den Lauf des Maschinengewehrs aus der Hand. „Das nennen Sie sauber? Darin tummelt sich ja ein größeres Rudel Wildschweine als daheim in meinem Forst!"

„Jawohl, Herr Hauptmann." Mit betretener Miene nahm der Gefreite den Lauf zurück und zog erneut den Reinigungsdocht hindurch.

„Du bist an und für sich reichlich streng zu deinen Männern." Papendorff nahm seinen Arm und zog ihn mit sich fort. „Der arme Kerl reinigt inzwischen seit über einer Stunde das MG."

„Du warst doch selbst Ausbilder." Wedell grinste ihn an. „Weißt du nicht mehr, dass das Gewehr nicht dann sauber ist, wenn kein Schmutz mehr zu finden ist, sondern wenn das Ende des Waffenreinigens befohlen wird?"

Papendorff zuckte die Achseln. „Du vergisst, dass ich kein praktischer Ausbilder war, sondern lediglich Unterricht in Militärgeschichte erteilt habe."

„Und du hast den Rekruten nicht beigebracht, dass Disziplin das Lebenselixier der Armee ist?" Sie traten in den Schatten einer weit ausladenden Weide.

„Du vortrefflicher Preuße!" Papendorff drosch ihm die Hand auf die Schulter.

„Ich bin sicher, dass wir die Disziplin schon sehr bald brauchen werden."

Sein Kamerad verdrehte die Augen. „Alle reden nur noch vom Krieg. Ich glaube einfach nicht daran. Wir leben im 20. Jahrhundert, da wird sich so etwas unter zivilisierten Völkern doch vermeiden lassen. Außerdem haben die Serben das Ultimatum fast vollständig akzeptiert. Es gibt also an und für sich keinen Grund für einen Krieg."

„Wenn man einen Krieg will, dann findet sich auch ein Grund." Wedell ließ seinen Blick über die waffenreinigenden Soldaten schweifen. „Und dieser Krieg wird lang, viel zu lang, und fürchterlicher als irgendein Krieg zuvor."

„Ich verstehe diese Schwarzseherei nicht. Die letzten Kriege haben nur wenige Wochen, höchstens ein paar Monate gedauert. Dann waren sie schon siegreich beendet."

„Du als Ausbilder in Militärgeschichte solltest aber auch wissen, dass der letzte Krieg 43 Jahre her ist." Wedell fuhr mit dem Zeigefinger unter den Kinnriemen der Pickelhaube. „Ich habe immer gehofft, Deutschlands militärische Stärke sei der Garant für den Frieden. Aber wenn es dann doch zum Krieg kommt, wird es ein fürchterlicher." Sie verließen den Schattenplatz unter der Weide und kehrten zu den Soldaten zurück.

„Wenn. Deutschland hat an und für sich die modernste und stärkste Armee der Welt. Niemand wird es wagen, sich mit uns anzulegen."

„Und wenn wir angreifen?"

Papendorff ging zu einem Soldaten und nahm ihm das Gewehr ab. „Gründlich mit Waffenöl pflegen."

„Jawohl, Herr Oberleutnant."

Papendorff gab dem Mann die Waffe zurück und trat wieder zu Wedell. „Siehst du, ich kann es auch. – Ich glaube an den Frieden. Der Kaiser will an und für sich keinen Krieg. Am Ende der Woche ist unser Manöver vorbei, wir kehren nach Hause zurück und dann ..." Er breitete die Arme aus. „Dann werde ich *sie* suchen."

„Jene perfekte Dame, die dich nie enttäuschen wird?" Wedell grinste ihn spöttisch an.

„Ich habe alles dafür getan, sie zu vergessen. Aber seit Kurzem weiß ich, dass ich nur sie werde lieben können." In den dunklen Augen des Oberleutnants leuchteten tausend Sonnen. „Als ich sie damals kennenlernte, war ich noch kein Christ. Sie verließ mich, weil sie einsah, dass sie als Christin keinen Ungläubigen heiraten konnte. Aber jetzt ist ja alles anders und ich bin fest entschlossen, diese Frau zu erobern – auch wenn sie eine Adelige und ich nur ein schlichter Papendorff bin."

„Glücklicher Idealist." Wedell sah vor sich nieder. „Ich suche dieses Ideal seit Jahren vergeblich."

„Du solltest sie kennenlernen. Wenn du sie kenntest, wüsstest du wenigstens, dass es dein Ideal gibt."

„Das kann doch leicht geschehen. Ist sie hier aus der Gegend? Wenn sie von Adel ist, liegt es sogar nahe, dass ich sie bereits kenne."

„Ich bin an und für sich noch nicht bereit, den Namen zu verraten." Papendorff zwinkerte ihm zu. „Am Ende erkennst du in ihr dein Ideal und heiratest sie mir vor der Nase weg."

Der Gefreite kam zu ihnen herüber, nahm Haltung an und hielt Wedell den Lauf des Maschinengewehrs hin. „Herr Hauptmann, jetzt sind garantiert keine Wildschweine mehr im Lauf."

Wedell grinste und sah in den Lauf. „Tatsächlich, kein Keiler mehr. Aber eine Bache mit ihren Ferkeln sehe ich noch. Weitermachen."

Mit mürrischem Gesicht verzog sich der Soldat.

„Ich sah sie an und für sich zwar erst kürzlich, weiß aber nicht, wo sie derzeit lebt. Ich bin ja selbst erst vor wenigen Wochen aus Königsberg nach Schlesien zurückgekehrt."

„Du solltest dich beeilen, wenn du sie finden willst." Wedell klopfte auf seinen Ärmel, dass es staubte. „Sonst mache nicht ich, sondern der Krieg dir einen Strich durch die Rechnung."

„Du und dein Krieg." Papendorff grunzte.

„Ich bin jedenfalls bereit, dich bei deiner Suche nach Fräulein von Untadelig zu unterstützen. Über die Verbindungen des Adels werde ich sie sicherlich finden."

„An und für sich habe ich keine so große Eile, als dass ich sie in deinen Kreisen zur Fahndung ausschreiben müsste." Papendorff klopfte einem Soldaten auf die Schulter. „Sie sollen das Öl nicht literweise in den Lauf kippen, es wird schließlich von unseren Steuergeldern bezahlt. – Ich werde mir selbst die Mühe machen, jenes Fräulein zu suchen. Und wenn es so sein soll, wird Gott mich sie finden lassen."

Wenn Gott ihn doch auch einmal eine Frau finden lassen würde. Eine Frau, die ihn auch als armen Claudinand Grüning lieben würde. „Möge Gott auch dafür Sorge tragen, dass du die nötige Zeit für deine Suche findest."

Da trat Bataillonskommandeur Major Lincke zu ihnen. „Auf ein Wort, meine Herren."

Wedell und Papendorff nahmen Haltung an.

„Stehen Sie bequem. – Soeben sind die Verwendungen für den Ernstfall eingetroffen. Unser Armeekorps wird zur Grenzsicherung an die Westgrenze verlegt, bis klar ist, ob es erneut vonnöten ist, unseren übermütigen Erzfeind von jenseits des Rheins zu züchtigen."

Wedell sah dem bärenhaften Major in das verschwitzte Gesicht. „Sind auch Sie überzeugt, dass es Krieg geben wird?“

„Noch ist nichts entschieden“, wich der Kommandeur aus. „Sie, Hauptmann von Wedell, werden eine Kompanie Landsturmmänner übernehmen.“

„Landsturmmänner?“, wiederholte Wedell gedehnt.

„Sie haben richtig gehört. Sie sind ein höchst gewissenhafter Offizier, dem ich diese unerfahrenen Männer getrost anvertrauen kann.“

„Damit der Landsturm einberufen wird, muss ja an und für sich zuerst der Ernstfall eintreten“, warf Papendorff ein.

„Herr Major“ – Wedell richtete sich auf –, „darf ich darum bitten, dass mir Oberleutnant Papendorff als Stellvertreter zugeteilt wird? Ich bin als Reserveoffizier ebenso unerfahren wie die Landsturmmänner. Ein Berufssoldat an meiner Seite wäre hilfreich.“

„Kriegserfahrung hat noch keiner von uns.“ Der Kommandeur stampfte vor ihnen auf und ab. „Leider kann ich Ihrem Wunsch nicht entsprechen. – Oberleutnant Papendorff, Sie werden eine andere Kompanie übernehmen. Sie waren in Königsberg lange genug als Ausbilder tätig, um auch als Oberleutnant dieser Aufgabe gewachsen zu sein.“

„Jawohl, Herr Major.“

Wedell wünschte sich mehr denn je, dass dieser Krieg nicht ausbrechen möge.

Kapitel 12

Lydia sah Viola nach, die mit ihrer Schiefertafel und ihren Büchern zum Schloss lief. Sie legte Karten und Bilder zusammen und wischte die kleine Tafel ab, auf der sie das Leben der Königin Luise skizziert hatte. Dann ging sie zu einem Brunnen, wo ein Löwe aus weit aufgerissenem Maul eine Fontäne zum Himmel schoss, und wusch sich die Kreide von den Fingern. Sie hasste es, wenn an ihren Fingern Kreidereste zu sehen waren.

Fast zwei Wochen war sie inzwischen im Forstschloss und hatte aufgrund des fantastischen Sommerwetters noch keine Unterrichtsstunde im Haus abhalten müssen – sehr zu Violas Freude. Den letzten Regen hatte sie in Breslau erlebt, als sie ihre Bewerbungen für Stellen in Berlin hatte abschicken wollen. Dabei war sie Graf Claus Ferdinand von Wedell begegnet ...

„Baronesse?“

Lydia fuhr herum, sodass sie ihr hellblaues Kleid mit Wasser betropfte. „Gnädige Frau ...“

„Ich wollte Sie nicht erschrecken.“ Das Lächeln um Rahel Grünings Lippen spiegelte sich in ihren blauen Augen wider. „Und bitte nicht *gnädige Frau*. Ich bin seit 64 Jahren Frau Grüning und möchte das für die letzte Wegstrecke, die Gott mir noch zumisst, auch bleiben.“

Lydia schüttelte ihre Hände aus. „Danke, Frau Grüning.“

„Ich danke Ihnen. Sie sind eine hervorragende Gouvernante für meine Urenkelin. Viel mehr als eine Gouvernante. Sie sind nach so kurzer Zeit fast schon ein Ersatz für die ferne Mutter.“

„Ich bin dankbar, dass ich meiner Pensionatsfreundin und natürlich auch Ihnen und dem Herrn Grafen einen Dienst erweisen kann.“ Sie lehnte sich an den Brunnenrand und sah in das runzelige Gesicht der alten Dame. Irgendetwas führte sie im Schilde, das sah sie ihr an. Sie hatte sie nicht zufällig hier getroffen. Hatte sie Erkundigungen eingezogen? Und herausgefunden, was damals geschehen war?

„Trotzdem sehen Sie nicht glücklich aus.“ Rahel Grüning sah ihr fest in die Augen. „Das macht mich traurig. Ein Leuchten in Ihren vergissmeinnichtblauen Augen würde Ihnen ausgesprochen gut stehen."

Lydia schloss die Augen. Die alte Dame sah ihr nicht nur in die Augen, sie sah ihr bis in die Seele. „Ich bin sehr zufrieden hier."

„Daran zweifle ich nicht. Aber davon spreche ich auch nicht." Rahel Grüning wies auf den Pavillon, wo noch die Unterrichtsmaterialien lagen. „Wollen wir uns setzen? Ich vermag nicht mehr so lange zu stehen."

Lydia stieß sich vom Brunnenrand ab und folgte der alten Dame mit einem mulmigen Gefühl. Wollte sie ein Verhör anstellen? Aber so wirkte Rahel Grüning eigentlich nicht, sondern eher wie eine verständnisvolle und besorgte Großmutter, die nur das Beste für ihre Enkeltochter wollte.

Die alte Dame ließ sich auf dem Stuhl nieder, auf dem Viola eben gesessen hatte, und deutete auf ein Bild der Königin Luise. „Ein hervorragend gewählter Unterrichtsgegenstand. Die Königin ist ein leuchtendes Vorbild für Demut, Treue und Opferbereitschaft."

Lydia setzte sich ihr gegenüber. „Es macht mich immer wehmütig, dass sie schon mit 34 Jahren starb. Einen geliebten Mann und sieben Kinder hinterlassend und ohne Preußens Wiedergeburt, für die sie so gekämpft hat, mitzuerleben."

„Diese Frau ..." Rahel Grüning nahm das Bild zur Hand und betrachtete es eingehend. „Sie war auch von großer Wahrhaftigkeit geprägt. Sie liebte ihren Mann, den König, über alles, aber das machte sie nicht blind für seine Schwächen. Und dadurch, dass sie ihn liebevoll auf diese aufmerksam machte, war sie ihm eine echte Hilfe."

Wahrhaftigkeit. War es das, worauf Rahel Grüning hinauswollte? Wollte sie ihr das entlocken, was sie bisher verschwiegen hatte?

„Leider verschwindet diese Tugend mehr und mehr", fuhr die alte Dame fort. „Wir sind so leicht bereit, etwas zu verschweigen. Und verletzen uns damit selbst am meisten. Aber auch andere, weil wir sie unseres Vertrauens nicht für würdig erachten."

Lydia senkte den Kopf. Über das Letztere hatte sie noch nie nachgedacht. Sie wusste nur, wie sehr sie durch die Ablehnung anderer verletzt worden war. „Und wenn das Vertrauen immer wieder missbraucht wird? Wenn es unendlich schmerzt, die Wahrheit zu sagen –

und man statt Verständnis nur Ablehnung erntet, die wie ein Dolch in die Seele dringt?"

Die alte Dame legte das Bild der Königin beiseite. „Da braucht es ein anderes, höheres Vorbild. Denken Sie an unseren Heiland. Obwohl Er durch und durch wahrhaftig war, hat Ihm das nur Feindschaft gebracht. Trotzdem hat Er nie eine Unwahrheit gesagt oder etwas vorenthalten, was für den Hörer von Bedeutung war."

„Er musste ja auch nie etwas gestehen, das ihm die Menschen mit Recht hätten vorhalten können." Lydia biss sich auf die Unterlippe. „Er war vollkommen und wurde gerade deshalb gehasst. Aber was ist ..." Erschrocken brach sie ab. *Was ist mit mir, die ich wegen meiner Sünde abgelehnt werde?*, hatte sie sagen wollen. Aber das konnte sie doch unmöglich der Großmutter ihres Arbeitgebers anvertrauen!

„Sie wollten sagen: Ob es nicht manchmal vorteilhaft sein könnte, einen dunklen Punkt zu verschweigen?" Rahel Grüning legte den Kopf schief. „Vielleicht kurzfristig. Aber denken Sie an die Predigt von Sonntag. Judas ist es auch eine lange Zeit gelungen, sein Geheimnis zu wahren – aber dann hat Gott es offenbart. Und seine Reue kam zu spät."

Lügen haben kurze Beine, schoss ihr Violas Satz durch den Kopf – den sie selbst der Kleinen noch erklärt hatte. Aber sie hatte ja nicht gelogen. Oder war Verschweigen mit einer Lüge gleichzusetzen?

Rahel Grüning legte die Hand auf die ihre. „Baronesse ... Nein, lassen Sie mich Lydia sagen. Lydia, ich weiß es, ich spüre es, dass Sie eine Schuld mit sich herumschleppen. Und das macht Sie unglücklich. Nicht die Schuld an sich, sondern dass Sie sie verschweigen."

„Viel mehr macht mich unglücklich, dass ich wegen meiner Sünde, die Gott mir längst vergeben hat, immer nur Ablehnung erfahre!", brach es aus ihr heraus.

Die alte Dame deckte eine Hand über die Augen. „Menschen können so viel zerstören." Ihre Stimme klang schmerzdurchzittert.

„Und Christen noch viel mehr", schoss Lydia bitter heraus.

„Christen sind auch Menschen." Rahel ließ Lydias Hand nicht los. „Ich kenne das von meinem Mann. Er hat jahrzehntelang die Ablehnung der Menschen ertragen – und darüber sogar Gott abgewiesen. Er war todunglücklich, bis er den Weg zu Gott fand." Sie lächelte. „Und eine Frau, die ihn trotz allem liebte. – Ich will nicht, dass Sie sich am Ende auch verbittert von Gott abwenden."

Stand sie wirklich in dieser Gefahr? Dass sie sich auch noch von Gott abwandte, weil die, die zu Ihm gehörten, sie verurteilten?

„Lydia, fassen Sie sich ein Herz. Was immer Sie getan haben – wenn Gott Ihnen vergeben hat, habe ich nicht das Recht, Sie zu verurteilen. Aber bitte reden Sie sich das, was Sie drückt, von der Seele. Sonst werden Sie niemals glücklich."

Sie sah der alten Dame in die Augen. Darin war nichts von Neugier zu sehen. Nur Güte, Milde und Liebe. „Waren Sie diejenige, vor der Ihr Mann damals sein Geständnis abgelegt hat?"

„Ja." Wenn ein Maler das Wort *Milde* darstellen wollte, hätte er zweifellos Rahel Grünings Gesicht als Vorbild gewählt. „Das Schweigen hatte ihn hart und bitter gemacht. *Den einsamen Sonderling aus dem Hochwald* nannte man ihn in der ganzen Gegend. Ich hatte fast die Hoffnung aufgegeben, dass er sich jemals öffnen würde. Aber Gott hat an ihm gewirkt."

Lydia biss sich auf die Unterlippe. Wenn sie nur wüsste, was Rahel Grünings Mann verbrochen hatte! Dann könnte sie vielleicht erahnen, wie sie auf ihr Bekenntnis reagieren würde. – Sollte sie es trotzdem wagen? Sicherlich konnte ihr Rahel Grüning sagen, wie sie dem Grafen gegenüber am besten ein Geständnis ablegen könnte. Und wie er reagieren würde. „Frau Grüning, darf ich annehmen, dass Sie, wenn ich Ihnen etwas offenbare, darüber Stillschweigen bewahren?"

„Was Sie mir sagen, geht sonst keinen Menschen etwas an. Wenn Sie meinen, noch jemand anders müsse es erfahren, dann liegt es allein bei Ihnen."

Sie sah zum Schloss hinüber, wo gerade Viola mit Hector, dem Schäferhund des Grafen, erschien. Wenn die Kleine zu ihnen kam, war das ungestörte Gespräch vorbei. Lydia spürte ein seltsames Gemisch aus Erleichterung und Enttäuschung in sich.

„Viola, bitte gehe mit Hector auf die große Parkwiese und lasse ihn dort apportieren", rief Rahel Grüning ihrer Urenkelin zu. „Du weißt, dass Lydia sich vor dem Hund fürchtet."

„Meine Angst vor dem Hund ist nicht mehr so groß wie zu Anfang", wandte Lydia ein.

„Jedenfalls nicht so groß wie Ihre Angst vor dem unangenehmen Geständnis." Rahel Grüning lächelte sie an. „Machen Sie Ihren Entschluss nicht rückgängig. Sonst überwinden Sie sich vielleicht nie mehr."

Lydia drückte die Hände auf ihr galoppierendes Herz und sah Viola nach. Die Kleine ging ungewöhnlich folgsam mit Hector zur großen Parkwiese hinüber. Da hob Lydia entschlossen den Kopf. „Seit meinem zwölften Lebensjahr war ich im Pensionat zu Breslau, während mein Vater als Diplomat mit meiner Mutter an den unterschiedlichsten Orten der Welt lebte. Nach Abschluss der Schulausbildung entschloss ich mich, den Beruf der Lehrerin zu ergreifen – der einzige Beruf, der uns Frauen offensteht. Ich besuchte zwei Jahre lang die Präparandenanstalt in Breslau und wechselte dann zum Lehrerinnenseminar." Dort war sie *ihm* begegnet.

„Vermutlich waren Sie damals etwa 20 Jahre alt?"

„19. Er war mein Geschichtslehrer und ganz frisch zum Seminar gekommen. Zuerst verband uns nur unsere gemeinsame Liebe zur Geschichte. Oft sprachen wir noch nach dem Unterricht miteinander. Besonders die Königin Luise hatte es uns beiden angetan. Ich mochte ihn gern. Er war jung, immer guter Dinge – ganz anders als Fräulein von Steinbach, unter deren Knute ich im Pensionat aufgewachsen war."

Rahel Grüning drückte ihren Arm. „War er denn ein Kind Gottes?"

Lydia schüttelte den Kopf. „Leider nicht. Vielleicht wäre es dann auch nie dazu gekommen. Erlassen Sie mir nähere Details. Ich war ohne viel Liebe aufgewachsen, er bot sie mir und dann passierte es. Seitdem bin ich ein gefallenes Mädchen."

„Ein schrecklicher Ausdruck." Rahel Grünings Stimme war voller Wärme.

„Kurz gesagt: Die Sache ließ sich nicht verheimlichen. Ich wurde schwanger und erlitt eine Fehlgeburt. Durch Vermittlung der Schirmherrin des Pensionats konnte ich meine Ausbildung an einem anderen Lehrerinnenseminar fortsetzen. Aber sie war die einzige, die mir beistand."

„Immerhin eine Person", warf Rahel Grüning ein. „Und Ihre Eltern?"

„Mein Vater, der zu dieser Zeit Botschafter in Großbritannien war, wurde wegen des Skandals von seinem Posten abberufen und auf eine unbedeutende Stelle im Auswärtigen Amt abgeschoben. Seitdem habe ich meine Eltern nur noch selten gesehen, zum letzten Mal vor drei Jahren. Und wenn ich etwas von ihnen hörte, waren es Anschuldigungen. Sie wollten mich sogar in ein Magdalenenheim[8] schicken. Ebenso war es mit meinen Freundinnen. Sie wandten sich von mir, dem gefallenen Mädchen, ab, *weil der Herr es ihnen so gezeigt habe.*"

In Rahel Grünings Augen schimmerten Tränen. „Das ist schrecklich. – Und was geschah mit jenem Lehrer?"

„Ich trennte mich sofort von ihm, als mir bewusst wurde, in welche Sünde ich gefallen war. Anfangs versuchte er noch, Kontakt zu mir zu halten, doch dann verschwand er, ich weiß nicht wohin. Erst kürzlich sah ich ihn zufällig wieder. Das trug mit zu meiner Entscheidung bei, Breslau so schnell wie möglich zu verlassen und ins Forstschloss zu kommen."

„Und mein Enkel weiß von alledem nichts?"

Lydia biss sich auf die Lippe. „Ich wollte es ihm sagen, schon bei dem ersten Gespräch in Breslau. Doch Fräulein von Steinbach hinderte mich daran. Seitdem hoffe ich auf eine Gelegenheit, aber immer kommt etwas dazwischen. Entweder ist es Viola oder der Graf selbst, der mir etwas aus der Natur erklärt ... Glauben Sie, er hätte mich eingestellt, wenn er davon gewusst hätte?"

Rahel Grüning atmete tief durch. „Claudinand hat strenge Moralvorstellungen. Ich vermute, dass ihn das zumindest an seiner Wahl hätte zweifeln lassen. Weiß Franzi davon?"

„Nein, zu jener Zeit war sie längst in Deutsch-Ostafrika und unser Kontakt nicht mehr so eng. Was glauben Sie ..." Lydia legte den Zeigefinger an die Nasenspitze. „Wird der Graf mich entlassen, wenn ich es ihm jetzt noch offenbare?"

Rahel Grüning faltete die Hände, als würde sie beten. Entsprechend lange dauerte es, bis sie antwortete. „Ich kann Ihnen keine verlässliche Antwort darauf geben. Vielleicht wird er von Ihrer Ehrlichkeit beeindruckt sein. Vielleicht wird er aber auch wütend, weil Sie es ihm zuerst verschwiegen haben. Und ob er eine Frau mit dieser

8 Ein Heim für sogenannte gefallene Mädchen.

Vergangenheit als Lehrerin seiner Nichte für geeignet hält, ist noch eine ganz andere Frage."

Dann sollte sie dem Grafen besser nichts sagen. Die Gefahr, dass er sie sofort hinauswürfe, war offenbar riesengroß.

„Trotzdem rate ich Ihnen dringend, ihm die Sache zu offenbaren." Rahel Grünings Gesicht war tiefernst. „Sie wissen: Gott ist ein Offenbarer von Geheimnissen. Und wenn mein Enkel es von anderer Seite erfahren sollte, dann wird er Sie ohne jeden Zweifel sofort entlassen. Nicht wegen Ihres Fehltritts, sondern wegen Ihres Verschweigens."

„Und wenn ich es ihm sage und er mich trotzdem entlässt?" Lydia biss sich so fest auf die Lippe, dass sie schmerzte.

„Sie sollten auf Gott vertrauen, der es dem Aufrichtigen gelingen lässt. Und" – sie lächelte warm – „ich bin ja auch noch da."

Lydia seufzte tief. „Ich weiß nicht, ob ich das fertigbringe."

„Ich werde für Sie beten, Lydia." Sie tätschelte ihre Hand und stand auf.

Da kam vom Schloss her ein Diener angerannt und wedelte schon von Weitem mit einer Zeitung. „Gnädige Frau!", keuchte er.

Auch Lydia stand auf. Wenn ein Diener so mit einer Zeitung angelaufen kam, konnte es sich nur um schlechte Nachrichten handeln.

„Gnädige Frau!" Der Diener atmete schwer. „Gerade kam ein Extrablatt des Schlesischen Anzeigers. Österreich-Ungarn hat Serbien den Krieg erklärt."

Rahel Grüning nahm ihm die Zeitung aus der Hand und sank wieder auf den Stuhl.

Mit einem Schritt war Lydia bei ihr. „Geht es Ihnen gut?"

Die alte Dame nickte. „Es war nur der Schreck."

Lydia atmete tief durch. Krieg. Der erste, den sie erlebte. Und nach allem, was sie in den Zeitungen gelesen hatte, würde es ein Krieg ganz anderer Art werden, als sie ihn aus den Geschichtsbüchern kannte.

Kapitel 13

Endlich war er wieder zurück in Wölfelsgrund. Der Duft der Wälder umgab Wedell wie eine harzige Sinfonie, und das Murmeln der Wölfel war ein vertrauter Heimatgruß. Er genoss es, mit der Kutsche heimzukehren, obwohl es ärgerlich war, dass seine Beckmann Sport-Limousine immer noch nicht repariert war. Aber im langsamen Trott konnte er die Rückkehr nach Wölfelsgrund noch besser genießen. Hoffentlich hatte sein Freund Papendorff recht und der Krieg blieb aus oder wenigstens auf Österreich-Ungarn und Serbien beschränkt. Sonst würde er die geliebte Heimat schon in Kürze erneut verlassen müssen, und dann zweifellos für längere Zeit.

Der Wagen klapperte in die Dorfstraße. Dort lag der *Gelbe Dragoner* – und Pauline Behrendt stand natürlich auf der Terrasse. Sie schien einen sechsten Sinn dafür zu haben, wann er vorbeifuhr.

Sie befand sich im Gespräch mit einem älteren Herrn in Uniform – deutlich erkannte Wedell im Abendlicht die Generalsstreifen an der Hose. Der Mann redete mit ausladenden Gesten auf Pauline Behrendt ein, dann verschwand er im Hotel.

Wedell gab dem Kutscher einen Wink. „Bitte fahren Sie schneller." Nicht dass Pauline ihn wieder ansprach.

Doch die Kellnerin hatte ihn schon entdeckt und trat an den Straßenrand. „Herr Graf, Herr Graf!" Ihre Stimme klang unangenehm hoch und schrill.

Sollte er einfach weiterfahren? Nein, so unhöflich wollte er nicht sein. Immerhin waren sie einmal recht vertraut miteinander gewesen. „Halten Sie an."

„Brr!" Das Klappern der Hufe verstummte.

„Herr Graf, haben Sie schon gehört?" Pauline lief zum Wagen und hielt sich mit beiden Händen am Schlag fest.

„Was wünschen Sie mir mitzuteilen, Fräulein Behrendt?"

„Müssen Sie auch bald fort, Herr Graf?" Ein angstvoller Augenaufschlag. „Ich mag gar nicht daran denken!"

„Wie Sie sehen, Fräulein Behrendt, kehre ich soeben erst zurück."

„Uuh, immer noch so formell?" Pauline zog einen Schmollmund.

„Fräulein Behrendt ...“ Wann begriff sie endlich, dass sie keine Chancen mehr bei ihm hatte?

„Wir sind doch unter uns, da müssen Sie nicht die steife Anrede gebrauchen.“

„Es ist die einzig korrekte Anrede.“ Wedell legte so viel Kälte wie möglich in seine Stimme.

„*Korrekt!*“ Pauline verdrehte die Augen. „*Korrekt* können Sie sein, wenn Sie in Gesellschaft dieser hochnäsigen jungen Dame sind, die wohl nur darauf aus ist, sich den reichen Grafen zu angeln.“

„Das genügt. Baronesse von Gedigk verhält sich jederzeit tadellos, was man ...“

„Ah, wie konnte ich nur vergessen, dass sie eine Baronesse ist!“ Pauline lachte girrend. „Dann darf der Herr Graf natürlich kein Wort mehr mit der Kellnerin reden, die einfach nur Behrendt heißt und auch noch eine befleckte Vergangenheit hat. Damit leben Sie mir das Christentum par excellence vor.“

Wedell kniff die Augen zu schmalen Schlitzen zusammen. Am liebsten hätte er augenblicklich den Befehl zum Weiterfahren gegeben. Aber Paulines Worte erinnerten ihn – wenn auch in ganz anderem Tonfall gesprochen – an Papendorff. *Liegt es vielleicht daran, dass du jener Person – und allen anderen – nicht vergeben kannst? Oder willst?*

„Herr Graf.“ Paulines Stimme verlor plötzlich an Höhe und Schärfe und wurde dunkel und warm. „Es war nur die Angst um Sie, die mich dazu brachte, Sie anzuhalten. Der Herr General von ...“

„Was ist mit dem General?“ Was hatte Pauline von ihm erfahren?

„Er bricht seine Kur noch heute ab, da er unverzüglich nach Berlin beordert wurde.“

Das musste noch nichts heißen, es konnte eine reine Vorsichtsmaßnahme sein.

„Er sagte, die russischen Truppen würden mobilisiert und deshalb stehe die Mobilmachung unserer Truppen unmittelbar bevor.“

Also doch. Papendorff lag mit seinem Optimismus falsch. Aber dass es so schnell gehen würde ... Erst am Samstag, also vor sechs Tagen, war die serbische Antwort auf das Ultimatum eingetroffen, vor gerade einmal drei Tagen hatte Österreich-Ungarn Serbien den

Krieg erklärt. Wenn es stimmte, was Pauline sagte, würde er wahrscheinlich schon in wenigen Tagen, wenn nicht sogar Stunden, seinen Stellungsbefehl erhalten.

„Danke, dass Sie mir das gesagt haben. Bitte haben Sie Verständnis, dass ich nun eiligst ins Forstschloss muss."

Pauline ließ den Schlag los, dann zogen die Pferde an.

* * *

Jeden Augenblick würde der Graf ins Forstschloss zurückkehren. Lydia wusste es von Rahel Grüning, die ihr die erwartete Ankunftszeit des Grafen mit bedeutsamer Betonung mitgeteilt hatte. Sie verstand, was die gütige, alte Dame ihr damit sagen wollte. Und Lydia war entschlossen, noch heute das schwierigste Gespräch ihres Lebens zu führen. Gott hatte sie gewarnt – und sie tat gut daran, diese Warnung zu beachten.

Lydia trat ans Fenster ihres Zimmers und zog den schweren Brokatvorhang ein winziges Stück zur Seite. So konnte sie wenigstens einen verstohlenen Blick auf den Vorplatz werfen, wo der Graf gleich erscheinen musste. Wahrscheinlich würde er sie dann noch heute Abend rufen lassen, um einen Bericht über die Zeit seiner Abwesenheit zu erhalten. Diese Gelegenheit musste sie ergreifen. Ob sie später noch den Mut dazu finden würde, konnte sie sich selbst nicht versprechen. Vor allem wenn er so freundlich zu ihr war wie neulich nach dem Gottesdienst. Dann würde sie es kaum fertigbringen, das gute Verhältnis zu riskieren.

Draußen näherte sich Hufschlag, das Rumpeln eines Wagens wurde lauter. Lydias Finger krampften sich um die Borte des Vorhangs und sie biss sich auf die Unterlippe, dass es schmerzte. Zwei Pferde tauchten auf dem Waldweg auf. Sie zogen den Wedellschen Wagen. Und darin saß der Graf.

Wie schneidig er in der dunkelblauen Offiziersuniform aussah!

Der Wagen hielt an der Treppe und der Graf sprang heraus. Drei Stufen auf einmal nehmend eilte er ins Schloss. Ob etwas nicht stimmte? Der Graf war zwar immer vital und trotz seiner Größe enorm flink, aber so sehr hetzte er sonst nicht.

Lydia ließ den Vorhang los und presste beide Hände auf das

galoppierende Herz. Was auch geschehen mochte – heute musste, heute würde sie ihr Vorhaben durchführen.

Plötzlich erklangen überall im Schloss Stimmen und Schritte, Türen fielen ins Schloss, Hector begann zu bellen, ein Gongschlag hallte durch die Gänge. An ihrer Tür klopfte es. „Gnädiges Fräulein!“, rief jemand atemlos.

Mit fliegenden Fingern öffnete sie. Draußen stand Hachmann, der Oberdiener; Schweißperlen rannen von seiner Stirn.

„Gnädiges Fräulein, der Herr Graf haben alle Bewohner des Schlosses gebeten, sich in die Eingangshalle zu verfügen.“

„Ist etwas geschehen, Hachmann?“, keuchte sie.

„Ich weiß von nichts. Bitte verzeihen Sie, ich muss noch die anderen ...“ Damit hastete er weiter.

Irgendetwas war vorgefallen. Sonst würde der Graf nicht das ganze Schloss zusammentrommeln. Sie warf einen Blick in den Spiegel. Wie blass sie war! Rasch ordnete sie ihr Haar und kniff sich ein paar Mal in die Wangen, um etwas Farbe zu bekommen. Dann verließ sie ihr Zimmer und begab sich in die Halle.

Raunendes Stimmengewirr empfing sie. Fast die gesamte Dienerschaft war bereits versammelt. Soeben schlurfte noch der Stallknecht herbei, seine Kappe in den Händen drehend – er schien es nicht gewöhnt zu sein, ins Schloss gerufen zu werden.

Zwei Küchenmädchen steckten die Köpfe zusammen. „Schau, die neue Gouvernante“, zischte die eine mit einem Seitenblick auf Lydia.

Die andere starrte sie an, dann flüsterte sie: „Die wird auch nicht lange bleiben. Sobald sie anfängt, dem Grafen schöne Augen zu machen wie ihre Vorgängerinnen ...“

Lydia drehte ihnen den Rücken zu und ging einige Schritte zur Seite.

Plötzlich wurde es still – am oberen Ende der Treppe erschien der Graf, am Arm führte er seine Großmutter. Noch immer trug er die Uniform, die ihn noch schlanker und größer erscheinen ließ. Sein Gesicht war ungewöhnlich ernst, was durch den Schatten des dunklen Bartes noch verstärkt wurde – wahrscheinlich war er im Manöver nur selten dazu gekommen, sich zu rasieren.

Er geleitete seine Großmutter zu einem Sessel und stieg die Treppe hinab. Auf einer der unteren Stufen blieb er stehen. „Ich habe Sie zusammenrufen lassen ..." Seine ohnehin schon tiefe Stimme war noch tiefer und vibrierte durch die große Halle. Er zupfte eine Fluse von seinem Rockärmel. „Es gibt eine Neuigkeit, die ich Ihnen nicht verschweigen kann."

„Ist der Krieg endlich da?" Der junge Gärtner zog an seinen Hosenträgern. „Ich wollt schon immer mal nach Paris."

Ein strenger Blick des Grafen brachte ihn zum Schweigen. „Ich erfuhr soeben in Wölfelsgrund und habe es mir fernmündlich von einem Freund meines Onkels Ludwig von Schleinitz, der im Großen Generalstab zu Berlin tätig ist, bestätigen lassen ..." Er brach ab und senkte seinen Blick tief in Lydias Augen.

Ihr Herzschlag beschleunigte sich, und obwohl sie schon wieder merkte, wie ihr die Röte in die Wangen stieg, brachte sie es nicht fertig, wegzuschauen. Was lag alles in diesem Blick? Er wirkte so forschend, als wollte er in ihrer Seele lesen, gleichzeitig aber auch schmerzlich, fast verletzlich.

Graf Wedell wandte den Blick nicht von ihr ab. „Die Mobilmachung der deutschen Streitkräfte steht unmittelbar bevor."

Durch die Halle ging ein Raunen. Der Gärtner riss die Arme hoch und rief: „Hurra! Es lebe der Kaiser!"

Lydia senkte den Kopf. Es rauschte an ihr vorbei, was der Graf weiter zu den Bediensteten sagte. Sie dachte nur daran, dass er höchstwahrscheinlich in kürzester Zeit das Forstschloss schon wieder verlassen und seine Abwesenheit dann von unbestimmter Dauer sein würde. Und bis dahin würde er so viel zu regeln und erledigen haben, dass er kaum Zeit und Ruhe für ein tiefschürfendes Gespräch finden würde. Was sollte sie tun? Wenn es wirklich zum Krieg kommen würde, war nicht zu erwarten, dass der Graf von anderer Seite erfahren würde, was vorgefallen war; die Leute hatten andere Dinge im Kopf, als über eine kleine Lehrerin zu tratschen. Sollte sie also schweigen? Und die schweigende Lüge zwischen ihnen stehen lassen?

Während der Graf mit fester Stimme die Aufgaben und Zuständigkeiten für den Fall, dass er und einige Männer eingezogen würden, verteilte, wurde der Wunsch in ihr wieder übermächtig, von diesem geradlinigen Mann und aufrichtigen Christen Absolution zu erhalten. Wenn gerade er zu ihr sagen würde: *Ihr Fehltritt ändert nichts an unserem Verhältnis, da Gott Ihnen Ihre Sünde längst ver-*

geben hat – das würde sie für all die Ablehnung und Erniedrigung, die sie in den vergangenen Jahren durchkostet hatte, entschädigen.

„Baronesse von Gedigk ..."

Sie schrak zusammen, als ihr Name von den Wänden der Halle widerhallte.

„... Sie übernehmen weiterhin die Erziehung meiner Nichte Viola. Bitte gehen Sie auch meiner Großmutter bei der Führung des Haushalts zur Hand."

Sie knickste. „Sehr wohl, Herr Graf."

„Das wäre alles." Er sah jeden einzelnen der Reihe nach an. „Bitte bedenken Sie: Noch ist das letzte Wort nicht gesprochen. Vielleicht bleibt die Mobilmachung aus. Und wenn sie ausgesprochen wird, wäre sie zunächst eine reine Vorsichtsmaßnahme. Vermutlich wird es sich auf einen regional begrenzten Konflikt zwischen Österreich-Ungarn und Serbien beschränken. Allenfalls könnten noch das Deutsche Reich und Russland hineingezogen werden." Wieder richtete er seinen Blick auf Lydia und fügte leise hinzu: „So hoffe ich jedenfalls."

Sie verstand ihn genau. Er wollte seine Leute beruhigen, aber er glaubte selbst kaum an die hoffnungsvollen Dinge, die er zum Schluss gesagt hatte. Der Graf hatte einen viel zu klaren Blick und scharfen Verstand, als dass er von einer reinen Vorsichtsmaßnahme ausging.

* * *

Debattierend verließen die Angestellten die Halle, das Gemurmel verlief sich.

Lydia sah zu dem Grafen hinüber, der noch mit dem Oberdiener sprach. Wahrscheinlich hatte er weitere spezielle Direktiven für den langjährigen Diener, der aufgrund seines Alters auch nicht eingezogen werden würde.

Rahel Grüning warf Lydia noch ein Lächeln zu, dann erhob sie sich mühsam aus dem Sessel und humpelte davon.

Lydia musste heute noch mit dem Grafen sprechen, ehe der Mut sie wieder verließ. Sie spürte, dass sie es sonst nie mehr schaffen würde. Wie lange würde sich die Unterredung des Schlossherrn mit Hachmann hinziehen?

Wedell legte dem Diener die Hand auf die Schulter. „Kommen Sie doch bitte mit in mein Arbeitszimmer, Hachmann, dort können wir uns in Ruhe besprechen."

Lydia ging auf den Grafen zu. „Herr Graf ..."

„Verzeihen Sie, Baronesse, dass ich Sie noch nicht begrüßte." Er verneigte sich chevaleresk. „Liegt etwas Dringliches an?"

Hachmann stand immer noch neben dem Grafen. Konnte er nicht außer Hörweite gehen? „Herr Graf, ich müsste Sie dringend sprechen."

Hachmann zog eine Augenbraue hoch. „Wenn der Herr Graf mit der gnädigen Baronesse allein sein wollen ..."

Hoffentlich dachte der Diener nicht wieder etwas Falsches, die anzüglichen Bemerkungen von Pauline Behrendt und gerade eben von den Küchenmädchen hatten ihr schon gereicht.

„Sicherlich wollen Sie mir Bericht über die letzten beiden Wochen erstatten." Der Graf strich seinen Uniformrock glatt.

„Selbstverständlich." Sie räusperte sich. Warum lud er sie nicht in sein Arbeitszimmer ein? Befürchtete er dann ebenfalls Getuschel unter dem Personal? Erwartete er ihren Bericht deshalb hier am Fuß der Treppe in Gegenwart des Dieners? Merkte er denn nicht, dass sie mehr auf dem Herzen hatte? „Auch das."

„Natürlich werde ich Ihnen auch noch rechtzeitig genauer darlegen, was ich von Ihnen erwarte, falls ich aufgrund der Mobilmachung gezwungen sein sollte, längere Zeit abwesend zu sein." Er sah zu Hachmann hinüber, dann zurück zu Lydia. „Bitte, ich möchte zuerst mit Hachmann sprechen. Zudem ist während meiner Abwesenheit etliches liegen geblieben, das ich vorher noch aufarbeiten möchte, um mir einen Überblick zu verschaffen."

„Aber ..." Er schien wirklich nicht zu merken, dass es nicht um Violas Unterricht ging. „Wenn Sie dennoch ein wenig Zeit für mich erübrigen könnten ..."

„Morgen, Baronesse. Bitte kommen Sie um elf Uhr in mein Arbeitszimmer. Dann habe ich hoffentlich meine Post gelesen und kann etwas Zeit erübrigen. Vielleicht weiß ich bis dahin auch bereits, wie sich alles entwickelt."

Lydia biss sich auf die Unterlippe. Wenn sie dieses Gespräch doch endlich hinter sich bringen könnte! Es kam ihr wie eine Folter vor, bis morgen warten zu müssen. Aber sie hatte keine andere Wahl. „Vielen Dank. Ich werde morgen pünktlich um elf Uhr bei Ihnen erscheinen."

Er nickte ihr zu, dann eilte er mit Hachmann die Treppe hinauf.

Kapitel 14

Wedell legte die gerade geprüfte Rechnung des örtlichen Dachdeckers zur Seite und sah auf die große Standuhr in seinem Arbeitszimmer. Viertel vor elf Uhr. Warum beraubte ihn der Gedanke an das Gespräch mit Lydia von Gedigk jeder Konzentration? Seit den Gesprächen mit seinem Kameraden Papendorff während des Manövers kreisten seine Gedanken viel zu viel um die junge Baronesse. Immerhin schien sie es nicht darauf angelegt zu haben, ihn zu erobern, obwohl sie bestimmt Grund genug dazu hatte. Ihre Verhältnisse schienen jedenfalls nicht ideal zu sein, sonst wäre sie kaum in abhängiger Stellung tätig. Er musste unbedingt weitere Erkundigungen über ihre Familie einziehen. Nach dem Krieg – so er denn lebend zurückkehren würde.

Er schlitzte einen weiteren Umschlag auf. Für ihn stand fest, dass es zu einem Krieg nie gekannten Ausmaßes kommen würde. Denn nach der österreichischen Kriegserklärung an Serbien hatte das Deutsche Reich ein Ultimatum an Russland gestellt, die anlaufende Mobilmachung zu stoppen. Gleichzeitig hatte das Deutsche Reich Frankreich aufgefordert, sich bei einem eventuellen Konflikt mit Russland für neutral zu erklären. Von den Franzosen war jedoch bereits die Antwort gekommen, dass man tue, was man für das Beste für Frankreich halte. Die Frist an Russland war heute Morgen abgelaufen. In wenigen Minuten musste also die Nachricht eintreffen, welches Ausmaß der Krieg erreichen würde, ob das Deutsche Reich oder vielleicht sogar ganz Europa mit hineingezogen werden würde.

Wedell überflog die Anfrage eines Holzhändlers und legte sie beiseite. Als nächstes kam ein Brief mit dem Absender Graf Ferdinand Grüning von Wedell. Sein Vater, der das Gut Schönwalde für seinen Bruder Fritz bewirtschaftete, schickte Geschäftsberichte, die Wedell für seinen Bruder aufbewahren sollte. Dazu ein paar wenige persönliche Worte. Seit ihr Vater wieder geheiratet hatte, war das Verhältnis zu seinen Kindern spürbar abgekühlt.

Der nächste Brief kam aus Breslau. Er schloss die Augen. Breslau.

Dort hatte er Lydia von Gedigk unter denkbar merkwürdigen Umständen kennengelernt.

Das Schrillen des Fernsprechapparates ließ ihn zusammenfahren. Er sah zur Uhr. Wenige Minuten vor elf Uhr. Hoffentlich dauerte das Telefongespräch nicht so lange.

Er nahm den Hörer ab. „Graf Wedell am Apparat." Gleichzeitig riss er den Brief aus Breslau auf. Von der Leiterin des Pensionats, in dem die Baronesse als Lehrerin tätig gewesen war. Wahrscheinlich nachgelieferte Zeugnisse und Bescheinigungen über Lydia von Gedigk.

„Hier Leutnant von Lehndorff, Adjutant von Major Lincke", tönte es vom anderen Ende der Leitung. „Herr Hauptmann, Seine Majestät der Kaiser haben die Mobilmachung befohlen. Bitte finden Sie sich noch heute bei Ihrem Bataillon ein."

„Jawohl." In der Leitung knackte es.

Er starrte den Hörer an. Der Krieg war da.

* * *

Lydia tauchte die Hände in die Waschschüssel und schrubbte die Kreide von ihren Händen. Dieser Tag würde die Entscheidung bringen. Noch einmal – ein letztes Mal – würde sie versuchen, die Vergebung eines strenggläubigen Christen zu erringen. Selbst wenn sie dann weiterhin Gouvernante bliebe, könnte sie endlich wieder befreit aufatmen. *Wenn* er ihr vergab. Sonst musste ihr Beruf endgültig ihr Lebensinhalt bleiben – das letzte, was ihr als der Geächteten, Verstoßenen dann noch blieb.

Sie zog die Hände aus dem Wasser und betrachtete ihre Finger. Keine Kreide mehr zu sehen. Rasch trocknete sie sie ab.

Das stoische Ticken der Wanduhr klang überlaut durch den stillen Raum und mahnte sie daran, sich zu beeilen. Es war bereits fünf Minuten vor elf Uhr. Lydia warf noch einen Blick in den Spiegel und strich sich eine glänzend dunkelbraune Haarsträhne hinters Ohr. Gut, dass sie ein brünetter Typ war, dann fiel nicht so auf, wie blass sie war.

Sie griff nach den Unterlagen für Violas Unterricht, falls der Graf nach ihrem Geständnis immer noch mit ihr darüber sprechen wollte. Dann verließ sie mit zitternden Knien ihr Zimmer.

Der Weg zum Arbeitszimmer des Grafen war ein einziges Gebet. Und dann stand sie vor der Tür. Sie biss sich auf die Unterlippe und schloss die Augen. Sollte sie es wirklich tun? Ihre Karriere aufs Spiel setzen? Aber wenn der Graf es auf anderem Wege herausfand, wäre ihre Karriere erst recht zu Ende. Also – mit Gottes Hilfe.

Noch ein letztes Stoßgebet, dann klopfte sie.

„Kommen Sie herein." Die Stimme des Grafen klang tiefer als sonst.

Mit bebenden Fingern drückte Lydia die Klinke hinunter und trat ins Arbeitszimmer. Wie ganz anders war es als das Büro von Fräulein von Steinbach! Bei der Vorsteherin des Pensionats war alles kühle Nüchternheit. Bei Graf Wedell dagegen strahlte alles Behaglichkeit aus. Luftige Vorhänge, ein heller Schreibtisch, auf dem ein Wildblumenstrauß prangte – wahrscheinlich ein Geschenk von Viola –, Familienbilder an den Wänden, und der Graf, der blendend aussah – wenn er heute nicht so furchtbar ernst dreinschauen würde.

Lydia schloss die Tür hinter sich und ging auf den Schreibtisch zu, ihre Mappe mit den Unterlagen an sich gepresst, als könnte sie ihr Halt geben. „Danke, dass Sie mir einige Minuten Ihrer kostbaren Zeit widmen."

„Ich sehe, Sie sind gut vorbereitet." Er stand auf und deutete auf die Mappe. Lag da eine Spur Sarkasmus in seiner Stimme?

Verstand er denn nicht, dass sie ihn wegen ganz anderer Dinge sprechen wollte? „Herr Graf, diese Mappe ..."

„... diese Mappe brauchen Sie nicht mehr." Er nahm ein Schriftstück vom Schreibtisch.

„Ich verstehe nicht ..." Was war geschehen? Wo war der freundliche Graf Wedell geblieben, der sie gestern Abend in der Halle noch so warmherzig angesehen hatte?

„Wie könnten Sie auch." Seine Worte fielen wie splitterndes Eis in den Raum. Er hielt ihr das Schreiben vor die Nase. „Kennen Sie diese Unterschrift?"

Erika von Steinbach stand in großen, kantigen Buchstaben auf dem Blatt.

Lydia taumelte zurück. Sofort war ihr klar, dass der Graf bereits alles wusste.

Kapitel 15

Trotz ihrer brünetten Haut wurde Baronesse von Gedigk totenbleich. Fast tat sie ihm ein wenig leid, denn für sie musste gerade eine Welt zusammenbrechen. Aber Mitleid war hier fehl am Platz. Auch wenn Papendorffs Worte über die Vergebungsbereitschaft noch in ihm nachhallten – hier lag der Fall doch etwas anders. Denn sie hätte von Anfang an mit offenen Karten spielen müssen.

Stattdessen hatte sie ihn hintergangen. Und dabei ging es nicht darum, dass sie ihn damit verletzt hatte – das hätte er ihr in der Tat vergeben müssen. Sondern es ging um ihre Qualität als Violas Erzieherin.

„Ihnen scheint klar zu sein, worum es in diesem Brief geht." Er legte das Schreiben wieder hin. „Haben Sie etwas dazu zu sagen?"

Sie biss sich auf die blutleere Unterlippe. „Herr Graf, ich bin heute zu Ihnen gekommen, um Ihnen genau diese Sache zu offenbaren."

„Wie bitte?" Er schlug mit der flachen Hand auf den Schreibtisch. „Sie haben mir gestern zu verstehen gegeben, dass es um Ihren Bericht über die Zeit meiner Abwesenheit und um meine Direktiven für die mögliche Zeit des Krieges geht."

„Aber haben Sie denn nicht bemerkt, dass ich eigentlich ein anderes Anliegen hatte, das ich schnellstmöglich mit Ihnen besprechen wollte?" Sie schlug die Augen zu ihm auf – konnten diese klaren, vergissmeinnichtblauen Augen lügen? „Leider konnte ich nicht offen sprechen, weil der Oberdiener danebenstand und auf Sie wartete."

„Sie hätten doch um ein Gespräch in einer persönlichen Angelegenheit bitten können."

„Und was hätte Hachmann dann gedacht? In meiner Stellung bei Ihnen muss ich viel Feingefühl walten lassen." Sie senkte errötend den Kopf.

Diese Frau redete von Feingefühl und legte großen Wert auf die Wahrung des Anstands, dabei hatte sie eine besudelte Vergangenheit. Wie passte das zusammen? – Doch was hätte er überhaupt getan, wenn sie ihm diese Sache bereits bei ihrem Gespräch in Breslau offenbart hätte? Hätte er sie trotzdem engagiert? Oder sie für die Erziehung eines Kindes für ungeeignet befunden? Wahrscheinlich wäre es darauf angekommen, *wie* sie es gesagt hätte. Aber das Entscheidende war: Sie hatte es *nicht* gesagt!

Sein Blick fiel auf die Mappe, die sie mit beiden Händen so fest umklammerte, dass die Fingerknöchel weiß hervortraten. „Obwohl Sie die Unterlagen zu Violas Unterricht mitbringen, wollen Sie mir erzählen, dies sei gar nicht der Gesprächsgrund gewesen?" Wedell spürte, wie ihm Kälte ins Herz kroch. „Diese Mappe hätten Sie doch nicht mitgebracht, wenn Sie nur über Ihre Vergangenheit mit mir sprechen wollten."

Die Baronesse sank auf einen Stuhl – offenbar zitterten ihr die Knie so sehr, dass sie sich nicht mehr auf den Beinen halten konnte. „Es ist so, wie ich sagte, Herr Graf. Ich bat Sie um dieses Gespräch, um Ihnen den Fehltritt meiner Vergangenheit zu offenbaren."

„Warum sollte ich Ihnen das glauben?" Er nahm auf der anderen Seite des Schreibtisches Platz. „Warum haben Sie mir nicht sofort in Breslau alles gesagt? Bevor wir den Kontrakt geschlossen haben? So wäre es doch Ihre Pflicht gewesen."

Sie stützte den Kopf in eine Hand. „Ja, das wäre in der Tat meine Pflicht gewesen. Und ich habe mehrere Male dazu angesetzt. Merkwürdigerweise war es Fräulein von Steinbach, die mich jedes Mal daran hinderte, Ihnen das notwendige Geständnis zu machen. Dann habe ich mir fest vorgenommen, es Ihnen sobald wie möglich zu sagen. Aber immer kam etwas dazwischen: Viola oder Vogelstimmen oder ..."

Allerdings war ihm damals aufgefallen, dass Fräulein von Steinbach die Baronesse häufig unterbrochen hatte. Aber das hatte sie bei ihm ebenfalls getan, es schien also mehr eine Angewohnheit als ein bewusstes Verhindern des Geständnisses gewesen zu sein. „Sie können mir doch nicht glaubhaft machen, dass es bisher keine Gelegenheit gab, mir die Wahrheit zu sagen. Und dass Sie mir gerade jetzt, da ich den Beweis bereits in Händen halte, alles sagen wollten. Merken Sie denn nicht selbst, wie unglaubwürdig das ist?"

„So unglaubwürdig es klingen mag" – ihre Stimme klang gepresst –, „ich sage trotzdem nichts als die Wahrheit. Es tut mir leid, dass ich mit meinem Geständnis so spät komme. Sie hatten ein Anrecht darauf, es sofort zu erfahren. Aber bitte glauben Sie mir, dass ich heute zu Ihnen kam, um es Ihnen zu sagen."

Er würde es ja so gerne. Wenn er es nur könnte. Aber dieser Frau zu glauben, die ihn von Anfang an hintergangen hatte – das war einfach unmöglich. Das hatte auch nichts mehr mit Vergebungsbereitschaft zu tun. Denn statt mit einem rückhaltlosen Bekenntnis kam sie – jedenfalls allem Anschein nach – mit einer dreisten Lüge!

Und doch spürte er dabei einen sonderbaren Schmerz im Herzen. Darüber, dass Lydia von Gedigk auch nicht anders war als alle anderen. Sie hatte ihm eine wichtige Information vorenthalten, um die Stelle zu bekommen, und damit hatte sie sein Vertrauen missbraucht. Also war auch sie eine falsche Schlange, der es nur um ihren eigenen Vorteil ging.

Er deckte die Hand über die Augen, selbst erschrocken darüber, wie viel ihm Baronesse Gedigk in der kurzen Zeit schon bedeutete.

* * *

Lydia sah den Grafen an. Konnte sie ihn nicht irgendwie überzeugen, dass sie ihm wirklich gerade jetzt die Wahrheit sagen wollte? Doch es irritierte sie, dass er keine Wut zeigte, wie sie es erwartet hätte. Eher Trauer und Enttäuschung. Wie sollte sie damit umgehen?

Er schien ihren Blick zu spüren und sah sie an. „Hätten Sie nur ein Wort davon gesagt, dass Sie mir ein Geständnis machen wollten ... Aber so? Seien Sie doch wenigstens jetzt ehrlich und geben Sie zu, dass Sie Ihren Fehler verschweigen wollten."

Sollte sie Rahel Grüning ins Feld führen? Aber auch ihr hatte sie nichts von ihrer Absicht gesagt, sondern offengelassen, ob sie ihre Vergangenheit offenbaren wollte.

„Mir ist bewusst, dass der Schein gegen mich spricht. Trotzdem täuscht er." Sie wies auf den Brief der Steinbach. „Würden Sie mir sagen, wie Fräulein von Steinbach auf einmal darauf kommt, Ihnen meine Vergangenheit zu offenbaren? Haben Sie sich bei ihr erkundigt?"

„Ich hatte Ihnen vertraut." Seine Stimme war rau. „Und der Einschätzung meiner Schwester. Deshalb habe ich keine weiteren Erkundigungen eingezogen." Er nahm den verhängnisvollen Brief auf. „Fräulein von Steinbach schreibt, dass sie Ihren Fehler bewusst nicht offenbart habe, weil sie meinte, es sei an Ihnen selbst, das zu tun.

Deshalb habe sie Sie in meiner Gegenwart auch nicht bloßstellen wollen, weil sie vermutete, dass Ihnen die Stelle in meinem Hause dann entgehen würde."

Sie legte den Kopf schief und sah ihn an. „Lag Fräulein von Steinbach damit richtig? Hätten Sie mir die Zusage verweigert, wenn Sie von Anfang an von meinem Fehltritt gewusst hätten?"

Er zog die Augenbrauen hoch. „Ich hätte jedenfalls intensiver darüber nachgedacht. Aber das ändert jetzt ohnehin nichts mehr." Er sah wieder in den Brief. „Fräulein von Steinbach schreibt, dass sie im Nachhinein Gewissensbisse bekommen habe, weil sie mich im falschen Glauben gelassen hat. Lügen durch Schweigen – verstehen Sie das?"

Als ob die Steinbach jemals ein Gewissen gehabt hätte. Lydia spürte tief in sich die Wut wie einen schlafenden Tiger erwachen. Das war doch nichts anderes als eine gemeine Intrige!

„Aber was tut es zur Sache, warum Fräulein von Steinbach mich erst jetzt darüber informiert? Wären Sie von vornherein ehrlich gewesen, wäre das alles nicht geschehen."

Immerhin verstand sie jetzt, warum die Steinbach sie förmlich genötigt hatte, diese Stelle anzunehmen, und sie gleichzeitig daran gehindert hatte, ihm ihre Vergangenheit zu offenbaren – weil sie genau wusste, dass sie knapp drei Wochen später Gewissensbisse bekommen würde. – Da in ihrer Welt ein gefallenes Mädchen unter keinen Umständen eine gute Position haben durfte, schien ihr jedes Mittel recht zu sein, selbst vorgetäuschte Gewissensbisse.

Aber der Graf hatte recht: Das tat alles nichts zur Sache. Wenn sie die Intrige der Steinbach erklärte, würde er denken, sie wolle die Schuld von sich weg auf die Steinbach schieben.

„Herr Graf, es tut mir leid. Ich habe nicht nur mit meinem Fehltritt in der Vergangenheit einen Fehler begangen. Ich hätte es Ihnen auch sofort sagen sollen – sagen müssen. Bitte glauben Sie mir, dass ich Sie nicht bewusst hintergehen wollte, dass ich mir die Stellung in Ihrem Hause nicht ergaunern wollte. Ich habe wirklich mehrfach dazu angesetzt, Ihnen alles zu offenbaren. Sie können mir vorwerfen, dass ich nicht entschieden genug vorgegangen bin. Darin haben Sie recht. Aber heute ist der Tag, an dem ich Ihnen alles bekennen wollte."

„Es ist gut, dass Sie Ihre Fehler einsehen und eingestehen. Aber ein vollständiges Bekenntnis sieht anders aus." Er seufzte. „Wollen Sie wirklich an Ihrer unwahrscheinlichen Behauptung festhalten, dass Sie mir zufällig gerade zu dem Zeitpunkt alles offenbaren wollten, als ich den Brief von Fräulein von Steinbach bekam?"

Wie konnte sie ihn bloß überzeugen? Es gab einfach keinen Beweis! „Herr Graf, ich kann Ihnen nicht etwas bekennen, das ich nicht getan habe."

Er bedeckte das Gesicht mit den Händen. Rang er mit sich selbst, ob er ihr glauben sollte? Sie flehte zu Gott, dass Er das Herz des Grafen lenken möge, damit er ihr nicht noch eine weitere Schuld aufbürdete, eine, die sie gar nicht begangen hatte.

Endlich ließ er die Hände sinken und sah sie kopfschüttelnd an. Fast sah es aus, als schimmerten Tränen in seinen Augen.

„Baronesse." Seine Stimme klang gepresst. „Es ist schon schlimm genug, dass Sie mit Ihrem Lehrer angebandelt haben. Ob Sie mit dieser Vergangenheit eine geeignete Gouvernante für meine Nichte sein könnten, sei dahingestellt."

Lydia fühlte einen Schmerz wie von einem Tritt in die Magengrube. Der nächste Tiefschlag. Von einem aufrechten Christen.

„Dessen ungeachtet" – seine Stimme wurde fester, schärfer – „ist jedenfalls völlig inakzeptabel, dass Sie mir diese Vergangenheit verschwiegen. Ihnen musste doch bewusst sein, dass das meine Entscheidung hätte beeinflussen können."

„Obwohl ich vor Gott und Menschen alles bekannt habe? Und Er mir vergeben hat?"

„Wer garantiert mir denn, dass Sie Gleiches nicht noch einmal tun? Was wäre das für ein Vorbild für Viola!"

Der nächste Tritt in die Magengrube. Lydia krümmte sich zusammen. „Haben Sie denn noch nie gefehlt, Herr Graf? Denn sonst dürften Sie sich doch selbst nicht mehr trauen."

Er starrte sie an. „Baronesse, fällt Ihnen nicht auf, dass Sie beginnen, Schuld von sich wegzuschieben, indem Sie behaupten, ich sei nicht berechtigt, Ihnen Ihre Schuld vorzuwerfen?"

Sie richtete sich auf und sah ihm in die Augen. „Es liegt mir fern, meine Schuld kleinzureden. Ja, ich habe mich der Sünde der Hurerei schuldig gemacht. Und: Ja, ich hätte Ihnen das von vornherein sagen müssen. Aber berechtigt Sie das dazu, nur darauf zu warten, dass ich den nächsten Fehler begehe? Sollten Sie mir nicht vielmehr vergeben?“

„Sie erwarten Vergebung von mir und spielen gleichzeitig die moralisch Entrüstete? Ausgerechnet Sie?“ Er schüttelte den Kopf. „Ich gewähre Ihnen eine Frist bis zum Jahresende. Bitte suchen Sie sich bis dahin eine neue Stelle. Und wenn es zum Krieg kommen sollte, wird der hoffentlich bis Weihnachten beendet sein. Dann werde ich mich um eine neue Gouvernante kümmern. Sie möchte ich im nächsten Jahr nicht mehr in meinem Hause sehen.“

Entlassen. Obwohl sie ehrlich sein wollte, hatte er sie entlassen. Und ihr Hausverbot erteilt. Warum hatte Gott das so geführt?

„Sie können gehen.“

Kapitel 16

„Bitte bringe das Gepäck in den Wagen, Eugen." Wedell wies auf die Taschen und Säcke. „Ich werde in wenigen Minuten aufbrechen."

Sein Kutscher machte einen Bückling, lud sich so viele Gepäckstücke auf, dass man ihn darunter kaum noch erkennen konnte, und machte sich schnaufend auf den Weg nach draußen.

Wedell klemmte die Schirmmütze unter den Arm und rückte den Degen zurecht. Es war so weit. Es ging ans Abschiednehmen.

Hoffentlich begegnete er Lydia von Gedigk nicht mehr. Ihr trauriges Gesicht tat ihm jetzt noch weh. Aber er konnte nicht anders handeln. Und das hatte nichts mit mangelnder Vergebungsbereitschaft zu tun. Damit bewies seine Erfahrung erneut, dass es keine zuverlässige Frau gab: damals Pauline Behrendts Betrug, nun die Täuschung der Baronesse. Auch wenn Papendorff gegenteiliger Meinung war.

Er betrat die dämmrigen Stallungen und atmete den wohligen Duft nach Heu und Pferden ein.

Der alte Stallknecht schlurfte ihm entgegen und machte einen Bückling. „Wünschen Sie noch einen Ausritt auf Allegro?"

„Dazu bleibt leider keine Zeit mehr." Wedell ging zum Stall seines Schimmels und öffnete das Gitter.

Schnaubend streckte ihm das Tier den Kopf entgegen und rieb die Nüstern an seiner Schulter.

Er tätschelte seinem treuen Pferd den Hals. Wie viele Stunden hatte er auf seinem Rücken verbracht, wie viele Kilometer durch den Hochwald zurückgelegt. Immer wieder hatten sie gemeinsam neue Pfade entdeckt oder sich Wege mitten durchs Unterholz gebahnt. „Ich hoffe, ich komme bald wieder, Allegro. Und dann jagen wir wieder gemeinsam durch unseren Wald ..."

Noch einmal fuhr er mit der Hand durch die glänzende Mähne des Schimmels, dann schloss er die Stalltür. „Pflege ihn gut, Hermann. Und sorge dafür, dass er regelmäßig bewegt wird."

„Sehr wohl, gnädiger Herr." Der Stallknecht drehte seine Kappe in den Händen.

Wedell verließ die Stallungen und ging zum alten Forsthaus hinüber, wo alles noch so war wie zu Lebzeiten seines Großvaters Albert Grüning, und fand seine Großmutter in der heimeligen Wohnstube. Sie hatte trotz der Sommerhitze eine Decke über die Knie gelegt und strickte. Als sie ihn bemerkte, sah sie von der Handarbeit auf. „In Feldgrau – es ist also Ernst."

Wedell legte den Degen ab, warf die Schirmmütze auf den Tisch und nahm in einem Sessel Platz. „Die deutsche Kriegserklärung an Russland wird stündlich erwartet."

Seine Großmutter humpelte in die Küche und kam mit einer Kaffeekanne und einer Tasse zurück. „Ich erwartete dich. Deshalb habe ich schon Kaffee gekocht. Schön dünn, wie du ihn liebst."

„Du bist so gut zu mir, Großmama." Sie selbst liebte nämlich den starken Kaffee, wie sie ihn schon zu Großvaters Zeiten gekocht hatte.

Lächelnd goss sie ihm ein und er tat zwei Löffel Zucker und einen großen Schuss Milch hinein.

„Großmama, ich muss dir vor meiner Abreise noch eine unangenehme Mitteilung machen." Er stellte die Tasse auf der flachen Hand ab. „Ich sah mich gezwungen, Baronesse von Gedigk zum 31. Dezember dieses Jahres zu kündigen und des Hauses zu verweisen. Sie hat ..."

„Sie hatte ein Verhältnis mit einem ihrer Lehrer."

„Du weißt es?" Wedell ließ beinahe seine Kaffeetasse fallen.

„Sie hat es mir am Dienstag erzählt." Seine Großmutter goss sich aus einer anderen Kanne tiefschwarzen Kaffee ein.

„Hat sie es von sich aus erzählt oder hast du etwas herausgefunden?"

Sie nahm die Tasse und blies hinein. „Ich habe gespürt, dass sie etwas mit sich herumschleppte, und habe sie dazu gebracht, mir alles zu erzählen."

Also auch da hatte sie es nicht von sich aus zugegeben. „Und mir hast du nichts davon gesagt!", grollte Wedell. Wie hatte die Baronesse seine Großmutter nur dazu gebracht, es ihm ebenfalls zu verschweigen?

„Wann hätte ich das tun sollen? Du bist erst gestern Abend aus dem Manöver heimgekehrt." Sie sah ihn an – sie hatte fast dieselbe Augenfarbe wie Lydia von Gedigk. „Außerdem wollte ich, dass sie sich selbst ein Herz fasst, es dir zu gestehen. Ich bin froh, dass sie das offenbar getan hat."

Er lachte bitter. „Wenn es bloß so wäre! Ich erfuhr es aus einem Brief von Fräulein von Steinbach."

„Von der Pensionatsleiterin?" Seine Großmutter zitterte so sehr, dass der Kaffee auf die Untertasse schwappte. „Lydia hat es dir nicht selbst gesagt? Das hatte ich nicht erwartet."

„Sie behauptet zwar, dass sie es gestehen wollte. Aber das sagte sie erst, nachdem ich ihr den Brief von Fräulein von Steinbach unter die Nase hielt." Er trank hastig einen Schluck Kaffee. Also auch seine Großmutter hatte die Baronesse falsch eingeschätzt. Seine sonst so weise Großmutter.

„Ich verstehe das nicht. Ich habe ihr ernst zugeredet, dir alles zu gestehen. Ich hatte fest damit gerechnet, dass sie sofort nach deiner Rückkehr um ein Gespräch bitten würde."

„Das hat sie ja getan! Aber nur, um mit mir über Violas Unterricht zu sprechen und meine Direktiven für die Zeit meiner Abwesenheit zu erfahren." Dieser Schmerz! Wut wäre ihm lieber gewesen, aber es tat unerwartet weh, von Lydia von Gedigk hintergangen worden zu sein – mehr noch als bei Pauline Behrendt.

„Und was macht dich so sicher, dass sie dir in diesem Gespräch kein Geständnis ablegen wollte?"

Er wich dem prüfenden Blick seiner Großmutter aus. Warum ging sie bloß immer vom Positiven aus? „Sie hätte es doch zumindest unterschwellig andeuten können. Außerdem erschien sie zu dem Gespräch mit ihren Unterrichtsplänen – die sie nicht gebraucht hätte, wenn es nur ein Vorwand gewesen wäre."

„Claudinand." Sie legte ihm die Hand aufs Knie. „Besteht nicht zumindest die *Möglichkeit*, dass Lydia dir tatsächlich die Wahrheit sagen wollte?"

„Ach, Großmama." Er goss sich Kaffee nach. „Siehst du denn nicht, wie unwahrscheinlich das ist? Baronesse von Gedigk ist ein leichtfertiges Mädchen ..."

„Claudinand!"

„Was denn? Hätte sie sonst diesen Fehltritt begangen? Und ihn solange verschwiegen, bis sie nicht mehr anders konnte?"

Seine Großmutter nahm die Hand von seinem Knie. „Warum gehst du immer vom Negativen aus?"

„Muss ich dich wirklich an Pauline Behrendt erinnern, Großmama?“ Er stellte seine Tasse mit lautem Scheppern auf den Unterteller. „Wie lange bin ich bei ihr vom Guten, vom Besten ausgegangen. Bis es auch für den Einfältigsten offensichtlich war. Diese Enttäuschung kann ich nicht vergessen.“

„Und deshalb müssen jetzt alle anderen Frauen genauso sein?“ Sie schüttelte den Kopf. „Das ist nicht nur deine Enttäuschung, Claudinand. Das ist Unversöhnlichkeit. Du hast Pauline nicht vergeben. Deshalb suchst du jetzt auch alle Schuld nur bei Lydia, damit du ihr ihren Fehltritt nicht vergeben musst.“

Wedell schloss die Augen und biss die Zähne aufeinander. So etwas Ähnliches hatte auch Papendorff gesagt. Bei ihm hatte er es damit abgetan, dass der Frischbekehrte das unmöglich beurteilen konnte. Doch seine weise, herzensgute Großmama? „Begreifst du denn nicht, dass es nicht um mich geht? Selbstverständlich bin ich enttäuscht, aber das darf ich nicht zum Maßstab für mein Handeln machen. Ich muss Violas Wohl im Auge behalten – und eine unehrliche Erzieherin halte ich für unverantwortlich!“

„Eine Unehrlichkeit, die noch nicht einmal bewiesen ist.“ Seine Großmutter schüttelte den Kopf. „Ich sehe tiefer, Claudinand. In Violas Wohl hast du einen guten Grund gefunden, aber liegt der wahre Grund nicht in dir?“

„Großmama ...“

Sie hob die Hand. „Denke darüber nach. Möglicherweise habe ich Unrecht. Aber bedenke es. Denn wenn es so ist, dann hast du Lydia bitter unrecht getan.“

Er senkte den Kopf. Seine gute Großmutter. Sie glaubte solange an das Gute, bis das Gegenteil unumstößlich bewiesen war. Darin hatte er sie nachgeahmt – bis zu der Sache mit Pauline Behrendt. Die Erfahrung hatte ihn gelehrt, dass er auch nicht blauäugig sein durfte. „Wir sollten uns den Abschied nicht mit solch unangenehmen Gesprächen schwer machen, Großmama. Ich habe der Baronesse zum 31. Dezember gekündigt – dabei bleibt es. Vermutlich bin ich spätestens zu Weihnachten aus dem Krieg zurück, dann werde ich mich um eine neue Gouvernante für Viola kümmern.“

„Willst du es bis nach dem Krieg nicht noch mal in Ruhe überdenken? Claudinand, zerstöre nicht übereilt Lydias Leben!“

„Eine Frau wie sie kommt doch immer durch. Entweder mit Betrug oder …“ Der erschrockene Blick seiner Großmutter ließ ihn abbrechen. „Ab 1. Januar 1915 hat Baronesse von Gedigk Hausverbot im Forstschloss.“ Er stand auf. „Auf Wiedersehen, Großmama.“

Auch sie erhob sich und legte die Arme um ihn. Sie sagte kein Wort, aber er wusste gut genug, dass sie seinetwegen traurig war. Nicht nur, weil er in den Krieg musste. „Ich will mich noch von Viola verabschieden.“ Er löste sich aus ihrer Umarmung. „Spätestens an Weihnachten bin ich zurück.“

* * *

Wedell fand Viola im Park beim Bocciaspiel – natürlich mit der Baronesse.

Die Kleine flog in seine ausgebreiteten Arme. „Onkel Claudinand, bitte komm ganz schnell wieder!“

Er wirbelte sie durch die Luft. „Weihnachten bin ich wieder hier – bestimmt!“

„Das ist aber noch sooo lange!“, maulte seine Nichte. „Das würde ich bestimmt nicht durchhalten, wenn Lydia nicht bei mir wäre.“

Er sah zur Baronesse hinüber, die mit abgewandtem Gesicht die Bocciakugeln einsammelte. Als ihr Name fiel, sah sie auf – wobei sie sich verstohlen Tränen vom Gesicht wischte.

„Lydia ist auch traurig über den Krieg“, belehrte Viola ihn. „Aber wir werden ganz tapfer sein, wenn du uns versprichst, Weihnachten wieder hier zu sein und mir ein ganz besonderes Geschenk zu machen. Nicht wahr, Lydia?“

Als ob die Baronesse wegen des Krieges weinen würde.

Anscheinend hörte sie die Worte nicht, jedenfalls sammelte sie mit so großer Gewissenhaftigkeit die Kugeln ein, als hinge ihre Zukunft daran.

Er stellte Viola auf die Füße. „Versprochen – Weihnachten bin ich zurück. Und mache dir ein ganz besonderes Geschenk.“

„Versprochen ist versprochen und wird nicht gebrochen“, deklamierte die Kleine. „Das sagt Lydia immer.“

„So? Das sagt sie immer?“ Diese Frau musste wirklich abgebrüht sein – oder unschuldig. Er ging vor Viola in die Hocke und küsste sie. „Leb wohl, meine Kleine."

Sie schlang die Arme um seinen Hals. „Wir werden dir ganz oft schreiben, Lydia und ich. Und für dich beten."

Er blickte sich noch einmal zu der Baronesse um, doch sie sah ihn nicht an. Aber vielleicht war das auch besser so, denn sonst würde sich ihr verweintes Gesicht vermutlich tief in sein Gedächtnis einprägen.

Langsam ging er zum Wagen. So wie die Kleine ihre Gouvernante ins Herz geschlossen hatte, würde es noch bittere Kämpfe mit Viola geben, wenn Lydia zum Jahresende das Forstschloss verlassen würde.

Am Wagen blieb er noch einmal stehen und sah zum Forstschloss auf. *Weihnachten bin ich zurück*, hatte er gesagt. Doch würde er überhaupt jemals zurückkehren? Würde er das Rauschen des Hochwaldes und das Plätschern der Wölfel wieder hören? Den Vogelstimmen lauschen, sich an den Lichtreflexen auf dem Waldboden freuen können? Auf seinem feurigen Allegro durch den Hochwald reiten? Und wenn er zurückkehrte, mit welchen Narben? Äußerlich und innerlich?

Entschlossen schwang er sich in den Wagen. „Abfahren."

Der Wagen ruckte an.

Kapitel 17

Es regnete in Strömen. Seit Graf Claus Ferdinand abgereist war, hatte sich die Sonne nicht mehr gezeigt.

Lydia legte das Stück Kreide zur Seite, wischte sich die Hände ab und wies auf die Schultafel. „Hier sind deine Aufgaben, Viola. Du hast eine halbe Stunde Zeit, sie zu lösen."

Die Kleine stöhnte. „Puh, so viel rechnen. Ich mag das doch gar nicht."

Lydia fuhr ihr über das dunkle Haar. „Weißt du, Viola, eigentlich ist Mathematik auch nicht meine große Stärke."

„Können wir dann nicht was anderes machen?" Viola warf die Feder hin. „Du könntest mir eine Geschichte erzählen. Oder etwas über die europäischen Königshäuser. Am liebsten höre ich von Russland. Der Zar hat doch so viele Mädchen, die gar nicht so viel älter sind als ich, nicht wahr?"

„Du hast recht, der Zar hat vier Töchter. Aber wenn du ausrechnen möchtest, wie alt sie sind, solltest du ein wenig Mathematik beherrschen." Lydia klopfte ihr auf den Rücken. „Also los. Wenn du die Aufgaben in einer halben Stunde richtig löst, erzähle ich dir von Zar Nikolaus und seiner Familie."

Viola sah mit einem Schmollmund auf die Tafel, doch dann nickte sie und nahm die Feder wieder zur Hand.

Lydia setzte sich an ihren Platz und griff zu Violas Diktatheft, um die Krakelfüße ihrer Schülerin zu kontrollieren. Doch ihr Blick ging immer wieder von den ungelenken Buchstaben weg und schweifte zum Fenster. In Schnüren fiel der Regen herab und rauschte auf den Blättern.

Es war schon merkwürdig, wie sie, das unverbesserliche Stadtkind, den Hochwald liebgewonnen hatte. Wenn sie morgens aufwachte, freute sie sich über das Konzert der Vögel und war stolz darauf, wenn sie einen Vogel am Gesang erkannte.

Und noch mehr hing sie an den Bewohnern des Forstschlosses. Die quirlige Viola mit dem Kopf voller Locken und krauser Ideen, die nach dem holprigen Anfang mit großer Liebe an ihr hing; die sanfte, liebevolle und weise Rahel Grüning, die in diesen schweren Zeiten wie die Richterin Debora zu biblischen Zeiten eine *Mutter in Israel* war; und auch Graf Wedell, der, wenn er nicht gerade seine strenge, selbstgerechte Seite herauskehrte, so freundlich und warmherzig sein konnte. Diese alle sollte sie kampflos verlassen?

Sie sah zu Viola hinüber, die ebenfalls aus dem Fenster starrte und an ihrer Feder kaute. „Möchtest du nicht rechnen?"

Die Kleine zuckte zusammen. „Warum muss es diesen dummen Krieg geben? Ich will, dass Onkel Claudinand zurückkommt."

Wenn Viola wüsste, dass ihre Gouvernante dann gehen müsste! Für sie selbst wäre es beinahe vorteilhaft, wenn der Krieg länger dauern würde, vielleicht würde der Graf ihren Kontrakt dann entsprechend verlängern. Aber das würde nichts an der Tatsache ändern, dass sie früher oder später gehen musste. Oder sollte sie weiter darum kämpfen, dass der Graf ihr glaubte und ihr den Fehltritt nicht anrechnete?

Lydia stand auf und ging zu Viola. „Du hast noch 20 Minuten Zeit. Ich lasse dich für einen Augenblick allein." Sie brauchte etwas frische Luft, um den Kopf freizubekommen.

Rasch verließ sie das Schulzimmer und ging zur Eingangshalle. Gerade legte sie die Hand auf die Klinke der Tür, die nach draußen führte, als sie Rahel Grünings Stimme hinter sich hörte.

„Lydia?"

Sie wandte sich um.

Die alte Dame stand am oberen Ende der Treppe. „Ich hoffe nicht, dass Sie wirklich beabsichtigen, das Forstschloss zu verlassen?"

Lydia ließ die Klinke los. „Ich wollte nur ein wenig frische Luft atmen."

„Dass Sie so nicht gehen wollten, weiß ich." Rahel Grünings Lächeln schwang in ihrer Stimme mit. „Aber Sie tragen sich dennoch mit dem Gedanken, fortzugehen."

Da die alte Dame keine Anstalten machte, die Treppe herabzukommen, stieg Lydia zu ihr hinauf. „Habe ich denn eine Wahl? Der Herr Graf hat mich entlassen. Und mir untersagt, mich danach noch hier aufzuhalten."

Rahel Grüning nahm in einem Sessel auf der Galerie Platz. „Und

Sie glauben, jetzt während des Krieges eine andere Stelle zu finden?“

Das war allerdings eine Schwierigkeit. Viele Männer waren eingezogen worden. So würden wichtige Entscheidungen wahrscheinlich bis zum Kriegsende vertagt – allgemein nahm man ja an, dass der Krieg bis Weihnachten zu Ende sein würde. Und Graf Wedell ging schließlich ebenso vor. „Es wird mir keinesfalls leichtfallen, das Forstschloss und Sie alle hier zu verlassen. Aber nach dem Gespräch mit dem Grafen möchte ich auch nicht länger hierbleiben als unbedingt nötig.“

„Er hat Sie verletzt, nicht wahr?“ Rahel Grüning faltete die Hände. „Aber versuchen Sie auch, ihn zu verstehen. Er fühlte sich betrogen – und das nicht zum ersten Mal.“

„Mir ist bewusst, dass vieles gegen mich spricht.“ Lydia lehnte sich an die Balustrade der Galerie. „Aber diese Ablehnung, dieses Misstrauen schmerzt mich ungemein.“

„Das verstehe ich gut. Haben Sie jedoch auch daran gedacht ...“ Sie legte den Kopf schief und sah Lydia an. „Viola wird es ebenfalls ungemein schmerzen, wenn Sie uns verlassen. Sie ist bisher mit keiner Erzieherin warm geworden. Sie sind die erste, der sie ihr Herz geöffnet hat. Wollen Sie ihr so wehtun?“

„Ich habe es ja nicht gewollt, darüber hätte schon der Herr Graf nachdenken sollen“, entfuhr es Lydia viel heftiger als beabsichtigt.

„Sie haben zweifellos recht. Aber die Fehler meines Enkelsohnes entbinden Sie nicht von *Ihrer* Verantwortung.“

Lydia biss sich auf die Unterlippe. Rahel Grüning hatte einen Treffer gelandet. Der Gedanke an Violas Trauer war ihr alles andere als gleichgültig. Ganz abgesehen davon, dass sie es als den Weg des Herrn für sich angesehen hatte, ins Forstschloss zu gehen. Hatte sie sich geirrt? Oder war ihr Auftrag hier bereits erfüllt?

„Lydia, geben Sie nicht so schnell auf. Warten Sie wenigstens, bis Claudinand aus dem Krieg zurückkehrt, und versuchen Sie erneut, ihn zu überzeugen. Ich werde ihm derweil schreiben und ihn ebenfalls zu überzeugen versuchen, dass Sie ihm wirklich die Wahrheit sagen wollten.“

„Aber was ist, wenn es Ihnen und mir nicht gelingt, ihn zu überzeugen?“ Sie stieß sich von der Balustrade ab und lief hin und her. „Dann stehe ich nach dem Jahreswechsel ohne Stelle da!“

„Ich bin sicher, dass Claudinand sich überzeugen lassen wird, wenn der erste Ärger, die erste Enttäuschung sich gelegt haben wird." Die alte Dame stand mühsam auf und trat vor sie hin. „Warum geben Sie so schnell auf? Ja, Sie scheinen den Kampf verloren zu haben. Aber muss eine Niederlage gleich bedeuten, dass der Krieg an sich verloren ist?"

„Sie meinen, dass es auch eine Prüfung sein kann, ob ich Gottes Weg trotz Widerstand weitergehe?" Lydia senkte den Kopf. Ihr war es selbst bereits wie Fahnenflucht vorgekommen, wenn sie sofort aufgeben und davonrennen würde.

„Manchmal verlangt Gott von uns, dass wir kämpfen. Und nicht immer den Weg gehen, auf dem uns der geringste Widerstand droht." Rahel Grüning streckte ihr die Hand entgegen. „Bitte bleiben Sie."

„Trotzdem muss ich mich bewerben. Ich kann nicht still abwarten, bis der Graf zurückkehrt und mich dann endgültig vor die Tür setzt. Aber sollte ich noch hier sein, wenn der Graf Weihnachten heimkommt" – sie ergriff die dargebotene Hand –, „werde ich alles daransetzen, ihn doch noch von meiner Aufrichtigkeit zu überzeugen und seine Vergebung für mein Schweigen und meinen Fehltritt zu erlangen."

Rahel Grüning drückte ihre Hand fester, als sie es von der alten Dame erwartet hatte. „Ich werde mit Ihnen kämpfen. Ich ahne etwas davon, wie wichtig Ihnen seine Anerkennung ist."

„Verzeihen Sie, ich muss nun wieder zurück zu Viola." Lydia wandte sich um – in dem Augenblick schallten vom Dienstbotentrakt Jubelschreie herüber. „Was mag das sein? Sollte schon eine Schlacht gewonnen sein?"

„Das ist kaum möglich, die Mobilmachung wurde erst vor drei Tagen befohlen." Rahel Grüning legte den Kopf schief. „Irgendetwas singen sie doch."

Lydia lauschte angestrengt. „Das klingt wie *Auf nach Paris!*"

„Sind Sie sicher?" Rahel Grüning erfasste ihren Arm. „*Auf nach Paris?*"

„Ja, jetzt höre ich es ganz deutlich." Lydia merkte, dass sie blass wurde. „Sollte etwa auch Frankreich ...?"

„Das werden wir sogleich wissen." Rahel Grüning ging zu einem Klingelzug und zog daran.

Sekunden später erschien Hachmann, der Oberdiener. „Gnädige Frau?“

„Wollen Sie wohl so freundlich sein, uns den Aufruhr bei den Dienstboten zu erklären?“

„Eugen brachte die Nachricht soeben aus dem Dorf mit.“ Hachmann verbeugte sich. „Deutschland hat Frankreich den Krieg erklärt.“

Lydia stöhnte. „Auch das noch.“

„Und Sie halten das wohl für ein freudiges Ereignis, Hachmann?“ Rahel Grüning sprach mit ungewöhnlicher Schärfe. „Und denken nicht daran, dass der Herr Graf im Westen eingesetzt ist?“

Die Schultern des Dieners sackten ein Stück nach unten. „Gnädige Frau mögen verzeihen ...“

Lydia sank in den Sessel, in dem die alte Dame eben noch gesessen hatte. Das Regiment des Grafen war eigentlich nur zur Grenzsicherung gen Westen marschiert. Die Kriegserklärung änderte alles. Statt Grenzsicherung befand sich der Graf nun mitten in einem Angriffskrieg. Und es geschah etwas mit ihr, was sie nie für möglich gehalten hatte: Sie fürchtete um das Leben des Mannes, der sie verstoßen hatte.

Kapitel 18

Vauquois, 8. November 1914 (Sonntag)

„Fertigmachen zum Gegenstoß!“ Wedell überbrüllte das Rattern der Maschinengewehre. Seine Männer pressten sich an die Grabenwand und warteten auf den Befehl zum Angriff.

Vorsichtig kletterte Wedell die untersten Stufen der Leiter am Grabenrand hinauf und lugte über die Brustwehr. Dort vorn liefen die Franzosen, deren Angriff sie nur mit Mühe hatten abwehren können. Und vor ihm türmten sich Tote und Verwundete. Das Stöhnen, Wimmern und Schreien der Verwundeten kam ihm noch lauter vor als das rasende Abwehrfeuer der Maschinengewehre.

Die fliehenden Feinde hatten das französische Stacheldrahthindernis fast erreicht. Das war das vereinbarte Zeichen zum Gegenangriff.

„Stopfen[9]!“, brüllte Wedell zu den Maschinengewehrschützen hinüber. Sofort verstummte das Feuer und die Schreie der Verwundeten klangen noch lauter.

„Männer, begeben Sie sich nicht unnötig in Gefahr. Der Angriff ist abgewiesen. Es reicht, wenn wir den Franzmann nachdrücklich in seine Gräben zurückschicken.“

„Der Befehl von Major Lincke klang aber anders“, rief Unteroffizier Geyer zurück. „Möglichst viele Franzmänner ausschalten, Waffen und Gerät zerstören, wenn möglich bis zu den feindlichen Gräben vordringen.“

„Der Tag hat genug Blut gekostet. Und Sie wollen doch lebend nach Hause, oder? – Also. Die Franzosen auch.“

„Ich mache diese Burschen fertig.“ Feldwebel Fuchs fuhr mit dem Finger über die Klinge seines Bajonetts. „Seit die meinen Bruder abgeschlachtet haben, kenne ich kein Pardon mehr.“

„Ruhe! Befolgen Sie gefälligst meine Befehle.“ Wedell nahm die Trillerpfeife zwischen die Zähne und sah zur Nachbarkompanie hinüber, die Papendorff befehligte. Dort quollen die Soldaten bereits wie ein feldgraues Knäuel aus dem Graben.

---

9 Befehl zum Einstellen des Feuers

Wedell blies in die Pfeife und kletterte als Erster aus dem Graben. Mit kehligen Hurra-Schreien folgten seine Männer.

So ging es nun schon seit zwei Monaten. Seitdem der rasend schnelle Vormarsch durch das Elsass, das Saarland und Belgien Mitte September zum Stehen gekommen war, lagen sie in diesem winzigen Dörfchen Vauquois, das wegen seiner strategisch günstigen Lage auf einem Hügel um keinen Preis aufgegeben werden durfte. Von hier ging der Blick bis nach Verdun und Sainte-Menehould, die deutsche Artillerie beherrschte die komplette Ebene im Osten der Argonnen. Immer wieder griffen die Franzosen das Dorf Vauquois an, immer wieder wurden sie zurückgeschlagen, immer wieder gab es einen Gegenstoß – und immer wieder gab es unzählige Tote, Verstümmelte, Verwundete, seelisch Zerstörte ...

Wedell stürmte mit seinen Männern auf die Franzosen zu, die die Lücken in ihrem Stacheldraht suchten. Seine Männer gingen auf ein Knie, schossen, kullerten in Granattrichter, schossen wieder, liefen weiter, manche bleiben liegen – für immer ... Ein Wahnsinn! Man sollte die Fliehenden doch einfach entkommen lassen, denn die gegnerischen Gräben würden er und seine Männer auf diese Weise ohnehin nicht erreichen, geschweige denn einnehmen können.

Feldwebel Fuchs schoss wie besessen auf alles, was sich bewegte. Bis vor drei Wochen war der Finanzbeamte aus Gleiwitz ein stets gut gelaunter Kamerad gewesen. Doch dann war sein Bruder vor seinen Augen von einer französischen Granate zerfetzt worden. Sie hatten ihn nicht einmal begraben können ... Seitdem kämpfte Fuchs wie ein Tier.

An ihrem Stacheldraht angekommen, wandten die fliehenden Franzosen sich um und gingen in Stellung.

„Deckung!“, brüllte Wedell und warf sich in einen viel zu flachen Trichter. Schon pfiffen ihnen die ersten Kugeln um die Ohren.

Auf der französischen Seite stieg eine grüne Leuchtkugel in den trüben Novemberhimmel. „Das wird das Signal für die Ari[10] sein“, rief Wedell dem Gefreiten Wenzlik zu, der sich wie immer in seiner Nähe aufhielt. Der blutjunge Schlossergeselle schien sich da besonders sicher zu fühlen.

10 Soldatenjargon für die Artillerie, die mit Kanonen und Geschützen ausgestattete Truppengattung

„Dann wird der Feuerzauber gleich losgehen." Wenzlik zog schon im Vorhinein den Kopf ein.

Wedell klemmte die Trillerpfeife in den Mund. Sobald die feindliche Artillerie die erste Salve schoss, würde er den Befehl zum Rückzug geben. Wenn die Kanoniere sich erst auf sie eingeschossen hatten, würde es nur unnötiges Blutvergießen geben.

Feldwebel Fuchs lieferte sich ein hartnäckiges Feuergefecht mit einem französischen Schützen, während Unteroffizier Geyer an der Spitze seiner Gruppe trotz des stärker werdenden Abwehrfeuers vorwärtsstürmte.

Wedell riss sich die Trillerpfeife aus dem Mund. „Geyer, lassen Sie gefälligst den Unsinn!", brüllte er, doch der Unteroffizier hörte ihn in dem Lärm nicht – oder wollte ihn nicht hören. Wedell ballte die Faust. Wenn Geyer selbst ins Verderben rennen wollte, war das seine Sache. Aber er sollte nicht das junge Gemüse mit sich ziehen.

Da rauschte die erste Salve Artilleriegeschosse heran, dumpf hallten die Abschüsse der französischen Geschütze. Wedell blies in die Trillerpfeife. „Zurück! Zurück in die Gräben! Beeilung, Männer! Oder sollen die französischen Kanoniere Sie unterpflügen?"

Die ersten Gruppen drängten zurück in den Graben, getrieben von dem stärker werdenden Feuer der französischen Infanterie. Auch Feldwebel Fuchs gab sein Feuerduell auf, sammelte seine Gruppe und kehrte um.

Kurz vor den deutschen Gräben warf Wedell sich hin und blickte zurück. „7. Gruppe! Unteroffizier Geyer!" Dieser Fanatiker sollte doch endlich umkehren! Die Einschläge der Artilleriegranaten kamen immer präziser. „Wenzlik, zu Uffz Geyer hinüber. Er soll sofort mit seiner Gruppe in den Graben zurückkehren!"

Der Gefreite warf einen Blick zum grauen Himmel hinauf, von wo die französischen Geschosse heranrauschten, dann spurtete er geduckt über den zerfurchten Acker.

Die Einschläge kamen näher. Wedell warf sich in einen Granattrichter. Irgendwo ging eine weitere Leuchtkugel hoch. Dann setzte das Stakkato der deutschen Artillerie ein, ein Crescendo im Fortissimo des Todes. Wahrscheinlich nahmen sie die gegnerischen Stellungen unter Feuer, um die geflohenen Franzosen gebührend zu empfangen.

Vorsichtig lugte Wedell aus dem Trichter. Wenzlik hastete im

Zickzack über das von Granaten umgepflügte Gelände. Die Explosion einer Granate warf ihn nieder – hatte sie ihn erwischt?

Wedell ballte die Faust. Wenn Wenzlik nur wegen dieses fanatischen Unteroffiziers umkam, konnte sich dieser auf etwas gefasst machen.

Doch der Gefreite rappelte sich wieder auf und rannte weiter. Als er Geyers Gruppe erreichte, kroch Wedell aus dem Trichter. Inzwischen hatten sich die französischen Kanoniere auf das Niemandsland vor den deutschen Gräben eingeschossen. Ihn trennten nur noch wenige Meter vom rettenden Unterstand – wenige Meter, die sich dehnten wie Kilometer.

Granaten aller Kaliber rissen den geplagten Boden zum tausendsten Mal auf, die Erde bebte, in seinen Ohren piepste es, Dreckklumpen und Steine prasselten auf seine Pickelhaube. Zentimeter um Zentimeter kroch er weiter, unablässig betend, dass ihn und seine Männer, die noch draußen waren, keines der Geschosse erwischte.

Vor ihm lag die Brustwehr. Rasch krabbelte er hinauf und ließ sich auf der anderen Seite in den Graben purzeln. Gleichzeitig keuchte Geyer mit seiner Gruppe und dem Gefreiten Wenzlik heran.

Sofort packte Wedell den Unteroffizier am Uniformrock und zog ihn mit in seinen Unterstand *Waldesruh*, wo seine Männer dicht an dicht hockten und das Ende des Beschusses abwarteten. „Was fällt Ihnen ein, Geyer? Wollen Sie Ihre Leute bewusst mit sich in den Tod reißen?“

Geyer wischte sich mit dem Ärmel über das verdreckte Gesicht. „Wir hatten Befehl, bis zu den feindlichen Gräben vorzudringen. Wie sollen wir jemals einen Durchbruch erzielen, wenn alle die Befehle so halbherzig befolgen wie Sie? Glauben Sie, ich will Weihnachten hier in den Argonnen feiern?“

„Wir wollen alle nach Hause, Geyer.“ Und er sogar ganz dringend, denn er hatte Viola versprochen, Weihnachten daheim zu sein. Und er musste sicherstellen, dass Lydia von Gedigk das Forstschloss verließ und er eine Nachfolgerin fand. „Aber allein mit Ihrer Gruppe schaffen Sie den Durchbruch auch nicht.“

„Vielleicht wollen Sie nach Hause, Herr Hauptmann.“ Geyer nahm den Helm ab. „Ich will nach Paris, und zwar so schnell wie möglich.“

„Der Weg nach Hause führt über Paris." Wedell ließ den Unteroffizier los. „Aber nicht mit Ihrer Tollkühnheit. Schonen Sie Ihre Männer lieber für den letzten großen Angriff auf Paris." Er trat in die Mitte des Unterstands. Bei jedem Einschlag rieselte Staub von der Decke. „Gruppenführer, machen Sie Ihre Verlustmeldungen."

Wie befürchtet, war Geyers Gruppe um zwei Mann dezimiert in den Graben zurückgekehrt. Ansonsten hatte es, Gott sei Dank, nur einige leichte Blessuren gegeben, die bald wieder geheilt sein würden.

* * *

Eine halbe Stunde später ließ das Artilleriefeuer der Franzosen nach, nur die deutschen Kanoniere sandten weiterhin Salve um Salve südwärts.

Wedell verließ seinen Unterstand und pirschte sich durch den Annäherungsgraben ins Dorf Vauquois, wo sich der Bataillonsgefechtsstand befand. Er musste Meldung über die Verluste machen und wollte die Gelegenheit nutzen, um Fronturlaub zu erbitten. Die Angelegenheiten daheim drängten.

Major Lincke, der Bataillonskommandeur, hatte sich in der Dorfschule einquartiert, die als eines von wenigen Gebäuden zwischen etlichen Ruinen noch erstaunlich gut erhalten war. Im Vorzimmer reichte ihm ein Soldat einen kleinen Sack mit Post und einen einzelnen Brief. „Für Ihre Kompanie, Herr Hauptmann. Und einer für Sie."

„Danke. Ist jemand beim Major?"

„Oberleutnant Papendorff von der Zwoten."

Wedell stellte den Postsack ab und öffnete den Brief. Er war von seiner Großmutter. Ein Lächeln huschte über sein Gesicht. Seine gute, alte Großmutter. Sie schrieb ihm am häufigsten, oft mit ein paar ungelenken Zeilen von Viola – ob Lydia von Gedigk ihr diese diktierte? Ab und zu kam auch ein Brief von seinem Vater aus Schönwalde, doch am meisten freute er sich über die Briefe seiner Großmutter. Wenn sie nur nicht fast jedes Mal von der Gouvernante anfangen würde. Rasch überflog er die Zeilen.

Auch in diesem Brief kam sie erneut auf das leidige Thema zu sprechen. Wieder einmal lobte sie die Gouvernante in allen Tonlagen, erzählte, wie sehr Viola an ihr hinge und wie sehr die Baronesse unter seiner Abweisung leide.

Er ließ den Brief sinken. Warum war seine Großmutter so verblendet? Sie hatte doch sonst einen klaren Blick! Aber diese Frau hatte sie offenbar komplett um den Finger gewickelt.

Warum machte sie nur solch ein Wesen um die Baronesse? Allein schon die Tatsache, dass sie ihren Lehrer verführt hatte, war schlimm genug. Und wer wusste schon, wie oft sie das noch getan hatte, ohne dass es bekannt geworden war. Und wie oft sie Ähnliches wieder tun würde.

Doch am schlimmsten war ihr Betrug. Wenn sie ihm wenigstens von Anfang an gesagt hätte, was vorgefallen war! Aber so? Sie hatte ihm die makellose Erzieherin vorgespielt – genau wie Pauline Behrendt damals versucht hatte, ihm eine Christin vorzuspielen.

Er würde nicht mehr mit seiner Großmutter darüber diskutieren, sondern alles daransetzen, die Angelegenheit noch vor dem Jahresende selbst regeln zu können.

Die Tür zum Büro des Bataillonskommandeurs ging auf und Papendorff trat heraus. „Wedell!" Er klopfte ihm auf die Schulter, dass der Dreck des Kampfes von der Uniform rieselte. „Mach dich auf ein Donnerwetter gefasst. Der Major ist sehr ungehalten."

In dieser Stimmung wäre es bestimmt keine gute Idee, um Urlaub zu bitten.

„Höre ich den Namen Wedell?" Lincke wuchtete seine massige Gestalt in den Türrahmen. „Reinkommen."

Wedell sah noch, wie Papendorff die Geste des Händefaltens machte, dann folgte er dem Bataillonskommandeur wie ein Sextaner in das Schulzimmer. „Herr Major, Hauptmann von Wedell, ich melde: Bei der dritten Kompanie zwei Tote und fünf Verwundete. Beide Toten aus der 7. Gruppe von Unteroffizier Geyer."

„Ich habe Ihr Angriffchen durch das Fernglas beobachtet." Lincke umkreiste ein paar Tische. „Das, was Sie da getan haben, war kein Gegenstoß, sondern allenfalls ein Sonntagsausflug."

„Herr Major ..."

„Ruhe, jetzt rede ich." Lincke blieb vor ihm stehen. „Wenn der Befehl lautet, die Franzmänner zu verfolgen, möglichst viele von ihnen auszuschalten und die feindlichen Gräben zu nehmen, dann genügt es nicht, dass Sie aus Ihrem Graben krabbeln, ein paarmal in die Luft feuern und beim ersten Schuss der feindlichen Artillerie wieder zurückkrabbeln. Verstanden?“

Es brachte doch nichts, die Männer in einem sinnlosen Angriff zu verheizen! „Herr Major ...“

„Haben sie mich verstanden, Hauptmann?“, schnauzte der Major.

Wedell riss die Hand an den Helm. „Jawohl, Herr Major.“ – Seinen Urlaubsantrag musste er wirklich ein anderes Mal stellen.

„Ich werde Sie im Auge behalten. Sie können gehen.“

Ob er jemals fähig sein würde, seine Männer sinnlos zu opfern? Hoffentlich nicht.

Kapitel 19

Lydia faltete den Brief wieder zusammen und wickelte sich enger in ihre Jacke. Trotz des prasselnden Kaminfeuers fror sie. Aber das lag nicht daran, dass sich heute der November mit kaltem Regen verabschiedete. Vielmehr war es die erneute Absage, die sie innerlich frieren ließ. Warum hatte sie sich ausgerechnet bei dieser Bewerbung so viel Hoffnung gemacht? Sie hätte doch damit rechnen müssen! Aber die Annonce, in der ausdrücklich auf eine christliche Erziehung Wert gelegt wurde, hatte sie zuversichtlich sein lassen.

Sie las noch einmal die Passage in dem Absageschreiben. *Da Sie uns kein Zeugnis Ihres jetzigen Arbeitgebers beigefügt haben, haben wir uns erlaubt, bei Fräulein von Steinbach im Pensionat zu Breslau Erkundigungen über Sie einzuziehen. Als streng christliche Familie ist es uns unmöglich, eine Dame mit Ihrer Vergangenheit zu engagieren.*

Immer wieder das Gleiche. Immer wieder waren es Christen – oder solche, die sich so nannten –, die sie abwiesen. So wie Graf Wedell.

Ein Monat blieb ihr noch. Nun musste doch auch Rahel Grüning, deren eigene Bemühungen bei ihrem Enkel ebenfalls nichts bewirkten, einsehen, dass die Zeit drängte und sie ihr bei den Bewerbungen helfen musste. Am besten suchte sie die alte Dame in ihrem Refugium auf in der Hoffnung, dass es sie nicht störte, wenn sie dort einfach eindrang.

Lydia nahm den Brief und ging hinüber ins Forsthaus. Die heimelige Atmosphäre in den niedrigen Räumen des alten Hauses tat ihr wohl. Die Dienerin, die die Betreuung der alten Dame besorgte, führte sie in die Wohnstube.

Rahel Grüning sah lächelnd von ihrer Handarbeit auf. „Es freut mich, dass Sie mich in meinem stillen Heim besuchen."

Lydia setzte sich neben die alte Dame vor den Kamin. Auf dem Sims standen die Bilder der Familie Grüning: Rahel Grünings Mann, der verstorbene Oberförster Albert Grüning, mit seinem ernsten Gesicht; ihr Sohn Ferdinand; dessen erste Frau Helena von Hohenau;

und Elisabeth Grüning, die spätere Gräfin Schleinitz, von der Viola ihr so viel erzählt hatte; und natürlich deren Mann, Graf Ludwig von Schleinitz; dann folgten die Enkel: die beiden Grafen Claus Ferdinand und Friedrich Wilhelm sowie Franziska Elisabeth mit ihrem Mann Moritz von Schenck und ihrer Tochter Viola. Nur Violas kleiner Bruder Albert Ferdinand fehlte noch.

„Möchten Sie Kaffee, Lydia?" Rahel Grüning legte die Strickarbeit zur Seite. „Ich bin es noch aus den Lebzeiten meines Mannes gewohnt, immer Kaffee bereitzuhalten."

„Im ganzen Forstschloss rühmt man Ihren vorzüglichen Kaffee – also sage ich gerne Ja."

„Dann ist es ja geradezu ein Unding, dass Sie noch nie bei mir Kaffee getrunken haben. Bevorzugen Sie einen Bodensee-Kaffee wie mein Enkel Claudinand oder einen, in dem der Löffel stehen bleibt, wie mein verstorbener Mann?"

Lydia sah Rahel Grüning mit hochgezogenen Augenbrauen an. „Bodensee-Kaffee?"

„Kaffee, bei dem Sie den Boden der Tasse sehen können."

Sie lachte auf. „Jedenfalls keinen Kaffee, in dem der Löffel stehen bleibt."

„Ich mache Ihnen einen, der Ihnen schmecken wird." Rahel Grüning humpelte in die Küche und kam wenig später mit zwei Kannen Kaffee zurück. „Ein Bodensee-Kaffee für Sie ..." Sie goss Lydia eine Tasse ein. „... und ein Grüningscher Muntermacher für mich."

„Vielen Dank."

„Aber Sie sehen nicht aus, als seien Sie nur wegen meines Kaffees gekommen." Rahel Grüning setzte sich wieder neben sie auf das Kanapee und deutete auf den Brief in Lydias Hand. „Wieder eine Absage?"

Seufzend legte Lydia den Brief neben sich. „Ich möchte Sie noch einmal um Ihre Unterstützung bitten." Sie nahm die Kaffeetasse und blies hinein. „Wegen des Krieges gibt es kaum Stellenangebote. Und die wenigen, die es gibt ... Fräulein von Steinbach hat mir wieder ein ganzes Gebirge so hoch wie die Sudeten in den Weg gelegt."

„Vielleicht möchte Gott gar nicht, dass Sie eine andere Stelle finden? Weil Ihre Aufgabe im Forstschloss noch nicht beendet ist?"

„Dann müsste Er aber auch an dem Grafen wirken, dass er seine

Ansicht ändert." Lydia nahm einen Schluck des dünnen Kaffees. „Haben Sie begründete Hoffnung, dass das geschieht?"

„Ich gebe die Hoffnung nicht auf." Rahel Grüning lächelte. „Allerdings muss ich zugeben, dass Claudinand zwar fleißig Briefe schreibt, aber nur Allgemeines über sein Wohlbefinden. Auf alle meine Vorstellungen Ihretwegen antwortet er nicht mit einer einzigen Silbe."

„Sehen Sie." Lydia stellte ihre Kaffeetasse ab. „Der Graf ändert seine Meinung nicht."

„Immerhin hat er noch nicht abweisend geantwortet." Rahel Grüning trank von ihrem tiefschwarzen Kaffee. „Ich habe mit meinem Sohn Ferdi gesprochen. Er wollte Claudinand diesbezüglich ebenfalls einen ernsten Brief schreiben. Ich hoffe aus tiefster Seele, dass er bei seinem Vater darauf reagiert. Seine Antwort müsste in diesen Tagen eintreffen."

Das hatte doch alles keinen Sinn. „Frau Grüning, bitte helfen Sie mir, eine andere Stelle zu finden. Sie haben doch Beziehungen, sicherlich können Sie etwas für mich tun."

Rahel Grüning legte den Kopf schief und sah sie an. „Sie sind also entschlossen, aufzugeben? Dabei könnte ich Ihnen zu einer Stelle verhelfen – hier im Forsthaus."

„Wie meinen Sie das?"

„Ich könnte eine Gesellschafterin brauchen. Kommen Sie zu mir ins Forsthaus, ich engagiere Sie – und nebenbei unterrichten Sie Viola weiter."

Lydia musste über die Winkelzüge der alten Dame lächeln. „Und Sie glauben, dass Ihr Enkel sein Einverständnis gibt?"

„Was hat Claudinand damit zu tun?"

„Ich fürchte, sehr viel." Lydia nahm die Kaffeetasse wieder und trank einen Schluck. „Ich glaube nicht, dass es richtig ist, wenn ich gegen den ausgesprochenen Willen des Herrn Grafen hierbleibe. Er ist der Hausherr."

Es klopfte und die Dienerin trat ein. „Gnädige Frau, ein Telefonanruf aus Schönwalde für Sie."

„Bitte entschuldigen Sie mich einen Augenblick. Das wird mein Sohn sein." Die alte Dame stemmte sich aus dem Kanapee hoch und schlurfte aus dem Raum.

Nachdenklich sah Lydia in das Kaminfeuer. Was hatte Gott mit ihr vor? Sie war sich doch sicher gewesen, dass es Sein Weg für sie war, ins Forstschloss zu gehen. Sollte sie also bleiben? Warum gab Er dann nicht die Möglichkeit dazu – abgesehen von Rahel Grünings Winkelzug, den sie so nicht annehmen wollte? Oder sollte sie gehen? Warum aber bekam sie dann nur Absagen? Sie hatte das Gefühl, in beide Richtungen vor verschlossene Türen zu laufen. Oder gab es noch einen dritten Weg mit einer geöffneten Tür, die sie noch nicht entdeckt hatte?

Da kehrte Rahel Grüning zurück. „Leider auch aus Schönwalde keine gute Nachricht. Neben der Tatsache, dass Ferdi vom Pferd gefallen ist und sich dabei verletzt hat, hat er auch eine Antwort von Claudinand erhalten – und er schreibt kein Wort in Bezug auf Sie. Wenn ich nicht so eine alte Frau wäre, würde ich ja selbst nach Frankreich reisen und ihm den Kopf zurechtrücken. Aber da ich das leider nicht kann, werde ich Claudinand einfach mitteilen, dass ich sein Schweigen als Zustimmung werte, Sie weiter zu engagieren."

Lydia knüllte den Absagebrief zusammen. Als ob der Graf sich durch diese Maßnahme umstimmen ließe! Er hatte sie entlassen und ihr Hausverbot erteilt – das war sein unumstößlicher Wille. Auch wenn die alte Dame immer noch zuversichtlich zu sein schien, sie selbst konnte nicht mehr an einen positiven Ausgang glauben. Alle Türen waren fest verschlossen und noch ein Riegel aus Krupp-Stahl davorgelegt.

Kapitel 20

„Ich wünsche Ihnen viel Glück." Wedell reichte dem Chef der 5. Kompanie, die sie in der vordersten Linie ablöste, die Hand.

„Danke. Das wünsche ich Ihnen aber auch. Sehen Sie zu, dass Sie heil hier hinauskommen. Die Verbindungsgräben zu den hinteren Linien bis Vauquois sind schon gefährlich genug, aber beinahe jeden Tag geraten Kameraden im Annäherungsgraben zur Straße nach Varennes unter Beschuss. Der ist ganz offensichtlich teilweise vom Feind einsehbar. Gehen Sie am besten nach Vauquois hinein, dort warten ein paar Lastkraftwagen, die Sie mit nach Varennes nehmen."

Wedell war den Weg von Vauquois zu ihrem Etappenstädtchen Varennes und umgekehrt schon oft genug gegangen. Der Annäherungsgraben war nicht tiefer ausgebaut worden, weil der Bataillonskommandeur nach wie vor davon ausging, dass in Kürze ein Durchstoß gelingen und der Vormarsch fortgesetzt würde. Doch ob der Transport mit einem Lastkraftwagen vorteilhaft wäre, bezweifelte er. Zwar wären sie damit schneller durch die Gefahrenzone hindurch und vermieden den gefährlichen Annäherungsgraben, aber die Straße von Vauquois nach Varennes lag ebenfalls unter ständigem Beschuss. Ab dort, wo der Annäherungsgraben auf die Straße mündete, war es meist am sichersten, durch den immerhin etwas vertieften Straßengraben zu kriechen.

„Vor allem am großen Knick kurz unterhalb von Vauquois müssen Sie achtgeben. Denn offenbar hat ein französischer Scharfschütze eine Position gefunden, von wo aus er diese zentrale Stelle in unserem Grabensystem einsehen kann. Neulich standen dort noch Warnschilder, die aber anscheinend beim letzten Beschuss zerstört wurden."

„Danke, Kamerad." Wedell rückte seine Pickelhaube zurecht und zog den Kinnriemen stramm. „Möge Gott Sie und Ihre Männer beschützen."

Oberfeldwebel Reuse, der kugelige Kompaniefeldwebel, kam heran und salutierte. „Herr Hauptmann, ich melde: Kompanie bereit zum Abmarsch in die Etappe."

„Danke.“ Eine Woche in Ruhestellung, das hatten seine Männer bitter nötig. Die letzten Wochen mit dem ständigen Vorgehen, Zurückweichen, Verteidigen, Gegenstoßen und den andauernden feindlichen Feuerüberfällen hatten ihnen das Letzte abverlangt – und einige Tote gekostet. „Gruppenweise absetzen. Und halten Sie die Köpfe unten, besonders am großen Knick, wo wir nach Vauquois abbiegen. Ich will auf dem gesamten Weg in die Ruhestellung keinen Mann sehen. Sammeln am Bataillonsgefechtsstand.“

Die erste Gruppe marschierte los, einige Minuten später folgte die nächste. Wedell schloss sich der 6. Gruppe unter Feldwebel Fuchs an.

Die ersten Meter legten sie schweigend zurück. Hier war der Graben noch tiefer und bot relative Sicherheit, sodass kein Beschuss von französischer Seite zu befürchten war. Auch die französische Artillerie schwieg. Jedenfalls fast. Ganz schweigen konnte sie nie. Immer flogen vereinzelt Geschosse herüber, die wohl die Straße von Vauquois nach Varennes treffen sollten, um den deutschen Nachschub zu stören. Nur die deutschen Artilleristen hatten heute anscheinend Größeres vor, Salve um Salve rauschte über ihre Köpfe und detonierte irgendwo im französischen Hinterland.

„Die Pulverköpfe scheinen neue Munition bekommen zu haben“, knurrte Feldwebel Fuchs. „Jetzt können sie nicht abwarten, sie zu verballern. Und wenn wir angreifen, müssen sie wieder Munition sparen.“

Wedell rückte an dem Gewehrriemen auf seiner Schulter. „Dieses sinnlose Töten muss so schnell wie möglich ein Ende haben. Über vier Monate dauert der Krieg schon an.“

„Ich werde Frankreich erst verlassen, wenn ich meinen Bruder gerächt habe.“ Fuchs spuckte aus. „Diese Schweine!“

Wieder zischte eine Salve Artilleriegeschosse über sie hinweg. Wedell wartete den Einschlag ab, dann fragte er: „Und wann ist dieser Augenblick gekommen, dass Ihr Bruder gerächt ist? Wenn kein Franzose mehr lebt?“

„Machen Sie sich nur lustig, Herr Hauptmann.“ Fuchs ballte die Faust. „Von mir aus kann der Krieg ewig weitergehen, damit ich möglichst viele von den Halunken da drüben abmurksen kann.“

Wedell hielt den Atem an. Armer, verblendeter Mann! „Und

wenn Sie noch so viele Franzosen töten, wird Ihnen das weder Ihren Bruder zurück noch Ruhe bringen."

„Was wissen Sie schon, wie es mir geht."

„Ich weiß jedenfalls, dass es Ihnen mit Ihrer Einstellung nicht besser gehen wird." Irgendwo tackerte ein Maschinengewehr los. „Gott allein kann Ihnen Frieden geben."

„Sie reden von Frieden? In diesem mörderischen Krieg?" Fuchs spuckte erneut aus.

„Ja, ich rede von Frieden – vom Frieden des Herzens mitten im Krieg. Diesen Frieden bekommen Sie von Gott, wenn Sie Ihm Ihre Sünden bekennen ..."

„Schwafeln Sie doch nicht von Gott!" Eine donnernde Salve unterbrach den Feldwebel. „Mein Bruder starb vor meinen Augen! Und ich konnte nichts dagegen tun! Ihn noch nicht einmal begraben! Er war einfach von einem Augenblick auf den anderen weg! Und da reden Sie von Gott und Frieden?"

„Es ist fraglos schlimm, was Sie erleben mussten."

„Unsere Mutter hatte mir beim Abschied noch gesagt, ich solle auf meinen kleinen Bruder aufpassen ..."

Ein peitschender Gewehrschuss.

„Achtung! Volle Deckung!", brüllte der Gefreite Stromberg vor ihnen. Gewehre knatterten, ganz in der Nähe hämmerte ein Maschinengewehr los.

„Der große Knick. Ich hatte Sie doch gewarnt!", rief Wedell. Tief geduckt rannte er an der Gruppe Fuchs vorbei, warf sich auf den schlammigen Boden und robbte vorwärts.

Am großen Knick, wo der Verbindungsgraben nach Vauquois abbog und der Annäherungsgraben zur Straße nach Varennes abzweigte, lag eine Gruppe an die Erde gepresst. Er erkannte Unteroffizier Geyer. Kugeln schlugen in die Wände des Grabens und überrieselten den Unteroffizier mit Dreck.

„Muss ein Scharfschütze gewesen sein, Herr Hauptmann", keuchte Geyer. „Weingarten hat es erwischt."

Ausgerechnet das Küken der Kompanie. 18-jähriger Kriegsfreiwilliger. Direkt von der Schulbank an die Front. „Wie schwer erwischt?"

Der Unteroffizier wies ein paar Meter weiter, wo sich seine Männer über eine leblose Gestalt beugten. „Kopfschuss. Nichts zu machen."

„Nächstens beachten Sie gefälligst meine Weisungen, Geyer." Wedell schob sich vor. „Los, raus aus dem gefährlichen Loch", überbrüllte er den Lärm der peitschenden Schüsse. „Nach Vauquois hinauf, dort warten Lastkraftwagen. Stromberg, Wenzlik, Sie tragen den Toten."

Kriechend näherte sich die Gruppe dem zerschossenen Dorf. Major Lincke stand vor dem Schulgebäude.

„Antreten, Männer!", bellte Wedell. „Herr Major, Hauptmann von Wedell, ich melde: 3. Kompanie auf dem Weg in die Etappe."

„Gab's wieder Ärger am großen Knick?"

„Leider, Herr Major." Wedell senkte die Stimme. „Füsilier Weingarten ist tot. Vermutlich Scharfschütze."

„Schweinerei das!" Lincke tigerte auf und ab. „Gut, dass Sie die weitere Strecke fahren können. Eben kam ein Munitionstransport. Steigen Sie auf die leeren Lastkraftwagen und lassen Sie sich nach Varennes fahren. Die Wagen stehen vor der Kirche."

„Jawohl, Herr Major."

Lincke sah auf die Uhr. „Machen Sie dalli, die Jungs vom Nachschub wollen weg. Pünktlich um fünf Uhr nachmittags schicken uns die Franzmänner ihren Abendsegen herüber, und dann nehmen sie aller Erfahrung nach auch die Straße unter Feuer."

Wedell wandte sich seinen Männern zu, obwohl ihm bei dem Gedanken an die Fahrt auf offener Straße keineswegs wohl war. „Los, Männer, Beeilung!" Er schaute zur Kirchturmuhr auf, doch die zeigte Viertel nach neun Uhr.

„Die tut's nicht mehr." Lincke grinste. „Sie haben noch eine halbe Stunde. In Varennes melden Sie sich beim Ortskommandanten Major Bultmann."

Wedell salutierte und führte seine Kompanie im Laufschritt zur Kirche, wo sie auf die Lastkraftwagen sprangen. Die letzten Männer waren noch nicht ganz auf den Ladeflächen, da gaben die Fahrer schon Gas und knatterten aus Vauquois hinaus.

Die deutsche Artillerie hämmerte ununterbrochen ihre Geschosse feindwärts. Noch schossen die Franzosen nur sporadisch zurück. Und während die vollbesetzten Fahrzeuge auf der holperigen Straße vorwärts preschten wie bockige Pferde, sank die Dämmerung über die östlichen Argonnen herab – doch plötzlich wurde es mit einem ohrenbetäubenden Donnerschlag taghell. Der Lastkraftwagen schlingerte, der Fahrer gab so plötzlich Gas, dass Wedell beinahe von der Ladefläche stürzte.

Einer der Nachschubmänner lachte gemütlich. „Heute ist der Franzmann früh dran. Es ist doch noch gar nicht fünf Uhr."

Rechts und links, vor ihnen, hinter ihnen – überall spritzten Erdfontänen hoch, Pulverwolken legten sich über die Straße. Der Fahrer fuhr im Zickzackkurs, bis es plötzlich einen lauten Knall gab, der sogar die explodierenden Granaten übertönte. Ruckartig hielt der Wagen an, der Fahrer sprang aus dem Führerhaus, aus dem helle Flammen loderten.

„Alles absitzen!", brüllte der Fahrer. „Wir haben einen Treffer erhalten!"

Blitzschnell sprangen Wedell und seine Männer ab und kugelten zwischen explodierenden Granaten hindurch in den Straßengraben. In Deckung liegend, ließ er die Männer eilig durchzählen. Es gab nur einen Leichtverletzten.

Trotzdem einer zu viel.

Zum Glück waren es nur noch ein paar hundert Meter bis nach Varennes. Geduckt führte Wedell seine Männer durch den Straßengraben in das Städtchen. Am Lazarett, das in der Kirche *Notre Dame* eingerichtet war, übergab er den Verwundeten an Stabsarzt Prigge.

„Flicken Sie uns den Kameraden schnell wieder zusammen, damit wir ihn nächste Woche wieder mitnehmen können." Wedell klopfte dem kleinen, quirligen Arzt auf die Schulter.

Prigge deutete mit dem Kopf auf Wenzlik und Stromberg, die den toten Weingarten in einer Zeltbahn heranschleppten. „Einen Toten haben Sie auch dabei?"

„Leider." Wedell sah zu seinen Soldaten hinüber, die ein paar Frontschwestern anstarrten, die vor der Tür des Lazaretts standen und rauchten. Einige riefen den jungen Frauen anzügliche Bemerkungen zu.

„Ruhe, Männer!", bellte Wedell.

„Die Schwestern sind das gewöhnt." Prigge lachte. „Sie wissen sich schon zu wehren. Wenn sie es denn wollen."

„Aber Herr Stabsarzt!“ Wedell starrte Prigge an. „Wie können Sie derartige moralische Entgleisungen gutheißen?“

Prigge lachte schallend. „Mein lieber Hauptmann, Sie sind doch nicht erst seit gestern an der Front! Wenn die Männer wochenlang im Schützengraben gelegen und dem Tod ins Auge gesehen haben, ist es doch selbstverständlich ...“

„Bitte verzeihen Sie, Herr Stabsarzt, dass ich anderer Auffassung bin.“ Wedell richtete sich hoch auf. „Ich lege großen Wert darauf, dass die biblischen Moralvorstellungen auch in der Truppe eingehalten werden.“ Er wies auf sein Koppelschloss. „*Gott mit uns* – so steht es da. Aber wie soll Gott mit uns sein, wenn wir gegen seinen ausdrücklichen Willen handeln?“

„Mit dieser Einstellung machen Sie sich bei Ihren Männern nicht gerade beliebt.“ Prigge grinste. „Lassen Sie den Toten hier, wir werden ihn bei den anderen bestatten.“

Wedell drehte dem Lazarettleiter den Rücken zu und ging zu seinen Männern. „Wir marschieren weiter zum Rathaus. Und bitte keine anzüglichen Bemerkungen zu den Bewohnerinnen des Städtchens, verstanden?“

„Aber Herr Hauptmann“, grummelte Oberfeldwebel Reuse, „wofür werden wir dann in die Etappe geschickt?“

„Ich bitte Sie! Sie sollen sich erholen!“

Der Kompaniefeldwebel strich sich über den kugeligen Bauch. „Lassen Sie den Männern doch ihren Spaß, umso tapferer werden sie auch wieder kämpfen. Mir verbieten Sie ja auch nicht, ein lukullisches Mahl einzunehmen.“

„Moralische Verderbnis werde ich nicht dulden. Verstanden?“ Es war schon schlimm genug, dass es einem gefallenen Mädchen gelungen war, sich in seinem Haus einzunisten – noch dazu als Erzieherin seiner Nichte! Je mehr er die Verdorbenheit an der Front erlebte, umso dankbarer war er dafür, dass er sich nicht von ihren liebreizenden Augen hatte einlullen lassen, sondern konsequent durchgegriffen hatte. Diese moralische Verderbnis schien in der Welt um sich zu fressen wie ein Krebsgeschwür. „Und nun vorwärts!“

Mit donnernden Tritten marschierte seine Kompanie durch Varennes. Vor dem Rathaus ließ er sie antreten. „Männer, nach anstrengenden Kämpfen ist uns eine Woche Ruhe vergönnt. Nutzen

Sie die Zeit zur Erholung. Übergriffe auf die Zivilbevölkerung, besonders auf die weibliche, werde ich unnachsichtig ahnden. Richten Sie sich ..."

„Aaaaachtung!", brüllte Oberfeldwebel Reuse plötzlich.

Wedell fuhr herum. Auf der Treppe vor dem Rathaus stand der Ortskommandant Major Bultmann. Wedell salutierte. „Herr Major, Hauptmann von Wedell, ich melde: 3. Kompanie ..."

„Was quatschen Sie da?" Bultmann, klein, vierschrötig, das Mützchen schief auf dem Stiernacken, unterbrach ihn mit durchdringender Stimme. Er winkte Wedell zu sich. „Gönnen Sie den Männern ihr Vergnügen nach den Strapazen."

„Aber Herr Major, es ist doch nicht gestattet ..."

„Natürlich nicht. Aber alles, was die Kampfmoral hebt, wird gestattet, verstanden?"

Wedell fühlte sich wie vor den Kopf geschlagen. Unmoral zur Förderung der Kampfmoral? Wussten die deutschen Offiziere überhaupt noch, was Moral bedeutete? So konnte doch niemals Gottes Segen auf den deutschen Heeren liegen! Oder ging es bei den Feinden ebenso zu?

Major Bultmann trat mit großen Schritten – was bei seinen kurzen Beinen unbeschreiblich komisch aussah – vor die Kompanie und gab ihnen einen Freifahrtschein für die nächste Woche. Wedell hätte am liebsten wie die Jünger Johannes und Jakobus Feuer vom Himmel angefordert.

Als die Männer in die Quartiere wegtraten, ging Wedell ins Rathaus, um im Geschäftszimmer nach Post zu fragen. Der Soldat in der Poststelle übergab ihm zwei Briefe. Der eine war von Pauline Behrendt.

Wedell verdrehte die Augen. Wie oft wollte diese Frau noch an ihn schreiben? Er brauchte den Brief gar nicht zu öffnen, um zu wissen, was sie schrieb. Immer wieder Beteuerungen, dass sie ihr Verhalten von damals bereue und jetzt ernsthaft Christin geworden sei.

Er knüllte den Umschlag ungeöffnet in seinen Uniformmantel und riss den zweiten Brief von seiner Großmutter auf. Hoffentlich drängte sie ihn nicht wieder, Baronesse Gedigk als Erzieherin zu behalten. Doch schon nach den ersten Zeilen war ihm klar, dass es seiner Großmutter um nichts anderes ging.

Du solltest nicht glauben, dass Du die Situation um Lydia totschweigen kannst. Bitte denke daran, dass wir immer ein vertrauensvolles Verhältnis hatten. Deshalb appelliere ich an Dich und bitte Dich ernstlich, mir zu sagen, warum Du nicht bereit bist, darüber zu reden. Wenn Du so sicher wärest, das Richtige getan zu haben, brauchtest Du ja nicht zu schweigen. Also werde ich, sofern Du Dich weiterhin nicht dazu äußerst, davon ausgehen, dass Du mir in Bezug auf Lydia freie Hand lässt.

Wedell ballte die Faust. Was war nur in seine Großmutter gefahren? Begriff sie denn nicht, dass sein Schweigen keineswegs Zweifel an seiner Entscheidung offenbarte, sondern dass ihm dieses Thema auf die Nerven fiel? Er hatte entschieden, und weder Fräulein von Gedigk noch seine Großmutter brauchten sich Hoffnung zu machen, dass er seine Entscheidung ändern würde. Im Gegenteil! Nach den heutigen Erlebnissen in Varennes würde er erst recht kein gefallenes Mädchen mehr in seiner Nähe dulden. Die Baronesse musste zum Jahresende gehen, das stand unumstößlich fest. Und da der Krieg offensichtlich länger als bis Weihnachten dauern würde, musste er endlich einmal Fronturlaub erhalten, um sich der Sache annehmen zu können, ehe seine Großmutter Tatsachen schuf, die er kaum noch ändern konnte. Major Lincke würde zwar alles andere als begeistert sein, wenn er erneut und noch dringlicher als sonst um seinen ersten Fronturlaub bat, aber er brauchte ihn unbedingt noch in diesem Jahr.

Kapitel 21

„Nächste Woche ist endlich Weihnachten – aber Onkel Claudinand ist immer noch nicht wieder da.“ Viola legte ihre Schreibfeder zur Seite und schob die Unterlippe vor.

Lydia seufzte. Viel schlimmer war, dass übernächste Woche Silvester war und sie immer noch keine neue Stelle hatte. Nur eine weitere Absage, die damit begründet wurde, dass ihr kein Vertrauen entgegengebracht werden könne, weil sie nach so kurzer Zeit im Forstschloss schon wieder die Stelle wechseln wolle. Wenn das so weiterging, war sie in gut zwei Wochen obdach- und mittellos – ihr weniges Erspartes würde allenfalls für ein paar Tage in einer billigen Pension ausreichen. Seit Tagen schlief sie vor Sorge kaum noch.

„Es sieht so aus, als würde dein Onkel Weihnachten doch nicht hier sein.“ Jedenfalls ließen die Nachrichten in den Zeitungen darauf schließen.

„Aber er hat es versprochen. Und du und Oma, ihr habt es auch immer gesagt.“

„Der Krieg ist leider nicht vorhersehbar.“ Und sie stand mitten in diesem Krieg, der ein Ausmaß wie kein vorheriger annahm, vor dem Nichts. Tief durchatmend ging Lydia zur Tafel und schrieb neue Aufgaben an.

„Versprochen ist versprochen und wird nicht gebrochen. Das hast du selbst gesagt.“

„Viola, jetzt haben wir Rechenstunde.“ Sie legte die Kreide zur Seite und wischte sich den weißen Staub von den Fingern. „Hier sind deine nächsten Aufgaben.“

„Ich will aber, dass Onkel Claudinand Weihnachten da ist.“ Viola verschränkte die Arme. „Er hat mir ein ganz besonderes Geschenk versprochen.“

Lydia verdrehte die Augen. Das Kind hatte Sorgen! Viel schlimmer war, dass der Graf jeden Tag entsetzlichen Gefahren ausgesetzt war. Und dass sie selbst gerade ihre letzten Tage im Forstschloss verbrachte. „Nun kümmere dich um deine Aufgaben.“

„Nein! Wenn ihr alle mir etwas versprecht und dann nicht haltet ...“

„Aber Viola, wir konnten doch nicht wissen, dass der Krieg so lange dauern würde. Und er wird auch dadurch nicht schneller enden, dass du deine Aufgaben nicht machst."

„Kommt Onkel Claudinand denn, wenn ich sie mache?"

„Viola." Lydia merkte, dass sie die Geduld zu verlieren drohte. „Wir haben Rechenunterricht und du machst jetzt deine Aufgaben."

Die Kleine nahm die Feder und kaute darauf herum. „Warum gibt es eigentlich Krieg?"

Lydia stöhnte. Der Kopf stand ihr gerade so gar nicht nach schwierigen Fragen zum Weltgeschehen. Ihr eigenes Leben war schon kompliziert genug. „Du sollst rechnen, Viola."

„Du weißt es auch nicht, nicht wahr?"

„Wenn du nicht rechnest, wirst du es nie verstehen." Ihr Ton wurde noch ungehaltener.

„Wann kommt Onkel Claudinand denn zurück, wenn er schon nicht bis Weihnachten zurück ist?"

„Viola, es genügt." Lydia schlug mit der flachen Hand auf den Tisch. „Entweder löst du augenblicklich deine Rechenaufgaben oder du gehst in dein Zimmer und musst dort dein Abendessen allein einnehmen."

„Ich möchte doch nur ..." Violas Kinn zitterte, und plötzlich legte sie den Kopf schluchzend auf beide Arme.

Mit zwei Schritten war Lydia bei ihr, ging neben ihr in die Hocke und legte den Arm um die Schultern ihres Zöglings. Sie hätte nicht so die Geduld verlieren dürfen. Natürlich war die Kleine enttäuscht, dass ihr heißgeliebter Onkel über Weihnachten nicht daheim sein würde. Das durfte sie über ihren eigenen viel größeren Sorgen nicht übersehen. Und wie sehr würde es Viola erst schmerzen, wenn sie selbst sie auch noch verlassen musste! Davon ahnte die Kleine ja noch nichts. „Es tut mir leid, Viola. Ich hätte dich nicht so anfahren dürfen. Ich verstehe doch, dass du traurig bist, weil dein Onkel nicht kommt."

Die Kleine hob den Kopf und schlang die Arme um Lydias Hals. „Ich bin so froh, dass wenigstens du noch da bist. Sonst wäre es grässlich langweilig hier."

In gut zwei Wochen würde sie auch fort sein ... „Schau, über Weihnachten kommen doch deine Großeltern aus Schönwalde, deine Urgroßmama ist ja auch noch da ... Wir wollen uns ein schönes Weihnachtsfest machen, nicht wahr?"

Viola nickte und wischte mit der Faust die Tränen weg.

„Und wenn du mir versprichst, morgen ohne Widerrede deine Aufgaben zu machen, wollen wir für heute schließen."

„Versprochen. Und wird nicht gebrochen."

„Dann komm." Lydia räumte die Unterrichtsmaterialien zusammen und verließ mit Viola das Zimmer.

Auf dem Flur kam ihnen der Oberdiener mit der Postkiste entgegen. „Für Sie heute leider nichts, Baronesse." Er verbeugte sich steif.

Wahrscheinlich war das eher ein Glück. Die Post brachte ihr ohnehin nur schlechte Nachrichten.

„Ich sehe, Sie haben die Post geholt." Rahel Grünings Stimme ließ Lydia herumfahren. „Eben deshalb kam ich herüber, um zu sehen, ob mein Enkel auf meinen Brief geantwortet hat."

„Ist etwas von Onkel Claudinand gekommen?" Viola sprang an Hachmann in die Höhe. „Kommt er nach Hause?"

Hachmann wühlte in der Postkiste. „Hier ist ein Brief aus Deutsch-Ostafrika. Und hier ein Feldpostbrief."

Rahel Grüning nahm beide entgegen. „Von Franzi. Und Claudinand. Dass nur Fritz sich gar nicht meldet ..." Sie ging zu einer Sitzgruppe und setzte sich in einen Sessel. Dann öffnete sie den Brief von Franzi. „Sie kommt nach Hause!"

„Mama kommt?" Viola hüpfte von einem Bein auf das andere.

„Ja, Viola, sie ist mit deinem kleinen Bruder unterwegs und wird noch vor Weihnachten hier eintreffen." Rahel Grüning sah Lydia an. „Auch in Deutsch-Ostafrika ist der Krieg ausgebrochen. Moritz von Schenck, ihr Mann, wurde in die Schutztruppe eingezogen. Franzi fühlt sich in diesen unruhigen Zeiten mit dem kleinen Albert Ferdinand in Deutschland sicherer."

Lydia beobachtete die tanzende Viola. Wenn ihre Mutter kam, wurde die Gouvernante endgültig entbehrlich. Unter diesen Umständen hielt sie nichts mehr im Forstschloss. Der Graf hatte sie gekündigt, Viola war bei ihrer Mutter in guten Händen – dann konnte, dann musste sie gehen. Bloß wohin?

„Es ist unfassbar."

Lydia zuckte zusammen und sah Rahel Grüning an, die den geöffneten Feldpostbrief des Grafen anstarrte. „Wieder keine Reaktion?"

„Schlimmer noch." Nie zuvor hatte Lydia die Augen der alten Dame so funkeln sehen. „Er verbittet sich allen Ernstes, noch einmal auf dieses Thema angesprochen zu werden. Stattdessen versichert er auch noch, sich selbst der Angelegenheit annehmen zu wollen."

Es hatte alles keinen Sinn mehr. Mochte Rahel Grüning noch so sehr für sie kämpfen, sie musste gehen. Am besten weit, weit weg, wo sie niemand kannte. Nach Berlin. Oder gleich nach Amerika. Nur ihre Vergangenheit – die würde sie auch dorthin mitnehmen. Und die Erinnerung. An die weise, liebevolle Rahel Grüning, die quirlige, anhängliche Viola von Schenck und an den selbstgerechten, aber im alltäglichen Miteinander so freundlichen Grafen Claus Ferdinand von Wedell.

Rasch wandte sie sich um und ging davon, ehe jemand die Tränen in ihren Augen sehen konnte.

Kapitel 22

„Urlaub? Damit behelligen Sie mich inzwischen regelmäßig, wenn Sie Ihre Meldung machen.“ Major Lincke tigerte im Schulzimmer auf und ab. „Ich habe Ihnen doch jedes Mal gesagt, dass ich Ihnen unmöglich Urlaub gewähren kann.“

Wedell kratzte einen angetrockneten Schlammspritzer von seinem Rockärmel. „Herr Major, der Krieg dauert länger, als wir alle angenommen haben. Wenn ich jetzt nicht in die Heimat komme, wird meine Nichte einen Schaden erleiden, der nicht wiedergutzumachen ist.“

„Jeder von uns muss dringend in die Heimat. Aber wenn das Vaterland ruft, muss alles Private zurückstehen.“ Lincke stapfte zum Fenster. „Treten Sie näher, Hauptmann.“

Wedell stellte sich neben den Bataillonskommandeur und sah ihn von der Seite an.

„Sehen Sie das Thermometer? Welche Temperatur zeigt es an?“

„Plus ein Grad Celsius, Herr Major.“

„Korrekt. Die Temperatur sinkt von Tag zu Tag. Bald wird Frost einsetzen.“

Wedell starrte auf die Quecksilbersäule. Frost würde das Leben in den Gräben noch unerträglicher machen. Vor allem aber schuf der Frost bessere Bedingungen für eine Offensive, wenn die Soldaten nicht auf dem grundlosen, von Millionen Granaten umgepflügten Gefechtsfeld bis an die Knöchel einsanken.

„Ich merke, Sie verstehen.“ Lincke klopfte mit dem Finger gegen die Scheibe. „Kein Urlaub. Wir reden nach dem erfolgreichen Vormarsch noch einmal darüber.“

„Aber ich benötige nur wenige Tage und bin zurück, ehe der Boden vollständig gefroren ist.“

„Wie bitte? Wollen Sie sich etwa in einen dieser wackeligen Doppeldecker setzen und in die Heimat fliegen? Nicht mit mir, Wedell, wenn Sie vom Himmel fallen, kommen Sie gar nicht mehr zurück.“

Wedell musste an seine Großmama denken, die schon vor Jahren daran geglaubt hatte, dass Menschen bald durch die Luft fliegen würden. „Eine Woche, Herr Major. Mein Stellvertreter, Leutnant Drescher, wird die Kompanie hervorragend führen."

„Schluss jetzt damit." Lincke schlug die Faust aufs Fensterbrett. „Erst nach einer erfolgreichen Offensive."

„Bleibt nur die Frage, wessen Offensive Erfolg haben wird."

„Diesen Satz habe ich nicht gehört", polterte der Major. „Hätte ich ihn gehört, gäbe es auch später keinen Urlaub. – Und nun raus mit Ihnen zu Ihren Männern."

Wedell atmete tief durch. Wenn er noch einen Versuch unternahm, würde ihm der Kommandeur erst recht keinen Urlaub mehr gewähren. Er musste es erneut versuchen, wenn er ein Erfolgserlebnis vorzuweisen hatte. Das möglichst bald eintreten sollte.

„Herr Major, ich melde mich ab." Er stapfte durch den schlammigen Verbindungsgraben zur *Villa Waldesruh* zurück, während sich die aufgehende Sonne mühsam durch den Morgennebel in den östlichen Argonnen kämpfte.

* * *

Als der Morgengruß der französischen Artillerie verstummte, verließ Wedell seinen Unterstand, um in der vordersten Linie die ausgestellten Posten zu kontrollieren. Er tippte dem jungen Gefreiten Wenzlik, der an der Grabenwand lehnte und den Kopf auf den Gewehrlauf gelegt hatte, auf die Schulter. „Wenzlik? Sie haben doch hoffentlich die Augen offen?"

Der junge Soldat schrak auf. „Herr Hauptmann! Verzeihung. Keine besonderen Vorkommnisse."

„Ein Soldat, der im Wachdienst schläft, ist schon ein besonderes Vorkommnis." Wedell sah ins Niemandsland hinüber, wo die grauen Nebel waberten. „Ist die Horchpatrouille noch nicht zurück?"

„Nein, Herr Hauptmann." Und verlegen grinsend fügte Wenzlik hinzu: „Ich habe sie jedenfalls noch nicht gesehen."

Merkwürdig. Die ausgesandten Patrouillen achteten peinlich darauf, vor der Morgendämmerung in die eigenen Gräben zurückzukehren. Denn spätestens mit dem Hellwerden sandten die Franzosen für gewöhnlich ihre ersten Granaten ins Niemandsland. „Ich werde bei Oberleutnant Papendorff von der Nachbarkompanie nachfragen. Vielleicht haben sich die Kameraden im Nebel verirrt."

Geduckt huschte Wedell durch den Graben. Die Wachsoldaten grüßten, und irgendwo in den hinteren Gräben hörte er die Stimme von Major Lincke, der seine morgendliche Inspektionsrunde machte.

Wedell fand Papendorff ebenfalls im vordersten Graben. „Mir geht eine Horchpatrouille ab. Ist sie vielleicht bei dir aufgeschlagen?"

Sein Freund schüttelte den Kopf. „Die Männer werden schon kommen. Sie kennen das Niemandsland zwischen den Fronten an und für sich besser als ihre heimischen Gärten."

Das war tatsächlich so. Nach drei Monaten Grabenkrieg kannten sie hier jeden Baum und Strauch mit Vornamen und vermissten ihn, wenn er von der Artillerie untergepflügt worden war. „Apropos heimische Gärten: Eigentlich wollte ich mit Viola in diesen Tagen nach Habelschwerdt oder Breslau fahren, um Einkäufe für die Festtage zu machen."

„Und ich hätte wahrscheinlich längst mein Mädchen wiedergefunden." Papendorff seufzte. „Vielleicht wäre ich sogar schon verlobt."

„Hast du versucht, ihr zu schreiben?"

„Selbstverständlich. An alle mir von ihr bekannten Adressen in Breslau. Nur aus der Anstalt, wo ich vor meiner Zeit in Königsberg unterrichtet habe, gab es eine Antwort, nämlich dass sie an und für sich unbekannt verzogen sei."

Wedell ließ seinen Blick über das Niemandsland schweifen, das ungewöhnlich ruhig dalag. Papendorff war zu beneiden, auch wenn er seine Geliebte noch nicht gefunden hatte.

Der Oberleutnant stützte sich auf sein Gewehr und schloss die Augen. „Sie war schön, schöner als je ein Mädchen, das ich kennengelernt habe. Aber das war es nicht, was mich an ihr fasziniert hat. Es war ihre Sanftmut. Sie war ein weicher, warmherziger Charakter. Ich glaube, es hat ihr selbst bitter wehgetan, als sie sich von mir trennte. Aber sie musste es tun, weil ich ihren Glauben nicht teilte. Heute verstehe ich sie." Papendorff seufzte. „Ich werde sie nie vergessen. Sie hatte Augen von eigentümlicher Farbe, in denen sich alle ihre Empfindungen widerspiegelten. Als ich sie das letzte Mal sah ..."

Dumpf donnerten erneute Abschüsse der französischen Artillerie aus dem Nebel, sausend, heulend und pfeifend flogen die Granaten heran und detonierten mit ohrenbetäubendem Krachen vor ihren Stellungen.

Plötzlich tauchte ein Mann aus dem Nebel auf und kugelte in den Graben. Gleichzeitig gab es wenige Meter vor der Stellung einen Schrei, als würde jemandem ohne Betäubung ein Zahn gezogen. Der Schrei ging in jammervolles Wimmern über.

Wedell packte den Mann, der in den Graben gerollt war, und richtete ihn auf. Es war einer aus der Gruppe des Unteroffiziers Geyer, den er zur Horchpatrouille ausgeschickt hatte. „Was ist da los, Maaßen? Warum kommen Sie erst jetzt zurück? Und bei der Nachbarkompanie?"

Der Soldat fuhr sich mit dem Ärmel über das verschlammte Gesicht. „Wir sind bis zu den gegnerischen Horchgräben vorgedrungen ..."

„Wer hat Ihnen das befohlen? Von mir hatten Sie lediglich den Auftrag, die feindlichen MG-Stellungen zu lokalisieren."

Papendorff stieß ihn an. „Wir können den armen Kerl doch nicht dort draußen verrecken lassen."

„Unteroffizier Geyer hat uns befohlen, nach Möglichkeit Gefangene zu machen oder wenigstens ein paar Franzmänner zu erledigen."

Unteroffizier Geyer. Immer wieder dasselbe. Mit nur zwei Mann Gefangene machen! Dieser Wahnsinn führte erneut dazu, dass ein Mann verletzt war.

Das französische Feuer kam näher und beharkte die Gräben.

„Weg hier!" Papendorff schob einen Wachsoldaten beiseite und drückte sich lauschend an die Grabenwand. „Er lebt noch."

„Maaßen, zurück in Ihren Kompanieabschnitt." Wedell deutete den Graben entlang. „Sorgen Sie dafür, dass die Männer in ihren Unterständen verschwinden. Wir kümmern uns um Ihren Kameraden."

Der Soldat huschte davon.

Wedell trat neben Papendorff und zog den Kinnriemen fest. „Ich werde ihn holen." Das langgezogene „Hiiiilfe" des Verwundeten ging ihm durch Mark und Bein.

„Ich werde dich begleiten."

Ehe Wedell etwas erwidern konnte, kletterte Papendorff die Leiter am Grabenrand hinauf. Rasch folgte er seinem Freund.

Über den schlammigen Boden krochen sie vorwärts. Der Nebel mischte sich mit dem Rauch der krepierenden Granaten. Das Wimmern des Verwundeten war trotz des Lärms unüberhörbar.

Unmittelbar vor Wedell sauste zischend eine Granate nieder. Blitzschnell presste er den Kopf in den Schlamm. Es gab einen furchtbaren Knall, die Erde bebte, eine Schlammfontäne schoss empor und fiel in dicken Klumpen wieder herab. Er hörte nur noch ein hässliches Piepsen in den Ohren, alle anderen Geräusche wurden dumpf.

Ein Schlag gegen die Schulter – Papendorff kugelte sich neben ihn. „Wedell?"

Er hörte die Stimme wie aus weiter Ferne. Hustend spuckte er Dreck aus und krächzte: „Mir scheint nichts passiert zu sein."

„Gott sei Dank." Papendorff kroch weiter.

Wedell blieb noch benommen liegen. Endlich ließ das Piepsen in seinen Ohren ein wenig nach. So schnell wie möglich folgte er Papendorff, um ihn in dem Rauch und Nebel nicht aus den Augen zu verlieren.

Inzwischen vernahm Wedell auch wieder das Jammern und Stöhnen des Verwundeten. Keuchend kroch er vorwärts, immer noch Dreck ausspuckend. Schemenhaft sah er Papendorff vor sich, der ihn heranwinkte.

„Da ist an und für sich nicht mehr viel zu retten!", brüllte sein Freund über den Lärm.

Wedell kroch heran und besah sich den Verletzten. Schütze Kullweit, schon Mitte der Dreißig. An einer Seite des Oberkörpers war die Uniform aufgerissen, Blut strömte heraus. Der Mund des Mannes stand weit offen, die Augen starrten entsetzt aufgerissen zum Himmel. Wedell war sofort klar, dass der Mann an der Schwelle zur Ewigkeit stand.

„Wir helfen dir, Kamerad." Papendorff legte dem Wimmernden die Hand auf die Schulter. „Gleich bist du in Sicherheit."

An Kullweits rechtem Ringfinger glänzte ein goldener Ring – zu Hause wartete also eine Frau auf ihn. Wedell meinte sich auch erinnern zu können, dass Kullweit eine Menge Kinder hatte.

„Wir müssen ihn mitnehmen!", brüllte er Papendorff zu. Vielleicht ergab sich noch eine letzte Gelegenheit, den tödlich Verwundeten auf den Retter Jesus Christus hinzuweisen.

Papendorff verstand ihn offenbar ohne weitere Worte. Er packte den Verwundeten an den Schultern, Wedell nahm die Füße. So tief geduckt wie möglich krochen sie los.

Pausenlos schlugen um sie her französische Granaten ein. Und ebenso pausenlos betete Wedell, dass sie nicht von einem dieser Geschosse getroffen wurden.

Schnaufend zogen sie Kullweit mit sich. Dessen Stöhnen wurde lauter.

„Halt durch, Kamerad!“, rief Wedell. „Es ist nicht mehr weit bis zum Graben!“

Laut zischend sauste ein Geschoss gefährlich nah heran. Die Druckwelle der Detonation schleuderte sie zur Seite in einen Trichter – der sie vor dem Splitterregen beschützte. „Danke, Herr Jesus.“

Keuchend krochen sie mit dem Verwundeten aus dem Trichter und schleiften ihn kriechend bis an die Brustwehr. Sie rollten sich in den Graben und zogen den Verletzten nach.

„Schnell in meinen Unterstand.“ Papendorff deutete schnaufend auf ein Schild, auf dem *Hotel zur fetten Ratte* stand.

Als sie hineinpolterten, merkte Wedell sofort, dass im Unterstand etwas anders war als sonst. Üblicherweise lungerten die Soldaten herum, schliefen, spielten Karten, schrieben Briefe ... Der alltägliche Beschuss konnte sie nicht aus der Ruhe bringen.

Doch heute verhielten sich alle ungewöhnlich ruhig. Und dann entdeckte Wedell den Bataillonskommandeur, der offensichtlich während seiner Inspektionsrunde im *Hotel zur fetten Ratte* Unterschlupf gesucht hatte.

„Da sind die Herren Kompaniechefs ja endlich.“ Der Major baute seine Riesengestalt vor ihnen auf.

Wedell und Papendorff legten den Verwundeten ab. Sofort sprang ein Sanitäter herbei und kniete sich neben ihn.

„Glauben Sie, dass Sie als Kompaniechefs dafür zuständig sind, Soldaten aus dem Feuer zu tragen?“ Lincke ging neben dem Verwundeten auf und ab. „Das Reich investiert doch nicht Tausende Mark, um Sie zu vorzüglichen Offizieren auszubilden, nur damit Sie sich sinnlos opfern.“

„Sinnlos?“ Wedell starrte den Major an. „Es ist wohl nicht sinnlos, einen verwundeten Kameraden zu retten.“

„Der Kerl ist doch längst tot.“ Lincke stieß mit dem Fuß an Kullweits Bein.

Der Verwundete gab allerdings keinen Laut mehr von sich. Wedell beugte sich zu ihm hinab – der Mann war in der Tat tot. „Verblutet“, raunte der Sanitäter ihm zu.

„Ich sagte doch: sinnlos! Ich will nicht noch einmal sehen, dass Sie als Offiziere Ihr Leben für einen einfachen Soldaten aufs Spiel setzen.“

Unter den Männern entstand Gemurmel.

„Ruhe!“, brüllte Lincke.

Papendorff stieß Wedell an und flüsterte: „Er hat nur gesagt, dass er es nicht noch einmal *sehen* will.“

„Oberleutnant Papendorff, Hauptmann von Wedell, was auch immer Sie gerade zu bemerken beliebten: Ich warne Sie. Es gibt genügend andere Offiziere, die Ihre Kompanien mit Freude übernehmen würden. Zum Beispiel Oberleutnant von Trumpp ...“ Er sah Wedell mit hochgezogenen Augenbrauen und bedeutungsvollem Kopfnicken an.

Der Major sollte bloß nicht diesem unfähigen Offizier, der ununterbrochen redete und nicht zuhören konnte, ein Kommando übertragen. Der wäre als Kompaniechef eine einzige Katastrophe.

„Außerdem gilt für Sie beide eine Urlaubssperre bis Ende Januar.“ Lincke stiefelte zum Ausgang.

Kapitel 23

„Lydia!“

Ehe Lydia geortet hatte, woher die Stimme ihrer Freundin kam, stürzte Franzi mit wehenden Locken aus dem Zug und warf sich in ihre Arme.

„Ich freue mich so sehr, dich zu sehen! Und ich bin so froh, dass du im Forstschloss bist. Endlich weiß ich Viola in besten Händen.“

„In den besten Händen ist sie ab jetzt – in deinen Mutterhänden.“ Lydia konnte die Bitterkeit in ihrer Stimme kaum unterdrücken, doch ihre ehemalige Pensionatsfreundin schien das in ihrer Wiedersehensfreude nicht zu bemerken. „Herzlich willkommen in der Heimat, Franzi.“

„Wo hast du denn mein Töchterchen gelassen? War sie etwa unartig und durfte nicht mit zum Bahnhof? Ich vermisse sie doch so sehr!“ Franzi warf ihre Locken zurück.

„Ich habe sie überredet, mit ihrer Urgroßmutter im Forstschloss auf dich zu warten.“ Das war nicht einfach gewesen, aber sie musste die Fahrt von Habelschwerdt nach Wölfelsgrund nutzen, um ungestört mit Franzi zu sprechen.

Ihre Freundin dirigierte einen Gepäckträger durch das Wirrwarr aus Menschen und Koffern zur Waggontür und verschwand mit ihm im Zug. Sie hatte sich in den Jahren, seit sie das Pensionat in Breslau verlassen hatte, kaum verändert. Zwar war die Haut gebräunt, aber sie hatte immer noch dieselben unzähmbaren, nun von der Sonne Afrikas weißlich gebleichten Locken und die übermütig blitzenden blauen Augen. Und natürlich trug sie ihre unvermeidlichen Absatzschuhe.

Da sprang sie schon wieder auf den Perron, ihren einjährigen Sohn Albert Ferdinand auf dem Arm. Unwillkürlich musste Lydia grinsen. „Es ist schade, dass Fräulein von Steinbach dich nicht so sehen kann. Du bist der lebende Beweis dafür, dass ihre Erziehungsmethoden versagt haben.“

Franzi lachte prustend. „Der alte Drachen würde einen großen Schreck bekommen. *Franziska Elisabeth*“, ahmte sie die Fanfarenstimme der Steinbach täuschend echt nach, „*schon wieder erscheinst du mit einem offenen Zopf, dieser unmöglichen Haartracht. Und einen Hut trägst du auch wieder nicht! Du hast eine Haut wie eine Bäuerin. Und deine Schuhe!*" Franzi tanzte auf ihren Absätzen. „*Im Alltag trägt man doch keine Absatzschuhe!*"

Lydia hielt sich die Ohren zu. „Bitte höre auf! Ich erinnere mich nur höchst ungern an diese Frau, so leibhaftig erleben mag ich sie schon gar nicht." Sie atmete tief durch und streckte die Arme nach Albert Ferdinand aus. „Darf ich dir deinen Sohn abnehmen?"

„Bitte sehr." Franzi reichte ihr den Kleinen herüber. „Hast du dich mit dem Automobil nach Habelschwerdt bringen lassen? Oder bist du wie die Steinbach der Meinung, dass diese neumodische Technik ungeziemend ist?"

„Leider musst du mit der Kalesche vorliebnehmen." Lydia drückte den Kleinen an sich und führte Franzi vom Perron zum Bahnhofsvorplatz. Der Junge legte seinen Kopf an Lydias Schulter – offenbar hatte ihn die Reise ermüdet. „Das fabrikneue Automobil deines Bruders wurde bereits vor Monaten beschädigt, als er einer unachtsamen Dame ausweichen musste, und ist immer noch nicht repariert, weil alle Ersatzteile für den Krieg benötigt werden." Sie lachte auf, als sie an die erste Begegnung mit Graf Wedell dachte. „Trotzdem hat er diese Dame als Gouvernante eingestellt."

„Du?" Franzi prustete los. „Das ist köstlich. Bestimmt hat Claudinand das geschrieben, aber ich habe seit Wochen keine Post mehr bekommen. Wahrscheinlich sind alle Briefe erst nach meiner Abreise eingetroffen."

Sie stiegen in den Wagen und Franzi reichte Lydia einen Korb herüber. „Lege Berti hier hinein, dann wird er sicherlich schnell einschlafen."

Sorgsam deckte Lydia den kleinen Sprössling ihrer Freundin mit einem Berg von Spitzendecken zu. Ruckelnd zogen die Pferde an.

„Herrlich, wie in alten Tagen. In Hamburg spürt man den Puls der neuen Zeit, aber hier ..." Franzi streckte die Arme aus. „Ich bringe dir liebe Grüße von Julie Langenburg – sicherlich erinnerst du dich noch an die schwarzhaarige Komtesse Götzen?"

„Aber selbstverständlich. Sie war doch deine Komplizin bei jedem lustigen Streich. Ich kann mir euch beide so gar nicht als brave Missionarsfrauen vorstellen."

„Oh, brav sind wir auch nicht. Aber seit dem Kriegsausbruch ist ohnehin alles anders geworden. Moritz wurde in die Schutztruppe unter Oberstleutnant von Lettow-Vorbeck eingezogen. Und unsere Missionsstation hat man als Lazarett beschlagnahmt, wo Doktor Langenburg jetzt als Sanitätsarzt arbeiten muss."

Franzi sah in das Körbchen, in dem ihr Jüngster bereits friedlich schlummerte. „Ich erzähle viel zu viel von mir. Wie entwickelt sich Viola? Kommst du gut mit ihr aus? Und wie geht es Großmama? Und meinen Brüdern? Kommen sie Weihnachten nach Hause? Und mein Vater ...?"

Lydia hob lachend die Hand. „Wenn du noch eine Frage mehr stellst, werde ich keine einzige beantworten." Doch sie wurde sofort wieder ernst, denn der Wagen rollte schon aus Habelschwerdt hinaus. Wenn Franzi so weiterredete und -fragte, würde sie ihr Anliegen niemals loswerden. „Franzi, ich brauche deine Hilfe."

„Was ist denn passiert? Mag Viola dich nicht leiden? Aber das kann ich mir gar nicht denken. Oder war Fritz ungehörig gegen dich? Du musst wissen, das ist er manchmal ..."

„Ich benötige eine neue Stelle. Und du eine neue Gouvernante für Viola." Lydia senkte den Kopf und drehte die Bänder ihres Kleides so fest um den Zeigefinger, dass er dunkelrot wurde. „Dein Bruder, der Herr Graf, hat mich entlassen."

„Er hat was?" Franzi richtete sich kerzengerade auf. „Was hast du denn verbrochen, dass mein sonst so friedfertiger Bruder dich entlässt? Das kann doch nur auf einem Irrtum beruhen."

„Leider nicht." Lydia wickelte das Band ab und faltete die Hände. Und dann brach die ganze Geschichte aus ihr heraus. Von ihrem Fehltritt, von den Gesprächen bei der Steinbach, von den Unterredungen auf der Fahrt nach Wölfelsgrund und schließlich im Arbeitszimmer des Grafen, als er ihr nicht glaubte, dass sie ihm wirklich ein Bekenntnis ablegen wollte. „Er hat mir daraufhin zum Jahresende gekündigt. Das ist heute in zwei Wochen."

Franzi verknotete ihre Finger und sah sie an. Der Wasserfall ihrer Worte war versiegt. Das Rumpeln des Wagens, das Schnaufen der Pferde und das Pfeifen des Dezemberwindes schienen plötzlich ohrenbetäubend laut zu sein.

„Verstehst du nun?", fuhr Lydia fort. „Ich brauche dringend eine neue Stelle. Und du hast doch bestimmt Beziehungen."

Franzi schüttelte den Kopf, dass die Locken flogen. „Abgesehen davon, dass ich seit Jahren in Deutsch-Ostafrika lebe und nie Wert auf sogenannte Beziehungen gelegt habe – das ist einfach nicht richtig."

„Was meinst du?"

Der kleine Albert Ferdinand grunzte im Schlaf und Franzi strich ihm sanft über das Köpfchen. „Willst du einfach davonlaufen?"

„Was bleibt mir denn anderes übrig? Dein Bruder hat mir gekündigt ..."

„Dann engagiere ich dich nun."

„Aber er ist der Hausherr."

„Papperlapapp. Wo ist der Hausherr? Im Krieg. Also bestimme ich."

„Aber ich wiederum finde es nicht richtig, gegen den erklärten Willen deines Bruders hierzubleiben. Und wenn er zurückkommt, muss ich ja schließlich doch gehen."

Franzi schaukelte das Körbchen mit ihrem schlafenden Söhnchen. „Claudinand ... Das sieht ihm wieder einmal ähnlich. Ein herzensguter Kerl. Aber seitdem er einmal von einer Kellnerin betrogen wurde, ist er furchtbar misstrauisch."

„Pauline Behrendt."

„Du kennst sie? Ist sie denn nicht mehr in Deutsch-Neuguinea?"

Lydia zog dem kleinen Albert Ferdinand vorsichtig die Wollmütze tiefer über die Ohren. „Wie ich hörte, starb ihr Vater. Seitdem arbeitet sie wieder im *Gelben Dragoner*."

„Auch das noch. Dann begreife ich wohl, dass er überall Betrug wittert." Franzi ruckte so fest an dem Körbchen, dass ihr Söhnchen zusammenzuckte. „Am liebsten würde ich selbst nach Frankreich reisen und ihm gehörig den Kopf zurechtrücken."

„Franzi, bitte." Sie legte ihrer Freundin die Hand auf den Arm. „Ich brauche dringend eine neue Stelle. Sonst weiß ich nicht, wohin ich gehen soll. Jedenfalls werde ich nicht länger als bis Silvester im Forstschloss bleiben."

„Und du willst so einfach aufgeben? Obwohl – wenn ich dich recht verstanden habe – Claudinand dich gar nicht deines Fehltrittes wegen entlassen hat, sondern weil er glaubt, du habest ihn belogen?"

„Ich glaube, mein Fehltritt spielte durchaus auch eine Rolle. Aber das Verschweigen bot ihm erst recht einen willkommenen Anlass, mich zu entlassen. Wer kann die Beweggründe eines anderen schon völlig nachvollziehen? Und in der Tat: Ich hätte ihm von vornherein sagen müssen ..."

„Vielleicht hättest du das. Aber er hätte auch Verständnis dafür haben sollen, dass du es nicht getan hast. Er hat dich unter falschen Voraussetzungen entlassen, weil er nicht glaubt, dass du es ihm gestehen wolltest. Und da willst du einfach aufgeben und gehen?"

Lydia wischte die beschlagene Seitenscheibe frei und sah aus dem Fenster. Sie fuhren bereits am *Gelben Dragoner* vorbei. Warum sah denn niemand ein, dass es völlig sinnlos war? „Gesetzt den Fall, ich bliebe auf deinen Wunsch hin – was geschähe dann, wenn dein Bruder heimkommt? Die Tatsache, dass ich gegen seinen ausdrücklichen Willen noch im Forstschloss wäre, würde ihn nicht eben milder stimmen."

Franzi strich sich die Locken hinters Ohr. „Was sagt eigentlich meine Großmutter dazu?"

Das Gleiche wie du. „Sie möchte mich ebenfalls nicht gehen lassen."

„Also, beschlossene Sache: Du bleibst. Mit meinem Bruder werde ich schon fertig – vor allem dann, wenn ich Großmama auf meiner Seite weiß."

Die Dämmerung des Waldes nahm sie auf. Lydia schüttelte unmerklich den Kopf. Nein, diesen Kampf würde sie nicht aufnehmen. „Das ist lieb von dir gemeint, Franzi. Aber diese Art von Hilfe suche ich nicht. Sondern Hilfe, um eine andere Stellung zu finden."

Sie hatte so viel Ablehnung erfahren, zuletzt von Graf Wedell – noch mehr Verletzungen wollte sie nicht erleben. Auch wenn Franzi und Rahel Grüning auf ihrer Seite standen. Das wog die Ablehnung nicht auf. Franzi hatte selbst eine wilde Jugendzeit hinter sich und war deshalb vermutlich schneller bereit, ihren Fehler zu verzeihen. Und Rahel Grüning war zwar auch eine geradlinige Christin, aber so von Milde und Sanftmut geprägt, dass es ihr offenbar nicht schwerfiel, die Fehler anderer zu vergeben. Die Anerkennung des Grafen Wedell, eines Mannes, der als aufrichtig, geradlinig und gerecht galt, hätte sie für alles entschädigt. Aber der hatte sie abgewiesen.

Franzi antwortete zwar nicht, aber ihr Gesichtsausdruck sagte

Lydia deutlich, dass sie sie nicht so leicht gehen lassen würde. Und ihr deshalb auch nicht bei der Stellungssuche helfen würde.

Der Wagen hielt vor dem Forstschloss. Ehe der Kutscher den Schlag öffnen konnte, tat Franzi es selbst und sprang hinaus. Gleichzeitig kam Viola durch das Eingangsportal herausgestürzt, flog die Freitreppe hinab und ihrer Mutter in die ausgebreiteten Arme. Auch Rahel Grüning mühte sich die Stufen hinunter und umarmte ihre Enkelin.

Ein Stich ging Lydia durchs Herz. Hier wurde sie nicht mehr gebraucht. Bestenfalls noch, um Wissen zu vermitteln. Aber die emotionale Seite ihres Gouvernantenberufes verlor sie soeben an Franzi. Der letzte Grund, der sie noch hiergehalten hatte, zerplatzte in diesem Moment mit den lauten Schmatzern, die Viola ihrer Mutter auf die Wange drückte.

Kapitel 24

Wedell lehnte sich an die Brustwehr des vordersten Grabens und sah über das Niemandsland. In den letzten Tagen hatte es immer wieder geschneit, wie mit einem Leichentuch war die Landschaft zugedeckt. Aber als sich nun gegen Mittag des 24. Dezembers die Sonne durch die Wolken kämpfte, glitzerte das Gelände wie ein diamantengeschmücktes Hochzeitskleid.

Der Frost und der Schneefall hatten die Front erstarren lassen, nachdem vor einigen Tagen noch ein mächtiger Feuerzauber getobt hatte. Nur die Artillerie sandte in unregelmäßigen Abständen ihre feurigen Grüße hinüber und herüber und riss hässlich schwarze Flecken in das diamantene Tuch.

Weihnachten. Sein Versprechen an Viola, Weihnachten daheim zu sein, konnte er nicht halten. Und ihm blieb auch nur noch eine Woche Zeit, sich um Lydia von Gedigk und eine neue Gouvernante zu kümmern. Hoffentlich blieb es in den nächsten Tagen ruhig, dann könnte er Major Lincke vielleicht doch endlich überreden, ihm trotz der verhängten Urlaubssperre einen kurzen Fronturlaub zu gewähren.

Neben sich hörte er knirschende Schritte im Schnee – Papendorff trat zu ihm. „An und für sich ein prachtvoller Anblick, nicht wahr? Da juckt es einem in den Händen, eine Schneeballschlacht zu machen."

Wedell hängte sich sein Gewehr über die Schulter und hauchte in seine eisigen Hände. „Von Schlachten habe ich bis an mein Lebensende genug. Und diese kleinen Hügel in der Landschaft machen den prachtvollen Anblick leider zunichte."

„Jeder kleine Hügel ein Toter, der noch nicht geborgen werden konnte." Papendorff legte die Arme auf die Brustwehr. „Und die größeren Hügel ..."

„Da hat es gleich mehrere erwischt."

„Immerhin hat der schreckliche Verwesungsgeruch aufgehört. Und der Frost hat das unentwegte Stöhnen der Sterbenden an und für sich verstummen lassen."

Irgendwo weit entfernt ratterte ein Maschinengewehr, blaffendes Gewehrfeuer antwortete.

Wedell sah zu Unteroffizier Geyer hinüber, der Wachdienst hatte. Der fanatische Unteroffizier sollte es bloß nicht wagen, an Heiligabend zu schießen. „Wir sollten die Toten holen und bestatten." Wedell nahm die Pickelhaube ab. „Du sprichst doch ebenfalls leidlich Französisch. Wenn du von deinem Abschnitt aus hinüberrufst und ich von hier ..."

Papendorff wiegte den Kopf. „Wir haben das schon einige Male gemacht. Aber beim letzten Mal ist es schiefgegangen. Da hat die französische Ari plötzlich geschossen – ich habe dadurch drei Männer verloren."

„Heute ist Heiligabend. Ich glaube nicht, dass sie heute auf uns schießen."

Im Nachbarabschnitt wurde es auch wieder ruhig. Fast unheimliche Stille legte sich über das Niemandsland.

„Ich werde in einem Horchgraben nach vorn gehen", fuhr Wedell fort, „und die Franzosen von dort anrufen."

Papendorff sah zum Feind hinüber, als könnte er dadurch erkennen, ob die Franzosen das Weihnachtsfest respektierten. Dann reichte er ihm die Hand. „Gut, ich mache mit. Hals- und Bauchschuss, Wedell." Er wandte sich um und machte sich auf den Weg in seinen Abschnitt.

„Männer, zu mir." Wedell winkte die Soldaten, die im Graben Wache standen, zu sich heran. „Ich gehe in den Horchgraben und nehme Kontakt mit den Franzosen auf, damit wir unsere Toten bergen und begraben können. Es wird nicht geschossen, egal, was passiert, verstanden? Es sei denn, ich gebe den ausdrücklichen Befehl dazu."

„Sie wissen, dass jeglicher Kontakt zum Feind untersagt ist", meldete sich Unteroffizier Geyer. „Wir sollten die Weihnachtsstille lieber für einen massiven Angriff nutzen."

„Haben Sie nicht einmal Respekt vor dem Weihnachtsfest?" Wedell tippte dem Unteroffizier mit dem Zeigefinger auf die Brust. „Der Krieg wird nicht heute entschieden. Sondern dann, wenn von oben eine Offensive befohlen wird. – Also, Männer, Sie schießen nur auf meinen ausdrücklichen Befehl, verstanden? Informieren Sie auch Ihre Kameraden in den Unterständen."

„Jawohl, Herr Hauptmann“, murmelten sie dumpf im Chor.

„Schneidiger Kompaniechef“, raunte der schmächtige Gefreite Stromberg seinem Kameraden Wenzlik zu.

„Ich möchte Sie begleiten.“ Der kleine Gefreite Wenzlik trat neben ihn.

„Es kann gefährlich werden, Wenzlik. Wenn dort drüben einer wie Unteroffizier Geyer oder Feldwebel Fuchs liegt, kann es passieren, dass wir in eine Falle laufen.“

„Gerade dafür brauchen Sie jemanden an Ihrer Seite.“

„Nun gut, dann los. Bevor ich den Graben verlasse, schicke ich Sie zurück, um die Ari zu informieren.“ Wedell nahm das Gewehr von der Schulter, stülpte die Pickelhaube über die Mündung und lehnte es an die Grabenwand.

Wenzlik tat es ihm gleich.

Mit langen Schritten eilte Wedell voran und bog in den Horchgraben ein, der von der vordersten Linie ins Niemandsland vorgetrieben worden war. Er eilte durch den Graben, der unter dem Stacheldrahtverhau hindurchführte, nach ganz vorn, wo die Horchposten saßen, um feindliche Unternehmen frühzeitig zu bemerken.

Geduckt blieb Wedell am Ende des Horchgrabens stehen und faltete die Hände. Trotz der Kälte lief ihm der Schweiß am Körper hinunter. „Bitte, Herr, gib, dass niemand verletzt wird.“

Wenzlik stand neben ihm. „Herr Hauptmann, ich bewundere Sie für Ihren Mut.“

Wedell fühlte sich gerade alles andere als mutig. Vorsichtig richtete er sich ein wenig auf. *Hoffentlich macht Unteroffizier Geyer keinen Unsinn!* Er atmete tief ein. „Camarades, nous voulons enterrer nos morts! Ne tirez pas!“

Es blieb alles still. Kein Schuss – aber auch keine Antwort. Wedell erhob die Stimme. „Ne tirez pas! Nous voulons enterrer nos morts!“

Bei den Franzosen ertönten plötzlich Stimmen.

„Was machen die Franzmänner jetzt?“ Wenzliks Stimme zitterte. „Geben sie vielleicht unseren Standort an die Ari durch? Dann sind wir in ein paar Minuten erledigt.“

„Wegen zweier Deutscher wird die Ari nicht alarmiert. Außerdem sind auch die Franzmänner Menschen, nur dass sie zurzeit in blau-roten Soldatenuniformen stecken.“ Wedell sprach so zuversichtlich wie möglich, sah aber gleichzeitig zum Himmel, ob dort nicht schwere Granaten heranrauschten.

„Feiern die Franzmänner überhaupt Weihnachten?"

„Selbstverständlich." Wedell lächelte den Gefreiten an.

Von drüben schallten immer noch Stimmen herüber, als würde dort heftig diskutiert. Dann plötzlich eine helle Stimme, die klar bis zu ihnen getragen wurde. „Venez. Mais sans armes."

„Wir sollen kommen, aber ohne Waffen." Wedell wischte sich den Schweiß von der Stirn.

„Glauben Sie, das ist wahr? Oder ist das ein Kniff? Und gleich ballert die Ari los?"

„Vor allem muss unsere eigene Ari informiert werden, dass ich mich ins Niemandsland begebe." Wedell gab Wenzlik einen Stoß. „Gehen Sie zu Oberfeldwebel Reuse, er soll eine grüne Leuchtkugel abschießen – das Zeichen für unsere Pulverköpfe, keinesfalls zu feuern."

„Jawohl, Herr Hauptmann." Wenzlik spritzte so schnell davon, als bereue er seinen Mut, ihn begleitet zu haben.

„Venez!", klang die helle Stimme erneut herüber. „Nous ne tirons pas!"

Wedell atmete tief durch. Sobald die Leuchtkugel hochgegangen war, würde er aus dem Graben steigen. Und dann würde er schnell merken, ob dort drüben ein Geyer stand und ihn in eine Falle lockte.

In Papendorffs Abschnitt blieb jedenfalls alles ruhig. Oder hatte sein Freund die Franzosen noch gar nicht angerufen?

Da schoss die grüne Leuchtkugel in den Himmel. Noch ein wortloses Stoßgebet, dann schwang sich Wedell aus dem Graben. Sofort hob er beide Arme. „Bitte nicht schießen! Ne tirez pas, s'il vous plaît!"

In den französischen Gräben war kein Mensch zu sehen. Hockten sie alle hinter ihren Gewehren und warteten nur darauf, dass noch mehr Deutsche herauskamen, um sie dann wie Hasen abzuschießen?

Vorsichtig, Schritt für Schritt, ging Wedell auf den ersten Hügel zu und schabte den Schnee zur Seite. Eine französische Uniform wurde sichtbar.

Besorgt sah er zu den französischen Gräben hinüber. Da stieg auch dort eine Gestalt im blauen Mantel aus dem Graben, blieb auf der Brustwehr stehen und legte die Hand an die Schläfe. Den anderen Arm trug er in einer Schlinge. Ein Offizier, ein Lieutenant.

Bloß nicht schießen, Geyer! Bloß keine Rache für deinen Bruder nehmen, Fuchs! Jetzt nur nicht die Nerven verlieren, Männer!

Weiter entfernt fiel ein Schuss.

Wedell hielt den Atem an. Ein einziger Schuss in diesem Abschnitt würde alles verderben! Doch nichts geschah, die Stille war beinahe unheimlich. Selbst auf den einen Schuss in der Ferne folgte keine Reaktion.

Immer noch stand der Franzose auf der Brustwehr, unbeweglich. Wedell salutierte ebenfalls, dann winkte er zu seinen Männern hinüber. „Rauskommen und die Toten freilegen. Ohne Waffen, nur mit Klappspaten und Zeltbahnen."

Der Erste, der sich aus dem Graben wuchtete, hatte einen auffälligen Kugelbauch – Oberfeldwebel Peter Reuse, Bierbraumeister aus Schweidnitz. Ihm folgte eine kleine, schmale Gestalt – der Gefreite Wenzlik. Und dann kamen sie nach und nach. Still, fast feierlich scharten sie sich um Wedell.

„Männer, legen Sie die Toten frei. Die Franzosen bringen Sie zu deren Stacheldrahtverhau. Wenn die von der anderen Feldpostnummer Lust haben, mögen sie sich ihre Gefallenen holen." Er wies auf ein Gebäude zwischen den Fronten, von dem nur noch die Grundmauern standen. Im September war das noch eine Kapelle gewesen. „Die gefallenen Kameraden legen Sie dort nieder. Wir werden sie nachher bestatten."

Schweigend machten sich die Männer an die Arbeit. Dabei wanderten die Blicke immer wieder zum Himmel hinauf oder zu den Franzosen hinüber. Doch es fiel kein Schuss, auch die Artillerie schwieg.

Wedell sah sich um. Bis auf wenige Männer war seine gesamte Kompanie draußen – sogar Geyer war da. Doch Feldwebel Fuchs fehlte. *Ich muss aufpassen, dass der keinen Unsinn macht!*

Unteroffizier Geyer trat auf ihn zu. „Herr Hauptmann, ich traue dem Braten nicht. Ein einziger Artillerieschlag, und Ihre gesamte Kompanie ist ausgelöscht. Die Franzmänner müssen nicht einmal ihre Geschütze richten, auf das Niemandsland sind sie immer ausgerichtet."

„Unken Sie nicht, Geyer. Heute ist Heiligabend."

„Im Krieg gibt es kein Weihnachten." Geyer spuckte die Worte aus.

„Sehen Sie mal dort hinüber." Wedell deutete zur französischen Seite.

Auf der französischen Brustwehr stand bereits ein zweiter Mann, ebenfalls ein Lieutenant. Still beobachteten die beiden das Treiben der Deutschen.

„Ich wette mit Ihnen", fuhr Wedell fort, „dass es nicht lange dauern wird, bis auch die übrigen Franzosen aus ihren Gräben kommen und ihre Toten holen."

Am Stacheldraht vor den gegnerischen Linien lagen schon die ersten Gefallenen in französischen Uniformen.

„Dort kommen sie schon!"

Ein Franzose nach dem anderen kletterte aus dem Graben.

Geyer sah ihn lauernd von der Seite an. „Blitzschneller Rückzug, eine gelbe Leuchtkugel – und unsere Ari haut hier alles kurz und klein. Dann marschieren wir durch die Lücke bis nach Paris."

„Pfui, schämen Sie sich, Geyer!", zischte Wedell, ohne den Blick von den Franzosen abzuwenden, die sich langsam dem Drahtverhau näherten.

„Sie dürfen sich diese Gelegenheit nicht entgehen lassen. Sie wären der Held des Krieges, wenn der Schlag gelänge."

„Noch einmal: Pfui!" Wedell wandte ihm den Rücken zu. „Ich will so etwas nicht noch einmal hören."

„Der Krieg ist eben ein schmutziges Geschäft."

Sein Ideal des ehrenhaften Kampfes war allerdings schon lange ins Wanken geraten. „Solch niederträchtige Dinge sollten Sie trotzdem nicht einmal denken."

„Herr Hauptmann!", rief jemand aus dem vordersten deutschen Graben. „Ein Melder vom Regiment!"

Wedell ging zu seinem Stellvertreter. „Leutnant Drescher, Aufsicht übernehmen. Achten Sie besonders darauf, dass Geyer hier draußen keine Dummheiten begeht. Ein einziger Schuss – und es gibt ein Massaker. Und versuchen Sie auch, mit den Franzosen zu reden."

Drescher salutierte. „Jawohl, Herr Hauptmann. Ich bewundere Sie, dass Sie das gewagt haben."

Er klopfte dem schlaksigen Leutnant auf die Schulter. „Passen Sie gut auf. Und der Spieß soll zurück in den Graben und Acht geben, damit auch dort keiner Unsinn macht."

„Feldwebel Fuchs zum Beispiel?" Drescher grinste.

„Vor allem die Leuchtkugeln bewachen. Bei der Ari weiß man wahrscheinlich noch nicht, was hier los ist." Obwohl der Melder vom Regiment darauf hindeutete, dass schon etwas durchgesickert war.

Wedell stapfte zum vordersten Graben zurück. Der Melder wartete in der *Villa Waldesruh*.

„Herr Hauptmann, heute Nachmittag werden Ihnen Miniaturweihnachtsbäume geliefert. Auf allerhöchsten Befehl. Seine Majestät, unser oberster Kriegsherr, wünschen frohe Weihnachten."

„Frohe Weihnachten hätten wir, wenn der Krieg zu Ende wäre", warf Wedell ein.

„Für die Offiziere gibt es außerdem Weihnachtspakete. Deshalb bitte sofort zum Bataillonsgefechtsstand in Vauquois."

„Danke." Offenbar war also doch noch nichts von seinem eigenmächtigen Handeln durchgesickert. Und die schweigenden Waffen gaben ihm eine gute Möglichkeit, noch einmal um Urlaub zu bitten.

Der Melder trat einen Schritt näher und senkte die Stimme. „Sie sollten sich warm anziehen, Herr Hauptmann. Dem Regimentskommandeur gefällt gar nicht, was in Ihrem Frontabschnitt passiert."

„Er weiß es bereits?"

„Irgendein Feldwebel aus Ihrer Kompanie hat es gemeldet."

Fuchs. Der hatte ohne Frage einen verzerrten Bericht geliefert.

* * *

Lydia stand am Fenster ihres Zimmers und starrte in den tief verschneiten Hochwald. Sie musste die Augen zu schmalen Schlitzen zusammenkneifen, um nicht von der funkelnden und glitzernden Winterpracht geblendet zu werden. Gleich würde Franzi mit Viola im Schlitten durch diesen Märchenwald zum Bahnhof nach Habelschwerdt fahren, um Ferdinand von Wedell, Violas Großpapa, und dessen zweite Frau abzuholen – und sie, Lydia, würde diese Gelegenheit nutzen, das Forstschloss zu verlassen. Für immer.

Zuerst würde sie nach Breslau reisen und von dort nach Berlin. Mit ihrem wenigen Ersparten könnte sie sich nur eine kurze Zeit über Wasser halten. Und dann musste sie sofort eine Anstellung finden – wenn nicht als Gouvernante, dann vielleicht als Gesellschafterin. Gerade während des sich länger hinziehenden Krieges waren Gesellschafterinnen gefragt und deshalb würde vielleicht nicht so sehr auf eine tadellose Vergangenheit geachtet. Aus dieser Stellung heraus konnte sie immer noch nach einer guten Stelle als Erzieherin suchen.

Seufzend wandte sie sich vom Fenster ab und schaute auf ihre Taschen, die fertig gepackt auf dem Bett standen. Es brachte nichts, wenn sie dem Hochwald nachtrauerte. Doch die Trennung von Viola, die trotz der Ankunft ihrer Mutter weiterhin an ihr hing, würde noch schlimmer sein. Denn nachdem Lydia fast ein halbes Jahr lang erlebt hatte, wie sehr die Kleine ihren Onkel Claudinand vermisste, konnte sie sich lebhaft vorstellen, dass sie auch ihr hinterherweinen würde. Aber das würde sie nicht dazu bringen, gegen den Willen des Grafen im Forstschloss zu bleiben, so sehr Franzi und Rahel Grüning das auch wünschten.

Von den Stallungen her näherte sich Schellengeläut – der Schlitten fuhr auf den Vorplatz. Wenn Franzi und Viola fort waren, würde sie sich heimlich aus dem Haus schleichen. Das sollte heute keine allzu große Schwierigkeit darstellen, denn die Hausangestellten waren bestimmt ebenso mit den Vorbereitungen für die Weihnachtstage beschäftigt wie Rahel Grüning.

Lydia war bereit. Sie musste nur noch ihre Taschen aufnehmen und sie über die tief verschneiten Wege nach Wölfelsgrund schleppen, um von da mit einer Droschke zum Bahnhof zu fahren, ohne dort – und das schien die größte Schwierigkeit zu sein – Franzi zu begegnen.

Sie trat wieder ans Fenster. Der Schlitten stand bereit, der Kutscher saß auf dem Bock, nur Franzi und Viola waren noch nicht zu sehen.

Da klopfte es an ihrer Tür.

Lydia wurde blass. Niemand durfte hereinkommen und ihre gepackten Taschen sehen. Sie eilte zur Tür und öffnete sie vorsichtig einen Spalt breit. „Was gibt es?“

Draußen stand Franzi in einen dicken Mantel gehüllt und mit

einer Wollmütze auf den Locken. „Viola will partout nicht ohne dich fahren."

Hinter Franzis Mantelungetüm drängte sich Viola hervor. „Bitte komm mit, Lydia. Es ist so fein, mit dem Schlitten durch den Wald zu fahren."

„Es geht leider nicht, ich ..." Am einfachsten wäre es, zu behaupten, sie müsse Weihnachtsvorbereitungen treffen. Aber lügen?

„Bestimmt hat Lydia allerlei Heimlichkeiten für Weihnachten vorzubereiten." Franzi lächelte.

„Stimmt das, Lydia?" Unvermittelt stürmte Viola vor und drückte, ehe Lydia etwas dagegen tun konnte, die Tür auf.

„Aber Viola!", schalt Franzi und eilte ihrer Tochter nach. Doch auf der Schwelle blieb sie wie angewurzelt stehen und starrte auf die Taschen. „Lydia?"

„Ich sehe keine Weihnachtsüberraschungen." Viola zog einen Schmollmund.

„Ich sehe sehr wohl eine Überraschung." Die Weihnachtsfreude in Franzis Augen erlosch. „Das ist hoffentlich nicht dein Ernst?"

Lydia richtete sich hoch auf und war froh darüber, dass sie Franzi trotz deren Absatzschuhe um Haupteslänge überragte. „Doch Franzi, es ist mein Ernst. So wie die Kündigung und das Hausverbot deines Bruders bitterer Ernst sind."

Viola zog an Lydias Rock. „Wer ist dieser Ernst? Von wem redet ihr denn da?"

Liebevoll fuhr Lydia der Kleinen mit der Hand über den Kopf.

„Das kannst du nicht tun, Lydia!" Die Enttäuschung stand Franzi ins Gesicht geschrieben. „Wohl auch noch heimlich, während wir zum Bahnhof unterwegs sind?"

„Hatte ich denn eine Wahl? Du hättest mich doch mit aller Macht daran gehindert."

Viola sah mit offenem Mund von einer zur anderen.

„Hast du denn eine andere Stelle gefunden?" Franzi setzte sich auf einen Stuhl und verknotete ihre Finger.

Lydia schüttelte den Kopf.

„Ich verstehe dich nicht, Lydia. Du kannst hierbleiben und willst trotzdem gehen, ohne zu wissen wohin?"

„Du weißt genau, dass ich nicht gehen *will*. Ich *muss*. Und es fällt mir keineswegs leicht." Lydia ging neben Viola in die Hocke und nahm das Mädchen in die Arme. Diesen Abschied hatte sie mit ihrem heimlichen Abgang vermeiden wollen. „Im Gegenteil."

„Aber Lydia, was ist denn los? Du willst doch nicht etwa weggehen?" Viola schien zu dämmern, was vorging.

Lydia drückte die Kleine an sich. „Ich muss, Viola, es gibt keinen anderen Weg."

Dicke Tränen kullerten über Violas Wangen und blieben an ihrem zitternden Kinn hängen. „Du darfst nicht gehen. Onkel Claudinand ist schon gegangen und kommt nicht wieder. Onkel Fritz ist auch weg, keiner weiß wohin. Mama geht bestimmt bald wieder nach Afrika. Und jetzt willst du auch noch weg! Das ist gemein!"

Lydia würgte an ihren eigenen Tränen. „Ich will doch gar nicht fort. Aber ich muss. Außerdem geht deine Mama bestimmt nicht so schnell zurück nach Afrika. Und deine beiden Onkel kehren zurück, sobald der Krieg vorbei ist. Gleich kommen auch noch deine Großeltern. Dann hast du so viele liebe Menschen bei dir, dass du ..." Sie biss sich auf die Unterlippe, um ein Aufschluchzen zu unterdrücken. Der Satz *dass du die Gouvernante nicht mehr brauchst* kam ihr nicht über die Lippen.

Franzi hockte sich ebenfalls zu Viola. „Das ist ein großes Missverständnis. Wenn ich könnte, würde ich sofort zu Claudinand reisen und alles aufklären."

„Das hat deine Großmutter doch mit ihren Briefen hinreichend versucht. Ebenso dein Vater. Es hat nichts gefruchtet."

„Was ist mit Onkel Claudinand?" Viola wand sich aus Lydias Umarmung. „Er mag dich doch!"

Lydia spürte, wie sie rot anlief.

Franzi sah sie scharf von der Seite an. „Er mag dich?"

„Er war lediglich höflich und zuvorkommend", wiegelte Lydia ab. „Bis zu unserem letzten Gespräch. Da war er nicht einmal mehr das."

„Doch, er mag dich." Viola schniefte. „Er hat mir einmal gesagt, dass er nur mit Leuten durch den Wald geht, die er mag. Deswegen hat er mich auch immer mitgenommen. Und dich hat er auch mitgenommen."

Um Franzis Mundwinkel zuckte es. „Sollte es noch einen Grund mehr geben, dich im Forstschloss zu halten?"

Wahrscheinlich errötete sie gerade noch mehr. Natürlich glaubte Franzi, ihren Bruder und ihre Tochter so gut zu kennen, dass sie deren Worte und Verhalten für bare Münze nahm.

Viola lehnte sich an ihre Knie und klopfte mit beiden Händen auf Lydias Oberschenkel. „Ich habe eine Idee, Lydia! Du kannst doch einfach Onkel Claudinand heiraten. Dann bleibst du für immer bei uns!"

Franzi lachte verschmitzt. „Kinder haben oftmals ein feines Gespür."

Lydia war überhaupt nicht zum Lachen zumute.

Ihre Freundin nahm sie in den Arm. „Und jetzt packen wir deine Taschen wieder aus und fahren gemeinsam zum Bahnhof. Mein Vater hat bestimmt eine Lösung für uns."

Heute kam sie jedenfalls nicht mehr fort. Franzi würde auf sie aufpassen wie ein Wachsoldat auf das Berliner Stadtschloss.

Kapitel 25

Als Wedell vor dem Bataillonsgefechtsstand in der Dorfschule von Vauquois ein Automobil stehen sah, wurde ihm klar, dass die ihm bevorstehende Unterredung noch ungemütlicher werden würde, als er gedacht hatte. Mit einem Kraftfahrzeug fuhren nur höhere Offiziere wie Regiments- oder Divisionskommandeure vor. Und die ließen sich nur in höchst seltenen Fällen so nah an der Front blicken. Es gab also garantiert dicke Luft. Und die Chancen auf Urlaub sanken wieder einmal gegen Null.

Wedell betrat das Schulhaus und hielt einen vorübereilenden Gefreiten der Stabskompanie an. „Wer ist mit dem Automobil gekommen?"

Der Soldat nahm trotz der vielen Akten unter seinem Arm mühsam Haltung an. „Regimentskommandeur Oberst von Donnersmarck, Herr Hauptmann."

„Danke." Wedell eilte weiter zu dem Schulzimmer, wo Major Lincke residierte. Der Bataillonskommandeur war bei aller Bärbeißigkeit kein schlechter Mensch, aber Donnersmarck, der erst vor ein paar Tagen zum Regimentskommandeur ernannt worden war, eilte ein anderer Ruf voraus: Profilierungssucht.

„Was fällt Ihnen ein!", empfing Lincke ihn, ehe Wedell auch nur seine Meldung machen konnte.

Donnersmarck, ein kleiner Kahlkopf mit umso größerem Schnauzbart, steckte sich eine ellenlange und klafterdicke Zigarre an. „Sie sind Hauptmann Wedell?"

Wedell stand stramm. „Hauptmann Graf von Wedell." Zum ersten Mal war er froh über seinen Grafentitel. „Kompaniechef der 3. Kompanie ..."

„Schon gut, schon gut." Lincke winkte ab und tigerte in dem Klassenzimmer auf und ab. „Der Herr Oberst ist bestens über Sie im Bilde."

„Sie sind also derjenige, der ohne Befehl die grüne Leuchtkugel abschießen ließ?" Donnersmarck paffte eine riesige Wolke vor sich hin.

„Ich stand im Begriff, mich ins Niemandsland zu begeben“, antwortete Wedell so gelassen wie möglich. „Daher wollte ich vermeiden, unversehens ins Feuer der eigenen Artillerie zu geraten.“

„Und was hatten Sie dort zu suchen, he?“ Der Oberst baute sich vor ihm auf, was bei seiner kleinen Gestalt beinahe lächerlich wirkte. „Hatten Sie etwa Ihre goldene Taschenuhr verloren, Herr Graf?“

„Wie Ihnen vermutlich berichtet wurde, ging es darum, den Kameraden, die für Kaiser und Vaterland den Heldentod gestorben sind, ein ehrenvolles Begräbnis zuteilwerden zu lassen.“

„Und behufs dessen vereinbaren Sie mit dem Feind – noch dazu mit unserem Erbfeind – eine Waffenruhe!“ Die Stimme Oberst von Donnersmarcks erhob sich zum Donnergebrüll.

„Ich bat die Franzosen lediglich, nicht zu schießen, während wir unsere Gefallenen bestatten“, erwiderte Wedell ruhig. Donnersmarck schien wirklich darauf aus zu sein, sich gleich nach Antritt seines neuen Postens für die nächste Beförderung zu empfehlen.

„Was ist das anderes als eine Waffenruhe!“, bellte der Oberst.

Da klopfte es an der Tür und ein Unteroffizier huschte herein. „Herr Oberst, das hat soeben ein Melder der 3. Kompanie abgegeben.“

„Danke. Wegtreten.“ Der Oberst faltete das Papier auseinander. „Also auch das noch. Im Abschnitt der 3. Kompanie sowie der 2. Kompanie unter Oberleutnant Papendorff gibt es einen fröhlichen Plausch zwischen unseren Männern und den Franzosen.“ Er spuckte das Wort *Franzosen* aus, als habe er in ein schimmeliges Brot gebissen.

Offenbar waren noch mehr Franzosen aus ihren Gräben gekommen. Das war für die Sicherheit hervorragend – kein Kommandeur würde der Artillerie den Befehl geben, auf die eigenen Männer zu feuern. Doch andererseits würde Donnersmarck darin wohl eine Verbrüderung mit dem Feind sehen.

„Das ist Fraternisierung – unerhört!“ Der Oberst qualmte wie eine Rauchgranate.

„Papendorff ist doch Ihr Freund, nicht wahr?“ Lincke umkreiste eine Schulbank. „Haben Sie sich mit ihm abgesprochen?“

„Jawohl, Herr Major.“

Donnersmarck schlug mit der Hand auf das Papier, dass die

Asche seiner Zigarre auf die Erde stäubte. „Sie stecken also noch andere Offiziere mit Ihren die Kampfmoral mindernden Aktionen an!"

„Was ist Ihnen da bloß eingefallen, Wedell?" Lincke schüttelte beinahe bedauernd den Kopf.

„Es ist Heiligabend, Herr Oberst."

„Das ist Ihre ganze Ausrede?" Donnersmarck lachte meckernd. „Nur weil heute der 24. Dezember ist, heißt das doch nicht, dass Sie den Krieg einstellen sollen!"

„Warum werden uns dann Weihnachtsbäume an die Front geliefert?" Wedell klopfte Eis- und Schneereste aus seinem Uniformmantel. „Und zwar auf allerhöchsten Befehl! Seine Majestät wünschen also, dass seine Soldaten im Felde ein wenig Weihnachten feiern. Wäre beabsichtigt, den Krieg unverändert fortzusetzen, hätte man uns wohl eher Minen, Granaten und Gewehre geliefert."

Lincke nickte ihm beinahe beifällig zu, doch Donnersmarck verzog keine Miene, sondern qualmte seine Zigarre – wahrscheinlich ein Geschenk des Kaisers aus dem Weihnachtspäckchen für Offiziere.

Ehe der Oberst etwas sagen konnte, knatterte draußen ein weiteres Automobil heran.

Lincke sprang zum Fenster. „Bomben und Granaten – der General!"

Donnersmarck hechtete ebenfalls zum Fenster, während Wedell über die Schulter der beiden Herren sah. Dort stieg soeben der Divisionskommandeur Generalleutnant von Webern aus dem Automobil. Kurz darauf flog die Tür auf und der General stürmte mit seinem Adjutanten herein.

„Herr General, ich melde: Oberst von Donnersmarck ...", rasselte der Oberst los.

„Schon gut, schon gut." Der General winkte ab.

„Große Schweinerei im Gange, Exzellenz", schnaufte Donnersmarck.

„Weiß schon, weiß schon – Waffenruhe zur Bestattung der Gefallenen."

„Mehr noch – Fraternisierung." Donnersmarck reichte dem General das Papier.

Webern warf nur einen kurzen Blick darauf, dann sah er Wedell an. „Wer ist das?"

„Hauptmann Wedell." Der Oberst grinste boshaft. „Hat uns diese Schweinerei eingebrockt."

„Raus mit ihm." Der General winkte seinen Adjutanten heran. „Und Sie: Karte auspacken."

„Sie haben es gehört, Wedell: Raus mit Ihnen!" Donnersmarck deutete mit dem Kopf zum Ausgang.

Lincke öffnete die Tür, und als Wedell hinausging, raunte er ihm zu: „Sie bekommen kein Weihnachtspäckchen des Kaisers – Befehl vom Oberst."

Wedell zuckte mit den Schultern. Er war sich sicher, richtig gehandelt zu haben.

„Sind ohnehin nur Zigarren drin." Lincke deutete auf die Zigarre des Regimentskommandeurs. „Und Sie sind ja Nichtraucher."

Er salutierte und verließ das Schulgebäude. Draußen blieb er stehen und sah nachdenklich auf die beiden Automobile. Irgendetwas stimmte hier nicht. Dass der Regimentskommandeur, der sein Hauptquartier in Varennes hatte, bis nach Vauquois kam, war schon ungewöhnlich. Aber dafür, dass sogar der General so nahe an der Front auftauchte, gab es nur zwei mögliche Erklärungen: Entweder sahen sie sein Vergehen als so schwerwiegend an, dass gleich drei Kommandeure über ihn zu Gericht sitzen mussten; oder es wurde irgendeine große Offensive geplant. Oder sogar beides. Dabei war schon eins von beiden ausreichend, um seinen Urlaubswunsch auf unbestimmte Zeit abzulehnen. Er würde trotzdem noch einmal schriftlich seinen Antrag einreichen.

* * *

Lydia stand ein wenig abseits, als Graf Ferdinand von Wedell schwerfällig auf seine Gattin Wilhelmine und einen Stock gestützt aus dem Zug stieg. Mit großem Wirbel fiel Franzi ihrem Vater und ihrer Stiefmutter um den Hals und die kleine Viola wurde von den Großeltern geherzt und geküsst.

Nach der bedrückenden, fast wortlosen Fahrt hierher war Lydia froh, dass sich die Spannung zu lösen schien. Denn auf dem gesamten Weg nach Habelschwerdt hatte sich Viola so eng an sie gekuschelt, als ob sie sie nie wieder hergeben wolle. Und Franzis Enttäuschung war ihr noch immer am Gesicht abzulesen gewesen, sodass wohl keine von ihnen das einzigartige Erlebnis der Schlittenfahrt hatte genießen können.

Kaum klingelte der Schlitten wieder aus Habelschwerdt hinaus, beugte sich der Graf zu seiner Enkelin hinüber. „Du hast doch nicht etwa geweint, mein Veilchen? Heute ist Heiligabend, da gibt es doch für dich nichts zu weinen."

„Gibt es wohl." Der Kleinen purzelten schon wieder die Tränen von den Wimpern. „Lydia wollte sich heimlich davonschleichen."

„Was muss ich da hören, Baronesse?" Der Blick des Grafen, der sie traf, schien ihr bis in die Seele zu sehen – er erinnerte Lydia an seinen ältesten Sohn. „Sie wollen das Forstschloss verlassen?"

„Ich finde das ganz richtig." Die Gräfin mit dem Madonnengesicht fasste die Hand ihres Gatten. „Claus Ferdinand konnte bei solch einer Vorgeschichte unmöglich anders entscheiden."

Lydia krümmte sich innerlich wie unter körperlichen Schmerzen. Warum tat es ihr immer noch weh? Sie sollte es doch längst gewöhnt sein.

„Ich füge mich der Entscheidung Ihres Sohnes, Herr Graf. Und um Ihrer Enkelin den Abschied zu ersparen, wollte ich das Schloss während ihrer Abwesenheit verlassen."

„Sei nur ehrlich, Lydia: Du wolltest auch mir entgehen, weil ich deine Flucht hätte verhindern können, nicht wahr?" Franzi fasste ihren offenen Zopf und warf ihn über die Schulter nach hinten. „Papa, du musst etwas unternehmen, damit Lydia uns nicht verlässt. Schau, wie Viola an ihr hängt!"

Die Kleine schmiegte sich in der Tat wieder eng an sie.

„Was soll es da schon zu tun geben", erwiderte die Gräfin schnippisch. „Claus Ferdinand hat die Kündigung ausgesprochen, also muss die Gouvernante das Schloss verlassen. Punktum."

„Wilhelmine, ich bitte dich!" Der Graf wickelte sich enger in seine Decke. „Die Baronesse scheint nicht nur eine ausgezeichnete Lehrerin zu sein, sondern auch das Herz unserer Enkelin erobert zu haben. Es wäre doch zu schade, wenn diese Erfolge zunichtegemacht würden."

Die Worte des Grafen taten ihr gut, aber die Ablehnung der Gräfin schmerzte noch mehr.

„Leider hat die Gouvernante die Erfolge selbst durch ihr unmögliches Verhalten zunichtegemacht." Die Gräfin sah sie durch ihr Lorgnon an. „Sie hätten schon vor Ihrem Fehltritt daran denken sollen, dass solch ein Fehler Ihre Arbeit in anständigen Häusern unmöglich macht."

Als ob ich damals überhaupt nachgedacht hätte.

Viola kniff sie in den Arm. „Was hast du denn für einen Fehler gemacht? Ich dachte, Lehrer können alles."

„Auch Lehrer begehen Fehler."

Franzi funkelte ihre Stiefmutter an. „Mama, ich sehe nicht ein, dass ihr einmaliger Fehltritt Baronesse Gedigk für die Erziehung meiner Tochter ungeeignet macht."

„Du warst schon immer ein aufrührerischer Freigeist, Franziska." Die Stimme der Gräfin wurde schneidend.

„Ich gäbe dir in dem Falle recht, Wilhelmine", antwortete der Graf betont ruhig, „wenn die Baronesse ihren Fehler nicht eingesehen und bekannt hätte. Da das aber offenbar geschehen ist, liegt kein Grund mehr vor, sie abzuweisen."

„Du wirst allmählich genauso milde wie deine Mutter, Ferdinand. Was einmal geschehen ist, ist geschehen. Festgewachsen wie die Nase im Gesicht."

„Mama!" Franzi fuhr beinahe unter ihrer Decke hervor.

Lydia biss sich heftig auf die Unterlippe. Am liebsten wäre sie vom fahrenden Schlitten gesprungen. So, wie sich die Unterhaltung entwickelte, war die schweigsame Hinfahrt geradezu eine Wohltat gewesen. Zum Glück bog der Schlitten bereits in die Straße nach Wölfelsgrund ein.

Violas kleine Finger schoben sich in Lydias Hand. „Lass sie reden. Ich glaube nicht, was sie sagen."

„Es tut mir leid, Baronesse" – der Graf neigte den Kopf in ihre Richtung –, „dass diese Erörterung unglücklicherweise vor Ihren Ohren geführt wird. Ich kann verstehen, dass Sie unter den obwaltenden Umständen das Forstschloss schnellstmöglich verlassen möchten."

„Danke, Herr Graf. Wenn Sie etwas für mich tun könnten, dass ich eine andere Stelle ..."

„Du sollst nicht gehen, Lydia!" Viola umklammerte ihre Hand.

„Ich schließe mich dem Protest meiner Enkelin an und möchte Sie bitten, weiterhin im Forstschloss zu bleiben."

„Ferdinand! Eine Frau mit solcher Vergangenheit!", rief die Gräfin.

Er schien das zu überhören. „Versuchen Sie zu vergessen, was mein Sohn in törichter Verletztheit gesagt hat."

„Das kann ich nicht", flüsterte Lydia. *Nicht solange er in seiner richtenden Haltung verharrt.*

„Er kann leider sehr hart sein – wie ich früher", murmelte der Graf. „Und wie mein Vater. Eigentlich müsste ihm jemand persönlich den Kopf zurechtrücken. Leider bin ich zu alt und seit dem Sturz vom Pferd auch zu lädiert, um mich selbst auf den Weg nach Frankreich zu machen."

Die Gräfin sah ihren Gatten entgeistert an – ihr gingen offenbar die Worte aus.

„Bitte überlegen Sie es sich gut", fuhr der Graf fort. „Gehen Sie nicht vorschnell. – Und nun wollen wir nicht weiter davon reden. Schaut, dort vorn ist schon der *Gelbe Dragoner*. Trinkst du immer noch so gerne heißen Kakao mit Sahne, mein Veilchen?"

„Krieg' ich einen Kakao?" Die Kleine schnellte unter ihrer Decke hervor und sah ihren Großvater mit glänzenden Augen an.

Der Graf ließ vor dem Hotel halten und ging mit Viola, Franzi und Lydia hinein. Nur die Gräfin blieb mit versteinerter Miene im Schlitten zurück.

Im *Gelben Dragoner* waren nur wenige Gäste. Mitten im Gastraum stand die Kellnerin Pauline Behrendt und sprach mit dem Postboten. Er reichte ihr einen Packen Briefe, den sie sofort durchblätterte.

„Oh!" Sie zog ein Kuvert heraus und warf Lydia einen triumphierenden Blick zu. „Vom Grafen Wedell für mich!"

Ein schmerzhafter Stich durchzuckte Lydia.

„Was höre ich da?" Der Graf stapfte auf die Kellnerin zu. „Sie haben Post von einem meiner Söhne erhalten?"

„In der Tat, Herr Graf." Pauline Behrendt hielt ihm grinsend den Feldpostbrief entgegen.

Der Graf warf einen kurzen Blick darauf. „Bitte einen Kakao mit Sahne für meine Enkelin." Dann kehrte er zu Franzi, Viola und

Lydia zurück. „Verstehst du das, Franzi? Seit wann schreibt sich Claudinand wieder mit Pauline Behrendt? Ich wähnte diese Affäre längst beendet.“

Franzi verknotete ihre Finger. „Das dachte ich auch. Aber anscheinend ist sie das doch nicht.“

Lydia presste die Lippen aufeinander und atmete tief durch.

Kapitel 26

Drei Tage dauerte dieser grotesk anmutende Weihnachtsfrieden schon an. Im ganzen Abschnitt des Bataillons fiel kein einziger Schuss, die Geschütze schwiegen – und die Vorgesetzten ebenfalls. Auch zu Wedells schriftlich eingereichten Urlaubsantrag. War der General doch nicht gekommen, um über ihn zu Gericht zu sitzen? Aber welche Gemeinheit war dann im Gange?

Wedell stand auf der Brustwehr des deutschen Grabens und sah über das Niemandsland. Drüben bei der zerstörten Kapelle, dem einzigen Gebäude zwischen den feindlichen Linien, lagen die Gefallenen begraben. Deutsche und Franzosen friedlich nebeneinander. Und die Lebenden bevölkerten das Gebiet, das sonst die Todeszone war. In Gruppen standen sie beieinander, erzählten von ihrer Heimat, ihren Familien, zeigten sich gegenseitig Fotografien. Manche gingen sogar soweit, über ihre Waffen zu fachsimpeln. So standen deutsche und französische Scharfschützen zusammen und debattierten gestenreich. Wedell war sich bewusst, dass er eigentlich Einhalt gebieten musste, aber er brachte es nicht fertig. Es war Weihnachten.

Aber warum tat keiner der höheren Offiziere etwas dagegen? Erst hatten Major Lincke und Oberst von Donnersmarck einen gewaltigen Aufriss gemacht – und plötzlich waren sie unsichtbar. Kein Verweis, kein Befehl, die Verbrüderung einzustellen – nichts. Sollte der Auftritt des Generals von Webern damit zu tun haben? Hatte er von oben den Befehl mitgebracht, den Weihnachtsfrieden zu dulden? Allerdings hatte sein Auftritt nicht so gewirkt. Eher als wäre eine große Sache im Gange. Warum hatte er sonst die Generalstabskarte ausbreiten lassen, als plane er den sofortigen Durchbruch und Vorstoß nach Paris?

Von den französischen Linien näherte sich ein einzelner Mann in Offiziersuniform. Wedell ging ihm rasch entgegen – auch wenn derzeit die Waffen schwiegen, sollte der Franzose keinen Blick in das deutsche Grabensystem werfen können.

Der Franzose salutierte. „Lieutenant Matthieu Colbert, 10. Division.“

„Hauptmann Claus Ferdinand von Wedell, Kompaniechef im Regiment *Generalfeldmarschall Graf Moltke*." Wedell klopfte eine einsame Schneeflocke vom Uniformärmel. Wie er es genoss, eine saubere Uniform zu tragen. Sogar ein Bad hatte er gestern in Vauquois genommen und sich frisch rasiert. „Sind Sie nicht der Offizier, der am Heiligen Abend zuerst aus dem französischen Graben stieg? Trugen sie da nicht den Arm in einer Schlinge?"

„Oui. Die letzte Tage ich war in Verbandsplatz und 'abe be'andeln lassen mein Arm. Streifschuss von Ihre Scharfschütze." Colbert hob den Arm und zog den Uniformärmel etwas in die Höhe. Ein Verband schaute hervor. „Diese Mann dort" – er deutete auf einen der deutschen Scharfschützen – „mich 'at geschossen."

Wedell sah den kleinen, dunkelhaarigen Lieutenant mit der Nickelbrille an. „Ihr Scharfschütze hat den jüngsten Mann meiner Kompanie getroffen. Weingarten war erst 18 Jahre alt."

„C'est tragique." Colbert vergrub die Hände in den Manteltaschen. „'eute unsere Männer miteinander machen Conversation. 'err 'auptmann, ich bin dankbar, dass Sie 'atten Courage zu bitten um Waffenru'e. Se'en Sie, was Sie 'aben bewirkt: Noël – Weihnachten mitten in die Krieg. Wenn Noël ist vorbei, sie werden sich wieder töten."

„Nicht nur sie – wir auch." Lautes Geschrei erhob sich. Ein Franzose stürmte mit einem platten Ball daher – wo immer er den auch gefunden haben mochte. Binnen weniger Augenblicke spielten rund 20 Männer Fußball.

„Sie nicht können lassen das Kämpfen." Colbert grinste.

„Ich wäre froh, wenn alle Kämpfe so friedlich ausgetragen würden." Wedell hauchte in seine eiskalten Hände.

„Sagen Sie" – der Franzose deutete zum Hügel hinüber, auf dem Vauquois lag –, „Sie sind dort in Vauquois stationiert?"

Wedell deutete auf den deutschen Graben. „Das ist seit September meine Heimat." Der Franzose musste nicht erfahren, welche Truppenteile sich im Dorf einquartiert hatten.

„Aber sicherlich Sie kommen ab und zu nach Vauquois?" Colbert sah zu den Ruinen des Dorfes hinauf. „Das ist meine 'eimat."

„Sie stammen aus Vauquois?"

„Oui!" Colbert kramte eine Fotografie aus der Brusttasche. „Kennen Sie dieses 'aus? Dort ich bin geworden groß."

Natürlich kannte er das Haus. Dort hatte sich ein Fernmeldetrupp einquartiert.

„Sagen Sie, 'err 'auptmann, wie es geht die Zivilisten? Ich bin nicht sicher, ob meine Eltern 'aben verlassen Vauquois."

Wedell kniff ein Auge zu und fixierte den Franzosen. Wollte er ihm militärische Informationen entlocken? Aber das Bild seines Elternhauses schien echt zu sein. „Die Bewohner wurden evakuiert, bevor wir Vauquois besetzt haben. Aber ein paar Zivilisten sind wohl trotzdem zurückgeblieben – oder wieder zurückgekommen. Für sie ist es nicht leicht. Besonders für die Frauen."

„Ist es bei euch Deutsche auch so schlimm mit die Moral? C'est terrible!"

Unwillkürlich wanderten Wedells Gedanken wieder zu Lydia von Gedigk. Es wurmte ihn noch immer, dass es diesem unmoralischen Flittchen gelungen war, sich in seinem Haus einzunisten. Und sogar seine Sympathien zu gewinnen. „Der Krieg bringt immer das Schlechteste in uns zutage. Ich frage mich, wie lange Gott diesem Treiben noch zusehen wird."

Bei den fußballspielenden Soldaten brandete Jubel auf, die Deutschen hatten ein Tor – durch zwei Gewehre markiert – geschossen.

„Sagen Sie – Sie glauben an Gott? Können Sie sagen, warum Gott macht Krieg?"

Wedell fasste den Offizier am Arm. „Kommen Sie, wir gehen ein paar Schritte. – Wie kommen Sie darauf, dass Gott den Krieg gemacht hat?"

„'at er nicht? Glauben Sie denn nicht daran, dass Gott alles – wie sagt man? Steuert?"

„Ja, Gott lenkt alle Dinge." Sie kamen an einigen Soldaten vorbei, die in einem deutsch-französischen Kauderwelsch miteinander radebrechten. „Meine MG-Schützen."

„Oui – MG-Schützen. Dufresne et Gantet."

„Kennen Sie Jakobus 4 Vers 1?" Wedell zog seine Taschenbibel aus der Brusttasche. „*Woher kommen Krieg und woher Streitigkeiten unter euch?*"

„Ah – was Jacques gibt für eine Antwort?"

„*Nicht daher, aus euren Begierden, die in euren Gliedern streiten?* – Merken Sie, Lieutenant? Gott sagt: Kriege kommen aus uns selbst. Seien es die kleinen Kriege im täglichen Miteinander oder der große Krieg zwischen den Völkern. Es ist ein Fehler von uns Menschen, dass wir alle Schuld immer auf Gott schieben wollen, obwohl wir ganz allein es waren, die diesen Krieg begonnen haben."

„Aber warum Gott nicht 'at ver'indert, wenn er doch ist Liebe?"

„Vielleicht will Gott uns einmal zeigen, wohin wir gelangen, wenn wir uns von Ihm abwenden?" Wedell blieb stehen und deutete auf die Kapelle, wo sich die frischen Grabhügel dunkel aus dem Schnee hoben. „Das ist das Ergebnis unseres Eigenwillens."

Colbert grinste ihn an. „Sie se'en also ein, dass Deutsche allein 'aben Schuld an die Krieg?"

„Allein? Nein. Unschuldig sind wir Deutschen sicherlich nicht, aber auch nicht allein schuldig."

„Aber ihr Deutschen 'abt gemacht Invasion auf Frankreich. Und sogar auf neutrale Belgique. Denken Sie daran, was Sie 'aben gemacht in Löwen: ganze Stadt kaputt, viele Zivilisten tot."

Ein solches Vorgehen war natürlich nicht richtig gewesen. „Glauben Sie denn, Lieutenant, dass es besser ist, auf der Seite der Mörder des österreichischen Erzherzogs zu stehen? Diese frevelhafte Tat hat doch alles ausgelöst. Kann es recht sein, so etwas zu unterstützen?"

„Ah, ihr Deutsche wollt sein – wie sagt man? Wollt sein Retter von Recht in die Welt? Sie glauben wohl, Gott Ihnen 'abe gegeben diese Aufgabe? Wie ihr immer sagt: An deutsche Wesen soll Welt genesen?"

„So ist es nicht." Wedell sah zu den eigenen Männern hinüber. Dort stand der schmächtige Gefreite Stromberg und winkte ihn herbei. „Pardon, Monsieur le Lieutenant, ich muss zurück zu meinen Männern."

„Meine Fragen Ihnen sind zu schwierig?" Der Franzose grinste.

Wedell blieb stehen. „Viel wichtiger als die Kriegsschuldfrage ist die Frage nach unserer Lebensschuld. Auf wessen Seite stehen Sie da? Auf Gottes Seite? Haben Sie Sein Urteil über sich anerkannt? Oder schieben Sie noch alle Schuld auf Ihn?"

Colbert senkte den Kopf. „Sie sprechen wie mein Schwester."

„Denken Sie darüber nach, Monsieur." Wedell streckte ihm die Hand entgegen. „Wir wissen nicht, wie lange wir noch Zeit haben. Wenn der Weihnachtsfrieden vorbei ist, kann auch unser Leben schnell zu Ende sein. Dann ist es zu spät."

Der Franzose ergriff seine Hand. „Sie es meinen gut, obwohl Sie sind ein Deutscher. Au revoir."

„Leben Sie wohl." Wedell salutierte, dann stapfte er durch den Schnee zum Gefreiten Stromberg hinüber.

Mit lautem Jubel wurde soeben das Fußballspiel beendet. Wenzlik hatte den entscheidenden Treffer zum Drei-zu-zwei-Sieg der Deutschen geschossen und versuchte nun den Franzosen beizubringen, dass auf diese Weise doch auch der Krieg zu entscheiden sei.

Stromberg eilte Wedell bereits entgegen. „Herr Hauptmann, soeben ist ein Trupp Pioniere in die zweite Verteidigungslinie eingerückt."

„Pioniere? Sind Sie sicher?"

„Jawohl, Herr Hauptmann."

„Ich werde mich erkundigen." Wedell sprang in den Graben und lief durch den Verbindungsgraben zur zweiten Linie. „Wo ist der Führer dieses Trupps?", bellte er.

„Hier, Herr Hauptmann." Ein Oberfeldwebel baute vor ihm sein Männchen.

„Wer hat Ihnen befohlen, hier einzurücken?"

„Befehl von der Division."

„Was ist das für eine Antwort? Seit wann kann eine Division Befehle erteilen?"

Der Oberfeldwebel schien um Zentimeter zu schrumpfen. „Der Befehl kam von der Divisionsführung."

„Haben Sie nicht gelernt, wie Meldung zu machen ist? Nennen Sie gefälligst Name und Dienstgrad des Befehlsgebers!"

„Generalleutnant von Webern. Den Befehl überbrachte sein Adjutant an unseren Bataillonskommandeur Major Raabe."

„Geht doch." Wedell senkte die Stimme. „Wie lautet Ihr Auftrag?"

Der Oberfeldwebel zog die Schultern hoch. „Leider streng geheim, Herr Hauptmann."

Wedell richtete sich hoch auf. „Wenn Sie sich in meinem Kompaniebereich einnisten, habe ich wohl das Recht, den Zweck zu erfahren."

„Bedaure." Der Oberfeldwebel grinste. „Wir haben strengsten Befehl zur Geheimhaltung."

Das bedeutete nichts Gutes. Solch streng geheime Dinge waren immer eine große Schweinerei.

Kapitel 27

Schwungvoll setzte Lydia ihren Namenszug unter die Bewerbung. Ein neuer Versuch, nach Berlin zu kommen. Als Gesellschafterin einer ältlichen Prinzessin. Vielmehr noch war es ein weiterer Versuch, endlich aus der bedrückenden Situation im Forstschloss herauszukommen: Franzi, die mit ihren vorwurfsvollen Blicken zeigte, dass sie ihr ihren Plan immer noch nicht verziehen hatte; Viola, die sich fast verzweifelt an sie klammerte; Graf Ferdinand, der krampfhaft überlegte, wie er seinen Sohn von seiner überstrengen Haltung – die er wohl selbst einmal eingenommen hatte – heilen konnte; Gräfin Wilhelmine, die sie kaum eines Blickes würdigte und die, wenn sie einmal das Wort an sie richtete, dies nur in herabsetzender Weise tat; und Rahel Grüning, die offensichtlich ob des bevorstehenden Abschiedes trauerte.

Lydia faltete das Schreiben säuberlich zusammen.

Da klopfte es an ihre Tür. „Darf ich hereinkommen?" – Franzi.

Schnell steckte Lydia den Brief in einen Umschlag und schob ihn in ihre Schreibmappe. „Komm herein."

Ihre Freundin setzte sich in einen Sessel vor dem Kamin und rieb sich fröstelnd die Hände. „Ich bin die deutsche Kälte nicht mehr gewöhnt. Hoffentlich kann ich bald an den warmen Tanganjikasee zurückkehren."

Lydia setzte sich zu ihr. „Hast du Nachrichten vom Kriegsschauplatz in Deutsch-Ostafrika?"

„Meine letzten Nachrichten sind schon einige Wochen alt. Bei Tanga hat Oberstleutnant von Lettow-Vorbeck einen grandiosen Sieg über die britischen Invasoren errungen. Seitdem habe ich nichts mehr von Moritz gehört. Julies letzter Brief ist ebenfalls vom November." Franzi sah in die zuckenden Flammen und schüttelte ihre Locken in den Nacken. „Wenn die Kinder nicht wären, würde ich sofort nach Deutsch-Ostafrika zurückkehren, um in Moritz' Nähe zu sein. Allen Gefahren zum Trotz. Obwohl ich den Eindruck habe, dass Claudinand meiner noch dringender bedarf."

Lydias Kopf ruckte hoch und sie starrte Franzi an. „Dein Bruder? Gibt es Neuigkeiten von ihm?"

„Gestern im Gottesdienst ... Die Predigt ... Seitdem muss ich immer darüber nachdenken, wie unser Herr seinen Jünger Petrus vor dem Fall gewarnt und für ihn gebetet hat. Letzteres vermag ich auch zu tun – aber auch Ersteres muss getan werden. Bloß von wem?"

Lydia stellte sich eher die Frage, *vor* wem der Graf gewarnt werden sollte. „In welcher Gefahr, die er nicht selbst schon kennen würde, befindet sich dein Bruder?"

Franzi verknotete die Finger. „Du hast doch den Brief gesehen, den Pauline Behrendt im *Gelben Dragoner* bekommen hat. Von meinem Bruder."

Sofort spürte sie den Schmerz wieder, den sie da schon empfunden hatte.

„Kennst du die Geschichte von Pauline Behrendt?"

Lydia schüttelte den Kopf. Sie hatte einen Kloß im Hals, der so groß war wie eine Kartoffel.

„Paulines Vater war der Verwalter unseres Vaters. Claudinand und Pauline kennen sich schon aus ihrer gemeinsamen Schulzeit – unsere Mama legte Wert darauf, dass wir die ersten Jahre in Wölfelsgrund zur Schule gingen. Offenbar haben die beiden sich schon immer gemocht, und obwohl Claudinand als Soldat in Glatz war, haben sie sich nie aus den Augen verloren. Immer, wenn er nach Wölfelsgrund kam, kehrte er im *Gelben Dragoner* ein. Wenngleich ihm klar war, dass daraus nie etwas werden konnte."

„Des Standesunterschiedes wegen?" Dann konnte daraus ja immer noch nichts werden. Lydia spürte so etwas wie Erleichterung in sich aufsteigen.

Franzi schüttelte den Kopf. „Das wäre für Claudinand kein Hinderungsgrund. Pauline glaubte nicht an Jesus Christus. Doch dann fing sie an, sich für den Glauben zu interessieren – und Claudinand glaubte an ein ernsthaftes Interesse. Bis er herausfand, dass zur selben Zeit ihr Vater Tausende Mark veruntreut hatte. Ihm und auch unserem Vater war sofort klar, dass sie ihm den Glauben nur vorgegaukelt hatte, um ihn zu heiraten und damit ihren Vater zu schützen."

Sofort verstand Lydia, woher das Misstrauen des Grafen kam. Er war einmal von einer Frau, der er vertraut hatte, getäuscht worden. Und sie selbst hatte Ähnliches getan, als sie ihm ihre Vergangenheit verschwieg. Jedenfalls musste er es so empfinden.

„Pauline und ihr Vater gingen damals nach Deutsch-Neuguinea. Erst kürzlich, nach dem Tod ihres Vaters, kehrte Pauline zurück. Ich war eigentlich sicher, Claudinand sei von dieser verlogenen Frau geheilt. Sein Brief jedoch lässt mich anderes fürchten."

Lydia warf ein neues Scheit ins Feuer. „Glaubst du denn, dein Bruder hat Pauline wirklich geliebt? Und liebt sie immer noch?"

„Ich weiß es nicht." Franzi spielte mit einer Haarsträhne. „Paulines Betrug ereignete sich, als ich zum ersten Mal in Deutsch-Ostafrika war; ich kenne alles nur aus Erzählungen meiner Großmama. Aber Claudinands Brief an Pauline ... Ich habe Angst um ihn."

„Ich habe erlebt, wie Fräulein Behrendt deinem Bruder hier im Dorf begegnet ist." Sie biss sich auf die Unterlippe. „Es wirkte so, als würde er sie deutlich in die Schranken weisen wollen, sie jedoch schien mir gegenüber ihre Anrechte auf deinen Bruder manifestieren zu wollen. Meinst du ... Glaubst du, sie gaukelt ihm erneut eine Bekehrung vor und er könnte abermals darauf hereinfallen?"

„Genau davor habe ich Angst. Und genau davor muss er gewarnt werden. Er glaubt der Falschen – und misstraut der Richtigen."

Lydia schoss die Gluthitze ins Gesicht.

„Irgendwie muss Claudinand von Pauline kuriert werden. Sonst gibt es ein Unglück." Franzi sah Lydia aufmerksam an. „Vielleicht bist du diese Medizin für ihn?"

Rasch wandte Lydia den Kopf zur Seite. „Wie kommst du denn darauf? Du hast doch gerade selbst gesagt, dass er mir misstraut."

„Habe ich das gesagt?" Franzi kicherte. „Ich sagte: *Er misstraut der Richtigen.*"

Lydia presste die Lippen fest aufeinander. Was hatte sie da bloß gesagt! Sie hatte zugegeben, dass sie *die Richtige* auf sich selbst bezogen hatte – und damit *die Richtige* für den Grafen war.

Franzi tippte ihr mit dem Finger auf die Schulter. „Lydia?"

Sie schüttelte sich. „Was willst du eigentlich von mir? Dass ich an die Front reise, mich vor deinen Bruder hinstelle und sage: *Heirate mich und nicht diese verlogene Pauline*?"

„Ist es nicht das, was du ganz tief in deinem Herzen wünschst?"

„Franziska!" Lydia ballte die Faust.

Ihre Freundin lächelte fein. „Sogar Viola hat schon davon gesprochen. Claudinand hat dich mit auf seine einsamen Waldgänge genommen – in der Tat ein untrügliches Zeichen, dass er dich mag."

„Dass er mich mag." Lydia lachte bitter auf. „Das habe ich gemerkt, als er mir gekündigt hat."

Franzi schien das zu überhören. „Und ist es nicht so, dass du meinen Bruder ebenfalls gernhast? Erzähl mir doch nicht, dass du noch nicht darüber nachgedacht hast."

Lydia sprang auf. Wie kam Franzi bloß darauf? Und auch noch der Wahrheit so nahe? „Das ist doch alles Unsinn! Nur weil dein Bruder vielleicht an der falschen Frau hängen zu bleiben droht, ist es sicherlich nicht meine Aufgabe, mich ihm an den Hals zu werfen. Du kennst meine Pläne. Ich werde das Forstschloss verlassen – genau so, wie der, der mich angeblich mag, es wünscht."

„So energisch habe ich die sonst so sanfte Lydia ja noch nie erlebt." Franzi lachte.

„Ich will nichts mehr davon hören, hast du mich verstanden?" Lydia stampfte mit dem Fuß auf. „Du verrennst dich in etwas, weil du deinen Bruder schützen willst. Wenn du ihn unbedingt warnen willst, dann tu es. Wie du in den Zeitungen gelesen hast, schweigen seit Weihnachten an vielen Frontabschnitten die Waffen. Also reise hin, wenn du immer noch so abenteuerlustig bist wie vor neun Jahren. Aber ich – ich will damit definitiv nichts zu tun haben." Sie zog die Bewerbung aus ihrer Schreibmappe. „Diese Bewerbung geht noch heute in die Post. Und dann will ich nichts mehr mit diesem hochheiligen, unfehlbaren Grafen Claus Ferdinand von Wedell zu tun haben."

Franzi schlug die Beine übereinander und sah sie lächelnd an. „Der Zorn steht dir gut."

„Bitte gehe, sonst vergesse ich mich." Lydia schnappte nach Luft.

„Nun gut." Franzi stand auf. „Aber bitte verrate mir noch, warum du so wütend wirst."

„Das fragst du noch?", schnaubte Lydia. „Ich werde doch nicht auf mir sitzen lassen, dass ich ein Auge auf den Grafen geworfen habe! Das ist eine Frechheit sondergleichen! Es reicht doch, dass das Personal bereits solchen Unsinn munkelt. Nur weil ich von allen verstoßen bin und einmal einen Fehltritt begangen habe, angle ich mir nicht gleich den erstbesten Mann, der mir über den Weg läuft! Es ist traurig, dass du so niedrig von mir denkst."

„Das habe ich dir sicher nicht unterstellt. Eher glaube ich an ein echtes, tiefes Gefühl in den verborgensten Winkeln deines Herzens. Dieses zarte Pflänzchen wird wachsen, vielleicht langsam, vielleicht explosionsartig."

„Ach, und was gibt dir diese Sicherheit?"

„Du selbst, Lydia." Franzi legte ihr beide Hände auf die Schultern und sah ihr fest in die Augen. „Getroffene Hunde bellen am lautesten."

Ehe Lydia etwas erwidern konnte, marschierte Franzi aus dem Zimmer.

Wie erschlagen stand Lydia da. Nein, das durfte einfach nicht wahr sein. Es war wirklich höchste Zeit, dass sie das Forstschloss verließ.

Doch dann würde sie nie die ersehnte Absolution erhalten, sondern ein Leben lang einfache Erzieherin bleiben – oder vielleicht sogar nur Gesellschafterin einer missgelaunten alten Dame. Und der Graf blieb vielleicht an einer betrügerischen Frau hängen.

Sollte sie also doch darum kämpfen, dass er ihr vergab? Aber das war ein Kampf, den sie fast nur verlieren konnte.

Sie starrte auf die geschlossene Tür. Und dann hatte sie sich auch noch dazu hinreißen lassen, ihre Freundin Franzi anzufahren.

* * *

„Es nicht mich 'at gelassen in Ru'e, was sie 'aben gesagt gestern."

Wedell und Colbert stapften am Rande eines Granattrichters entlang. Es war bitterkalt, aber über dem Argonner Wald wölbte sich ein klarblauer Himmel mit einer blassen Wintersonne. Bestes Angriffswetter – aber nichts geschah. Die Verbrüderung wurde weiterhin stillschweigend geduldet.

„Sie sprachen über Ihren Gott", fuhr Colbert fort. „Dass er nicht will diese schreckliche Krieg. Wenn er doch ist – wie sagt man? Gott kann alles."

„Er ist allmächtig", half Wedell aus.

„Merci. – Wenn Gott ist allmächtig, warum er dann nicht macht, dass es nicht gibt Krieg? Er ist doch ein lieber Gott."

„Gott kann wirklich alles. Und Gott ist Liebe. Und selbstverständlich hätte er den Krieg verhindern können. Aber was glauben

Sie, was dann geschehen wäre?"

„Alors, ich wäre zu 'ause bei meine liebe Frau, meine beiden Kinder ..." Colbert senkte den Kopf. „Kleine Tochter ich noch nicht 'abe gese'en. Kam auf Welt, kurz nachdem ich ging in Krieg."

Und er wäre auch zu Hause, würde wahrscheinlich gerade auf Allegro durch den verschneiten Hochwald reiten ... Er klopfte Colbert auf die Schulter. „Ich wünsche uns sehr, dass wir so bald wie möglich heimkehren können. Aber ich meinte etwas anderes. Wenn der Krieg verhindert worden wäre – wem hätten wir das zugeschrieben? Würden wir uns nicht selbst auf die Schulter klopfen, weil es uns gelungen ist, den Krieg abzuwenden?" Wedell stampfte mit den Füßen, um seine Zehen zu durchbluten. „Oder haben Sie in den vergangenen 43 Jahren des Friedens einmal daran gedacht, Gott dafür zu danken, dass Er trotz mancher Krisen einen Krieg verhindert hat?"

„Parbleu." Colbert blieb stehen. „Sie 'aben recht."

„Wenn es keinen Krieg gibt, rühmen wir uns also selbst. Unseren Friedenskaiser, unsere Minister, unsere Diplomaten. Aber wenn wir alle versagen, schieben wir Gott die Schuld zu."

Colbert nickte vor sich hin. „Sie glauben also, dass dieser Gott, der ist Liebe, 'at gezeigt seine Liebe lange Zeit und wir nicht 'aben bemerkt?"

„Gott hat seine Liebe vor langer Zeit sogar einmal ganz besonders deutlich gezeigt." Wedell sah über das Niemandsland, wo vereinzelt Soldaten standen; die meisten waren vor der Kälte in die Unterstände geflüchtet. „*Gott hat diese Welt so geliebt, dass Er Seinen eingeborenen Sohn gab, damit jeder, der an Ihn glaubt, nicht verloren gehe, sondern ewiges Leben habe.* Obwohl wir Menschen ständig sündigen – Kriege anzetteln, lügen, moralisch verwerfliche Dinge tun –, hat Er uns so geliebt, dass Er das Beste, das Liebste, das Größte, das Er hatte – Seinen Sohn Jesus Christus – für uns in den Tod gab. Daran erkennen wir die Liebe Gottes. Und hieran" – er deutete auf das Schlachtfeld – „die Verdorbenheit des Menschen."

„C'est magnifique, wie Sie sprechen von Ihre Gott." Colbert sah nachdenklich aus. „Mein Eltern und mein Schwester auch so 'aben gesprochen von Gott. Sie müssen wissen, vor fünf Jahre ich 'abe verlassen mein christlich Familie. Wollte ich nichts mehr davon 'ören, mein eigene Weg ge'en. Seitdem ich 'abe nicht mehr Kontakt zu Familie. Und zu Gott. Aber wenn ich se'e das alles 'ier, ich muss nachdenken über Gott."

„Es ist noch nicht zu spät, Ihn kennenzulernen. Gott hat uns Menschen einen langen Brief geschrieben." Wedell zog seine Taschenbibel aus der Brusttasche und reichte sie dem Franzosen. Auch wenn es ihm schwerfiel, sich davon zu trennen, Colbert schien sie gegenwärtig nötiger zu haben. „Sie verstehen genug Deutsch, um darin lesen zu können. So lernen Sie Gott kennen."

Ehrfürchtig nahm der Lieutenant die Bibel entgegen. „Merci beaucoup. Das ist groß Geschenk. Ich werde be'alten in Ehre."

Über das Niemandsland kam eine runde Gestalt herangekugelt – Kompaniefeldwebel Reuse. „Herr Hauptmann, bitte kommen Sie schnell!", keuchte er schon von Weitem.

„Sie sind ja völlig außer Atem, Reuse. Was ist denn geschehen?" Wedell trat etwas von Colbert weg.

Reuse blieb pustend stehen und hielt sich den Bauch. „Der Regimentskommandeur ist in Begleitung von Major Lincke gekommen und wünscht die Herren Kompaniechefs zu sprechen."

Es musste eine besondere Sache im Gange sein, wenn Oberst von Donnersmarck eigens in die Gräben kam, um seinen Kompaniechefs eine Mitteilung zu machen. Rasch verabschiedete er sich von Colbert und eilte zurück.

In einem Unterstand der dritten Verteidigungslinie waren die Kompaniechefs schon versammelt. Wedell stellte sich neben Papendorff. „Weißt du schon, was los ist?"

Papendorff zuckte mit den Schultern. „An und für sich scheint es ab morgen wieder Krieg zu geben."

„Meine Herren." Der Oberst schnitt eine riesige Zigarre an. „Sie haben die Pioniere bemerkt, die in ihren Abschnitten tätig sind. Jede Kompanie stellt zehn Mann zur Unterstützung der Pioniere ab."

„Also doch noch kein Krieg", raunte Papendorff.

„Aber irgendeine andere Gemeinheit." Wedell hob die Hand. „Herr Oberst, bitte erlauben Sie eine Frage ..."

„Nein." Donnersmarck zündete die Zigarre an. „Geheime Kommandosache. Sie stellen zehn Mann ab. Punktum."

„Und falls Sie eine Antwort auf Ihren erneuten Urlaubsantrag haben wollen: Es bleibt beim Nein. Urlaubssperre bis Ende Januar."

Major Lincke stapfte zum Ausgang.

Die Offiziere feixten.

„Wegtreten." Donnersmarck ging zu Lincke und verließ mit ihm zusammen den Unterstand.

„Ich werde schon herausbringen, was da im Gange ist", raunte Wedell beim Hinausgehen Papendorff zu. „Weißt du, wo der Pionierfeldwebel ist?"

„Dort vorn am Hügelausläufer von Vauquois."

Wedell machte sich auf den Weg und fand den Oberfeldwebel wenig später. Doch von dessen Männern war nichts zu sehen.

„Oberfeldwebel, mir wurde befohlen, Ihnen zehn Mann meiner Kompanie zur Verfügung zu stellen."

Der Pionier salutierte. „Jawohl, Herr Hauptmann."

„Gibt es besondere Anforderungen an die Männer?"

„Kräftig sollten sie sein. Es gibt harte körperliche Arbeit." Er musterte Wedells hohe Gestalt. „Aber am besten kleiner als Sie", fügte er grinsend hinzu.

Wedell legte den Kopf schief. „Irgendwelche besonderen Fertigkeiten erwünscht? Erfahrungen, Berufsgruppen?"

Der Oberfeldwebel sah den Hügel an, auf dem Vauquois lag. „Ihr Regiment kommt aus Schlesien, nicht wahr?"

„Richtig. Aus Glatz."

„Dann haben Sie zweifelsohne einige Bergleute in Ihrer Kompanie?"

Wedell legte den Finger an die Nasenspitze. Kräftig – klein – Bergleute. „Vielleicht können Sie auch einen Sprengmeister gebrauchen?"

Der Oberfeldwebel fuhr herum. „Das – das ist unerheblich. Schicken Sie mir einfach zehn Mann." Offenbar war dem Pionier bewusst geworden, dass er zu viel verraten hatte.

Doch Wedell war nun alles klar. Der Weihnachtsfrieden sollte genutzt werden, um die feindlichen Stellungen zu unterminieren und in die Luft zu jagen.

Das war kein ehrenvoller Krieg mehr. Während Deutsche und Franzosen gemeinsam *Stille Nacht* sangen, wurde unter ihren Füßen daran gearbeitet, sie alle auf einen Schlag zu töten – auch Lieutenant Colbert, der gerade erst begann, sich auf die Suche nach Gott zu machen.

Für ihn stand fest, dass er alles dafür tun musste, um diesen niederträchtigen Plan zu verhindern.

Kapitel 28

Lautlos trat der Diener hinter Lydia und legte ein Stück feinsten Rinderschmorbratens auf ihren Teller. Der köstliche Duft stieg ihr in die Nase, trotzdem verspürte sie nicht einen Hauch von Appetit.

Graf Ferdinand hob sein Weinglas. „Auf das Wohl unserer Familie."

„Besonders auf Moritz', Claudinands und Fritz' Wohl", fügte Franzi hinzu.

Die Gläser klangen aneinander.

„Ich will auch!", rief Viola und fasste ihr Wasserglas mit beiden Händen. Vorsichtig stieß Lydia mit ihr an.

Der Graf stellte sein Glas ab. „Ich überlege allen Ernstes, zu Claudinands letztem bekannten Standort, nach Vauquois, zu reisen."

„Du willst zu Onkel Claudinand?" Viola, die gerade zur Gabel griff, ließ sie klirrend auf den Teller fallen, sodass einige Tropfen Bratensauce auf Lydias dunkles Hauskleid spritzten. „Bitte nimm mich mit, Opa!"

„Du bist doch nicht bei Trost!" Gräfin Wilhelmine tupfte ihre Lippen mit der Serviette ab. „Du bist 61 Jahre alt, hättest dir vor Kurzem bei einem einfachen Ausritt beinahe den Hals gebrochen und willst dich mitten ins Kriegsgebiet verfügen?"

„Du vergisst, verehrte Gemahlin, dass auch in dem Frontabschnitt, in dem Claudinand zuletzt eingesetzt war, die Waffen schweigen. Und ich will ja auch nicht dorthin, um zu kämpfen, sondern um Claudinand ins Gewissen zu reden."

„Bitte, Opa, ich will mit!"

„Psst." Lydia drückte Viola die Gabel wieder in die Hand. Es war gar nicht gut, dass das Kind solche Gespräche der Erwachsenen mitbekam.

„Der Weihnachtsfrieden wird nicht ewig andauern." Die Gräfin spießte einen Rosenkohl auf. „Wir haben inzwischen den 29. Dezember. Spätestens nach dem Jahreswechsel werden die Angriffe endlich wieder aufgenommen."

„Glaubst du auch, Papa, dass nach der gegenwärtigen Verbrüderung der Krieg unverändert weitergehen wird?", fragte Franzi. „Ist das überhaupt möglich?"

Graf Wedell wiegte den Kopf. „Es ist in der Tat schwer vorstellbar, dass sich Soldaten, die eben noch gemeinsam Weihnachten feierten, plötzlich wieder bekämpfen. Es sei denn, man tauschte die Truppen aus. Ich könnte mir schon denken, dass aus diesem spontanen ein offizieller Waffenstillstand wird, dem vielleicht sogar der Frieden folgt."

„Unverbesserlicher Optimist", brummte die Gräfin. „Der Krieg kann erst dann zu Ende sein, wenn unsere Soldaten über die Champs-Élysées unter den Triumphbogen marschiert sind."

Viola hing an den Lippen ihres Großvaters. „Kommt Onkel Claudinand dann bald nach Hause?"

Lydia biss sich auf die Unterlippe. Die Rückkehr von Graf Claus Ferdinand deuchte ihr wie ein Damoklesschwert. Wenn sie bis dahin keine Stelle hatte, stand sie endgültig vor dem Nichts.

„Bis auf so einen begrenzten Waffenstillstand der Friede folgt, werden bestimmt noch einige Wochen, wenn nicht Monate vergehen." Der Graf ließ sich Gemüse nachlegen. „Zeit genug, um Claudinand von seinem Irrtum in Bezug auf Fräulein Behrendt zu überzeugen. Und auch in Bezug auf Sie, Baronesse."

„In Bezug auf die Baronesse befindet sich dein Sohn durchaus *nicht* im Irrtum", warf die Gräfin ein.

Lydia senkte den Kopf. Zeichnete sich hier eine Lösung ab? Dass der Graf nach Frankreich reiste und seinen Sohn umstimmte? Aber konnte das überhaupt Erfolg haben, wenn seine Frau so gegen sie eingestellt war?

„Mama, ich finde es nicht schön von dir, wie du über Lydia sprichst – noch dazu in ihrer und Violas Gegenwart." Immerhin stellte Franzi sich auf ihre Seite, obwohl sie gestern noch aneinandergeraten waren.

„Franzi hat recht, Wilhelmine." Graf Ferdinand leerte sein Weinglas. „Aber in einem Punkt gebe ich dir auch recht: Ich bin nicht der geeignete Mann für die Reise nach Frankreich – nicht zuletzt aus den Gründen, die du bereits nanntest." Er sah Lydia bedeutungsvoll an. Was wollte er ihr mit diesem Blick sagen?

„Lydia, reise du doch zu Onkel Claudinand", krähte Viola. „Und ich komme mit."

In der Tischrunde erhob sich lautes Gelächter. Nur Graf Ferdinand blieb ernst und warf Lydia erneut einen eigentümlichen Blick zu.

„Wir holen Onkel Claudinand nach Hause und dann könnt ihr endlich heiraten.“ Viola fühlte sich durch das Gelächter offenbar ermuntert, den Faden weiterzuspinnen. „Aber erst im Frühling, wenn der Dompfaff singt.“

Lydia presste die Lippen aufeinander und senkte den Kopf. Diese fixe Idee schien sich fest in dem kleinen Krauskopf verankert zu haben. Oder war es gar keine fixe Idee? Sollte sie, statt davonzulaufen, vielleicht doch um Wedells Anerkennung kämpfen? Oder sogar um noch mehr?

„Wenn ich nicht zwei kleine Kinder hätte ...“ Diesmal war es Franzi, die sie bedeutsam ansah.

Hatten sich denn alle gegen sie zusammengerottet? Natürlich wollte sie die Anerkennung und Vergebung des Grafen – aber dafür an die Front reisen, auch wenn es gegenwärtig ruhig war? Und natürlich täte es auch ihr weh, sollte der Graf an diese hinterhältige Frau aus dem Hotel unten im Dorf geraten, aber ihn auf diese Art davon abhalten? Und vor allen Dingen brauchte die kleine Viola sie gerade in diesen schwierigen Zeiten weiterhin. Es würde bei dem Kind bleibende Narben hinterlassen, wenn auch sie sie verließe – aber sich die dazu benötigte Zustimmung des Grafen in tausend Kilometern Entfernung persönlich erkämpfen?

„Diese ach so vorzügliche Erzieherin kann ja selbst nach Frankreich reisen.“ Gräfin Wilhelmine lächelte spöttisch. „Ich würde wirklich gern sehen, ob es ihr gelingt, den tugendhaften Claus Ferdinand zu überzeugen.“

Am liebsten wäre Lydia aufgesprungen und hätte gerufen: *Lasst mich doch alle mit euren krausen Ideen in Ruhe. Ich verschwinde von hier, wie ich es ohnehin geplant hatte.* Doch ebenso drängte es sie zu rufen: *Ich werde es euch allen beweisen und als Gräfin Wedell aus Frankreich zurückkehren.* – Wenn sie nur wüsste, was sie eigentlich wollte. Das war viel mehr als nur die Wahl zwischen zwei verschiedenen Gouvernantenstellungen. Es ging um ihre Lebensausrichtung: Dauerhafte Ablehnung oder Vergebung – oder sogar Liebe? Lehrerin, geachtete Christin – oder sogar Ehefrau?

Sie faltete ihre Serviette zusammen und stand auf. „Bitte entschuldigen Sie mich.“ Sie musste allein sein, nachdenken ... und beten. Sie spürte, dass sie am Wendepunkt ihres Lebens stand. Und sie konnte sich nicht tagelang Zeit nehmen für ihre Entscheidung. Denn niemand wusste – bei allem Optimismus des Grafen Ferdinand – wie lange der Weihnachtsfrieden noch hielt.

* * *

„Herr Major, ich melde mich in einer dienstlichen Angelegenheit.“ Wedell legte die Hand an die Schirmmütze.

Major Lincke wuchtete seine Riesengestalt um die Schulbänke. „Kein Urlaub, Wedell. Nicht nach den letzten Vorkommnissen.“

„Darum geht es mir ausnahmsweise nicht. Sondern um eine *dienstliche* Angelegenheit.“

„Ah, kann mir schon denken, was Ihr Anliegen ist, Wedell. Die Pioniere, nicht wahr? Wie haben Sie herausgefunden, was geplant ist?“

„Das war nicht allzu schwer.“ Wedell grinste. „Der Pionierfeldwebel hat mir bereitwillig die Anforderungen an die Männer genannt, die ich ihm zur Verfügung stellen soll.“

„Ich muss dieses Verhalten missbilligen, Wedell.“ Der Major zog die Augenbrauen zusammen, gleichzeitig zuckte es um seine Mundwinkel. „Und jetzt wollen Sie mir mitteilen, dass das geplante Unternehmen nicht Ihren Vorstellungen entspricht?“

„Herr Major, ich weiß, dass Unterminierungen trauriger Kriegsalltag sind. Aber hier handelt es sich um Wortbruch! Wir wiegen die Franzosen mit dem Weihnachtsfrieden in Sicherheit und nutzen die Waffenruhe gleichzeitig für solch ein perfides Unternehmen!“

„Sie vergessen, dass Krieg ist, Wedell.“ Der Major zündete sich eine Zigarette an.

„Ja, es ist Krieg.“ Wedell hob die Stimme. „Diese Tatsache ist an sich schon schlimm genug. Aber dann sollten wir wenigstens einen ehrenhaften Krieg führen. Und nicht zu arglistiger Täuschung und unmoralischer Niedertracht greifen.“

„Der Krieg muss unter allen Umständen gewonnen werden, da kann auf solche Bedenken keine Rücksicht genommen werden.“

Lincke stellte eine Wolke aus Zigarettenrauch in den Raum. „Bedenken Sie, dass wir laut Schlieffen-Plan Frankreich in wenigen Wochen überrennen sollten, um anschließend alle verfügbaren Kräfte dem übermächtigen Gegner im Osten entgegenzuwerfen. Hindenburg wartet auf unsere Divisionen – und wir stecken inzwischen seit fünf Monaten 200 Kilometer vor Paris fest!"

Wedell fegte mit der Hand den Zigarettenrauch beiseite, der sich bedrückend auf seine Lunge legte. „Das mag alles stimmen. Aber es widerstrebt meiner Ehre als preußischer Offizier, solch eine – verzeihen Sie – Schweinerei zu befehlen."

„Ich verstehe Sie ja." Lincke umkreiste den Katheder. „Diese Aktion ist nicht gerade" – er hüstelte – „zuvorkommend unseren Feinden gegenüber. Aber bedenken Sie: Je länger wir in Frankreich liegen, umso mehr Kameraden – Söhne von deutschen Müttern und Vätern – fallen im Osten, um unsere östlichste Provinz Ostpreußen vor der Invasion der russischen Horden zu schützen."

„Ich hasse diesen Krieg." Wedell starrte auf das Kaiserbild, das über dem Katheder aufgehängt worden war. „Glauben Sie, Seine Majestät würde dieses Vorgehen gutheißen?"

„Seine Majestät haben den Krieg nicht gewollt." Lincke stand wie ein Geschichtslehrer hinter dem Katheder. „Noch in letzter Sekunde hat der Kaiser versucht, über die Verwandtschaft der Throne[11] den Krieg zu verhindern. Es war der Feind, der uns das Schwert in die Hand gezwungen hat. Jetzt muss der Feind auch die Folgen tragen."

„Die Franzosen sind anderer Auffassung darüber."

„Sie verkehren zu viel mit den Franzmännern." Der Major drückte seine Zigarette im übervollen Aschenbecher aus. „Das Unternehmen wurde vom Divisionskommandeur befohlen. Wir führen es lediglich aus. Punktum."

So einfach konnte man es sich natürlich machen. Sich hinter dem Befehl von oben verschanzen und damit aus der Verantwortung schleichen. Aber so einfach war es nicht. „Herr Major, auch wenn wir die Befehle von oben empfangen, geben wir sie weiter und führen sie aus. Damit stehen auch wir in der Verantwortung."

„Sie denken zu viel, Wedell. Und zu kompliziert. Wenn ich Ihnen

---

11 Der deutsche Kaiser Wilhelm II. war Cousin des britischen Königs Georg V. und Onkel 3. Grades des russischen Zaren Nikolaus II.

auch zustimme, dass das Unternehmen nicht eben fein ist – was wollen Sie daran ändern?"

„Es muss doch eine Möglichkeit geben, so etwas Unmoralisches zu unterbinden! Und wenn wir bei der Armeeführung, dem Kronprinzen selbst intervenieren!"

„Sie sind ja übergeschnappt." Lincke kam um den Katheder herum. „Die Sache ist befohlen worden und wird ausgeführt. Dagegen können weder Sie noch ich etwas tun."

„Dann werde ich wenigstens beim Regimentskommandeur ..."

„Donnersmarck? Vergessen Sie es. Er hat das Regiment erst kürzlich übernommen und will sich gut einführen, indem er diesen Befehl peinlichst genau ausführt."

„Aber Generalleutnant von Webern ..."

„Wedell." Lincke blieb vor ihm stehen. „Jetzt hören Sie mir gut zu. An dem Befehl ist nichts zu ändern. Sie und ich werden ihn ausführen, wie wir es unserem Kaiser geschworen haben. Auch wenn es uns nicht gefällt. Aber etwas anderes liegt in Ihrer Hand: *wie* Sie den Befehl umsetzen. Welche Folgen Ihren Männern und dem Feind daraus entstehen."

Das war doch lächerlich. Wenn die gegnerischen Stellungen in die Luft gejagt wurden, konnte er die Folgen für die Franzosen nicht abmildern.

„Deshalb halten Sie die Füße still", fuhr Lincke fort. „Sonst kann es geschehen, dass Sie die Kompanie abgeben müssen, im schlimmsten Fall sogar in Arrest gehen. Wer dann die Kompanie übernimmt ... Sie kennen Oberleutnant von Trumpp."

Den rücksichtslosen Karrieristen, der sich so wichtig nahm, dass er pausenlos redete, ohne zuzuhören, kannte er gut genug.

„Und, Wedell" – der Major senkte die Stimme –, „seien Sie vorsichtig. Verkehren Sie nicht mehr mit den Franzosen. Man hat bereits ein Auge auf Sie. Wenn bei dem Unternehmen etwas schiefgehen sollte ..."

... dann würde man ihn verdächtigen, etwas damit zu tun zu haben. Er stand also schon unter Beobachtung.

Hier kam er nicht weiter. Der Krieg brachte wirklich nur das Schlechteste im Menschen hervor. Dann musste er es eben auf anderem Wege versuchen.

Kapitel 29

Leise knirschte der Schnee unter Lydias warm gefütterten Stiefeln. Der Hochwald im Winter war wie eine Zauberlandschaft. Die Wege waren dick verschneit und die Tannen beugten sich tief unter der Last der weißen Pracht. Jeder Ast und jedes Ästchen der kahlen Laubbäume war überzuckert und glitzerte tausendfach, wenn sich ein Sonnenstrahl bis in die Tiefe des Waldes verirrte.

Bis auf das knirschende Geräusch ihrer Schritte herrschte Stille wie in einer Kirche. Keine einzige Vogelstimme war zu hören. Vogelstimmen ... Da war sie wieder, die Erinnerung an Graf Claus Ferdinand von Wedell. Erst in den letzten Tagen war ihr aufgefallen, wie oft sie an ihn dachte und ihn trotz seiner Abweisung vermisste. Wenn er jetzt mit ihr durch den Wald ginge, würde er sie bestimmt auf zahlreiche verborgene Schönheiten des Winterwaldes aufmerksam machen, Schönheiten, die sie als Stadtkind übersah.

... ein untrügliches Zeichen, dass er dich mag. Der Satz von Franzi schoss ihr durch den Kopf. *Und ist es nicht so, dass du meinen Bruder ebenfalls gernhast?*

War es wirklich so, wie Franzi gesagt hatte? Zu Anfang hatte sie auch daran geglaubt, dass Wedell sie mochte. Bis zu jenem verhängnisvollen Tag, als der Krieg ausgebrochen war. Der Krieg in Europa und der Krieg zwischen ihr und Wedell. Und weil eine Flucht ihrerseits nicht zum Ende dieses zweiten Krieges führte, gab es nur eine Möglichkeit: Sie musste den Grafen überzeugen, dass sie ihm wirklich ein Bekenntnis hatte ablegen wollen. Aber dann – nachdem er einsah, dass er ihr in diesem Punkt Unrecht getan hatte –, wäre er dann auch bereit, Frieden mit ihr zu schließen und ihr ihre Vergangenheit zu vergeben? Damit sie endlich Ruhe fand und nicht ihr Leben lang die Verstoßene blieb? Und damit sie mit seiner Zustimmung im Forstschloss bleiben konnte, um Viola eine Lehrerin und mütterliche Freundin zu sein?

Am Abzweig zur Altenburg blieb Lydia stehen. Der windschiefe Wegweiser trug seine Schneehaube wie eine Krone. Darunter war eine verwitterte Tafel angebracht, in die 236 Striche eingeschnitzt waren. Darunter stand das Wort *Gnade*. Die kleine Viola hatte ihr erzählt, dass Graf Ferdinand diese Tafel angebracht hatte, als ihre Mutter als junges Mädchen nach einem Streit mit ihrem Vater nach Deutsch-Ostafrika geflohen war. Eine gescheiterte Flucht wie ihre eigene. Jeder Strich stand für einen Tag, den Franzi in der Ferne verbracht hatte.

Graf Claus Ferdinand war jetzt 151 Tage fort. Sie wusste es so genau, weil sie bei seinem Weggang begonnen hatte, ihre noch verbliebenen Tage im Forstschloss zu zählen. – War das der einzige Grund? Zählte sie die Tage nicht auch deswegen, weil sie ihn vermisste? Mindestens genauso vermisste wie Viola ihren Onkel?

Langsam ging sie weiter den Weg Richtung Wölfelsgrund hinunter. Wenn doch in ihrem Leben auch so ein Wegweiser stände, der ihr sagte, welchen Weg sie einschlagen sollte! Sie hatte gedacht, dass sie in ihrem Beruf Erfüllung für ihr ganzes Leben finden würde. Und bis zum Sommer hatte sie die Arbeit mit den Kindern glücklich gemacht. Bis sie Graf Wedell kennengelernt hatte. Und erstmalig dieser Wunsch in ihr aufgetaucht war, durch seine Vergebung von den Verletzungen ihres Lebens geheilt zu werden. Und hatte sich da nicht auch tief in den verborgensten Winkeln ihres Herzens, wie Franzi gesagt hatte, die Sehnsucht nach der Liebe dieses Mannes eingenistet?

Durch die Stämme wurden die ersten Häuser von Wölfelsgrund sichtbar. Auf allen Dächern und Gesimsen lagen Schneekissen, die in der Sonne glitzerten. Dünne Rauchfahnen kräuselten sich aus den Schornsteinen und Lydia stieg der typische Geruch von Kohleöfen in die Nase.

Vielleicht waren ihre Empfindungen aber auch nur dem Wunsch geschuldet, hier in Wölfelsgrund zu bleiben? In der Idylle des Hochwaldes? Was auch immer es war – Liebe zu ihrem Beruf, Liebe zu dem Grafen Wedell oder Liebe zum Hochwald, oder sogar alles zusammen –, sie würde dafür kämpfen müssen. Denn Flucht war keine Lösung für den Konflikt mit dem Grafen Wedell und würde auch ihre tiefste Sehnsucht nie stillen. Sie konnte auch nicht einfach warten, bis der Graf heimkehrte – schließlich durfte sie ohne seine Einwilligung nicht im Forstschloss bleiben. Also blieb nur der Kampf. Und diesen Kampf konnte sie nur gewinnen, wenn sie nach Frankreich reiste. Andernfalls würde sie für immer verlieren.

Sie passierte die ersten Villen, und der Turm des Sanatoriums kam in Sicht. Zu ihrer Linken plätscherte die Wölfel unter einer löchrigen Eisdecke zu Tal, während Lydia rechts von einem prachtvollen Schlitten mit fröhlichem Schellengeläut überholt wurde. Sie erinnerte sich an Breslau, wo der Schnee schon nach wenigen Stunden zu einem grauen, ekeligen Brei zerflossen war.

Auf dem Trottoir kam ihr Pauline Behrendt entgegen. Sie blieb vor ihr stehen und machte einen übertriebenen Hofknicks. „Ich wünsche gnädigster Baronesse einen wunderbaren Tag."

„Guten Tag." Lydia wandte den Kopf zur Seite und wich auf die andere Seite der Straße aus.

„Bin ich es nicht wert, eine angemessene Erwiderung auf meinen Gruß von der allergnädigsten Baronesse zu erhalten, selbst wenn ich vor ihr im Matsch des Schnees knie?" Pauline Behrendt schoss einen Blick wie einen vergifteten Pfeil auf Lydia ab.

Sie beschleunigte ihren Schritt – ein Disput auf offener Straße war das Letzte, was sie brauchen konnte.

Die Kellnerin richtete sich auf und kam mit raschen Schritten an ihre Seite. „Sie glauben wohl, dass Sie etwas Besseres sind, weil Sie ein *von* im Namen und eine Freiin[12] vorangestellt haben, wie?"

„Lassen Sie doch den Unsinn, Fräulein Behrendt."

Pauline Behrendt lachte schrill. „*Fräulein Behrendt* bin ich die längste Zeit gewesen. Warten Sie nur, bis ich Ihre Hochwohlgeboren die Gräfin von Wedell bin. Dann sollen Sie vor mir im Matsch knien und ich werde Sie keines Blickes würdigen."

Lydia biss sich auf die Unterlippe. „Ich möchte gern wissen, was ich Ihnen getan habe, dass Sie mich so angehen."

„Das fragen Sie noch? Glauben Sie, ich wüsste nicht, dass Sie alles dafür tun, selbst Gräfin Wedell zu werden? Das können Sie meinetwegen gerne werden, aber dann sollten Sie mit dem jüngeren der Wedell-Brüder Vorlieb nehmen."

Immer dieses Vorurteil, dass Gouvernanten ihre Dienstherren heiraten wollten. Hatte sie es womöglich selbst befeuert, als sie mit ihm durch den Wald gegangen war? Aber das hieß doch nicht gleich, dass sie ihn heiraten wollte! Oder hatten ihre Vorgängerinnen

12 Der Titel einer unverheirateten Freifrau (Freifräulein). Als Anrede ist Baronesse gebräuchlich.

so massiv versucht, sich ihren Arbeitgeber zu angeln, dass sich die Leute nichts anderes mehr vorstellen konnten?

„Lassen Sie sich warnen“, zischte Pauline Behrendt. „Ich bin mit Claudinand so gut wie verlobt und lasse mich nicht von einer Heiratsschleicherin vertreiben.“

Demnach war die Sorge der Familie des Grafen berechtigt. So es denn stimmte, was die Kellnerin behauptete. Aber schließlich standen sie unzweifelhaft im Briefverkehr miteinander.

Pauline Behrendt zündete sich eine Zigarette an. „Also lassen Sie es sich gesagt sein. Als Schwägerin – meinetwegen. Aber als Konkurrentin können Sie nur verlieren.“ Eine stinkende Qualmwolke hinterlassend, stolzierte sie davon.

Lydia presste die Lippen aufeinander. Dieser Furie sollte sie den Grafen überlassen? Sie, die sie den Grafen liebte und nicht nur an seiner Stellung, seiner Ehre und seinem Wohlstand interessiert war? Sie musste und sie würde alles versuchen, um seine Vergebung zu erlangen, seine Liebe zu erringen und ihn auf diese Weise auch noch vor Pauline Behrendt zu schützen. Selbst wenn sie dazu nach Frankreich reisen musste. Aber sie würde nicht allein reisen: Für diese schwere Mission brauchte sie ihre Freundin Franzi. Und vor allem Gottes Hilfe. Sie würde noch darüber beten, bevor sie mit Franzi sprach.

* * *

Die Ellenbogen auf den groben Holztisch gestemmt und den Kopf in die Hände gestützt, starrte Wedell vor sich hin. Um ihn herum im Unterstand tönte die Sinfonie des friedlichen Krieges: Die Soldaten schnarchten; einige vertilgten schmatzend einen Kuchen, der aus der Heimat gekommen war, um danach mit volltönendem Rülpsen und endlosem Furzen ihr Wohlbehagen kundzutun; andere spielten schon seit Stunden Karten oder schrieben Briefe an ihre Lieben daheim. Feldwebel Fuchs putzte wie jeden Tag hingebungsvoll sein Gewehr, und Unteroffizier Geyer studierte die Kartenskizze, um dann Oberfeldwebel Reuse wortreich zu erläutern, wo genau der Durchbruch nach Paris gelingen musste; der Spieß aber faltete die Hände über dem runden Bauch und schien von schlesischen Würsten mit Knödeln und einem Schweidnitzer Bier zu träumen.

Wedell sah auf den Brief vor sich hinab. Er trug Paulines bauchige Schriftzüge. Eigentlich hatte er sich in Spittas *Psalter und Harfe* vertiefen wollen, aber dieser Brief lenkte ihn von der erbaulichen Lektüre ab. Obwohl er in seinem letzten Brief deutlich geschrieben hatte, dass er keinen weiteren Kontakt wünschte, bedrängte sie ihn erneut und versuchte, ihn zu überzeugen, dass ihr Glaube diesmal echt sei. – Zu spät. So schnell würde er keiner Frau mehr trauen. Außer vielleicht – aber auch nur vielleicht –, wenn er so ein Fräulein Untadelig finden würde wie Papendorff. Doch die gab es wahrscheinlich gar nicht.

Die Kartenspieler johlten und der dösende Gefreite Wenzlik grunzte: „Klappe halten!"

Wedell streckte sich und schnürte Paulines neuesten Brief in das Päckchen, in dem er alle ihre Briefe aufbewahrte; wenn er in die Heimat zurückkehrte, würde er sie ihr wiedergeben. Das würde dem Ganzen hoffentlich ein Ende machen. Und auf Antwort würde Pauline diesmal vergeblich warten. – Viel entscheidender war, dass er selbst vergeblich auf eine Antwort wartete – auf eine Antwort seines himmlischen Vaters auf sein dringendes Gebet, wie er mit seinem Wissen um die geplante Unterminierung der französischen Stellungen umgehen sollte.

Welche Möglichkeiten hatte er noch, nachdem sich sein Versuch, bei seinem Vorgesetzten zu intervenieren, als Fehlschlag erwiesen hatte? Der Pionierfeldwebel führte weiterhin stur seinen Befehl aus; den würde er garantiert nicht auf seine Seite ziehen können. Ob es ihm gelingen würde, mit etwas technischem Geschick den Zünder zu manipulieren? Oder die Zündschnur zu durchtrennen? Aber wenn man ihn dabei erwischte, stände er noch am selben Tag an der Wand.

Oder sollte er die Franzosen warnen? Colbert würde schon wissen, was er zu tun hatte, wenn er ihm einen versteckten Hinweis gab. Doch Lincke hatte ihn dringend ermahnt, nicht mehr mit dem Feind zu verkehren.

Wedell stand auf und zog den Mantel über. Alle Bedenken mussten zurückstehen, wenn es darum ging, Menschenleben zu retten. Er sollte nur nicht offen im Niemandsland mit Colbert sprechen. „Drescher, übernehmen Sie das Kommando."

Rasch verließ er den vermieften Unterstand und huschte den vordersten Graben entlang. Keiner seiner Männer war zu sehen; entweder plauderten sie mit den Franzosen oder lagen in den Unterständen.

Geduckt lief er durch den Horchgraben, von dem aus er vor knapp einer Woche die Franzosen angerufen hatte. Vorsichtig lugte er hinaus. Im Niemandsland standen etliche Soldaten herum, einige gingen zu der zerstörten Kapelle, wo die Gräber der Gefallenen waren. Doch von Colbert war nichts zu sehen.

Es half nichts, er musste den Schutz des Grabens verlassen. Wedell klappte den Mantelkragen hoch und drückte die Schirmmütze tief ins Gesicht. Vorsichtig kletterte er aus dem Graben und lief zu einer Gruppe französischer Soldaten hinüber, bei der keine deutschen Kameraden standen.

„Bitte bringen Sie Lieutenant Colbert zu mir, ich muss ihn dringend sprechen. Er soll dort zu mir in den Granattrichter kommen." Er deutete auf einen tiefen Trichter, der ihn vor allen Blicken schützen sollte.

Wedell kletterte hinab. Bis auf eine Pickelhaube, die mitten im königlichen Adler ein Loch aufwies, war der Trichter leer.

Wenig später sprang Colbert zu ihm herein und reichte ihm die Hand. „Bonjour."

„Bonjour. – Es ist erstaunlich, wie lange der Weihnachtsfrieden schon hält." Wedell sah zum Hügel von Vauquois hinüber, der soeben über den Rand des Trichters ragte. An diesem Hang lagen sich Deutsche und Franzosen gegenüber.

„Morgen ist fin d'année." Colbert schürzte die Lippen. „Certainement dann Krieg wird ge'en weiter."

Und wie er weitergehen würde. „Es ist geradezu grotesk, dass wir dann wieder aufeinander schießen werden."

Colbert zog eine Karte aus seiner Brusttasche. „Nehmen Sie mein Adress. Wenn Krieg ist aus, schreiben Sie mir. Falls meine 'aus dann noch steht."

Auch Wedell reichte dem Franzosen seine Karte. „Sonst schreiben Sie mir." Er stampfte den Schnee von seinen Stiefeln. Wie fing er es bloß an, Colbert zu warnen, ohne zum Verräter zu werden? „Nach dem Weihnachtsfrieden wird es ein anderer Krieg sein."

„Weil Feind ist bekannt, nicht wahr?"

„Auch." Wedell sah Colbert fest in die Augen. „Auch."

„'at Ihre Kaiser Ihnen gemacht zu Noël eine Geschenk? Neue Waffe, was macht alles kaputt?" Colbert grinste.

„*Das* nicht." Wedell sah erneut zum Hügel von Vauquois hinauf. „*Das* nicht."

Der Franzose wurde ernst. „Alors ... Was Sie 'aben gemacht während la paix de noël?" Colbert hatte offenbar verstanden, dass er ihm eine verschlüsselte Botschaft geben wollte.

„Ich habe korrespondiert, geschlafen ... Manche von uns haben nachgedacht, wie der Durchbruch zu erzielen sei ... Wir glauben nicht, dass es mit großen Geschützen geht ..."

„Vielleicht mit eine große Angriff von Infanterie?"

„Glauben Sie, dass das die Lösung wäre?"

„Ich nicht weiß, was unsere générals 'aben nachgedacht." Colbert senkte die Stimme. „Aber Franzosen auch nicht sind mehr dumm als ihr Boches."

Wedell kniff ein Auge zu und fixierte sein Gegenüber. „Haben Sie vielleicht ein Weihnachtsgeschenk Ihres Marschalls erhalten?"

Colbert zuckte mit den Schultern. „Ich nicht weiß. Ich nur weiß, dass wir gemacht haben wie ihr Deutsche: Zeit nutzen."

Das war fatal. Also auch die Franzosen bereiteten etwas Hinterhältiges vor. Und Colbert wusste nicht einmal, was es war – oder konnte es nicht sagen. Wie er selbst es ja auch nicht sagen konnte.

Er streckte Colbert die Hand entgegen. „Ich weiß nicht, ob wir uns noch einmal wiedersehen. Den Silvestertag werde ich bei meinen Männern verbringen. Ich danke Ihnen. Und möge Gott Sie schützen und Sie zu Sich ziehen. Ich bete für Sie."

„Merci." Colbert drückte seine Hand. „Sie mir 'aben ge'olfen bei meine Fragen über Gott. Ich werde weiter darüber denken und in Bibel lesen. Ich jetzt 'abe eigene französische Bibel." Er reichte Wedell die Taschenbibel zurück. „Merci. Und seien Sie vorsichtig."

Wedell nahm die Bibel und sah dem Franzosen nach, wie er aus dem Trichter kletterte. Würde er ihn je wiedersehen? Und würde Colbert trotz der schlimmen Zeit den Weg zu dem Gott der Liebe finden? Er konnte nur noch dafür beten.

Und auch für sich selbst konnte er nur beten. Nach diesem Gespräch mit Colbert wusste er endgültig nicht mehr, was er tun sollte.

Eigentlich war es seine Pflicht, von der Warnung des Franzosen Meldung zu machen. Aber Major Lincke würde ohne Frage eins und eins zusammenzählen und wissen, dass er selbst die Franzosen ebenfalls gewarnt hatte. Und das war Hochverrat.

Wenn er die Sprengung manipulierte, würde das französische Unternehmen erfolgreich sein – und seine eigenen Leute hätten darunter zu leiden.

„Herr, ich sehe keinen Ausweg mehr. Bitte sorge Du dafür, dass kein großes Leid entsteht." War es das, was er lernen sollte? Dass er nicht alles selbst lösen konnte – und sollte! –, sondern Gott das Handeln überlassen musste?

Wedell warf noch einen Blick auf die durchlöcherte Pickelhaube. Dann kletterte er aus dem Trichter, lief geduckt zum Horchgraben und stapfte langsam zur *Waldesruh* zurück. Da kam ihm Unteroffizier Geyer entgegen.

Statt zu salutieren, legte er den Kopf schief und kniff ein Auge zu. „Wieder ein Ausflug zu den französischen Freunden, Herr Hauptmann?"

Wedell klopfte Schneereste von seinem Uniformmantel. „Sorgen Sie dafür, dass der Küchenbulle morgen ein ordentliches Silvestermahl auffährt."

Geyer warf ihm noch einen Blick zu, dann stiefelte er davon.

Tief durchatmend betrat Wedell seinen Unterstand. Es war nur eine Frage der Zeit, bis Lincke erfuhr, dass er trotz dessen Warnung mit den Franzosen gesprochen hatte.

Kapitel 30

Mit zitternden Fingern klopfte Lydia an Franzis Zimmertür. Wie würde ihre Freundin reagieren, wenn sie ihr von ihrer Überlegung berichtete, mit ihr zusammen zu Graf Wedell nach Frankreich zu reisen? Aber zuallererst musste sie sich bei Franzi für ihren Wutausbruch entschuldigen, als ihre Freundin sie wegen ihrer Liebe zu dem Grafen durchschaut hatte.

Franzi öffnete die Tür. „Du, Lydia?"

„Viola schläft gerade, damit sie den Silvesterabend nicht im Bett verbringen muss. Darf ich hineinkommen?"

„Selbstverständlich. Du hast Glück, der kleine Berti schläft ebenfalls."

Lydia setzte sich auf ein Kanapee. „Franzi, ich möchte dich um Entschuldigung bitten. Ich bin am Montag wütend geworden und habe böse Worte zu dir gesagt. Das tut mir leid. Zumal du mit dem, was du gesagt hast, sogar ein bisschen recht hast."

Franzi sprang auf und umarmte sie. „Danke, Lydia. Ich bin so froh, dass die Wolke zwischen uns wieder fort ist!"

Lydia erwiderte die Umarmung. „Es war wirklich dumm von mir, dich so anzufahren."

Ihre Freundin setzte sich ihr gegenüber. „Was hast du da gerade gesagt? Ich hatte recht?"

„Ich habe in den letzten Tagen viel gebetet. Um Klarheit zu bekommen über mich selbst und über das, was ich wirklich will. Oder besser: was Gott von mir will. Was Er aus meinem Leben machen möchte. Denn das ist schließlich das Entscheidende."

„Ich bin gespannt, was dabei herausgekommen ist." Franzi verknotete ihre Finger.

„Ich hatte immer gedacht, der Lehrerinnenberuf sei meine endgültige Bestimmung. Aber mir ist klar geworden, dass meine eigentliche Sehnsucht dahin geht ..." Sie senkte den Kopf und biss sich auf die Lippe.

Franzi beugte sich vor. „Du möchtest lieber eine Beziehung eingehen, nicht wahr? Zu meinem Bruder Claudinand."

„Vor allem anderen wünsche ich mir seine Vergebung. Seine Anerkennung. Wenn es dann dazu kommen sollte, was du meinst ..." Sie spürte die Röte in ihren Wangen. „Dafür würde ich meinen liebgewordenen Beruf tatsächlich aufgeben."

Franzi grinste breit. „Du hast lange gebraucht, das herauszufinden. Ich dachte es mir gleich. Und Viola noch eher."

„Aber ich will nicht nur an mich selbst denken. Abgesehen davon, dass ich bis jetzt keine neue Stelle gefunden habe und ihr mir auch nicht bei der Suche helfen wollt ..."

„Verstehe mich doch, Lydia ..."

„Das tue ich inzwischen tatsächlich. Viola leidet schon genug unter der so lange andauernden Abwesenheit deines Bruders. Ich hatte erwartet, du würdest die Lücke vollständig füllen."

„Viola hängt sehr an dir. Außerdem bin ich keine Lehrerin."

„Ich kann es nicht verantworten, Viola erneut eine so große Enttäuschung zuzufügen. Und darüber hinaus hast du recht: Wenn ich ginge, hätte Viola auf unbestimmte Zeit, so lange der Krieg auch immer dauern mag, keine Lehrerin. Ich weiß aus eigener, bitterer Erfahrung, wie wichtig gute Bildung sein kann."

„Du wirst also bleiben?" Franzi strahlte sie an.

„Nicht ohne die Einwilligung deines Bruders."

„Heißt das, du willst wirklich – nach Frankreich?" Franzis Augen wurden kugelrund.

„Er wird ja wahrscheinlich nicht so bald zurückkehren. Habe ich da eine andere Wahl, wenn ich sein Urteil über mich revidieren will? Und wenn ich trotz meiner Vergangenheit und meines Schweigens darüber seine Zustimmung erlangen möchte, im Forstschloss zu bleiben?"

Franzi legte ihr die Hand auf den Arm. „Lydia, du bist ... Ich weiß gar nicht, wie ich es nennen soll. Eine Heldin, das trifft es am besten."

Lydia lächelte schwach. „Der Heldenmut fehlt mir allerdings vollständig. Ich möchte nämlich nicht allein gehen."

„Du willst jemanden mitnehmen? An wen ...?" Franzi riss die Augen auf. „Du meinst doch nicht etwa – dass ich ...?"

„Ich weiß, dass du einen Ehemann und zwei Kinder hast. Dennoch – für diese Mission brauche ich eine couragierte Begleiterin, die sich bereits in allen möglichen Gefahren bewährt hat."

„Du stellst mich vor eine schwere Entscheidung." Franzi schlang ihre Finger so fest ineinander, dass die Knöchel weiß hervortraten. „Ich möchte solche Gefahren, wie ich sie vor neun Jahren im Aufstand in Deutsch-Ostafrika erlebt habe, nicht noch einmal durchstehen."

„Ich hoffe auch nicht, dass das nötig ist." Lydia atmete tief durch. „Dein Vater ist doch zuversichtlich, dass der Weihnachtsfrieden länger anhält und vielleicht nach einiger Zeit in einen offiziellen Waffenstillstand mündet."

„Mein Vater ist auch ein unverbesserlicher Optimist. Aber du hast schon recht, möglich ist es immerhin. Bloß ... Moritz befindet sich ebenfalls im Krieg. Es wäre schon furchtbar für unsere Kinder, wenn einem von uns etwas zustieße. Wenn wir jedoch beide ... Das wäre nicht auszudenken!"

Lydia nickte vor sich hin. „Ich habe einen Plan, wie wir uns nicht in allzu große Gefahr begeben müssen, selbst wenn die Waffenruhe doch enden sollte, bevor wir unser Ziel erreichen."

„Ich bin gespannt, wie du das an der Front bewerkstelligen willst." Franzi füllte Wasser aus einer Karaffe in zwei Gläser.

„Indem wir nicht bis zur Front gehen – wo wir ohnehin nicht so einfach hinkommen werden." Lydia trank einen Schluck. Das kühle Wasser gab ihr neuen Mut. „Sondern nur bis kurz davor. Sicherlich werden in den Lazaretten und Verbandsplätzen in der Etappe immer wieder Frontschwestern benötigt, auch wenn die Waffen derzeit schweigen. Du bist ja aus dem Missionslazarett in Deutsch-Ostafrika erfahren genug in der Krankenpflege und wirst mich bestimmt schnell anlernen können. Und dort warten wir dann auf deinen Bruder. Denn er kommt ja sicherlich bisweilen in die Etappenstadt."

Franzi schüttelte die Locken in den Nacken. „Allerdings besitze selbst ich keine offizielle Ausbildung zur Frontschwester. Geschweige denn du. Ohne Nachweis wird man uns kaum in einem Lazarett aufnehmen. Du vergisst die preußische Ordnung."

„Glaubst du, ein guter Lazarettleiter würde zwei Damen abweisen, die sich freiwillig melden, um Verwundete zu pflegen? Ich kann es mir kaum vorstellen."

Franzi starrte in ihr Wasserglas. „Es mag sein, dass es gelingt. Was aber, wenn nicht?"

„Dann versuchen wir eben doch, zu deinem Bruder an die Front zu kommen – sofern der Weihnachtsfrieden noch andauert."

„Meinst du nicht, das wären ein paar Unwägbarkeiten zu viel?"

„Ich glaube nicht." Lydia trank noch einen Schluck. „Es müssten zwei Dinge auf einmal schiefgehen: Wir werden im Lazarett abgewiesen *und* der Waffenstillstand endet. Ich meine, wenigstens eine dieser Voraussetzungen sollte sich erfüllen – wenn wir eifrig dafür beten."

Franzi wiegte den Kopf. „Gerade im Krieg kann sich die Lage schnell ändern. Und du hast mir noch nicht erklärt, wie du Claudinand überhaupt treffen willst, egal ob wir in ein Lazarett oder an die Front gehen. Da herrscht überall so ein reger Betrieb und eine ständige Veränderung, dass es schwierig wird, ihn abzupassen."

„In seinen Briefen berichtet er doch davon, dass die kämpfenden Einheiten regelmäßig aus der vordersten Linie herausgezogen und zur Auffrischung in die Etappe geschickt werden. Wenn wir erst einmal in einem Lazarett oder an einem Verbandsplatz sind, dürfte es leichter sein, deinen Bruder ausfindig zu machen und in der Etappe zu treffen. Vielleicht über Soldaten aus seiner Einheit, die geheilt entlassen werden."

Franzi fuhr mit dem Zeigefinger über den Rand ihres Wasserglases. „Dann meinst du also, wir müssten nach Varennes reisen. Daher jedenfalls kamen seine letzten Briefe aus der Etappe."

„Richtig, Varennes." Lydia lächelte. „Wo die Flucht Ludwigs XVI. von Frankreich im Juni 1791 endete."

„Da kommt die Geschichtslehrerin durch." Franzi grinste sie an und stellte ihr Glas ab. „Dein Plan hat einiges für sich, bloß ..."

„Ich weiß, es gibt keine Erfolgsgarantie dafür. Aber wie sollen wir in Kriegszeiten einen sicheren Plan finden? Oder hast du eine bessere Idee?"

„Nein, sonst hätte ich die längst erwähnt."

„Dann wäre die Alternative, zu Hause zu bleiben. Oder für mich, das Forstschloss zu verlassen." Ein Gedanke, der ihr immer unerträglicher wurde. „Es hat noch einen Vorteil, in Varennes im Lazarett – oder ist es ein Verbandsplatz? – zu arbeiten. Wenn dein Bruder dort in der Nähe ist, kann ich ihm durch diese ernsthafte Arbeit beweisen, dass ich nicht das leichtfertige Mädchen bin, für das er mich hält. Und wenn du mich begleitest, würde mir das ihm gegenüber zu mehr Glaubwürdigkeit verhelfen."

„Beinahe überzeugst du mich." Franzi zwinkerte ihr zu. „Wenn da nicht die Kinder wären. Ich kann sie nicht in Großmamas Obhut zurücklassen – das wird der alten Dame zu viel."

„Und deine Eltern? Können die sich nicht um sie kümmern, bis wir zurückkehren?"

„*Das* ist der entscheidende Punkt: Kehren wir zurück?"

Lydia biss sich auf die Unterlippe. Die Entscheidung über die Reise musste ihre Freundin selbst treffen. Sie wollte sie nicht bedrängen. „Lass uns zusammen darüber beten."

Franzi nickte. Und dann brachten sie ihre Überlegungen vor ihren Gott.

Danach schwiegen sie beide lange. Lydia sah ihrer Freundin den inneren Kampf an. Da stritten die Liebe zu ihren Kindern und die Angst um sie mit der Sorge um ihren Bruder und ihrer angeborenen Abenteuerlust, die sie schon damals nach Afrika und mitten in den Maji-Maji-Aufstand geführt hatte.

Kirchenstille herrschte im Zimmer, nur eine kleine Wanduhr tickte und zerhackte die Minuten in Sekunden.

Plötzlich stand Franzi auf und reichte Lydia die Hand. „Wann reisen wir?"

„Du willst wirklich ...?"

„Frage nicht, damit ich meinen Leichtsinn nicht bereue! Komm, wir wollen es meiner Großmama sagen. Ich möchte, dass sie unserem Plan zustimmt."

„Vielleicht mag sie uns auch einen Brief an deinen Bruder mitgeben?" Lydia trank ihr Glas aus. „In dem sie ihre Zustimmung zu unserem Plan dokumentiert und auch noch einmal ihre Sichtweise darlegt."

„Das ist ein guter Gedanke. Gehen wir zu ihr." Franzi eilte zur Tür und riss sie auf. Um ein Haar wäre sie mit dem Oberdiener Hachmann zusammengestoßen.

„Pardon, gnädige Frau." Hachmann hielt ihr die Zeitung entgegen. „Soeben frisch eingetroffen."

„Danke. – Lydia!" Es klang fast wie ein Schrei.

Mit einem Satz war Lydia bei ihrer Freundin. „Schlechte Nachrichten?"

Franzi deutete auf die Schlagzeile: *Weihnachtsfrieden vorbei? – Nach den Festtagen wird an einigen Frontabschnitten wieder gekämpft.*

„An einigen – also nicht überall." Lydia biss sich auf die Unterlippe. „Vielleicht dauert in der Gegend von Varennes die Waffenruhe noch über den Jahreswechsel hinaus?"

Franzi schleuderte die Zeitung auf den Tisch und katapultierte dabei fast ein Wasserglas hinunter. „Das bringt unsere komplette Planung ins Wanken."

Wollte Franzi so schnell schon wieder aufgeben? Das war doch gar nicht ihre Art. „Es bedeutet vor allem, dass wir uns beeilen müssen."

Um Franzis Mundwinkel zuckte ein Grinsen. „Aufgeben kommt für dich wohl nicht mehr in Frage?"

„Nein, ich *will* zu deinem Bruder."

„Und ich – wenn ich einmal Ja gesagt habe, sage ich nicht mehr Nein."

* * *

„Herr Major, ich melde mich wie befohlen zur Stelle."

Lincke umkreiste den Katheder in seinem Schulzimmer. „Wedell, immer wieder Wedell. Sie sind doch ein intelligenter Mensch und einer meiner fähigsten Offiziere. Warum treffen Sie sich dann mit einem französischen Offizier, obwohl ich es Ihnen strikt verboten hatte?"

Natürlich hatte Geyer ihn verpfiffen. „Herr Major, wenn ich den Kontakt zu Lieutenant Colbert abgebrochen hätte, hätte er sich sicherlich gewundert und vielleicht sogar Verdacht geschöpft, dass auf unserer Seite eine hochgeheime Sache geplant wird."

„Und Sie wollen mir wirklich weismachen, dass Sie diesem Franzosen gegenüber nichts von unseren Plänen haben verlauten lassen?" Lincke blieb vor ihm stehen und sah ihn schief von unten an.

Hatte er etwas verlauten lassen? Konnte er guten Gewissens Nein dazu sagen? „Bei derartigen Gesprächen lässt sich doch unter Umständen heraushören, ob die Armeeführung der Franzosen den Weihnachtsfrieden ähnlich nutzt wie die unsere."

„Und? Was haben Sie herausgehört?“

Wedell strich sich den Uniformrock glatt. „Lieutenant Colbert hielt sich äußerst bedeckt. Ich halte es nach seiner Reaktion für wahrscheinlich, kann es aber nicht mit Gewissheit sagen.“

„Und vermutlich hält Ihr Lieutenant nach Ihrem Verhalten eine deutsche Aktion ebenfalls für wahrscheinlich, kann es aber nicht mit Gewissheit sagen.“ Der Major ging zum Katheder und schlug mit der flachen Hand darauf. „Was soll ich bloß mit Ihnen machen, Wedell? Eigentlich müsste ich Sie Ihres Postens entheben und irgendwohin versetzen, wo Sie keinen Schaden anrichten können. Wenn Sie nicht sogar vor ein Kriegsgericht gehören.“

„Ich kann mir kaum denken, dass das in Ihrem Sinne und im Sinne der Regimentsführung ist. Wenn Sie sich die Verlustzahlen der einzelnen Kompanien anschauen, dürften Sie feststellen, dass meine Dritte die geringsten Verluste aufzuweisen hat.“

„Aber auch die geringsten Erfolge!“ Lincke atmete tief durch. „Ich gebe Ihnen noch eine letzte Chance, Wedell. Beim nächsten Angriff will ich Sie und Ihre Männer kämpfen sehen wie Löwen. Sonst kann ich Sie nicht länger decken, haben Sie verstanden?“

Ausgerechnet nach dem Weihnachtsfrieden durfte er seine Männer nicht schonen, sondern musste sie erbarmungslos in den Kampf jagen. Aber wenn er tatsächlich abgelöst würde, würde ein anderer Kompaniechef auch nicht anders handeln.

Er legte die Hand an die Pickelhaube. „Jawohl, Herr Major.“

Kapitel 31

Im Unterstand *Waldesruh* versammelten sich die Gruppenführer seiner Kompanie um Wedell. Er hasste es, die Befehle weitergeben zu müssen, die der Divisionskommandeur Generalleutnant von Webern eben höchstselbst in Vauquois an die Offiziere ausgegeben hatte. Und er musste sie bestenfalls sogar übererfüllen.

Knisternde Spannung herrschte in dem niedrigen Raum. Die Hindenburglichter vertrieben nur unzureichend die Dämmerung. Allen anwesenden Unteroffizieren war bewusst, dass etwas in der Luft lag. Wenn er als Kompaniechef die Gruppenführer zu sich rief und das auch noch frühmorgens um vier Uhr, dann hatte das etwas zu bedeuten. Zudem war heute der 2. Januar des Jahres 1915 – es gab keinen Grund mehr, den inoffiziellen Waffenstillstand länger andauern zu lassen. Er hatte ohnehin schon viel länger gedauert, als sie am 24. Dezember erwartet hatten.

„Männer, Sie ahnen es wahrscheinlich alle: Die Zeit der Ruhe ist vorbei."

„Wird auch Zeit", knurrte Unteroffizier Geyer und reckte die Arme. „Ich hoffe, die hohen Herren haben sich einen schönen Zauber ausgedacht, damit wir nächste Woche in Paris sind."

„Still doch, Geyer." Oberfeldwebel Reuse fuhr mit der Hand über seinen Wanst. „Von mir aus könnte der Krieg getrost so weitergehen wie in der letzten Woche."

„In Paris gibt's bestimmt auch was Leckeres zwischen die Kiemen", feixte Leutnant Drescher.

„Die Zeit der Waffenruhe wurde zu Vorbereitungen genutzt", fuhr Wedell fort. „Ein Pioniertrupp hat die feindlichen Stellungen am Südhang von Vauquois unterminiert. Heute Punkt sieben Uhr wird die Sprengladung gezündet."

„Donnerwetter! Das gönne ich den Franzmännern!" Feldwebel Fuchs streckte die Fäuste vor. „Endlich Ruhe für meinen Bruder! Hoffentlich bleibt da drüben keines dieser Schweine am Leben!"

Der Spieß wiegte den Kopf. „Ich war in den letzten Tagen öfters im Niemandsland unterwegs – mir ist kein Schwein begegnet. Außer in den Kochtöpfen unserer Feldküche."

Wedell musste an Lieutenant Colbert denken. Im Stillen betete er, dass der nachdenkliche Offizier die Sprengung überlebte.

„Ich habe doch immer gesagt, dass diese Fraternisierung die Kampfmoral untergräbt." Unteroffizier Geyer fasste an sein Koppel, wo das Bajonett hing. „Wenn es nach mir gegangen wäre, hätten wir Heiligabend einen Großangriff gestartet und wären durchmarschiert bis Paris."

Leutnant Drescher sah Wedell an. „Die Pioniere haben wirklich während der Weihnachtsruhe im Boden herumgewühlt? Nicht eben ritterlich."

„Leider gehen in diesem Krieg alle unsere Moralvorstellungen verloren." Wedell sah auf die Kartenskizze mit den eingezeichneten eigenen Stellungen und denen der Gegner.

„Und man kann nichts gegen dieses verwerfliche Unternehmen tun?", fragte Drescher. „Wenn ich an die Kameraden dort drüben denke, wird mir direkt schlecht!"

„Kameraden!" Fuchs spie das Wort aus. „Dort drüben steht der Feind!"

Wedell wandte sich seinem Stellvertreter zu. „Ich habe alles versucht – leider ohne Erfolg. Im Gegenteil, wir müssen sogar damit rechnen, dass auf feindlicher Seite ebenfalls die Waffenruhe genutzt wurde."

„Also – was gibt es für uns zu tun?" Geyer rieb sich die Hände.

„Um 6:55 Uhr werden die Kompaniechefs in den einzelnen Frontabschnitten dem Feind durch einen Schuss in die Luft signalisieren, dass die Waffenruhe vorüber ist. Um sieben Uhr erfolgt die Sprengung, danach setzt sofort die Artillerie mit einem gezielten Schlag auf die hinteren Linien des Feindes ein. Wir gehen auf breiter Front vor, durchbrechen die gegnerischen Stellungen und nehmen noch heute Neuvilly ein, wo die rückwärtigen Dienste des Feindes liegen."

„Dort können Sie sich bestimmt an Baguettes und französischen Weinvorräten gütlich tun, Reuse." Der Führer der 8. Gruppe stieß den Kompaniefeldwebel an.

„Nicht immer nur ans Fressen denken", grunzte Geyer. „Der Schwung der Offensive muss genutzt werden."

„Zunächst müssen wir überhaupt so weit kommen." Wedell faltete die Kartenskizze zusammen. „Folgende Farben für die Leuchtkugeln sind vereinbart: Rot – Feuer vorverlegen, Gelb – Feuer einstellen, Grün – Feind tritt zum Gegenangriff an, Blau – feindliche Stellung genommen. Alles Weitere durch Melder oder Brieftauben. Wir stoßen konsequent vor, aber gehen Sie bitte human mit dem Feind um, vor allem mit der Zivilbevölkerung."

„Human." Fuchs spuckte aus. „Ich mache alles kalt, was mir vor den Lauf kommt."

„Feldwebel, das war kein Vorschlag, sondern ein Befehl, verstanden?"

Fuchs brummte irgendetwas vor sich hin.

Wedell trat nahe vor den Feldwebel. „Ob Sie verstanden haben?"

„Jawohl, Herr Hauptmann", knirschte Fuchs.

„Also, dann instruieren Sie Ihre Männer. Möge Gott uns alle schützen. – Wegtreten."

Gestenreich diskutierend verließen die Unteroffiziere den Unterstand.

Wedell zog seine Taschenbibel hervor und schlug den 27. Psalm auf.

Der Herr ist mein Licht und mein Heil, vor wem sollte ich mich fürchten? Der Herr ist meines Lebens Stärke, vor wem sollte ich erschrecken? ... Wenn ein Heer sich gegen mich lagert, nicht fürchtet sich mein Herz, wenn Krieg sich gegen mich erhebt, hierauf vertraue ich: Eins habe ich von dem Herrn erbeten ...

Wedell schloss die Augen. Ihm blieb nichts mehr als das flehentliche Gebet zu seinem Gott und Vater. Und damit blieb ihm das Beste überhaupt. Trotz des Heeres, das sich gegen ihn lagerte und des Krieges, der sich gegen ihn erhob – er war in der Hand seines Herrn. Und trotz der verwerflichen Befehle, denen er Folge leisten musste, und der Härte, mit der er diesmal vorgehen musste, ließ sein Gott ihn nicht allein. „Bitte, mein Herr, lass mich heute zu nichts gezwungen werden, was Dir missfällt. Bitte verhindere diesen niederträchtigen Anschlag."

Er sah auf seine Uhr. Kurz vor fünf Uhr. Da blieb ihm noch Zeit für einen Brief ins Forstschloss. Als er das Datum schrieb, stockte er. Der 2. Januar 1915. Inzwischen musste Lydia von Gedigk das Forstschloss verlassen haben. Und Viola stand ohne Erzieherin da. Wenn er den heutigen Angriff unbeschadet überstand, musste er Lincke endlich überreden, seinen Fronturlaub zu genehmigen.

Warum tat ihm der Gedanke an Lydia von Gedigk so weh? Sie hatte ihn betrogen und war darüber hinaus ein leichtfertiges Mädchen – er sollte sie längst vergessen haben. So wie er Pauline Behrendt längst vergessen hatte, bis sie erneut einen Brief an ihn schrieb. Aber mit Lydia von Gedigk war es anders. Sie hatte die Sehnsucht in ihm wieder geweckt, eine Frau zu finden, die durch und durch wahr war. Und die wirklich *ihn* lieben würde und nicht seinen Reichtum und seine Stellung. Eine Frau, von der er so sprechen konnte wie Papendorff von seinem Mädchen, das er verloren hatte: mit größter Hochachtung und Liebe.

Und Lydia hatte nicht nur die Sehnsucht nach solch einer Frau in ihm geweckt, sie hatte sogar die Hoffnung lebendig gemacht, in ihr diese Frau gefunden zu haben. Bis zu jenem verhängnisvollen Tag, an dem er ihren wahren Charakter entdecken musste ...

Weg mit den Gedanken, sonst würde dieser Brief nicht länger werden als das Datum.

Es war schon 6:30 Uhr, als Wedell den Brief endlich zusammenfaltete und in den Postsack warf, der bei nächster Gelegenheit nach hinten gehen würde. Er schulterte das Gewehr, verließ seinen Unterstand und huschte geduckt in den vordersten Graben. An der Grabenwand lehnten seine Männer, die Gewehre auf den Boden gestützt, die Bajonette aufgepflanzt.

Sofort bemerkte er die eigentümliche Stimmung. Nicht wie sonst bei einem Angriff, als der Feind noch unbekannt und namenlos war. Viele sahen ihn vorwurfsvoll an, einige tuschelten miteinander. Er konnte sie ja gut verstehen, betete er doch selbst unablässig für Lieutenant Colbert. Nur wenige waren es, die verbissen zum Feind hinüberstarrten und den Beginn des Gemetzels nicht erwarten konnten. Männer wie Geyer und Fuchs.

6:50 Uhr. Wedell löste seine Pistole aus dem Holster und prüfte das Magazin. Es war voll. Er schob es wieder ein und lud die Waffe durch. In fünf Minuten würde er den Krieg mit einem Schuss neu entfesseln. In vier Minuten.

Leutnant Drescher trat zu ihm. „Sie sagten eben, es sei damit zu rechnen, dass die Franzosen ebenfalls die Waffenruhe genutzt haben. Wissen Sie, was genau sie planen?"

„Leider nicht." Wedell wiegte die Waffe in der Hand. „Das hügelige Gelände drängt eine Unterminierung geradezu auf, vor allem an unseren Stellungen an den Abhängen von Vauquois. Aber vielleicht haben sie auch nur neue Geschütze herangeführt. Wer kann das wissen?"

Drescher schüttelte den Kopf. „Und so etwas nennt sich *Weihnachtsfrieden*. Wer soll da noch an *Friede auf Erden* glauben?"

Wedell sah auf die Uhr. Noch zwei Minuten. „Die Botschaft der Engel bestand ja nicht nur aus dem *Friede auf Erden*. Wir alle haben offenbar vergessen, was davorsteht."

Der Leutnant sah zum sternübersäten Himmel hinauf. „Was meinen Sie?"

„*Ehre sei Gott in der Höhe und Friede auf Erden*. Solange wir das Erste nicht tun, nämlich Gott allein ehren und Ihm dienen, können wir das Zweite nicht erwarten."

„Verflixt, mit Ihnen sollte man sich nicht auf theologische Diskussionen einlassen." Der Leutnant grinste.

„Das Wichtigste ist der Friede mit Gott, Drescher. Den sollten Sie unbedingt haben, sonst haben Sie in alle Ewigkeit keinen Frieden."

„Herr Hauptmann ..." Drescher deutete auf die Pistole. „Es ist 6:55 Uhr." Der Leutnant schien nicht traurig zu sein, auf diese Weise das heikle Gespräch beenden zu können.

Wedell entsicherte die Waffe. In Papendorffs Nachbarabschnitt zerriss bereits ein Schuss die Stille des Morgens. Dann peitschte auch auf der anderen Seite von ihm ein Schuss.

Er richtete seine Pistole zum Himmel und legte den Finger an den Abzug. Wie er es hasste! Langsam krümmte er den Finger, krachend löste sich der Schuss. Es war wieder Krieg – und er war gezwungen, ihn härter zu führen als vor dem Weihnachtsfrieden.

Bei den Franzosen wurden Stimmen laut. Wedell meinte, Colberts Stimme zu erkennen, der irgendetwas herüberrief, aber er konnte es nicht verstehen.

Im deutschen Graben herrschte Totenstille. Die Gruppenführer pirschten auf und ab, legten einem zitternden Soldaten, der erst kurz vor Beginn des Weihnachtsfriedens an die Front gekommen war, die

Hand auf die Schulter und richteten einem anderen wortlos die Uniform oder die Ausrüstung.

Wedell stellte sich neben den Gefreiten Wenzlik und starrte feindwärts. Die Minuten unmittelbar vor einem Angriff waren die schlimmsten. Die Nerven waren zum Zerreißen gespannt, der Magen hart wie ein Stein und im Hals bildete sich ein dicker Kloß. Fast jede Minute sah er auf die Uhr. Wenn es nur endlich losginge! Obwohl er gleichzeitig wünschte, der Angriff würde nie stattfinden.

Plötzlich wurde es taghell, ein ohrenbetäubender Donnerschlag, die Erde bebte, dass die Sandsäcke von der Brustwehr purzelten. Eine gewaltige Feuersäule stieg bei den Franzosen auf, grässliche Schreie übertönten den Donner der Detonation. In der flackernden Beleuchtung sah Wedell Erdreich, Waffen und Balken durch die Luft fliegen – und dazwischen menschliche Körper.

Neben sich hörte er ein Würgen – Wenzlik gab die dünne Morgensuppe wieder von sich.

Da begann hinter ihnen die Artillerie zu pauken und jagte ihre Granaten in das Inferno. Als ob die Verwüstung nicht schon schlimm genug wäre!

Die Trillerpfeifen der Gruppenführer schrillten, in Knäueln kletterten die Männer aus den Gräben, nahmen die Gewehre in Anschlag und rannten feindwärts. Auch Wedell schwang sich aus dem Graben.

Er war kaum zwei Schritte gelaufen, als die Erde erneut schwankte. Wieder ein Donnerschlag, der die Abschüsse und Einschläge der Artillerie übertönte. Eine riesige Feuergarbe – doch nicht bei den Franzosen, sondern in den eigenen Linien seitlich von ihm. In Papendorffs Abschnitt.

Wedell stöhnte. Das also hatte Colbert gemeint. Hoffentlich war Papendorff schon aus dem Bereich der Sprengung heraus.

* * *

Lydia atmete auf, als der mit unzähligen Soldaten und einigen wenigen Frontschwestern vollgestopfte Zug im Bahnhof von Stenay hielt.

„Endstation Front“, grölten die Soldaten, als die Türen geöffnet wurden.

„Jetzt heißt es für uns gut aufpassen." Franzi schob sich mit ihrer Tasche aus dem Abteil in die feldgraue Masse auf dem Gang. „Sonst werden wir gleich hier im Feldlazarett eingesetzt, statt nach Varennes zum Verbandsplatz zu kommen."

„Wenn ich mir das Chaos hier auf dem Bahnhof anschaue, bin ich guter Dinge, dass wir nicht nach Marschpapieren gefragt werden." Lydia drängelte sich hinter Franzi her zum Ausstieg. Auf dem Bahnsteig standen Heerscharen von Feldgendarmen, die die eintreffenden Soldaten gestenreich einwiesen.

Lydia sprang auf den Perron und blieb abrupt stehen. Über den gebrüllten Befehlen und dem Stampfen der Lokomotive hörte sie noch ein anderes Geräusch – ein unentwegtes Grummeln.

Franzi schien ebenfalls zu lauschen. „Friedlich klingt das nicht gerade", rief ihre Freundin über die Schulter zurück.

„Das könnte uns natürlich einen guten Grund liefern, warum wir ohne Papiere hier auftauchen. Wegen der einsetzenden Kämpfe wurden wir Hals über Kopf hierher versetzt, weil dringend Frontschwestern benötigt werden."

Franzi runzelte die Stirn. „Ich möchte nicht lügen, Lydia."

„Wohin wolln Se denn, meine Damen?" Ein Feldgendarm baute sich vor ihnen auf.

Rasch trat Lydia einen Schritt vor. „Wir wollen nach Varennes."

„Wat wolln Se denn in dem Hexenkessel? Offiziersflittchen spielen, oder wat?"

„Ich bitte Sie, sehen wir etwa so aus?", brauste Franzi auf.

Lydia legte ihr beruhigend die Hand auf den Arm. Es brachte nichts, den Feldgendarmen gegen sich aufzubringen. „Sie irren sich, Herr Feldwebel. Wir müssen zum Verbandsplatz nach Varennes."

„Na, dann zeigen Se ma Ihre Papiere, damit ich Se 'nem Transport zuweisen kann."

„Verzeihen Sie, Herr Feldwebel, wir haben keine Papiere." Ihre einzige Legitimation war ein Brief von Rahel Grüning an ihren Enkel, sogar in zweifacher Ausfertigung, falls einer verloren ging. Aber der war nur für die Augen des Grafen bestimmt.

„Wie kann denn dat?" Der Gendarm rückte an seiner Kappe. „In Preußen schickn Se doch kein' ohne Papiere los."

„Sie hören doch, was da los ist." Lydia deutete in die Richtung, in der sie Varennes vermutete. „Dort werden dringend Frontschwestern benötigt. Wir sind freiwillig hergekommen, damit nicht noch mehr unserer Helden verbluten."

„Ohne Papiere? Nee, dat kann ich nich glauben."

Diese preußische Ordnung! Selbst im größten Trubel wurde sie noch aufrechterhalten.

„Bitte denken Sie doch an Ihre Kameraden an der Front", schaltete sich Franzi ein. „Wollen Sie die Verwundeten hilflos ihrem Schicksal überlassen, nur weil ein Fetzen Papier fehlt?"

Ein weiterer Zug schnaufte in den Bahnhof und spie erneut eine feldgraue Masse aus. „He, Konopke, quatsch nich so lange mit die Weibers!", rief ein Offizier herüber. „Komm libber her und hilf den neuen Transport abfertigen!"

„Also los, teilen Sie uns schon einem Transport nach Varennes zu." Lydia schenkte dem Feldwebel ein möglichst freundliches Lächeln.

„Ich hab doch gesacht: nich ohne Papiere."

„Konopke!", rief der Offizier wieder. „Lass die Mädels in Ruhe und mach deine Arbeit!"

„Abba Herr Leutnant ...", lamentierte der Feldwebel.

„Komm, wir verschwinden." Franzi gab Lydia einen Stoß. „Bei dem kommen wir sowieso nicht weiter. Wir werden uns selbst einen Transport organisieren."

Blitzschnell mischten sie sich unter einen Trupp Soldaten, der auf die Abfahrt eines Zuges wartete.

„He! So nich! Hiergeblieben!", hörten sie den Gendarmen hinter sich, doch dann gingen seine Rufe im Lärmen der Soldaten und Grummeln der Front unter.

Mit den Ellenbogen stoßend, bahnten sie sich einen Weg durch die Soldatenmassen, bis sie endlich den Ausgang des Bahnhofsgebäudes erreichten und auf die Straße hinaustraten.

Aufatmend blieb Lydia stehen und sah sich um. Soldaten, wohin sie auch sah. Und mitten durch die Menge schoben sich hupende Lastkraftwagen, ächzende aufgeprotzte Geschütze, klappernde Pferdegespanne mit den merkwürdigsten Ladungen und rumpelnde Leiterwagen mit wimmernden Verwundeten. Und all das untermalt vom Wummern der Front und überdeckt vom Gestank nach Rauch, Schweiß und Blut.

„Wir scheinen pünktlich zum Ende der Waffenruhe hier angelangt zu sein.“ Franzi schulterte ihre Tasche.

„Und was jetzt? Durch unsere Flucht haben wir uns bei den Gendarmen erst recht verdächtig gemacht.“ Lydia biss sich auf die Unterlippe.

„Zunächst untertauchen. Von den Gendarmen sollten wir uns besser nicht mehr erwischen lassen.“

„Und dann irgendwie auf einen Transport Richtung Varennes kommen.“ Das schien ohne Papiere beinahe unmöglich zu sein. „Wir müssen jemanden finden, der so unter Anspannung steht, dass er nicht nach Papieren fragt, sondern einfach nur die Leute auf die Transporte setzt.“

„Oder wir müssen heimlich auf ein Gefährt Richtung Front aufspringen.“ Die Abenteuerlust funkelte aus Franzis Augen. „Wir werden es schon schaffen.“

„Komm, wir suchen erst mal den Ort, wo die Transporte abgefertigt werden. Das wird sicherlich in der Nähe von Schloss Verdier sein, wo der Kronprinz als Befehlshaber des Armeeoberkommandos sein Quartier hat.“

Kapitel 32

Mit seinen *Hurra* brüllenden Männern stürmte Wedell auf die feindlichen Stellungen zu. Diesmal hatte er leider keine Wahl, er musste seine Männer vorwärtstreiben, selbst auf die Gefahr hin, dass viele von ihnen den Angriff nicht überlebten. Schon nach fünf Schritten blieb Stromberg liegen und wurde von Sanitätern fortgebracht. *Armer Junge!*

Die deutsche Artillerie beschoss pausenlos die rückwärtigen Linien des Feindes, um die Reserven, die die Franzosen sicherlich heranführten, gleich beim Anmarsch auszuschalten. Bei den Franzosen nahm die Artillerie ebenfalls nicht das Niemandsland, sondern die deutschen Linien unter Feuer.

Irgendwo im französischen Hinterland schoss eine Feuergarbe in den Himmel – vermutlich ein Volltreffer in ein Munitionslager. Der Himmel färbte sich blutrot und beleuchtete gespenstisch das Niemandsland, wo sich noch vor wenigen Stunden Deutsche und Franzosen die Hand gereicht hatten. Wedell hastete an einem Granattrichter vorbei – hatte er sich hier heimlich mit Colbert getroffen?

Die französische Artillerie verlegte ihr Feuer ins Niemandsland – Sperrfeuer. Die Einschläge kamen näher.

„Vorwärts, Männer! Immer weiter!" Wedell lief noch schneller, um den durch die Sprengung zerstörten feindlichen Graben zu erreichen. Der bot einigermaßen Schutz, weil die französische Artillerie ihn wegen der Nähe zu den eigenen rückwärtigen Stellungen nicht beschießen würde.

In Papendorffs Abschnitt erscholl ebenfalls heftiger Kampfeslärm. Wedell sah hinüber. Die Ruinen der Kapelle, wo an Heiligabend die Gefallenen begraben worden waren, waren nicht mehr zu sehen. Wahrscheinlich hatte die französische Sprengung sie dem Erdboden gleichgemacht. Er schickte ein Stoßgebet für seinen Freund zum Himmel.

Überall um ihn herum detonierten Granaten. „Herr Hauptmann", keuchte Leutnant Drescher neben ihm, „wir müssen Deckung suchen!"

„Nur noch bis zum ersten französischen Graben, Drescher! Der muss genommen werden!“

Im selben Augenblick fuhr ein Geschoss neben ihm in die Erde, weißer Rauch stieg auf. Wedell machte einen Satz zur Seite, versuchte Drescher mitzureißen. – Da! Ein Knall, der seine Trommelfelle zu zerreißen drohte, die Druckwelle schleuderte ihn mehrere Meter zur Seite, ein greller Blitz blendete ihn.

„Drescher!“ Wedell rappelte sich auf und stolperte zu der Stelle, wo der Leutnant eben noch gewesen war. „Drescher!“

Da lag eine zusammengekrümmte schlaksige Gestalt.

Wedell stürzte neben ihm auf die Knie. „Drescher!“

Blut sickerte aus den Mundwinkeln des Leutnants. „Herr Hauptmann“, gurgelte er.

Wedell nahm den Gefechtslärm nur noch am Rande wahr. Er hielt die zuckende Hand des Kameraden, der versuchte, Worte zu formen. Doch sie gingen im Lärm des Gefechtes unter. Dann noch ein Gurgeln, Drescher streckte sich – und war tot.

Wedell brach die Erkennungsmarke durch und steckte die lose Hälfte zu sich. Rasch entleerte er die Taschen des Toten – dann drang der Kampf wieder in sein Bewusstsein zurück.

In den französischen Gräben ratterte ein Maschinengewehr. Hatten seine Kameraden es erobert und setzten es gegen die Franzosen ein? Doch nein, seine Männer fluteten zurück; eine grüne Leuchtkugel zischte in den Himmel: Feind tritt zum Gegenangriff an!

Wedell erhob sich. „Halt! Stehen bleiben! Machen Sie Front!“

Der Gefreite Wenzlik hechtete heran. „Herr Hauptmann, die Sprengung hat nur einen kleinen Teil der Gräben zerstört. Der größte Teil ist intakt. Die Franzosen haben uns in eine Falle laufen lassen!“

Das Maschinengewehr ratterte unermüdlich – Wedell und Wenzlik drückten sich in einen Trichter. Dufresne und Gantet – er konnte sich noch genau an die Gesichter der beiden französischen MG-Schützen erinnern. Freundliche Gesichter. Sie könnten auch Kellner in einem Straßencafé auf den Champs-Élysées sein. Jetzt aber schossen sie seine Männer ab, als hätten sie ihr Leben lang nichts anderes getan.

Ein Melder flitzte heran und warf sich neben ihnen in den Dreck. „6. Gruppe von Feldwebel Fuchs im Nahkampf komplett aufgerieben. 7. Gruppe unter Unteroffizier Geyer ist durch den ersten Graben durchgebrochen, aber jetzt von feindlichen Einheiten umzingelt. Der Feind tritt auf breiter Front zum Gegenangriff an."

„Sollten wir nicht zurück, Herr Hauptmann?", rief der Gefreite Wenzlik.

„Und Geyer? Sollen wir ihn seinem Schicksal überlassen?", brüllte Wedell zurück.

„Wenn er sich so weit vorwagt? Warum sollen für diese Tollkühnheit noch mehr Männer geopfert werden?"

„Es ist ja nicht nur Geyer. Sondern seine ganze Gruppe." Wedell wandte sich an den Melder. „Befehl an alle Gruppenführer: Massiver Angriff auf die zerstörte Grabenstelle. Durchbruch zu Geyer."

Der Melder flitzte auf allen Vieren los.

Immer mehr Soldaten aller Gruppen sammelten sich um ihn. Die französische Artillerie lenkte ihr Feuer wieder mehr zu den deutschen Stellungen, offenbar um ihre vorrückende Infanterie nicht zu treffen. Nur die Maschinengewehre tackerten unaufhörlich und rissen furchtbare Lücken in die zurückrennenden Deutschen.

„Sprung auf – Marsch, Marsch!", brüllte Wedell und rannte als Erster los, warf sich nach ein paar Schritten hin, sprang wieder auf, warf sich hin. Immer wieder hörte er Schreie seiner Männer, langgezogene Rufe nach den Sanitätern hallten über das Schlachtfeld.

Er warf sich erneut hin, gab ein paar Schüsse ab und wollte gerade wieder aufspringen, als er am Arm festgehalten wurde. „Hören Sie auf, Herr Hauptmann!", keuchte der Gefreite Wenzlik. „Es folgt uns niemand mehr. Oberfeldwebel Reuse ist auch schwer verwundet. Bauchschuss."

Der genießerische Reuse, der sich auf Baguettes und Rotwein in Paris gefreut hatte.

Wedell schaute sich um. Er sah nur noch vereinzelte deutsche Soldaten hinter sich. Und bis zur französischen Stellung waren es noch 60 oder 70 Meter.

Da schwiegen plötzlich die französischen Maschinengewehre, französische Soldaten stürmten rudelweise vor.

„Zurück, sonst kassieren sie uns!"

Der Gefreite sprang auf und warf sich im nächsten Augenblick wieder hin, rollte zur Seite, sprang wieder auf.

Wedell tat es ihm gleich, kullerte über einen Soldaten mit dickem Bauch – war es der verwundete Reuse? –, robbte ein Stück, sprang auf, lief ein paar Meter – Kugeln pfiffen ihm um die Ohren.

„Halte!", brüllte jemand hinter ihm.

Wedell rannte, schlug einen Haken, stolperte, stürzte, rappelte sich auf, seine Lunge brannte.

„Halte!" Diesmal noch lauter. Das waren die Männer, die vor ein paar Tagen noch mit seinen Leuten Fußball gespielt hatten.

Auf einmal sah er Lydia von Gedigk vor sich, ihre vergissmeinnichtblauen Augen in dem brünetten Gesicht. Wo kam dieses Bild plötzlich her? Unvermittelt schoss ein rasender Schmerz durch sein rechtes Bein – seine Knie sackten durch.

„'alt, bleiben Sie ste'en!"

Er raffte sich auf, wandte sich um. Ein Franzose rannte genau auf ihn zu. Mit letzter Kraft rammte er ihm das Bajonett in den Leib.

Wedell stürzte gleichzeitig mit dem Franzosen, gemeinsam kullerten sie in einen Trichter; sein erster Blick fiel auf eine Pickelhaube, die genau im königlichen Adler ein Einschussloch aufwies. – Hier war er mit Colbert gewesen.

Er musste hier raus! Aber sein Bein! Der Schmerz strahlte von seiner Wade bis in den Oberschenkel. Die Hose war zerrissen und blutig.

Wedell sah zu dem Franzosen hinüber. Die ganze Uniform war mit Blut besudelt. Er sah in das Gesicht des Feindes – sein Atem stockte. Er spürte seinen eigenen Schmerz nicht mehr, sah nur noch die weit aufgerissenen Augen des Mannes, der ihn ebenfalls anstarrte.

Das durfte einfach nicht wahr sein. Er kroch zu dem Franzosen. „Colbert – Matthieu Colbert!"

Der Franzose röchelte, versuchte etwas zu sagen, aber er brachte nur unverständliche Laute heraus, die noch dazu vom Kampflärm übertönt wurden.

Dieser Krieg war an Furchtbarkeit nicht zu überbieten. Da lag Matthieu Colbert, mit dem er fast so etwas wie Freundschaft geschlossen hatte, mit dem er sich genau in diesem Trichter getroffen hatte, mit dem er über die Errettung, die Gott in Jesus Christus anbot, gesprochen hatte – tödlich verwundet durch *seine* Hand!

„Colbert, bitte verzeihen Sie mir! Pardonnez-moi, s'il vous plaît!"

Wieder dieses Röcheln, diese unartikulierten Laute. Aber der Blick des Franzosen war fest und bewusst auf ihn gerichtet. Was sollte ihm dieser Blick sagen? War es ein Vorwurf, dass er, der ihm von Gott erzählt hatte, ihn tödlich verletzt hatte? Oder vergab er ihm, weil er wusste, dass er gar nicht anders hatte handeln können? Weil Colbert sonst ihn, Wedell, getötet hätte?

„Es tut mir so leid, Colbert, es tut mir so leid ..."

* * *

Stundenlang irrten Lydia und Franzi schon durch Stenay. Pausenlos gingen Transporte zur Front ab, ebenso kamen pausenlos Transporte von der Front an. Aber sie saßen immer noch hier fest, während sich das Grummeln der Front verstärkte.

In einer etwas ruhigeren Gasse, wo sie nicht ständig von Soldaten angegafft wurden, lehnte Lydia sich an eine Hauswand. „Es ergibt keinen Sinn, auf einen Soldatentransport zu spekulieren. Ohne Papiere wird man uns niemals mitnehmen, sondern als verdächtige Subjekte festsetzen. Dann werden wir durchsucht und wenn man die Briefe deiner Großmutter entdeckt, ist auch dem dümmsten Soldaten sonnenklar, dass wir keine echten Frontschwestern sind."

„Wir könnten zum Lazarett gehen. Von dort wird doch bestimmt regelmäßig Sanitätsmaterial für die Verbandsplätze frontwärts transportiert."

Lydia stieß sich von der Wand ab. „Das Lazarett ist doch in der Nähe des Schlosses, kann also nicht weit von hier sein. Lass uns versuchen, auf so einen Transport zu kommen."

Sie wandten sich zur Hauptstraße, die zum Schloss führte. Unzählige Fahrzeuge verstopften die schmale Straße, Kutscher und Kraftfahrer fluchten, Feldgendarmen versuchten fuchtelnd, Ordnung in das Chaos zu bringen.

Lydia deutete auf ein Pferdegespann, das sich durch das Gedränge schob. „Siehst du dort? Mit Kisten beladen. Das fährt offensichtlich Richtung Front. Wenn wir da irgendwie hinaufkämen ...?"

Franzi zog sie mit sich aufs Trottoir. „Hier in dem Gedränge fallen wir am wenigsten auf. Wir sollten einfach aufspringen."

Ihre afrikaerfahrene Freundin stellte sich das so einfach vor, auf ein fahrendes Gefährt aufzuspringen. Aber bevor sie es bei einem mit Soldaten vollgestopften Wagen versuchten, war dieses Gespann eindeutig die bessere Wahl.

Das Fuhrwerk quälte sich Richtung Ortsausgang auf die Straße, die nach Varennes beschildert war.

„Schnell!" Ihre Freundin stieß sie an. „Sonst galoppiert er uns davon!"

Lydia fasste ihre Tasche fester. Hoffentlich hatte Franzi recht, dass die Leute im Gedränge die ungewöhnliche Bewegung nicht wahrnahmen.

Schon rannte Franzi los.

Lydia atmete tief durch, ein Stoßgebet, dann folgte sie ihr. Zum Glück ging das Geräusch ihrer Schritte im Wummern der Front, dem Klappern der Hufe und dem Rumpeln des Wagens unter. Und der Kutscher schaute so angestrengt nach vorn, dass er sie hoffentlich nicht bemerkte.

Franzi erreichte den Wagen, warf ihre Tasche hinauf und hangelte sich zwischen die Kisten. Rasch streckte sie Lydia die Hand entgegen.

In diesem Augenblick knallte der Kutscher mit der Peitsche und die Pferde verfielen in ruckeligen Trab.

Noch soeben erhaschte Lydia Franzis Hand und ihre Freundin zog sie auf den Wagen. Keuchend fiel Lydia zwischen die Kisten. Irgendjemand brüllte hinter ihnen her, aber der Kutscher schien es nicht zu hören. Sie hatten es geschafft – es ging nach Varennes. In die Nähe des Grafen Wedell. Dieser Gedanke beschleunigte ihren Herzschlag mehr als der Sprung auf den Wagen.

Franzi lachte leise. „Es war doch klar, dass sich niemand um uns kümmert. Bei so vielen Menschen meint jeder, ein anderer solle sich kümmern."

„Was dann natürlich niemand tut."

Das Grummeln der Front steigerte sich zum Donnern.

„Mein Vater hat sich gründlich geirrt", raunte Franzi ihr zu und band sich die Locken neu zusammen. „Statt einer dauernden Waffenruhe scheint man jetzt alles nachzuholen, was man über den Jahreswechsel versäumt hat."

„Glaubst du, dass auch die Straße nach Varennes unter Beschuss liegt?" Lydia sah nach vorn, wo weitere Wagen der Etappenstadt zustrebten. „Von dort scheinen Rauchwolken aufzusteigen."

Der Kutscher knallte wieder mit der Peitsche. „Nun macht mal ein bisschen voran, ihr beiden!", rief er seinen Pferden zu. „Gleich wird's wahrscheinlich ungemütlich."

„Das dürfte wohl die Antwort auf meine Frage sein." Lydia biss sich auf die Unterlippe und sah auf die Kisten hinab. „Franzi? Wenn das Sanitätsmaterial wäre, befände sich auf den Kisten doch sicherlich ein rotes Kreuz, nicht wahr?"

Franzi versuchte, eine Kiste zu öffnen. „Verplombt." Sie riss die Plombe ab und öffnete die Schließe.

Da lag eine Handgranate neben der anderen. „Wir sitzen auf einem Munitionstransport! Und wir kommen dem Beschuss immer näher!"

Der Mann auf dem Kutschbock begann auf die Pferde einzuschlagen. „Na los, schneller!" Schnaubend fielen die Tiere in Galopp. Trotzdem schwang der Kutscher die Peitsche unaufhörlich weiter.

Lydia und Franzi duckten sich zwischen die Kisten, um die Rute nicht ins Gesicht zu bekommen, wenn der Mann ausholte.

Der Lärm der Detonationen gellte in Lydias Ohren. Der Kutscher fuhr im Zickzack-Kurs um Schlaglöcher und einschlagende Granaten herum, der Wagen schlingerte gefährlich nahe an den Straßengraben. Krampfhaft hielt Lydia sich am Rand des Gefährtes fest. Vor ihnen, hinter ihnen, rechts und links fauchten Granaten nieder, Dreckfontänen spritzten auf, beißender Rauch legte sich auf ihre Lunge. Im Straßengraben lag ein umgestürzter Lastkraftwagen, daneben eine reglose Gestalt, über die der Kutscher einfach hinwegraste.

Lydia stieß einen spitzen Schrei aus, der aber in dem Inferno kaum zu hören war. „Hast du das gesehen? Dem Mann musste doch geholfen werden!"

„Wahrscheinlich war er längst tot."

Der Wagen schlingerte zur anderen Seite, unmittelbar hinter ihnen zerbarst eine Granate und überschüttete sie mit Dreck. Mitten auf der Straße stand ein brennender Lastkraftwagen, mehrere Tote lagen daneben. Wild gestikulierende Soldaten versuchten, den Kutscher zum Anhalten zu bewegen, doch der raste mit seiner tödlichen Fracht an ihnen vorbei, bis die ersten Häuser von Varennes in Sicht kamen. Hier fielen nur noch vereinzelt Granaten – offenbar hatten die Franzosen ihr Feuer auf die Zufahrtsstraße konzentriert.

Die Pferde fielen in Trab zurück, dann in Schritt, Schaum tropfte von ihren Mäulern.

Lydia starrte nach vorne: Varennes war noch überfüllter als Stenay – falls das überhaupt möglich war.

„Wir müssen hinunter, bevor uns jemand entdeckt." Franzi packte ihre Tasche.

Doch da hielt der Wagen schon an – die Dorfstraße war verstopft mit Verwundetentransporten.

„He, Becks, was hast du denn da für eine sonderbare Fracht?" Zwei Feldgendarmen traten an den Wagen. „Wer sind denn Sie? Sind Sie lebensmüde, auf einem Munitionstransport mitzufahren?"

Der Kutscher sprang keuchend vom Bock, schaute sich um und trat, sich mit beiden Händen über die Augen wischend, zu den Soldaten.

„Was fällt Ihnen ein, Becks, zwei Damen auf einem Munitionstransport mitzunehmen?", schnauzte einer der Gendarmen.

„Aber ich hatte ja keine Ahnung!", stammelte der Kutscher. „Wie kommen Sie auf meinen Wagen?"

Lydia kletterte hinab. „Wir sind am Ortsausgang von Stenay aufgesprungen. Wir müssen hier in Varennes zum Verbandsplatz; wir sind Frontschwestern."

„Und warum haben Sie sich nicht einem regulären Truppentransport zuteilen lassen?" Der Gendarm schüttelte den Kopf. „Wohl noch völlig unerfahren, wie?"

„Wir sind heute erst aus Deutschland gekommen." Lydia half Franzi vom Wagen. „Die Truppentransporte waren alle überfüllt. Außerdem: wir zwei Damen zwischen all den Männern ..."

„Da fahren Sie also lieber mit Munition als mit Männern." Der Gendarm grinste. „Becks, weiterfahren. Mach die Durchfahrt frei. – Und Sie, meine Damen, zeigen mal Ihre Papiere. Dann bringe ich Sie zum Verbandsplatz zu Stabsarzt Prigge."

Lydia sah Franzi an. „Wir haben keine Papiere."

„Keine Papiere?" Das freundliche Gesicht des Gendarmen verwandelte sich schlagartig in eine finstere Miene. „Daher also weht der Wind. Deshalb auch blinde Passagiere auf einem Munitionstransport. Hätte ich mir denken können, so etwas macht niemand freiwillig."

Franzi ließ die Schultern hängen und raunte ihr zu: „Es ist noch nie gut ausgegangen, wenn ich als blinder Passagier gereist bin."

„Mitkommen. Ich muss Sie dem Ortskommandanten melden."

Kapitel 33

Über Wedell tobte noch immer die Schlacht. Die Artillerie brüllte, Vorgesetzte schrien ihre Soldaten an, Verwundete jammerten, Sterbende wimmerten. Nur Matthieu Colbert gab keinen Laut mehr von sich.

Erneut krabbelte Wedell mühsam zu dem Franzosen hinüber, auch wenn sein verletztes Bein dabei entsetzlich schmerzte. Er tastete nach Colberts Hand und zog den Handschuh herunter. Am Handgelenk fühlte er keinen Puls mehr. Er legte die Finger an die Halsschlagader – nichts. Der Kopf des Toten kippte zur Seite.

Wedell schloss die Augen. Wo mochte Colberts Seele sein? Hatte er sich in den letzten Tagen zum Herrn Jesus bekehrt? Oder hatte er, der schon in seinem Elternhaus vom Retter Jesus Christus gehört hatte, seine Sünden nicht bekannt, war ohne Vergebung in die Ewigkeit, in die ewige Verdammnis gegangen – und das auch noch durch seine Hand?

Vorsichtig öffnete er die Brusttasche des Toten. Dort steckte eine französische Bibel. Hoffentlich hatte Colbert das göttliche Wort den Weg zum ewigen Heil gewiesen. Ehrfürchtig blätterte Wedell durch die Bibel. Da fiel ihm eine Fotografie in die Hände: Matthieu Colbert, noch ein wenig jünger, im steifen Anzug, ihm zur Seite eine bildhübsche Frau, höchstens Anfang 20, die einen Säugling auf dem Arm trug. Vermutlich die erste Tochter. Und die zweite ... Ihr Vater war gestorben, ehe er sie nur ein einziges Mal gesehen, ein einziges Mal in den Arm genommen hatte. Hatte er überhaupt einmal ein Bild von ihr gesehen?

Es war zu furchtbar. Wedell legte die Fotografie wieder in die Bibel und schob sie Colbert zurück in die Brusttasche. Er musste hier raus. Der Anblick des Toten und die Schmerzen in seinem Bein brachten ihn sonst um den Verstand.

Mühsam kroch er von Colbert fort und den Rand des Trichters empor. War es seinen Kameraden gelungen, die Franzosen zurückzuschlagen? Konnte er sich bis zu ihnen durchschlagen? Oder würde er sofort von den Franzosen kassiert oder abgeschossen, sobald er sich blicken ließ?

Er schob sich weiter vor, bis er den Rand erreichte. Das Schreien, Brüllen, Wimmern, Donnern und Krachen schien sich noch mehr gesteigert zu haben. Wenn er den Kopf aus dem Trichter hob, bekäme seine Pickelhaube wahrscheinlich auch mitten im Adler ein Loch. Es war viel zu gefährlich, er musste ausharren und den Anblick des Toten ertragen, bis es ruhiger wurde.

* * *

„So, heimlich in die Etappenstadt eingeschlichen also." Die Stimme des kleinen, vierschrötigen Majors Bultmann klang unangenehm scharf.

„Wir sind Frontschwestern." Lydia warf Franzi einen Seitenblick zu. Jedenfalls wollten sie es werden. „Wir wollen hier am Verbandsplatz arbeiten."

Bultmann wanderte trotz seiner kurzen Beine mit langen Schritten im Büro auf und ab. „Warum kommen Sie dann heimlich? Wo sind Ihre Marschpapiere?"

„Wir haben bisher noch in keinem Feldlazarett gearbeitet." Franzi verknotete ihre Finger. „Bitte lassen Sie uns hier die Verwundeten pflegen."

Der Ortskommandant winkte seinen Schreibstubensoldaten heran. „Neiß, holen Sie Stabsarzt Prigge. – Wenn Sie noch nie im Lazarett waren, müssen Sie doch von Ihrer Ausbildungsstätte einem Einsatzort zugewiesen worden sein."

Lydia seufzte heimlich. Wenn sie doch sofort zum Verbandsplatz gekommen wären. Dort hätte man sie sicherlich ohne viele Fragen aufgenommen. „Wollen Sie die Pflege der Verwundeten an Formalien scheitern lassen? Das kann doch nicht in Ihrem Sinne sein!"

„Ich habe jahrelang in Deutsch-Ostafrika als Krankenschwester auf einer Missionsstation gearbeitet", warf Franzi ein. „Ich kenne mich also mit Krankenpflege unter schwierigsten Bedingungen bestens aus."

„Wollen Sie damit andeuten", schnarrte Bultmann, „dass Sie nicht einmal eine Ausbildung zur Frontschwester absolviert haben?"

„Wie ich bereits sagte, habe ich reichlich Erfahrung und weiß über Krankenpflege viel mehr, als man mir in einer Schnellausbildung beibringen könnte."

Was Lydia von sich nicht behaupten konnte. Sie hatte ihren Schülerinnen bei einem aufgeschlagenen Knie zwar mal ein Pflaster aufgeklebt, aber damit konnte sie den Major sicherlich nicht beeindrucken.

„Sehr suspekt." Bultmann blieb vor ihnen stehen. „Aber da kommt Stabsarzt Prigge bereits."

Ein kleines, dürres Männlein in Sanitätsuniform fegte in den Raum und salutierte nachlässig vor dem Ortskommandanten. „Was sagte der Gefreite? Zwei Frauen, die Verwundete pflegen wollen? Famos! Die Verwundeten werden zurzeit kompanieweise eingeliefert."

Lydia grinste Franzi an. Der Mann schien vernünftig zu sein.

„Erwarten Sie die beiden etwa?" Bultmann rückte seine Mütze in den Nacken. „Wie heißen Sie überhaupt?"

Lydia knickste. „Lydia Gedigk." Die Baronesse verschwieg sie lieber, sonst hielt man sie noch für eine verzärtelte höhere Tochter. „Und meine Freundin ist Franzi von Schenck."

„Also, Stabsarzt, sind die Damen bei Ihnen angekündigt?"

Prigge lachte. „Angekündigt? Herr Major, ich fordere schon seit Kriegsbeginn fast täglich mehr Pflegepersonal an und bekomme immer die gleiche Antwort: An anderen Frontabschnitten werden die Schwestern nötiger gebraucht."

„Dann muss ich Sie leider mit dem nächsten Transport zurückschicken", schnarrte Bultmann. „Ohne Papiere kann ich Sie dem Verbandsplatz nicht zuteilen."

„Aber Herr Major!", rief Lydia. „Sie haben doch gerade gehört, wie dringend der Herr Stabsarzt Pflegekräfte benötigt." Wenn Bultmann sie zurückschickte, war die Möglichkeit, Graf Wedell zu treffen, dahin. Hier in der Etappenstadt war die Chance immer noch am größten.

Franzi wandte sich an Prigge. „Sie müssen wissen, dass ich mehr als acht Jahre in Deutsch-Ostafrika auf einer Missionsstation gearbeitet und dem dortigen Missionsarzt regelmäßig bei Operationen assistiert habe."

„Hören Sie, Herr Major." Der Arzt sprang in dem Büro hin und her. „Es wäre geradezu eine Schande, zwei Damen mit solcher Befähigung wegzuschicken, Papiere hin oder her."

Lydia biss sich auf die Unterlippe, um ein Grinsen zu unterdrücken. Der Stabsarzt glaubte anscheinend, sie wären beide in Deutsch-Ostafrika gewesen.

„Wer weiß, ob das alles stimmt." Bultmann zündete sich eine Zigarette an.

„Das werden wir schnell merken." Prigge deutete auf Lydia. „Sie: Worauf ist beim Verbandswechsel zu achten?"

Lydias Puls beschleunigte sich. Ihr fiel nur ein, dass der alte Verband entfernt und ein neuer angelegt werden musste – aber das wollte der Stabsarzt sicherlich nicht hören.

Da bemerkte sie, wie Franzi sich hinter ihrem Rücken die Hände rieb – Sauberkeit. Desinfektion. „Oberstes Gebot ist die Hygiene. Vor jedem Verbandswechsel müssen die Hände desinfiziert werden."

Prigge nickte und sah Franzi an. „Und jetzt Sie: Was ist das Tückische am Gasbrand?"

„Die ersten Symptome lassen sich von einer Entzündung nicht unterscheiden. Erst nach einiger Zeit beginnt die Haut durch die eingeschlossenen Gasblasen zu knistern. Allerdings ist bei Gasbrand höchste Eile geboten; wenn die betroffene Extremität nicht rechtzeitig amputiert wird, endet es schnell tödlich."

„Vorzüglich. – Herr Major, die beiden werden eine gute Verstärkung sein."

„Trotzdem sind sie mir nicht geheuer." Bultmann stieß den Rauch durch die Nase aus. „Ich will mir keinen Ärger einhandeln – und Sie bestimmt auch nicht, Prigge."

„Ich will aber auch eine ordentliche Versorgung für die Verwundeten." Prigge trat von einem Bein auf das andere. „Lassen Sie sie bei mir arbeiten, ich werde schon ein wachsames Auge auf sie haben."

Oh weh. Lydia sah Franzi an. Dann würde auch schnell herauskommen, dass sie keine Ahnung von der Krankenpflege hatte. Es sei denn, Franzi brachte ihr in kürzester Zeit die wichtigsten Handgriffe bei.

Franzi knickste grinsend vor dem Stabsarzt. „Wir werden Sie nicht enttäuschen."

Bultmann zog intensiv an seiner Zigarette und sah Lydia und

Franzi an. „Wie kommen Sie überhaupt ausgerechnet auf Varennes?"

„Wir hörten in Stenay, dass es hier besonders schlimm sei – jemand sprach von einem *Hexenkessel*", antwortete Lydia, ehe Franzi sich genötigt sähe, zu viel zu erzählen. „Und der Herr Stabsarzt bestätigte ja gerade, dass er tatsächlich dringend Hilfe benötigt."

„Dringend ist gar kein Ausdruck. Ich habe sogar schon Mädchen aus der französischen Zivilbevölkerung zur Pflege zwangsverpflichtet."

„Da werden wir allemal bessere Arbeit leisten", sagte Lydia.

Und Franzi setzte hinzu: „Wer weiß, wie die Französinnen mit unseren tapferen Soldaten umgehen."

Wieder nahm der Major einen schier endlosen Zug aus der Zigarette und drückte sie dann aus. „Also gut, Prigge, nehmen Sie die Frauenzimmer mit, aber behalten Sie sie scharf im Auge. Jede noch so geringe Auffälligkeit wird mir gemeldet, verstanden?"

Der Stabsarzt stand stramm. „Jawohl, Herr Major."

„Und Sie" – Bultmann wandte sich Lydia und Franzi zu – „machen Ihre Arbeit gut. Sonst geht es per Express zurück nach Deutschland. Oder in die nächstbeste Zelle. Und jetzt sehen Sie zu, dass Sie fortkommen." Der Major sah auf seine Uhr. „Es ist gleich fünf Uhr – um diese Zeit pflegt der Franzmann uns ein paar Granaten als Abendgruß herüberzuschicken, jedenfalls war es vor dem Weihnachtsfrieden so."

Noch während Lydia und Franzi nickten, führte Prigge sie aus dem Büro des Ortskommandanten hinaus und hastete mit ihnen durch die Gassen von Varennes. „Der Verbandsplatz ist in der Kirche *Notre Dame* untergebracht. Dort vorne sehen Sie schon den Turm."

Hinter dem Turm ragte in einiger Entfernung ein Hügel empor, auf dem ein paar Häuserruinen standen, von einem zerschossenen Kirchgemäuer überragt. Darüber lagen dichte Rauchwolken, Detonationen und Schüsse donnerten pausenlos, immer neue Rauchpilze stiegen auf.

Lydia deutete auf das zerstörte Dorf. „Dort ist wohl schon die Front?"

„Das ist Vauquois. Seit heute wieder heftigst umkämpft. Dort kommen die endlosen Verwundetenströme her." Prigge wies auf die Kolonnen von Wagen mit rotem Kreuz, die ihnen entgegenholperten. „Die Höhe von Vauquois ist strategisch immens wichtig. Zurzeit wird sie von unseren Soldaten ..."

„*Wie* heißt der Ort? Vauquois?" Lydia schnappte nach Luft.

„Ja. Heute Morgen sind dort zwei ungeheure Sprengungen hochgegangen."

Lydia fing Franzis Blick auf und wusste sofort, dass ihre Freundin das Gleiche dachte wie sie: Der Ort, wo die Schlacht tobte, war Graf Wedells letzter bekannter Standort.

Kapitel 34

Der dritte Tag in diesem Granattrichter im Niemandsland. Mit einer Kugel im Unterschenkel, einer Wunde, die zu eitern begann und immer wieder blutete. Und heute fing es auch noch an zu schneien. Seine Uniform war ohnehin steif gefroren, die Finger blau, und der Schmerz im verwundeten Bein zog von den Zehen bis zur Hüfte. Gestern Abend hatte er den letzten Rest der eisernen Ration gegessen, dazu geschmolzenen Schnee getrunken – seitdem krampfte sein Bauch. Und zu alledem plagte ihn der Anblick des toten Matthieu Colbert. Eine feine Schneeschicht breitete sich wie ein Leichentuch über den gefallenen Franzosen.

Erst in der vergangenen Nacht waren die Kämpfe endlich abgeflaut. Das pausenlose Feuer der Artillerie und Infanterie hatte ihn mürbe gemacht. Und er war trotz seiner vorsichtigen Blicke über den Kraterrand nicht sicher, ob die Fronten sich verschoben hatten. Lag er vielleicht nur wenige Meter von den Franzosen entfernt? Oder nahe an den deutschen Gräben? Aber dann würde er wahrscheinlich das Sprechen der Soldaten in den Gräben hören. Sollte ihn die Front überrollt haben und er nun im französischen oder deutschen Hinterland liegen, wäre er sicherlich längst aufgegriffen worden. Am wahrscheinlichsten war, dass er zwischen den Fronten lag. Würde er es in seinem verletzten und geschwächten Zustand schaffen, sich bis zu den eigenen Linien durchzukämpfen?

Er warf noch einen Blick auf Colbert. Der Anblick des getöteten Offiziers würde ihn sein Leben lang nicht loslassen – selbst wenn er 100 Jahre alt würde, wonach es im Moment nicht aussah. Dann begann er, den Rand des Trichters hinaufzukriechen. Sein verletztes Bein konnte er gar nicht mehr bewegen, zudem schmerzte es so sehr, dass Sterne vor seinen Augen tanzten.

Er hatte noch nicht die Hälfte der Trichterhöhe erreicht, da hörte er Stimmen. Sicherlich eine Patrouille, die die Stellungen des Feindes erkunden sollte. Oder sie waren auf der Suche nach Verwundeten. Vielleicht sogar nach ihm? Oder waren es Franzosen?

Eine deutsche Patrouille wäre seine Rettung. Aber die Männer flüsterten so leise, dass er kein Wort verstand. Dann hörte er nur noch das feine Klappern der Ausrüstung der Soldaten – schließlich wurde es wieder still. Nur das unaufhörliche Wummern der Front erfüllte den schneegrauen Tag. War dieses Staccato seine Totenmusik?

Wedell kämpfte sich weiter den Hang hinauf. Wie quälend langsam das ging! Vorsichtig linste er über den Rand. Nichts. Nur eine Kraterlandschaft, in der jegliche Vegetation untergepflügt war. Nirgendwo war die Brustwehr einer Stellung zu sehen, kein Horchgraben, nichts.

Aus eigener Kraft würde er die eigenen Linien kaum erreichen; jederzeit konnte der Beschuss wieder stärker werden und dann war er auf offener Fläche rettungslos verloren. Es sei denn, es gäbe eine längere Feuerpause. Aber wer konnte das schon voraussehen?

Also musste er auf eine Patrouille hoffen. Vor allem eine, die er als deutsche erkannte. Allerdings sollte das möglichst heute noch geschehen; eine weitere Nacht würde er wahrscheinlich nicht überleben.

Immer wieder fragte er sich, was wohl aus seinen Leuten geworden war. Hoffentlich hatten sie die eigenen Linien wieder erreicht! Saßen sie gerade im Unterstand *Waldesruh* und schickten seine persönlichen Dinge in die Etappe? Denn nach fast drei Tagen glaubte sicher niemand mehr daran, dass er lebend zurückkehrte. Und in Varennes würden seine Sachen dann zusammen mit dem Eigentum gefallener Kameraden im Keller der Ortskommandantur aufbewahrt, bis seine Vermisstenmeldung bearbeitet wurde. Anschließend ginge ein Schreiben ins Forstschloss: Graf Claus Ferdinand von Wedell seit 2. Januar 1915 bei Vauquois vermisst. Vermutlich kam die Meldung fast gleichzeitig mit seinem letzten Brief im Forstschloss an.

Welche Reaktion würde das im Forstschloss hervorrufen? Er sah schon seine Großmama mit gefalteten Händen über der Vermisstenmeldung sitzen und diese Not mit ihrem himmlischen Vater teilen. Trotz ihrer eigenen Trauer würde sie sicherlich die richtigen Worte finden, die kleine Viola zu trösten. Trotzdem würde er seiner kleinen Nichte als der Onkel im Gedächtnis bleiben, der sein Versprechen, Weihnachten zurück zu sein, nicht gehalten hatte. Und Lydia von Gedigk? Sie würde es vielleicht nie erfahren, denn sie sollte das

Forstschloss ja schon verlassen haben. Oder las sie in den Zeitungen die Verlustlisten? Aber würde sie überhaupt nach seinem Namen suchen?

Warum ließ ihn der Gedanke an Lydia von Gedigk einfach nicht los? Lag es daran, dass er dem Tod ins Auge sah? Wurden dadurch auf einmal alle Dinge in ein anderes Licht gerückt? Wurden dadurch Dinge, die ihm einmal so überaus wichtig erschienen, ganz anders gewichtet?

„Mein Gott und Vater, ich bin so allein, verzweifelt. Die Gedanken kreisen unaufhörlich. Willst du mich wirklich in diesem Trichter elend umkommen lassen?“ Aber war das nicht vielleicht sogar gut so? Wer mochte wissen, welche Leiden ihm noch bevorstanden, falls er überlebte. – Durfte er so etwas überhaupt denken? Verwirrten sich seine Gedanken schon?

Da! Stimmengeflüster! Ganz nah! Waren es Deutsche? Doch nein, das waren eindeutig die nasalen Laute der französischen Sprache. Wedell zog den Kopf ein und wagte kaum zu atmen. Wenn sie ihn mit dem toten Lieutenant fanden, würden sie ihn wahrscheinlich sofort abstechen. Der freundliche Colbert war bei seinen Leuten zweifellos beliebt gewesen.

Plötzlich knallte es in geringer Entfernung los, Maschinengewehre tackerten. Ganz in der Nähe erscholl ein französischer Fluch.

War die Patrouille entdeckt worden? Oder saß einem Posten nur der Finger zu locker am Abzug? Oft löste die Nervosität eines Soldaten einen wahren Feuerzauber aus.

Plötzlich kullerten zwei Gestalten in den Trichter – eine französische Patrouille. „Mince alors!“, brüllte einer der beiden, ein Sergeant. Er starrte erst ihn, dann den toten Colbert an. „Ah! Tu as tué Lieutenant Colbert!“

Mühsam hob Wedell die steif gefrorenen Arme. „Je suis blessé.“

* * *

Ich lerne es nie. Lydia schob den zerknäulten Verband, der eigentlich ordentlich um den Arm des Schützen Dieter Lischke liegen sollte – blutjung, kaum den ersten Flaum auf der Lippe –, mit dem Fuß zur Seite. Sie öffnete ein neues Verbandspäckchen. Die große Splitterwunde, die sich entzündet hatte, ließ ihr die Kohlsuppe von heute Mittag wieder hochkommen. Dazu noch der Gestank nach Blut und Eiter, der das ganze Kirchengebäude erfüllte.

„Muss der Arm abgenommen werden?“, lallte Lischke im Wundfieber.

„Ich glaube nicht.“ Aber sie hatte keine Ahnung. Sie war schon froh, dass Franzi ihr in den drei Tagen im Lazarett so viel gezeigt hatte, dass sie den Verwundeten wenigstens notdürftig helfen konnte, auch wenn immer noch viel zu viel schiefging.

Lischke stöhnte. „Ohne Arm hat das Leben keinen Sinn mehr. Ich bin Frisör – wie soll ich meinen Beruf je wieder ausüben?“

„Wir tun alles dafür, dass Sie Ihren Arm behalten.“ Sie wickelte den Verband ab und versuchte, sich nicht erneut mit den steif gefrorenen Fingern darin zu verheddern. „Kennen Sie Hauptmann Graf Wedell?“

Der Soldat fixierte sie mit seinen fieberglänzenden Augen. „Wedell? Wissen Sie, welche Kompanie?“

„Ich glaube, 3. Kompanie.“ Eine gewaltige Explosion erschütterte das Gemäuer, vor den buntbemalten Fenstern und teilweise leeren Fensterhöhlen zuckten Blitze.

Lischke schloss die Augen. „Ich habe den Namen schon gehört, aber ich bin aus der 5. Kompanie.“

So ging es schon die ganze Zeit. Manche kannten den Grafen überhaupt nicht oder, wenn sie ihn kannten, wussten sie nichts über ihn.

„Dort drüben ...“ Lischke deutete mit einer müden Armbewegung zu einem Seitenschiff der Kirche *Notre Dame*. „Da liegt Günther Stromberg von der 3. Kompanie.“

„Danke.“ Lydia fixierte den Verband und sah sich in der Kirche um. Ein Feldbett drängte sich an das andere. Der Altarraum war mit Paravents abgetrennt – von dort erklangen durchdringende Schreie, die das Stöhnen, das ohnehin schon das Gewölbe erfüllte, übertönten. Das war der hochtrabend *Operationssaal* genannte Bereich – der Bereich, den ein Großteil der Verwundeten als Krüppel oder mit den Füßen voran verließ.

Ein Stück von ihr entfernt wieselte ihre Freundin Franzi neben anderen Frontschwestern zwischen den Feldbetten umher. Sie ging in dieser Arbeit förmlich auf und hatte mit den schlimmen Verletzungen und dem bestialischen Gestank keinerlei Schwierigkeiten.

Lydia sah den Soldaten an, dessen durchgebluteter Verband als nächstes gewechselt werden musste. Obergefreiter Ulrich Räder, der schon mehrfach versucht hatte, sie zu belästigen. Der konnte warten, sie würde zuerst diesen Stromberg von der 3. Kompanie suchen.

„Kommen Sie schon, Schwester Lydia." Räder grinste sie an und offenbarte seine Zahnlücke. „Ich warte schon viel zu lange auf Sie."

„Ich bin gleich bei Ihnen." Lydia schnappte sich ihr Verbandszeug und huschte zu Franzi hinüber. „Hast du etwas von deinem Bruder gehört?"

Franzi reichte einem Fähnrich mit Beindurchschuss einen Becher Wasser. „Nichts. Du etwa? Du wirkst so aufgeregt."

„Dort drüben im Seitenschiff soll einer aus seiner Kompanie liegen. Ich werde ihn suchen."

Der Fähnrich gab Franzi einen Klaps auf den Allerwertesten. „Nicht ablenken lassen, Schwester."

Blitzschnell verpasste Franzi ihm eine Ohrfeige. „Was fällt Ihnen ein, mich anzufassen!"

Dem Offiziersanwärter fiel die Kinnlade herunter. „Aber Schwester ..."

Ihre Freundin wandte ihm den Rücken zu und verdrehte die Augen. „Schlimm, nicht wahr, Lydia? Keine Zucht und Ordnung hier. – Aber nun hinüber ins Seitenschiff mit dir, ich bin gespannt, was du herausfindest. Lass dich nur nicht von Prigge erwischen."

„Ich bin hoffentlich schnell wieder zurück." Lydia wischte sich die Hände an der weißen Schürze ab. Das Blut und der Dreck an ihren Fingern waren noch viel schlimmer als die Kreide.

In dem bezeichneten Seitenschiff lagen Leichtverwundete – jedenfalls Soldaten, die als leichtverwundet galten. Durchschüsse, kleine Splitterwunden.

„Gibt es hier einen Günther Stromberg?", rief Lydia gedämpft. „Günther Stromberg von der 3. Kompanie?"

„Hier, Schwester, ich bin Günther Stromberg", grölte einer und streckte ihr die Arme entgegen. „Komm nur her zu mir, du zuckersüße Puppe!"

Alle um ihn herum lachten wiehernd. Die Leichtverwundeten waren eindeutig die unangenehmeren Patienten.

„Ich bin der Gefreite Stromberg“, meldete sich eine schüchterne Stimme, die im Lachen der anderen beinahe unterging. Ein schmächtiger Junge richtete sich auf seinem Feldbett auf.

„Was wollen Sie denn von dem Bubi?“, grölte ein Soldat, der größer war als sein Feldbett. „Schauen Sie her, ich bin ein richtiger Kerl!“

Lydia ignorierte die anzüglichen Bemerkungen und zotigen Witze der Soldaten und hockte sich an Strombergs Feldbett.

„Verzeihen Sie, Schwester. Wir Soldaten sollten Ihnen dankbar sein, dass Sie diese gefährliche Arbeit tun, statt Sie zu belästigen.“

Sie sah sich um. Kein Prigge, keiner der Ärzte in Sicht. „Herr Stromberg, kennen Sie Hauptmann Graf Wedell?“

Stromberg lachte leise. „Kennen? Natürlich kenne ich meinen Kompaniechef. Ein feiner Kerl, sage ich Ihnen. Unter seinem Kommando durfte niemand wagen, einer Frau auch nur einen falschen Blick zuzuwerfen.“

Das passte zu ihm. „Wie geht es ihm? Ist er gesund? Wird seine Kompanie bald in die Etappe verlegt?“

„Sie sind eine mutige Frau.“ Stromberg zupfte an der Schlinge, die seinen eingegipsten Arm hielt. „Nicht wahr, Sie sind die Gräfin Wedell und sind Frontschwester geworden, um in der Nähe Ihres Gatten zu sein?“

Hitze schoss in Lydias Wangen. „Ich bin Lydia von Gedigk und nicht mit dem Grafen Wedell verheiratet.“

Sein Lächeln deutete an, dass er mehr dahinter vermutete, als er sagte. „Sie wären jedenfalls nicht die einzige Ehefrau oder Braut, die auf diesem Wege ihrem Mann oder Verlobten nahe sein will.“

„Nun sagen Sie schon: Wie geht es ihm?“

„Während des Weihnachtsfriedens habe ich ihn oft gesehen. Dann zuletzt beim Angriff am 2. Januar. Ihm passte es gar nicht, dass die Waffenruhe genutzt wurde, um die gegnerischen Stellungen zu unterminieren.“

„Und jetzt?“, keuchte Lydia. War sie endlich am Ziel ihrer Suche? „Hat er den Angriff unbeschadet überstanden?“

„Ich sah ihn zuletzt, als er den Befehl zum Angriff gab. Dann wurde ich ziemlich schnell verwundet und zurückgebracht.“

Also wieder nichts. „Ist er dort in dem Dorf auf dem Hügel eingesetzt?"

„Ja, in Vauquois."

Also wirklich dort, wo ständig heftige Feuergefechte tobten.

„Machen Sie sich keine Sorgen um ihn. Der Herr Hauptmann ist gewissenhaft, umsichtig ..."

„Schwester Lydia!"

Sie schreckte hoch.

Prigge sprang durch die Reihen der Feldbetten auf sie zu. „Sagt Ihnen der Name Obergefreiter Räder etwas?"

„Das war wohl nichts, Stromberg", brüllte der falsche Stromberg herüber. „Dein Schäferstündchen ist schneller vorüber, als du gedacht hast."

„Ruhe!", brüllte Prigge. „Schwester Lydia, was haben Sie dazu zu sagen?"

„Ich hatte eine Frage an den Gefreiten Stromberg." Sie legte so viel Festigkeit wie möglich in ihre Stimme.

„Was für eine Frage?", schoss Prigge zurück. „Woher kennen Sie den Verwundeten?"

„Ich kenne ihn gar nicht."

„Und warum verlassen Sie dann das Ihnen zugeteilte Revier? Ihr Arbeitseinsatz und Ihre Fähigkeiten sind ohnehin schon unterirdisch. Nicht nur Räder hat sich über Sie beschwert."

„Der Obergefreite Räder wollte mich belästigen", gab Lydia zurück. „Bitte sorgen Sie als Lazarettleiter dafür, dass Ihre Schwestern ungestört arbeiten können."

Das Grölen der Soldaten füllte das Seitenschiff und auch Prigge stimmte mit ein. „Ein bisschen Freude müssen Sie den Männern, die auch *Ihre* Heimat verteidigen, schon gönnen."

Lydia biss sich auf die Unterlippe. Was für eine Einstellung dieser Mann hatte! Wenn Graf Wedell Lazarettleiter wäre, herrschte hier bestimmt vorbildliche Ordnung. Bloß würde er sie wahrscheinlich auch von hier wegschicken, weil er kein gefallenes Mädchen duldete.

„Bitte begeben Sie sich in das gegenüberliegende Seitenschiff und lösen Sie dort Schwester Margret ab." Prigge deutete mit rudernden Armbewegungen quer durch die Kirche. „Dort liegen die Sterbenden. Bei denen können sie kaum etwas falsch machen. Und belästigen werden die Sie wohl auch nicht."

„Ach, Herr Stabsarzt", rief der falsche Stromberg mit weinerlicher Stimme. „Lassen Sie uns die süße Krabbe doch noch etwas hier." Sofort stimmten seine Kameraden ein.

Prigge hob den Arm, und die Männer verstummten schlagartig wie ein geübtes Orchester beim Abwinken des Dirigenten. Der Lazarettleiter funkelte Lydia an. „Worauf warten Sie noch? Da geht's lang."

Auf der anderen Seite der Kirche würde sie noch mehr Elend sehen, dabei machte ihrem Magen das, was sie bisher gesehen hatte, schon genug zu schaffen. Zudem würde sie von den Sterbenden kaum etwas über Graf Wedell erfahren.

„Und nehmen Sie Ihre Freundin gleich mit – verpasst die Fähnrich Schnapka eine Ohrfeige, weil er ihr einen Klaps auf den Hintern gegeben hat!" Kopfschüttelnd sprang Prigge davon.

Dann würde auch Franzi nichts mehr über ihren Bruder in Erfahrung bringen können. „Herr Stabsarzt ..."

Doch Prigge tänzelte bereits außer Hörweite zwischen den Feldbetten hindurch.

* * *

Wedell hatte keine Ahnung, wohin er gebracht worden war – seit ihn die Franzosen aus dem Niemandsland gezogen hatten, dämmerte er immer wieder in einen ohnmachtsähnlichen Zustand hinein. Jedenfalls lag er auf einer Trage, die in einer Art Vorhalle stand, die nach einem Herrenhaus oder einem kleinen Schloss aussah. Sanitäter mit Tragen, Frontschwestern und Soldaten mit Verbänden um Arme oder Kopf eilten in seinem Sichtfeld vorüber. Und das Donnern der Front war zwar noch deutlich zu hören, schien aber ein wenig entfernt zu sein. Offenbar hatte man ihn zu einem Verbandsplatz oder in ein Lazarett gebracht, das in dem Anwesen eines französischen Landedelmanns eingerichtet worden war.

„Bitte, ich brauche dringend einen Arzt." Das Sprechen strengte ihn an, besonders, da er sich nun auf Französisch verständigen musste.

Ein bulliger Commandant[13] beugte sich über ihn. „Einen Arzt bekommen Sie erst, wenn wir wissen, warum Sie da im Niemandsland herumgekrochen sind."

Das hatte er ihnen doch schon fünfmal erklärt. „Ich bin bei den Kämpfen am 2. Januar verwundet worden und habe die ganze Zeit in eben jenem Granattrichter gelegen."

„Lächerlich." Der Commandant gab ihm einen Stoß. „Dieses Märchen glaubt Ihnen kein Mensch. Fast drei Tage bei der Kälte – ausgeschlossen."

Eine weibliche Stimme hinter ihm mischte sich ein. „Mon Commandant, ich halte es schon für möglich ..."

„Sie antworten nur, wenn Sie gefragt werden, Schwester Denise", schnauzte der Bullige. „Also: Was plant ihr Deutschen? Warum geht ein Offizier selbst auf Patrouille?"

Wedell schloss die Augen. Sie sollten ihn endlich versorgen! Seine Gedärme zogen sich vor Hunger zusammen und sein Bein schmerzte so sehr, dass er immer wieder gegen die Ohnmacht ankämpfen musste.

„Hé, nicht simulieren!" Ein weiterer Stoß. „Schwester Denise, wecken Sie ihn auf."

Er spürte einen Becher an den Lippen und trank in gierigen Zügen. Mühsam öffnete er die Augen und sah in ein bildschönes Gesicht. Tiefbraune, fast schwarze Augen, die mit besorgtem Ausdruck auf ihn gerichtet waren, ein fein geschnittener Mund, der zaghaft lächelte, und kastanienbraune Haarsträhnen, die vorwitzig unter der Schwesternhaube hervorlugten.

„Commandant de Fouquet muss immer herumschreien", wisperte sie.

„Sie dienen in welcher Einheit?" Wieder die kratzige Stimme des Commandant, das Gesicht der Schwester verschwand.

„Füsilier-Regiment Nummer 38 *Generalfeldmarschall Graf Moltke.*" Die 38 prangte doch groß genug auf seinen Schulterstücken.

„Ihre Funktion?"

„Chef der 3. Kompanie."

Die Schwester machte sich an seinen Stiefeln zu schaffen.

13 entspricht dem deutschen Major

„Regimentskommandeur? Divisionskommandeur?“

Wedell wurde von den schnell abgeschossenen Fragen schwindelig. „Oberst von Donnersmarck. Und Generalleutnant von Webern.“

„Wo genau waren Sie eingesetzt?“

„In Vauquois.“

„Wie hoch waren Ihre Verluste beim Angriff vom 2. Januar?“

Immer diese Fragen, auf die er keine Antwort geben konnte. „Ich war seit dem 2. Januar nicht mehr bei meiner Einheit.“

„Wo waren Sie dann?“

„In eben jenem Trichter, wo mich Ihre Leute gefunden haben.“

Die Schwester zog ihm einen Stiefel vom Fuß – Wedell unterdrückte einen Schmerzensschrei.

„Pardon. Es tut mir leid.“ Sie schenkte ihm ein schwaches Lächeln und begann, seine Fußlappen zu lösen.

„Mit welchem Auftrag wurden Sie als ein Kompaniechef ins Niemandsland geschickt, he? Sollten Sie die Möglichkeiten für eine weitere Unterminierung ausloten?“

„Nein, nein! Nichts dergleichen!“ Ihm wurde schon wieder schwarz vor Augen.

Mit einem Ruck zog die Schwester den Fußlappen ab. Wedell biss die Zähne aufeinander. Sie verzog das Gesicht, als verursache es ihr selbst Schmerzen.

„Er hat Erfrierungen an den Zehen.“ Ihre sanfte Stimme tat ihm gut. „Er hat also wirklich eine lange Zeit in der Kälte zugebracht.“

„Aber doch keine drei Tage!“, polterte Commandant de Fouquet. „Wir hatten schon oft genug mit Erfrierungen zu tun, die aber schon nach einem Tag eingetreten sind.“

„Aber wir haben auch schon öfter festgestellt, dass die Ausrüstung der deutschen Soldaten besser zu sein scheint als ...“

„Mischen Sie sich nicht ein, Schwester Denise!“ Fouquet gab Wedell wieder einen Stoß. „Los, sagen Sie die Wahrheit!“

Wedell schloss die Augen. „Ich sage – die ganze Zeit – nichts als die Wahrheit“, murmelte er.

Der Franzose brummte etwas, das wie ein Schimpfwort klang. „Schwester Denise, ich brauche Sie gerade nicht mehr.“

Jetzt schickte er auch noch die letzte medizinische Hilfe fort. Und die Einzige, die ihn unterstützt hatte.

„Aber Monsieur le Commandant, der Gefangene benötigt medizinische Hilfe!"

„Ich sagte, ich brauche Sie nicht mehr." Wenn er lauter sprach, wurde seine Stimme noch kratziger.

Die junge Frau warf Wedell ein schwaches Lächeln zu, dann verschwand sie aus seinem Blickfeld, Schritte entfernten sich, eine Tür ging.

Der bullige Commandant stellte sich breitbeinig über Wedells Trage. „Und nun die Wahrheit!" Er packte Wedells verwundetes Bein.

Wedell presste vor Schmerz die Zähne aufeinander.

„Reden Sie schon!"

Ihm traten Tränen in die Augen.

Fouquet drückte fester auf sein Bein. „Dann erzählen Sie wenigstens, was mit Lieutenant Colbert passiert ist."

„Ich – ich wurde während des Rückzugs verwundet", japste Wedell. „Colbert verfolgte mich. Ich hatte keine andere Wahl, sonst – sonst hätte er mich getötet."

„Schwein!", knirschte der Commandant und ließ sein Bein los. „Und das andere werden wir auch noch aus dir herausbekommen. Diese Methode scheint ja zu wirken."

O Gott, bitte keine Folter! Ich kann ihnen doch nicht mehr sagen, als ich weiß!

Der Commandant ging zur Tür. „Perrier, Balzac hereinkommen!" Das Poltern schwerer Stiefel näherte sich. „Bringen Sie ihn irgendwo hin, wo er nicht im Weg ist. Ich werde ihn später weiter befragen. Vor dem Verhör medizinische Versorgung nur so weit, um das Leben zu erhalten. Wer angeblich drei Tage im Niemandsland überlebt hat, kann auch noch länger durchhalten." Fouquet lachte kratzig.

Was hatten sie mit ihm vor? Bitte, o Gott, bewahre mich. Bitte rette mich!

„Wir werden schon aus dir herausbringen, was wir wissen wollen."

Kapitel 35

Das Seitenschiff, in das der Stabsarzt Lydia und Franzi verbannt hatte, war der schlimmste Teil des Lazaretts. Wer erst einmal hier lag, kehrte meist weder an die Front noch in die Heimat zurück. Er wurde nur noch hinausgetragen und hinter der Kirche begraben. Dort, wo schon unzählige rohe Holzkreuze standen.

„Duuuuurst!", jammerte der hohlwangige Unteroffizier Trösken. „Bitte trinken, Schwester!"

Lydia trat an das Feldbett. Der Kraftdroschkenkutscher aus Recklinghausen hatte wahrscheinlich nur noch wenige Stunden zu leben. Und hinterließ eine schwangere Frau und vier Kinder ... „Sie haben einen Bauchschuss, Herr Trösken. Der Arzt hat verboten, Ihnen zu trinken zu geben."

„Aber ich habe solchen Durst! Er ist schlimmer als alle Schmerzen!"

Sie sah zu Franzi hinüber, die sich gerade den letzten Brief eines Sterbenden diktieren ließ. War es wirklich so schlimm, wenn sie dem Unteroffizier zu trinken gab? Warum sollte sie ihm nicht wenigstens beim Sterben Erleichterung verschaffen?

„Schwester, bitte!", jammerte der Unteroffizier. „Nur einen winzigen Schluck! Es wird mir bestimmt nicht schaden."

„Aber der Arzt ..."

Ein Leutnant, der neben dem Unteroffizier lag und wegen eines Gasbrands im Bein keine Hoffnung auf Rettung mehr hatte – für eine Amputation war es schon zu spät –, stützte sich auf seine Ellenbogen. „Seien Sie doch nicht so grausam, Schwester. Ich glaube, der arme Kerl hat seit gestern nichts mehr zu trinken bekommen."

Dann musste er wirklich fürchterlichen Durst leiden. Sollte sie Franzi fragen? Aber die legte gerade den Stift beiseite und schien ernst mit dem Sterbenden zu reden. Wahrscheinlich wies sie ihn darauf hin, dass er sich auch in letzter Sekunde noch zu Jesus Christus bekehren konnte. Dort durfte sie nicht stören. Und auch Schwester Margret, die vorher die Sterbenden betreut hatte, war nirgendwo zu sehen.

Was sollte an einem kleinen Schluck Wasser schon so schädlich sein? Lydia füllte einen Becher, hob den Kopf des Verwundeten und hielt ihm den Becher an die Lippen. In gierigen Zügen trank er ihn leer.

„Danke, Schwester."

Lydia stellte den Becher ab und strich ihm das verschwitzte Haar aus der Stirn. Dann ging sie zu Leutnant von Lehndorff hinüber, der so gar nicht nach einem Sterbenden aussah. Doch dann fiel ihr Blick auf sein Bein, das bis zum Becken blau angelaufen war.

Er sah sie mit fieberglänzenden Augen an. „Nur ein Steckschuss im Oberschenkel. Ich dachte erst, die Quacksalber wollten mir das ganze Bein abnehmen. Das können sie schließlich am besten. Sechs Amputationen schaffen sie in der Stunde." Er lachte auf. „Wenn der Krieg noch länger dauert, schaffen sie bald vielleicht acht oder zehn Amputationen in der Stunde. Aber nicht bei mir. Ich muss ja mein Bein behalten. Wie soll ich sonst mein riesiges Gut in Ostpreußen bewirtschaften?"

Lydia wagte den Leutnant nicht anzublicken. Prigge hatte ihn offenbar in Unkenntnis seiner Lage gelassen. So viel hatte sie inzwischen gelernt, dass bei Gasbrand höchste Eile geboten war, ehe selbst eine Amputation nicht mehr half, weil bereits der ganze Körper befallen war. Armer Leutnant! War sie nicht verpflichtet, ihm die Wahrheit zu sagen? Damit er sich auf die Ewigkeit vorbereiten konnte?

Plötzlich erklang ein durchdringender Schrei, der das ganze Kirchengewölbe füllte. Lydia schoss kerzengerade in die Höhe – das kam doch von Tröskens Liege! Mit zwei Schritten war sie bei ihm.

Er krümmte sich, hielt sich mit beiden Händen den Bauch, die Schreie gingen in unentwegtes Brüllen über.

Stabsarzt Prigge wieselte durch das Labyrinth der Liegen herbei, bis er bei dem Unteroffizier stand. „Wer hat ihm zu trinken gegeben? Sie etwa, Schwester Lydia?"

„Er bat so flehentlich", stammelte sie. „Er meinte, der Durst sei schlimmer als alle Schmerzen."

Prigge schüttelte den Kopf. „Jede Schwester weiß doch: Bei Bauchschuss niemals etwas zu trinken geben, so grausam es auch erscheint. Jetzt sehen Sie, wie der arme Kerl leidet."

Franzi kam heran und nahm Lydia in den Arm.

„Kann man ihm denn gar nicht helfen?“ Lydia fühlte Tränen in den Augen.

„Nein, wir können ihn nur verrecken lassen“, polterte Prigge. „Zu was sind Sie überhaupt zu gebrauchen? Und Sie, Schwester Franziska, warum haben Sie Ihre Freundin nicht besser eingewiesen?“

Tröskens Schreie gingen in Wimmern über, sein Körper krampfte sich zusammen – dann streckte er sich und wurde still.

Lydia deckte eine Hand über die Augen.

Prigge nahm dem Unteroffizier die Erkennungsmarke ab und brach sie durch. „Sie beide packen die persönlichen Dinge des Unteroffiziers und von Leutnant von Lehndorff und bringen sie in den Keller der Ortskommandantur. Vielleicht bekommen Sie wenigstens das hin.“

Lydia sah zu dem Leutnant hinüber – auch er lag still da.

Prigge trat an dessen Feldbett, nahm auch ihm die Erkennungsmarke ab und knickte sie durch. Damit war das Leben des Leutnants Helmuth von Lehndorff endgültig vorbei. „Organversagen. So endet es fast immer bei Gasbrand. Hier, nehmen Sie die Marken und geben sie sie in der Schreibstube der Ortskommandantur ab.“ Er reichte Lydia die halben Marken.

Stumm packte sie die persönlichen Dinge des Leutnants – Briefe, Trauring, Uhr, Bilder – in einen der dafür vorgesehenen Säcke.

Franzi nahm die Sachen von Unteroffizier Hans Trösken, dann verließen sie die Kirche durch einen Seitenausgang.

Die klare, kalte Winterluft tat gut. Tief atmete Lydia durch. „Es ist so schrecklich“, murmelte sie. „Selbst durch die dicken Mauern sind die Schreie noch zu hören.“

Ihre Freundin legte den Arm um sie. „Wusstest du denn nicht, dass Patienten mit Bauchschuss nichts trinken dürfen?“

„Doch. Ich dachte nur, da es ohnehin mit ihm zu Ende ging, könnte ich ihm Erleichterung verschaffen.“

„Damit erreichst du leider das Gegenteil.“ Franzi strich ihr über den Rücken. „Durch das Wasser im Magen beginnt der verletzte Darm zu arbeiten, was schon heftige Schmerzen verursacht. Doch dann laufen Wasser und Verdauungssäfte auch noch in die Bauchhöhle – du kannst dir vorstellen, dass das zu einem qualvollen Tod führen muss."

„Es tut mir leid, dass ich ihm solch ein schreckliches Ende bereitet habe." Die dumpfen Abschüsse französischer Artilleriegeschütze ließen Lydia zusammenzucken. Sie sah zum Hügel von Vauquois hinüber, wo sie den Grafen vermutete. „Es geht schon wieder los. Die Franzosen beschießen Vauquois."

Auch Franzi starrte zum Hügel hinauf, wo Qualm- und Staubwolken waberten. „Ich kann mir fast nicht vorstellen, dass dort oben noch Menschen leben sollen."

„Aber offensichtlich ist es so. Hörst du das Gewehrfeuer?" Es schien also irgendwie möglich zu sein, dort oben zu überleben. Dann konnte auch Graf Wedell noch wohlauf sein.

Plötzlich paukte die deutsche Artillerie ebenfalls los und jagte ihre Granaten im hohen Bogen über Varennes hinweg feindwärts. Unwillkürlich schrie Lydia zu Gott, dass der Graf diesen ganzen Feuerhagel überlebte.

Als sie die Ortskommandantur im Rathaus erreichten, ging Lydia forsch auf einen der Wachsoldaten zu. „Wo werden die persönlichen Gegenstände der Gefallenen aufbewahrt?"

„Im Keller, dritte Tür rechts. Wenn der Raum schon voll ist, einfach in den nächsten, wo die Uniformen gesammelt werden."

Sie stiegen die Treppe hinab. Ein langer Flur, an dessen einem Ende es eine Hintertür gab, die offenbar nach draußen führte. Lydia öffnete die dritte Tür auf der rechten Seite – drinnen reihte sich Sack an Sack. Ihr stockte der Atem. Die Säcke waren teilweise bis unter die Decke gestapelt! „Wie furchtbar!"

„So viele Tote", murmelte Franzi.

Lydia ging in die hinterste Ecke, wo noch ein wenig Platz war, und stellte den Sack mit Leutnant von Lehndorffs Sachen ab. Dabei stieß sie an einen anderen Sack. Er fiel um und ein Buch purzelte heraus. Ein altes Buch. Mehrere Seiten waren lose und hingen schief zwischen den Deckeln. Vorsichtig hob Lydia es auf und sah auf den Einband. *Psalter und Harfe – Gesammelte Gedichte von Philipp Spitta* stand auf dem Deckel. Ein leiser Schrei entfuhr ihr. „Franzi!"

Ihre Freundin stellte den Sack des Unteroffiziers ab und eilte zu ihr. „Was ...? Der Spitta!“ Sie riss ihr das Buch aus der Hand und schlug die erste Seite auf. „Der Spitta meiner Mutter.“

In fein geschwungenen Buchstaben stand dort *Baronesse Helena von Hohenau*. Das war die erste Frau von Graf Ferdinand von Wedell, die Mutter von Claus Ferdinand, Friedrich Wilhelm und Franziska Elisabeth. Und dies war der Gedichtband, den der Graf so hoch achtete. Er hatte ihn also mit in den Krieg genommen. Und jetzt ...

Franzi reichte Lydia den Gedichtband zurück und beugte sich über den Sack. „Sein Schreibzeug. An ihn adressierte Briefe.“ Sie förderte ein ganzes Paket zutage. „Von Großmama, von Papa, von Viola – und von Pauline Behrendt.“

Lydia schloss die Augen. Obwohl sie längst wusste, dass der Graf mit der Kellnerin im Briefverkehr stand, tat es weh. Aber noch mehr schmerzte die Erkenntnis, dass all ihre Bemühungen zu spät kamen. Graf Claus Ferdinand von Wedell war gefallen.

Franzi wühlte weiter in dem Sack. „Merkwürdig ist nur, dass seine Bibel fehlt. Die würde man doch sicherlich auch nach Hause schicken.“

„Vielleicht hat er sie verloren? Oder verschenkt?“

„Verloren ganz sicher nicht. Das würde meinem Bruder nie passieren.“ Franzi schloss die Augen. „Verschenkt vielleicht schon, obwohl ich mir auch nur schwer vorstellen kann, dass er sich von ihr getrennt hat. Eher glaube ich, dass er sie immer mit sich geführt hat. Und wenn sie jetzt fehlt ...“ Sie wühlte weiter in dem Sack.

„Du meinst ...?“ Lydias Herzschlag verdoppelte sich.

„Seine Uhr fehlt ebenfalls. Die wird er doch wohl immer bei sich getragen haben, nicht wahr?“

„Dann – dann wurde er vielleicht nie gefunden?“

„Das kann bedeuten, dass niemand genau weiß, ob er wirklich tot ist. Weil er vermisst wird.“

Oder auf eine Art gefallen, dass es nicht mehr möglich war, die Sachen, die er bei sich trug, zu bergen.

* * *

„Monsieur?“

Eine warme, einschmeichelnde Stimme holte Wedell sanft aus seinem Dämmerzustand. Er öffnete die Augen und sah in das bildschöne Gesicht der Schwester, die ihn nach seiner Ankunft im französischen Lazarett notdürftig versorgt hatte. Schwester Denise, wenn er sich recht erinnerte.

„Sie müssen etwas trinken, Monsieur." Sie schob einen Arm unter seine Schultern und half ihm, sich etwas aufzurichten.

„Warum bin ich noch nicht verhört worden?" Seit einem Tag lag er bereits auf einer Trage in einem schmalen Korridor des herrschaftlichen Gebäudes. „Wollen mich die Herrschaften durch die schlechte Versorgung und die lange Wartezeit mürbe machen?"

Sie setzte ihm einen Becher an die Lippen. „Ich hörte, dass Commandant de Fouquet leicht verwundet wurde. Allerdings wird er die Befragung noch heute nachholen."

Lag da etwas wie Bedauern in der Stimme der Schwester?

Sie ließ ihn zurück auf die Trage sinken und hockte sich neben sein Bein. „Ich werde schnell nach Ihrer Verletzung sehen."

„Danke, Schwester Denise."

Sie lächelte ihn an und schlitzte sein ohnehin schon zerfetztes Hosenbein auf. „Ein Steckschuss. Vermutlich ist der Knochen zertrümmert."

„Wissen Sie, ob schon an die Deutschen gemeldet wurde, dass ich in Gefangenschaft geraten bin?"

„Ich fürchte nicht. Sie sollen erst noch befragt werden, ehe Sie versorgt werden und die Meldung an das Rote Kreuz hinausgeht."

Hoffentlich war noch keine Vermisstenmeldung ans Forstschloss gegangen. Seine Familie würde sich nur unnötig Sorgen machen. „Eine weitere Befragung ist völlig sinnlos. Ich hatte doch seit vier Tagen keinen Kontakt mehr mit meinen Leuten."

„Davon müssen Sie Monsieur le Commandant überzeugen." Sie sah sich im Korridor um. Dann beugte sie sich seinem Gesicht entgegen und senkte die Stimme. „Waren Sie in Vauquois stationiert?"

Er sah sie scharf an. Begann die Befragung schon jetzt? Hatten sie extra diese bildhübsche Schwester geschickt, um ihn auszuhorchen?

„Ich stamme nämlich aus Vauquois." Sie nahm ein Tuch und reinigte sein Bein.

Er biss die Zähne vor Schmerz zusammen. Was sollte das? War das die französische Methode, Informationen aus ihm herauszuholen? „Sie stammen wirklich aus Vauquois?"

„Ja." Sie tupfte Desinfektionsmittel auf sein Bein. „Es muss unbedingt ein Arzt danach sehen. Ich werde mich darum kümmern, sobald Sie von der Befragung zurückkommen. Bis dahin lege ich Ihnen einen Verband an."

„Ich glaube, dass die Befragung soeben stattfindet."

Ihr fiel das Verbandspäckchen aus der Hand. „Bitte was?"

„Sie sind bereits die zweite Person, die ich innerhalb von zwei Wochen treffe, die angeblich aus Vauquois stammt. Bei einem Dorf mit nicht einmal zweihundert Einwohnern ist das ein ziemlich großer Zufall. Zumal sich dadurch doch wunderbare Gelegenheiten bieten, in einem unbefangenen Gespräch militärisch relevante Informationen zu erhalten, nicht wahr?" Oder war er zu misstrauisch? Hatte der Krieg ihn schon so verdorben, dass er hinter allem Gefahr witterte?

„Ich verstehe nicht, was Sie damit sagen wollen." Sie hob das Verbandspäckchen auf.

Ihm fiel es ja auch schwer, bei dieser freundlichen und hilfsbereiten Schwester daran zu glauben. Aber war es nicht vielleicht genau das, worauf die Franzosen hofften? „Ein feiner Kniff. Wenn Sie aus Vauquois stammen, ist es nur verständlich, dass Sie wissen wollen, wie es dort aussieht. Und nebenbei entlocken Sie dem verwundeten, schmerzgeplagten Gefangenen, dessen Zutrauen Sie durch Ihre Hilfsbereitschaft gewonnen haben, militärische Geheimnisse."

Schwester Denise, die gerade das Verbandspäckchen öffnete, hielt inne und sah ihn erschrocken an. „Wie kommen Sie bloß auf solch abstruse Ideen?"

Wedell stemmte sich auf die Ellenbogen hoch. „Geben Sie doch zu, dass Sie Anweisung haben, das Vertrauen der deutschen Gefangenen zu gewinnen, und dann über den Kniff, dass Sie – angeblich oder tatsächlich – aus dem Ort stammen, wo Ihre Gefangenen eingesetzt waren, militärische Details zu erfahren."

Die Schwester lachte leise auf, während sie den Verband um sein Bein wickelte. „Sie haben viel Fantasie. Und noch mehr Misstrauen. Sie haben doch schon miterlebt, dass mir verboten wurde, Sie medizinisch zu versorgen." Sie sah ihn an. „Kriegszeiten sind schlimm, aber es gibt auch in diesen Zeiten noch Menschlichkeit über die Grenzen von Freund und Feind hinweg."

Kriegszeiten brachten nur das Schlechteste in den Menschen hervor. So jedenfalls hatte er den Krieg bisher erlebt. Oder gab es wirklich solche Ausnahmen, wie Schwester Denise behauptete? „Daran werde ich wohl nie wieder glauben können."

„Schwester Denise!?" Eine barsche Stimme hallte durch den Korridor. „Was tun Sie da?" Ein Arzt trat an die Liege.

„Ich versorge die Wunde des Gefangenen", gab die Schwester zurück.

„Gibt es etwa nicht genug französische Soldaten, um die Sie sich kümmern können?", bollerte der Mann.

„Leider doch. Aber der Commandant will ihn nachher verhören, n'est-ce pas? Und das geht bekanntermaßen nur mit Gefangenen, die leben und nicht vor Schmerzen das Bewusstsein verloren haben."

„Reden Sie nicht. Wir kennen alle Ihre barmherzige Art. Treiben Sie es nicht zu weit!" Der Arzt wandte sich ab und winkte zwei Soldaten heran. „Tragen Sie ihn nach oben zur Lazarettleitung."

Schwester Denise drückte ihm verstohlen die Hand und wisperte: „Jetzt kommt die echte Befragung. Ich wollte wirklich nur wissen, wie es in meinem Heimatdorf aussieht."

Ehe er antworten konnte, hoben die beiden Soldaten die Trage an, trugen ihn die Treppe hinauf und brachten ihn in einen großen Raum im Obergeschoss, wo Commandant de Fouquet und der Sergeant, der ihn im Trichter aufgegriffen hatte, bereits warteten. Die beiden Soldaten stellten ihn ab und verließen den Raum.

Commandant de Fouquet blätterte in Wedells Soldbuch. „Hauptmann Graf Claus Ferdinand von Wedell", begann er in akzentfreiem Deutsch. Wollte er es heute mit Freundlichkeit versuchen? „Wo sind Sie zu Hause?"

„In Wölfelsgrund in Schlesien. In der Nähe von Breslau."

Fouquet nickte. „Ein deutscher Graf. Sie sollten so viel Mut und Ehre besitzen, mir die Wahrheit zu sagen. Wie kamen Sie in diesen Granattrichter nicht weit von unseren Stellungen entfernt, wo Sie von unserer Patrouille aufgegriffen wurden?"

„Ich wurde beim Angriff am 2. Januar verwundet und blieb in eben jenem Trichter liegen."

„Sie bleiben also bei der Behauptung, seit den ersten Kampfhandlungen am 2. Januar bis gestern – das heißt fast drei Tage – in dem Trichter gelegen zu haben?"

„So ist es."

„Monsieur le Comte." Der Commandant senkte die Stimme. „Ich sagte schon, ich halte Sie für einen Ehrenmann. Sie hatten nun reichlich Zeit, sich zu besinnen. Und ich habe Ihnen auch angedeutet, wie wir an Informationen kommen, wenn Sie sie nicht freiwillig preisgeben. Also sagen Sie uns die Wahrheit."

Wedell richtete sich mühsam etwas auf. Er hasste es, so schwach vor dem feindlichen Offizier zu liegen. „Ich sage nichts als die Wahrheit. Und was könnte ich Ihnen jetzt noch für Informationen liefern? Ich habe seit fast vier Tagen keinen Kontakt mehr zu meinen Kameraden."

„Es gibt auch langfristige Pläne." Der Commandant wandte sich dem französischen Unteroffizier zu und wechselte ins Französische. „Sergeant, gab es Anzeichen dafür, dass der Gefangene wirklich schon drei Tage dort lag?"

„Er war unterkühlt. Aber das geschieht bei diesen Temperaturen bereits nach einigen Stunden."

„Sie lagen mit Lieutenant Colbert im Trichter." Der Commandant wechselte wieder ins Deutsche. „Colbert wurde von einem Bajonettstich getötet. Wie kam es dazu?"

„Wie ich Ihnen bereits sagte, habe ich Colbert im Kampf getötet. Sicherlich können Sie an seiner Leiche feststellen, wann der Tod eingetreten ist."

„Colbert ist längst bestattet worden", knurrte der Sergeant.

„Dann sollten Sie doch wenigstens wissen, seit wann Colbert vermisst wird." Sterne tanzten vor seinen Augen. „Seit dem 2. Januar, nicht wahr?"

„Das stimmt allerdings." Der Sergeant sah seinen Vorgesetzten von der Seite an.

„Das beweist überhaupt nichts. Colbert kann schon lange vor Ihnen in dem Trichter gelegen haben." Commandant de Fouquets Stimme kratzte.

„Glauben Sie denn, ich würde zugeben, Lieutenant Colbert getötet zu haben, wenn ich erst nach seinem Tod in den Trichter gestürzt wäre? Damit mache ich mich bei Ihnen doch erst recht unbeliebt."

„Um Ihren wahren Auftrag zu verschleiern, scheint Ihnen jedes

Mittel recht zu sein." Der Commandant gab dem Sergeant einen Wink, und der legte die Hand auf Wedells verwundetes Bein.

Eine Schmerzwelle schoss durch Wedells Körper. Er schloss die Augen.

„Ich habe Sie gewarnt." Fouquet erhob die Stimme.

Bitte nicht! „Ich kann Ihnen nichts anderes sagen, egal, was auch immer Sie mit mir tun, weil nur das die Wahrheit ist."

„Sie wollen doch sicherlich, dass Ihre Familie etwas über Ihr Schicksal erfährt. Sobald Sie uns Ihren Auftrag gesagt haben, geben wir die Nachricht ans Rote Kreuz."

Wedell schwieg. Es brachte nichts, wenn er die Wahrheit immer wieder beteuerte.

„Nun?" Fouquet nickte dem Sergeant zu, und der drückte fester auf sein Bein.

Wedell biss die Zähne zusammen, die Sterne vor seinen Augen tanzten einen wilden Reigen. *Gott, hilf mir!*

„Fällt Ihnen Ihr Auftrag immer noch nicht ein?"

Die Stimme des Commandant klang wie aus weiter Ferne. Es wurde schwarz und immer schwärzer um ihn, obwohl er die Augen weit aufriss. In seinen Ohren rauschte es, ein Wirbel erfasste ihn und hob ihn hoch – er fühlte sich plötzlich federleicht, der Schmerz ließ nach – er flog ...

Als er wieder erwachte, fühlte er sich wie zerschlagen. Als wäre er wie Ikarus mit seinen wächsernen Flügeln der Sonne zu nahe gekommen und abgestürzt. Sein Bein schmerzte bis über die Hüfte hinauf.

Mühsam hob er den Kopf. Der Verband, den Schwester Denise angelegt hatte, war von schwärzlicher Flüssigkeit durchtränkt.

Sein Blick irrte weiter. Der Raum, in dem er lag, war winzig klein und mit zwei Feldbetten schon voll. Teile deutscher Uniformen lagen herum – war er etwa in einem deutschen Lazarett gelandet? Er sah zur Tür – sie war offen und davor stand ein französischer Soldat mit geschultertem Gewehr. Offenbar war dies der Bereich, wo die Franzosen ihre verwundeten Gefangenen unterbrachten.

Er sah zu dem Feldbett neben ihm hinüber. Am Fußende lag die Uniform eines Oberleutnants, über und über mit rostroten Blutflecken besät. Die Achselstücke zeigten die Nummer 38 – die Nummer seines eigenen Regiments. – Dann sollte er den Kameraden doch kennen!?

Keuchend stemmte er sich auf die Ellenbogen hoch. Ein graues Gesicht, umgeben von einem dunklen Bartschatten. Die Nase stand seltsam vor. Und dann erkannte er ihn trotz des entstellten Gesichts.

Sein Freund Papendorff.

Kapitel 36

„Es muss doch hier in der Ortskommandantur möglich sein, herauszufinden, was mit deinem Bruder geschehen ist." Lydia schob den Sack mit den Sachen des Grafen so, dass er nicht mehr so leicht umfallen konnte. Pauline Behrendts Briefe grinsten sie beinahe boshaft an.

„Wir sollten auf jeden Fall versuchen, es herauszufinden." Franzi ging schon zur Tür.

„Franzi?" Lydia griff nach den Briefen. „Ich möchte noch etwas anderes herausfinden."

Ihre Freundin kehrte zu ihr zurück und tippte mit dem Zeigefinger auf das Päckchen. „Du möchtest wissen, welches Verhältnis mein Bruder wirklich zu Pauline Behrendt hat, nicht wahr?"

„Falls er noch lebt ..." Lydia schloss die Augen. Was für ein Satz. Ihr Herz wollte es einfach nicht glauben, dass Graf Wedell tot war. *Vielleicht* tot war. „Falls er noch lebt, könnten wir aus den Briefen entnehmen, wie wir ihm helfen können, von dieser Frau loszukommen. Und falls er gefallen ist ..." Sie wischte sich über die Augen. „Ich glaube, es würde mir helfen, wenn ich Klarheit hätte."

„Und dafür willst du die private Korrespondenz meines Bruders lesen?" Franzi legte den Kopf schief.

„Du weißt, dass ich einmal eine Beziehung hatte." Lydia atmete tief durch. „Ich habe sie ohne Aussprache beendet, weil er nicht an Jesus Christus glaubte. Aber es macht mich traurig, dass ich keine Ahnung habe, was aus ihm geworden ist. Wenn wir damals so auseinandergegangen wären, dass wir uns noch in die Augen sehen könnten, wäre es einfacher für mich. Und ich möchte nicht, dass es noch einen zweiten Fall gibt, in dem eine ungelöste Situation zwischen mir und einem Mann steht."

Franzi nickte. „Nimm sie mit. Ich glaube nämlich, dass sie dich noch mehr motivieren werden, um Claudinand zu kämpfen. Falls er noch lebt."

Wieder dieser Satz. „Lass es uns herausfinden." Sie steckte die Briefe in die Manteltasche und eilte zur Kellertür. „Wir müssen ohnehin die Erkennungsmarken von Trösken und Lehndorff in der

Schreibstube abgeben. Sicherlich kann man uns dort sagen, was mit deinem Bruder passiert ist.“

Sie stiegen die Kellertreppe hinauf. Das Erdgeschoss glich einem Wespennest, in das man einen Stock gestoßen hatte. Soldaten rannten mit donnernden Stiefelschritten hin und her, brüllten sich gegenseitig an und hasteten durch die Gänge.

Lydia hielt einen vorübereilenden Soldaten an. „Wo finden wir die Schreibstube?“

„Dort entlang. Direkt vorm Büro des Ortskommandanten.“ Der Soldat deutete in einen langen Korridor und hechtete weiter.

Auch in dem bezeichneten Korridor herrschte dichtes Gedränge aus Soldaten und Zivilisten, das sich vor einer Tür konzentrierte, auf der in großen Buchstaben *Geschäftszimmer* prangte. Darunter stand auf einem Schild *Anmeldung Ortskommandantur*.

„Was wollen die bloß alle hier?“ Lydia fischte die beiden durchgebrochenen Erkennungsmarken aus der Tasche.

Franzi zuckte mit den Schultern. „Ob sich die französischen Zivilisten bei Major Bultmann über die deutschen Besatzer beschweren wollen?“

Aus dem Büro hinter dem Geschäftszimmer tönte die markige Stimme des Majors. „Welches Haus bewohnen Sie?“

„Rue de la Gare. Es nur ist winzig kleines ’aus“, radebrechte der Franzose.

„Das sagt ihr alle. Und wenn wir uns das Haus ansehen, ist es ein Palast.“

Franzi stieß Lydia an. „Offenbar will die Armee weitere Häuser mit Beschlag belegen.“

„Komm, wir müssen ja nicht zu Major Bultmann, sondern nur ins Geschäftszimmer.“ Sie zog Franzi mit sich an der Schlange vorbei und drängelte sich in das Geschäftszimmer, wo zwei Soldaten saßen.

Französische Schimpfworte begleiteten sie, denn die Besucher schienen sich alle bei einem der Schreibstubensoldaten anmelden zu müssen. Der andere Schreibstubensoldat wühlte in Papieren, die mehrere Tische bedeckten, während der Major die Einwohner im Nachbarbüro examinierte, das durch eine offenstehende Zwischentür mit dem Geschäftszimmer verbunden war.

Lydia eilte mit Franzi am ersten Schreibstubensoldaten und der Zwischentür vorbei, trat zu dem zweiten Mann und legte die beiden Erkennungsmarken vor ihn auf den Tisch. „Meldung vom Verbandsplatz. Zwei Tote. Unteroffizier Trösken und Leutnant von Lehndorff. Ihre persönlichen Gegenstände sind bereits im Keller."

„Danke." Ohne aufzusehen fegte der Soldat die Marken zu einem Berg anderer Marken. – Was für eine gewaltige Menge Toter!

Lydia deutete auf den Berg. „Kamerad, ist auch die Marke des Hauptmanns Graf Wedell dabei?"

Er sah auf und nahm seine Nickelbrille ab. „Woher soll ich das wissen? Glauben Sie etwa, ich merke mir den Namen jedes Gefallenen? Dann hätte ich viel zu tun!"

„Sie bearbeiten doch die Verlustlisten, nicht wahr?" Wenn sie nur ein Päckchen Zigaretten hätte, dass sie dem überarbeiteten Soldaten zuschieben könnte!

„Richtig. Ich bearbeite sie. Aber ich lerne sie nicht auswendig."

Franzi trat vor und schenkte ihm ein Lächeln. „Vielleicht könnten Sie einen Blick für uns hineinwerfen. Wedell, Hauptmann Graf Claus Ferdinand von Wedell."

„Bin doch kein Auskunftsbüro", brummte der Soldat, griff aber gleichwohl nach einer fetten Kladde. „Welche Einheit?"

„Füsilier-Regiment Nr. 38, Kompaniechef im 2. Bataillon." Lydia schielte zum Büro des Ortskommandanten hinüber, wo der Franzose immer noch gestenreich die Kleinheit seines Hauses beteuerte. Hoffentlich kam Bultmann nicht herüber. Dann würden sie garantiert keine Auskunft bekommen.

„Wedell mit W oder mit V?" Der Soldat schob seine Brille wieder auf die Nase.

„Mit W." Lydia versuchte einen Blick in die Kladde zu erhaschen. Was für eine endlose Namensliste!

„Warum interessieren Sie sich für ihn?" Der Soldat fuhr mit dem Finger die Liste entlang.

„Er ..." Lydia sah Franzi an.

„Er ist mein Bruder."

Der Soldat stockte „Ihr Bruder?"

„Sie hören es doch. Ich bin eine gebürtige Komtesse Wedell."

Franzi klopfte mit dem Finger auf die Liste. „Und jetzt schauen Sie bitte, ob Sie seinen Namen finden."

Er ging die Liste weiter durch. „Wächter, Walter, Weber, noch mal Weber ..."

Lydia hielt den Atem an.

„Und ein dritter Weber, Webs, Wedau – da! Wendell."

„Nein, nicht Wendell. Wir suchen Wedell. Ohne N. Oder ist der Name falsch eingetragen?"

„Wollen Sie mir etwa unterstellen, ich trüge die Namen falsch ein?" Der Soldat rückte die Brille höher.

„Aber natürlich nicht." Wieder schenkte Franzi ihm ein Lächeln. „Wie heißt dieser Wendell mit Vornamen?"

„Wilhelm. Obergefreiter Wilhelm Wendell. Wedell – nein, Fehlanzeige."

Lydia atmete tief durch. „Aber wir haben den Sack mit seinen persönlichen Gegenständen im Keller gesehen."

„Dann wird er vermutlich vermisst. Aber ich habe jetzt wirklich keine Zeit, auch noch die Vermisstenmeldungen durchzugehen."

„Und diese Marken?" Lydia deutete auf den Berg. „Könnte er noch dabei sein?"

Er zuckte mit den Schultern. „Möglich. Sind alle von heute. Aber auch die kann ich jetzt nicht alle durchsehen, Sie sehen doch, was hier ..."

„Sie hier?"

Lydia zuckte zusammen, als sie Bultmanns Stimme hörte.

„Warum sind Sie nicht bei Ihren Verwundeten?" Der Major schob den französischen Hausbesitzer aus dem Geschäftszimmer.

„Wir mussten leider zwei Tote melden." Lydia wies auf den Berg der Erkennungsmarken.

„Haben Sie sie etwa nicht ordentlich gepflegt?"

Lydia knickste vor dem Ortskommandanten. „Bitte verzeihen Sie, Herr Major. Wir müssen schleunigst zurück zum Verbandsplatz. Sonst wird Stabsarzt Prigge ungehalten." Sie zog Franzi mit sich aus der Schreibstube, ehe Bultmann weitere unangenehme Fragen stellen konnte. Erst auf der Straße blieben sie stehen.

„Und jetzt?" Lydia sah zum Hügel von Vauquois hinauf, wo wieder tonnenweise Granaten niedergingen.

Franzi schlang die Finger ineinander. „Mein Bruder ist nicht tot. Ich glaube es nicht."

„Seine Marke könnte in dem Berg liegen, der heute gebracht wurde." Auch wenn sich Lydias Herz dagegen sträubte, immerhin war es möglich.

„Dann muss er direkt an der Front gefallen sein, ohne zum Verbandsplatz zu kommen. Denn wenn er dort gewesen wäre, hätten wir das bestimmt mitbekommen." Franzi schüttelte den Kopf. „Ich glaube es einfach nicht."

Lydia warf sich in Franzis Arme. „Ich kann und will es ja auch nicht glauben. Aber ich muss es herausfinden. Lebt er noch? Und wenn ja, wo? Und wie geht es ihm? Ich muss es wissen – und wenn ich dafür nach Vauquois gehen müsste."

* * *

„Papendorff?" Wedell versuchte, sich auf die Ellenbogen aufzustützen. Er kam kaum noch hoch, Schweiß trat ihm auf die Stirn. Er fühlte sich von Stunde zu Stunde schwächer. Oder lag das an der verbrauchten Luft in diesem winzigen, fensterlosen Raum? „Papendorff?"

Ganz langsam drehte sein Freund den Kopf zu ihm, ein winzig kleines Grinsen hockte in seinen Mundwinkeln. „Wedell", keuchte er. „Du auch hier?"

Endlich sprach er. Schon mehrfach hatte er ihn angesprochen, ohne eine Reaktion zu erhalten. „Wo hat es dich erwischt?"

„Über... Überall. Granate. Alles – voller – Splitter."

Nur gedämpft drang das Wummern der Geschütze zu ihnen herein, die Petroleumlampe an der Decke schwankte leicht.

„Aber warum kümmert sich niemand um dich?" Schwester Denise war zwar einmal kurz dagewesen und hatte seinen Verband gewechselt, aber als sie sich um Papendorff kümmern wollte, hatte ein wütender Arzt sie fortgezerrt.

„Stört sie nicht – wenn – ich – verrecke. Wollten wissen, ob noch – mehr – Sprengungen – geplant ..."

Also auch ihn hatten sie ausgehorcht. „Bist du auch bei dem Angriff am 2. Januar gefangen genommen worden?"

„Ja." Papendorffs Augenlider flatterten, doch er hielt sie offen.

„Meine – Suche – ist zu Ende. Ich – ich werde – mein Mädchen – nicht mehr – finden.“

Armer Papendorff. Er musste aus dem Leben gehen, ohne die Erfüllung seines heißen Wunsches zu erleben. Ohne die Geliebte noch einmal gesprochen zu haben.

„Wenn ...“ Papendorff verkrampfte sich, eine Schmerzwelle schien über ihn hinzurollen. „Wenn es – mit mir – aus ist“, stieß er röchelnd hervor, „in meinem Mantel – letzter Brief – an sie. Suche – du sie ...“ Er krümmte sich, seine Augen wurden riesengroß und hefteten sich flehend auf Wedell.

„Wie heißt sie? Du musst mir ihren Namen sagen, damit ich sie für dich suchen kann!“

Papendorff öffnete den Mund. „Der Name – er steht – auf dem Brief.“ Wieder flatterten seine Augenlider, dann fielen sie zu.

„Papendorff!“ Keine Antwort. Wenn er seinem Kameraden doch irgendwie helfen könnte! „Papendorff!“

War er bereits tot? Nein, seine Brust hob und senkte sich unter der blutigen Feldbluse. Aber wenn er nicht versorgt wurde, wäre er wahrscheinlich in Kürze tot.

„He! Wache!“, rief er auf Französisch.

Die Tür wurde aufreizend langsam geöffnet und ein Wachmann steckte den Kopf hinein.

„Holen Sie einen Arzt, der Oberleutnant stirbt sonst!“

Der Wachmann legte den Finger auf die Lippen.

„Sie können den Oberleutnant doch nicht einfach sterben lassen! Rufen Sie gefälligst einen Arzt!“

Doch der Wachmann drehte sich gemächlich wieder um und schloss ebenso langsam die Tür.

Wedell legte den Kopf zurück. Irgendetwas musste geschehen! Ob er selbst die Wunden seines Freundes versorgen konnte? Er trug noch die Uniform, doch die Taschen, in denen sich auch ein Verbandspäckchen befunden hatte, waren ihm natürlich geleert worden. Aber ein einfacher Verband würde Papendorff auch nicht helfen. Abgesehen davon, dass er sich selbst so schwach fühlte, dass er nicht von seinem Feldbett hochkam.

Er atmete tief durch. „Mein Gott, nur Du kannst uns noch helfen. Bitte rette uns!“

Doch es kam keine Antwort. Nur das Donnern der nahen Front war zu hören – ein überlautes Requiem für seinen Freund Papendorff? Und vielleicht auch für ihn selbst?

* * *

Jedes Wort in den Briefen von Pauline Behrendt an den Grafen Wedell stach Lydia wie ein Dolch ins Herz. Und mit jedem Wort spürte sie intensiver, wie sehr sie den Grafen liebte.

Sie saß an der Liege eines sterbenden Oberfeldwebels – ein kugeliger Soldat namens Peter Reuse. Endlich ein Soldat aus der Kompanie des Grafen; wenn sie es richtig verstanden hatte, war er sogar der Kompaniefeldwebel. Aber er lag still da und schien sanft in die Ewigkeit hinüberzugleiten, ohne dass sie von ihm eine Antwort auf ihre brennenden Fragen bekommen konnte. Ob Graf Wedell mit ihm über den Glauben an Jesus Christus gesprochen hatte? Hoffentlich gab es für den Oberfeldwebel ein glückliches Erwachen bei dem Heiland im Paradies und kein schlimmes Erwachen in der ewigen Pein und Gottesferne der Hölle.

Sie sah zu Franzi hinüber, die sich von der Kante eines anderen Feldbettes erhob.

„Ich versuche, etwas Morphium aufzutreiben." Ihre Freundin huschte zwischen den Betten davon und entschwand aus Lydias Blickfeld.

Sie nahm einen weiteren Brief von Pauline Behrendt zur Hand. Es war beinahe nicht zu glauben, wie viele Briefe diese Kellnerin in den Monaten des Krieges an den Grafen geschickt hatte.

Wieder ein schnulziger Liebesbrief. Allein schon die Anrede! *Mein innig geliebter Claudinand!* Dann unzählige Beteuerungen, wie sehr sie ihn vermisse, wie trostlos Wölfelsgrund ohne ihn sei und wie sehr sie seine Rückkehr herbeisehne.

Lydia schüttelte sich. Warum ließ der Graf sich auf diese Frau ein? Ahnte er etwa nichts von ihrem niederträchtigen Charakter? War er tatsächlich so ein schlechter Menschenkenner? Doch warum war er Pauline Behrendt dann so abweisend begegnet, als er sie mit ihr zusammen in Wölfelsgrund getroffen hatte? – Franzi hatte recht gehabt: Je mehr sie in den Briefen las, umso mehr spornte es sie an, den Grafen nicht kampflos dieser Frau zu überlassen. Falls er denn noch lebte.

„Schwester Lydia?“ Prigges Stimme drang in ihre Gedankengänge. „Können Sie mir sagen, was Sie hier tun?“

Rasch faltete sie den Brief zusammen. „Ich lese Briefe.“

„Das sehe ich wohl. Sie sind aber hier, um Verwundete zu pflegen.“ Er deutete auf den Umschlag, der noch in ihrem Schoß lag. „Der Brief ist ja noch nicht einmal an Sie gerichtet.“

Sie biss sich auf die Unterlippe. Wie hatte ihr das nur passieren können! Pauline Behrendts Briefe hatten sie so in Beschlag genommen, dass sie jede Vorsicht außer Acht gelassen hatte.

„Wollen Sie mir vielleicht erklären, wie Sie zu diesen Briefen kommen?“ Er nahm ihr den Umschlag ab. „An Hauptmann Graf Wedell – das ist auch nicht der Verwundete hier.“

„Ich – ich kenne den Hauptmann“, stammelte sie. „Ich fand seine persönlichen Sachen bei den Säcken der Gefallenen und Vermissten.“

„Woher kennen Sie den Hauptmann?“

„Wir stammen beide aus Schlesien ...“ Wenn sie ihm sagte, dass Graf Wedell Franzis Bruder sei, würde Prigge sicher sofort entsprechende Schlüsse und Konsequenzen ziehen.

„Aber näher kennen Sie sich nicht? Und Sie erlauben sich, die privaten Dinge des Hauptmanns zu durchsuchen und seine Briefe zu lesen? Statt Ihrer Aufgabe nachzugehen und die Verwundeten zu pflegen?“

„Herr Stabsarzt, es – es tut mir leid.“

„So, es tut Ihnen leid. Das hilft aber den Verwundeten nicht.“ Er riss ihr den Brief aus der Hand. „Aha, ein Liebesbrief an den Hauptmann von Wedell. Haben Sie denn überhaupt keinen Anstand, dass Sie fremde Liebesbriefe lesen?“

Lydia richtete sich auf. „Sie tun soeben ja nichts anderes, Herr Stabsarzt.“

„Jetzt werden Sie auch noch frech! Das genügt nun wirklich. Sie reisen ab.“

„Bitte verzeihen Sie, Herr Stabsarzt.“ Lydia legte die Hand aufs Herz. „Ich werde mich auch befleißigen, mich eifriger um die Soldaten zu kümmern.“

„Selbst das hilft Ihnen nicht mehr. Trotz der Unterstützung Ihrer Freundin sind Ihre Fähigkeiten nicht einmal rudimentär. Heute Morgen ist Unteroffizier Trösken Ihretwegen qualvoll gestorben. Solche Pflegekräfte kann ich nicht brauchen."

„Aber bitte, Herr Stabsarzt ..."

„Verschonen Sie mich mit Ihren Besserungsbeteuerungen. Und geben Sie mir die Briefe."

„Aber ..."

„Kein Aber. Die Briefe gehören zu den persönlichen Gegenständen des Grafen Wedell und werden mit denselben in die Heimat geschickt. Her damit."

Seufzend reichte sie ihm das Päckchen. Sie hatte ohnehin genug gelesen, um zu wissen, woran sie war.

Der Stabsarzt tänzelte durch die Reihen auf einen Sanitäter zu, der mit einem Blatt Papier auf ihn zukam. Prigge nahm ihm das Schreiben ab, las es und drehte sich dann schwungvoll zu Lydia um. „Das ist hervorragend. In drei Tagen bekommen wir neues Sanitätsmaterial geliefert. Auf dem Rückweg wird dieser Transport Sie zurück nach Stenay bringen."

Lydia presste die Lippen aufeinander. Also keine Bewährungsfrist mehr. Binnen drei Tagen musste sie einen Plan haben, wie sie doch noch in Varennes bleiben konnte, um herauszufinden, was mit dem Grafen geschehen war. Noch besser wäre natürlich, wenn sie in diesen drei Tagen den Verbleib des Grafen ermitteln könnte.

Kapitel 37

„Franzi, ich muss mit dir reden." Lydia zog ihre Freundin mit sich aus der Kirche *Notre Dame*. Sie ließ die kalte Winterluft tief in die Lungen strömen. Wenn da nur nicht noch ein paar andere Schwestern in der Nähe ständen und rauchten.

„Komm ein paar Schritte von den anderen weg", flüsterte sie Franzi zu. „Es sollte uns besser niemand hören."

„Ja, lass uns ein wenig zur Seite gehen, sonst bekomme ich auch noch Lust auf eine Zigarette." Franzi verdrehte die Augen und ging mit Lydia in einen Winkel des Kirchengebäudes.

Lydia sah zum Hügel von Vauquois hinauf. „Ich muss dorthin, Franzi. Seit gestern frage ich jeden nur möglichen Verwundeten nach deinem Bruder – mit dem einzigen Erfolg, dass Prigge mir bei nächster Gelegenheit Hausverbot erteilen wird. Und übermorgen kommt der Transport, der mich nach Stenay zurückbringen soll."

„Du willst ..." Franzi schnappte nach Luft. „Du willst ernsthaft dorthin, wo ständig heftige Kämpfe toben?"

„Ich habe doch kaum eine andere Wahl mehr." Lydia lehnte sich an die eiskalte Kirchenmauer. „Ich lasse mich nicht fortbringen, ohne Gewissheit über das Schicksal deines Bruders zu haben." Dafür hatten sie sich schließlich nicht bis nach Varennes durchgekämpft.

„Aber das ist doch viel zu gefährlich. Sogar Varennes wird regelmäßig beschossen. Und durch Vauquois verläuft die Front!"

„Gefährlich ist es im Kriegsgebiet immer." Lydia biss sich auf die Unterlippe. „Und ich habe nicht mehr viel Zeit!"

„Aber ich. Ich kann weiterhin Augen und Ohren ..."

Es erklangen Schritte.

Lydia raunte: „Pssst!"

Und schon bog ein Arzt um die Ecke. „Haben Sie etwa keinen Dienst?", schnappte er.

„Wir sind seit neun Stunden ununterbrochen im Einsatz", blaffte Franzi zurück.

„Wer hat Ihnen die Pause gestattet?"

„Schwester Margret hat uns hinausgeschickt." Lydia musterte den Arzt. Hatte er etwas von ihrem Gespräch mitbekommen?

„Aber nicht länger als fünf Minuten", brummte er und ging wieder davon.

„Wir müssen aufpassen, dass uns niemand belauscht." Lydia lugte um die Ecke. „Sonst wirst du auch gleich mit zurückgeschickt."

„Und dann hätte ich ebenfalls keine Zeit mehr." Franzi schlang die Finger ineinander. „So aber ... Du hast recht: Wir haben zu viel investiert, als dass wir jetzt aufgeben sollten. Lass du dich nach Stenay zurückbringen. Ich bleibe hier und forsche weiter nach meinem Bruder."

Sie sollten sich trennen? Lydia schüttelte den Kopf. Niemals! Wer wusste schon, ob sie sich jemals wiederfanden, wenn sie einmal getrennt waren. „Für sich allein ist jede von uns viel größeren Gefahren ausgesetzt. Und denke an meine Mission, Franzi: Wenn wir deinen Bruder wirklich finden, will ich ihn davon überzeugen, dass ich nicht die Betrügerin bin, für die er mich hält, und dass er mich trotz meines Fehltrittes annimmt. Diese Sache muss ich schon selbst mit ihm ausfechten."

„Aber deswegen auf Verdacht nach Vauquois gehen? Ohne zu wissen, ob er noch lebt? Auch wenn wir es so sehr hoffen. Willst du nicht lieber versuchen, dich hier in Varennes zu verstecken, bis ich Claudinands Verbleib ermittelt habe?"

„Und wo bitte soll ich mich verstecken? Und woher bekomme ich Verpflegung? Und wenn ich entdeckt werde? Dann kennt Major Bultmann kein Pardon mehr, sondern wird mich wahrscheinlich als Spionin einsperren oder gleich an die Wand stellen. Nein, Franzi, bei den Männern deines Bruders in Vauquois ist trotz aller Gefahr die Chance am größten, etwas über seinen Verbleib zu erfahren. Und ich muss – muss – muss Gewissheit haben!"

Über Franzis Gesicht huschte der Anflug eines Grinsens. „Manchmal frage ich mich, was größer ist: dein Mut oder dein Leichtsinn."

„Definitiv Ihr Leichtsinn!" Wie aus der Erde gewachsen stand der Arzt plötzlich wieder vor ihnen. „Ich halte es für ausgesprochen leichtsinnig von Ihnen, Ihre Pause über fünf Minuten auszudehnen."

Lydia schnaufte tief durch. Sie hatte schon befürchtet, der Arzt habe ihr Gespräch belauscht.

„Also mitkommen. Wir sind hier nicht auf einer Vergnügungs…"

Das Weitere ging in einem furchtbaren Donnerschlag unter, über Vauquois stieg eine gewaltige Rauchsäule empor. Selbst bis nach Varennes waren umherfliegende Trümmerteile zu sehen. Und dann wummerte es im Süden, wo die französischen Batterien standen. Geschoss um Geschoss sauste Richtung Vauquois, ein greller Blitz nach dem anderen zuckte, der ganze Hügel hüllte sich binnen weniger Augenblicke in undurchdringliche Rauchwolken.

Der Arzt schüttelte den Kopf. „Schon wieder eine französische Sprengung, und jetzt haut die Ari noch alles kurz und klein. Das gibt wieder massenhaft Arbeit für uns."

Lydia biss sich auf die Unterlippe. Wenn es dort so heftig zuging, war es zurzeit völlig ausgeschlossen, nach Vauquois zu kommen.

Kapitel 38

Wedell fuhr aus tiefem, ohnmachtsähnlichem Schlaf auf. Er hatte geträumt, er sei auf hoher See, das Schiff schwankte, die Wogen krachten mit ohrenbetäubendem Donner an die Planken. Doch obwohl er die Augen weit aufgerissen hatte, schwankte noch immer alles. Und auch das Donnern blieb. Aber es war nicht das Donnern der Wellen. Das waren Geschütze. Deutsche Geschütze, die Neuvilly unter konzentriertes Feuer nahmen.

Sein nächster Blick galt Papendorff. Sie mussten hier hinaus, koste es, was es wolle. Wenigstens in den Keller. Sein Kamerad lag mit offenen Augen da und starrte zur Decke. „Papendorff? Wir müssen hier raus!"

Sein Freund nickte kaum wahrnehmbar.

Wedell sah zur Tür. Sie stand offen – wahrscheinlich war sie durch die Erschütterungen aufgesprungen – und die Wache war verschwunden. Sie hatte wohl längst die Flucht ergriffen.

Der nächste Einschlag. Putz rieselte von der Decke, in den Wänden bildeten sich Risse. Die längst erloschene Petroleumlampe, die von der Decke herabbaumelte, pendelte hin und her.

„Hilfe!" Hatte man sie vergessen? Oder überließ man sie einfach ihrem Schicksal? „Hilfe!"

Über den Korridor huschten Sanitäter mit Tragen, auf denen Verwundete in französischen Uniformen lagen. Schwestern rannten hin und her, schleppten medizinisches Material – aber niemand warf auch nur einen Blick in den Raum, wo Papendorff und er lagen.

„So helfen Sie uns doch!", rief Wedell. Krachend fiel die Petroleumlampe auf die Erde und das Öl ergoss sich über den Boden. Ein winziger Funke würde genügen und sie würden elendig verbrennen.

Er stemmte sich hoch. Sterne tanzten vor seinen Augen. *Jetzt nur nicht das Bewusstsein verlieren!* Denn wenn ihnen niemand helfen wollte, mussten sie sich selbst in Sicherheit bringen. Auch wenn seine Kräfte weiter ab- und die Schmerzen zugenommen hatten. Er würde sich und Papendorff nicht kampflos diesem schrecklichen Schicksal überlassen.

Wedell schob das gesunde Bein über den Rand des Feldbettes. Als er das verletzte nachzog, biss er die Zähne aufeinander. Dieser wahnsinnige Schmerz!

Er setzte sich auf die Bettkante und atmete tief durch. Seit Tagen hatte er kaum etwas gegessen und nur wenig getrunken, zudem noch der Blutverlust. Doch er musste es schaffen.

Keuchend richtete er sich auf sein gesundes Bein auf. Wenn es hier wenigstens einen Stock oder sonst eine Gehhilfe gäbe! So aber musste er auf einem Bein über den öligen Boden hüpfen. Falls er ausrutschte, würde er nicht mehr allein hochkommen.

„Was tun Sie denn da?"

Wedell lehnte sich mit dem Rücken an die Wand und starrte Schwester Denise ins Gesicht. Warum tauchte ausgerechnet die Schwester auf, die ihn vermutlich hatte aushorchen wollen? Aber gleichgültig, von welcher Seite Hilfe kam, entscheidend war, dass sie kam. „Bitte helfen Sie meinem Kameraden und mir!"

Denise trat zurück auf den Korridor und sah sich um. „Das Lazarett wird evakuiert. Es sind schon fast alle weg."

Natürlich. Die Schwester wollte keinen Finger für sie krümmen, nachdem ihre Taktik, ihn auszuhorchen, nichts gefruchtet hatte.

Doch da eilte sie mit zwei Schritten zu Papendorffs Lager und schlug die dünne Decke zur Seite. „Ah non!" Rasch deckte sie ihn wieder zu. „Monsieur Papendorff?"

„Schwester – Denise ..." Seine Antwort war kaum zu hören und ging im Donnern der Artillerie beinahe unter.

„Bringen Sie uns hier hinaus!", schnaufte Wedell. Auch an die Wand gestützt, konnte er sich nur mühsam aufrecht halten. „Bitte!"

Denise trat zu ihm. Ihre Schwesternhaube schien ihr vom Kopf geglitten zu sein und ihr glänzendes, kastanienbraunes Haar war voller Staub. „Ich kann Monsieur Papendorff nicht wegbringen."

„Sagen Sie doch gleich, dass Sie nicht wollen."

Sie senkte die Stimme, sodass er sie über dem Krachen und Bersten nur noch so eben verstand. „Der Zustand Ihres Kameraden erlaubt es nicht. Er würde eine Evakuierung nicht überleben."

„Wenn Papendorff nicht fortgebracht werden kann" – Wedell senkte den Kopf –, „dann – dann bleibe auch ich hier. Bitte helfen Sie mir zu meiner Liege zurück. Und dann bringen Sie sich in Sicherheit."

Ein Sanitäter steckte den Kopf zur Tür hinein. „Mademoiselle Colbert, kommen Sie schnell, ich bin der Letzte!"

„Gehen Sie voran, ich komme sofort", gab sie zurück.

Der Sanitäter hastete davon.

Wedell starrte sie an. *Colbert???*

* * *

Lydia konnte sich kaum noch auf den Beinen halten. Seit den frühen Morgenstunden war sie im Seitenschiff bei den Sterbenden im Dauereinsatz.

Zwischen den Feldbetten kam Franzi auf sie zu. Trotz der letzten verbliebenen Spuren der ostafrikanischen Bräune sah sie blass und übernächtigt aus. Im Gehen schaute Franzi auf die Uhr. „Gleich halb fünf Uhr. In Kürze geht der übliche abendliche Beschuss wieder los."

Lydia achtete kaum noch darauf. Immer wieder flogen Granaten in das Städtchen und um fünf Uhr wurde es regelmäßig etwas ungemütlich. Aber sie hatte sich schon daran gewöhnt.

Schwester Margret trat zu ihnen. „Machen Sie Schluss für heute. Sie sind ja schon seit mindestens zehn Stunden im Einsatz."

„Danke." Lydia nahm ihre Haube ab und verließ mit Franzi die Kirche.

Es war schon fast dunkel, nur der Mond verbreitete sein bleiches Licht und im Süden leuchtete Feuerschein, der sogar den letzten Streifen der Dämmerung im Westen überstrahlte. Gedämpft klang das Dröhnen der Front herüber.

„Es ist erstaunlich still heute", murmelte Lydia.

Nur die deutsche Artillerie jagte ihre Granaten hinüber, die offenbar irgendwo weit im französischen Hinterland detonierten.

Franzi gähnte und streckte sich. „Sogar in Vauquois ist es einigermaßen still, obwohl dort fast immer geschossen wird."

„Was meinst du? Ob heute der richtige Tag ist?", fragte Lydia zaghaft. „Wenn die Nacht so ruhig bleibt ..." Zwar fielen vereinzelt Schüsse, aber eine vollständige Waffenruhe würde es wohl erst wieder geben, wenn Frieden geschlossen würde.

Franzi gähnte erneut. „Nach so einem anstrengenden Tag?"

„Es wird wohl keinen Tag geben, der weniger anstrengend ist."

Lydia versetzte ihrer Freundin einen Stoß. „Und vergiss nicht, dass morgen der Transport kommt, der mich zurück nach Stenay bringen soll."

„Du hast ja recht." Franzi sah zum Hügel von Vauquois hinüber, der schwach vom Mond beleuchtet wurde. „Komm, gehen wir in unsere Unterkunft, ehe die Franzosen ihr abendliches Feuer eröffnen. Und dann lass uns zusammen beten."

Sie erreichten kaum ihr Quartier im Spritzenhaus, als bereits die ersten Granaten ins Dorf flogen.

„Sie sind heute früh dran", überbrüllte Franzi den Lärm, während sie in einen leeren Kellerraum rannten.

Dort gingen sie auf die Knie. „Unser Vater", betete Lydia, „bitte mach uns deutlich, ob wir es heute Nacht wagen sollen, nach Vauquois zu gehen, um Franzis Bruder zu suchen. Wenn wir heute nicht gehen sollen oder auch überhaupt nicht gehen sollen, mache uns bitte auch das deutlich."

„Und wenn wir gehen, bewahre uns bitte." Franzi hob die Stimme, um das Brüllen der Artillerie zu übertönen. „Und bitte lass uns Claudinand finden. Bitte lass ihn nicht tot sein."

Die Schussfolge steigerte sich weiter, sogar die Kellerwände des Spritzenhauses zitterten – doch plötzlich wurde es still. Geradezu unheimlich still.

„Sollte das schon alles gewesen sein?" Lydia legte lauschend den Kopf schief. „Sonst haben sie doch immer eine halbe Stunde lang geschossen."

„Vielleicht müssen die Franzosen Munition sparen." Franzi grinste.

„Oder ist das Gottes Antwort auf unsere Gebete? Dass wir heute nach Vauquois gehen sollen? In dieser Nacht?"

Franzi faltete die Hände. „Dasselbe habe ich soeben auch gedacht."

„Unser Gott, unser Vater", betete Lydia, „verstehen wir Dich richtig? Sollen wir heute Nacht nach Vauquois gehen und uns nach Franzis Bruder erkundigen?"

Es blieb still. Es kam keine Antwort vom Himmel, aber auch die französische Artillerie schwieg. Nur die Abschüsse der deutschen Geschütze wummerten dumpf.

Franzi löste ihre Haarnadeln, dass die Locken ungehindert über den Rücken fielen. „Wir könnten damit beginnen, den Annäherungsgraben zu erkunden. Danach ruhen wir uns etwas aus, und wenn dann immer noch kein nennenswerter Beschuss auf Varennes oder Vauquois erfolgt ..."

„Und wenn wir uns in dem Grabensystem zurechtfinden ..." Lydia nickte vor sich hin. „Das könnte die Lösung sein. So kann Gott uns immer noch ein Hindernis in den Weg legen und uns damit klar machen, dass wir nicht nach Vauquois gehen sollen."

„Also gut, komm. Ich weiß nur, dass die Soldaten, die von Vauquois kommen, immer durch den Graben seitlich der Hauptstraße ankommen. Von dort muss irgendwo der eigentliche Annäherungsgraben abzweigen."

Lydia stand auf, band sich die weiße Schürze ab und warf ihren Mantel über. „Damit wir nicht sofort auffallen."

Franzi tat es ihr gleich und presste ihr Haar in einen strammen Knoten. Dann verließen sie den Keller.

Staub und Qualm verschluckten den Mond. Südlich von Vauquois, wohin die deutschen Batterien ihre Geschosse jagten, war immer noch Feuerschein zu sehen.

Rasch liefen sie zur Hauptstraße und stiegen in den Graben hinab. Im fahlen Mondlicht bemerkten sie zahllose Ausrüstungsgegenstände, die wahrscheinlich Verwundete zurückgelassen oder verloren hatten.

Franzi hob ein Krätzchen auf und stülpte es über ihr weizenblondes Haar. „So falle ich noch weniger auf."

Das würde ihnen kaum etwas bringen, wenn ihnen eine abrückende Kompanie oder ein Verwundetentransport entgegenkam – im Gegenteil. Im Stillen betete Lydia, dass das nicht geschah.

„Schau nur, hier sind sogar Wegweiser angebracht." Franzi näherte sich einem Schild.

Lydia trat neben sie. „Die Zahlen stehen sicher für die Kompanieabschnitte. Dann führt der Graben, der hier abzweigt, zur 4. Kompanie."

„Was bedeutet, dass wir noch weiter durch den Graben neben der Hauptstraße müssen."

„Psst! Stimmen!" Lydia packte Franzis Arm. „Wenn wir hier erwischt werden! Wer weiß, was Prigge und Bultmann dann mit uns machen!"

„Sei still!", zischte Franzi.

Die Stimmen kamen von vorn, aus dem Teil des Grabens, der vor ihnen lag.

„Schnell! Hier hinein!" Lydia zog ihre Freundin in den abzweigenden Graben. Sie machten ein paar Schritte hinein und pressten sich an die Wand, wo das Mondlicht sie nicht erreichte.

Kurz darauf zog eine lange Kolonne durch den Hauptgraben. Ausgelassen schwatzten die Soldaten miteinander – offenbar kamen sie für einige Tage von der Front zurück in Ruhestellung.

„Was ist, wenn das die Kompanie deines Bruders ist?", wisperte Lydia.

„Dann werden wir es nachher herausfinden, wenn wir nach Varennes zurückkehren."

Der letzte Soldat trabte vorbei.

Franzi gab Lydia einen Stoß. „Komm, weiter."

Sie traten zurück in den Hauptgraben und folgten diesem, bis sie erneut auf ein Schild stießen.

„Da!" Lydia unterdrückte einen freudigen Aufschrei. „Eine Drei – hier muss es zu seiner Kompanie gehen!"

„Wenn seine Kompanie abgelöst worden wäre, hätten sie das Schild bestimmt ausgetauscht." Franzi pirschte sich in den Annäherungsgraben.

Dort also ging es zu seinem letzten bekannten Posten. Würden sie da endlich jemanden finden, der ihnen mehr über seinen Verbleib sagen konnte? Warum waren seine Sachen zurückgeschickt worden?

Plötzlich donnerte es bei den Franzosen, dann rauschte es durch die Luft und schlug krachend in Varennes ein.

Lydia hechtete zu Franzi und presste sich an die Grabenwand. Anscheinend war den Franzosen der kurze Beschuss doch nicht ausreichend gewesen. Oder hatten sie bemerkt, dass eine Kompanie abgelöst worden war, und beschossen deshalb die Annäherungsgräben? Jedenfalls lagen die Einschläge unheimlich nah!

Da – ein Knall – es piepste in Lydias Ohren, ein reißender Schmerz in ihrem Oberarm, Steine und gefrorenes Erdreich rieselten auf sie nieder.

„Lydia! Bist du verletzt?“ Franzis Stimme überschlug sich. Wahrscheinlich hatte sie aufgeschrien, ohne es selbst zu merken. Ihre Freundin fasste ihren Arm und hielt ihn ins Mondlicht.

Lydia schaute lieber nicht hin. „Ist es sehr schlimm?“

„Eine Splitterwunde. Wenn der Knochen unverletzt ist, ist es nur eine stark blutende Fleischwunde. Die wir irgendwie verstecken müssen ...“ Franzi riss lange Streifen von ihrem Rocksaum ab und verband damit die Wunde.

Lydia bewunderte ihre Freundin, die mitten im dröhnenden Granatfeuer besonnen, flink und gewandt arbeitete.

„Franzi?“ Lydia schaffte es kaum, das Brüllen der Granaten zu überschreien. „Ob das Gottes Halt für uns ist?“

Statt einer Antwort zog Franzi sie mit sich auf den Boden des Grabens.

Die Wunde brannte wie Feuer. Hoffentlich entzündete sie sich nicht.

„Wir müssen warten, bis der Beschuss aufhört, und dann nichts wie zurück ins Spritzenhaus“, schrie Franzi ihr ins Ohr.

Kapitel 39

Wie hatte der Sanitäter die Schwester eben genannt? Mademoiselle Colbert. Denise Colbert. Der Name jagte durch Wedells Kopf wie die deutschen Granaten in das Lazarett.

Denise Colbert. Eine zufällige Namensgleichheit? Oder war sie mit Matthieu Colbert verwandt? Das würde auch erklären, warum sie wie Matthieu Colbert behauptet hatte, aus Vauquois zu stammen. Denn in einem so kleinen Dorf konnte es kaum eine zufällige Namensgleichheit sein. Hatte er sie womöglich zu Unrecht verdächtigt, ihn mit diesem Kniff aushorchen zu wollen?

Schwester Denise zog die Decke über seinen Freund Papendorff. „Wir können ihn wirklich nicht transportieren. Aber Sie, Monsieur le Comte! Bitte begeben Sie sich nicht unnötig in Gefahr!"

Er sah in ihr brünettes Gesicht. Da sie ihre Schwesternhaube nicht mehr trug, hatte sich das Haar gelöst und umringelte wie eine kastanienbraune Kaskade ihr Gesicht. Wie hübsch sie war! Oder meinte er das nur, weil er seit Wochen nur verdreckte Soldaten gesehen hatte? „Warum liegt Ihnen so viel daran, mich zu retten? Warum sind Sie nicht mit den anderen geflüchtet und haben uns unserem Schicksal überlassen?"

Ein gewaltiger Granatschlag ließ das Herrenhaus erzittern, irgendwo zerbarst klirrend eine Scheibe.

„Weil ich so viele Menschen wie möglich retten möchte", überschrie Schwester Denise das Getöse. „Vor allem die, um die sich sonst niemand kümmert. Und wenn ich für Ihren Kameraden schon nicht mehr viel tun kann, dann will ich wenigstens Sie retten. Bitte kommen Sie mit in den Keller." Sie streckte ihm die Hand entgegen.

„Glauben Sie, dass er sterben wird?" Er wies auf Papendorff.

„Gott kann ihn noch retten. Und ihn auch hier bewahren."

„Er kann auch mich hier bewahren."

„Aber Sie können sich mit meiner Hilfe in Sicherheit bringen. Sie sollten Gott nicht versuchen." Ihr schienen nie die Argumente auszugehen.

„Also gut." Er ergriff ihre dargebotene Hand und ließ sich von ihr hochziehen. Dann legte sie seinen Arm um ihren Nacken.

Ein seltsames Gefühl beschlich ihn, als er auf die junge Frau gestützt aus dem Raum hinkte. Ob er irgendwann einmal eine Stütze fürs Leben finden würde? Aber war er nach der Enttäuschung durch Lydia von Gedigk überhaupt noch bereit, an eine Frau zu glauben? Jedenfalls würde er sich nicht noch einmal durch ein schönes Mädchengesicht blenden lassen, mochte sie Pauline Behrendt, Lydia von Gedigk oder Denise Colbert heißen. Zumal Denise bestimmt nichts mehr mit ihm zu tun haben wollte, wenn sie erfuhr, dass er Matthieu Colbert getötet hatte – sofern sie, wie er annehmen musste, mit ihm verwandt war. Vielleicht war es sogar das Beste, wenn Gott dafür sorgte, dass er den Krieg nicht überlebte.

In den Gängen und Räumen des Herrenhauses herrschte Chaos. Leere Feldbetten standen kreuz und quer, überall lagen Spritzen, Verbandsmaterial und Medizinfläschchen herum, die Sanitäter und Verwundete auf der eiligen Flucht zurückgelassen oder weggeworfen hatten.

„Warum schießt die deutsche Artillerie auf das Lazarett?“, keuchte Schwester Denise. „Es liegt doch so einsam hier. Warum schießen sie nicht auf Neuvilly, wo viel mehr militärische Einrichtungen sind?“

Wedell musste stehen bleiben, um darauf antworten zu können. „Mutmaßlich haben unsere Aufklärungsflieger den Gutshof entdeckt. Aufgrund der sicheren Lage abseits von Neuvilly könnten sie hier trotz des roten Kreuzes eine wertvolle militärische Einrichtung, vielleicht einen Regimentsstab oder die Artillerieleitstelle, vermuten. Leider ist es ja gängige Praxis, das rote Kreuz zu missbrauchen.“

Schwester Denise sagte nichts dazu – wusste sie mehr, als sie sagte? Sie brachte ihn zur Treppe, die in den Keller hinabführte.

Die Stufen waren für ihn so anstrengend und schmerzhaft, dass er kein Wort reden konnte, und auch die Schwester keuchte unter seiner Last. Unten angekommen, brachte sie ihn in einen Raum, in dem einige Möbel untergestellt waren. Er sank auf ein altmodisches Kanapee und biss die Zähne aufeinander, um den Schmerz zu unterdrücken.

„Schwester Denise ...“ Er musste sie einfach fragen. Er musste Gewissheit haben. „Schwester Denise, Sie sagten, Sie stammen aus Vauquois.“

„Ja, und Sie glaubten mir nicht." Sie lächelte ihn schief an.

„Ich habe während des Weihnachtsfriedens einen französischen Offizier kennengelernt, der ebenfalls aus Vauquois stammte."

Sie keuchte. „Wie hieß er? Sagen Sie schon!"

„Er hieß wie Sie. Colbert. Lieutenant Matthieu Colbert."

„Matthieu!", schrie sie. „Sie haben meinen Bruder getroffen? Ich habe ihn schon seit Jahren nicht mehr gesehen. Wie ging es ihm?"

Er deckte die Hand über die Augen. Ihr Bruder. Er hatte ihren Bruder getötet! Sein Herz wummerte fast so laut wie die Granaten, die das Herrenhaus von Abancourt verwüsteten.

„So reden Sie doch! Bitte! War er gesund? Was haben Sie mit ihm gesprochen?"

Konnte er ihr sagen, dass ihr Bruder tot war? Würde sie ihn dann nicht im Stich lassen? Das wäre vielleicht nicht einmal so schlimm, aber auch Papendorff würde darunter zu leiden haben. Und das konnte er nicht verantworten!

„Warum sagen Sie denn nichts? Ich bin in großer Sorge um meinen Bruder. Er hat vor fünf Jahren unser Elternhaus verlassen, weil er nichts mehr mit dem christlichen Glauben zu tun haben wollte. Hat er etwas verlauten lassen, ob er seine Ansicht geändert hat? Ich bete so sehr dafür!"

Wenn sie wüsste, was geschehen war! Er hatte sie ja schon verletzt, als er sie fälschlicherweise verdächtigt hatte, ihn auszuhorchen, und nun sollte er ihr auch noch die Hoffnung auf ein Wiedersehen mit dem geliebten Bruder nehmen? Der vielleicht – wahrscheinlich – unversöhnt vor Jesus Christus als seinem Richter stand? Gerade das musste die gläubige Schwester zutiefst schmerzen.

Tränen strömten über ihre Wangen. „Bitte, so reden Sie doch!"

„Während des Weihnachtsfriedens haben wir mehrfach miteinander gesprochen." Sogar in seinen Ohren klang seine Stimme dumpf. „Haben gestritten, ob Deutschland oder Frankreich die Schuld an dem Krieg trägt. Aber besonders sprachen wir über die Rolle Gottes."

Schwester Denise wischte sich die Tränen ab. „Sie haben mit ihm über Gott gesprochen?"

„Ja. Er brachte es nicht überein, dass Gott Liebe ist und doch auf der Erde solch schlimme Dinge wie diesen Krieg geschehen lässt."

„Matthieu war nie boshaft. Eher nachdenklich. Beinahe grüblerisch. Er wollte nicht einsehen, dass wir Gott mit unserem menschlichen Verstand nicht begreifen können."

Wedell atmete durch. Kam er darum herum, ihr vom Tod ihres Bruders zu erzählen? „Sie haben doch sicherlich auch über diese Frage nachgedacht. Haben Sie noch eine andere Antwort als die, dass Gott uns Menschen unseren eigenen Willen gegeben hat?"

Sie hockte sich auf einen Fußschemel und faltete die Hände. „Ich halte diesen Krieg für folgerichtig. Wenn wir uns von Gott abwenden, werden wir früher oder später unweigerlich merken, wohin das führt. Dann spüren wir die Folgen eines Lebens ohne Gott. Auch wenn millionenfach auf Ihren Koppelschlössern *Gott mit uns* steht – Er ist doch nur mit uns, wenn wir mit Ihm sind, wie Gott zu König Asa von Juda sagte.[14] Aber wenn wir uns – egal ob Deutsche, Franzosen, Russen oder Engländer – von Ihm abwenden, dann lässt er uns gehen, wie Paulus im Römerbrief schreibt, mit allen schrecklichen Folgen. Und genau das erleben wir gerade."

Diese junge Französin hatte einen erstaunlich klaren Blick. „Und mit diesen Argumenten konnten Sie Ihren Bruder nicht vom Glauben überzeugen?"

„Es gelang leider weder mir noch meinen Eltern. Und Ihnen?"

„Ich weiß es nicht. Er war nachdenklich. Aber ob er zur Umkehr kam?" Wedell spürte tief in sich ein schlechtes Gewissen. Er verschwieg ihr bewusst den Tod ihres Bruders. Doch es musste sein. Vor allem um Papendorffs willen.

Plötzlich gab es einen furchtbaren Krach, das Gebäude erzitterte in seinen Grundfesten, ein Bersten, Prasseln, Klirren, Ächzen. Durch die Türritze waberte eine Wolke herein, ein Gemisch aus Rauch und Staub.

* * *

„Und? Wie sieht es aus?" Lydia biss die Zähne zusammen, als Franzi die Wunde, die sie vorhin bei dem französischen Artillerieschlag erhalten hatte, noch einmal gründlich reinigte.

„Du hast Glück gehabt." Ihre Freundin wickelte einen frischen

14 2. Chronika 15,2

Verband um ihren Arm. „Es ist wirklich nur eine Fleischwunde und es blutet auch kaum noch."

„Das ist gut." Lydia schaute auf die Uhr an der Wand. Beinahe Mitternacht. „Dann lass es uns gleich noch einmal versuchen. Die französischen Kanoniere halten sich gerade ein wenig zurück – vielleicht weil die deutschen Geschütze das französische Hinterland die ganze Zeit unter Feuer nehmen."

„Auch wenn es nur eine leichte Wunde ist, solltest du dich eigentlich noch ein bisschen schonen." Franzi seufzte. „Aber da dir ja leider nicht mehr viel Zeit bleibt ... Also gut. Jetzt oder nie."

Erneut verließen sie das Spritzenhaus und huschten durch die Gassen von Varennes, bis sie den Graben neben der Hauptstraße erreichten.

„Lass uns noch ein Stück auf der Straße weitergehen", schlug Lydia vor. „Da fallen wir weniger auf. Falls die Franzosen wieder zu schießen beginnen, können wir immer noch in den Graben springen."

Franzi blieb stehen. „Bist du wirklich kräftig genug? Du hast doch recht viel Blut verloren."

„Es wird schon gehen, du hast mich ja vortrefflich versorgt."

Sie passierten die einzige Gastwirtschaft des kleinen Ortes. Obwohl das Dach des Gebäudes halb zusammengebrochen war, drang wüstes Grölen heraus, dazwischen das Kreischen von Frauenstimmen.

Lydia stieß Franzi an. „Lass uns doch lieber in den Graben steigen."

Ungestört erreichten sie den Abzweig zum Annäherungsgraben, der, wie sie hofften, zur 3. Kompanie führte.

„Du musst unbedingt geduckt gehen", wies Franzi sie an. „Du bist so groß, dass dein Kopf über den Rand des Grabens hinausragt."

„Du hast recht." Die Nacht war durch den vollen Mond ohnehin schon hell erleuchtet, außerdem gingen immer wieder Leuchtkugeln hoch, die die Landschaft noch zusätzlich geisterhaft beleuchteten.

Nach einiger Zeit erreichten sie einen weiteren Abzweig.

„Was nun?" Lydia sah in den abzweigenden Graben hinein.

„Wieso steht hier kein Hinweisschild?" Franzi drehte sich im Kreis. „Rein gar nichts!"

Lydia faltete die Hände. „Herr Jesus, zeige Du uns bitte den richtigen Weg."

„Psst!" Franzi wies in den Graben, der geradeaus weiterführte.

Lydia hielt den Atem an.

Leises Klappern und das Stampfen von Stiefeln.

„Schnell hier hinein!" Lydia zog ihre Freundin in den abzweigenden Graben und drückte sie an die Wand.

Eine Leuchtkugel zischte in den Himmel und tauchte alles in phosphoreszierendes Licht. Es peitschten zwei – drei – vier Schüsse – ein gellender Schrei – dann plötzlich unheimliche Stille. Sogar die deutsche Artillerie stellte das Feuer ein. Die Leuchtkugel erlosch.

Am Abzweig zog langsam eine Gruppe schemenhafter Gestalten vorbei – offenbar Verwundete. Teilweise von Sanitätern gestützt, teilweise auf Tragen. Anscheinend nutzte man die relative Ruhe an der Front zum Abtransport der Verletzten.

„Schneller!", rief der letzte Mann gedämpft. „Wenn unsere Ari still ist, kommt der Franzmann wieder aus seinen Löchern und übt Vergeltung." Dann verschwand der Zug.

„Auch wir sollten uns beeilen." Lydia stieß sich von der Grabenwand ab. „Ich möchte nicht noch einmal in Beschuss geraten."

„Welchen Weg?"

„Lass uns diesen abzweigenden Graben nehmen." Lydia ging los. „Hier haben wir Schutz gefunden. Und das Auftauchen des Verwundetenzuges hat uns den Hauptgraben versperrt."

Geduckt liefen sie weiter. Der Graben wandte sich geradewegs dem Hügel von Vauquois zu. Teilweise war er nur flach in den Boden gegraben. Warnschilder mit Totenköpfen wiesen auf besondere Gefahren durch Beschuss hin.

Plötzlich stieß Lydias Fuß an etwas Weiches. Mit ekelhaftem Fiepen raschelten ein paar Tiere davon. Sie stieß einen leisen Schrei aus und fuhr zurück. Doch sofort nahm sie den Kopf wieder herunter. – Ratten! Und dieser bestialische Gestank!

Mit einem Schritt war Franzi bei ihr und beugte sich zur Erde, richtete sich aber schnell wieder auf. „Ein toter Soldat. Schon angenagt."

Am liebsten wäre Lydia aus dem Graben geklettert, doch sie duckte sich und stieg schaudernd über den Toten hinweg. Sie spürte einen furchtbaren Brechreiz im Hals. So also endeten die stolzen Soldaten des Kaisers – in den Mägen von Ratten. Schnell weiter!

Immer wieder zweigten Gräben ab, aber sie behielten die Richtung zum Hügel von Vauquois bei. Der Graben zog sich am östlichen Abhang hin. Es konnte nicht mehr weit sein bis zur Frontlinie, die über den Südhang des Hügels verlief.

Plötzlich ein übergroßes Schild, vom falben Mondlicht beleuchtet. „Großer Knick – von feindlichen Scharfschützen einsehbar! Kriechen!" Wie viele Soldaten mochten hier schon den Tod gefunden haben?

Lydia legte sich auf den steinhart gefrorenen Boden und sah sich nach Franzi um. Auch ihre Freundin lag schon auf der Erde.

Langsam glitt Lydia vorwärts. Sie mochte gar nicht daran denken, an was ihre Hände alles rühren könnten. Waren es nur Steine und Äste? Oder von Ratten abgenagte Knochen deutscher Soldaten? Raschelten nicht überall die winzigen Schritte dieser gefräßigen Tiere?

Der Graben machte eine scharfe Biegung. Immer wieder nach oben zur Grabenkante schielend krabbelte sie, so schnell ihr Rock es zuließ, vorwärts. Dann endlich sah sie das Warnschild von der Gegenrichtung. Erst einige Meter dahinter wagte sie, sich langsam wieder aufzurichten und sich nach Franzi umzusehen. Waren sie hier wirklich sicher? Oder lauerte irgendwo in der mondhellen Nacht ein Franzose, das Auge an das Zielfernrohr gedrückt, den Finger um den Abzug gekrümmt, ihn langsam, ganz langsam durchziehend, bis sich schließlich der Schuss löste und mit einem präzisen Treffer ihr Leben auslöschte?

Franzi trat neben sie und fasste ihren Arm. „Wenn ich mir vorstelle, hier monatelang ausharren zu müssen ..."

Lydia nickte. „Und wir sind in einer ruhigen Nacht unterwegs. Wie mag es erst sein, wenn überall geschossen wird!"

„Hier ist wieder eine Gabelung." Franzi wies in einen Graben, der zum Hügel hinauf abbog. „Sogar ein Hinweisschild. *Vauquois.*"

„Hier steht noch ein Schild." Lydia trat nahe davor, um die Aufschrift entziffern zu können. „*Villa Waldesruh.* Es weist geradeaus in den weiterführenden Graben. Als Kompaniechef wird dein Bruder aber sicherlich im Dorf untergebracht sein, nicht wahr?"

Franzi wiegte den Kopf. „*Villa Waldesruh* – das klingt nach meinem Bruder."

„Aber was soll das bedeuten? In dieser zerschossenen Gegend gibt es doch keine Villa mehr, und schon gar keine mit diesem deutschen Namen."

„Ich weiß auch nicht recht. Es würde allerdings zu meinem Bruder passen, sogar einen Bunker oder eine Höhle so zu nennen. – Aber wahrscheinlich hast du recht. Am ehesten werden wir im Dorf Vauquois etwas über ihn in Erfahrung bringen."

Sie bogen ab. Der Graben zog sich zum Hügel hinauf und endete in der Nähe der Kirche, die ihren zerschossenen Turm in den mondhellen Himmel streckte. Von vielen Gebäuden standen nur noch die Außenmauern, kein einziges hatte mehr Fenster. Dächer waren eingestürzt, manche Häuser lagen komplett in Trümmern.

„Ein Geisterdorf", murmelte Lydia. „Es sieht so verlassen aus. Und dann noch so unheimlich vom Mondlicht beschienen ..."

„Direkt gruselig. Aber sieh dort!" Franzi wies zu einer Ruine. „Dort kommen ein paar Soldaten hervor."

Es waren acht oder zehn Männer, die dem Südhang des Dorfes zustrebten – in Richtung Front. Geröll polterte unter ihren Schritten, einer fluchte leise, dann verstummten die Geräusche.

„Was nun?" Lydia sah sich um. „Die Soldaten scheinen alle in ihren Löchern zu stecken und zu schlafen."

„Wir können unmöglich warten, bis es den Herren Vaterlandsverteidigern beliebt, aufzustehen und nach unseren Wünschen zu fragen."

„Es wird sich aber kaum belebend auf ihre Laune auswirken, wenn wir sie wecken. – Doch halt!" Lydia hob den Zeigefinger. „Dort poltert wieder Geröll. Ich höre Schritte."

Aus der Richtung, in die eben die Soldaten verschwunden waren, näherten sich zwei Männer.

„Sicherlich kommen sie von der Front. Vielleicht sind es Essenholer oder so etwas." Franzi ging auf sie zu. „Lass uns sie fragen."

„Halt! Wer da?" Gewehre klapperten.

Lydia hakte sich bei Franzi unter und trat mit ihr in das helle Mondlicht. „Nicht schießen. Wir sind deutsche Frontschwestern."

„Deutsche Frontschwestern?" Ein Obergefreiter trat vor sie. „Was haben Sie hier zu suchen? Mitten im Frontgebiet?"

„Wir suchen einen Offizier. Hauptmann Graf Wedell.“ Lydia trat einen Schritt vor. „Kennen Sie ihn?“

„Wedell? Hauptmann von Wedell? Natürlich, er war ja unser Kompaniechef.“

„*War?*“ Franzis Stimme schrillte. „Was ist mit ihm?“

„Wissen wir nicht. Seit dem großen Angriff am 2. Januar hat ihn niemand mehr gesehen. Vermutlich im Niemandsland zwischen den Fronten verblutet.“ Er wandte sich zu seinem Kameraden um. „Maaßen, hattest du nicht noch Post für Hauptmann von Wedell in der *Waldesruh* gefunden?“

„*Waldesruh*? Was soll das bedeuten?“, fragte Lydia.

„Alle Unterstände haben Namen. Der Herr Hauptmann nannte seinen *Waldesruh*.“

„Also hatte ich recht.“ Franzi band ihren Haarknoten neu.

Füsilier Maaßen trat heran. „Es kam noch ein Brief für Hauptmann von Wedell.“ Er zog einen Umschlag aus der Innentasche seines Mantels.

Hastig riss Lydia ihm den Brief aus der Hand und hielt ihn ins Mondlicht, dass sie den Absender lesen konnte. Ein Stöhnen entrang sich ihr. „Von Pauline Behrendt.“

Kapitel 40

Staub und Qualm, die durch die Türritzen hereindrangen, legten sich auf Wedells Lungen.

Schwester Denise schien es nicht anders zu ergehen, sie hustete keuchend. Ansonsten aber war es bis auf das gelegentliche Poltern von Mauerwerk still. Hatte der Beschuss aufgehört?

„Wir müssen hier raus", krächzte Schwester Denise und reichte ihm den Arm.

„Papendorff." Auch seine Stimme klang wie ein Reibeisen. „Wir müssen nach Papendorff sehen." Er stemmte sich hoch und stützte sich mit dem Arm auf ihre Schultern. Eigentlich war es ein Wunder, dass die grazile Französin nicht unter ihm, dem teutonischen Riesen, zerbrach.

Sie tappten durch den Staub und Qualm, über herabgefallenen Mörtel und umgestürzte Möbel zur Tür. Schwester Denise versuchte, sie mit der Hand aufzudrücken – vergeblich. „Sie klemmt."

Wedell hüpfte auf einem Bein zur Tür und stemmte sich mit der Schulter dagegen. „Es scheint Schutt auf der anderen Seite zu liegen. Aber sie geht schon einen Spalt weit auf."

„Wie mag es dahinter aussehen?"

Und wie erst im Erdgeschoss? Hatte Papendorff den Volltreffer überlebt?

Wedell drückte erneut gegen die Tür, Schwester Denise half mit – schabend öffnete sie sich so weit, dass sie sich durch den Spalt quetschen konnten.

Auch im Kellerflur waberten Qualm und Staub. Auf dem Boden lag Schutt, mühsam krabbelte Wedell mit Schwester Denises Hilfe darüber hinweg, bis sie die Treppe erreichten. Oder vielmehr das, was davon noch zu sehen war. Schutt, Mauerwerk, Balken – alles lag kreuz und quer über den Stufen.

Wedell deutete mit dem Kopf nach oben. „Ob dort überhaupt ein Mensch überleben konnte?"

„Geben Sie nicht auf, Monsieur le Comte. Bei Gott ist nichts unmöglich."

„Dann sorgt Er hoffentlich auch dafür, dass ich da hinaufkomme." Zweifelnd betrachtete er die verwüstete Treppe.

„Warten Sie einen Augenblick." Sie löste seinen Arm von ihrem Nacken und stützte ihn, während er sich auf eine Truhe niedersetzte. Dann wandte sie sich der Treppe zu und begann, die Trümmer beiseitezuräumen.

Wedell faltete die Hände. Wie hatte er diese Frau nur des Aushorchens verdächtigen können? Sie, die in dieser lebensgefährlichen Situation alles in ihrer Macht stehende für ihn und Papendorff tat? Und er hatte ihr nicht einmal die Wahrheit über ihren Bruder gesagt. Immerhin hatte er sie nicht belogen. Oder doch? Lügen durch Verschweigen – genau das hatte er Lydia von Gedigk vorgeworfen. Und jetzt machte er sich desselben Unrechts bei Schwester Denise schuldig.

Mit lautem Poltern warf sie Steine und Balken zur Seite. „Gleich habe ich es geschafft, dass wir einen Weg durch den Schutt finden."

Herr, bitte segne sie für das, was sie an Papendorff und mir, ihren Feinden, tut.

Mit verstaubtem Gesicht trat sie vor ihn. „Alors, Monsieur le Comte, ich glaube, wir können den Weg nach oben antreten." Sie streckte ihm die Hand entgegen.

Er ergriff ihre Hand, machte aber keine Anstalten aufzustehen. „Schwester Denise, bitte ..." Wie schwer die Bitte um Vergebung war!

Sie ging vor ihm in die Hocke. „Ja?"

„Bitte vergeben Sie mir, dass ich Ihnen misstraut habe." Endlich war es heraus. „Und Sie des Aushorchens verdächtigt habe."

Ihre dunklen Augen leuchteten in dem staubgrauen Gesicht. „Es ist leider so, dass man in Kriegszeiten misstrauisch wird – in gewissem Maße sogar werden muss, wenn man überleben will."

„Das ist wahr. Dennoch – ich habe Ihnen unrecht getan. Das tut mir leid." Er drückte ihre Hand fester.

„Merci. Es ist vergeben." Schwester Denise legte den Kopf schief und ihr schelmisches Lächeln erschien. „Und möchten Sie vielleicht noch etwas ergänzen? Zum Beispiel, dass Sie doch noch mehr von meinem Bruder wissen?"

Wie kam sie darauf? Hatte sie einen sechsten Sinn dafür, dass er ihr etwas verschwiegen hatte? „Wir sollten uns dringend um Papendorff kümmern.“ Mühsam richtete er sich auf.

Auch Schwester Denise stand auf, der Ausdruck der Enttäuschung auf ihrem Gesicht entging Wedell nicht. Würde er es jemals fertigbringen, ihr den Tod ihres Bruders durch seine Hand zu gestehen?

Sie zog seinen Arm wieder um ihren Nacken und führte ihn zur Treppe. „Ich hoffe, dass Sie jetzt hinaufkommen.“

Schwer stützte er sich auf die junge Frau und stellte sein gesundes Bein auf die erste Stufe. Schmerzstiche jagten durch das verletzte Bein, obwohl der Großteil seines Gewichts schon auf Denises Schultern ruhte. Rasch zog er es nach und Denise folgte ihm auf die unterste Stufe.

Die nächste Stufe. Als ihm ein Stöhnen entfuhr, sah sie ihn besorgt an. Er biss die Zähne zusammen. Und wieder die nächste. Trotz der Kälte, die von irgendwo hereinfegte, lief ihm der Schweiß von der Stirn in die Augen. Weiter! Er keuchte, Denise ebenfalls. Durch das Grau des Staubs auf ihrem Gesicht zogen sich Spuren von Schweißtropfen.

Auf der Hälfte der Treppe blieb er stehen. „Lassen Sie mich doch einfach verrecken. Gehen Sie und retten Sie sich zu Ihren Landsleuten.“

„Das kann nicht Ihr Ernst sein!“ Entsetzen spiegelte sich in ihren Augen.

„Der Schmerz – er macht mich wahnsinnig!“

„Kommen Sie, wir haben schon die Hälfte geschafft. Oben werde ich Ihr Bein neu versorgen. Und Sie müssen doch auch an Ihren Freund Papendorff denken.“

Das gab ihm neue Energie. Papendorff musste gerettet werden. Er nahm die nächste Stufe in Angriff, auch wenn sein Magen vor Schmerz rebellierte. Weiter!

Noch fünf Stufen. Noch vier. Wieder setzte er das gesunde Bein auf die nächste Stufe. Da sackte das verletzte durch. Denise – selbst wahrscheinlich schon erschöpft – gelang es nicht, ihn zu halten.

„Monsieur!“

Er krachte auf die Stufen, mitten in den Schutt, und riss Denise mit sich; sie landete auf seinem verwundeten Bein – er brüllte auf vor Schmerz.

Sie sprang auf und starrte zu ihm hinab. „Monsieur le Comte!" In ihrer Stimme schwang Panik mit. „Ihr Bein – es ist ja viel schlimmer geworden!"

Wedell sah an sich hinunter. Der Verband und das, was von seinem Bein noch zu sehen war, hatten dieselbe schwarze Farbe angenommen.

„Wir müssen sofort etwas unternehmen!" Sie eilte an ihm vorbei nach oben und fasste ihn unter den Achseln. „Helfen Sie mir!"

Er stemmte sich mit dem gesunden Bein von Stufe zu Stufe hinauf, während sie ihn rückwärtsgehend wohl unter Aufbietung aller ihrer Kräfte nach oben zog.

Endlich kamen sie oben an. Keuchend blieb Wedell liegen.

Denise setzte sich auf den Boden und wischte sich mit dem Handrücken den Schweiß von der Stirn, dass eine schmutzig graue Spur entstand.

Wedell sah sich um. Wie sah es hier oben aus! Dieser Flügel des Gutshauses musste schwer getroffen worden sein. Die Decke hing halb herunter, die Fensterscheiben waren zerborsten, überall lagen Scherben von Ziegeln und Paneelen der Decke, in den Wänden waren lange Risse.

Dort vorne war der Korridor, wo es zu dem Zimmer ging, in dem Papendorff lag. Doch nur wenige Meter entfernt endete der Gang in einem Inferno der Zerstörung. Die Decke war vollends herabgestürzt, ein Durchkommen schien ausgeschlossen zu sein.

Verschüttet. Sein Freund Papendorff war verschüttet.

* * *

„Was geht hier vor?" Eine markige Stimme ließ Lydia zusammenfahren.

Die beiden Soldaten nahmen Haltung an. „Herr Oberleutnant, Obergefreiter Bullerjahn von der 3. Kompanie, ich melde mich mit einem Kameraden zum Munitionfassen. Gerade sind wir auf diese beiden Frontschwestern gestoßen."

„Lassen Sie die Frontschwestern gefälligst in Frieden", bellte der Offizier. „Wegtreten."

Der Obergefreite salutierte. „Jawohl, Herr Oberleutnant."

„Und jetzt zu Ihnen." Der Oberleutnant baute sich vor ihnen auf.

„Seit wann treiben sich Frontschwestern unmittelbar an der Front herum?"

„Wir sind in Varennes auf dem Verbandsplatz stationiert." Lydia räusperte sich – die rauchgeschwängerte Luft kratzte im Hals.

„Und was haben Sie dann hier zu suchen? Haben Sie einen Marschbefehl?"

„Wir sind auf der Suche ..."

„Suche? Ich will Ihren Marschbefehl sehen!"

Franzi machte einen Schritt auf den Oberleutnant zu. „Wir haben keinen Marschbefehl."

„Wie bitte?" Die bellende Stimme des Offiziers war bestimmt bis zu den Franzosen zu hören. „Was treiben Sie dann hier?"

„Wie meine Freundin schon zu sagen versuchte: Wir sind auf der Suche ..."

„Was Sie nicht sagen! Eine private Angelegenheit etwa?"

Konnte der Oberleutnant sie nicht einmal ausreden lassen? Wahrscheinlich konnten sie von ihm als Offizier am ehesten etwas über Graf Wedell erfahren.

„Es geht um den Bruder meiner Freundin." Lydia legte bittend die Hände zusammen. „Sicherlich können Sie uns etwas über ..."

„Wissen Sie überhaupt, in welche Gefahr Sie sich begeben haben?" Er deutete mit dem Arm nach Süden. „Dort, nur etwa 250 Meter entfernt, liegt der Franzmann und hat nichts anderes im Sinn, als dieses strategisch wichtige Dorf zu erobern. Jeden Augenblick kann der nächste Artillerieschlag, ein Infanterieangriff oder eine Sprengung erfolgen. Und Sie meinen, einfach eine Nachtwanderung unternehmen zu können, um sich nach irgendeinem Soldaten zu erkundigen? Sind Sie denn wahnwitzig?"

Lydia biss sich auf die Unterlippe. „Aber Herr Oberleutnant, es ist doch nicht irgendein Soldat ..."

„Hören Sie auf zu diskutieren!", schnauzte der Oberleutnant. „Sie haben auf dem Verbandsplatz wohl keine Disziplin gelernt? Sofort kehren Sie nach Varennes zurück!"

Lydia knickste übertrieben. „Jawohl, Herr Oberleutnant, aber erst, nachdem Sie uns Auskunft über das Schicksal ..."

„Was? Sie wollen Bedingungen stellen?" Der Oberleutnant brüllte wie ein Löwe. „Gefreiter Wenzlik sofort zu mir!"

Es dauerte nur Sekunden, bis ein junger Soldat heranschoss. Als er die beiden Frontschwestern entdeckte, riss er die Augen auf. „Herr Oberleutnant?"

„Die beiden Schwestern sind vom Verbandsplatz in Varennes ausgebüxt und haben sich hierhergeschlichen. Sorgen Sie dafür, dass sie unverzüglich und unversehrt dorthin zurückkehren."

„Jawohl, Herr Oberleutnant."

„Seien Sie vorsichtig, die Nacht ist mondhell und der Annäherungsgraben teilweise einsehbar. Und da bei unserem Beschuss auf Neuvilly offenbar ein wichtiges Gebäude getroffen wurde, ist mit einem Vergeltungsschlag zu rechnen. Also in Acht nehmen! – Abmarsch."

Der Gefreite Wenzlik salutierte. „Mitkommen. Und immer schön die Köpfe unten halten, besonders hier in Feindnähe."

Lydia und Franzi folgten dem Gefreiten, der sie zurück in den Graben führte, durch den sie eben gekommen waren.

Lydia presste die Lippen aufeinander. Der nächste Fehlschlag. Da waren sie endlich bis Vauquois gekommen – und nun ging es schon wieder zurück. Ohne den kleinsten Hinweis auf den Verbleib des Grafen Wedell. Der Oberleutnant, der wahrscheinlich am ehesten etwas über ihn wusste, hatte sie einfach nicht zu Wort kommen lassen. Sie musste gleich wenigstens noch diesen Gefreiten Wenzlik fragen, obwohl sie bezweifelte, dass er mehr wusste als die anderen einfachen Soldaten. Aber dazu mussten sie erst aus der Gefahrenzone hinaus sein.

Der Graben zog sich den Hügel hinab, dann blieb der Gefreite stehen. „Gleich kommen wir an den großen Knick ..."

„Kennen wir." Franzi winkte ab. „Wenn ich Sie erinnern darf: Wir sind den Weg schon allein in die andere Richtung gegangen."

„Wenn es Ihnen zu gefährlich ist ..." Lydia deutete auf das Warnschild. „Wir finden den Weg auch allein."

„Das könnte Ihnen so passen! Und in fünf Minuten sind Sie wieder zurück in Vauquois." Wenzlik schüttelte den Kopf. „Sie wollen wohl, dass Oberleutnant von Trumpp mich wegen Befehlsverweigerung an die Wand stellen lässt. Vorwärts. – Sie sind die Kleinste, Sie zuerst." Er deutete auf Franzi.

„Ich bin nur so klein, weil ich heute meine Absatzschuhe nicht trage", brummte Franzi.

„Nehmen Sie das Krätzchen ab, dann sind Sie noch ein paar Zentimeter kleiner." Der Gefreite riss ihr die Mütze vom Kopf. „Und jetzt los. Auf die Knie und kriechen."

Franzi band sich ihren Knoten neu und krabbelte los, während Lydia neben dem Gefreiten stehen blieb. Sie faltete die Hände. „Bitte, Herr Jesus, bewahre uns an dieser gefährlichen Stelle."

„Sie beten?"

Ihr war gar nicht bewusst gewesen, dass sie laut gesprochen hatte. „Es ist mit Sicherheit das Beste, das ich in unserer Lage tun kann."

„Unser alter Kompaniechef hat auch ..."

Ein Schuss peitschte, dann ein gellender Schrei.

„Franzi!"

Kapitel 41

Mühsam schleppte Wedell sich an die Stelle, wo der Korridor zusammengebrochen war, und räumte die ersten Steine fort. Er spürte keine Schmerzen mehr, er arbeitete wie im Fieber.

„Monsieur le Comte, bitte!" Schwester Denise kam zu ihm. „Das schaffen Sie doch niemals! Sie können unmöglich allen Schutt vor der Tür, wo Monsieur Papendorff liegt, wegräumen."

Er schob keuchend einen Deckenbalken zur Seite, dann hielt er inne und biss die Zähne zusammen. Sein Bein! „Solange ich hoffen kann, dass Papendorffs Zimmer nicht auch eingestürzt ist, werde ich alles tun, um ihn zu befreien."

„Aber Ihr Bein! So schonen Sie sich doch!"

„Ich bin nicht so wichtig." Er hatte weder Frau noch Kind, und daran würde sich wahrscheinlich auch nichts mehr ändern. Es sei denn, Denise würde sich als die perfekte Frau entpuppen, die er suchte. Aber wahrscheinlich würde seine einzige Liebe sein Wald bleiben. Ausgedehnte Wanderungen und Ritte auf Allegros Rücken durch seinen Hochwald – das würde nach dem Krieg sein Lebensinhalt sein.

„Sie sind ebenso wichtig wie Papendorff", gab die Schwester zurück.

Er schüttelte den Kopf. „Papendorff hat eine Frau gefunden. Jedenfalls glaubt er es. Er soll nach dem Krieg noch glücklich werden. Er hat es verdient, der sonnige, heitere Papendorff. Aber für mich wird es solch ein Glück ohnehin nicht mehr geben."

„Aber Monsieur le Comte, so etwas will ich gar nicht hören. Ein Mann wie Sie, in den besten Jahren, reich, von Adel ..."

„Eben." Schwester Denise ließ sich also auch von diesen Äußerlichkeiten blenden. Die Weiber waren doch alle gleich. „Lassen wir das. Helfen Sie mir lieber, so viel Schutt wegzuräumen, dass wir zu Papendorff gelangen." Er packte einen großen Stein und schob ihn mit aller Kraft beiseite.

Die Schwester seufzte. „Sie sind wirklich ein schwerer Fall, Monsieur le Comte." Sie ging neben ihm auf die Knie und half ihm, den Stein wegzuschieben.

Hoffentlich war lediglich der Korridor eingestürzt und nicht auch das Zimmer am Ende des Gangs. Zu dumm, dass es nur diesen Eingang und auch kein Fenster hatte!

Seine Kräfte, die ohnehin kaum noch vorhanden waren, ließen immer mehr nach. Auch Schwester Denise keuchte und wurde immer langsamer.

Plötzlich ein Poltern, Steine schabten aufeinander, eine Staubwolke breitete sich aus. Die Schwester stieß einen gellenden Schrei aus.

Wedell hustete. „Schwester Denise?“, krächzte er und schaute sich um.

Ein weiteres Stück der Decke war herabgestürzt – und neben ihm lag die Schwester mit blutender Stirn.

„Schwester Denise!“ Er beugte sich über sie und schob einen Balken zur Seite, der sie offenbar getroffen hatte.

Sie gab keine Antwort. Stattdessen färbte das Blut ihr kastanienbraunes Haar noch dunkler.

Eine Welle der Panik überrollte ihn. Nicht auch noch Denise!

* * *

Lydia kroch hinter Wenzlik her zu ihrer Freundin. Immerhin bewegte sich Franzi noch.

„Bleiben Sie bloß liegen!“, rief der Gefreite Franzi zu.

Lydia schielte nach oben zur Kante des Grabens. Wie war es nur möglich, dass sie getroffen worden war? Sie war doch flach auf dem Boden gekrochen.

Endlich erreichten sie Franzi. „Wo hat es dich getroffen?“ Lydia nahm ihre Hand.

„Die Schulter ... Die rechte Schulter.“ Franzis Stimme klang erschreckend schwach.

Im Mondlicht erkannte sie nun auch, dass die Uniform im Schulterbereich blutgetränkt war.

„Muss ein Querschläger gewesen sein.“ Wenzlik knirschte mit den Zähnen. „Vermutlich ein Steckschuss. Los, fassen Sie mit an, wir müssen sie schnell aus dem Gefahrenbereich ziehen, sonst verliert sie zu viel Blut. Aber halten Sie trotzdem den Kopf unten.“

Franzi legte sich flach auf den Rücken, dann zog Wenzlik an der unverletzten Schulter, während Lydia die Beine nachschob.

Lydias Herz hämmerte wie die Geschütze der Artillerie. Sie hätte nie gedacht, dass Franzi so schwer war. Dazu noch die Angst vor einem weiteren Schuss – offenbar waren die Querschläger nicht minder gefährlich. Auch Wenzlik keuchte, Franzi stöhnte leise; es bereitete Lydia selbst Schmerz, ihre sonst so tapfere Freundin leiden zu sehen.

Wieder peitschte ein einzelner Schuss, aus den deutschen Gräben ratterte ein Maschinengewehr los. Lydia zuckte zusammen und blieb regungslos liegen. *Bitte nicht noch ein Treffer!* Aber es erfolgte kein neuer Aufschrei.

„Weiter, es ist nichts passiert." Wenzlik zog wieder an Franzis Schulter.

Lydia atmete tief durch, dann schob sie weiter. *Bitte, Herr rette uns! Lass Franzi nicht verbluten!*

„Sie können aufstehen, wir haben es geschafft!" Wenzlik richtete sich langsam auf und kramte in seiner Tasche. „Los, verbinden Sie die Wunde. Schnell, sonst verblutet sie." Er warf ihr ein Verbandspäckchen zu.

Mit zitternden Fingern öffnete Lydia das Päckchen. Das Anlegen von Verbänden hatte sie glücklicherweise inzwischen gelernt, aber es war doch etwas anderes, diese Kunst bei ihrer eigenen Freundin und im dunklen Graben anzuwenden.

Sie öffnete Franzis Mantel und Bluse – alles war blutdurchtränkt. Jedenfalls sah es im Licht des Vollmondes so aus. „Herr Wenzlik, bitte heben Sie ihre Schultern etwas an, damit ich den Verband anlegen kann."

„Ich schaffe es schon selbst." Franzi stemmte sich hoch. „Nur schnell, ich kann mich nicht lange so halten."

Lydia legte die Kompresse auf die Wunde und wickelte den Verband um die Schulter ihrer Freundin. „Hoffentlich hält er bis Varennes." Sie deckte die Bluse darüber.

Franzi sank wieder nach hinten. „Was ist mit Großmamas Brief? Er steckt in der rechten Brusttasche. Ist er noch leserlich?"

Lydia nestelte an der blutdurchtränkten Tasche herum, bis sie einen durchweichten und verdreckten Umschlag herauszog. „Davon ist wohl nichts Leserliches mehr übrig geblieben."

„Gut, dass Großmama uns eine zweite Ausfertigung mitgegeben hat."

„Jetzt ist keine Zeit, Briefe zu lesen." Wenzlik stieß sie an. „Wir müssen weiter."

„Kannst du gehen, Franzi?"

„Aber selbstverständlich." Doch Franzis schwache Stimme deutete auf das Gegenteil hin.

„Ich werde Sie stützen." Wenzlik legte Franzis unverletzten Arm um seinen Nacken.

Der Vollmond neigte sich zum Untergang, als sie Varennes wieder erreichten. Wenzlik trug Franzi mehr, als dass sie selbst ging – Lydia betete inständig, dass das am Blutverlust und nicht an einer weiteren, schlimmeren Verletzung lag, die sie noch nicht entdeckt hatten. An das Donnerwetter und die Fragen, die sie von Prigge erwarteten, mochte sie gar nicht denken.

Und kaum erreichten sie den Kirchvorplatz, da schallte ihnen auch schon die Stimme des Stabsarztes entgegen: „Was geht denn hier vor? Warum ist die Schwester verletzt? Gefreiter, machen Sie Meldung!"

Wenzlik nahm so gut wie möglich, ohne Franzi loszulassen, Haltung an. „Gefreiter Wenzlik von der Dritten. Die beiden Schwestern wurden in Vauquois aufgegriffen. Oberleutnant von Trumpp hat mir befohlen, sie nach Varennes zurückzubringen. Auf dem Rückweg im großen Knick ..."

3. Kompanie? Wenzlik ist von der 3. Kompanie?

Da sackten Franzis Knie durch, beinahe hätte sie Wenzlik mitgerissen. Lydia sprang hinzu, doch Wenzlik fasste blitzschnell nach und hielt Franzi aufrecht.

„Herr Stabsarzt", keuchte er, „die Schwester wurde nur notdürftig erstversorgt."

„Mehr bringt Schwester Lydia ja auch nicht fertig." Prigge winkte zwei Sanitäter herbei. „Kümmern Sie sich um die Schwester."

Lydia wandte sich dem Gefreiten zu, doch Prigge packte sie beim Arm.

„So, Fräulein, und jetzt zu Ihnen. Was hat dieser nächtliche Ausflug nach Vauquois zu bedeuten?"

„He, lassen Sie meinen Arm los." Lydia wand sich unter dem harten Griff, den sie dem kleinen Arzt gar nicht zugetraut hätte.

„Nicht so zimperlich, ich will eine Antwort."

Sie sah Wenzlik an, doch der Gefreite stand steif da und regte kein Glied, um ihr zu helfen.

„Ihre Antwort, Fräulein", knurrte Prigge. „Meine Zeit ist kostbar."

„Ich halte nicht Sie fest, sondern Sie mich. Gehen Sie nur zu den Verwundeten."

Prigges Augen traten fast aus den Höhlen. „Schwester Lydia, es ist pures Entgegenkommen meinerseits, dass ich nach den Gründen Ihrer Exkursion frage. Ich könnte Sie auch genauso gut ohne Befragung einsperren und nach Stenay zurückschicken."

„Bin ich Ihnen etwa Rechenschaft schuldig, wie ich meine dienstfreie Zeit verbringe?"

„Wenn Sie sich dabei in Lebensgefahr begeben, sehr wohl. Die mir unterstellten Schwestern haben an der vordersten Front nichts zu suchen."

Lydia presste die Lippen aufeinander. Warum sollte sie eigentlich nicht die Wahrheit sagen? Sie hatte doch nichts mehr zu verlieren. Und wenn er den Grund kannte, würde er sie vielleicht nicht so hart bestrafen. „Herr Stabsarzt, es geht um den Bruder meiner Freundin, den Grafen Wedell. Er war in Vauquois ..."

„Wedell? Sagten Sie Wedell?" Der Gefreite Wenzlik sprang einen Schritt vor.

„Ich wollte Sie soeben nach ihm fragen, da Sie von der 3. Kompanie sind. Sie müssen ihn doch kennen? Hauptmann Graf Claus Ferdinand von Wedell. Wissen Sie etwas über sein Schicksal?"

„Als Wedell noch unser Kompaniechef war, war alles besser." Wenzlik ließ den Kopf hängen.

„*War?*" Sollten sich die schlimmsten Befürchtungen bewahrheiten? „Was ist mit ihm? So reden sie doch!"

Sogar Prigge sah den Gefreiten mit offenem Mund an.

„Beim ersten Angriff nach dem Weihnachtsfrieden kämpfte ich in Wedells Nähe. Er wurde am Bein verwundet. Ich sah noch, wie er einen französischen Offizier niederstieß und danach in einem Granattrichter verschwand. Ich habe mir diese Stelle genau gemerkt, mich für den Dienst im Horchgraben gemeldet und immer, wenn ich dort Dienst hatte, den Trichter beobachtet. Leider lag er so weit von unseren Linien entfernt, dass es unmöglich war, ihm Rettung zu bringen. Drei Tage später, als ich nicht mehr daran glaubte, dass er noch am Leben sein könnte, schien es mir, als würde jemand an dieser Stelle von einer französischen Patrouille aufgegriffen."

„Also lebt er noch?" Eine unbändige Freude strömte Lydia zum Herzen.

„Ich kann es nicht mit Bestimmtheit sagen. Aber es war ziemlich genau die Stelle, an der ich den Hauptmann zuletzt sah. Und wenn ich jemandem zutraue, drei Tage im Niemandsland zu überleben, dann ihm."

Lydia presste die Hände aufs Herz. Der Graf lebte! Jedenfalls wahrscheinlich. Doch wenn er in französische Gefangenschaft geraten war – wie würde er dort behandelt? Hier am deutschen Verbandsplatz wurden die gefangenen Franzosen jedenfalls nicht so gut versorgt wie die verwundeten Deutschen. „Danke, Herr Wenzlik." Sie musste Franzi sofort berichten, was sie erfahren hatte. Sie wandte sich um und –

„Halt!" Prigge verstärkte seinen Griff um ihren Arm. „Sie bleiben hier."

„Aber ..."

„Kein Aber. – Wenzlik, zurück nach Vauquois. Melden Sie Oberleutnant von Trumpp, dass ich die Schwestern bewachen und mit dem nächsten Transport nach Stenay zurückbringen lassen werde. Sie werden ihn nicht mehr an der Front belästigen."

Lydia keuchte. „Aber Herr Stabsarzt, Sie können doch nicht ..."

„Und ob ich kann. Es kann nicht angehen, dass alle Welt an die Front rennt und nach Verwandten sucht."

Wenzlik nahm wieder Haltung an. „Herr Stabsarzt, ich melde mich ab." Als er an Lydia vorbeiging, raunte er ihr zu: „Sagen Sie seiner Schwester: Er war ein hervorragender Kompaniechef."

Sie lächelte ihn an. „Danke."

„Mitkommen!" Prigge zerrte an ihrem Arm.

„Bitte lassen Sie mich zu meiner Freundin. Bitte!"

„Schwester Franziska wird gut versorgt, zweifellos besser, als Sie es könnten. Und Sie werden bis zum Abtransport bewacht werden." Er zog sie mit sich in die Kirche. „Schwester Barbara!"

Eine riesige Schwester fegte heran.

„Nehmen Sie Schwester Lydia unter Ihre Aufsicht. Wenn im

Laufe des Tages der Transport eintrifft, wird sie nach Stenay zurückgebracht. Geben Sie gut auf sie Acht, Sie haften mir dafür, falls das Früchtchen entwischt."

Schwester Barbara musterte sie mit eisgrauen Augen. „Wird gemacht, Herr Stabsarzt."

Kapitel 42

„So wachen Sie doch auf, Schwester Denise!“ Wedell klopfte der Schwester auf die Wange, aber es brachte nichts.

Noch immer rann Blut an ihrer Schläfe hinunter. Er musste die Wunde irgendwie versorgen, damit sie nicht zu viel Blut verlor. Aber wie sollte das gehen? Zwar gab es hier im Lazarett ohne Zweifel trotz der Zerstörungen genug Verbandsmaterial, doch ohne Hilfe konnte er sich kaum fortbewegen.

Er legte den Arm unter ihren Kopf. „Schwester Denise!“

Keine Reaktion.

Hastig nestelte er ein Taschentuch aus seiner Hosentasche und wischte ihr das Blut ab – doch es strömte sofort von Neuem. Sie brauchte einen Verband!

Wedell riss sich den Uniformrock vom Leib, wickelte ihn zusammen und bettete ihren Kopf darauf. Zwar ließ ihn die kalte Winterluft, die durch die zertrümmerten Fenster und das eingestürzte Dach hereinströmte, zusammenschauern, aber wenn er sich auf die Suche nach Verbandsmaterial machte, würde ihm schon wieder warm werden.

Ein kurzes Stoßgebet, dann kroch er von den Trümmern weg zu einer Truhe, die an der Wand stand, und untersuchte ihren Inhalt. Nur Gerümpel, wahrscheinlich von den Besitzern des Herrenhauses.

Immerhin konnte er sich an der Truhe hochziehen, um wieder auf die Beine zu kommen. Aber als er das verletzte Bein auch nur ein wenig belastete, entfuhr ihm ein Stöhnen und er sackte auf die Truhe.

So ging es nicht. Ohne Stütze konnte er sich nicht auf seinen Beinen fortbewegen. Doch seine Stütze lag dort bei den Trümmern. „Bitte, Herr, lass Schwester Denise nicht sterben!“

Er presste die Lippen zusammen. Wenn er nicht laufen konnte, musste er eben kriechen. Das würde zwar lange dauern, aber er konnte nicht tatenlos zusehen, wie Schwester Denise verblutete.

Vorsichtig rutschte er von der Truhe hinunter und kroch über den schuttübersäten Boden zu dem Teil des Gebäudes, der einigermaßen unversehrt war. Zwar schmerzte sein Bein auch, wenn er es über den Boden schleifte, aber das war erträglicher, als es zu belasten.

Für die wenigen Meter bis zur Eingangshalle brauchte er bestimmt eine halbe Stunde – jedenfalls kam es ihm so vor.

Am Fuß der geschwungenen Treppe, die ins Obergeschoss führte, lag etwas, das nach einer Kiste mit Verbandsmaterial aussah. Wahrscheinlich hatten die Franzosen es bei ihrer überstürzten Flucht weggeworfen. Wenn die Halle nur nicht so groß und der Weg bis zur Treppe nicht so weit wäre! Schließlich musste er den ganzen Weg auch wieder zurück.

Der Gedanke an die blutende Schwester trieb ihn weiter. Mittlerweile lief ihm der Schweiß trotz der Kälte auch ohne Uniformrock in Strömen am Körper hinunter. Er schob sich weiter, endlich erreichte er die Kiste und öffnete sie. Verbände und Kompressen, alles, was er benötigte.

Keuchend blieb er liegen und legte den Kopf auf den Unterarm. „Herr, bitte gib mir auch die Kraft für den Rückweg! Bitte rette Schwester Denise. Und Papendorff. Und mich ..."

Er packte die Kiste.

Da! Vorsichtige Schritte knirschten auf dem Vorplatz, gedämpfte Stimmen. Das unverwechselbare Geräusch, wenn ein Gewehr durchgeladen wurde. Ein Flügel der Eingangstür wurde aufgestoßen, der Lauf eines Gewehres wurde sichtbar.

„Feindfrei!", rief jemand auf Französisch.

Vier Soldaten in französischen Uniformen sprangen in die Halle – wahrscheinlich das Vorauskommando, das prüfte, ob das Herrenhaus von einem deutschen Stoßtrupp genommen worden oder ob es noch nutzbar war.

„Da vorn liegt doch ein Boche." Das Gewehr auf Wedell gerichtet, kam ein Sergeant näher. „Ach, nur einer der verwundeten deutschen Offiziere, die wir zurückgelassen haben. – Sie wollten wohl fliehen, n'est-ce pas?"

„Schwester Denise ... Dort im Korridor ..." Wedell deutete dorthin, wo die junge Frau lag. „Bitte ..."

„Denise? Ist sie etwa zurückgeblieben?" Der Soldat gab seinem Kameraden einen Wink. „Nachsehen."

Erleichterung durchströmte Wedell. Endlich sah jemand nach ihr.

„Sie haben Sie wohl gezwungen, zurückzubleiben, wie?“ Der Sergeant tippte ihn mit dem Gewehr an.

„Im Gegenteil. Ich habe versucht, Sie zum Gehen zu überreden …“

„Hier ist tatsächlich eine Schwester“, klang es aus dem Korridor. „Sie hat eine blutende Kopfwunde. Und der Ostflügel scheint größtenteils eingestürzt zu sein.“

„Kopfwunde?“ Der Sergeant, der bei Wedell stand, schwang drohend den Gewehrkolben. „Was haben Sie mit ihr gemacht? Haben Sie sie zusammengeschlagen, um fliehen zu können?“

Sah der Franzose denn nicht, wie schwach er war? Da war doch gar nicht an Flucht zu denken! „Schwester Denise wurde von herabfallenden Trümmern getroffen. Bitte versorgen Sie ihre Wunde, sie hat schon zu viel Blut verloren.“ Er schob dem Franzosen die Verbandskiste zu.

Der Sergeant riss sie ihm aus der Hand. „Falguière, versorgen Sie die Schwester. – Viulleumier, Meldung an Docteur Babinsky: Lazarett teilweise zerstört, aber weiterhin nutzbar.“ Er gab Wedell einen Stoß mit dem Fuß. „Der Deutsche bleibt solange hier liegen. Sollen die Sanis entscheiden, was sie mit ihm machen.“

„Dort im Ostflügel – dort ist noch ein Verwundeter.“ Wedell versuchte sich aufzurichten. „Sie müssen ihn befreien!“

„Es wurde jemand zurückgelassen? Ein Franzose?“

„Nein.“ Wedell sah den Sergeant fest an. „Ein Mensch, der Hilfe braucht.“

„Also ein Deutscher.“ Der Soldat winkte ab. „Eure eigene Schuld, wenn ihr unser Lazarett mit Granaten eindeckt.“

Wedell sank wieder zurück. Hoffentlich war wenigstens jemand von den anrückenden Sanitätern bereit, Papendorff Hilfe zu bringen.

* * *

„Der Transport mit Sanitätsmaterial ist eingetroffen“, rief Prigge aus der Mitte der Kirche und tänzelte zwischen den Feldbetten hindurch auf Lydia und Schwester Barbara zu.

Wenn jetzt nicht noch ein Wunder geschah, war alles vorbei. Wenn sie sich wenigstens mit Franzi hätte besprechen können! Ihrer findigen Freundin wäre bestimmt etwas eingefallen, aber seit sie vom Gefreiten Wenzlik zum Verbandsplatz zurückgebracht worden waren, hatte sie ihre Freundin nicht mehr gesehen; Schwester Barbara hatte Prigges Befehl aufs Wort ausgeführt und einen viel zu guten Wächter abgegeben.

„Schwester Lydia, Sie helfen beim Abladen des Materials“, befahl Prigge. „Dann lernt der Transportführer Sie bereits kennen und kann sich daran gewöhnen, Sie zu bewachen.“

„Herr Stabsarzt, bitte sagen Sie mir, wie es meiner Freundin geht.“

„Die Wunde ist fürs Erste versorgt. Um das Entfernen der Kugel in der Schulter sollen sich die Ärzte in der Heimat kümmern. Und jetzt raus mit Ihnen, der Transportführer hat nicht ewig Zeit.“

Während Lydia hinter Prigge her zum Hauptportal der Kirche ging, sah sie sich nach Franzi um. Endlich konnte sie auch in andere Ecken des Gebäudes blicken. Denn irgendwo hier musste ihre Freundin ja sein, und Franzis hellblonder Lockenkopf sollte zwischen den Soldaten eigentlich auffallen. Aber sie konnte sie nirgendwo entdecken. Wer wusste schon, wohin Prigge sie verfrachtet hatte.

Draußen schlug Lydia eisige Kälte mit feinem Schneegeriesel ins Gesicht. Vor dem Portal stand ein Fuhrwerk, von dem einige Sanitäter soeben die Plane mit dem großen roten Kreuz entfernten. Hochgestapelte Kisten kamen zum Vorschein.

„In die Sakristei damit.“ Prigge hauchte in die Hände. „Schwester Lydia weiß, wo das ist.“

Der Transportführer, ein bulliger Unteroffizier, trat zu ihr. „Sind Sie etwa det Früchtchen, det ick uffm Rückweg mitnehmen soll?“

„Nicht nur sie, es kommt noch ein zweites Früchtchen dazu.“ Prigge tänzelte um das Fuhrwerk.

Der Unteroffizier senkte die Stimme. „Wat hamse denn anjestellt, Schwester?“

Lydia winkte ab. „Wenn Sie mich fragen: nichts. Aber Stabsarzt Prigge sieht das offenbar anders.“

„Na denn, abladen.“

Lydia packte sich eine Kiste. Dem Gewicht nach zu urteilen kein Verbandszeug, sondern Medizinflaschen. Keuchend schleppte sie sie an dem grinsenden Prigge vorbei zum Hauptportal.

„Sie dürfen auch den Nebeneingang direkt in die Sakristei nehmen", grunzte der Arzt.

„Bei dem Schnee und der Kälte gehe ich lieber durchs Kirchengebäude." Dann hatte sie wenigstens die Möglichkeit, sich noch einmal nach Franzi umzusehen.

Die nach Blut, Eiter und Karbol stinkende Luft in der Kirche traf sie wie ein Faustschlag. Dazu das Jammern, Wimmern und Schreien der Verwundeten. Ächzend schleppte sie die Kiste durch die schmalen Gänge zwischen den Liegen bis nach vorne und die Stufen zum Altar hinauf. Sie stellte die Kiste darauf ab und drückte die Faust in den Rücken. Dabei ließ sie den Blick von dieser erhöhten Position erneut über die unzähligen Feldbetten schweifen. Zum Glück war Prigge ihr nicht zurück in die Kirche gefolgt.

Endlich entdeckte sie ihre Freundin. Ganz am Rand, durch einen Paravent von den männlichen Verwundeten getrennt, lag sie auf einer Liege und schien sie nicht zu bemerken.

Lydia wuchtete die Kiste wieder hoch und schleppte sie in die Sakristei. Dann schnell zurück. Sie trat hinter eine Säule und sah sich um. Im Hauptportal stand Prigge – wahrscheinlich wollte er sichergehen, dass sie zurückkehrte und nicht die Gelegenheit für andere Dinge nutzte.

Da trat ein anderer Arzt auf ihn zu und sprach ihn an. Prigge winkte Schwester Barbara zu sich, die seinen Platz einnahm, dann verschwand er mit dem anderen Arzt. Das sah nach einer dringenden Operation aus.

Lydia schob sich hinter der Säule hervor, huschte geduckt zu ihrer Freundin hinüber und hockte sich so tief wie möglich neben ihr nieder. „Franzi!" Sie ergriff die Hand ihrer Freundin. „Franzi!"

Langsam schlug Franzi die Augen auf. „Ah, Lydia. Ich habe so fest geschlafen."

„Ich fürchtete schon, du wärst ohnmächtig."

„Nein, nein. Es ist nur der Blutverlust. Deshalb bin ich noch ein wenig schlapp."

Lydia sah sich um. Gut, dass sie durch den Paravent abgeschirmt waren. „Wir müssen hier weg. Der Transport ist da – und wir sollen beide zurück nach Stenay gebracht werden."

Franzi schloss die Augen. „Vielleicht ist es richtig so."

„Wie bitte? Was redest du da?"

„Ich bin nicht sicher, dass wir noch auf dem richtigen Weg sind. Zum zweiten Mal wird jemand von uns in den Schützengräben verwundet. Beim ersten Mal hast sogar du die Frage gestellt, ob Gott uns damit ein Halt zugerufen hat."

Lydia starrte Franzi an. „Du willst aufgeben? Dich abtransportieren lassen und ins Forstschloss zurückkehren?" Das sah ihrer Freundin so gar nicht ähnlich.

Franzi atmete tief durch. „Ich weiß es nicht. Ich bin einfach nur müde. Und habe gerade so gar keine Kraft mehr zum Kämpfen."

Das musste es sein: Die Schwäche sprach aus ihrer Freundin. Aber Lydia wusste, wie sie Franzis Kämpfernatur wieder zum Leben erwecken konnte. „Ich habe Nachricht von deinem Bruder."

Franzi riss die Augen weit auf und hob den Kopf. „Claudinand? Lebt er? Wo ist er?"

„In französischer Gefangenschaft." Jedenfalls wahrscheinlich, aber diese Unsicherheit verschwieg sie ihrer Freundin lieber noch. „Er wurde wohl drei Tage nach einem Angriff von einer französischen Patrouille verwundet im Niemandsland aufgegriffen."

Ihre Freundin ließ den Kopf wieder sinken. „In Gefangenschaft also? Dann ist unsere Mission beendet. Bis dorthin können wir nicht vordringen."

„Du bist so mutlos, Franzi." Lydia legte den Kopf neben den ihrer Freundin. „Ich glaube sogar, dass wir jetzt erst recht zu deinem Bruder müssen. Denn wie unzureichend verwundete Gefangene behandelt werden, erleben wir doch hier – selbst für die eigenen Männer gibt es nicht genügend Ärzte und Schwestern."

„Das erklärt aber noch nicht, wie du ins französische Lazarett kommen willst – zumal du ja offenbar nicht einmal genau weißt, in welchem er sich befindet."

Lydia hob den Kopf und lächelte Franzi an. „Ich muss auch nicht den ganzen Weg im Voraus wissen. Es genügt mir, dass ich den Eindruck habe, auf Gottes Weg zu sein. Und den habe ich immer noch – seit der Nachricht seiner Gefangennahme sogar stärker als vorher. Schwierigkeiten bedeuten ja nicht zwangsläufig, dass wir auf einem falschen Weg sind."

„Aber Lydia, ich kann doch so nicht fort. Ich habe noch die Kugel in der Schulter, obwohl die nicht einmal die größte Schwierigkeit wäre. Ich müsste mich wenigstens noch ein paar Stunden, besser einige Tage erholen, etwas essen und trinken, ordentlich ausschlafen ..."

„Hier sind Se also!"

Lydia fuhr herum – der Kopf des Transportführers bog sich um den Paravent.

„Sagen Se mal, Frolleinken, sind Se eijentlich überjeschnappt? Wenn Se nich so'n hübsches Jesichte hätten, würd ick Se det jleich als Fluchtversuch auslejen."

„Meine Freundin – sie ist verwundet – ich wusste nicht, wie es ihr geht ..." Lydia hüstelte.

„Schon jut, schon jut. Nu kommen Se mal mit, wir müssen nämlich bald loszuckeln. Ick werd Se schon nich verraten."

Franzi richtete sich auf, doch dann schloss sie die Augen und wurde noch bleicher, als sie ohnehin schon war. „Mir wird schwarz vor ..."

Lydia legte ihr den Arm um den Rücken. „Franzi!"

„Es geht schon wieder." Ihre Freundin blinzelte. „Herr Unteroffizier, können Sie mir bitte etwas zu essen und zu trinken besorgen? Dann wird es mir rasch besser gehen."

„Wird jemacht." Er packte Lydia am Arm. „Aber Sie kommen schon mal mit, mein Frolleinken. Nich det Se mir noch wirklich ausbüxen."

Lydia seufzte und sah Franzi an. Doch die zuckte mit der unverletzten Schulter – solange sie nicht bei Kräften war, war von ihr offenbar keine Hilfe zu erwarten, geschweige denn eine Flucht, für die es nun ohnehin zu spät war.

„Herr, ich verstehe Dich nicht", murmelte sie tonlos, während der Unteroffizier sie durch die Kirche schob. „Soll denn wirklich alles umsonst gewesen sein?"

Kapitel 43

Französisches Stimmengewirr füllte die Hallen und Flure der Überreste von Haus Abancourt. Die Ärzte, Sanitäter, Schwestern und Verwundeten kehrten zurück.

Wedell kroch durch die Halle, bis er Schwester Denise sehen konnte.

Ein Sanitäter kniete neben ihr und hantierte mit einem Verband. Anscheinend war sie wieder bei Bewusstsein, denn er redete mit ihr und sie deutete mit dem Arm in seine Richtung.

Der Sanitäter schaute sich zu ihm um, dann winkte er ab.

Das schien die Schwester so aufzuregen, dass sie sich aufsetzte. „Ich verlange, dass Sie sich sofort um den Gefangenen kümmern. Sein Bein ..." Das Weitere ging im Lärm vorbeistampfender Soldaten unter.

Er kroch näher heran. Viel wichtiger als sein Bein war – nachdem Schwester Denise versorgt worden war – Papendorffs Rettung.

„Es gibt so viele dringende Operationen", hörte er den Sanitäter antworten, „die wegen der Evakuierung zurückgestellt werden mussten. Da können wir uns nicht auch noch um einen Deutschen kümmern."

Wedell schob sich noch näher heran. „Bitte – zuerst – in dem Raum hinter den Trümmern liegt noch ein Verwundeter."

„Ist das wahr?" Der Sanitäter richtete sich auf und betrachtete die Trümmer.

„Es stimmt." Denise befühlte ihren Kopfverband. „Aber es ist wichtiger, dass zuerst das Bein des Grafen behandelt wird."

„Ein Graf?" Der Sanitäter sah Wedell an. „Ein echter deutscher Graf?"

„Das tut doch nichts zur Sache." Wedell setzte sich auf und lehnte sich an die Wand. „Bitte retten Sie meinen Freund Papendorff ..."

„Ach, derjenige hinter den Trümmern ist auch ein Deutscher?" Der Sanitäter schüttelte den Kopf. „Sollen wir etwa die eigenen Kameraden verrecken lassen, um euch Deutschen zu helfen?"

In deutschen Lazaretten ging es wahrscheinlich ebenso zu. Aber sie konnten Papendorff doch nicht einfach so sterben lassen!

„Wissen Sie, wie viele Männer wir benötigen, um den Schutt beiseite zu räumen?" Der Sanitäter fuchtelte wild mit den Armen. „Männer, die wir dringend benötigen, um französische Leben zu retten."

Französische Leben, deutsche Leben – gab es so etwas überhaupt? Hatte Gott nicht alle Menschen gleich gemacht?

„Dann helfen Sie wenigstens dem Grafen Wedell." Schwester Denise strich sich die blutverkrusteten Haare aus dem Gesicht. „Ich habe leider wenig Hoffnung für den Verwundeten dort hinten. Aber die Behandlung des Beines ..." Sie schlug die Augen nieder. „Das ist doch eine Routinesache und in wenigen Minuten erledigt."

Hieß das, dass seine Verletzung nicht so gravierend war? Doch Schwester Denise sprach mit so einem sonderbaren Unterton.

„Sie, Schwester" – der Sanitäter zog sie vorsichtig hoch –, „Sie ruhen sich jetzt erst einmal aus und erholen sich. Ich bringe Sie in die Unterkunft, die zum Glück nicht vom Trommelfeuer dieser Boches zerstört wurde. – Claude!"

Ein weiterer Sanitäter eilte herbei.

„Lege den Gefangenen auf eine Liege. Vorerst keine Behandlung notwendig."

„Und ob sie notwendig ist!", keifte Schwester Denise.

„Kommen Sie, Sie brauchen Ruhe." Der Sanitäter trug die Schwester mehr, als dass sie selbst ging.

Wedell starrte auf die Trümmer. Lebte Papendorff noch? Falls ja – welch grausiges Schicksal, unter diesen Trümmern eingeschlossen zu sein.

* * *

Lydia lehnte an dem leeren Fuhrwerk und beobachtete Franzi, die, auf der untersten Stufe der Kirchentreppe sitzend, an einem steinharten Kommissbrot nagte und es mit einem großen Becher Wasser hinunterspülte. Hoffentlich gab ihr die Nahrung etwas von ihrer alten Energie zurück, wenn schon die Nachricht, dass ihr Bruder wahrscheinlich noch lebte, nicht ausreichte.

Sie hockte sich neben ihre Freundin. „Noch haben wir ein paar Minuten, um dem Abtransport zu entkommen." Jedenfalls solange, bis der Unteroffizier, der gerade noch die letzten Formalitäten des Transports abwickelte, zurückkehrte.

„Was willst du tun? Einfach weglaufen?" Franzi würgte einen Bissen hinunter. „Das ist aussichtslos. Dort steht Schwester Barbara im Portal."

Plumpes Weglaufen brachte tatsächlich nichts, dann würden sie wahrscheinlich sofort gefesselt. „Wir müssen eine andere Möglichkeit finden."

„Ich könnte allenfalls einen Schwächeanfall mimen." Franzi grinste schief. „Dafür brauche ich nicht einmal schauspielerisches Talent."

Kehrte da etwas von der alten Franzi zurück? „Ich fürchte, dass das keine Lösung für uns beide ist. Vielleicht bleibst du dann hier, ich aber werde trotzdem abtransportiert. Oder falls ich doch bleiben kann, werde ich wieder von Schwester Barbara bewacht, wenn nicht sogar eingesperrt."

„Und der Kratzer, den du gestern abbekommen hast, ist zu harmlos." Franzi schüttelte den Kopf.

„Aber wir müssen doch etwas tun! Franzi!" Lydia rüttelte am Arm ihrer Freundin. „Dein Bruder lebt!"

„Das behauptet dieser Gefreite Wenzlik." Franzi trank einen großen Schluck.

„Er hat es doch beobachtet! Und dein Bruder ist verwundet und Gefangener bei den Franzosen – du weißt doch selbst genau, was das bedeutet! Wenzlik hat berichtet, dass er aus dem Krater geholt wurde, offenbar konnte er ihn allein nicht mehr verlassen. Seine Verwundung muss also schwerwiegend sein. Und du bist eine erfahrene Krankenschwester und könntest ihm die notwendige Hilfe bringen!"

„Aber wie willst du in das französische Lazarett kommen? Dazwischen liegt nämlich nach wie vor das Niemandsland, und von beiden Seiten wird gnadenlos auf alles geschossen, was sich darin bewegt."

„Die Frontlinien verlaufen hier dicht beieinander, das haben wir doch erfahren, als wir in Vauquois waren. Also sollte es doch eine Möglichkeit geben, uns von den Franzosen gefangen nehmen zu lassen. Und da wir beide verwundet sind, wird man uns wohl in ein Lazarett bringen – dort können wir dann wieder nach deinem Bruder suchen."

„Ein kühner Plan – fast ein Plan nach meinem Geschmack." Franzi grinste, wurde aber sofort wieder ernst. „Aber auch gefährlich. Natürlich will ich dich weiterhin zu Claudinand bringen. Aber ich habe auch einen Mann und zwei Kinder ..."

„Also wirklich aufgeben?" Lydia spürte Tränen in ihren Augen. „Franzi, ich will – ich muss zu deinem Bruder. Jetzt erst recht. Es geht mir nicht mehr um Gerechtigkeit, um Absolution und all diese Dinge. Es geht nicht mehr um mich. Es geht um ihn. Dein Bruder braucht Hilfe!"

Franzi ließ den Wasserbecher sinken und starrte sie an. „Es geht um ihn", murmelte sie.

Lydia ergriff Franzis Hand. „Ja, es geht nur noch um ihn. Seit ich von seiner Verwundung und Gefangennahme weiß, sind alle meine eigenen Wünsche wie weggeblasen. Franzi ..." Sie schluckte den Kloß in ihrem Hals herunter. „Ich liebe ihn. Dein Bruder sucht die Frau, die ihn nur um seiner selbst willen liebt. Sieh her – hier ist sie."

Auch in Franzis Augen schimmerten Tränen. „Und so willst du vor ihn treten und ihm das sagen?"

„Ich bin einfach nicht gewillt, meine Liebe kampflos aufzugeben. Wenn er mich immer noch zurückweist, dann mag es Gottes Wille sein. Aber vor allem braucht er Hilfe, damit er dort drüben im Lazarett nicht stirbt. Und kann ich ihm nicht gerade dadurch beweisen, dass er mich falsch eingeschätzt hat? Würde eine Pauline Behrendt so etwas tun?"

„So, Frolleins, uffsitzen." Der Unteroffizier streckte die Hand aus, um ihnen aufzuhelfen.

Zu spät. – Mithilfe des Transportführers kletterten sie auf den Wagen, er stieg auf den Bock und wendete das Fuhrwerk.

„Halten Se sich feste!", rief er über die Schulter. „Der Weech ist mit Kratern übersät. Und ick muss Jalopp fahrn, sonst sind wa nich vorm üblichen Beschuss in Stenay."

„Das wäre eine Möglichkeit", raunte Lydia ihrer Freundin zu. „Wir fallen aus Versehen vom Wagen. Natürlich so, dass er nichts bemerkt."

Der Unteroffizier knallte mit der Peitsche – in diesem Augenblick kam eine vierschrötige Gestalt näher, die trotz der kurzen Beine erstaunlich lange Schritte machte.

„Was mag Major Bultmann noch wollen?" Franzi nagte immer noch an ihrem Kommissbrot.

„Ah, ich sehe, unsere beiden Problemdamen sind gut verpackt." Der Major lachte meckernd.

„Keene Sorje, Herr Major, die bring ick jetze sicher nach Stenay."

„Passen Sie gut auf die Früchtchen auf, die sind mit allen Wassern gewaschen." Bultmann trat näher an den Bock und senkte die Stimme. „Den 16. Januar haben Sie sich vorgemerkt?"

„Jawoll." Der Unteroffizier salutierte. „Es wird ja von nischt anderem mehr jeredet. Ick werd Se schon alles liefern, was Se für den 16. Januar broochen."

„Vor allem für den Vorabend." Bultmann grinste.

„Ick weeß schon: der hochprozentige Mutmacher." Der Unteroffizier zwinkerte ihm zu. „Wird alles erledigt, damit unsere Helden mit frischem Mut in die entscheidende Schlacht ziehen."

„Psst!" Bultmann legte mit einem Seitenblick auf Lydia und Franzi den Finger auf die Lippen.

„Das klingt nach einer größeren Offensive am 16. Januar", flüsterte Franzi.

Die Pferde zogen an. Kaum passierten sie die letzten Häuser von Varennes, schwang der Transportführer die Peitsche. Im Galopp jagte das Fuhrwerk über die holperige Straße. Krampfhaft hielt Lydia sich fest. An Abspringen war bei diesem halsbrecherischen Tempo nicht zu denken.

Kapitel 44

Stundenlang betete Wedell nun schon – aber nichts tat sich. Niemand kümmerte sich um ihn, geschweige denn, dass irgendjemand Anstalten machte, den Korridor zu Papendorffs Kammer freizulegen. Wobei ihm die Hilfe für sich selbst gar nicht so wichtig war, obwohl sein verletztes Bein inzwischen fast vollständig taub war.

„Monsieur le Comte?"

Wedell riss die Augen auf. „Schwester Denise!" War sie die Antwort auf seine Gebete? Ihr Gesicht war noch ziemlich blass und der riesige Verband um ihren Kopf war von Blut gerötet, trotzdem lächelte sie.

„Mit mir hatten Sie wohl nicht mehr gerechnet?"

„Sollten Sie sich nicht schonen? Nehmen Sie Ihre Verletzung nicht zu leicht!"

Sie lachte leise. „Diese kleine Schramme wird mich nicht von meiner Arbeit abbringen. Wie geht es Ihnen?"

Er versuchte zu lächeln, doch an ihrem Gesichtsausdruck merkte er, dass es misslang. „Schwester, mein Kamerad ... Papendorff ... Es muss doch etwas getan werden."

„Ich habe schon mit der Lazarettleitung gesprochen. Es ist kein Pioniertrupp verfügbar, der den Korridor freilegen könnte."

„Aber hier sind doch genügend Sanitäter ..."

„Monsieur le Comte." Ihre Stimme klang, als spräche sie mit einem kleinen Kind. „Durch die Evakuierung mussten dringende Operationen ausfallen, die jetzt nachgeholt werden. Jeder Mann und jede Frau wird gebraucht und kann nicht für jemanden eingesetzt werden, für den ..." Sie senkte die Stimme. „... für den höchstwahrscheinlich jede Hilfe zu spät kommt."

Wedell richtete sich halb auf. „Sie sagen *höchstwahrscheinlich*. Was ist, wenn er doch noch lebt? Versetzen Sie sich doch in seine Lage! Lebendig begraben! Wenn er das mitbekommt ..." Er schloss die Augen. „Es muss entsetzlich sein."

Sie seufzte. „Ich gebe Ihnen ja recht. Aber sollen wir wegen der vagen Hoffnung auf sein Überleben das Leben anderer Soldaten aufs

Spiel setzen, die wir mit Sicherheit retten können? Ihr Leben zum Beispiel."

„Um mich hat sich doch auch seit Stunden niemand gekümmert – und mit meinem Bein ist es zumindest nicht schlechter geworden."

Das Gesicht unter dem Verband wurde traurig. „Ihr Bein muss dringend operiert werden, sonst ..."

„Aber ich spüre doch kaum noch Schmerzen."

„Ist es nicht eher so, dass Sie das ganze Bein nicht mehr spüren?"

Wedell sah sie aufmerksam an. „Ist das ein großer Unterschied?"

In ihren Augen lag Mitempfinden, beinahe Angst.

Und dieser jungen Frau hatte er unterstellt, ihn aushorchen zu wollen!

„Verstehen Sie denn nicht?" Sie legte ihre Hand auf die seine. „Wenn Ihr Bein nicht schnellstens behandelt wird – Sie schweben in höchster Gefahr. Deshalb werde ich mich *darum* kümmern!"

„Behandelt? Sie meinen wohl operiert?" Ihre kühle Hand tat ihm gut.

Sie sah aus, als überlege sie, was und wie viel sie ihm sagen sollte – und wie sie es tun sollte. „Monsieur le Comte, wissen Sie, was *Gasbrand* bedeutet?"

Er zuckte zusammen. Gasbrand. Der bildete sich in dem verwundeten Bein, stieg immer höher und führte unweigerlich zum Tod – wenn das Bein nicht ... „Amputation?"

„Das ist die einzige Möglichkeit, Ihr Leben zu retten."

Er schloss die Augen. *O Gott, nur das nicht! Nicht mein Bein!*

* * *

Lydia klammerte sich an die Planken des Wagens. „Wenn wir die ganze Strecke nach Stenay im Galopp zurücklegen, kommen wir nie von diesem Wagen hinunter."

„Ich hatte auch gedacht, dass wir von einem Fuhrwerk leichter hinunterkommen als von einem Lastkraftwagen. Aber abgesehen von der Geschwindigkeit hat der Kutscher auf dem Bock eines solchen Gefährts uns besser im Blick als der Fahrer im Führerhaus eines Lastkraftwagens." Franzi hielt mit einer Hand ihre wehenden Locken fest.

Lydia presste die Lippen aufeinander. Nun war es ihr mühsam gelungen, ihre in einem Moment der Schwäche zaudernde Freundin zu überzeugen, sich zu dem Grafen durchzukämpfen – und dann kamen sie einfach nicht mehr von diesem Fuhrwerk hinunter! Oder war es gut so? Wollte Gott ihren Plan verhindern? – Wenn sie an Franzi dachte, wurde ihr direkt schwindelig. War es nicht verantwortungslos von ihr, mit einer Ehefrau und Mutter von zwei Kindern in solche Gefahren zu gehen? Wenn Franzi etwas zustoßen sollte – sie würde sich ein Leben lang Vorwürfe machen. *O Gott, bitte lass das nicht passieren! Aber bitte führe uns irgendwie zu Graf Wedell!*

„Das Donnern der Front wird leiser." Franzi deutete Richtung Varennes, wo dichter Qualm über der Erde lag.

„Als wir vor knapp einer Woche in Stenay ankamen, kam uns der Frontlärm unheimlich laut vor. Jetzt sind wir bald wieder in Stenay und empfinden ihn diesmal als leise."

Der Wagen holperte über einen Granattrichter und schlingerte auf dem vereisten Weg. Lydia wurde gegen ihre Freundin geschleudert.

„Ick habs Se doch jesacht: Jut festehalten, Frolleins." Der Unteroffizier lachte.

Plötzlich wurde das Donnern lauter, vor ihnen krachte es, Schnee und Erdbrocken flogen durch die Luft.

„Na, det ist knorke. Belejen se die Straße schon ne halbe Stunde früher mit ihre Jranaten."

„Aber was tun wir denn jetzt?", schrie Lydia dem Kutscher zu. „Wir können doch nicht einfach da hindurchfahren!"

„Verlassen Se sich nur uff mir, ick weeß schon ..."

Eine neue Salve schoss heran und ging mit einem ohrenbetäubenden Knall unmittelbar vor ihnen nieder. Das Pferd bäumte sich auf.

„Runter!", brüllte der Unteroffizier, sprang vom Bock und kugelte in den Straßengraben.

Mit einem Satz sprang Franzi auf die Straße; Lydia wollte ihr folgen, als das Pferd plötzlich wieder anzog und losraste. Lydia rutschte vom Wagen, fing sich so gerade noch und kam mit den Füßen auf – doch ihr linker Fuß knickte weg. Ein stechender Schmerz schoss durch den Knöchel, sie stürzte auf die Straße. Wie damals, als Graf Wedell sie beinahe angefahren hatte.

Franzi eilte zu ihr und zog sie in den Straßengraben. „Was machst du denn für Sachen?"

„Es wird schon gehen – es muss gehen! Jetzt haben wir endlich die Gelegenheit, nach Varennes zurückzukehren." Sie hinkte auf Franzi gestützt durch den Graben, während um sie herum Granaten detonierten. Nur weg aus der Nähe des Unteroffiziers und hinaus aus dem Beschuss! Aber bei jedem Schritt stach ihr Fuß, dass ihr Tränen in die Augen traten.

Kapitel 45

Pausenlos gingen Granaten auf die Straße nieder, Splitter sirrten umher. Keuchend, auf die ebenso keuchende Franzi gestützt, schleppte Lydia sich halb geduckt durch den Straßengraben. Ihr Gepäck waren sie nun auch los; das sauste in dem ramponierten Wagen weiter gen Stenay.

„Je näher wir Varennes kommen, desto mehr lässt der Beschuss nach", stieß sie hervor. „Das Zentrum des Feuers scheint hinter uns zu liegen." Hoffentlich entkam auch der Berliner Unteroffizier dem Inferno.

„Ich bin trotzdem nicht sicher, ob wir nicht besser in die andere Richtung unterwegs sein sollten."

Lydia atmete tief durch. Jetzt fing Franzi schon wieder an zu zweifeln.

„Vielleicht hat Gott uns durch deinen verletzten Fuß ein weiteres Halt zugerufen?"

„Vielleicht ist es auch eine Prüfung, ob wir trotz der Widerwärtigkeiten den einmal als richtig erkannten Weg fortsetzen?"

Unmittelbar neben ihnen ging ein Geschoss auf die Straße nieder. Blitzschnell warfen sie sich hin, Splitter sausten über sie weg, Dreck prasselte auf ihre Köpfe.

„Weiter." Lydia raffte sich auf und hinkte vorwärts. „Es ist so schwierig herauszufinden, ob Gott uns aufhalten oder prüfen will." Der beißende Qualm legte sich schwer auf ihre Lunge. Sie hustete und brüllte dann wieder mühsam gegen den Lärm an. „Ich glaube, Paulus hatte ähnliche Schwierigkeiten wie wir. Einmal blieb er in Ephesus, weil die Umstände günstig waren.[15] Ein anderes Mal zog er trotz günstiger Umstände aus Troas fort.[16]"

„Ich weiß, dass wir uns nicht blind auf die Umstände verlassen können, sondern dass wir auf Gottes Hinweise achten müssen. Aber wenn die Schwierigkeiten so geballt auftreten ..."

„Immerhin lässt der Beschuss nach, je mehr wir uns Varennes

15 1. Korinther 16,8+9
16 2. Kointher 2,12+13

nähern – ist das nicht ein gutes Zeichen?" Lydia grinste Franzi an, obwohl ihr aufgrund der Schmerzen nicht danach zumute war. „Ich würde auch umkehren, wenn es nur um mich ginge. Aber es geht darum, deinem Bruder Hilfe zu bringen."

„Psst, hörst du nicht?" Franzi deutete mit dem Kopf zur Straße.

„Motorengeknatter! Es wird lauter!" Schnaufend kletterte Lydia aus dem vereisten Straßengraben. „Ein Truppentransport! Wenn Gott selbst uns den nicht geschickt hat! Dann wäre zumindest bis Varennes auch das Problem mit meinem Fuß gelöst."

Der Lastkraftwagen hielt und der Beifahrer beugte sich zum Seitenfenster hinaus. „Was treiben denn die Frauenzimmer hier mitten auf der Landstraße?"

Lydia schaute zur Ladefläche, wo die Soldaten grölten und ihnen anzügliche Bemerkungen zuwarfen.

Franzi stupste sie an. „Willst du wirklich dort mitfahren?"

„Haben wir eine Wahl?", zischte sie zurück.

„Also, was ist mit Ihnen beiden?" Der Beifahrer klopfte mit der flachen Hand außen auf die Tür. „Sie sind wohl weggelaufen, wie?"

„Wir sind wegen des Beschusses von einem Transport abgesprungen", erklärte Lydia. „Und nun sind sowohl unser Fahrer als auch unser Fahrzeug verschwunden. Bitte nehmen Sie uns mit nach Varennes."

„Mit dem größten Vergnügen." Er grinste. „Die Kameraden auf der Ladefläche werden sich freuen."

„Lass das, Schneider." Der Fahrer beugte sich herüber und öffnete die Tür. „Kommen Sie hier vorne herein. Leider haben wir keine Scheiben mehr – frieren müssen Sie also trotzdem. – Und du, Schneider, behältst deine Hände bei dir, verstanden?"

Als Lydia und Franzi zwischen Fahrer und Beifahrer eingeklemmt saßen, drückte der Fahrer aufs Gas und der Wagen knatterte los.

Franzi gab ihr einen Stoß. *Wo werden wir abgesetzt?*, formte sie mit den Lippen.

Ihre Freundin hatte recht. Wenn sie Prigge oder Bultmann in die Arme liefen, hatten sie endgültig verloren.

„Wohin bringen Sie Ihre Männer?" Lydia sah den Fahrer an.

„Ich setze sie vor der Ortskommandantur ab. Ich kann Sie aber auch gerne zum Verbandsplatz fahren."

Beides keine gute Wahl. „Können Sie uns einfach am Ortseingang absetzen?“

Der Fahrer zog die Stirn kraus. „Warum das? Dann können Sie besser von der Ortskommandantur zum Verbandsplatz laufen, das ist doch viel näher. Ihr Fuß scheint ja verletzt zu sein.“

Lydia presste die Lippen aufeinander. Darüber hätte sie früher nachdenken sollen. „Wir – wir müssen erst noch woanders hin.“

„Woanders?“ Der Beifahrer lachte meckernd. „Wollen Sie etwa noch dem Kronprinzen in Schloss Verdier Ihre Aufwartung machen?“

„Nein, leider haben wir unsere große Balltoilette nicht dabei.“ Franzi grinste. „Wir wollen nur an die Front und darüber hinaus.“

Dröhnendes Lachen füllte das Führerhaus.

„Genau“, feixte der Beifahrer. „Da unsere Herren Generäle einfach keinen Durchbruch schaffen, lassen wir jetzt die Frauen dran.“

Die ersten Häuser von Varennes kamen in Sicht.

„Also wohin nun?“ Der Fahrer kämpfte gegen einen neuen Lachanfall an. „Verbandsplatz oder Ortskommandantur?“

„Ortskommandantur“, antwortete Franzi unmittelbar. Dann raunte sie Lydia zu: „Während die Soldaten absitzen, können wir vielleicht unbemerkt untertauchen.“

„He, was haben Sie denn für Heimlichkeiten?“, blökte der Fahrer. „Machen Sie sich nicht verdächtig! Oder wollen Sie, dass Major Bultmann Sie einer eingehenden Untersuchung unterzieht?“

„Wollen Sie es sich mit dem Ortskommandanten verscherzen, indem Sie ihn mit Banalitäten wie tuschelnden Frauen belästigen?“ Lydia grinste den Fahrer an.

Der Fahrer zuckte mit den Schultern und preschte durch die Gassen von Varennes, bis er ruckartig vor dem Rathaus hielt. „Alles absitzen!“

Wieder gab Franzi ihr einen Stoß. Als Lydia sich ihr zuwandte, deutete sie mit dem Kopf zum Eingang des Rathauses. Dort stand breitbeinig, die Mütze schief auf dem Stiernacken, eine Zigarette im Mundwinkel – Major Bultmann.

* * *

„Wissen Sie eigentlich, was es für einen Mann bedeutet, mit nur einem Bein leben zu müssen?“ Wedell hatte reichlich Zeit gehabt, über dieses Schicksal nachzudenken, während Schwester Denise sich um andere Verwundete gekümmert hatte.

Sie sah sich zu ihm um, während sie einen blut- und eitergetränkten Lappen auswrang, mit dem sie sein Bein gereinigt hatte. Die Tropfen plätscherten in der riesigen Eingangshalle überlaut. „Eigentlich habe ich keine Zeit, mich auf diese Diskussion einzulassen. Aber ich kann Sie beruhigen: Sie sind nicht der erste Mann, dem in diesem Lazarett ein Bein amputiert wird. Und für jeden war es eine Katastrophe.“

Wedell deckte eine Hand über die Augen, um die riesige Eingangshalle, in der er immer noch lag, nicht mehr sehen zu müssen. Seit der Flügel, wo er mit Papendorff gelegen hatte, zerstört war, schien hier sein neues Krankenzimmer zu sein. Wahrscheinlich nicht nur des Platzes wegen, sondern auch, weil die beiden Wachen am Eingang ihn so stets unter Kontrolle hatten. „Vielleicht können Sie es nicht nachvollziehen. Aber all die Dinge, die mein Leben ausmachen, könnte ich dann nicht mehr tun ...“

„Es gibt heutzutage gute Prothesen ...“

Er wollte das nicht hören. „Sie kennen meine Heimat nicht. Die endlosen Weiten des Hochwaldes, wo ich auf verschlungenen Pfaden laufen konnte und stundenlang keinem Menschen begegnete. Dort komme ich mit einer Prothese niemals durch, geschweige denn mit einem Wagen.“

„Aber spielt das noch eine Rolle, wenn es um das Leben geht? Wenn Sie in die Heimat entlassen werden, werden Sie andere Dinge finden, die Sie ausfüllen.“

„Ja, mein Pferd vielleicht.“ Wedell lachte bitter auf. „Ich kann Allegro noch streicheln und ihm ein Stückchen Zucker geben, aber nie wieder auf ihm über die Hügel der Grafschaft Glatz reiten.“

„Monsieur le Comte, denken Sie doch daran, dass es Ihnen als reicher Graf viel besser ergeht als einem einfachen Soldaten. Sie haben das nötige Geld, um sich alle Bequemlichkeiten zu schaffen ...“ Sie fuhr mit dem nassen Tuch über sein Bein.

Er biss die Zähne zusammen, bis der Schmerz endlich nachließ. „Wer sagt denn, dass ich ein bequemes Leben erstrebe? Denken Sie, nur weil ich ein Graf bin, würde es mir Freude machen, die Hände in den Schoß und die Füße hoch – nein, *den* Fuß ..."

„Sie werden sehen, dass Sie auch mit einem Bein noch viele Dinge tun können." Schwester Denise richtete sich auf und drückte den Rücken durch. „Viel wichtiger ist vorerst, dass Sie so schnell wie möglich operiert werden."

„Und wenn ich das nicht wünsche?"

In ihren Augen stand Überraschung. „Monsieur le Comte, das kann nicht Ihr Ernst sein."

„Warum nicht? Mein Leben ist doch ohnehin zerstört – warum soll es dann nicht gleich ganz enden?"

„So können Sie doch nur unter dem Einfluss der körperlichen Schwäche und der Schmerzen sprechen."

Er sah in ihre empörten Augen. „Denken Sie doch daran, was vor mir liegt: eine schwere Operation, dann ein Leben auf einem Bein, Phantomschmerzen, Folgeschäden wegen der schiefen Haltung – ich werde also ein verbitterter Mensch sein, der für seine Umgebung nichts als eine Last ist. Ist es bei diesen Aussichten nicht besser, wenn ich einfach aus dem Leben scheide?"

„Denken Sie denn nicht, dass Gott vielleicht noch etwas mit Ihnen vorhat?" Sie packte einen frischen Verband aus. „Sonst hätte Er Sie sofort auf dem Schlachtfeld sterben lassen können. Ich bin sicher, dass Gott noch viel Schönes für Sie aufgespart hat. Sicherlich finden Sie trotz allem ..."

„... eine liebe Frau? Das wollten Sie doch sagen?" Er lachte bitter auf. „Mitnichten. Bisher waren die Frauen hinter dem stolzen, reichen Grafen her – sie wollten seinen Glanz und sein Vermögen –, aber einen Krüppel wird doch kein Frauenzimmer heiraten. Jedenfalls nicht aus Liebe, sondern allenfalls und dann erst recht des Geldes und des Titels wegen." Oder gab es sie doch, diese wahre Liebe, von der Papendorff immer gesprochen hatte? Und warum tauchten gerade bei solchen Gedanken immer wieder Lydia von Gedigks Vergissmeinnichtaugen vor seiner Seele auf?

Schwester Denise sah einem vorüberhastenden Sanitäter nach. „Sie denken so schlecht über die Frauen. Sie sind nicht alle so."

„Ich habe jedenfalls noch keine andere kennengelernt." *Oder doch?* „Also, Schwester ..." Er legte ihr die Hand auf den Arm.

„Ich weiß, dass Sie es gut mit mir meinen. Aber geben Sie sich bitte keine Mühe mit mir. Lassen Sie mich in Frieden und möglichst ohne Schmerzen sterben und kümmern Sie sich stattdessen um solche, denen Sie wirklich helfen können – Papendorff zum Beispiel."

Sie lächelte ihn an. „Niemals werde ich Sie dem Tod kampflos überlassen. Dafür hat Gott Sie nicht meiner Obhut übergeben. Ich werde mit allen Mitteln für Ihr Überleben kämpfen."

Wedell zog die Hand zurück. „Ich wünsche es aber nicht!"

„Ich bin sicher, Sie werden mir noch einmal dankbar sein." Schwester Denise wickelte den Verband um sein Bein.

Er richtete sich etwas auf. „Haben Sie mich nicht verstanden? Ich wünsche es nicht!"

Sie lächelte ihn immer noch an.

Es gab nur ein Mittel, sie davon abzubringen. Ein hartes, grausames Mittel. Aber es musste sein. „Ich habe Ihren Bruder umgebracht." Der Satz tat ihm selbst weh. Wie viel mehr musste er Schwester Denise schmerzen! Jetzt würde ihre Fürsorge zweifellos in Hass umschlagen.

Sie wurde so weiß wie der Verband, den sie um den Kopf trug. „Er – ist also wirklich – tot? Und Sie – haben ihn – getötet?"

„Ja, ich war es. Ich habe ihn mit dem Bajonett erstochen." Seine Worte glichen diesem Bajonett – sie verletzten die Frau, die so unfassbar viel für ihn tat. Aber er musste diese Waffen einsetzen: damals das Bajonett, um zu überleben, heute die scharfen Worte, um in Frieden sterben zu können. – Als ihm die Absurdität dieses Gedankens und der Schmerz, den er verursacht hatte, bewusst wurden, wünschte er, die Worte zurücknehmen zu können.

Eine dicke Träne löste sich aus ihrem Auge und kullerte die Wange hinunter. „Matthieu", murmelte sie. „Wissen Sie, ob er noch zu Christus gefunden hat?"

Er schüttelte den Kopf.

Sie fixierte den Verband, dann wandte sie sich langsam von ihm ab, schlug die Hände vors Gesicht.

Ein Arzt flitzte herbei. „Schwester Denise? Hat dieser Deutsche Ihnen etwas getan?"

Ihre Antwort verstand Wedell nicht. Es war ihm gelungen, sie von sich und seinem Bein abzulenken. Aber er konnte sich nicht darüber freuen. Er hatte sie mit voller Absicht zutiefst verletzt – sie, die es nur gut mit ihm meinte.

Was war er nur für ein erbärmlicher Schuft.

Kapitel 46

Der Beifahrer sprang aus dem Lastkraftwagen und hielt die Tür auf. „Kommen Sie schon raus."

Lydia schaute an Franzi vorbei. Warum nur stand das Fahrzeug so, dass die Beifahrerseite, auf der sie aussteigen mussten, dem Rathaus und damit Major Bultmann zugewandt war!

„Gleich gibt's ein Donnerwetter", murmelte Franzi und begann, zur Beifahrertür hinüberzurutschen.

Rasch stellte Lydia den Fuß auf Franzis Rocksaum.

Ihre Freundin zog kräftig daran, bekam das Kleid aber nicht frei. „Mein Rock hängt irgendwo fest." Sie begann an ihrer Kleidung herumzunesteln.

Lydia wandte sich an den Fahrer, der in irgendwelchen Papieren blätterte. „Können Sie mich auf Ihrer Seite hinauslassen? Bei meiner Freundin kann es noch eine Weile dauern."

Der Fahrer steckte die Unterlagen in die Manteltasche. „Ich weiß schon, warum Frauen nicht zum Kriegsdienst zugelassen sind. So würden wir den Kampf nie gewinnen." Er sprang auf die Straße.

„Wir kämpfen sehr wohl – und zwar um Ihr Leben, falls Sie verwundet werden sollten." Lydia krabbelte hinter ihm her aus dem Lastkraftwagen und ließ dabei Franzis Rocksaum los. „Komm hier heraus", rief sie in die Fahrerkabine zurück.

„Nanu? Der Rock ist wieder ..." Rasch folgte Franzi ihr. „Lydia, hast du etwa ...? Du bist ja ganz schön ausgefuchst."

Lydia zuckte grinsend mit den Schultern. Immerhin hatten sie jetzt den Lastkraftwagen zwischen sich und Bultmann. Zudem nahmen die Soldaten vor dem Rathaus Aufstellung, was einen weiteren Sichtschutz bot und die Aufmerksamkeit des Ortskommandanten fesselte. – Also nichts wie weg!

Lydia machte einen Knicks und lächelte den Fahrer an. „Danke, dass Sie uns mitgenommen haben." Sie hakte sich bei Franzi unter und hinkte dann so schnell es ging aus der Sichtweite des Rathauses.

In einer Nebengasse blieben sie keuchend stehen.

„Was nun?“ Franzi band sich ihre Haare neu. „Mit unseren Schwesternuniformen fallen wir viel zu schnell auf.“

„Wenn wir Soldatenuniformen trügen, würde man uns nicht sofort als Frauen erkennen.“

Franzi legte den Kopf schief. „Ich bezweifle allerdings, dass ich meine Haare unter dem Helm verstecken kann. Und selbst wenn: Eine Uniform könnte uns vielleicht bis zu den vordersten deutschen Linien helfen. Aber dann? Die Franzosen würden auf uns schießen, sobald sie uns bemerken, weil sie uns für einen Späh- oder Horchtrupp halten.“

„Die Gefahr ist in Schwesterntracht nicht unbedingt geringer, denn es wird von beiden Seiten auf alles geschossen, was sich im Niemandsland bewegt.“ Lydia legte den Zeigefinger an die Nasenspitze. „Wir müssen es schaffen, gefangen genommen zu werden, ohne dass die Franzosen auf uns schießen. Und es wäre sicher besser, wenn wir bei unserer Gefangennahme nicht in Soldatenuniformen stecken. Deshalb könnten wir versuchen, die Kleidung wieder zu wechseln, bevor wir das Niemandsland betreten.“

„Schön und gut. Aber wie willst du es unabhängig davon, welche Kleidung wir tragen, schaffen, im Niemandsland nicht beschossen zu werden?“

Lydia biss sich auf die Unterlippe. Das war allerdings der schwierigste Teil ihres Unternehmens. „Es gibt doch diese Horchposten, die in Gräben hocken, die von der vordersten Linie ins Niemandsland vorgetrieben wurden. Der Gefreite Wenzlik hat von einem solchen Horchgraben aus beobachtet, wie dein Bruder gefangen genommen wurde. Wenn wir so einen finden, sind wir schon einige Meter näher an den französischen Linien.“

„Und das macht bei der Nähe zwischen Deutschen und Franzosen schon einiges aus.“ Franzi nickte vor sich hin. „Du meinst, dass wir dann auf Rufweite heran sind und zu den Franzosen überlaufen können? Du musst nur bedenken, dass die Deutschen uns auch an der Spitze des Horchgrabens noch näher sein dürften als die Franzosen – uns also auch leichter hören werden.“

„Und vor allem müssen wir zunächst einen unbesetzten Horchgraben finden, sonst ist unsere Mission schon auf deutscher Seite zu Ende. Dann können wir vielleicht vom Horchgraben aus noch einige Meter näher zu den Franzosen kriechen …“

„... ohne ein Feuergefecht auszulösen. Und vergiss nicht, dass wir auch noch irgendwie durch die Drahtverhaue zwischen den deutschen und französischen Linien müssen. – Puh, ein heikles Unterfangen."

„Möchtest du zurückbleiben?" Lydia legte eine Hand auf Franzis unverletzte Schulter. „Soll ich es allein versuchen? Ist deine Sorge wegen deiner Familie zu groß?"

„Du weißt doch – euer Ja sei ein Ja und euer Nein ein Nein[17]. Außerdem kann ich dich mit deinem lahmen Fuß nicht allein lassen. Und wenn ich daran denke, dass du meinen Bruder medizinisch versorgen willst" – Franzi grinste sie an –, „da gehe ich lieber mit."

Lydia lachte leise. „Ich wusste es doch. Danke, dass du mich nicht allein lässt. Dann schleichen wir uns jetzt also ins Rathaus. Neben dem Raum, wo die Gegenstände der Gefallenen aufbewahrt werden, gibt es doch den Raum mit deren Uniformen. Wenn es dann noch passende Knobelbecher für mich gibt, findet auch mein lädierter Knöchel besseren Halt."

„Das ist bei deiner Größe nicht einmal unrealistisch. Auch wenn es ein wenig makaber ist, dass wir darauf hoffen, dass ein passender Soldat gefallen ist."

„Der ganze Krieg ist makaber." Lydia sah sich um. „Alles ruhig. Komm, gehen wir."

„Hoffentlich ist Bultmann immer noch mit den eingetroffenen Soldaten beschäftigt. Es gab doch dort im Keller einen Hinterausgang. Wenn wir den Eingang von außen finden, sollten wir auf der sicheren Seite sein."

„Solange Bultmann uns nicht zu Gesicht bekommt, werden wir nicht auffallen." Lydia strich ihren Rock glatt. „Frontschwestern sind ja oft dort und bringen die persönlichen Gegenstände und Uniformen der Gefallenen hinüber."

Sie schlichen durch mehrere Gassen, bis sie von hinten zum Rathaus kamen. Hier schien vor dem Krieg eine filigrane Parkanlage gewesen zu sein – jetzt standen dicht an dicht Fuhrwerke und Kraftfahrzeuge herum. Immerhin schützten die Fahrzeuge sie vor Blicken aus dem Rathaus.

Lydia drückte sich an einem Lastkraftwagen entlang. „Dort rechts scheint der Eingang zu sein, der direkt in den Keller führt."

17 nach Matthäus 5,37

„Wir dürfen uns aber nicht anschleichen. Hier laufen ständig Soldaten herum. Auf die müssen wir wirken, als hätten wir dienstlich hier zu tun."

„Bleibt zu hoffen, dass Bultmann nicht gerade aus dem Fenster schaut oder sonst irgendwo herauskommt." Lydia faltete die Hände. „Wir sollten beten."

„Du hast recht." Auch Franzi faltete die Hände. „Wir vergessen das viel zu leicht."

„Dabei können wir gar nichts ohne Ihn tun." Lydia senkte den Kopf. „Bitte, Herr, hilf uns. Wir möchten Franzis Bruder gerne Hilfe bringen. Bitte sorge du dafür, dass wir nicht entdeckt werden. Und bewahre uns in den großen Gefahren."

„Und bitte hilf uns, meinen Bruder Claudinand zu finden. Amen."

Lydia hakte sich bei ihrer Freundin unter, damit ihr Hinken so wenig wie möglich auffiel, und strebte der Kellertür zu. Überall standen und liefen Soldaten herum, die sie entweder kaum beachteten oder ihnen Bemerkungen zuriefen. Jedenfalls fragte niemand, was sie hier taten, obwohl sie keine Säcke trugen, in die die Habseligkeiten der Gefallenen verpackt wurden.

Lydia drückte die Klinke herunter – erfreulicherweise war die Tür nicht verschlossen und ließ sich beinahe geräuschlos öffnen; muffiger Geruch schlug ihnen entgegen. Dort drüben war der Raum, wo sie vor drei Tagen die Privatsachen des Grafen gefunden hatten.

Zielsicher öffnete Franzi eine Tür. „Hoppla, da habe ich wohl die falsche Tür erwischt, weil wir von der anderen Seite kommen." Sie unterdrückte mühsam ein Lachen. „Offenbar das gut bestückte Spirituosenlager des Ortskommandanten."

„Sollte das nicht erst vor dem Angriff am 16. Januar aufgefüllt werden?" Lydia machte eine andere Tür auf. „Hier sind wir richtig. Der Raum ist voller Uniformen!" Die Menge der Uniformen machte ihr noch einmal bewusst, wie viele Tote dieser Krieg forderte.

Franzi huschte zu ihr herein und schloss die Tür hinter sich. „In meiner Größe werde ich wohl kaum etwas finden, aber wenn wir in der Dunkelheit unterwegs sind, wird das kaum jemandem auffallen."

„Endlich habe ich einmal durch meine Größe einen Vorteil." Lydia wühlte in den Uniformen, bis sie eine entdeckte, die ihr zu passen schien.

Auch Franzi legte die Schwesterntracht ab und schlüpfte in eine Uniform. „Unmöglich!" Sie kicherte. „Meine Füße stecken in der Hose kurz unter den Knien fest. Und in die Feldbluse würdest du auch noch mit hineinpassen."

Lydia konnte sich bei Franzis Anblick das Lachen nicht verbeißen. „Wenn du einen Armeemantel darüberziehst, wird es nicht auffallen. Darunter kannst du auch deine Haare verstecken, wenn du den Kragen hochschlägst. – Schau, diese Uniform passt mir beinahe perfekt." Nur die Hosenbeine und Ärmel waren ein kleines bisschen zu lang. Jetzt noch die Stiefel, die ihrem verletzten Knöchel hoffentlich Halt geben würden.

„Hier hat es ihn erwischt." Franzi steckte den Zeigefinger in ein kleines Loch in der Feldbluse, das von einem rostroten Fleck umgeben war. „Mitten in die Brust."

Lydia betrachtete ihre Feldbluse. „Das sieht eher nach einer Kopfverletzung aus. Sie ist von den Schultern abwärts blutig." Sie suchte sich das kleinste Paar Stiefel heraus, das sie finden konnte, während Franzi sich eine Pickelhaube aufsetzte und ihre Locken darunterpresste.

„Offenbar habe ich den Helm eines Soldaten mit großem Kopf erwischt – sie passen darunter."

Vorsichtig schob Lydia den verletzten Fuß in einen Knobelbecher. Die Größe passte – nur war ihr Fuß zu schmal für den ausgelatschten Stiefel. Ihr Knöchel fand – obwohl er geschwollen war – keinen Halt im Schaft.

Kapitel 47

Als Frontsoldaten verkleidet, die Schwesterntracht möglichst unauffällig unter den Arm geklemmt, verließen Lydia und Franzi die Ortskommandantur. Lydia sah zum bereits dunklen Himmel hinauf. „Es scheint bedeckt zu sein – das Mondlicht wird uns also dieses Mal nicht den Weg erhellen."

„Es wird uns aber auch nicht verraten." Franzi zog sie vom Gebäude weg zwischen die Fahrzeuge. „Und die Strecke durch die Annäherungsgräben bis Vauquois kennen wir ja bereits."

„Aber wie man von dort bis zur ersten Grabenlinie kommt, wissen wir nicht." Lydia drückte sich an einen Lastkraftwagen. „Geschweige denn darüber hinaus."

„Und gerade da vorne werden uns die meisten Soldaten begegnen: an- und abtretende Wachen, Späh- und Horchtrupps, Melder, Post- und Essenholer – den Gesprächen der Verwundeten nach zu urteilen, scheinen die Gräben dort stark begangen zu sein."

„Es soll dort aber auch viele Unterstände geben, in denen wir uns notfalls verstecken können – falls das nötig sein sollte. Man wird uns im Dunkeln aufgrund der Uniformen für Soldaten halten – vielleicht für Kuriere." Lydia rieb sich fröstelnd die Hände.

„Allerdings könnte es jederzeit zu einem Beschuss oder sogar zu Kampfhandlungen kommen." Franzi nahm die Pickelhaube ab und band ihre Haare neu zusammen. „Aber ich fürchte, wir können nichts dagegen tun, als zu beten, damit das nicht gerade dann geschieht."

„Das ist fraglos hilfreicher als all unsere Überlegungen." Lydia lächelte Franzi an, obwohl die das in der Dunkelheit wahrscheinlich nicht sehen konnte. „Wenn wir also mit Gottes Hilfe die vorderste Grabenlinie erreicht haben, müssen wir vor Ort sehen, wie wir weiterkommen. Wir wissen nicht, wie die Horchgräben beschaffen sind, ob sie besetzt oder bewacht sind. Wenn wir das wissen, können wir danach unser weiteres Vorgehen richten. Ich hoffe nur, dass wir im Horchgraben unsere Schwesterntracht wieder anziehen können. Denn wenn wir in deutschen Uniformen durchs Niemandsland kriechen, werden wir erst recht beschossen und später noch mehr unangenehme Fragen beantworten müssen."

Franzi setzte die Pickelhaube wieder auf und quetschte ihr Haar darunter. „Lass uns noch einmal beten – und dann nichts wie los."

Lydia faltete die Hände, und sie baten erneut gemeinsam ihren Gott und Vater um Gelingen für ihr Unternehmen. Danach nahm Lydia Franzi in den Arm. „Danke, dass du mit mir gehst – dass du das alles für mich tust."

„Ich tue es für dich und für meinen Bruder – weil ich glaube, dass es um Claudinands Überleben geht. Und auch um euer Lebensglück." Franzi erwiderte die Umarmung. „Hast du den verbliebenen Brief meiner Großmama gut verwahrt?"

Lydia klopfte auf die linke Seite ihrer Uniform, wo der Brief knisterte. „Darunter ist er." Auf dieses inzwischen einzige Exemplar musste sie unbedingt achtgeben.

Sie huschten zwischen den Fahrzeugen hindurch, bis sie die Straße erreichten. Entgegenkommende Soldaten beachteten sie kaum – anscheinend fielen sie in ihren zu großen Uniformen nicht auf. Nur Franzis weit vom Gardemaß abweichende Gestalt könnte verräterisch sein. Im Stillen betete Lydia, dass das nicht geschah.

Franzi sprang zuerst in den Straßengraben, der zum Grabensystem der Front führte, und half ihr mit dem verletzten Fuß hinab. Lydia hatte das Gefühl, der Schmerz würde mit jedem Schritt stärker. Dazu scheuerten die zu breiten Knobelbecher, und als sie den Abzweig, der zur dritten Kompanie führte, erreichten, spürte sie schon die erste Blase an der Ferse.

Als sie einen weiteren Abzweig erreichten, blieb Franzi plötzlich stehen. „Stimmen", wisperte sie.

Tatsächlich, leise Stimmen vor ihnen. „Hier ist ein Unterstand." Lydia zog Franzi zu dem mit einem Tarnnetz versehenen Eingang.

„Und wenn er besetzt ist?"

Doch Lydia schob Franzi schon hinein – er schien leer zu sein. „Wir dürfen nicht riskieren, in ein Gespräch verwickelt zu werden. Selbst wenn wir versuchen, tief zu sprechen, haben wir noch lange keine Männerstimme."

„Viel schlimmer ist unsere Unwissenheit. Bis auf wenige Namen kennen wir keinen Kompaniechef oder sonst irgendwelche Besonderheiten der vordersten Front." Franzi lehnte sich an die Wand des Unterstandes. „Psst, sie gehen vorüber."

Hoffentlich hatten die entgegenkommenden Soldaten sie nicht gesehen oder die Bewegung des Tarnnetzes wahrgenommen. Sonst würden sie nachschauen und ...

Die Stimmen wurden lauter – da bewegte sich plötzlich etwas an Lydias Bein: Ratten! Sie sprang zur Seite; nur mit Mühe unterdrückte sie einen Aufschrei.

Draußen wurden die Stimmen wieder vom Grummeln der Front übertönt.

„Komm schnell hinaus." Lydia riss das Tarnnetz zur Seite. „Hier wimmelt es von Ratten!"

Schaudernd floh sie aus dem Unterstand. Bloß weiter! – Franzi folgte dicht hinter ihr.

Endlich erreichten sie den großen Knick. Unmittelbar hinter dem Warnschild konnte Lydia schemenhaft eine Gestalt erkennen, die sich nicht mehr rührte.

„Ein Toter", wisperte sie.

„Wir müssen an ihm vorbei." Da hob Franzi den Zeigefinger. „Hörst du das Wimmern? Er ist nicht tot!"

Schon legte ihre Freundin sich flach auf die Erde und kroch zu dem Soldaten.

„Er lebt!", rief sie leise zurück. „Er hat einen Kopfschuss, der offenbar nicht tödlich war."

Lydia glitt ihrer Freundin hinterher. „Was sollen wir tun? Wir können ihn doch nicht mitnehmen!" Das Wimmern ging ihr durch Mark und Bein.

„Aber ihn einfach liegen lassen? Vielleicht ist noch Hilfe möglich!"

Lydia biss sich auf die Unterlippe. Es war so schon schwierig genug. Aber auch ihr widerstrebte es, ihn einfach sterben zu lassen. „Schaffen wir es denn, ihn bis nach Vauquois zu bringen? Wir sind selbst verletzt, der Weg ist noch weit und wir befinden uns hier an der gefährlichsten Stelle. Wenn wir auch nur ein wenig den Kopf heben ..."

„Aber die Nacht ist stockfinster. Keine gute Bedingung für einen Scharfschützen."

„Ich bin nicht so sicher. Diesen Mann hat es auch erwischt."

„Wahrscheinlich passierte das noch in der Abenddämmerung."

Das Wimmern des Soldaten wurde lauter. Er schien etwas sagen zu wollen, aber es war so leise und undeutlich, dass es bei dem ständigen Donnern der Front nicht zu verstehen war.

Plötzlich wurde es fast taghell – eine Leuchtkugel tauchte alles in ein fahles Licht.

Lydia schrak zusammen. „Das ist der Gefreite Wenzlik, der uns von Vauquois nach Varennes zurückgebracht hat."

„Du hast recht, Ly..." Ein trockener Knall unterbrach Franzi jäh, sie stieß einen spitzen Schrei aus und fasste sich an den Kopf.

„Franzi! Bleib unten!" Lydia packte ihre Freundin und zog sie auf die Erde. „Was ist mit deinem Kopf? Bist du getroffen?" *Herr, bitte nur das nicht!*

„Bitte hilf mir, den Helm abzunehmen." Franzis Stimme klang piepsig.

Lydia löste den Kinnriemen und hob die Pickelhaube ab. Kein Blut. Sie atmete tief durch. „Ich glaube, der Helm hat die Kugel abgelenkt." Im letzten Licht der erlöschenden Leuchtkugel konnte sie im Helm eine tiefe Beule erkennen.

„Mein Kopf dröhnt." Franzi sprach schon wieder kräftiger. „Komm, wir müssen hier weg. Bitte setze mir den Helm wieder auf."

„Und der Gefreite Wenzlik?" Lydia nestelte den Kinnriemen wieder fest.

„Wir müssen ihn zurücklassen. Ich fürchte, er hat ohnehin keine Überlebenschance."

„Armer Wenzlik." Lydia drückte die Hand des Verwundeten. Wenn sie wenigstens von Vauquois aus Hilfe schicken könnten! Aber dort durften sie sich ja nicht sehen lassen.

Franzi kroch langsam voran, Lydia folgte ihr, bis sie sich wieder aufrichten konnten. Den abzweigenden Graben nach Vauquois ließen sie zur Seite liegen und folgten dem Hinweisschild zur *Villa Waldesruh*.

Lydia hakte sich bei Franzi unter. „Geht es mit deinem Kopf?"

„Er dröhnt immer noch, aber es muss gehen. – Und dein Knöchel?"

Sie grinste. „Muss auch gehen." Inzwischen waren die Blasen fast schlimmer.

Sie erreichten einen gut ausgebauten Quergraben, der unbesetzt war.

„Dies muss die hinterste Verteidigungslinie sein", murmelte Franzi.

„Dann wird es noch zwei weitere Linien geben – jedenfalls sprachen die Soldaten immer von drei Verteidigungslinien."

Ein Stück weit folgten sie dem Graben, dann zog sich wieder ein Verbindungsgraben frontwärts, dem sie erneut folgten. Nach etwa 300 Metern die nächste Linie. Ebenfalls leer. Mit etwas Versatz ging der Verbindungsgraben weiter.

Die letzten Meter bis zum vordersten Graben schlichen sie fest an die Grabenwand gedrückt vorwärts. Die erste Linie war garantiert in kurzen Abständen mit Wachen besetzt, die das Niemandsland beobachteten, und mit einer großen Zahl Soldaten in den Unterständen, die für den Fall eines feindlichen Angriffs bereitgehalten wurden.

Lydia pirschte sich so weit vor, dass sie einen Blick in den ersten Graben werfen konnte. Alle paar Meter konnte sie die Silhouette von Wachsoldaten erkennen. Wenn es doch direkt hier gegenüber einen Horchgraben gäbe! Aber wahrscheinlich war auch der wieder mit Versatz angelegt, damit der Feind, sollte er in den Horchgraben eindringen, nicht gleich durch den Verbindungsgraben weiter vordringen konnte.

Franzi trat lautlos neben sie. „Und jetzt?"

Lydia biss sich auf die Unterlippe. „Wenn ich das wüsste."

* * *

Er musste geschlafen haben. Vielleicht hatte er auch das Bewusstsein verloren. Jedenfalls brauchte er lange, um sich wieder in der Gegenwart zurechtzufinden.

Noch immer lag er auf einer Liege in der Eingangshalle des Herrenhauses von Abancourt, aber um ihn herum war es ruhiger geworden. Zwar hasteten gelegentlich noch Schwestern, Sanitäter und Ärzte durch die Halle, aber offenbar hatte sich der Betrieb des Lazaretts wieder normalisiert – soweit das in diesem zerstörten Gebäude überhaupt möglich war.

Nur um ihn kümmerte sich niemand mehr, nicht einmal Denise.

Kein Wunder, er hatte es ja so gewollt. Wie er sich dafür hasste, sie so behandelt zu haben! – Und am Korridor, der zu Papendorffs Kammer führte, hatte sich offenbar auch noch niemand zu schaffen gemacht. Warum sollten die Franzosen auch. Sie glaubten schließlich, Papendorff sei ohnehin tot, habe vielleicht schon bei dem Artillerieschlag den Tod gefunden.

Wedell schloss die Augen. Wenn er doch einfach in Ruhe sterben könnte. Dann gäbe es keine Schmerzen mehr, kein elendes Leben als Krüppel, der allen in seiner Umgebung nur zur Last fiel. Warum war er überhaupt wieder aufgewacht? Einfach hinüberdämmern zu dürfen in das Paradies – das musste wunderbar sein!

Eine Hand legte sich leicht, aber bestimmt auf seinen Arm. „Monsieur le Comte?"

Denise. Wollte sie ihm nun einige Nettigkeiten an den Kopf werfen, weil er ihren Bruder getötet hatte? Oder vielleicht nachschauen, ob sie sich an seinen Qualen weiden konnte, während er elend verreckte? Er öffnete die Augen einen Spalt weit und schüttelte den Kopf. „Bitte lassen Sie mich."

Sie hockte sich neben ihn und sah ihn lange an. In diesen tiefbraunen, fast schwarzen Augen lag keine Wut, keine Rachsucht. Jetzt lächelte sie sogar. „Ich habe tatsächlich mit mir ringen müssen. Aber nur kurz. Zuerst war ich ärgerlich auf Sie. Aber das ist vorbei."

„Was wollen Sie damit sagen?"

Schwester Denise faltete die Hände und sah zur Decke der Halle empor. „Auch wenn Sie meinen Bruder getötet haben, auch wenn er durch Ihre Hand vielleicht unversöhnt in die Ewigkeit ging, auch wenn Sie mir diese Tatsache wie mit einer Steinschleuder an den Kopf geschossen haben – das alles wird nichts an meinem Verhalten Ihnen gegenüber ändern."

Wedell starrte die Schwester an. Verstand er sie nicht richtig? „Was – was soll das bedeuten?"

Ihr Blick wanderte zu ihm zurück, ihr Lächeln vertiefte sich. „Ich vergebe Ihnen. Und werde alles dafür tun, dass Ihr Leben gerettet wird."

„Das kann nicht Ihr Ernst sein." So konnte ein Mensch doch nicht handeln! Er hatte sie ja noch nicht einmal um Vergebung gebeten, obgleich er sich schuldig fühlte!

„Warum sollte das nicht mein Ernst sein? Mir ist so viel vergeben worden – Sie kennen doch die Geschichte von dem, der 10 000 Talente schuldete: *Jene ganze Schuld habe ich dir erlassen. Hättest nicht auch du dich deines Mitknechtes erbarmen sollen, wie ich mich deiner erbarmt habe?*[18]"

„Aber ich habe Ihren Bruder getötet!"

„Kann ich – darf ich Ihnen das vorwerfen? Ich nehme an, dass Sie ihn im Kampf getötet haben – noch dazu, ohne zu wissen, dass er es war. Und wenn Sie es nicht getan hätten, dann hätte er Sie getötet, oder etwa nicht?"

So war es allerdings gewesen.

„Das einzige, das ich Ihnen vorhalten könnte, ist, dass Sie es mir lange verschwiegen und dann wenig schonend mitgeteilt haben." Ihr Lächeln wurde zum Grinsen. „Sehen Sie, so viel habe ich Ihnen gar nicht zu vergeben."

Diese Frau war unglaublich.

„Wissen Sie, Monsieur le Comte, wenn ich jemandem vergebe, befreie ich einen Menschen von einer riesig großen Last. Und dieser Mensch bin ich selbst."

Der Satz traf ihn mitten ins Herz. Genau das hatte er erlebt und erlebte er immer noch. Er hatte Lydia von Gedigk die Vergebung verweigert, obwohl sie ihn inständig darum gebeten hatte. Und auch den Groll gegen Pauline Behrendt trug er immer noch im Herzen. Und spürte die Last, die er damit auf sich selbst lud.

Aber konnte man wirklich so vergeben, wie Schwester Denise es sagte? Zuerst machte sie seine Schuld kleiner, indem sie ihm den Tod ihres Bruders nicht anrechnete. Er hingegen hatte Lydia von Gedigks Schuld größer gemacht, indem er ihr vorwarf, sie habe gelogen, als sie ihm angeblich ihre Vergangenheit bekennen wollte. Misstrauen. Wie er es auch Schwester Denise gegenüber an den Tag gelegt und damit gänzlich falsch gelegen hatte. Lag er bei Lydia von Gedigk genauso falsch?

Nachdem sie seine Schuld so klein wie möglich gemacht hatte, war es ihr als Nächstes möglich, nicht mehr zu grollen. War das der Weg, den er Lydia von Gedigk gegenüber auch einschlagen musste? Aber die Gouvernante hatte ja längst das Forstschloss verlassen, er

18 Matthäus 18,32+33

würde sie also, selbst wenn ein Wunder geschah und er lebend nach Hause zurückkehrte, nie wiedersehen. Und das bedeutete, dass ihn die Last, die die Unversöhnlichkeit mit sich brachte, den wahrscheinlich nur noch kurzen Rest seines Lebens drücken würde.

Doch das konnte und durfte alles nicht wahr sein. Hatte Schwester Denise nicht leichtes Reden? Er sah sie an und versuchte ein spöttisches Grinsen aufzusetzen. „Zu einem Menschen, der dem Tod geweiht ist, können Sie leicht sagen: *Ich vergebe Ihnen.* Und im Herzen empfinden Sie Genugtuung, dass ich die verdiente Strafe – den Tod – erleiden werde."

Sie riss die Augen auf. „Das können Sie doch nicht wirklich so meinen!"

Er legte so viel Kraft und Schärfe wie möglich in seine Stimme, obwohl es in seinem Herzen ganz anders aussah. „Es passt Ihnen nicht, dass ich Sie durchschaue, n'est-ce pas?"

Ihre Augen füllten sich mit Tränen. „Immer dieses Misstrauen! Es scheint statt Blut durch Ihre Adern zu fließen!"

Wedell starrte an die Decke. Warum glaubte er ihr nicht? Nur weil es ihm so unglaublich erschien? *Weil du dich durch ihr Verhalten angeklagt fühlst*, flüsterte eine innere Stimme. *Wenn sie dir, der du ihren Bruder getötet hast, vergibt, solltest du erst recht in der Lage sein, Lydia von Gedigk zu vergeben.*

Plötzlich sprang Schwester Denise auf. Sie ballte die Fäuste, ihre Augen funkelten. „Ich werde es Ihnen beweisen!"

„Wie wollen Sie das schaffen?" Er lachte kurz auf.

„Indem ich eben *nicht* zusehe und mich daran erfreue, wie Sie Ihre angeblich verdiente Strafe – den Tod – erleiden. Sondern ich werde jetzt erst recht einen Arzt dazu bringen, Sie zu operieren und damit Ihr Leben zu retten." Sie wandte sich ab und stürmte davon.

„Dann suchen Sie lieber jemanden, der Papendorff ausgräbt und versorgt!", rief er ihr nach, doch sie schien es nicht mehr zu hören.

Er schnaufte. Diese Frau! Jetzt hatte er selbst ihr eine neue Motivation gegeben, um sein Leben zu kämpfen – und ihn zum Krüppel zu machen.

Kapitel 48

Lydia fasste Franzis Hand und raunte ein Gebet. „Bitte, Herr Jesus, zeige uns, wie es weitergehen soll. Wir hatten gehofft, die Gegebenheiten vor Ort würden uns Aufschluss geben ..."

„Da!" Franzi zerquetschte beinahe Lydias Hand. „Eine Leuchtkugel!"

Zischend fuhr der Feuerball in den Himmel und beleuchtete das Schlachtfeld gleißend grün – was immer diese Farbe auch bedeuten mochte.

Lydia zog sich die Pickelhaube tiefer ins Gesicht und lugte um die Ecke des Annäherungsgrabens herum in den eigentlichen Schützengraben. In regelmäßigen Abständen gab es Ausbuchtungen, deren Brustwehren mit Sandsäcken erhöht waren. Darin standen die Wachen und starrten ins Niemandsland hinüber.

Franzi tippte ihr auf die Schulter. „Ungefähr 30 Meter nach rechts – zweigt da nicht ein Gang ins Niemandsland ab?"

Angestrengt schaute Lydia in die angegebene Richtung. „Es sieht so aus." Da erlosch die Leuchtkugel. *Danke, Herr Jesus, dass Du für Licht gesorgt hast.* „Um den Graben zu erreichen, müssen wir an zwei Wachtposten vorbei."

„Am besten sofort, solange die Wachen noch von der Helligkeit der Leuchtkugel geblendet sind." Franzi gab ihr einen Stoß. „Geh du voran, damit ich nicht zu schnell gehe für deinen verletzten Fuß."

Lydia jagte noch ein Stoßgebet zum Himmel, atmete tief durch – dann bog sie um die Ecke. So schnell es ihr Fuß zuließ, hinkte sie auf den vermuteten Horchgraben zu. Der erste Wachtposten. Sie hob eine Hand an den Helm, als wollte sie ihn zurechtrücken, während sie an dem Posten vorbeiging. Der Soldat drehte kaum den Kopf. Auch Franzi schien unbeachtet an ihm vorbeizukommen. Die erste Hürde. Weiter.

Da kam schon der nächste Posten. Wieder legte Lydia die Hand an den Helm.

„Spähtrupp?"

Alles Blut schoss ihr zum Herzen. Zum Glück war Franzi direkt hinter ihr – hoffentlich antwortete sie!

„Horchgraben.“ Franzis Stimme war kaum zu erkennen.

„Viel Glück“, grunzte der Soldat und wandte sich wieder dem Niemandsland zu.

So schnell wie möglich eilte Lydia zu dem Abzweig und bog um die Ecke. Keuchend kam Franzi neben ihr an und drückte die Hände auf die Brust. „Geschafft.“

Lydia biss sich auf die Unterlippe. „Weißt du, was mir merkwürdig vorkommt? Hier steht kein Posten am Ende des Horchgrabens. Müsste hier nicht einer stehen, damit die Franzosen nicht vom Niemandsland aus ungesehen in die Gräben eindringen können?“

„Du hast recht.“ Franzi schob den Zeigefinger unter den Kinnriemen des Helms. „Das lässt nur einen Schluss zu ...“

„Nämlich den, dass dort vorne ein Horchposten hockt. Wir können also nicht bis ganz vorne gehen, sondern müssen früher aussteigen.“

„Und dann müssen wir noch aufpassen, dass uns der Posten nicht hört, wenn wir in Richtung der französischen Linien an ihm vorbeikriechen. – Schließlich ist er zu nichts anderem als zum Horchen ...“

Der Rest ging im plötzlichen Aufbrüllen der französischen Artilleriegeschütze unter – war das die Reaktion auf die grüne Leuchtkugel?

Rauschend, zischend und fauchend sausten die Geschosse über sie hinweg und schlugen irgendwo im deutschen Hinterland ein. Immerhin nahmen die Franzosen nicht das Niemandsland und die Gräben unter Feuer.

„Komm weiter, ehe hier noch ein Angriff losbricht.“ Lydia zog Franzi mit sich weiter in den Graben hinein und unter dem Stacheldrahtverhau hindurch, der sich über ihnen schemenhaft abzeichnete. „Wir müssen nur die Augen offenhalten, um den Horchposten früh genug zu bemerken.“

„Und wenn wir zu den Franzosen kommen, redest du. Du hast Viola immerhin in der französischen Sprache unterrichtet – und wie wenig aufmerksam ich dem Französischunterricht gefolgt bin, weißt du ja aus dem Pensionat.“

Lydia nickte. „Wenn ich denn weiß, was ich sagen soll.“

Je weiter sie gingen, desto furchtbarer wurde die Geruchskomposition. Der Schwefelgeruch der Granaten und der typische Gestank von Sprengstoffen vermischt mit dem Geruch von Leichen, die wahrscheinlich schon tagelang im Niemandsland lagen.

Plötzlich zog Franzi an ihrem Arm. „Psst, ich höre Stimmen – von vorn!“

Ruckartig blieb Lydia stehen. Tatsächlich! Vielleicht verließ der Horchposten den Graben, weil bei dem Lärm ohnehin nichts mehr zu hören war. Was nun?

Kapitel 49

„Dort!“ Lydia wies mit dem Arm auf eine Stelle neben dem Graben. „Ein Krater, der die Grabenwand hat einstürzen lassen!“ Sie stürmte ohne Rücksicht auf den schmerzenden Knöchel los und warf sich in den Trichter, Franzi kam gleichzeitig mit ihr dort an. Keuchend blieben sie liegen und Lydia hielt sich den verletzten Fuß. Der Spurt hatte ihr gar nicht gutgetan!

Laut redend, um das Brüllen der Geschütze zu übertönen, gingen die beiden Soldaten an ihnen vorüber. Sie lachten schallend – anscheinend waren sie froh, dass ihr Dienst an dieser gefährlichen Stelle beendet war.

Lydia hielt die Handfläche nach oben. „Es beginnt zu schneien.“

„Das ist für uns günstig, weil wir im Flockengewirr kaum zu sehen sein werden.“

„Also diesmal kein Halt vonseiten Gottes?“ Lydia wickelte sich enger in den Soldatenmantel. „Erst schickt er uns Licht, damit wir die Gegebenheiten sehen können, dieses Licht sorgt für das Einsetzen des Artilleriefeuers, wodurch möglicherweise der Horchposten vertrieben wird. Und jetzt breitet Gott sogar einen Schleier über uns, damit wir im Niemandsland nicht gesehen werden.“

„Er scheint wirklich zu wollen, dass wir Claudinand Hilfe bringen. Also zögern wir nicht länger.“ Franzi erhob sich, huschte geduckt in den Graben zurück und ging voraus.

Lydia folgte ihr hinkend, bis der Graben nach einer kurzen Strecke endete.

Tief durchatmend hockten sie sich auf den Boden des Grabens. Jetzt kam der schwierigste und gefährlichste Teil ihres Unternehmens. Aber ihr Gott hatte bis hierher geholfen, Er würde es auch weiter tun.

Lydia knöpfte ihren Uniformmantel auf. „Los, legen wir wieder die Schwesterntracht an.“

Franzi nickte und nahm die Pickelhaube ab.

„Kannst du noch?“ Lydia warf die Uniform auf die Erde und schlüpfte in die Schwesterntracht. Sie tastete nach dem Brief – er befand sich noch an Ort und Stelle.

„Wo die Kugel sitzt, schmerzt die Schulter schon. Und ich fühle mich nicht so kräftig wie sonst. Aber es wird schon gehen."

Endlich kommt bei Franzi wieder die alte Kämpferin durch, dachte Lydia. „Bitte, Herr Jesus, bewahre uns, damit wir Franzis Bruder Hilfe bringen können."

„Amen." Franzi zog die Schwesternhaube fest und richtete sich langsam auf. Sie stülpte die Pickelhaube über die Hand und schob sie langsam über den Grabenrand – nichts geschah. Millimeter für Millimeter hob sie den Kopf – es geschah immer noch nichts. „Der Schnee ist unser bester Schutz." Sie zog sich aus dem Graben und blieb platt am Boden liegen.

Lydias Herz klopfte wie wild. Langsam schob auch sie sich aus dem Graben und legte sich neben Franzi. „Hoffentlich verirren wir uns im Schneegestöber nicht."

„Wir sollten versuchen, eine gerade Linie einzuhalten. Weit kann es ja nicht sein. Und wir müssen aufpassen, dass wir uns gegenseitig nicht verlieren."

Franzi kroch los und Lydia blieb an ihrer Seite. Immerhin schmerzte der Fuß bei dieser Fortbewegungsart nicht so furchtbar.

Schon nach kurzer Zeit erreichten sie einen breiten Trichter.

„Hier können wir die gerade Linie schon nicht mehr beibehalten", raunte Lydia ihrer Freundin zu.

„Nicht so nah an den Trichter heran!" Franzi hielt sie am Arm zurück. „Vielleicht haben Soldaten darin Zuflucht gesucht."

„Bei dem Gestank, der dem Trichter entsteigt, können das allenfalls noch Leichen sein." Lydia klappte den Mantelkragen hoch und deckte ihn über die Nase. „Rechts am Trichter vorbei? Das scheint mir der kürzere Weg zu sein."

„Siehst du dort vorn dieses schemenhafte Gebilde? Es sieht aus wie ein Pfahl. Daran können wir uns orientieren."

Lydia folgte mit ihrem Blick Franzis ausgestrecktem Arm und entdeckte im Schneegestöber einen hohen, schmalen Umriss, der in gerader Richtung voraus zu liegen schien. „Vielleicht ist daran das Stacheldrahthindernis befestigt."

„Musst du mich unbedingt an den Stacheldraht erinnern?" Franzi schnaubte. „Ich habe noch keinen Einfall, wie wir den überwinden sollen."

„Irgendwo wird es schon eine Lücke geben, sei es absichtlich oder durch Zerstörung. Wir müssen sie nur finden."

Sie krochen los, rechts am Trichterrand entlang, die Silhouette des Pfahls fest im Blick behaltend.

Trotz des Mantelkragens über der Nase war der Gestank bestialisch. Hier mussten unzählige Leichen liegen und verwesen – und niemand kümmerte sich um die gefallenen Kameraden. Nur die Ratten, die zahllos umherhuschten.

Dazu noch das Wimmern, Stöhnen und Ächzen von Verwundeten, das immer wieder das Donnern und Zischen der Artillerie übertönte. Es zerriss Lydia das Herz, am liebsten hätte sie – trotz ihrer bescheidenen Fähigkeiten – jedem einzelnen geholfen. Aber selbst Franzi verfolgte stur den Weg zu dem Pfahl.

Wie lange mochten die Verwundeten hier schon ausharren? Seit dem letzten Angriff? Aber war das nicht schon fast eine Woche her? Oder waren es Spähtrupps, die von Artillerie- oder Infanteriegeschossen überrascht worden waren? Drohte ihnen beiden das gleiche Schicksal? Wenn die Franzosen ihr Feuer ins Niemandsland verlegten und sie erwischten – würden sie dann noch stundenlang, vielleicht tagelang wimmernd hier liegen, ohne dass sich jemand um sie kümmerte? Im Unterschied zu den Soldaten wusste ja von ihnen nicht einmal jemand, dass sie sich zwischen den Fronten befanden.

Jede Bewegung nach vorn war ein einziges Gebet zu ihrem Gott und Vater, dass Er sie bewahrte. Die Gefahr und vor allem das furchtbare Schicksal, das ihnen drohte, standen plötzlich wie ein waffenstarrender Goliath vor ihr. Und was mochte Graf Wedell gelitten haben, als er mehrere Tage in einem Trichter hatte aushalten müssen, ehe er von den Franzosen aufgegriffen worden war? Musste er während dieser Zeit nicht schier den Verstand verloren haben?

„Du scheinst recht zu haben", drang auf einmal Franzis Stimme zu ihr durch. „Es ist ein Pfahl, an dem der Stacheldraht befestigt ist."

Durch den Schneeflockenschleier erkannte nun auch Lydia die Drahtrollen, die sich quer durch das Gelände zogen. „Aber das ist kein Pfahl, Franzi." Sie schauderte. „Das ist ein Toter, der sich in dem Drahtgeflecht verfangen hat!"

„Wie schrecklich!" Franzi gab ein Würgegeräusch von sich.

„Lass uns etwas seitlich am Stacheldraht entlangkriechen, ob wir einen Durchgang finden."

„Aber ist nicht genau dort, wo der Soldat hängt, eine Öffnung?" Lydia kroch trotz des Gruselns näher heran. „Vielleicht wollte er diese Öffnung nutzen und wurde dabei erschossen."

„Dann ist diese Stelle also von dem Graben mindestens einer Seite aus einsehbar und in Schussweite – jedenfalls bei Tag und klarer Sicht. Falls er nicht von einer Patrouille erschossen oder einem Artilleriegeschoss erwischt wurde."

„Wenn er überhaupt getroffen wurde. Vielleicht ist er auch im Stacheldraht hängen geblieben und konnte sich nicht mehr befreien." Lydia presste die Lippen aufeinander. Der Anblick und der Gestank verursachten einen starken Brechreiz – vor allem, wenn sie daran dachte, wie sie enden würden, falls sie sich im Draht verfingen.

„Es ist ein Franzose." Franzi kroch so nahe an den Toten heran, dass sie ihn mit der Hand erreichen konnte. „Es scheint wirklich so, als sei er bei der Flucht zu den eigenen Gräben hier hängen geblieben."

Lydia kroch ebenfalls nahe heran. „Hier ist tatsächlich eine schmale Lücke im Drahtverhau, die der Tote jedoch leider zum Teil versperrt."

„Wir müssen vorsichtig sein. Ich habe gehört, dass es am Draht Glocken oder Ähnliches als Alarmeinrichtungen gibt. Wer weiß, was wir auslösen, wenn wir den Draht berühren oder zur Seite biegen."

„Trotzdem müssen wir hindurch. Es würde viel zu viel Zeit kosten, eine größere Lücke zu suchen." Schaudernd betrachtete Lydia die Beine des Toten, die schon von Ratten angenagt waren. Genau dort mussten sie vorbei! „Ich gehe voran. Bleibe du dicht hinter mir und achte darauf, dass sich meine Kleidung nicht im Draht verfängt."

„Mache ich. Und vor allem werde ich beten."

Die Lücke war kaum einen halben Meter breit, und die Enden des durchschnittenen Drahtes ragten gefährlich weit hinein. Dazu noch der Tote, der die Lücke ein Stück weit versperrte.

Vorsichtig schob Lydia mit dem Arm das angenagte Bein des Soldaten etwas zur Seite. Hoffentlich hing er fest genug im Draht und fiel nicht um, sodass er einen Alarm auslöste oder auf sie stürzte!

Sie drückte die Haube der Schwesterntracht fester auf den Kopf und streckte ihn in die Lücke. Nun die Schultern.

„Halt!“ Franzi löste ein Stück Draht vom Mantel. „Weiter.“

Der Tote schwankte bedenklich, der Draht gab ein leises Quietschen von sich, das hoffentlich im Toben der Artillerie unterging. Immer wieder hielt Franzi sie an und nestelte einen Widerhaken los, dann ging es weiter. Jetzt noch die Beine. Dann war sie durch.

Keuchend blieb sie liegen. Von der Kälte und der klammen Kleidung spürte sie nichts mehr. Sie hatte es geschafft!

Nun kam Franzi nach, und Lydia gab Acht, dass sie nicht hängen blieb. Plötzlich ein durchdringendes Quietschen – Lydia hatte den Eindruck, der französische Präsident Poincaré müsste es trotz des Artilleriefeuers bis Paris hören.

Der Tote neigte sich langsam nach vorn und fiel dann mit dumpfem Schlag direkt neben Lydia auf die Erde. Sofort flitzten unzählige Ratten herbei.

Lydia stieß einen unterdrückten Schrei aus, aber sonst geschah nichts – jedenfalls hörte sie keinen Alarm. Vielleicht wurde er auch unhörbar in den Gräben ausgelöst? Aber die Waffen der Infanterie schwiegen. Nicht einmal Stimmen oder sonst irgendwelche Geräusche, die auf Aktivitäten in den französischen Gräben schließen ließen.

Endlich schob sich auch Franzi vollends durch die Lücke. Nun schnell weg von dieser Stelle! Und wieder vorwärts! Bestimmt lag noch ein weiteres Stacheldrahthindernis vor ihnen.

„Halte! Qui est là? Parole?“

„Franzosen!“, entfuhr es Lydia.

Sofort krachten Schüsse, Mündungsfeuer blitzte auf, kleine Erdfontänen spritzen vom Boden auf.

„Nicht schießen!“, schrie Lydia auf Französisch. Gleichzeitig schoss ein brennender Schmerz durch ihren linken Oberarm.

Das Feuer verebbte. „Aufstehen. Und die Hände hochnehmen.“

Lydia stand mit wackeligen Knien auf und sah sich nach Franzi um. Immerhin schien sie unverletzt zu sein. Aber sie selbst war schon wieder verwundet! Hoffentlich war sie nicht schwer getroffen.

* * *

Der Hochwald im Frühjahr. Die Obstbäume der Hochzeitsallee stehen in voller Blüte. Wedell hat seinen feurigen Schimmel Allegro unter sich und reitet über den weißen Blütenteppich. Das Sonnenlicht malt goldene Kringel auf den Weg, ein Buchfink sitzt in einem Kirschbaum und trällert die Tonleiter von oben nach unten.

Am Ende der Allee steht eine schlanke Gestalt im weißen Kleid. Dunkles Haar wallt bis zu den Hüften herab und umrahmt das brünette Gesicht. Ist es Denise?

Er reitet näher heran. Das von Schmetterlingen umgaukelte Mädchen hat vergissmeinnichtblaue Augen, die einen eigentümlichen Kontrast zu der gebräunten Haut und dem dunkelbraunen Haar bilden.

Jetzt erkennt er sie. Es ist Lydia von Gedigk. Sie streckt die Hände nach ihm aus, ihr Gesicht ist todtraurig. Dann lässt sie die Hände sinken, dreht sich langsam um und geht davon. Beinahe schwebt sie, ihre Füße scheinen den blütenübersäten Weg kaum zu berühren. In einem Apfelbaum schnalzt ein Dompfaff.

Er will seinem Pferd die Sporen geben, ihr nachjagen, sie einholen, sie festhalten, doch Allegro bleibt stehen, rührt sich keinen Millimeter. Nur der Dompfaff singt immer lauter, setzt sich sogar auf seine Schulter und pickt mit dem Schnabel.

Immer kräftiger wird das Picken auf seiner Schulter. Er will den unermüdlich zwitschernden Dompfaff vertreiben, doch er pickt weiter und ruft sogar: „Monsieur le Comte!"

Wedell riss die Augen auf. Dunkelheit, nur schummrige Beleuchtung. Es war wohl mitten in der Nacht. Dann sah er in Schwester Denises nachtschwarze Augen. Nicht die Vergissmeinnichtaugen von Lydia von Gedigk.

„Monsieur le Comte, sehen Sie dort!"

Er wandte den Kopf – durch die Eingangshalle stiefelten sechs Männer mit Hacken und Schaufeln und gingen zu dem Korridor, wo Papendorff verschüttet war.

„Sehen Sie, was ich für Ihren Freund Papendorff aufgetrieben habe! Pioniere, die ihn freischaufeln werden."

„Schwester Denise!" Ein Sanitäter winkte ungeduldig. „Sie sollen Ihren Nachtdienst nicht verplaudern!"

„Ich komme sofort. – Glauben Sie mir jetzt, dass ich Ihnen nicht grolle? Dass ich weiterhin alles für Sie tun werde?"

Wedell schloss die Augen. Sie sollte die Tränen nicht sehen, die ihm in die Augen stiegen. Sie hatte es wahrgemacht. Offenbar war ihr bewusst, dass sie ihm mit dieser Geste am besten ihre Vergebung beweisen konnte, viel mehr, als wenn sie sich um sein Bein gekümmert hätte. Er blinzelte sie an. „Schwester Denise, Sie sind – einzigartig."

„Schwester Denise!" Wieder winkte der Sanitäter.

„Ich habe nicht viel Zeit." Sie nahm seine Hand. „Glauben Sie mir jetzt, dass ich es gut mit Ihnen meine?"

„Wie könnte ich noch daran zweifeln. Es tut mir so leid." Er versuchte seiner Stimme Festigkeit zu geben, aber sie klang gepresst.

Sie lächelte. „Dann glauben Sie mir bitte auch, dass Sie Ihr Leben nicht einfach aufgeben dürfen. Dass ich es, wenn ich um Ihr Leben kämpfe, ebenfalls gut mit Ihnen meine."

„Dieses Leben, das keinen Wert mehr für mich hat? Bitte lassen Sie das, Schwester, Sie werden mich nicht überzeugen." Nie mehr auf Allegro durch die Hochzeitsallee reiten ... Und alle Frauen würden sich angewidert von dem Krüppel abwenden oder mitleidig lächeln. So wie Lydia von Gedigk in seinem Traum. Diese Vorstellung war fast noch schlimmer, als nur wegen seines Titels und Reichtums angehimmelt zu werden.

„Meinen Sie nicht, dass Sie noch etwas zu erledigen haben in Ihrem Leben?" Denise ließ seine Hand nicht los. „Gibt es vielleicht noch andere Menschen außer mir, die Sie mit Ihrem Misstrauen verletzt haben? Wollen Sie so in die Ewigkeit zu Gott gehen, mit dem alten, wohlgepflegten Groll im Herzen?"

Lydia. Ja, er hatte sie verletzt, als er ihr aus lauter Misstrauen die Vergebung verweigert hatte. Das musste er noch nachholen. Denn die alte Schuld ihres Lebens durfte er ihr ohnehin nicht vorhalten. Und ihr Schweigen? Ja, sie hatte ihm etwas verschwiegen, um die Stelle im Forstschloss zu bekommen und zu behalten. So wie er selbst Schwester Denise den Tod ihres Bruders verschwiegen hatte, um weiterhin gut versorgt zu werden. Er war um keinen Deut besser als Lydia. Vielleicht war er sogar schlimmer als sie, wenn sie damals wirklich zu ihm gekommen war, um ihm alles zu offenbaren.

Denise sah sich nach dem winkenden Sanitäter um. „Ich sagte vorhin", fuhr sie dann schneller fort, „dass man sich selbst von einer großen Last befreit, wenn man vergibt. Aber nicht nur sich selbst.

Vielleicht haben Sie einen Menschen durch Ihr Misstrauen und Ihre Unversöhnlichkeit verletzt. Das kann ausgesprochen schmerzhaft sein. Vielleicht haben Sie das Leben dieses Menschen dadurch zerstört, vielleicht krankt er daran – und Sie könnten es mit einem Satz heilen. Stattdessen bemitleiden Sie sich selbst und wollen sich lieber heimlich aus dem Leben schleichen. Halten Sie das für recht?"

„Schwester, woher wissen Sie das alles?"

Sie lächelte. „Ich habe vieles zwischen den Zeilen gelesen."

„Nun ist es aber wirklich genug." Ein Arzt preschte heran, packte Schwester Denises Arm und zog sie von Wedell fort. „Wir brauchen Sie dringend für eine OP und Sie vergeuden Ihre Zeit mit diesem Deutschen!"

„Ich komme sofort mit Ihnen, Monsieur le Docteur. Nur werfen Sie bitte einen Blick auf das Bein des Verwundeten." Ruckartig schlug sie die Decke zurück.

„Oh là là! Gasbrand. Sollte sofort operiert werden, aber wir haben wirklich keine Kapazitäten für einen Deutschen."

„Wie viel Zeit bleibt ihm noch?", keuchte Denise.

„24 Stunden. Allerhöchstens 36."

Wedell schloss die Augen. Noch 24 oder bestenfalls 36 Stunden. In dieser Zeit musste er einen Brief an Lydia von Gedigk und auch an Pauline Behrendt schreiben. Dann konnte er in Frieden sterben – falls Schwester Denise ihn ließ. Ihr war zuzutrauen, dass sie nach den Pionieren für Papendorff auch noch einen Arzt für ihn heranschaffte.

Kapitel 50

„Donnerwetter – diese Stimmen! Das sind doch Frauen!“

„Ja, wir sind ...“ Ehe Lydia den Satz beenden konnte, schoss auf deutscher Seite eine Leuchtkugel in den Himmel.

„Hinlegen!“ Blitzschnell lagen beide Franzosen auf der Erde. „Les Boches haben unsere Schüsse gehört und werden jeden Augenblick feuern!“

Franzi kullerte in einen flachen Trichter und Lydia folgte ihr unmittelbar, obwohl ihr Oberarm dabei fürchterlich schmerzte. Im selben Augenblick ratterte ein deutsches Maschinengewehr los.

Einer der Franzosen fluchte. „Die zielen gut.“

„Franzi ...“ Lydias Stimme zitterte. „Ich wurde getroffen. Kannst du mir den Arm verbinden?“

„Nicht bewegen“, schnauzte der Franzose. „Solange die Leuchtkugel nicht erloschen ist, keine Bewegung.“

Lydia presste den Kopf an die Erde, während die Maschinengewehrgarben über sie hinwegzischten. Endlich wurde es wieder dunkel, doch noch immer konzentrierten die Deutschen ihr Feuer auf den Trichter, in dem sie lagen.

„Wenn wir noch lange hier aushalten müssen, werde ich verbluten.“ Lydia hörte ein ratschendes Geräusch. „Franzi, was tust du da?“

Ihre Freundin kroch näher. „Reiche deinen Arm her. Ich habe von meinem Rock ein Stück abgerissen, damit kann ich dich notdürftig verbinden.“ Franzi wickelte den Stoff um Lydias Oberarm und knotete ihn fest.

„Das Feuer lässt nach.“ Der Franzose gab ihnen einen Stoß mit dem Gewehrkolben. „Sie kriechen hinter meinem Kameraden her, ich werde Ihnen folgen. Versuchen Sie bloß nicht zu fliehen, mit Subjekten wie Ihnen machen wir dann nämlich kurzen Prozess.“

„Wir haben doch gar nicht die Absicht, Ihnen zu entkommen.“ Franzi kroch hinter dem einen der Franzosen aus dem Trichter.

Lydia folgte ihr. Nur noch kleckerweise tackerte das Maschinengewehr, der Franzose kroch mit schlafwandlerischer Sicherheit vor ihnen her aus dem gefährlichen Bereich.

Durch eine Lücke passierten sie ein weiteres französisches Stacheldrahthindernis. Noch ein paar Meter krochen sie weiter, dann rief der vorderste Franzose: „Parole Austerlitz! Wir kommen zurück mit zwei Gefangenen. Austerlitz!"

Vor ihnen wurden Stimmen laut, dann erreichten sie die vorderste französische Linie und kletterten in den Graben – die französischen Späher mit schussbereiten Gewehren hinter ihnen her.

Wild durcheinanderrufend liefen die Soldaten zusammen. „Was habt ihr denn da für Täubchen mitgebracht?"

„Zwei Spioninnen", rief einer ihrer Begleiter lachend. „Ein sauberer Fang, n'est-ce pas?"

Lydia fuhr herum. „Spioninnen?"

„He!" Der Franzose richtete das Gewehr genau auf ihre Brust. „Machen Sie keinen Unsinn!"

Obwohl sie den Blutverlust in allen Gliedern spürte, legte Lydia so viel Festigkeit wie möglich in ihre Stimme. „Wir sind keine Spioninnen!"

„Was sind Sie denn sonst?"

Franzi lehnte sich an die Grabenwand – sie schien sich ebenfalls kaum noch auf den Beinen halten zu können. „Wir müssen ins Lazarett", stieß sie in holperigem Französisch hervor. „Nicht nur unseretwegen. Mein Bruder ist dort."

„Lächerlich, eine bessere Ausrede finden Sie wohl nicht. Sie kommen jetzt mit zum Ortskommandanten, er wird entscheiden, was mit Ihnen passiert."

„Was soll schon mit ihnen passieren?", rief ein anderer. „Wir könnten die beiden auch gleich hier erschießen."

Lydia sackten die Knie durch. Hatten sie dafür all die Strapazen und Gefahren auf sich genommen? Um jetzt als Spioninnen an die Wand gestellt zu werden?

* * *

Mühsam nestelte Wedell seine Uhr aus der Tasche des Uniformrocks. Acht Uhr morgens. Von den 24 bis 36 Stunden, die der Arzt ihm noch gegeben hatte, waren also schon sechs Stunden vergangen.

Würde dieser 9. Januar 1915 sein letzter Tag sein? Dann musste er jetzt dringend alles ordnen und vor allem an Lydia von Gedigk ein Bekenntnisschreiben verfassen. Damit sie von der Last seiner Anschuldigungen befreit wurde. Hoffentlich hatte er noch die Kraft dazu, ihr diesen Brief zu schreiben. Sonst musste er ihn Denise diktieren, insofern sie die Zeit dazu fand. Danach konnte er in Frieden heimgehen zu seinem Herrn. Das war einem Leben als Krüppel allemal vorzuziehen. Außerdem würde es Denise ohnehin nicht gelingen, in der verbleibenden kurzen Zeit einen Arzt zu finden, der ihn operierte. Schon gar nicht gegen seinen Willen.

Er sah zu den Pionieren hinüber, die den Korridor, der zu Papendorffs Kammer führte, freilegten. Von den sechs Mann, die Denise angeschleppt hatte, waren nur noch zwei da, die auch öfter rauchend und schwatzend herumstanden oder -gingen, als zu arbeiten. Wahrscheinlich zogen sie die Aufgabe im Lazarett bewusst in die Länge, um nicht für gefahrvolle Aufgaben an der Front herangezogen zu werden. Dabei ging es doch um Papendorffs Leben! Wenn er gerettet war, konnten sie so viel rauchen und schwatzen, wie sie wollten!

Eben schlenderten sie wieder durch die Eingangshalle und zündeten sich dabei Zigaretten an.

War Papendorff überhaupt noch zu retten? Denise hatte ja schon gestern nach dem deutschen Feuerüberfall nicht mehr daran geglaubt, dass er noch lebte. Immerhin ging Papendorff in die himmlische Herrlichkeit, und ihn, Wedell, hatte Gott als Werkzeug gebraucht, Papendorff zu Gott zu führen. Wog das vielleicht wieder auf, dass er Matthieu Colbert, von dem er nicht wusste, ob er den Weg zu Gott gefunden hatte, getötet hatte?

Trotzdem machte ihn der Gedanke daran, dass Papendorff sterben oder sogar bereits tot sein könnte, unendlich traurig. Im Gegensatz zu ihm selbst hatte er noch Ideale und Träume. Wenn er allein daran dachte, mit welcher Wärme sein Freund von jenem Fräulein von Untadelig gesprochen hatte, das er liebte. Wie gerne hätte er jenes Idealbild einer Frau kennengelernt! Allein schon ihretwegen musste Papendorff überleben.

Irgendwo hallten verzweifelte Schreie durch die Hallen des Herrenhauses. Waren den Franzosen Chloroform und Äther ausgegangen, dass sie ohne Narkose operierten? Ein Grund mehr, sich gegen eine Operation zu wehren.

Endlich schlurften die beiden Pioniere wieder heran.

Wedell richtete sich mühsam etwas auf. „Denken Sie daran, dass dort hinter dem Schutt noch ein Mann liegt!"

Einer der Pioniere trat an seine Liege. „Was wollen Sie?"

„Können Sie Ihre Pause nicht machen, nachdem Sie den Verwundeten ausgegraben haben?"

„Was? Sie wollen uns vorschreiben, was wir zu tun haben?"

„Es geht doch nicht um mich!" Wedell konnte den Kopf kaum noch oben halten. „Es geht um ein Menschenleben, egal welcher Nationalität."

„Im Krieg ist die Nationalität nicht egal. Seien Sie froh, dass wir diesen Deutschen überhaupt ausgraben." Der Pionier spuckte klatschend auf den Marmorboden aus.

„Ich möchte doch nur, dass Sie etwas schneller arbeiten."

„Wir arbeiten, wie es uns passt", blaffte der eine und hob seine Schaufel betont langsam vom Boden auf.

Es dauerte noch eine weitere Stunde, bis zwei Sanitäter durch den Schutt kriechen konnten. Gebannt sah Wedell ihnen nach. – Wo war bloß Denise? Sie wäre doch die einzige, die sich für Papendorff einsetzen würde, wenn sie ihn gleich herausbrächten.

Da kamen die Sanitäter wieder und schleppten eine Bahre durch die Trümmer. Darauf lag eine Gestalt, die mit einem deutschen Militärmantel zugedeckt war.

Wedell schlug beide Hände vors Gesicht. Papendorff war tot.

Kapitel 51

„Alors, Mesdemoiselles, Ihre Namen bitte."

Der Ortskommandant von Neuvilly, Commandant de Fouquet, war alles andere als ein typischer Franzose: riesengroß, stark wie ein Ochse, hellblondes Haar, wasserblaue Augen. Wahrscheinlich ein Überrest der Normannen, die der Normandie ihren Namen gegeben hatten. Immerhin schien er sie trotz des furchtbaren Verdachts gegen sie ritterlich zu behandeln.

Unwillkürlich machte Lydia einen Knicks. „Lydia von Gedigk und meine Freundin Franziska von Schenck."

Fouquet nickte dem einzigen im Raum verbliebenen Sergeant zu. „Schreiben Sie alles mit. Auch den formvollendeten Knicks dieser Demoiselle." Er lächelte Lydia freundlich an – beinahe zu freundlich. „Bitte nehmen Sie doch Platz." Er wies auf einen zerkratzten Holztisch und ein paar wackelige Stühle. „Sie können sich ja kaum noch auf den Beinen halten."

Aufatmend sank Franzi auf einen der Stühle.

Lydia setzte sich neben sie. „Wir müssen dringend ins Lazarett, Monsieur le Commandant. Ich habe eine Wunde am Oberarm und meine Freundin einen Steckschuss in der Schulter."

Wieder das Lächeln des Commandant, doch seine Augen glitzerten kalt. „Wir werden sehen, ob sich das machen lässt. Zunächst erklären Sie mir bitte, wie es kommt, dass unsere Patrouille Sie, zwei deutsche Frauen in deutscher Schwesterntracht, vor den französischen Stellungen aufgegriffen hat."

Lydia griff nach einem Bleistiftstummel, der auf dem Tisch lag, und drehte ihn zwischen den Fingern. „Bei den Kämpfen vor einer Woche wurde der Bruder meiner Freundin, Graf Claus Ferdinand von Wedell, schwer verwundet und wahrscheinlich drei Tage später von Ihren Leuten gefangen genommen. Wir vermuten, dass er sich bei Ihnen im Lazarett befindet – wir müssen dringend zu ihm."

„Eh bien, darf ich erfahren, warum Sie so dringend zu ihm müssen, dass Sie sich dafür in Todesgefahr begeben?" Die Stimme des Commandant klang kratzig.

Lydia warf ihrer Freundin einen Seitenblick zu, doch Franzi schien nicht gewillt zu sein, eine Antwort zu geben. Vermutlich befürchtete sie, ihr Französisch sei so schlecht, dass sie missverstanden werde.

„Es handelt sich um ein Anliegen privater Natur, was Sie schon daraus ersehen können, dass es sich bei meiner Freundin um die Schwester des Grafen Wedell handelt." Dass sie vor allem eine gute medizinische Versorgung des Grafen sicherstellen wollten, sagte sie lieber nicht – Fouquet würde sicherlich nicht zugeben, dass Kriegsgefangene bei der Behandlung hintenangestellt wurden.

„Eine dürftige Erklärung." Er zog ein silbernes Zigarettenetui aus der Brusttasche, klappte es auf und hielt es ihnen hin. „Zigarette?"

Lydia schüttelte den Kopf. „Merci, ich rauche nicht."

Franzi schien zu schwanken, doch dann lehnte auch sie ab.

Fouquet nahm sich selbst eine Zigarette aus dem Etui und klappte es zu. „Sie werden zugeben, dass Ihre Geschichte höchst unglaubwürdig klingt. Mademoiselle Gedigk, sind auch Sie mit jenem Grafen verwandt? Oder vielleicht verlobt?"

Sie schüttelte den Kopf. „Nichts dergleichen. Ich habe meine Freundin lediglich begleitet." Obwohl es eigentlich umgekehrt war.

„Und jetzt bitte die Wahrheit." Der freundliche Gesichtsausdruck verschwand urplötzlich und wurde stattdessen streng. „Geben Sie zu, dass Sie Spioninnen sind, sagen Sie uns Ihren Auftrag, dann ist es vielleicht möglich, Ihr Leben zu retten."

„Aber das ist nicht wahr!", fuhr Franzi auf. „Es ist genau so, wie meine Freundin gesagt hat."

„Glauben Sie wirklich, dass Spioninnen in deutscher Schwesterntracht durch das Niemandsland kriechen und sich widerstandslos von einer Patrouille festnehmen lassen?" Lydia rollte den Bleistift zwischen Daumen und Zeigefinger hin und her. „Dann wären wir doch eher mit einem Flugzeug oder Zeppelin über die Front gebracht worden. Oder hätten uns bei unserer Gefangennahme zur Wehr gesetzt."

„Es kommt auf Ihren Auftrag an. Unter Umständen ergibt Ihr Verhalten durchaus Sinn." Fouquet zündete sich die Zigarette an. „Und aus welchem anderen Grund außer Spionage sollte sich jemand in solche Gefahr begeben? Noch dazu Frauen?"

„Sie täuschen sich, Monsieur le Commandant. Sie glauben nicht, was eine Frau alles auf sich nimmt, wenn sie ..." Lydia presste die Lippen aufeinander. Flüsternd fügte sie hinzu: „... wenn sie liebt."

„Ah, auf einmal sind Sie doch die Verlobte des Grafen?"

„Eben nicht."

„So kommen wir nicht weiter." Fouquet schlug mit der flachen Hand auf den Tisch. „Lasalle, durchsuchen Sie die Frauen. – Ich wollte Ihnen diese demütigende Prozedur ersparen, aber da Sie zu keinem Geständnis bereit sind, sondern vielmehr auf Ihrer fantastischen Geschichte beharren ... Fangen Sie schon an, Lasalle!"

„Ich protestiere, dass ein Sergeant eine Leibesvisitation bei uns durchführt!", rief Franzi. „Es wird doch wenigstens im Lazarett Frauen geben."

„Da! Sie suchen doch schon wieder einen Vorwand, ins Lazarett zu diesem angeblichen Grafen zu kommen. – Lasalle, lassen Sie im Lazarett nachfragen, ob dort ein deutscher Gefangener namens – wie hieß er?"

„Hauptmann Graf Claus Ferdinand von Wedell." Lydia fuhr sich mit der Hand über die Stirn. Hoffentlich war der Graf noch im frontnahen Lazarett. Und nicht längst weiter ins französische Hinterland verlegt worden. Oder er hatte seine Verwundung nicht überlebt ...

Der Sergeant ging zur Tür, rief etwas in den Flur hinaus und kehrte dann händereibend zu ihnen zurück. „Alors ..."

„Bitte, Monsieur le Commandant." Lydia beugte sich vor. „Lassen Sie wenigstens eine Frau kommen ..."

„Wer wie ein Soldat über die Front schleicht, wird behandelt wie ein Soldat." Fouquet stand auf. „Seien Sie froh, dass ich überhaupt so viel Aufhebens mache. Wären Sie an einen anderen Offizier geraten, hätte der Sie wahrscheinlich längst an die Wand gestellt."

„Wenn Sie mich fragen, Monsieur le Commandant", grunzte der Sergeant, „warum tun Sie nicht genau das?"

Fouquet seufzte theatralisch. „Ich bin eben ein Ehrenmann. Ich bringe es nicht fertig, sie erschießen zu lassen, ohne einen Beweis in den Händen zu halten. – Also fangen Sie endlich an, Lasalle."

Ehrenmann?! Als ob Fouquet Skrupel hätte. Es ging ihm doch nur darum, ihren vermeintlichen Auftrag herauszufinden, um vor seinen Vorgesetzten zu glänzen – und das konnte er nur, solange sie lebten. Vielleicht hoffte er sogar darauf, die mutmaßlichen Spioninnen umdrehen und als Doppelagenten zu den Deutschen zurückschicken zu können – dann wäre ihr Leben noch etwas wert.

Lydia beobachtete, wie Lasalle bei Franzi begann. Er zog ihr den Mantel aus, legte ihn zur Seite und untersuchte alle Taschen ihrer Schwesterntracht.

„Nichts Verdächtiges, Monsieur le Commandant", konstatierte Lasalle. „Keine Waffe, nicht einmal Papiere."

„Unsere persönlichen Gegenstände sind während eines Beschusses verloren gegangen." Franzi zog die Bluse enger zusammen.

„Wenn Sie fertig sind, machen Sie bei dem anderen Frauenzimmer weiter." Fouquet nahm Franzis Mantel zur Hand und fuhr mit den Händen in die Taschen.

Währenddessen tastete Lasalle Lydia zunächst von Kopf bis Fuß ab, dann zog er auch ihr den Mantel aus und wiederholte die Prozedur. „Hier knistert etwas."

Der Brief! Das letzte Exemplar von Rahel Grünings Brief!

Er riss ihr die Jacke herunter, dass mehrere Knöpfe quer durch den Raum flogen. Mit zwei Handgriffen zog er den Brief hervor und reichte ihn mit spitzen Fingern dem Commandant.

Fouquet nahm ihn und betrachtete ihn von allen Seiten. „Alors, was haben wir denn hier?"

Franzi zog ihren Mantel wieder an. „Einen Brief meiner Großmutter an meinen Bruder."

Vorsichtig schlitzte Fouquet den Umschlag auf und entfaltete den Brief. „Ein deutscher Text. Könnte eine verschlüsselte Botschaft sein. Geben Sie ihn zum Dechiffrieren, Lasalle."

„Sonst nichts Weiteres zu finden." Der Sergeant warf Lydia den Mantel vor die Füße.

„Auch bei ihr keine Waffen?" Fouquet starrte sie mit zusammengezogenen Augenbrauen an.

„Nichts dergleichen. In der Kleidung befindet sich bis auf den Brief nichts Besonderes."

So schnell wie möglich zog auch Lydia die Schwesterntracht wieder an. „Sie sehen also, dass wir keine Spioninnen sind. Bitte bringen Sie uns jetzt ins Lazarett, damit unsere Wunden versorgt werden."

Da klopfte es an die Tür und ein Soldat schlüpfte herein. „Monsieur le Commandant, ich habe mich erkundigt. Im Lazarett im Herrenhaus von Abancourt ..."

Lydia schaute zu Franzi hinüber und hielt die Luft an.

„... liegt tatsächlich ein deutscher Gefangener namens Graf von Wedell."

Nur mühsam unterdrückte Lydia einen Freudenschrei. Franzi breitete die Arme aus, als wollte sie ihr um den Hals fallen, doch auch sie beherrschte sich.

„Merci." Fouquet schickte den Soldaten mit einer Handbewegung wieder hinaus. „Nun gut. Ich kann Ihnen *noch* keine Spionage nachweisen, Sie können mir aber auch nicht Ihre Unschuld beweisen. – Lasalle, bringen Sie die beiden nach Abancourt und lassen Sie sie dort soweit nötig zusammenflicken. Nur das Dringendste, keine Operationen oder dergleichen. Und unter allerstrengster Bewachung, verstanden?"

Lasalle stand stramm. „Jawohl, Monsieur le Commandant."

„Und unser Brief?" Lydia streckte die Hand danach aus. „Wir benötigen ihn doch."

„Ich habe doch gesagt, er kommt zum Dechiffrieren."

Also auch die zweite Ausfertigung ihrer Legitimation vor dem Grafen nahm Gott ihnen weg. Warum machte Er alles noch schwieriger, als es ohnehin schon war?

Kapitel 52

Auf einer schnurgeraden Allee fuhren sie mit Sergeant Lasalle von Neuvilly zum etwas abseits gelegenen Lazarett im Herrenhaus Abancourt. Der in der Nacht gefallene Schnee dämpfte das Klappern der Hufe und das Rollen des Wagens. Der Sergeant saß neben ihnen auf der Ladefläche des Fuhrwerks, das Gewehr quer über die Beine gelegt, und zog ein Gesicht, als wolle er sie lieber auf der Stelle erschießen, anstatt sie ins Lazarett zu bringen.

Der Himmel hatte aufgeklart, und als die Allee endete und in einen weiten Platz mündete, beschien die blasse Wintersonne ein dreiflügeliges Herrenhaus. Jedenfalls war es wohl einmal dreiflügelig gewesen; der rechte Flügel lag fast vollständig in Trümmern, ebenso ein Teil des angrenzenden Hauptflügels.

„Hier also befindet sich dein Bruder." Lydia presste die Lippen aufeinander.

„Ruhe!", blaffte Lasalle.

Franzi verknotete ihre Finger. „Er versteht wohl kein Deutsch, deshalb verbietet er uns den Mund."

„Ich sagte: Ruhe!" Lasalle hob die Waffe. „Sonst sorge ich für Ruhe – und zwar endgültig."

Das war dem Sergeant allerdings zuzutrauen. Und wenn er es tat, würde sich kein Mensch darum scheren; sie standen unter Spionageverdacht und waren damit recht- und schutzlos.

Vor dem Herrenhaus standen Fuhrwerke und Kraftwagen, teilweise mit rotem Kreuz, zwischen zerstörten Fahrzeugen; vor den Ruinen des Seitenflügels war das Durcheinander von Fahrzeugtrümmern besonders groß.

Ihr Wagen fuhr vor die ebenfalls zum Teil zertrümmerte Freitreppe und der Kutscher sprang mit vorgehaltenem Gewehr vom Bock. „Absitzen!"

Lasalle schob sie mit dem Gewehrlauf vom Wagen. „Runter mit Ihnen!"

„Nicht so schnell, wir sind verletzt!" Vorsichtig stieg Lydia vom Wagen, um ihren schmerzenden Fuß so gut wie möglich zu schonen. Dann half sie Franzi herab.

Die beiden Franzosen ließen sie vorgehen und folgten mit schussbereiten Gewehren die Freitreppe hinauf. Rechts und links vom Portal stand jeweils ein Wachsoldat.

„Wir liefern zwei Spioninnen ein." Lasalle spuckte aus. „Sollen wieder zusammengeflickt werden, bis entschieden ist, was mit ihnen geschehen soll."

„Als ob wir nicht schon genug Deutsche hier hätten. – Den Lazarettleiter finden Sie im Obergeschoss."

„Danke." Lasalle öffnete die Tür und schob Lydia mit dem Gewehrlauf hindurch.

Lydias Herz raste, sie schwitzte trotz der Kälte. Würden sie den Grafen Wedell überhaupt finden? Wo mochte er in diesem trotz der Zerstörung immer noch großen Gebäude liegen? Und darüber hinaus: Wenn sie schon nicht mit Franzi reden durfte, würde man sie dann mit dem Grafen reden lassen?

Das Herrenhaus war genauso vermieft wie die Kirche von Varennes, vielleicht sogar noch stärker. In den Gestank von Eiter, Blut und Karbol mischte sich noch Pulverdampf, Qualm und Staub von einem vor Kurzem erfolgten Feuerüberfall.

Auf der Innenseite des Eingangsportals standen ebenfalls zwei Wachtposten. Lasalle trat zu ihnen. „Zwei Spioninnen, die im Niemandsland aufgegriffen wurden. Bloß nicht entkommen lassen." Er schob sie mit dem Gewehrlauf in die Eingangshalle.

Auf dem in kunstvollen Mustern verlegten Marmorboden lagen blutige Scharpie und Verpackungsmaterial herum. Die Fenster waren, sofern sie nicht mit Brettern vernagelt waren, von dicken Vorhängen verdeckt, wodurch die Halle in dämmriges Licht getaucht war.

Nach dem Schnee und Sonnenschein draußen mussten sich Lydias Augen erst an die Dämmerung gewöhnen. Dann sah sie eine einzelne Liege in der weiten Halle stehen. Sonderbar, warum lag dieser Verwundete nicht bei den anderen? Bis auf eine Bahre, auf der eine mit einem Mantel zugedeckte Gestalt lag, befanden sich sonst keine Verwundeten oder Toten in der Halle.

Sergeant Lasalle drückte ihr die Mündung des Gewehrlaufs in den Rücken. „Dort zur Treppe."

Lydia ließ sich in die angegebene Richtung schieben, ohne den

Blick von der Liege zu wenden. Der Mann, der dort lag, war überdurchschnittlich groß. Und er trug eine deutsche Uniform – jedenfalls Überreste davon. Wenn der dunkle Vollbart nicht gewesen wäre, hätte sie ihn für Graf Wedell halten können.

Sie erreichten die geschwungene Treppe und Lydia setzte den Fuß auf die erste Stufe. Da erscholl ein leises Hüsteln, das vom Gewölbe der Decke vielfach zurückgeworfen und verstärkt wurde. Lydia fuhr zu dem Verwundeten herum und sah gerade noch, wie er mit den Fingerspitzen etwas von seiner Uniform zupfte. Diese Bewegung kannte sie!

„He, weitergehen!“, knurrte Lasalle.

Blitzschnell schob Lydia mit dem unverletzten Arm den Gewehrlauf zur Seite, sprang trotz des schmerzenden Knöchels die Treppenstufe wieder hinab und huschte auf das Feldbett zu.

„Halte! Nehmen Sie sofort die Hände hoch, sonst schieße ich!“, brüllte Lasalle.

Auch die Wachen am Eingang rissen die Waffen von den Schultern. „Stehen bleiben!“

Lydia achtete nicht darauf. Nach all den Strapazen trennten sie nur noch ein paar Meter von dem Grafen, da ließ sie sich doch nicht von ein paar hysterischen Franzosen aufhalten!

„Lydia!“ Das war Franzis Stimme, deren Kreischen die ganze Halle füllte. „Bleib stehen, er schießt wirklich!“

Da krachte bereits ein Schuss, irgendwo bröckelte Putz von der Wand.

Lydia erstarrte. War sie erneut getroffen? Doch sie spürte keinen Schmerz. Hatte Lasalle nur einen Warnschuss abgegeben?

Der Sergeant packte sie am Arm und zerrte sie zurück. „Sind Sie übergeschnappt?“

Lydia presste die Lippen zusammen. Dort vorne, nur fünf Meter von ihr entfernt lag Graf Wedell – und sie konnte nicht zu ihm!

* * *

War es Wirklichkeit, was er sah? Oder befand er sich bereits im Delirium und seine Fantasie gaukelte ihm etwas vor? Nein, die Person, die auf ihn zugelaufen kam, war so lebensecht, dass sie kein Trugbild sein konnte. Und doch – Lydia von Gedigk in diesem französischen Lazarett, noch dazu in der Tracht deutscher Frontschwestern, das konnte nicht wahr sein!

Das Knallen eines Schusses brachte ihn vollends zum Bewusstsein. Er fuhr senkrecht hoch, doch der Schmerz, der in den ganzen Körper strahlte, ließ ihn stöhnend zurücksinken.

„Lydia!“, keuchte er. Doch sein Ruf ging in dem Lärm der Wachsoldaten unter, die sich der jungen Frau bemächtigten. „Lassen Sie sie zu mir!“

Ein Sergeant packte sie und zerrte sie zu einem anderen Soldaten, der eine weitere Frau in deutscher Schwesterntracht bewachte. Unter deren Haube ringelten sich weizenblonde Locken hervor und aus dem gebräunten Gesicht strahlten zwei kornblumenblaue Augen. – Franzi! – Hatte er den Verstand verloren? Warum war seine Schwester nicht in Wölfelsgrund?

Trotz des Widerstands der beiden jungen Frauen und obwohl sie auf den Sergeant einredeten, zerrten und schoben die beiden Soldaten sie die Treppe hinauf.

„So lassen Sie sie doch zu mir! Wo kommen die Frauen her?“

„Ruhe!“ Einer der Soldaten, die den Ausgang bewachten, kam auf seine Liege zu. „Kennen Sie die beiden?“

Wedell stockte. Als was hatten sie sich ausgegeben? Und was hatten sie verbrochen, dass sie so scharf bewacht wurden? Wenn er eine falsche Antwort gab, würde er sie vielleicht in eine noch schwierigere Situation bringen. Doch wie er Franzi kannte, würde sie niemals eine falsche Identität annehmen oder sich für eine Lüge hergeben. Dazu verabscheute sie jede Unwahrheit viel zu sehr.

„Ja, ich kenne sie. Die eine, die Blonde, ist meine Schwester. Die andere, die Brünette, die ehemalige Gouvernante meiner Nichte.“

„Eh bien.“ Der Soldat grinste. „Sie kennen also zwei Spioninnen. Das wirft kein gutes Licht auf Sie.“

„Spioninnen?“ Was faselte der Mann da? Das würde Franzi niemals tun!

„Die beiden wurden im Niemandsland aufgegriffen. Was sollen sie dann anders sein als Spioninnen? Oder haben Sie eine bessere Erklärung, da Sie sie doch so gut kennen?“

„Ich habe keine Ahnung, was die Damen hier wollen.“ Er fragte sich immer noch, ob er fantasierte. „Bitte lassen Sie sie zu mir, dass ich mit ihnen sprechen kann. Dann werden wir beide erfahren, warum ..."

„Das könnte Ihnen so passen." Der Soldat lachte. „Sie wollen sich doch nur mit ihnen absprechen, damit Sie sich nicht in Widersprüche verwickeln. Nein, nein, das werden wir nicht zulassen."

„Aber die beiden sind keine Spioninnen! Das ist absurd!"

„Können Sie das beweisen?"

Nein, das konnte er natürlich nicht.

„Wenn Sie so sicher sind, müssten Sie doch wenigstens eine plausible Vermutung haben, was sie hier wollen. Commandant de Fouquet wird stark daran interessiert sein."

Wenn er bloß eine Vermutung hätte. Aber er konnte sich die Anwesenheit der beiden Frauen beim besten Willen nicht erklären. Und selbst wenn er irgendeine Idee hätte – seine Spekulationen könnten ihre Lage möglicherweise noch verschlimmern. Es stand jedenfalls außer Frage, dass Ortskommandant de Fouquet ihn zu den beiden Frauen befragen würde.

„Sie haben also keine." Der Soldat grinste. „Dann werden die beiden eben erschossen. Und wenn sich herausstellt, dass Sie ebenfalls darin verwickelt sind, geschieht mit Ihnen dasselbe – falls das überhaupt noch nötig ist." Der Soldat stapfte davon und nahm wieder seinen Posten neben der Tür ein.

Wedell schloss die Augen. Franzi und Lydia von Gedigk wollten zweifellos zu ihm. Aber was konnte es so Dringendes geben, dass sie sich dafür in solche Gefahr begeben hatten? Das war doch bodenloser Leichtsinn! Oder war es etwas anderes? Waren sie nicht wegen einer Sache, sondern wegen einer Person – seiner Person – gekommen?

Ein wohliges, warmes Gefühl breitete sich in ihm aus. Wenn das wirklich so war, musste dann nicht ein tiefes, echtes Gefühl dahinterstecken? – Nicht weiterdenken!

Die beiden sollten den Franzosen einfach den Grund sagen. Das Missverständnis musste dringend aufgeklärt werden, sonst würden sie noch heute erschossen. Und er hatte keine Ahnung, was er unternehmen konnte.

Kapitel 53

Lasalle und der Soldat vom Tross schleppten Lydia und Franzi die Treppe hinauf. In jedem Zimmer, in das sie schauen konnten, lagen die Verwundeten dicht gedrängt.

Lydia wunderte sich nicht mehr, dass Graf Wedell in der Eingangshalle lag – in keinem anderen Raum war mehr Platz für ihn und eine Wache. Wahrscheinlich konnten sie ihn in der Eingangshalle am besten im Blick behalten.

Sie blieben vor einem Raum stehen, auf dessen geöffneter Tür *Docteur Babinsky, Lazarettleitung* stand. Lydia warf einen Blick hinein – anscheinend das ehemalige Boudoir der Dame des Hauses.

„Geben Sie gut auf die beiden acht“, befahl Lasalle dem Fahrer des Fuhrwerks. „Im Notfall schießen Sie. Ich mache Meldung bei Docteur Babinsky.“ Der Sergeant verschwand in dem Boudoir und schloss die Tür hinter sich.

„Ich fürchte, mein Bruder ist schwer verletzt.“ Franzi nahm die Haube ab und schüttelte das Haar in den Nacken. „Wir müssen uns dringend um ihn kümmern.“

„Aber wie? Man lässt uns ja nicht!“

„Ruhe!“, bellte der Trosssoldat. „Reden verboten!“

„Er scheint ebenfalls kein Deutsch zu verstehen.“ Franzi hob die Schultern.

„Ruhe!“ Der Soldat fuchtelte mit seinem Gewehr herum.

Lydia presste die Lippen aufeinander. Wie konnten sie bloß zu dem Grafen kommen und ihm Hilfe bringen? Aber immerhin lebte er noch – und er hatte sie offenbar erkannt. Dann würde er zweifellos auch seinerseits alles daransetzen, sie zu sprechen.

Die Tür des Boudoirs öffnete sich und Lasalle trat heraus. „Hinein mit Ihnen.“ Er schob sie mit dem Gewehrlauf in den Raum. „Sie können zu Ihrer Einheit zurückkehren“, befahl er dem Fahrer des Fuhrwerks.

An einem verschnörkelten Schreibtisch, der unzweifelhaft in Friedenszeiten von einer Dame benutzt worden war, thronte ein grauköpfiger Offizier in Sanitätsuniform, vor dem Lasalle salutierte. „Die beiden Spioninnen, Monsieur le Docteur.“

Der Lazarettleiter nahm den Zwicker ab und sah sie an. Gutmütige graue Augen – wahrscheinlich war er im zivilen Leben ein höchst mitfühlender Hausarzt. „Was ist mit Ihrem Arm?“ Er deutete auf Lydias Oberarm.

„Ein Streifschuss, ich wurde bei unserer Gefangennahme angeschossen. Wenigstens ebenso schlimm steht es aber um meinen Fuß. Und meine Freundin hat noch einen Steckschuss in der Schulter, der dringend versorgt werden muss.“

„Aha, Sie haben sich also bei Ihrer Gefangennahme zur Wehr gesetzt und ich soll Sie wieder zusammenflicken.“ Um die Mundwinkel des Arztes zuckte es, doch er wurde sofort wieder ernst. „Wie kommen zwei junge, hübsche Damen dazu, sich für das dreckige Geschäft der Spionage herzugeben?“

„Wir sind keine Spioninnen!“, fuhr Franzi auf. „Und wir haben uns auch nicht zur Wehr gesetzt.“

Docteur Babinsky runzelte die Stirn und winkte ab. „Soll sich doch Ortskommandant de Fouquet mit solch widersetzlichen Wesen wie Ihnen herumschlagen, das fällt zum Glück nicht in mein Ressort.“

„Monsieur le Docteur“ – Franzi verknotete die Finger –, „unten in der Eingangshalle liegt ein deutscher Offizier, der dringend Hilfe benötigt ...“

„Haben Sie sonst noch Wünsche?“ Babinsky schüttelte den Kopf. „Sie glauben wohl, wir haben nichts Besseres zu tun, als uns um deutsche Gefangene und Spioninnen zu kümmern? Einen Verband für Sie kann ich noch erübrigen, schließlich sollen Sie ja für die weitere Befragung durch den Ortskommandanten Kraft genug haben. Aber den Offizier da unten schlagen Sie sich aus dem Kopf.“

„Aber er ist mein Bruder!“ Franzis Stimme überschlug sich.

Babinsky kratzte sich mit dem Zwicker an der Nase. „Ihr Bruder? Ah, das ist interessant.“

„Bitte helfen Sie dem Gefangenen.“ Lydia rang die Hände.

„Nichts zu machen. Er hat einen allseits beliebten französischen Offizier umgebracht und ist auch nicht gewillt, uns die gewünschten Informationen zu geben – also bleibt er vorerst dort liegen.“

„Aber ...“ Lydia nahm die Haube ab und ordnete ihr Haar. „Sie können ihn doch nicht einfach ...“

„Ich könnte Sie auch einfach erschießen lassen." Der Lazarettleiter stand auf. „Aber wahrscheinlich wäre Commandant de Fouquet nicht damit einverstanden, weil er sich noch Informationen von Ihnen erhofft, vor allem, wenn Sie wirklich mit dem gefangenen Offizier verwandt sind. Deshalb hören Sie auf meinen Rat: Kooperieren Sie mit Fouquet, sagen Sie ihm alles über den Gefangenen und sich, dann bleiben Sie vielleicht am Leben."

„Aber wir haben doch gar nichts getan!", rief Franzi. „Wir wollen doch nur zu ..."

„Das interessiert mich nicht, das können Sie meinetwegen alles Commandant de Fouquet erzählen." Der Lazarettleiter öffnete eine Schreibtischschublade und wühlte darin, bis er einen Schlüssel fand. „Sergeant Lasalle, lassen Sie den beiden saubere Verbände anlegen. Und dann bringen Sie sie in die Kammer neben dem Luftschutzkeller. Dies ist der Schlüssel."

„Sie wollen uns einsperren?" Lydia legte die Handflächen aneinander. „Bitte lassen Sie uns vorher mit dem Offizier in der Eingangshalle ..."

„Natürlich werden sie eingeschlossen. Was glauben Sie, was ich sonst mit Spioninnen machen sollte?" Babinsky reichte Lasalle den Schlüssel.

„Mit Verlaub, Monsieur le Docteur" – Lasalle nahm den Schlüssel entgegen –, „wäre es nicht sinnvoll, die beiden getrennt voneinander in Arrest zu nehmen?"

„Sinnvoll ohne Frage, aber leider nicht machbar. Die meisten Arrestzellen und Kellerräume sind beim letzten Artillerieangriff verschüttet worden, und einige müssen als Schutzräume für etwaige weitere Angriffe frei gehalten werden. – Wegtreten."

Einige Minuten später wurden sie mit sauberen Verbänden in eine kalte und winzige Kammer im letzten Winkel des Kellers geschoben. Immerhin gab es eine Lichtöffnung, die allerdings so klein war, dass der Raum kaum erhellt wurde, aber groß genug, um die winterliche Kälte beißend hereinwehen zu lassen.

* * *

„Sie behaupten also, die beiden Frauen, die unsere Patrouille aufgegriffen hat, zu kennen?" Neben Wedells Liege baute sich die riesige

Normannengestalt von Ortskommandant de Fouquet auf.

Wedell richtete sich ein wenig auf, auch wenn sich alles in seinem Kopf zu drehen schien. Hatte der Ortskommandant die beiden schon befragt und wollte sein Wissen jetzt abgleichen? Oder befragte er zuerst ihn, um Franzi und Lydia von Gedigk dann mit seinen Aussagen zu konfrontieren?

„Ja, selbstverständlich kenne ich sie. Die eine von ihnen ist meine Schwester – ich bitte Sie inständig, mir ein Gespräch mit den Damen zu gestatten."

„So so, Ihre Schwester also. Und die andere? Vielleicht Ihre Tante? Oder Ihre Großmutter?"

Natürlich glaubte Fouquet ihm nicht. Es war ja auch höchst unwahrscheinlich, dass seine Schwester sich durch größte Gefahren bis zu ihrem verwundeten Bruder durchschlug. Und Franzi, die kleine, blauäugige Blondlockige, wies auch so gar keine Familienähnlichkeit zu ihm, dem dunkelhaarigen und braunäugigen Riesen, auf.

„Die andere war einige Monate Gouvernante meiner Nichte, der Tochter meiner Schwester."

„Wann ist Ihre Schwester geboren? Wie heißt sie?"

„Franziska von Schenck, geborene Komtesse Wedell, verheiratet mit Moritz von Schenck, Missionar in Kigoma am Tanganjikasee in Deutsch-Ostafrika. Geboren wurde sie am 8. April 1886."

Fouquet machte sich ein paar Notizen. „Alors ..." Er rieb sich die Hände. „Wenn Sie die Damen so gut kennen, können Sie mir ohne Zweifel auch sagen, warum sie hier sind."

Wedell seufzte. „Genau deshalb bat ich um ein Gespräch mit ihnen. Weil ich es eben nicht weiß."

„Ich dachte, Madame Schenck sei Ihre Schwester. Da können Sie mir doch nicht weismachen, dass Sie nicht die leiseste Ahnung haben, was sie hier will!"

Er konnte nur vermuten, dass sie zu ihm wollten – warum auch immer. Aber es konnte ebenfalls ein – wenn auch äußerst unwahrscheinlicher – Zufall sein, dass sie ausgerechnet in seinem Lazarett gelandet waren. Deshalb sollte er mit seiner Vermutung vorsichtig sein.

„Ihre Schwester hat Ihnen doch bestimmt während des Krieges geschrieben und Ihnen ihre Absichten mitgeteilt." Die Stimme des

Ortskommandanten war so scharf wie der eisige Wind, der überall durch die zerbombten Gemäuer des Herrenhauses pfiff.

Wedell sah Sterne vor seinen Augen tanzen. Jetzt bloß nicht in Ohnmacht fallen! „Wie ich schon sagte, lebt meine Schwester in Deutsch-Ostafrika. Von dort habe ich keine Post erhalten. Und auch der Rest meiner Familie hat mir nichts über die Absichten meiner Schwester mitgeteilt – außer der Tatsache, dass sie aus Deutsch-Ostafrika in unsere Heimat Schlesien zurückkehren wollte."

„Mysteriös." Fouquet machte sich neue Notizen. „Und die andere? Standen Sie wenigstens mit ihr während des Krieges im Austausch?"

„Nein. Alles, was betreffs meiner Nichte zu klären war, lief über die Korrespondenz mit meiner Großmutter."

„Und die schrieb Ihnen auch kein Wort davon, dass die Gouvernante sich auf den Weg machen wollte und warum?"

„Nichts dergleichen. Ich kann Ihnen nur versichern, dass die beiden Damen nicht die Absicht haben, zu spionieren." Franzi würde sich niemals dazu hergeben, selbst wenn sie unter Druck gesetzt wurde. Und Lydia von Gedigk? Er kannte sie zu wenig, um das beurteilen zu können – aber trotz allem, was vorgefallen war, konnte er sich die Gouvernante nicht als kaltblütige Spionin vorstellen.

„Woher wollen Sie das so genau wissen, da Sie doch die Absichten der beiden Frauen angeblich nicht kennen?"

„Aber ich kenne meine Schwester." Wedell ließ sich nach hinten sinken. Dieses Verhör in französischer Sprache strengte ihn furchtbar an. „Sie würde so etwas niemals tun, nicht einmal, wenn man ihr androhen würde, ihre Kinder umzubringen."

„Wie viele Kinder hat ihre Schwester?"

„Zwei. Eine Tochter, Viola, und einen Sohn, Albert Ferdinand."

„Was bringt eine Mutter von zwei Kindern dazu, sich durch das Frontgebiet bis zu Ihnen durchzuschlagen? Wenn Sie sie so gut kennen, dass Sie Spionage ausschließen können, müssen Sie doch die Pläne Ihrer Schwester und dieser anderen Frau wenigstens erahnen können."

Sie drehten sich im Kreis. „Ich kenne ihre Pläne nicht und habe wirklich keine Ahnung, was sie hergeführt hat. Dennoch: Spionage kann ich absolut ausschließen."

Fouquet sah ihn scharf an. „Können Sie darauf, dass sie nichts mit Spionage zu tun haben, Ihr Ehrenwort als Edelmann geben?"

Sein Ehrenwort? Konnte er bei seiner Ehre schwören, dass sie keine Spioninnen waren? Franzi kannte er gut genug, aber so, wie er Lydia von Gedigk kennengelernt hatte, war das nicht dazu angetan, sein Vertrauen in sie zu stärken. Und dass er es sich nicht vorstellen konnte, reichte nicht für ein Ehrenwort. Oder war sein Misstrauen ihr gegenüber doch berechtigt? Wäre es vielleicht sogar denkbar, dass die ehemalige Gouvernante seine Schwester ohne deren Wissen nur benutzte? Doch würde Franzi das nicht durchschauen? Aber möglicherweise war Lydia von Gedigk auch selbst unter Druck gesetzt worden? Oder ging sein Misstrauen wieder einmal mit ihm durch? Schwester Denise würde das sicherlich so sehen.

„Sie zögern zu lange." Fouquet grinste. „Ganz sicher scheinen Sie somit nicht zu sein. Merci für das aufschlussreiche Gespräch."

Wedell wurde es schwarz vor Augen. Was hatte er getan! Aber hätte er sein Ehrenwort wirklich für beide geben können, ohne den Schimmer einer Ahnung zu haben, was vorgefallen war und warum sie gekommen waren?

Wie durch einen Nebel sah er Fouquets Riesengestalt davon- und die Treppe hinaufstiefeln.

Kapitel 54

Ziemlich unsanft stieß einer der Wachsoldaten Lydia in das Boudoir des Lazarettleiters im ersten Stock. Der andere Soldat schob Franzi hinterher.

Der Arzt erhob sich hinter seinem Damenschreibtisch und wies auf den riesigen Offizier am Fenster. „Commandant de Fouquet kennen sie ja bereits."

Der Commandant wandte sich an den Arzt. „Sie haben sichergestellt, dass die beiden *Damen*" – er betonte das Wort eigentümlich – „keinen Kontakt zu dem Verwundeten in der Eingangshalle hatten?"

„Oui, mon Commandant. Sie waren im Keller eingesperrt."

Darum also ging es – ein Kreuzverhör. Entweder hatte der Commandant den Grafen schon in die Mangel genommen oder würde es im Anschluss tun. Wenn dann Widersprüche auftraten ... Lydia mochte gar nicht weiterdenken.

„Kommen wir sofort zur Sache." Fouquet baute sich vor Franzi auf und zückte ein Notizbuch. „Und tischen Sie mir nicht wieder ihre fantastischen Märchen auf. Also: Name? Geburtstag? Und jetzt den echten bitte."

Franzi fasste ihr Haar im Nacken. „Franziska von Schenck, geboren am 8. April 1886 als Komtesse Wedell. Daran hat sich nichts geändert und wird sich auch nichts ändern."

„Woher kennen Sie den Verwundeten in der Eingangshalle?", schoss er die nächste Frage ab.

„Wie ich Ihnen bereits sagte: Er ist mein Bruder, Graf Claus Ferdinand von Wedell."

„Und Sie?" Mit einer raschen Wendung trat der Commandant vor Lydia. „Jetzt bitte die Wahrheit über ihr Verhältnis zu Wedell!"

Lydia versuchte ihr Zusammenzucken zu kaschieren. „Er war mein Arbeitgeber. Ich unterrichtete seine Nichte, die Tochter meiner Freundin."

„Gab es Kontakt zu dem Grafen während des Krieges?"

„Nur indirekt über die Korrespondenz mit seiner Großmutter."

„Wusste diese Großmutter über Ihre Pläne, hierher zu kommen, Bescheid?"

„Ja."

„So so." Fouquet kritzelte etwas in sein Notizbuch. „Dann hat sie ihm sicherlich geschrieben, dass Sie zu ihm kommen wollen."

Lydia schüttelte den Kopf.

„Sie wollen also behaupten, er weiß nicht, warum Sie hier sind?"

Lydia presste die Lippen aufeinander. Natürlich wusste er es nicht, aber konnte er nicht Vermutungen anstellen? Bloß was würde er dann sagen? „Nein, er weiß es nicht. Vielleicht ahnt er etwas, aber sicher wissen kann er es nicht."

„So, er weiß es also nicht." Die Stimme des Ortskommandanten klang kratzig. „Dann erklären Sie uns bitte, warum Sie hier sind – wenn es denn wirklich keine Spionage sein soll."

Ob er ihnen ihre Geschichte diesmal glauben würde? Er hatte ihnen ja schon bei ihrer ersten Befragung in Neuvilly nicht geglaubt. „Wir waren in Varennes als Frontschwestern. Dort erfuhren wir, dass Graf Wedell höchstwahrscheinlich schwer verletzt in französische Gefangenschaft geriet."

„Da wir so nahe waren, gab es für uns kein Halten mehr." Franzi schenkte dem Commandant ein schwaches Lächeln.

„Und ich soll Ihnen glauben, dass Sie, die Sie angeblich Kinder haben, sich in diese Gefahr begaben?"

Lydia senkte den Kopf. Was würde Franzi antworten? Sie war ja nur ihretwegen und ihrer Liebe zu dem Grafen wegen mitgegangen.

Franzi verschlang die Finger ineinander. „Es – es war besonders meine Freundin, die mich dazu brachte."

Sie war also so ehrlich wie immer.

„Sie?" Fouquet machte wieder eine rasche Wendung zu Lydia. „Als Angestellte scheinen Sie eine enge Bindung zu Ihrem Arbeitgeber zu haben."

Lydia versuchte ein unbefangenes Grinsen. „Das soll doch manchmal entstehen, nicht wahr?"

„Wenn Sie so ein enges Verhältnis zu Ihrem Dienstherrn haben, können Sie mir doch nicht erzählen, nur über seine Großmutter mit ihm korrespondiert zu haben. Und da ist es auch vollkommen unglaubwürdig, dass Sie behaupten, er wisse nichts von

Ihren Absichten." Auf Fouquets Gesicht erschien ein triumphierendes Lächeln.

Lydias Herzschlag beschleunigte sich. „Es kann ja geschehen, dass diese Bindung einseitig entsteht. Oder dass Schuld oder ein Missverständnis zwischen beiden steht. Aus solch einem Grund bin ich hier."

„Und das kann nicht warten, bis der Krieg vorbei ist?"

„Weiß ich denn, wann der Krieg endet? Und ob er dann noch lebt?" Lydia schaute Docteur Babinsky an, der ein Siegel zwischen den Fingern drehte und sie mit seinen grauen Augen fast mitleidig ansah. „Bitte lassen Sie uns zu dem Grafen. Wir müssen dringend mit ihm sprechen. Es hängt so viel davon ab! Und er braucht auch dringend medizinische Hilfe!"

Fouquet seufzte. „Sie können mich wirklich zur Verzweiflung bringen. Statt zuzugeben, dass Sie Spioninnen sind, kommen Sie mit dieser Herzschmerzgeschichte. Dabei könnte ich Ihnen ein hervorragendes Angebot machen. Aber da Sie strikt leugnen ..."

„Es gibt nichts zu leugnen, weil wir nichts als die Wahrheit sagen!", fuhr Franzi auf.

„Schade um Sie. Ich glaube, Sie könnten in der Tat gute Spioninnen abgeben, das schauspielerische Talent haben Sie allemal. Aber so bleibt mir wohl keine andere Wahl." Er fuhr sich mit der Handkante an der Gurgel entlang.

„Das können Sie doch nicht machen!" Lydia sah Sterne vor den Augen. „Sie haben keinen Beweis gegen uns!"

„Dann beweisen Sie mir lieber" – Fouquet sprach lauter, wodurch seine Stimme noch kratziger klang –, „dass Sie keine Spioninnen sind, und kommen Sie mir nicht mit solch einer haarsträubenden Geschichte!"

„Mon Commandant." Docteur Babinsky legte das Siegel zur Seite und kam hinter seinem Schreibtisch hervor. „Wenn Sie die Damen mit dem Grafen sprechen ließen ..."

„*Damen!*" Fouquet sprach das Wort aus, als werde es durch die Nutzung in Verbindung mit ihnen aufs Heftigste beleidigt.

„Zudem könnten Sie versuchen, über das Rote Kreuz bei den deutschen Dienststellen anfragen zu lassen, um den Wahrheitsgehalt zu überprüfen."

Fouquet wiegte den Kopf. „Es lohnt sich kaum, so viel Aufwand zu betreiben."

„Es ist besser, etwas mehr Aufwand zu betreiben, als zwei Geheimnisträgerinnen nutzlos hinrichten zu lassen, meinen Sie nicht auch? Mit etwas Freundlichkeit ließe sich vielleicht mehr aus ihnen herausholen. Und immerhin handelt es sich um Frauen." Der Arzt hielt dem Commandant sein Zigarettenetui hin.

„Merci, ich möchte nicht rauchen." Fouquet kratzte sich am Kopf. „Nun gut, lassen Sie die beiden zu dem verwundeten Offizier bringen – Sie wissen, was zu tun ist. Ich werde zwischenzeitlich Erkundigungen einholen. Aber ich sage Ihnen" – er hob den Zeigefinger gegen Lydia und Franzi –, „bei dem kleinsten Indiz für Spionage werden Sie sofort erschossen, Frau hin oder her."

Kapitel 55

Docteur Babinsky rief zwei Sanitäter herein. „Bringen Sie die beiden Damen zu dem verwundeten deutschen Offizier in der Eingangshalle. Sie dürfen mit ihm sprechen und nach seiner Verwundung sehen. Aber Sie beide bleiben selbstverständlich bei ihnen."

Die beiden Sanitäter salutierten, nahmen Lydia und Franzi in die Mitte und führten sie aus dem Boudoir des Lazarettleiters.

„Die beiden werden sicher Deutsch verstehen", raunte Lydia ihrer Freundin zu, während sie die Treppe hinuntergeführt wurden. „Obwohl sie Französisch mit uns sprechen."

„Sonst würde unser Gespräch mit Claudinand keinen Nutzen für die Franzosen haben", wisperte Franzi zurück. „Fouquet hat es doch nur gestattet, weil er auf weitere Informationen hofft."

„Wir könnten im schlesischen Dialekt sprechen. Zumindest, wenn es darauf ankommt."

„Ruhe!", blaffte einer ihrer Begleiter.

Lydia legte die letzten Stufen zurück. Dort lag er, immer noch als einziger in der Eingangshalle, abgesehen von dem mit einem deutschen Soldatenmantel zugedeckten Toten.

Ihre Bewacher gaben den Wachsoldaten an der Ausgangstür einen Wink, die sich daraufhin breitbeinig vor die Türflügel stellten.

Lydia wollte zu dem Grafen vorauseilen, doch einer der Sanitäter hielt sie am Arm fest. „Nicht weglaufen."

Es dauerte ihr viel zu lange, bis sie bei ihm anlangten. Er lag mit geschlossenen Augen da – schlief er? Oder war er ohnmächtig? Oder gar bereits ...?

Die beiden Sanitäter postierten sich rechts und links der Liege. „Machen Sie bloß keinen Unsinn, sonst ..." Der eine wies auf seine Pistole am Koppel.

Lydia stand ganz still und faltete die Hände.

Ihre Freundin stellte sich neben sie und betrachtete ihren Bruder. „Wie sehr er sich verändert hat!"

Das hatte er in der Tat. Nicht nur wegen des dichten, schwarzen Vollbarts. Er war hager geworden, seine sonst so kräftige Gestalt abgemagert. Und in sein Gesicht hatten sich – soweit es unter dem Bart zu erkennen war – tiefe Linien eingegraben. Die Monate im Schützengraben, die Verwundung und die Schmerzen mussten an ihm gezehrt haben.

Lydia streckte die Hand aus und berührte ihn mit den Fingerspitzen an der Schulter. „Herr Graf!"

Seine Augenlider flatterten, er hob zuerst das rechte, dann das linke. Es dauerte einen Augenblick, bis er sich auf sie fokussiert hatte, schließlich irrte der Anflug eines Lächelns über sein Gesicht. „Lydia."

Er nannte sie beim Vornamen. Hieß das nicht, dass er sie auch in seinen Gedanken so nannte?

Doch sofort wurde er ernst, fast finster. „Was tun Sie hier? Und du, Franzi? Was wollt ihr hier?"

Franzi gab ihr einen Stoß. „Das ist jetzt deine Aufgabe. Ich werde unterdessen nach seinen Verwundungen schauen."

Lydia hockte sich neben die Liege. „Ich werde im schlesischen Dialekt sprechen", raunte sie. „Die beiden Herren dort müssen nicht alles verstehen."

„Nicht flüstern!" Einer der Sanitäter trat näher heran.

„Reden Sie nicht lange herum. Sagen Sie mir, wie Sie hierhergekommen sind, und vor allem, was Sie hier wollen."

Lydia faltete die Hände. „Ich musste zu Ihnen. Eigentlich wollten wir nur nach Varennes, Ihrer Etappenstadt. Dort haben wir als Frontschwestern gearbeitet und gehofft, irgendwann auf Sie zu treffen."

„Und warum das Ganze? Der Aufenthalt in Varennes ist doch bereits lebensgefährlich, besonders für zwei Frauen, die keine Erfahrung haben."

„Ich wollte Ihnen beweisen, dass ich nicht die leichtfertige und verantwortungslose Person bin, für die Sie mich halten. Sondern dass Sie mich falsch einschätzten, dass Sie mir unrecht getan haben. Und das wollte ich zunächst dadurch beweisen, dass ich eine ernsthafte Tätigkeit bei den verwundeten Soldaten übernehme. Und ich wollte darum kämpfen, dass Sie mich trotz meines Fehltritts nicht verstoßen." Es machte ihr nichts aus, wenn die Wächter das verstanden, also sprach sie hochdeutsch.

„Und zu diesem irrsinnigen Plan hat meine Schwester die Hand gereicht?“ Er lachte auf. „Franzi, das kann ich kaum von dir glauben, auch wenn du früher mehr als leichtsinnig warst. Aber jetzt? Als Ehefrau und Mutter? – Sagen Sie, Baronesse: Haben Sie meine Schwester irgendwie unter Druck gesetzt?“

Franzi, die vorsichtig den Verband am Bein des Grafen abwickelte, hielt inne. „Lydia hat mich nicht unter Druck gesetzt, ich bin aus freien Stücken mit ihr gegangen. Dafür solltest du mich gut genug kennen. Und Lydia würde so etwas schon gar nicht tun.“

„Sie hat ja schon ganz andere Dinge getan“, knurrte der Graf.

„Sogar unsere Großmama hat uns in unserem Plan unterstützt, weil sie will, dass du endlich aus deiner Haltung der Anklage und Unversöhnlichkeit herauskommst.“

„Großmama? Ich kann mir kaum vorstellen, dass sie diesem aberwitzigen Plan zugestimmt hat.“

Sie hatte dem auch nur zugestimmt, weil sie – lange vor Lydia selbst – genau erkannt hatte, dass es für Lydia um die Liebe ihres Lebens ging. Aber das konnte sie dem Grafen keinesfalls sagen! „Ihre Großmutter hat uns sogar zwei Briefe an Sie mitgegeben, um genau das zu bestätigen. Leider sind sie beide verloren gegangen. Aber wenn Franzi es sagt – wenigstens ihr werden Sie wohl glauben.“

Der Graf sah ihre Freundin an. Natürlich zweifelte er nicht an Franzis Wahrhaftigkeit. Trotzdem konnte er sich fraglos keinen Reim auf ihr Verhalten machen, wenn er nicht selbst den Schluss zog, dass vor allem die Liebe sie zu ihm trieb.

„Das alles erklärt noch nicht, warum Sie plötzlich hier im französischen Lazarett auftauchen.“ Der Graf versuchte sich auf die Ellenbogen hochzustemmen, sank aber mit einem Wehlaut zurück.

Lydia verzog das Gesicht – ihn leiden zu sehen, tat ihr selbst weh! „Als wir in Varennes ankamen, fanden wir Sie nirgends. Stattdessen erfuhren wir irgendwann, dass Sie vermisst wurden. Und ein Gefreiter Wenzlik hatte beobachtet, wie Sie schwer verletzt von den Franzosen geborgen wurden.“ Lydia sah zu seinem Bein, das – erschreckend schwarz – immer mehr unter dem Verband hervorkam. „Da nun alle Hoffnung, Sie in Varennes zu treffen, vorbei war, wir aber nicht so kurz vorm Ziel, Sie zu treffen, aufgeben wollten ...“

„Und dann sind Sie mitten durch die Kampfzone hierhergekommen?", keuchte der Graf. „Bloß weil Sie zu stolz waren, aufzugeben?"

Sie atmete tief durch. „Mit Stolz hat das nichts zu tun. Ich muss Ihnen gestehen, dass sich all meine Gedanken und Wünsche um mich selbst drehten, als wir nach Varennes kamen. Es ging nur um mich, um meine Reputation, meine Arbeitsstelle. Ich hätte beinahe aufgegeben, als wir nach Stenay zurückgebracht und beide selbst verwundet wurden."

„Sie sind verletzt? Franzi, du auch?"

„Nicht der Rede wert – gegen das hier." Franzi deutete auf das Bein des Grafen. Sie sah merkwürdig blass aus, als sie sich tiefer darüber beugte und den restlichen Verband entfernte.

„Ich habe aber nicht aufgegeben." Unwillkürlich betastete Lydia ihren Verband am Oberarm. „Seit ich wusste, dass Sie verwundet in französische Gefangenschaft geraten waren, traten alle egoistischen Wünsche in den Hintergrund und es blieb nur noch ein Wunsch: Ihnen Hilfe zu bringen. Und ist Franzi nicht die beste Hilfe?"

„Lydia!" Franzi richtete sich auf und zog Lydia einen Schritt zur Seite. „Das Bein – das ist Gasbrand! Es muss sofort amputiert werden! Wenn es nicht bereits zu spät ist ..."

Lydias Knie begannen zu zittern, dann schlug sie die Hände vors Gesicht. Das Bild des Leutnants Helmuth von Lehndorff am Verbandsplatz von Varennes stieg vor ihr auf, dessen Leben nicht mehr zu retten gewesen war – wegen Gasbrands.

* * *

Sie hatte es also ebenfalls erkannt. Von seiner Schwester hatte er auch nichts anderes erwartet.

Plötzlich stürmte Franzi los.

Wedell hob den Kopf und sah den Lazarettleiter die Treppe herunterkommen.

„He! Mademoiselle!" Die beiden Wächter stürmten hinter Franzi her, bis einer von ihnen sich besann, zurückkehrte und sich neben Lydia von Gedigk aufbaute. Doch ehe der andere Franzi erreichte, war sie schon bei dem Arzt und redete heftig gestikulierend auf ihn ein.

Wedell sah Lydia an. War es nicht vielleicht sogar gut, dass sie gekommen war? Er hatte ihr ja ohnehin noch schreiben wollen, dass er ihr das Fehlverhalten und vor allem ihre schweigende Lüge vergab. Bloß – war das wirklich so? Von ihr war kein Wort gekommen, dass sie ihre Fehler einsah, bis auf den Fehltritt ihrer Jugendzeit. Sie beharrte immer noch darauf, dass er sie falsch einschätzte. Tat er das denn wirklich? Hatte er sich auch bei ihr wirklich so getäuscht, wie er sich bei Denise getäuscht hatte? Dann musste er nicht ihr vergeben, sondern er musste sie um Vergebung bitten, weil er ihr unrecht getan hatte. Das würde ihm noch schwerer fallen, als Vergebung zu gewähren. Aber hatte er sich wirklich getäuscht?

Franzi redete immer noch mit Händen und Füßen auf den Arzt ein. Ihr Französisch war schon immer miserabel gewesen, wahrscheinlich hätte sie lieber Suaheli gesprochen. Der Wächter stand daneben und schien nicht zu wissen, ob er eingreifen sollte.

„Das ist vergebliche Mühe“, sagte Wedell zu Lydia. „Hier wird mich niemand operieren. Zumal ich es nicht einmal selbst wünsche.“

„Was haben Sie da gesagt?“ In der Stimme der Baronesse schwang fast etwas wie Panik mit.

Er musste von vornherein jeden Gedanken an eine Amputation in ihr auslöschen – sie, die sich mitten durch die feindlichen Linien bis zu ihm durchgeschlagen hatte, würde es sonst auch noch fertigbringen, seine Operation zu veranlassen. Erst recht mit seiner energischen und medizinisch versierten Schwester an der Seite. Franzi war bei ihrer jahrelangen Erfahrung im afrikanischen Urwald sogar zuzutrauen, dass sie die Amputation im Notfall selbst vornahm!

Kapitel 56

Lydia war sich nicht sicher, ob sie den Grafen richtig verstanden hatte. Bei Gasbrand war eine umgehende Amputation die einzige Rettung, so viel hatte selbst sie inzwischen gelernt.

„Sie haben schon richtig gehört. Ich wünsche keine Amputation meines Beines."

„Aber Herr Graf!" Sie legte ihm die Hand auf die Stirn. Hatte er Fieber? „Sie können doch nicht die einzige Möglichkeit, Ihr Leben zu retten, von sich weisen!"

„Warum sollte ich das nicht können?" Er schob ihre Hand von seiner Stirn. „Wissen Sie überhaupt, wovon Sie reden? Mir soll das Bein amputiert werden! Ich soll für den Rest meines Lebens ein Krüppel sein!"

Sie hockte sich neben seine Liege und legte die Hand auf seinen Arm. „Ich ahne zumindest ein wenig, was das für Sie bedeuten muss. Trotzdem dürfen Sie Ihr Leben nicht mutwillig aufgeben! Solange Gott Ihnen das Leben schenkt, haben Sie auch die Verantwortung, es zu erhalten und für Ihn einzusetzen."

„Sie haben leicht reden." Er lachte auf. „Sie haben nur einen Kratzer abbekommen. Aber was es bedeutet, ein Bein zu verlieren, können Sie doch gar nicht ermessen."

„Ich habe mehr als nur einen Kratzer abbekommen." Lydia faltete die Hände um ihr Knie. „Äußerlich mögen Sie recht haben. Aber innerlich ... Ich war schon oft wie Elia unter dem Ginster und habe gesagt: *Es ist genug; nimm nun, Herr, meine Seele*[19]. Aber das war nicht richtig."

„Haben Sie sich diese Verletzungen nicht selbst zuzuschreiben? Wenn Sie von Anfang an ehrlich gewesen wären ..."

„Hätten Sie mich dann überhaupt eingestellt?"

„Sie geben also zu, mir die Wahrheit bewusst verschwiegen zu haben?" Er sah bei dieser Frage beinahe erleichtert aus. Als ob er gefürchtet hatte, sich doch geirrt zu haben.

„Das habe ich Ihnen doch bereits erklärt." Darüber wollte sie

---

19 1. Könige 19,4

nicht weiter mit ihm diskutieren – jedenfalls nicht jetzt. Viel wichtiger war, dass er operiert wurde! – Sie schaute sich zur Treppe um. Franzi schien immer noch beim Lazarettleiter für ihren Bruder zu kämpfen, während der Bewacher, der ihr gefolgt war, sprungbereit wie ein Panther neben ihr stand.

„Sie sind doch angeblich gekommen, um mir zu beweisen, dass ich im Unrecht bin und Sie falsch eingeschätzt habe. Nun denn – liefern Sie mir schnell den Beweis, bevor ich sterbe, damit ich mich ordnungsgemäß bei Ihnen entschuldigen kann."

Schwang neben dem Sarkasmus auch etwas von einer ehrlichen Frage mit? „Reicht es Ihnen denn nicht als Beweis, dass ich bis zu Ihnen gekommen bin? Hätte ich das getan, wenn ..." Kam er denn nicht selbst darauf, dass sie das nicht getan hätte, wenn sie ihn nicht lieben würde? Oder begriff ein Mann so etwas nicht?

„Warum sollte das ein Beweis sein? Sie können mich genauso gut von einer Lüge überzeugen wollen, um die Stelle im Forstschloss wieder zu erhalten."

„Glauben Sie wirklich, ich würde für eine Lüge mein Leben aufs Spiel setzen? Und würde Franzi mich dann unterstützen? Obwohl sie Lügen hasst?"

Es sah so aus, als ob der Lazarettleiter Franzi ungeduldig abweisen wollte, doch da trat eine französische Schwester, die einen Verband um den Kopf trug, hinzu und redete ebenfalls auf den Arzt ein.

Der Graf wand sich auf seiner Liege. „Nicht auch noch Schwester Denise! Gemeinsam bringen die beiden es am Ende noch fertig, den Docteur zu überzeugen."

„Herr Graf, Gott hat Elias Gebet, ihn sterben zu lassen, auch nicht erhört, weil Er ihn noch gebrauchen wollte."

„Elia sollte auch nicht verstümmelt werden." Plötzlich wurde sein Gesichtsausdruck nachdenklich. „Ich weiß, wie Sie mir beweisen können, dass Sie es ehrlich mit mir meinen: Gehen Sie zu Franzi, Schwester Denise und dem Lazarettleiter und sorgen Sie dafür, dass ich *nicht* operiert werde. Dann will ich Ihnen glauben. Dann können Sie auch als Gouvernante ins Forstschloss zurückkehren – mein Bruder Fritz, der dann der Erbe ist, hat sicherlich keine Mühe mit Ihrer Vergangenheit und Unaufrichtigkeit."

Tränen schossen ihr in die Augen. Nicht nur wegen seiner verletzenden Worte, sondern besonders, weil ihr der Gedanke unerträglich war, ihn sterben zu sehen. „Das kann ich nicht."

„Sie haben es in der Hand." Er sah sich nach zwei Sanitätern um, die an die Bahre mit dem toten Soldaten traten. „Mein bester Kamerad hat es auch hinter sich. Er hätte es wirklich verdient weiterzuleben, denn er hatte eine Frau gefunden, die ihn glücklich gemacht hätte. Jedenfalls glaubte Papendorff das."

„Papendorff?" Lydias Stimme schrillte in seinen Ohren. Sie sprang auf und war mit wenigen Schritten, ehe der Wächter sie packen konnte, an der Bahre und zog den Soldatenmantel weg.

Tatsächlich. Da lag er. Alfred Papendorff. Der Lehrer aus dem Seminar. Den sie geliebt hatte und an dessen aufrichtiger Liebe sie nie gezweifelt hatte. Wie friedlich, fast glücklich er aussah!

Sie sank an der Bahre auf die Knie und brach in Tränen aus.

* * *

Wedell hatte das Gefühl, als stünde plötzlich die ganze Welt auf dem Kopf. Zuerst die Ankunft von Franzi und Lydia von Gedigk; dann kämpfte Franzi – auch noch mit Denise zusammen – dafür, dass er zum Krüppel verstümmelt wurde; Lydia von Gedigk wollte ihn überzeugen, dass er im Unrecht war und dass er sich der Amputation nicht widersetzen sollte; und jetzt schien sie auch noch seinen Freund Papendorff zu kennen. War sie vielleicht eine Verwandte von ihm?

Franzi und Denise schienen davon nichts mitzubekommen, sie diskutierten immer noch mit dem Lazarettleiter und ließen sich auch von dem Wächter nicht abschrecken, der so aussah, als würde er sie am liebsten im tiefsten Keller einsperren.

Wedell richtete sich auf seine Ellenbogen auf, obwohl dabei sein ganzer Körper von Schmerzen zerschossen wurde. „Baronesse?"

Sie reagierte nicht, sondern kniete an der Bahre, das Gesicht mit den Händen bedeckt. Die beiden Sanitäter, die die Bahre wegbringen sollten, standen unschlüssig daneben; genauso wie der zweite Wächter der beiden Frauen, der neben seiner Liege stand und offenbar nicht wusste, ob er bei ihm bleiben oder Lydia von Gedigk von der Bahre wegholen sollte.

„Baronesse, so stehen Sie doch auf!" Er streckte den Arm aus, doch sie war viel zu weit entfernt, als dass er sie hätte antippen können.

Ihre Schultern zuckten von verhaltenem Weinen. Sie legte eine Hand an Papendorffs Wange. „Alfred! Dass ich dich so wiedersehen muss!"

Sie war mit ihm per du. Also musste er ihr sehr nahestehen. Aller Wahrscheinlichkeit nach ein Verwandter. Obwohl ihm Papendorff nie davon erzählt hatte, dass er adelige Verwandtschaft hatte.

Der Sanitäter, der neben seiner Liege stand, schien sich endlich besonnen zu haben, trat zu ihr und zog sie am Arm hoch. „Jetzt fassen Sie sich."

„Seien Sie doch nicht so rüde mit ihr – sehen Sie nicht, dass sie weint?" Wedell sah ihr in das tränenüberströmte Gesicht. „Ein Verwandter?"

Sie schüttelte den Kopf.

Was war er dann? Wer stand ihr sonst so nahe, dass sie ihn duzte und seinen Tod so herzzerreißend beweinte?

Die Baronesse presste die Lippen aufeinander, dass sie weiß wurden.

„Wer ist es dann? Woher kennen Sie Alfred Papendorff?"

„Er – er war mein Geschichtslehrer im Lehrerinnenseminar in Breslau." Sie schniefte. „Er war ... Mit ihm ... Mein Fehltritt ..."

Wedell sank zurück. Alfred Papendorff und Lydia von Gedigk. Die Frau also, die Papendorff in den höchsten Tönen gelobt hatte, jenes Fräulein von Untadelig, war niemand anders, als das gefallene Mädchen Lydia von Gedigk. Oder war es umgekehrt? War diejenige, die er als gefallenes Mädchen und Lügnerin abgetan hatte, in Wirklichkeit diese wunderbare, einzigartige Frau? In seinem Kopf summte es, er wusste nicht mehr, was er denken sollte.

Mit hängenden Armen stand Lydia von Gedigk zwischen ihm und Papendorff und sah von einem zum anderen.

„Er war ein wundervoller Mensch. Mein bester Freund." In seinen Augen brannten Tränen. „Ich verstehe, dass Sie ihn beweinen."

Aufschluchzend deckte sie die Hände vors Gesicht, zwischen ihren Fingern drangen Tränen hervor.

Er deutete auf den Toten. „In seiner Manteltasche ... Der Brief darin ist für Sie."

Ehe die Träger die Bahre aufnehmen konnten, zog Lydia den Brief aus Papendorffs Tasche. Mit einem raschen Griff riss ihr der Wach-Sanitäter den Umschlag aus der Hand und riss ihn auf.

„Lassen Sie der jungen Dame den Brief“, stieß Wedell hervor. „Es ist sein letzter Gruß an sie.“

Aufreizend langsam las der Sanitäter den Brief durch, ehe er ihn Lydia zurückreichte.

Da eilte Franzi auf Lydia zu und nahm sie in den Arm. „Was ist geschehen?“

„Der Tote dort ... Er ist der Mann, den ich geliebt habe. Alfred Papendorff.“

„Das tut mir so leid.“ Seine Schwester drückte sie an sich. „Aber ich habe eine gute Nachricht für dich: Ich habe eine Krankenschwester gefunden, die unser Anliegen unterstützt. Und der Lazarettleiter hat endlich zugestimmt. Wir müssen nur noch einen Arzt finden, der die Operation durchführt.“

Ich will es aber nicht! Wedell wollte es rufen, doch ihm fehlte die Kraft.

Kapitel 57

Lydia schaute der Bahre mit dem toten Alfred Papendorff hinterher. Dieses Kapitel ihres Lebens war endgültig – wenn auch auf tragische Weise – beendet. Sie steckte seinen Brief in die Tasche ihrer Schwesterntracht. Dann sah sie Graf Wedell durch den Schleier ihrer Tränen an.

Dort lag ihre Zukunft. Der Mann, den sie über alles liebte. Auch wenn er sie immer noch ablehnte – unterschwellig spürte sie, dass die harte Fassade bröckelte. Und es war auch gleichgültig, ob er der kerngesunde Graf oder ein zerschossener Krüppel war – sie liebte ihn. Wenn sie ihm doch nur wieder neuen Lebensmut einhauchen konnte!

Franzi fasste ihren Arm und zog sie etwas von dem Grafen fort. „Wach auf, Lydia, wir brauchen deine Hilfe! Der Lazarettleiter hat die Operation zwar gestattet, er will sie aber nicht selbst durchführen. Wir müssen also einen Arzt finden, der es macht. Dazu dürfen wir uns sogar frei bewegen, Schwester Denise und einer der Sanitäter werden unsere Bewachung übernehmen."

Sollte sie gegen Graf Wedells erklärten Willen für die Operation kämpfen? Er hatte gesagt, dass er ihr Glauben schenken würde, wenn sie sich seinem Willen fügte – aber was war das dann noch wert? Der Wunsch nach Absolution war längst erloschen, es ging ihr nur noch um seine Liebe. Er verlangte als Beweis ihrer Aufrichtigkeit, dass sie ihn sterben ließ – wenn sie sein Leben rettete, würde er sie also endgültig verstoßen.

Doch es ging nicht mehr um sie. Es ging um ihn. Er musste gerettet werden. Was dann geschah? Gott würde Wege finden, ihre Wünsche zu erfüllen – wenn Er es wollte.

Sie hakte sich bei Franzi unter. „Gehen wir." Wenn es Franzi schon gelungen war, den Lazarettleiter zu überzeugen, dass er sich der Operation nicht widersetzte, würden sie bestimmt auch einen Arzt finden, der die Operation durchführte. Und sie würde auch gegen seinen erklärten Willen dafür kämpfen – die Liebe zu Wedell sollte nicht so enden wie ihre erste.

Docteur Babinsky winkte den beiden Sanitätern, die sie bewacht hatten. „Coubertin, passen Sie zusammen mit Schwester Denise gut auf die beiden auf. Mit Commandant de Fouquet wird nicht zu spaßen sein, wenn Sie sie entkommen lassen. Und Dupré, Sie bleiben bei dem deutschen Offizier." Er stieg die Treppe hinauf, während der eine Sanitäter sich bei Wedell postierte.

„Lassen Sie uns Docteur Giroud fragen." Schwester Denise wies auf einen jungen Arzt, der eben die Treppe hinunterkam. „Er ist stets verständnisvoll mit seinen Patienten."

„Hoffentlich auch mit den deutschen Patienten", brummte Franzi.

Die Französin hielt den Arzt an. „Monsieur le Docteur, dieser deutsche Offizier" – sie wies auf Graf Wedell –, „muss dringend operiert werden. Gasbrand, Amputation. Docteur Babinsky hat keine Einwände, er will die Operation nur nicht selbst ..."

„Ein Boche? Die das Lazarett in Trümmer gelegt haben? Dafür habe ich keine Zeit!" Der Arzt schob Schwester Denise zur Seite.

„Aber er stirbt sonst!" Franzi trat ihm in den Weg.

Docteur Giroud zuckte mit den Schultern. „Wenn ich sein Leben rette, stirbt mir derweil ein französischer Soldat. Da weiß ich, wem ich den Vorzug gebe."

„Docteur Babinsky hat doch gestattet, dass die Operation durchgeführt wird." Lydia stellte sich neben Franzi.

„Aber er hat mir nicht befohlen, sie durchzuführen. Und solange er das nicht tut ... Und jetzt lassen Sie mich gefälligst passieren."

„Wissen Sie überhaupt, um wen es sich handelt?" Lydia stemmte die Hände in die Hüften. „Ein deutscher Offizier, dazu ein angesehener Graf, einer der reichsten in Schlesien. Wenn Sie ihn gesundpflegen, können Sie ihn gegen zwei oder sogar drei Dutzend französische Gefangene austauschen."

„Er ist und bleibt ein Boche." Mit beiden Armen schob er Lydia und Franzi zur Seite und eilte davon.

Lydia kämpfte mit den Tränen. Claudinand durfte nicht so enden wie Alfred!

„Es bleibt uns nicht mehr viel Zeit." Franzis Stimme klang gepresst. „Wenn es nicht schon längst zu spät ist ..."

„Wenn Docteur Giroud sich schon weigert ..." Schwester Denise ließ den Kopf hängen.

„Ich gebe nicht auf!“ Lydia straffte die Schultern. „Gott hat uns bis hierher gebracht. Jetzt wird Er uns auch noch einen Arzt zeigen, der die Operation durchführt. Kommt.“ Sie stieg die Treppe hinauf, und Franzi folgte ihr mit Schwester Denise und Coubertin.

Im Korridor des Obergeschosses wieselten Ärzte, Schwestern und Sanitäter umher.

Denise ging auf einen älteren Herrn im weißen Kittel zu, der einen Arm in der Schlinge trug. „Docteur Leclair, was ist mit Ihnen geschehen?“

Er lächelte, dabei leuchteten seine Augen intensiv. „Mach dir keine Sorgen um mich, kleine Denise. Ich habe mir bei dem Bombardement lediglich den Arm gebrochen und kann im Moment nur noch kleine Handreichungen machen. Und was ist mit deinem Kopf?“

„Ich wurde von einigen Trümmern getroffen, aber es ist nicht so schlimm.“

„Dann müssen wir uns wohl beide schonen.“ Er lächelte die Schwester an.

„Aber wir suchen so dringend einen Arzt!“, entfuhr es Franzi.

„Was ist denn geschehen? Diese beiden Damen kenne ich gar nicht.“ Docteur Leclair sah Lydia und Franzi an. „Wieso stecken Sie in deutscher Schwesterntracht?“

„Die beiden sind deutsche Frontschwestern – alles Weitere erkläre ich Ihnen später. Es ist dringend!“

„Dort unten in der Eingangshalle liegt ein deutscher Offizier.“ Lydia faltete die Hände und sah ihn flehend an. „Gasbrand. Sein Bein muss schnellstens amputiert werden!“ Ob er, der durch den deutschen Angriff verwundet worden war, ihnen helfen würde? Selbst operieren konnte er in seinem Zustand wohl kaum.

Der Docteur tastete mit der gesunden Hand nach der Schlinge. „Ich fürchte, mit meinem gebrochenen Arm wird es schwierig. Aber da ich den französischen Verwundeten in diesem Zustand doch nicht helfen kann, könnte ich mich vielleicht einmal um einen Deutschen kümmern. Und wenn ich zwei erfahrene Schwestern zur Seite hätte ...“

„Ich assistiere Ihnen.“ Denise stellte sich an die Seite des Arztes.

Lydia sah Franzi an.

„Ich?“ Ihre Freundin wurde blass. „In meiner eigenen Schulter steckt noch eine Kugel. Außerdem ist er mein Bruder! Da soll ich mit ansehen ...? Sogar selbst dazu beitragen ...?"

„Ich glaube, du bist stärker, als du selbst glaubst." Lydia legte ihr die Hand auf den Arm. „Und hast du nicht in Afrika bei allen nur erdenklichen Operationen assistiert? Solltest du es nicht erst recht für deinen Bruder tun? Es geht um mehr als um sein Bein – es geht um sein Leben!"

„Und dann noch meine schlechten französischen Sprachkenntnisse ..." Franzi verknotete die Finger so fest, dass die Knöchel weiß hervortraten. Die Zeit schien stehen zu bleiben, bis Franzi sich endlich neben Denise stellte. „Ich helfe auch."

Lydia atmete tief durch. Sie hatten es geschafft, Graf Wedell konnte operiert werden. Hoffentlich gelang es mit diesem zusammengewürfelten und verletzten Operationspersonal. Sonst war sie schuldig am Tod des Grafen. Und wenn er überlebte, würde er sie wahrscheinlich ein Leben lang hassen. Jedenfalls niemals an ihre Liebe glauben.

Sein Leben würde hoffentlich gerettet, aber um den Preis ihrer Liebe – Lydias Herz zog sich krampfhaft zusammen. Trotzdem wusste sie, dass der Preis nicht zu hoch war.

* * *

Seit Franzi, Lydia von Gedigk und Denise die Treppe hinauf verschwunden waren, fand Wedell keine Ruhe mehr. War es wirklich möglich, dass die drei dafür kämpften, dass er operiert wurde, obwohl er sowohl Lydia von Gedigk als auch Denise unmissverständlich klar gemacht hatte, dass er das nicht wollte? Doch andererseits: Passte es nicht gerade zu der hartnäckig kämpfenden Lydia von Gedigk, die sich bis zu ihm durchgeschlagen hatte, dass sie sich über seinen erklärten Willen hinwegsetzte und auch die anderen darin bestärkte? Weil sie davon überzeugt war, dass sie richtig handelte?

Da kamen sie zurück, gefolgt von dem einen Sanitäter. Ihre Gesichter waren tiefernst, Franzi sah fast gespensterhaft bleich aus.

Seine Schwester und die Französin traten vorn und hinten an seine Liege, während Lydia sich neben ihn hockte.

„Was soll das werden, Baronesse?“, herrschte er sie an – jedenfalls sollte es so klingen.

Sie faltete die Hände, als würde sie beten.

„Baronesse? Ich verlange eine Antwort!“

Sie schaute ihn an. Wie ihre vergissmeinnichtblauen Augen aus dem brünetten Gesicht leuchteten!

Wedell nahm etwas Schärfe aus seiner Stimme. „Was geschieht hier?“

„Glauben Sie mir, Herr Graf, es geschieht das Richtige.“ Sie klang so sanft, beinahe liebevoll.

„Das Richtige? Also das, was ich verlangt habe?“

„Glauben Sie immer noch, Ihr Verlangen, Sie sterben zu lassen, sei richtig?“

„Weichen Sie nicht aus!“, grollte er. „Ich habe Ihnen deutlich gesagt, dass ich mich nicht zum Krüppel machen lassen will.“

„Wir sorgen dafür, dass Ihnen geholfen wird.“ Vorsichtig, fast wie unabsichtlich tastete sie nach seiner Hand.

Ein Schauer durchrieselte ihn, als ihre kühlen Fingerspitzen seinen Handrücken berührten. Was tat diese Frau da? Warum war sie so sanft und liebevoll – und auf der anderen Seite trotzte sie seinem Willen? „Mir kann doch nur noch eine Amputation helfen.“

Die Baronesse fasste seine Hand und drückte sie sacht. „Bitte vertrauen Sie uns – vertrauen Sie mir.“

Vertrauen. Da war es wieder. Konnte er überhaupt vertrauen? Oder war er aus Misstrauen zusammengesetzt? Er wollte seine Hand zurückziehen, doch er brachte es nicht fertig. „Ich habe Ihnen gesagt, wie Sie Ihre Vertrauenswürdigkeit beweisen können: Verhindern Sie die Amputation.“

„Das kann ich nicht.“ Sie richtete sich auf und zog ihre Hand zurück. „Ich habe mit Franzi und Schwester Denise dafür gesorgt, dass Sie operiert werden. Weil ich sicher bin, dass nur das das Richtige ist. Die Operation wird sofort durchgeführt.“

Gleichzeitig hoben Franzi und Denise die Liege an.

„Ich hasse Sie!“, zischte er der Baronesse zu.

Kapitel 58

Lydia sah Franzi und Schwester Denise nach, die keuchend und mit schmerzverzerrten Gesichtern mit der Trage verschwanden, dicht gefolgt von Coubertin. *Ich hasse Sie.* Der Satz gellte noch in ihren Ohren. Hatte sie endgültig alles verspielt? Aber was lag an ihr? Wenn nur er überlebte!

„Sie kommen jetzt mit." Der Bewacher, der bei dem Grafen geblieben war, packte sie am verwundeten Arm.

Sie schrie leise auf. „Geben Sie doch acht! Ich bin verletzt!"

„Das ist gleichgültig. Im Keller können Sie Ihre Verletzung kurieren." Er lachte meckernd.

„Bitte lassen Sie mich hier warten, bis die Operation ..."

„Glauben Sie, ich habe nichts Besseres zu tun, als mit Ihnen auf einen sterbenden Boche zu warten? Nein, ab in den Keller mit Ihnen!" Er zog sie durch die Eingangshalle, die Treppe hinab bis in ihre Kammer im Keller. Krachend fiel die Tür hinter ihr ins Schloss, der Schlüssel drehte sich kreischend.

Lydia sah auf den Boden. Die Schwäche übermannte sie. Die unerhörten Anstrengungen der letzten Tage und die Verwundungen forderten ihren Tribut. Am liebsten hätte sie die Augen geschlossen und geschlafen. Aber das durfte sie nicht. Nicht während der Mann, den sie liebte, von einem selbst verwundeten Arzt einhändig operiert wurde, der von zwei ebenfalls verwundeten und erschöpften Schwestern unterstützt wurde, von denen eine nur mühsam Französisch radebrechte. Sie musste beten – beten – beten.

Zwischen zwei Gebeten für Graf Wedell tastete sie nach Alfred Papendorffs letztem Brief. Mit zitternden Fingern faltete sie das verschmutzte und zerknitterte Blatt auseinander. Sein letzter Gruß. An sie gerichtet. Er hatte sie also nicht vergessen. War seine Rückkehr nach Breslau insofern kein Zufall gewesen? – Als sie die ersten Zeilen las, wusste sie es: Er hatte sie gesucht. Weil er endlich zum Glauben an Jesus Christus gefunden hatte, wollte er sie, die er immer geliebt hatte, wiederfinden. Da schrak sie auf – dort stand der Name Wedell.

Sie schloss die Augen. Alfred Papendorff war durch Graf Wedell zum Glauben geführt worden. Welch eigentümliche Wege Gott manchmal ging. Dass der Mann, mit dem sie damals ihren Fehltritt begangen hatte, ausgerechnet durch den Mann, der ihr eben diesen Fehltritt nicht vergeben wollte, zum Glauben gekommen war ...

In die Bitten um das Leben des Grafen mischte sich ein Dankgebet, dass Alfred im Paradies war. Das milderte die Trauer und machte sie auch dem Grafen gegenüber dankbar.

Sie ließ den Brief in den Schoß sinken. Alfred Papendorff. Dieses Kapitel war durch seinen Tod endgültig zugeschlagen. Sein Brief würde eine Erinnerung sein an diesen stets fröhlichen Lehrer. Aber jetzt gehörte ihre Liebe nur noch einem: Claus Ferdinand von Wedell. Für den sie weiter beten musste.

Als die Tür polternd geöffnet wurde, schrak sie auf. War sie etwa doch eingeschlafen?

Franzi wurde in die Zelle geschoben und die Tür wieder verschlossen.

Ihre Freundin sah furchtbar aus. Die Schwesterntracht war blutig, auch Hände und Arme und teilweise sogar das Gesicht waren blutverschmiert. Anscheinend hatte sie sich nicht einmal notdürftig reinigen können.

Sie sank neben Lydia auf die Erde. „Geschafft."

„Hat *er* es geschafft?" Lydia wagte die Frage kaum zu stellen.

„Er hat eine kräftige Natur. Ich denke, dass er durchkommt. Docteur Leclair hat es trotz seiner Verletzung ausgezeichnet gemacht. Nur mit dem Verschließen der Hauptschlagader gab es etwas Schwierigkeiten, doch die scheinen mir nicht bedrohlich zu sein."

Aus Lydias Herzen stieg ein heißes Dankgebet zu Gott empor. „Ist er jetzt gut versorgt?"

„Er liegt oben bei den anderen Verwundeten. Schwester Denise ist bei ihm. Sie muss aber bald wieder ihren Pflichten bei den französischen Soldaten nachkommen. Sie wird sich dafür einsetzen, dass ich bei ihm bleiben darf, um ihn zu pflegen. Trotzdem: Sobald er sich etwas erholt hat, müssen wir fort von hier."

„Fort von hier? Den gefahrvollen Weg zurück? Sollten wir nicht besser das Kriegsende bei den Franzosen abwarten?"

Franzi schlang die Finger ineinander. „Wir haben keine Ahnung, wie lang der Krieg noch dauert. Alles deutet darauf hin, dass es kein schnelles Kriegsende geben wird. Seit September haben sich die Frontlinien kaum einen Meter bewegt. Willst du noch Monate oder Jahre hierbleiben?"

Ihre Freundin hatte unbedingt recht – leider. Sie konnte auch nicht von ihr verlangen, noch auf unbestimmte Zeit von ihren Kindern getrennt zu bleiben. „Aber dein Bruder muss sich doch zuerst von der Operation erholen. Und auch uns wird eine Ruhepause gut tun nach dem, was wir durchgemacht haben."

Franzi seufzte. „Das stimmt ja alles. Bloß wird es für meinen Bruder hier keine Erholung geben. Du hast selbst gesehen, wie schlecht er versorgt wird. Denise kann sich auch nicht dauerhaft um ihn kümmern, und ob man mich die Pflege übernehmen lässt ...? Schließlich stehen wir beide noch unter Spionageverdacht. Je nachdem, was die Franzosen aus Großmamas Brief herauszulesen glauben, kann es immer noch geschehen, dass wir an die Wand gestellt werden."

„Aber wie stellst du dir das vor? Du hast doch selbst erlebt, wie gefährlich es war, über die Front hierherzukommen. Bei jedem Fluchtversuch würden wir gnadenlos über den Haufen geschossen! Und sollten wir das überstehen, laufen wir auf der deutschen Seite in einen Kugelhagel. Dagegen ist die Gefahr, dass wir als Spioninnen erschossen werden, geradezu lächerlich!"

Franzi legte den Arm um Lydias Schultern. „Ich weiß das doch alles. Aber was haben wir für eine Wahl? Hier im Keller hocken bleiben, bis man sich endlich bequemt, uns bestenfalls in ein Kriegsgefangenenlager zu schicken? Und Claudinand? Die kleinste Infektion ..."

„Aber Schwester Denise wird doch wenigstens das Notwendigste tun!" Was war nur mit ihrer Freundin passiert? Nachdem Franzi erst gezaudert hatte, hierherzukommen, war es Lydia unbegreiflich, dass ihr Wagemut plötzlich keine Grenzen mehr zu kennen schien.

„Denise kann sich nur hin und wieder um Claudinand kümmern. Sie hat nach der Operation schon Ärger bekommen, weil sie ihren Dienst vernachlässigt hat. Wenn man wenigstens mich zu ihm lassen würde!" Franzi schüttelte sie. „Lydia, begreifst du denn nicht? Wir müssen hier weg!"

„Ja, wir müssen hier weg. Aber doch nicht sofort!" Lydia schüttelte Franzis Arm ab. „Sollen wir deinen Bruder halbtot durchs Niemandsland tragen? Das ist noch viel gefährlicher als unser Herweg. Besser wäre es, wenn er zunächst so weit hergestellt ist, dass wir von seiner militärischen Erfahrung profitieren können."

„Mein Bruder hat eine starke Konstitution. Sonst hätte er nicht so lange im Niemandsland und hier im Lazarett überlebt. So wie ich es einschätze, hat er die Operation gut überstanden, er wird sich also schnell erholen. Diese Phase der relativen Stärke, bevor möglicherweise eine Infektion entsteht, müssen wir nutzen."

„Während wir selbst immer noch mit unseren eigenen Verwundungen kämpfen." Lydia schloss die Augen. „Und dabei hast du noch vergessen zu erklären, wie du uns aus diesem Keller und dann deinen einbeinigen, frisch operierten Bruder aus dem Lazarett hinausbekommen willst."

„Darauf habe ich auch noch keine Antwort." Franzis Stimme wurde leise. „Erst einmal müssen wir uns einig sein, *was* wir tun wollen. Dann können wir überlegen, *wie* wir es tun."

Lydia biss sich auf die Unterlippe. Was half es, wenn sie wussten, dass sie mit dem Grafen so schnell wie möglich auf die deutsche Seite zurückkehren mussten, aber keine Ahnung hatten, wie sie das bewerkstelligen sollten?

* * *

Seine Augenlider waren so schwer, als hingen Bleigewichte daran. Oder als wären sie zugeklebt. Endlich bekam er ein Auge auf. Das rechte. Dämmerung.

Stöhnen und Schreie drangen in sein Bewusstsein.

Er schaffte es, auch das linke Augenlid zu öffnen. Immer noch Dämmerung. Nur eine winzige Petroleumlampe verbreitete mattes Licht.

Langsam ließ er den Blick schweifen, so weit sein Sichtfeld reichte. Er lag hinter einem Paravent, der ihn vom restlichen Raum, wo den Geräuschen nach zu urteilen viele Verwundete lagen, abschirmte. Auf einem Stuhl saß ein französischer Soldat, das Gewehr quer über den Knien, und schlief.

Als ob er weglaufen könnte! Er fühlte sich so schwach und ...

Was war da noch gewesen? Franzi und Denise hatten ihn weggetragen, er hatte noch protestiert, doch seine Schwester hatte ihn einfach chloroformiert. Hatten sie es wirklich getan?

Er hob den Kopf ein wenig an. Er war mit einer groben Decke zugedeckt. Deutlich zeichnete sich sein Bein unter der Decke ab – *ein* Bein. Das andere endete oberhalb des Knies.

Aufstöhnend ließ er den Kopf zurücksinken. Sie hatten es also wirklich getan. Obwohl er mehr als deutlich gesagt hatte, dass er es nicht wollte.

Das war Lydia von Gedigks Werk. Jedenfalls hatte sie es nicht verhindert, obwohl er es gerade ihr so klar gesagt hatte. Warum nicht? Glaubte sie, ihn damit, dass sie sich für sein Leben einsetzte, von ihrer Unschuld zu überzeugen? Davon zu überzeugen, dass sie aufrichtig mit ihm gewesen sei? Aber er hatte ihr doch gerade das Gegenteil gesagt!

Doch es war auch Franzis Werk. Sie hatte ihn mit Denise weggetragen, sie hatte ihn chloroformiert. Auch sie trotzte seinem Willen. Und meinte es sicher gut mit ihm. Ebenso wie Denise, die schon, seit er hierhergebracht worden war, für seine Behandlung kämpfte. Musste es Lydia von Gedigk dann nicht auch gut mit ihm meinen? Aber sie hatten doch alle keine Ahnung davon, was es bedeutete, ein Bein zu verlieren! Obwohl ihm da Franzis Freundin Julie Langenburg einfiel, die einen Arm verloren hatte und trotzdem als Frau eines Missionsarztes in Deutsch-Ostafrika arbeitete.

Neben dem Paravent erschien ein dunkler Kopf mit weißem Verband. Schwester Denise. „Endlich sind sie aufgewacht, Monsieur le Comte." Sie kam an seine Liege.

Der Wachsoldat riss die Augen auf und setzte sich gerade hin.

„Warum haben Sie mir das angetan? Warum haben Sie mich nicht in Frieden sterben lassen?"

„Weil Ihr Leben zu wertvoll ist. Für zwei andere Menschen, die Ihretwegen unter Einsatz ihres eigenen Lebens hierhergekommen sind ..."

Achteten sie sein Leben wirklich wertvoller als ihr eigenes? Selbst dann, wenn er nur ein Bein hatte? „Wo sind die beiden?"

Das Gesicht der Schwester verdüsterte sich. „In Arrest. Man glaubt immer noch, dass sie Spioninnen sind."

„Auch das noch." Er schloss die Augen.

„Fassen Sie Mut, Monsieur le Comte." Sie lächelte ihn an. „Sie haben die Operation gut überstanden."

„Gut überstanden." Wedell lachte auf. „Dass mir ein Bein fehlt, ist dabei wohl unerheblich?"

„Monsieur le Comte ..."

„Was ist das für ein Graf, der ein Leben lang auf die Hilfe anderer angewiesen ist?" Vor einem Krüppel würde doch kein Mensch mehr Respekt haben. „Ich werde für meine Mitmenschen nur eine Last sein und alle werden froh sein, wenn ich endlich sterbe, weil dann die Bürde von ihnen genommen wird."

„Es gibt auch Menschen, die Sie lieben ... Und die gerne eine Hilfe für Sie sein werden."

„Es werden nichts als Almosen für mich sein – und die will ich nicht!" Er schnaufte. „Verstehen Sie doch! Ich bin erst 33 Jahre alt, ein Mann in den besten Jahren!"

„Und wollen Sie dieses neu gewährte Leben nicht als Geschenk Gottes annehmen? Ich bin sicher, dass Er noch Bemerkenswertes mit Ihnen vorhat."

„Was wird das für ein Leben! Laufen nur mit größter Mühe, nie wieder reiten ... Können Sie meine Schwester und Lydia von Gedigk bitte zu mir bringen?"

„Das wäre in der Tat das Beste. Ich glaube, die beiden können Ihnen am ehesten wieder Lebensmut einhauchen." Denise richtete sich auf und strich ihm das Haar aus der Stirn. „Sie haben so prachtvolle Menschen um sich herum. Sie werden sehen: Ihr Leben wird Ihnen wieder lieb werden." Sie lächelte ihn noch einmal an, dann verschwand sie um den Paravent.

Sein Leben würde ihm bestimmt nicht mehr lieb werden. Das war für immer vorbei. Alle Träume, alle Wünsche nach einer Frau und einer Familie waren endgültig zerplatzt. Welche Frau würde einen Krüppel lieben können? Gab es so etwas überhaupt? Und selbst wenn er eine Frau fände, die ihn aus reiner Liebe – und nicht aus Mitleid oder Gier! – heiratete, sie wäre doch nur seine Pflegerin. Was würde er für ein Ehemann und Vater sein?

Und davon abgesehen: Er hatte immer nach der einen perfekten Frau gesucht. Wie konnte er jetzt, da er selbst alles andere als perfekt war, eine perfekte Frau verlangen? Das war doch alles hinfällig!

Er wusste nicht, wie lange er gegrübelt hatte, als Denise zurückkehrte. „Docteur Babinsky hat tatsächlich erlaubt, dass Sie kurz mit den Damen sprechen dürfen. Allerdings nur mit einer, die andere muss zur Sicherheit in Arrest bleiben. Und Sie sprechen natürlich unter Bewachung."

Immerhin etwas. Er würde Franzi schon den Kopf zurechtrücken dafür, dass sie nicht auf seinen Protest gehört hatten. Oder hatte Lydia ihr gar nichts gesagt?

Wenig später kam ein zweiter Wachsoldat und führte Lydia von Gedigk am Arm mit sich. „Sie haben zehn Minuten", blaffte er in tadellosem Deutsch.

Warum kam ausgerechnet die Baronesse?

Kapitel 59

„Warum kommen Sie und nicht meine Schwester?"

Selbstverständlich hatte Lydia keinen überschwänglichen Empfang erwartet. Sie beugte sich zu ihm hinab. „Bitte lassen Sie uns im schlesischen Dialekt miteinander reden – am besten nuscheln."

Der Soldat, der sie hergebracht hatte, rückte näher. „Nicht flüstern."

„Es kann meinetwegen jeder hören, wenn ich Sie zur Rechenschaft ziehe." Wedell sprach so laut, dass sich der Soldat wieder einen Schritt zurückzog. „Also: Warum kommt meine Schwester nicht?"

„Weil *ich* die Verantwortung übernehme." Sie sprach möglichst ausgeprägtes Schlesisch und beobachtete den Soldaten. „Sie haben mir deutlich gesagt, dass Sie nicht operiert werden wollen. Trotzdem habe ich es nicht verhindert. Sogar dafür gekämpft."

„Reden Sie gefälligst deutsch oder französisch", ranzte der Soldat.

„Ich rede deutsch." Lydia milderte den Dialekt. Das Schlesische schien ihm tatsächlich Mühe zu machen.

„So, Sie sehen es also ein." Die Stimme des Grafen grollte. „Und warum haben Sie es getan? Was wollten Sie mir damit beweisen? Jedenfalls nicht, dass Sie mich achten."

Dass ich dich liebe! Begriff er das denn nicht? Waren Männer in Bezug auf die Liebe immer so begriffsstutzig? Sie senkte ihre Stimme und sprach ein möglichst undeutliches Schlesisch. „Wir müssen über etwas anderes reden. Nicht über das, was nicht zu ändern ist."

„Wollen Sie mich wieder von Ihrer Unschuld überzeugen? Geben Sie sich keine Mühe. Nachdem Sie meinen Willen so eklatant ignoriert haben, glaube ich Ihnen erst recht kein Wort mehr."

Sie presste die Lippen aufeinander. Was konnte sie anderes erwarten? Aus ihm redete der Schmerz über sein verlorenes Bein. Hoffentlich gelang es ihm irgendwann, hinter allem Gottes gutes Handeln – und in ihrem Handeln ihre Liebe – zu erkennen.

Er schloss die Augen und atmete tief durch. „Warum tun Sie so etwas, Baronesse?" Seine Stimme verlor die Härte.

Das klang nicht mehr vorwurfsvoll, eher kleinmütig. War es eine echte, ehrliche Frage? Tauchte da der freundliche, verwundbare Graf Wedell hinter der steinharten Fassade auf? Aber sie durfte ihm darauf nicht die ehrliche Antwort geben. Sondern sie musste über ihre Flucht reden.

„Wir müssen weg von hier." Sie sprach so undeutlich wie möglich. „Ihre Schwester ist wegen Ihrer schlechten medizinischen Versorgung in großer Sorge. Deshalb will sie so schnell wie möglich zurück auf die andere Seite der Front."

„Und Sie glauben, das sei ein einfacher Spaziergang?" Endlich bediente auch er sich der schlesischen Mundart, aber sein Ton wurde auch schon wieder ruppiger. „Dort wären Sie beide am besten geblieben."

„Reden Sie vernünftig!" Der Soldat rückte wieder näher. „Sonst bringe ich Sie sofort in den Keller zurück."

„Ich weiß, dass es kein Spaziergang ist." Sie deutete auf ihren verbundenen Arm. „Ich habe auch Angst, jetzt schon den Rückweg zu wagen. Sie sind frisch operiert, Franzi und ich sind noch geschwächt von den Verletzungen. Ihre Schwester allerdings fürchtet eine Infektion bei Ihnen." Lydia sprach nur noch in leichtem Dialekt und nuschelte nur die Stellen, die besonders heikel waren.

„Eine Rückkehr ist doch völlig ausgeschlossen." Der Graf tat es ihr gleich. „Wir haben keine andere Wahl, als bis zum Kriegsende bei den Franzosen zu bleiben, wohin immer sie uns bringen werden."

„Haben Sie eine Ahnung, wie lange der Krieg noch dauern wird?" Irgendwo dröhnten Detonationen – anscheinend nahmen die Deutschen Neuvilly wieder unter Beschuss.

„Mit dieser Form des Grabenkriegs gibt es noch nicht so viel Erfahrung; 1854 im Krimkrieg wurde erstmals auf diese Weise gekämpft und zuletzt vor zehn Jahren im Russisch-Japanischen Krieg. Es kann noch lange so weitergehen, jedenfalls deutet nichts auf ein rasches Ende des Krieges hin."

Der Soldat rückte noch ein Stück näher – wahrscheinlich hatte er wegen der Granateinschläge noch mehr Mühe, etwas von ihrem Gespräch mitzubekommen.

„Soll Franzi denn noch Monate, vielleicht Jahre von ihren Kindern getrennt bleiben? Von dem Spionageverdacht gar nicht zu reden."

„Das hätten Sie sich vorher überlegen sollen. Warum haben Sie meine Schwester überhaupt zu diesem Wahnsinn angestiftet?“

Sie seufzte. Um genau das zu tun, was sie getan hatten: sein Leben zu retten. Am besten ignorierte sie seine Vorwürfe. „Und Sie müssen auch an sich denken. Eine Infektion, wie Franzi sie fürchtet, wird lebensbedrohlich sein.“

„Haben Sie immer noch nicht begriffen, dass mir nichts an einem Krüppeldasein liegt?“

Lydia schluckte.

Die Einschläge kamen näher. Nahmen die Deutschen etwa erneut das Herrenhaus Abancourt unter Feuer? „Sales boches!“, brummte ihr Bewacher, und der andere, der den Grafen bewachte, nickte.

„Bitte, Herr Graf ...“ Lydia faltete die Hände. „Geben Sie sich nicht auf. Und auch uns nicht. Wie sollen wir denn ohne Ihre Erfahrung den Rückweg schaffen?“

„Den schaffen Sie auch mit militärisch erfahrener Begleitung nicht, selbst wenn diese völlig bei Kräften wäre und zwei Beine hätte. Nachdem es einmal zwei mutmaßlichen Spioninnen gelungen ist, von der einen auf die andere Seite zu kommen, wird die Wachsamkeit auf dieser Seite der Front noch einmal um ein Vielfaches erhöht worden sein.“

Ein gewaltiger Donnerschlag ließ das Herrenhaus in seinen Grundfesten erbeben, Putz bröckelte von der Decke, irgendwo schrie jemand auf.

„Aber wir müssen doch zurück!“ Gab es denn keine Möglichkeit?

„Wenn Sie vom Spionageverdacht freigesprochen werden – und ich hoffe für Sie, dass Sie wirklich keinen geheimen Auftrag haben –, ist es zumindest möglich, dass meine Schwester und Sie auf die deutsche Seite zurückgebracht werden. Vielleicht gehen die Franzosen mit Ihnen etwas ritterlicher um als mit mir.“

„Und Sie? Franzi glaubt nicht, dass Sie bei der schlechten Versorgung hier lange überleben werden!“

„Ich habe Ihnen doch gesagt ...“

Wieder ein Donnerschlag, noch gewaltiger als der letzte. Der Paravent schwankte, der Bewacher des Grafen sprang auf und rannte zum Fenster. Spitze Schreie übertönten das Gepolter von Steinen, Balken und Schutt.

„Merde!“, rief der Franzose. „Es hat eine Gruppe von Schwestern erwischt, die auf dem Vorplatz neu angekommene Verwundete versorgt haben.“

Lydia sprang auf und wollte um den Paravent herum, doch ihr Bewacher trat ihr mit vorgehaltenem Gewehr in den Weg. „Nichts da! Hierbleiben!“

Überall im Lazarett ertönten Stimmen, Schreie der Wut. „Vier Schwestern tot ... verwundet. Schnell! ... ein Arzt ... draußen“, rief jemand von irgendwoher.

Das minderte die Aussicht, dass sich überhaupt jemand um den Grafen kümmerte, noch weiter. Wie lange sie auch immer noch hierbleiben mussten, sie musste dafür sorgen, dass Franzi ihren Bruder pflegen durfte.

„Meine Freundin ist erfahrene Frontschwester.“ Lydia packte ihren Bewacher am Arm. „Bitte sorgen Sie dafür, dass sie den Grafen versorgen darf. Dafür gehe ich auf der Stelle freiwillig in Arrest zurück.“ Auch wenn es ihr schwerfiel, sich von dem Grafen zu trennen.

Der Franzose sah auf den Grafen hinab. „Für einen Deutschen so viel Aufwand ...“

„Immerhin hat Docteur Babinsky gestattet, dass er operiert wurde; dann ist es sicherlich nicht in seinem Sinne, ihn jetzt sterben zu lassen.“

Der Soldat schien stutzig zu werden. „Ich werde sehen, was ich tun kann. Aber zuerst bringe ich Sie in den Keller zurück.“ Er packte sie am Arm und zog sie mit sich.

Als sie durch die Eingangshalle gingen, wurden eben die toten und verletzten Schwestern hereingetragen. Es war ein grausamer Anblick, Lydia schnürte es die Kehle zu.

Da trugen zwei Sanitäter eine weitere reglose Gestalt herein. Das Gesicht war blutüberströmt und auch die ganze Schwesterntracht war blutig. Trotzdem erkannte Lydia sie sofort: Schwester Denise.

* * *

Atemlos lauschte Wedell auf den Lärm im Lazarett, der nach dem Angriff noch lauter geworden war. Aus dem Stimmengewirr schälte sich eine Nachricht heraus, die ständig wiederholt und von Mann zu Mann weitergegeben wurde. Endlich verstand er es: „Schwester Denise ist unter den Opfern!“

Er schloss die Augen. Denise. Hatte dieser mörderische Krieg auch sie, die allen nur Gutes tun wollte, aufgefressen? Tief in sich fühlte er einen harten Schmerz. Obwohl sie gegen seinen Willen die Amputation forciert hatte, hatte sie doch bewiesen, dass sie es gut mit ihm meinte. Und sie hatte ihm nicht einmal gezürnt, weil er ihren Bruder getötet hatte, hatte ihm sogar vergeben, dass er ihr das Schicksal ihres Bruders so lange verschwiegen und ihr dann so wenig feinfühlig an den Kopf geworfen hatte. Und nun war sie tot oder zumindest schwer verletzt ...

All die Leute, die er in den letzten Monaten hatte sterben sehen, zogen an seinem inneren Auge vorüber: der 18-jährige Füsilier Weingarten; Füsilier Kullweit, den er mit Papendorff aus dem Feuer geborgen hatte; der schlaksige Fähnrich Drescher, mit dem er kurz vor dessen Tod noch über den *Frieden auf Erden* gesprochen hatte; der nimmersatte Oberfeldwebel Reuse mit dem Kugelbauch, der seinen Bauchschuss wahrscheinlich auch nicht überlebt hatte; der nachdenkliche Lieutenant Matthieu Colbert, von dem er nicht einmal wusste, ob er sich noch bekehrt hatte; zuletzt sein Freund Papendorff; und nun vielleicht Schwester Denise.

So viele Tote. Es durfte nicht noch mehr geben. Jedenfalls mussten Franzi und Lydia von Gedigk unbeschadet zurück auf die andere Seite. Das war seine letzte Mission.

Hinter dem Paravent klangen Schritte und Stimmen. Ein französischer Soldat schob Franzi herbei und tippte dem Wächter, der wieder mit dem Gewehr auf den Knien dasaß, auf die Schulter. „Pass gut auf die beiden auf.“

Franzi kniete an seinem Feldbett nieder und legte die Arme um seinen Kopf. „Mein Bruder!“ Ihre Stimme erstickte.

„Franzi, du leichtsinniger Tollkopf.“ Ihm kamen ebenfalls Tränen.

„Ich bin so froh, dass du lebst! Die Operation war gerade noch rechtzeitig. Wenige Stunden später ...“

Er schob sie von sich. „Du weißt doch, wie ich darüber denke. Oder hat Fräulein Gedigk dir nicht ...“

„Ich will das nicht mehr hören! Du lebst, und du wirst dein Leben jetzt als Geschenk aus Gottes Hand annehmen und zusehen, was Er daraus macht."

„Geschenk? Zusehen, was Er daraus macht?" Er lachte auf. „Was für ein Geschenk! Ein Leben in Schmerzen, in Unfreiheit, in Abhängigkeit, in Einsamkeit ..."

„Das hängt doch allein von dir selbst ab." Sie nahm seine Hand zwischen ihre beiden. „Jetzt höre mir einmal gut zu, du großer, dummer Bruder: Du hattest immer Angst, von einer Frau nur der äußeren Vorteile wegen geliebt zu werden. Eben die Pauline-Behrendt-Liebe, die auch nur nach deinem Ansehen, Titel und Reichtum gefragt hat und fragt. Und jetzt zählt all das nicht mehr und du hast plötzlich Angst, dass eine Frau dich mit einem Bein nicht lieben kann? Aber wenn eine Frau dich trotz des fehlenden Beines liebt – ist das nicht gerade der Beweis, dass sie dich wahrhaft liebt?"

„Franzi, ich weiß, dass du es gut meinst." Er sah ihr in die Augen, die ihn mit echter Besorgnis betrachteten. „Aber woher soll ich denn wissen, dass es wirkliche Liebe ist? Es könnte doch immer noch um den Reichtum, das Ansehen gehen – und der Krüppel wird als notwendiges Übel billigend in Kauf genommen."

„Warum sollte eine Frau das tun? Würde sie dann nicht eher einen Mann suchen, der all diese oberflächlichen Attribute aufweist und auch gesund ist?"

„Dafür kann es durchaus Gründe geben. Eine Frau zum Beispiel, die keine reine Vergangenheit hat – würde sie den Krüppel nicht in Kauf nehmen, um überhaupt noch eine wenigstens halbwegs gute Partie zu machen?"

Sie lächelte ihn an – offenbar hatte sie dieses Argument erwartet. „Du denkst an Lydia von Gedigk, nicht wahr? Aber gerade sie könnte auch eine gute Partie ohne dich machen – sie hat mir erzählt, dass unser Bruder Fritz Interesse an ihr gezeigt hat."

Wedell presste die Zähne aufeinander. Damals hatte er fast so etwas wie Eifersucht empfunden und war froh gewesen, als Fritz so schnell abreisen musste.

„Und Fritz würde ihre Vergangenheit garantiert nichts ausmachen." Franzi richtete sich auf. „Ich werde nach deiner Wunde sehen."

„Ich glaube nicht, dass Fritz ein Mann ist, der sich auf eine ernsthafte Beziehung einlassen wird", brummte er.

Franzi, die gerade den Verband zu lösen begann, hielt inne. Ihre blauen Augen funkelten ihn an. „Mein lieber Bruder, jetzt höre mir gut zu. Du widersprichst dir doch selbst. Erst glaubst du, dass dich als Beinamputierten niemand mehr heiraten möchte. Und jetzt erzählst du mir plötzlich von Vorteilen, die es ja doch habe, wenn man dich heiratet."

„Für eine oberflächliche Frau kann es eben sehr wohl Vorteile haben. Aber das ist doch keine wahre Liebe."

„Und für so oberflächlich hältst du Lydia?" Franzi stemmte die Hände in die Hüften. „Sie ist nur deinetwegen ins Kriegsgebiet gereist – ahnst du denn nicht, warum sie das getan hat? Als sie von deiner Gefangennahme hörte, war sie trotz Verwundungen nicht davon abzuhalten, den gefährlichen Weg über die Front zu dir anzutreten – ahnst du noch immer nichts? Dann sah sie, dass du sterben würdest, wenn du nicht schnellstens operiert würdest, und sie setzte sich mit aller Kraft dafür ein, dass dein Leben gerettet wurde – warum wohl? Warum tat sie das alles für dich, der du sie falsch verdächtigst und sie aus deinem Haus verbanntest? Warum wohl, Claudinand? Warum tut eine Frau so etwas für einen Mann?"

Wedell schloss die Augen und spürte dabei, wie Franzi sich ruppiger als vorher wieder an seinem Verband zu schaffen machte. Ihm fiel ein, was Denise gesagt hatte: *Es gibt noch Menschen, die Sie lieben ... Und die gerne eine Hilfe für Sie sind.* Hatte sie da von Lydia von Gedigk gesprochen? Hatte die feinfühlige Französin so schnell begriffen, worum es ging, und er, der teutonische Riese, verstand es erst, wenn man ihn mit der Nase darauf stieß?

War es wirklich so? War da die Frau, die ihn wahrhaft liebte? Die um ihrer Liebe willen losgezogen war, als er noch kein Krüppel war, und ihn unverändert, vielleicht noch inniger weiterliebte, seitdem er ein Krüppel war?

Oder ging es ihr immer noch um Anerkennung? Und um die Möglichkeit, doch noch an einen Mann zu kommen, nachdem ihre Jugendliebe Papendorff tot war? Um damit den Makel ihrer Vergangenheit zu übertünchen? Aber würde sie sich um solch niederer Ziele willen so in Gefahr begeben? Und von Papendorffs Tod hatte sie ja auch erst hier erfahren.

Eines stand fest: Wenn Franzi recht hatte, dann war er monatelang auf dem falschen Weg gewesen. Und nicht er musste Lydia verzeihen, sondern sie ihm. Vor allem musste er darum bitten. *Wenn* Franzi denn recht hatte. Obwohl sich ihre Einschätzung zu gut mit Papendorffs Beschreibung seines Fräuleins von Untadelig deckte. Wie sehr hatte er Lydia dann verletzt!

„Oh nein! Dein Stumpf blutet!“ Franzi stürmte um den Paravent. „Wir brauchen einen Arzt!“

„Halt! Bleiben Sie stehen!“ Der Wachmann sprang auf, und fing Franzi soeben noch ein. „So nicht! Sofort zurück in Arrest!“

„Aber der Stumpf blutet! Er braucht einen Arzt!“, zeterte seine Schwester.

„Sie sind eine Spionin und haben sich nicht vom Platz zu bewegen.“ Er packte sie fester und zerrte sie fort.

Wedell starrte auf seinen Stumpf. Aus den Nähten lief in kleinen, pulsierenden Stößen das Blut. Waren die Adern bei der Operation nicht richtig verschlossen worden? Aber viel wichtiger als sein Bein war, dass er in seinem Kopf – und Herzen – Klarheit über Lydia von Gedigk bekam. Und dazu musste er überleben.

Kapitel 60

„Wir müssen unbedingt hier raus.“ Franzi stand bestimmt schon eine Viertelstunde vor dem winzigen Fenster.

„Dass wir das müssen, ist mir inzwischen auch klar.“ Lydia nahm ihre Freundin in den Arm. Seit sie wieder eingesperrt worden war, kannte sie Franzi kaum wieder. Die Sorge um ihren Bruder fraß sie gleichsam auf. „Bloß das Wie!“

„Es kann doch nicht so schwer sein!“ Franzi schlug mit der Faust auf die Steine, die das Fenster einfassten. „Ich bin schon einmal aus einem mit preußischer Ordnung geführten Gefängnis entkommen, dann muss es doch auch in diesem zerschossenen Lazarett im Kriegschaos möglich sein.“

Lydia nahm noch einen Löffel Suppe aus ihrem Essgeschirr. Irgendeine kalt gewordene, undefinierbare Brühe. Sie schüttelte sich. „Kriegschaos ...“ Da war doch etwas.

Franzi wandte sich um und sah sie erwartungsvoll an. „Dein Tonfall klingt, als hättest du eine Idee.“

„Bultmann hat doch dem Transportführer Befehle gegeben, die einen offenbar groß angelegten Angriff betrafen. Wenn ich mich richtig erinnere, sollte dieser am 16. Januar stattfinden.“

„Heute müssten wir den 12. Januar haben. Also in vier Tagen.“

Lydia drehte den Löffel zwischen den Fingern. „Wenn es wirklich ein Großangriff ist, wäre es doch möglich, dass die Deutschen so weit kommen, dass das Lazarett evakuiert wird. Vielleicht erobern sie sogar Neuvilly oder kommen uns wenigstens so nahe, dass wir mit deinem Bruder zu ihnen überlaufen können.“

„Aber das sind noch vier Tage!“ Franzi schlug schon wieder mit der Faust auf die Steine. Ein wenig Mörtel rieselte aus den Fugen. „Erfahrungsgemäß setzt bei Amputierten am zweiten oder dritten Tag das Wundfieber ein. Außerdem wissen wir nicht einmal, ob er überhaupt noch lebt! Ich wurde von ihm weggebracht, als seine Wunde aufbrach!“

„Ich kann dir aber kein Loch durch die Wand schlagen, dass du zu ihm kommst. Du hast doch hoffentlich deutlich genug gerufen, dass er einen Arzt braucht."

„Aber ob sie darauf gehört haben? Vielleicht martern wir unsere Köpfe, um eine Fluchtmöglichkeit mit ihm zu finden, und wenn wir endlich hier hinaus sind, lebt er gar nicht mehr."

Lydia warf den Löffel in den Blechnapf, dass die Suppe durch die Kammer spritzte. „Wir müssen auf Gott vertrauen, dass Er für deinen Bruder sorgt. Und dass Er uns einen Ausweg aus dem Keller zeigt – möglichst dann, wenn der deutsche Angriff beginnt."

„Besser etwas vorher." Franzi legte den Finger an die Nasenspitze. „Vor einem Angriff schießt die Artillerie üblicherweise Trommelfeuer – und das möchte ich nicht in diesem Keller erleben. Vielleicht werden wir verschüttet oder gar getötet!"

Lydia deckte die Hand über die Augen. Die Vorstellung war fürchterlich!

„In Daressalam habe ich mich krank gestellt. Aber damit werde ich keinen Franzosen beeindrucken. Vielleicht wären sie sogar froh, wenn wir verrecken."

„Und wenn, dann kommt auch immer nur eine von uns hier hinaus, die andere muss ja zur Sicherheit zurückbleiben." Lydia nahm den Löffel wieder zur Hand und rieb sich mit dem Stiel die Stirn. „Wir müssten am besten direkt nach außen entfliehen. Wenn wir erst noch durch das Lazarett müssen, ist die Gefahr der Entdeckung zu groß. Also kurz vor dem Angriff hinaus, draußen verstecken und den Beginn des Angriffs abwarten, dann im Chaos zurück ins – hoffentlich! – evakuierte Lazarett, deinen Bruder holen und den Deutschen entgegen."

Franzi lächelte. „Das klingt so einfach. Aber schon der erste Schritt ist undurchführbar. Wie willst du nach außen entkommen? Diese Lichtöffnung ist so winzig, dass ich gerade einmal meine beiden Arme hindurchstrecken kann."

Diese Lichtöffnung ... Der bröckelnde Mörtel ... Und der Löffel in ihrer Hand ... „Der Graf von Monte Christo!"

„Bitte was?" Franzi starrte sie an, als hätte sie den Verstand verloren.

„Kennst du denn nicht den *Grafen von Monte Christo* von Alexandre Dumas? Ich habe ihn im Pensionat mit jedem Jahrgang durchgenommen."

„Kann mich nicht erinnern, dass das zu unserer Zeit auch Thema war. Aber selbst wenn: Du kennst doch meinen Arbeitseifer, den ich im Pensionat an den Tag gelegt habe." Ihre Freundin grinste sie schief an. „Verwunderlich, dass die Steinbach" – Franzi imitierte die Fanfarenstimme der Pensionatsleiterin – „diese Schundliteratur von jenseits des Rheins nicht verboten hat."

Trotz ihrer Angst um Graf Wedell musste Lydia lachen. „Unsere Schirmherrin legte Wert darauf, dass wir den Schülerinnen nicht nur Fontane und Storm nahebringen, sondern auch Dumas und Dostojewski."

„Aber was hat es nun mit dem *Grafen von Monte Christo* auf sich?"

„Er hat sich mit einem Mitgefangenen zusammen aus seinem Kerker im Château d'If befreit, indem er mit seinem Essbesteck einen Stollen gegraben hat." Lydia hielt den Löffel hoch.

„Aber das ist doch nur ein Roman."

„Auch in Romanen können sinnvolle Dinge stehen, von denen wir lernen können." Lydia ging zur Fensteröffnung und kratzte mit dem Löffelstiel an den Fugen zwischen den Steinen. „Schau, wenn wir den Mörtel entfernen, können wir so viele Steine herausnehmen, dass wir durch die Öffnung passen. Und damit es niemand entdeckt, legen wir die Steine einfach lose wieder hinein."

Franzi kratzte mit dem Fingernagel an dem Mörtel. „Wie lange willst du dafür benötigen?"

„Es sind doch nur wenige Steinreihen." Lydia deutete einen Wandbereich neben dem Fenster an, aus dem sie die Steine entfernen sollten. „Das müsste in zwei bis drei Tagen zu schaffen sein, selbst wenn eine von uns wieder zu deinem Bruder gelassen wird. Dann sind wir am Tag vor dem deutschen Angriff fertig und können am Vorabend des Angriffs flüchten."

„Der Plan scheint mir gar nicht so dumm zu sein. Man kann sogar aus französischen Büchern etwas lernen." Franzi nahm Lydia den Löffel ab und kratzte an dem Mörtel. „Es könnte in der Tat zu schaffen sein. Wahrscheinlich wird es wegen des Kriegsgetöses niemand hören, und die Kontrollen bei uns sind ja auch recht selten. Bleibt nur zu hoffen, dass Claudinand so lange überlebt und ihn das Wundfieber nicht völlig außer Gefecht setzt."

„Wenn uns das nächste Mal Essen gebracht wird, bearbeiten wir den Soldaten, dass du deinen Bruder wieder pflegen darfst."

* * *

„Was fällt Ihnen überhaupt ein? Sie sehen doch, dass der Mann kurz vorm Verbluten ist!"

Wer schrie hier so herum? Mühsam hob Wedell die Augenlider. Das war doch der Arzt, der ihn operiert hatte. Wie hieß er noch? Docteur Leclair.

„Aber es handelt sich doch nur um einen Deutschen!" Das war der Soldat, der ihn bewachte.

„Wenn Docteur Babinsky die Operation gestattet, liegt doch auf der Hand, dass er nicht verbluten soll." Der Docteur beugte sich über seinen Stumpf. „Die Hauptschlagader ... Hoffentlich bekomme ich das mit einem Arm hin."

Wedell schloss wieder die Augen. Wäre es ein angenehmer Tod, einfach zu verbluten? Würde er dann nichts davon spüren? Hinüberdämmern und bei seinem Herrn im Paradies aufwachen? Oder glaubte man nur, dass es ein leichter Tod war, weil niemand den Kampf mitbekam?

Der Arzt drückte an seinem Bein herum. „Es tut mir leid, wenn ich Ihnen wehtun muss. Aber ich bin froh, dass ich aufgrund des Geschreis Ihrer Schwester, das durchs ganze Lazarett schallte, doch noch vorbeigekommen bin, um nach Ihnen zu sehen. Ihr Wächter hätte Sie ja einfach verbluten lassen."

Vielleicht wäre das gut gewesen. Sicherlich ein leichterer Tod, als ihn seine Kameraden auf den Schlachtfeldern erlebten.

„Nun fassen sie doch mit an!", herrschte Leclair den Wächter an. „Hier drücken, damit ich die Wunde richtig verschließen kann."

Ein Stuhl schabte, dann drückte jemand auf seine Hüfte.

„Na also, so geht es doch." Leclair brachte einen neuen Verband an. Dann klopfte er ihm auf die Schulter. „Sie schaffen das schon."

Wedell blinzelte ihn an. Sollte er ihm danken? Aber sogar dazu fühlte er sich zu schwach. Er musste wirklich viel Blut verloren haben.

Leclair stieß den Wachsoldaten an. „Wenn erneut Schwierigkeiten auftreten, rufen Sie mich sofort, verstanden?“

Langsam wurde um Wedell herum alles schwarz.

Kapitel 61

Lydia ließ den Löffel sinken und streckte die Finger. „Nach zwei Tagen sollten sich die Muskeln doch an die Schufterei gewöhnt haben."

Franzi hielt ebenfalls im Kratzen inne und trat einen Schritt von der Wand zurück. „Immerhin ist die Öffnung schon so groß, dass wir wahrscheinlich sogar lange vor dem deutschen Angriff fertig sein werden."

Wenn der Preis dafür nicht so hoch gewesen wäre. Sie hatten zu zweit arbeiten können und waren deshalb so weit gekommen – aber nur, weil sie trotz aller Bemühungen nicht zu dem Grafen gelassen wurden.

Franzi legte den Arm um Lydias Schultern. „Du denkst an meinen Bruder, nicht wahr?"

Sie seufzte. „Ja. Die Ungewissheit foltert mich."

„Ich verstehe dich so gut. Wir können ihn nur unserem guten Gott überlassen." Ihre Freundin fasste den Löffel wieder fester. „Komm, weiter. Arbeit ist das beste Mittel gegen Grübeln."

Lydia steckte den Löffelstiel in die Fuge, die sie gerade bearbeitete – da! Rasselnd und klirrend wurde ein Schlüssel ins Schloss gesteckt. Sie ließ den Löffel fallen. „Schnell! Die Steine in die Öffnung!"

Während Franzi mit dem Fuß den herausgekratzten Mörtel in eine Ecke schob, schichtete Lydia die Steine in den Fensterausschnitt. Gut, dass pausenlos Artilleriegranaten vorüberzischten und jeden Lärm übertönten.

Der Soldat schien immer noch mit dem Schlüssel zu kämpfen.

Franzi half ihr, die letzten Steine in die Öffnung zu schieben und lehnte sich dann mit dem Rücken dagegen, während Lydia sich in die Ecke hockte, wo der Mörtel lag.

Von einem Fluch begleitet flog die Tür auf und zwei Soldaten stürmten in die Kammer. „Die da!" Der eine deutete auf Lydia. „Mitkommen!"

Sie richtete sich langsam auf. „Was wollen Sie denn?"

„Mitkommen!" Der Soldat packte sie am linken Arm. „Aua! Was soll das? Ich bin verletzt!"

Der Soldat zerrte sie hoch und aus der Kammer, der andere schloss hinter ihnen zu.

Lydia atmete tief durch. Immerhin war ihr Fluchtweg nicht aufgefallen. Aber was hatten die Männer mit ihr vor? Brachten sie sie zu dem Grafen? Oder sollte sie von Franzi getrennt werden? Oder hatten die Franzosen neue Erkenntnisse und stellten sie jetzt an die Wand? Aber warum nur sie allein? Wollten sie Franzi damit unter Druck setzen, um aus ihr die gewünschten Informationen herauszubekommen?

Die Männer führten sie ins bekannte Boudoir im Obergeschoss, wo Docteur Babinsky residierte. Und neben dem Damenschreibtisch stand wieder Commandant de Fouquet.

Die Soldaten salutierten vor dem Commandant und stellten sich rechts und links neben die Tür.

„Mademoiselle." Fouquet klopfte mit einem Umschlag in seine Handfläche.

Der Brief von Rahel Grüning! Offensichtlich war er vom *Dechiffrieren* zurück. Wenn sie bloß wüsste, was Rahel Grüning genau geschrieben hatte!

„Sie kennen dieses Dokument?", fuhr er auf Französisch fort.

„Selbstverständlich. Ich habe es schließlich bei mir getragen."

„Also, um was für eine Botschaft handelt es sich?"

Lydia schoss ein Stoßgebet zum Himmel. „Diesen Brief hat Rahel Grüning, die Großmutter des Grafen Wedell, uns mitgegeben, um ihm zu beweisen, dass sie zu unserem Unternehmen ihren Segen gab. Gelesen habe ich ihn jedoch nie – wie sollte ich auch die Post lesen, die an meinen Dienstherrn gerichtet ist."

„Alors, Rahel Grüning soll also die Großmutter des gefangenen Offiziers sein?" Fouquet schüttelte den Kopf. „Eine Bürgerliche die Großmutter eines angesehenen Grafen?"

„Wenn ich mit der Familiengeschichte recht vertraut bin, wurde erst der Sohn von Rahel Grüning, der Vater des Gefangenen, nobilitiert."

„Erfinden Sie keine Märchen!", donnerte der Commandant plötzlich los. „Für wen steht der Name Rahel Grüning? Welcher Auftraggeber steckt dahinter?"

Lydia warf einen Blick in das fürsorgliche Landarztgesicht von Docteur Babinsky. „Verité!", formte er mit den Lippen.

Natürlich sagte sie die Wahrheit. Doch das war nicht das, was Fouquet hören wollte. „Ich bin aus eigenem Antrieb hier. Allerdings habe ich vorher im Gebet zu Gott Klarheit gesucht, ob ich wirklich zu Graf Wedell an die Front reisen soll. Rahel Grüning, seine Großmutter, hat mich unter anderem durch diesen Brief unterstützt."

„Gott!" Der Commandant verdrehte die Augen. „So kommen wir doch nicht weiter." Er deutete auf den Brief. „Hier steht: *Ich bitte dich, mein lieber Enkelsohn: Höre genau hin, was Lydia dir zu sagen hat; beobachte sie, wie sie lebt und arbeitet. Dann wirst du wissen, was du tun sollst.* – Also: Welche geheime Botschaft sollten Sie dem Grafen durch Ihre Worte und Ihr Verhalten überbringen?"

Lydia atmete tief durch. *Herr, wie kann ich ihm begreiflich machen, dass es sich um einen ganz normalen Brief handelt?* „Meinen Sie nicht auch, dass dieser Satz für eine geheime Botschaft reichlich unverschlüsselt ist?"

„Sie brauchen mich nicht über die Winkelzüge von Agenten zu belehren." Fouquet warf den Brief auf den fein ziselierten Schreibtisch und klopfte mit der Faust darauf. „Dieses Schreiben überführt Sie der Spionage. Sie wissen, was das bedeutet. Ihre einzige Chance ist, mir die volle Wahrheit über Ihren Auftrag zu sagen. Dann kann ich Ihr Leben vielleicht retten."

Das Donnern der Front verstärkte sich – bereiteten ihre Landsleute bereits den Angriff vor? „Ich habe Ihnen die volle Wahrheit gesagt."

„Das reicht." Fouquet wandte sich an den Lazarettleiter. „Morgen rede ich mit der anderen, vielleicht ist aus ihr mehr herauszuholen. Wenn nicht, dann ..." Er fuhr sich mit der Handkante am Hals entlang. „Ich muss zurück zur Ortskommandantur. – Abführen."

Mit hängendem Kopf ließ Lydia sich aus dem Boudoir führen. Von Franzi würde der Commandant auch nichts anderes erfahren. Das war ihr Todesurteil – wenn Gott nicht irgendwie eingriff.

* * *

Das verstärkte Donnern der Artillerie holte Wedell aus der Schwärze der Ohnmacht zurück in die Gegenwart. Mühsam hob er den Kopf. Der Verband an seinem Stumpf war weiß – offenbar war es Docteur

Leclair gelungen, die Wunde zu schließen. Der Paravent neben seinem Feldbett erzitterte bei jedem Donnerschlag der Geschütze. Nur seinen Wächter konnte das nicht aufwecken; der hatte das Gewehr quer über den Knien liegen und sein Kinn fiel alle paar Sekunden auf seine Brust.

Wedell legte den Kopf zurück. Wo waren Franzi und Lydia von Gedigk? Immer noch irgendwo eingesperrt? Oder waren sie längst erschossen worden? Wie viel Zeit war überhaupt vergangen?

Sie durften nicht tot sein. Niemals! Franzi, seine quirlige Schwester, die mit Moritz von Schenck in so glücklicher Ehe lebte, die zwei herzige Kinder hatte – sie durfte nicht sterben! Egal, ob sie als Spionin erschossen wurde, bei einer Flucht zu den deutschen Linien umkam oder in der Gefahrenzone des französischen Lazaretts ihr Leben verlor – das durfte einfach nicht geschehen! Aber was konnte er dagegen tun? Er, ein frisch operierter Krüppel?

Seine Gedanken schweiften weiter zu Lydia von Gedigk. Wenn sie eines dieser Schicksale träfe – sein Herz krampfte sich zusammen. Er hatte unzählige Männer auf so unzählige Arten sterben sehen. Wenn er sich vorstellte, dass Lydia von Gedigk an der Stelle eines von ihnen wäre ... Von einem Erschießungskommando präzise erschossen ... Oder im Niemandsland von einer Granate zerfetzt ... Von einem Scharfschützen mitten in die Stirn oder ins Herz getroffen ... Oder bei einem Beschuss des Lazaretts von Trümmerteilen erschlagen, von Splittern durchsiebt ...

„Lydia!" Unwillkürlich, gleich einem Stöhnen, entfuhr ihm ihr Name.

Der Kopf des Wachsoldaten ruckte hoch, die Augenlider zuckten – aber nur kurz, dann begann der Kopf schon wieder zu schwanken.

Es war viel mehr, als dass er Lydia noch um Vergebung bitten musste. Er fürchtete geradezu um ihr Leben! Was ging da in ihm vor? Etwa das Gleiche wie in Lydia, als sie um sein Leben gekämpft hatte?

Franzi und Lydia mussten so schnell wie möglich hier weg. Zurück zu den Deutschen. Vielleicht hatte Gott ihn so lange am Leben erhalten, um ihnen bei dieser Flucht zu helfen? Aber wie sollte er als Krüppel ...? Mit seiner namenlosen Schwäche ...?

„Herr, was hast Du mit mir vor? Hast Du noch einen Auftrag für mich?"

Geh hin in dieser deiner Kraft – der Befehl Gottes an den Richter Gideon schoss ihm durch den Kopf.

Ich bin der Jüngste im Haus meines Vaters ... Ich habe nur noch ein Bein, ich habe keine Kraft ...

Geh hin, habe ich dich nicht gesandt?[20]

Wedell schloss die Augen. *Ja, Herr, wenn Du mich noch einmal gebrauchen möchtest, dann zeige mir den Weg.*

Vielleicht war es der letzte Auftrag, den er für seinen Gott tun konnte. Vielleicht sollte er dabei sein Leben lassen. Aber bis dahin sollte er unbedingt am Leben bleiben. Und war es nicht sogar ein schöner Tod? Nicht der sogenannte Heldentod für den Kaiser, für das Vaterland, den gerade so viele starben, sondern der Tod für seine geliebte Schwester und für Lydia von Gedigk, die Frau, die er so tief verletzt hatte.

„Herr, wie Du willst", wiederholte er im Staccato der Artillerie.

---

20 Richter 6,14

Kapitel 62

Die erste Morgendämmerung kämpfte sich durch die Lichtöffnung, und Lydia streckte die Arme. Je tiefer sie sich in die Wand vorarbeiteten, umso schwieriger wurde es. Dazu klagte Franzi immer wieder über Schmerzen in der Schulter, wo die Kugel steckte.

Ihre Freundin übernahm die Stelle, wo Lydia gerade gekratzt hatte. „Lass den Mut nicht sinken. Bis heute Abend schaffen wir auch die letzten beiden Steine noch. Dann kommen wir endlich aus diesem finsteren Loch hinaus."

Vielleicht schafften sie es sogar, ehe Franzi zum Verhör geholt wurde.

Lydia fasste ihren Löffel fester und übernahm eine andere Stelle. „Dann können wir nur hoffen, dass die Deutschen ihren Angriff nicht verschieben." *Oder ganz absagen.* „Unsere Information ist immerhin schon eine Woche alt."

„Oder dass wir uns mit der Zählung der Tage vertan haben. Wenn wir noch länger hier aushalten müssen, verliere ich bestimmt den Überblick." Franzi grinste sie an.

„Wenn wir endlich einmal etwas von deinem Bruder hörten." Lydia hatte das Gefühl, als würde die Sorge sie von innen ausbrennen, obwohl es in der Zelle bitterkalt war. „Du musstest ihn damals ja bereits in kritischem Zustand zurücklassen."

Franzi seufzte. „Und Denise kann sich nach dem, was du gesehen hast, wohl auch nicht mehr um ihn kümmern. Er selbst dazu immer noch ohne Lebensmut – er wird kaum darum kämpfen, dass die Stelle an seinem Stumpf richtig versorgt wird."

„Ich bete ohne Unterlass, dass Gott ihn erhält, und zwar stark genug, dass er mit uns fliehen kann. Und ich bete auch für Denise – wenn wir bloß wüssten, wie es ihr geht." Lydia rüttelte an dem Stein, dessen Fugen sie bearbeitete – er ließ sich immer noch nicht bewegen. „Es ist zu ärgerlich, dass die Franzosen deinen Versuch, einen Arzt zu holen, so hart bestraften."

„Ich hätte nicht einfach loslaufen dürfen, sondern den Wachmann darauf aufmerksam machen sollen. Meine Impulsivität ist leider wieder einmal mit mir durchgegangen."

Lydia legte den Löffel zur Seite und zog mit beiden Händen an dem Stein. „Hilf mir, Franzi, er müsste sich eigentlich lösen lassen."

Ihre Freundin packte mit an, gemeinsam rüttelten sie mit allen verbliebenen Kräften an dem Stein. Dann gab es einen Ruck, sie taumelten nach hinten. So eben schaffte es Lydia, den Stein festzuhalten, damit er nicht mit lautem Poltern zu Boden stürzte; man wusste ja nie, ob sich nicht jemand im Keller aufhielt.

Franzi steckte den Kopf in die vergrößerte Luftöffnung. „Wir haben es wirklich bald geschafft. Wenn wir diesen einen Stein noch lösen, passen wir hindurch. Und das sollten wir bis heute Mittag ..."

Ein jähes Wummern ließ Franzi verstummen. Geschosse aller Art schienen auf die Gegend rund um Neuvilly niederzugehen. Bersten, Krachen, Donnern, dazwischen Schreie ...

Lydia packte Franzi am Arm. „Das ist nicht der übliche Beschuss. Das klingt nach mehr."

„Nach viel mehr." Franzi wurde kreideweiß. „Das ist nichts anderes als die Artillerievorbereitung eines Angriffs."

„Aber so früh? Wenn erst morgen der Angriff beginnen soll?"

„Vielleicht wurde er vorverlegt. Und kommt damit für uns zu früh." In Franzis Stimme schwang Panik mit.

„Oder genau im richtigen Augenblick? Damit du nicht mehr verhört wirst? Und wir deinen Bruder früher in Sicherheit bringen können?"

Der Lärm des Artillerieschlags erhöhte sich noch, als ob alle deutschen Geschütze der Westfront auf Neuvilly feuerten, bis die Kanonenrohre glühten.

„Wir müssen zu deinem Bruder!" Lydia lief zur Tür. „Wenn auch das Lazarett wieder unter Feuer genommen wird, dürfen wir nicht mehr hier unten eingesperrt sein. Aber für den letzten Stein benötigen wir noch ein paar Stunden."

„Du hast recht, es dauert zu lange." Ihre Freundin legte das Ohr an die Tür. „Im Lazarett scheint jetzt bereits Chaos zu herrschen. Das Stimmengewirr ist so laut, dass es trotz des Artilleriefeuers bis hier unten zu hören ist."

Lydia hämmerte mit beiden Fäusten gegen die Tür. „Lassen Sie uns raus!"

Franzi tat es ihr gleich, doch obwohl sie pausenlos schrien, bis sie heiser wurden, antwortete ihnen niemand.

„Vielleicht will uns auch niemand hören." Lydias Stimme klang wie ein Reibeisen. „Es wäre die eleganteste Lösung, die deutschen Spioninnen loszuwerden – im eigenen Feuer."

Franzi ließ die Arme sinken. „Den gleichen Gedanken hatte ich auch schon."

„Es bleibt nur eins: Wir müssen uns selbst helfen." Lydia griff wieder nach dem Löffel.

* * *

Schon seit Stunden paukte die deutsche Artillerie. Zuerst hatte sie nur die Front unter Feuer genommen, aber inzwischen befand sich auch Neuvilly unter konzentriertem Beschuss.

Wedell lag allein hinter seinem Paravent, auch seine Wache war verschwunden. Im Lazarett lief und schrie alles durcheinander. Offenbar erwartete man jeden Augenblick den Befehl zur Evakuierung. Da die Deutschen das Feuer von der Front ins französische Hinterland verlegten, schien inzwischen Infanterie vorzugehen.

Sobald die Evakuierung des Lazaretts angeordnet wurde, musste er dafür sorgen, dass Lydia und Franzi befreit wurden. Sie durften keinesfalls zurückbleiben, wenn die Gegend um Neuvilly Kampfgebiet wurde.

Es hatte also doch einen Sinn, dass er noch lebte. Gut, dass Docteur Leclair ihn vor dem Verbluten bewahrt hatte. Seitdem ließ sich ab und zu sogar eine Schwester für ein paar Augenblicke bei ihm sehen.

Überhaupt hatte sich seit dem Gespräch mit Franzi einiges geändert. Denn er wusste nun: Da war eine Frau, die ihn liebte – jedenfalls behauptete Franzi das und auch Denises Worte hatten das angedeutet. Und wenn das stimmte, dann liebte sie ihn nur um seiner selbst willen, weder wegen seiner Vorzüge noch aus Mitleid mit dem Krüppel. So wie er es sich immer gewünscht hatte. Und das passte wiederum dazu, wie Papendorff von ihr gesprochen hatte.

Dann hatte er sich also wirklich so geirrt? Wenn schon drei Leute, denen er vertraute, unabhängig voneinander für Lydia Partei ergriffen – lag es dann nicht nahe, dass er sich tatsächlich verrannt hatte? Dass er blind an seinem Glück vorbeigelaufen war, bis es zu spät war?

Ja, es war wirklich zu spät. Lydia mochte ihn vielleicht noch immer lieben, aber ihr war höchstwahrscheinlich nicht bewusst, was es bedeutete, mit einem Krüppel verheiratet zu sein. Da musste er als der Ältere, Verständigere zurückstehen. Er hatte kein Recht, eine blühende junge Frau an sein verkrüppeltes Dasein zu ketten. Wenn das, was er für sie empfand, ebenfalls Liebe war, musste er genau deshalb verzichten. Verzicht aus Liebe – der höchste Beweis echter, selbstloser Liebe.

Die Einschläge kamen näher, die ersten Granaten schlugen in unmittelbarer Nähe des Lazaretts ein. Schreie erfüllten die hohen Räume, Sanitäter flitzten umher, ein Arzt, der mit rudernden Armen vorbeirannte, warf den Paravent um.

„Evakuierung!“, brüllte er fortwährend. „Evakuierung!“

In Windeseile wurden die Verwundeten hinausgetragen, Schwestern schleppten kistenweise Sanitätsmaterial.

„Die Gefangenen!“, rief Wedell so laut er konnte. „Es sind noch zwei weibliche Gefangene hier!“

Niemand hörte auf ihn. Das Lazarett leerte sich zusehends, aber um ihn kümmerte sich niemand. Und, soweit er das feststellen konnte, auch nicht um Lydia und Franzi.

„En avant, en avant!“, drängte der Lazarettleiter. „Die Deutschen sind durchgebrochen!“

Aus dem Erdgeschoss drangen laute Stimmen, zurückweichende französische Soldaten schienen ins Lazarett zu fluten. „Die Deutschen haben uns überrollt! Schnell weg von hier!“

„Wie weit sind die Deutschen noch entfernt?“, brüllte Docteur Babinsky unten.

„Nur noch etwa 500 Meter! – Raus hier, Männer, alles was kämpfen kann: am Zufahrtsweg Auffangstellung bilden. – Und Sie, Docteur, verschwinden Sie endlich mit Ihrem Tross!“

„Die letzten Verwundeten zurücklassen. Abmarsch!“, befahl der Lazarettleiter.

„Aber die Gefangenen!“, schrie Wedell, doch das schien niemanden zu interessieren.

Trappelnde Schritte und sich entfernende Stimmen deuteten darauf hin, dass alle fluchtartig das Herrenhaus verließen. Ein paar Schwerverwundete, die nicht mitgenommen werden konnten, lagen jammernd auf ihren Feldbetten.

Wedell ballte die Fäuste. Man konnte Lydia und Franzi doch nicht während des Beschusses in Arrest belassen! Wenn sie nun verschüttet wurden wie Papendorff ...

Aber die Franzosen hatten sicher nicht mit der Zähigkeit eines preußischen Offiziers gerechnet. Auch wenn er sein Leben eigentlich schon aufgegeben hatte – jetzt wurde er gebraucht. Die beiden mussten gerettet und zurück zu den Deutschen gebracht werden! Was dann mit ihm geschah, war zweitrangig.

Vorsichtig setzte er sich auf. In seinem Kopf drehte sich alles, ihm wurde schwarz vor Augen. Das Wundfieber schien ihm mehr zuzusetzen, als er bisher gemerkt hatte, aber immerhin konnte er noch klare Gedanken fassen – er hoffte jedenfalls, dass sie klar waren. Der schwarze Nebel vor seinen Augen verschwand langsam.

Er angelte sich den Stuhl, auf dem sein Wächter gesessen hatte, und zog sich daran empor.

Die zurückgelassenen Verwundeten starrten ihn an und riefen: „He, bleiben Sie liegen!“

Doch er achtete nicht darauf. Sein Stumpf schmerzte, durch alle Glieder rollten Schmerzenswellen, sein Kopf drohte zu platzen, wieder schwindelte ihn. Er presste die Lippen aufeinander – und musste dabei an Lydia denken, die auch bei jeder Gelegenheit die Lippen aufeinanderpresste. Es half – wenigstens gegen den Schwindel.

Er stützte sich auf die Lehne des Stuhls, schob ihn langsam vor sich her und zog hüpfend das Bein nach. Es ging. Zwar langsam, aber er kam vorwärts. Wie er jedoch die Treppe ins Erdgeschoss und dann noch in den Keller schaffen sollte, war ihm noch nicht klar.

Er rutschte mit dem Stuhl zum Fenster und schob den schweren Vorhang zur Seite. Neuvilly lag unter konzentriertem Feuer, es sah aus, als würde jedes Gebäude dort brennen. Flammen schlugen zum wolkenverhangenen Himmel, massige Qualmwolken quollen empor.

Und dort – von Norden – den Hügel von Vauquois herab – dort liefen doch Soldaten – in deutschen Uniformen! Sollte es seinen Kameraden wirklich gelungen sein, die Front zu durchbrechen? Kam endlich der ersehnte Sturmlauf auf Paris und damit das Ende des Krieges? Und die Befreiung für Lydia, Franzi – und ihn?

Aber zuerst mussten sie aus diesem Herrenhaus hinaus, ehe es zu einer tödlichen Falle wurde. Die Einschläge fielen dichter, die Deutschen verlegten das Feuer vor der vorgehenden Infanterie her. Es würde nicht mehr lange dauern, bis nicht nur vereinzelte Granaten das Herrenhaus trafen, sondern es unter vollem Beschuss lag.

Er ließ den Vorhang los und wandte sich um. Da! Ein Bersten, ein furchtbarer Knall – Wedell wurde gegen die Wand geschleudert und sank zu Boden. Rauch und Staub füllten den Raum, Flammen schlugen empor, loderten durch ein riesiges Loch im Dach hinaus. Die verbliebenen Verwundeten brüllten, wimmerten, stöhnten ...

Kapitel 63

Das alte Gebäude erzitterte in seinen Grundfesten. Lydia sprang, den Löffel noch in der Hand, von der Luftöffnung zurück, die gelösten Steine – und noch einige mehr – polterten zu Boden. Staub und Qualm drangen durch die Türschlitze, über ihnen polterte und prasselte es.

Franzi sprang mit einem Satz zu ihr. „Schnell, das Loch ist groß genug!“ Sie krabbelte voran, Lydia folgte ihr so rasch wie möglich.

Sie kamen in einem verwüsteten Park heraus – anscheinend war es einmal ein schöner Barockpark gewesen. Einige Leichen lagen herum, überall standen zerstörte und ausgebrannte Fahrzeuge, der Wind trieb Papiere und Sanitätsmaterial vor sich her. Aus dem Dachstuhl des Herrenhauses schlugen riesige Flammen.

„Wir müssen deinen Bruder herausholen!“, keuchte Lydia.

„Wenn er noch im Haus ist. Vielleicht haben sie ihn bei der Evakuierung mitgenommen.“

Zwischen dem Donnern der Granateinschläge erklangen aus dem Obergeschoss verzweifelte Schreie. „Es sind noch Menschen im Gebäude.“ Lydia zog Franzi mit sich um das Gebäude herum auf die Eingangshalle zu. „Entweder haben sie das Lazarett doch noch nicht evakuiert oder sie mussten einige zurücklassen – dann gehört dein Bruder sicherlich nicht zu denen, die gerettet wurden.“

„Also gut, schauen wir nach. Noch steht der Bereich um die Eingangshalle nicht vollständig in Flammen. Und zuletzt lag Claudinand im Obergeschoss des Mitteltrakts.“

Lydia versuchte, das Prasseln des Feuers und die immer noch einschlagenden Granaten zu ignorieren. Sie hakte sich bei Franzi unter und stolperte, so schnell es der verletzte Fuß zuließ, mit ihr die Freitreppe hinauf. Die großen Flügeltüren standen offen, in der Eingangshalle lag und stand alles durcheinander: Tragen, Feldbetten, Kisten, Verbandszeug ... Ansonsten war die Halle leer.

Franzi strebte sofort auf die Treppe zu. „Schnell, bevor die Halle und die Treppen zu brennen beginnen.“

Oder noch eine Granate einschlägt. Sie stürzten die Treppe hinauf, die ebenfalls von zurückgelassenem Material übersät war. Von oben gellten alle Klangfarben der Angst und der Schmerzen an ihre Ohren.

Auch im Korridor herrschte das Chaos einer eiligen Flucht. Dort, wo es zu dem Raum ging, in dem der Graf zuletzt gelegen hatte, war der Flur voller Rauch. Rasch eilten sie hin und rissen die Tür auf.

Zuerst sah Lydia nur Rauch und Qualm, Flammen schlugen durch das Dach, heruntergefallene Dachsparren glühten. Dann konnte sie verlassene Feldbetten erkennen. Nein, es waren nicht alle verlassen. In einigen lagen Männer, krümmten sich vor Husten oder wimmerten, wenn das Feuer sie schon erreichte.

„Dort ist der Paravent. Er ist umgefallen." Franzi deutete in das Inferno.

Das Feldbett dort war leer. „Er ist weg."

„Sollten sie ihn doch mitgenommen haben?" Franzi hielt sich den Ärmel vor Nase und Mund. „Das ist doch unwahrscheinlich, wenn sie sogar eigene Leute zurücklassen mussten."

„Bitte helfen Sie uns!", jammerte ein hohlwangiger Franzose, dem ein Arm fehlte.

Lydia trat an sein Feldbett, während sie ebenfalls ihr Gesicht mit dem Ärmel bedeckte. Wie gerne würde sie allen Männern hier helfen! „Wo ist der Mann, der hinter dem Paravent lag?"

„Bitte Hilfe! Bringen Sie uns hier weg! Ich will nicht verbrennen! Und ich will nicht von den Deutschen massakriert werden!"

Das Flehen des Franzosen ging ihr durchs Herz. Aber es ging um den Mann, den sie liebte! „Der Mann, der dort lag?" Lydia deutete auf das leere Feldbett. „Wo ist er? Sagen Sie es! Schnell!" Das Prasseln des Feuers wurde immer lauter, zwischendurch Krachen und Bersten, wenn Teile des Daches herunterstürzten. „Wurde er evakuiert?"

„Nein, er stand selbst auf, bevor die Granate einschlug. Aber lassen Sie mich bitte nicht zurück!"

„Franzi, was sollen wir tun? Wir können doch nicht all diese Leute ..."

Ihre Freundin hustete. „Ich weiß es auch nicht. Erst Claudinand, dann sehen wir, ob wir noch anderen helfen können."

Lydia richtete sich auf; sie fühlte sich furchtbar schlecht dabei.

Aber Franzi hatte recht. „Wir müssen ihn finden. Er kann nicht weit gekommen sein." Wenn es dann noch möglich war, würden sie sich um die Franzosen kümmern.

„Lydia, nicht noch weiter in den Raum hinein!", schrie Franzi und ging rückwärts durch die Tür in den Korridor zurück. „Das Dach wird jeden Augenblick über dir zusammenstürzen!"

Sie achtete nicht darauf. Wohin mochte der Graf von seinem Feldbett aus gegangen sein? Am ehesten doch zur Tür, aber dann müssten sie ihn auf dem Boden liegen sehen haben. Wohin sollte er sonst gewollt haben?

Nur noch schemenhaft konnte sie erkennen, was sich im Raum befand. Die Soldaten kreischten vor Todesangst.

Ganz ruhig, Lydia. Was tut ein preußischer Offizier als Erstes, nachdem er sein Lager verlassen hat? – Sich einen Überblick über die Lage verschaffen. Also aus dem Fenster schauen. Vielleicht war er dort noch.

Lydia stolperte vorwärts. Über leere Feldbetten. Dort stand ein Stuhl – wie kam der hierhin? Weiter! Wieder stolperte sie – das war doch ein menschlicher Körper! Sie schrie auf – der Mann trug zerfetzte Teile einer deutschen Uniform! Und hatte nur ein Bein! „Claudinand!" War ihr wirklich dieser Name entschlüpft?

„Gehen Sie", japste er. „Schnell! Sie haben keine Zeit mehr!"

Sie packte ihn an den Schultern. „Bist du verletzt?"

„Lassen Sie das! Bringen Sie sich schnellstens in Sicherheit!"

„Glaubst du etwa, ich ließe dich hier zurück?" Sie hob seine Schultern an und zog ihn Schritt für Schritt zur Tür. Wenn er nur nicht so schwer wäre! „So hilf mir doch! Stoße dich mit deinem Bein ab, sonst schaffe ich es nicht!"

Sie musste husten, dunkle Punkte tanzten vor ihren Augen. Plötzlich war Franzi neben ihr, packte Claudinands Arm. Mit letzter Kraft zogen sie ihn zur Tür hinaus – da brach mit lautem Prasseln das Dach hinter ihnen zusammen. Grässliche Schreie ertönten, der ganze Raum verwandelte sich in Sekundenbruchteilen in ein einziges Flammenmeer.

Aufseufzend warf Lydia einen Blick zurück – den Menschen darin war nicht mehr zu helfen. Doch sie durften nicht zögern.

Rasch hievten sie Claudinand auf eine leere Trage. Franzi raffte einige Verbandspäckchen zusammen und stopfte sie in ihre Taschen. Dann zerrten sie die Trage hoch und stolperten schnaufend zur Treppe. Auch hier war alles voller Qualm, aber noch keine Flammen.

Schweißgebadet erreichten sie die Eingangshalle – nur schnell hinaus! Sie schleppten die Trage die Freitreppe hinab und stellten sie einige Meter vom Gebäude entfernt ab.

Keuchend sank Lydia auf die Knie. „Danke, Herr Jesus, dass wir ihn retten konnten!"

„Warum tun Sie das? Warum begeben Sie sich für mich in solch eine Gefahr? Immer wieder?"

Sie beobachtete Franzi, die auf die Ladefläche eines zerstörten Lastkraftwagens kletterte, vermutlich, um von der erhöhten Position die Lage besser überblicken zu können. „Verstehen Sie das immer noch nicht, Herr Graf?", murmelte sie.

Er sagte nichts mehr, sah sie nur intensiv an.

Am liebsten hätte sie ihm entgegengeschleudert: *Weil ich dich liebe, du dummer Mann!* Doch sie presste die Lippen aufeinander und schwieg.

„Ich sehe deutsche Soldaten am unteren Ende des Hügels nicht weit von hier", rief Franzi von der Ladefläche herab.

„Kommen sie näher? Gehen sie vor?", stieß der Graf hervor.

„Nein, französische Soldaten stürmen ihnen entgegen. Auf der Straße, die nahe am Herrenhaus vorüberführt."

„Dann ist der deutsche Vormarsch zum Stehen gekommen." Seine Stimme klang dumpf.

Lydia deckte die Hand über die Augen. Also würde das Lazarett wahrscheinlich nicht mehr von den Deutschen erobert werden. Sie saßen fest.

* * *

Wedell richtete sich auf seiner Trage halb auf. „Wie weit sind die Deutschen von uns entfernt?"

„Ich kann die Entfernung schlecht abschätzen." Franzi hob die Schultern. „Vielleicht 300 Meter? 400 Meter?"

„Gehen sie schon zurück? Oder versuchen sie die Stellung zu halten?"

„Noch sehe ich nicht, dass sie zurückweichen. Es scheinen eher noch weitere Soldaten dazuzukommen."

Also führten die Deutschen Verstärkung heran, das bedeutete, dass der Angriff noch nicht abgebrochen wurde. Oder waren es Sanitäter, die aufs Schlachtfeld gingen, um Verwundete zu bergen? Sanitäter ... „Siehst du französische Sanitäter, die mit den Truppen vorgehen?"

Seine Schwester deckte die Hand über die Augen. „Ja, tatsächlich, dort sind auch Männer mit roten Kreuzen am Oberarm."

Das war die Lösung. Auch wenn der Beschuss nachgelassen hatte, rauschten immer noch Granaten heran – es war besser, etwas zu unternehmen, als zu warten, bis sie vielleicht doch noch getroffen wurden. „Könnt ihr an französische Schwesterntrachten kommen?"

„Ich habe eben drei tote französische Schwestern gesehen." Lydia deutete zum Park des Herrenhauses. „Was haben Sie vor?"

„Sucht euch schnell zwei Schwesternuniformen und zieht sie an. Dann mischt euch unter die französischen Soldaten und geht mit vor."

„Als Schwestern?" Lydia sah ihn an, als habe ihm das Wundfieber den Verstand verwirrt. „Dann fallen wir doch auf, schließlich ist das Aufgabe der Sanitäter."

„Wenn der Kampf in unmittelbarer Nähe des Lazaretts stattfindet, ist es nicht ungewöhnlich, dass sich auch Schwestern an der Rettung von Verwundeten beteiligen. Und jetzt beeilt euch! Die Situation kann sich jede Minute ändern, und die Deutschen könnten jederzeit den Befehl zum Rückzug erhalten!"

Seine Schwester sprang vom Wagen und lief mit Lydia dorthin, wo offenbar die toten Schwestern lagen. „Mein Gott, bitte lass es gelingen! Lass Lydia und Franzi unbeschadet zu den Deutschen zurückkehren. Und dann mach es bitte kurz mit mir. Lass mich nicht lange leiden."

Nur Augenblicke später kehrten die beiden, noch die letzten Knöpfe schließend, in französischen Schwesterntrachten zurück; die deutschen Trachten trugen sie unter den Arm geklemmt.

„Nehmt die deutschen Trachten mit, und wenn es eben geht, zieht sie über, bevor ihr zu den Deutschen kommt."

Hinter ihnen stürzten mit lautem Prasseln weitere Teile des Herrenhauses ein, immer noch brüllten Verwundete.

„Und jetzt lauft los! Lebt wohl, Gott möge euch schützen. Franzi, grüße unsere Großmama, Vater, Viola, meinen treuen Hector, Allegro, den Hochwald ...“ Ein Kloß im Hals würgte ihm die Stimme ab.

Lydia nickte Franzi zu. Dann verstauten sie die deutschen Trachten auf der Trage, deckten ihn mit seinem Soldatenmantel zu und hoben ihn an. Lydia beugte sich zu ihm herab, eine Strähne ihres Haares kitzelte seine Wange. „Glaubst du allen Ernstes, wir ließen dich zurück? Dafür habe ich dich nicht aus dem Feuer geholt.“

Er starrte in ihre vergissmeinnichtblauen Augen, die aus dem rußgeschwärzten Gesicht leuchteten. „Nein! Ihr könnt doch nicht mit einem verwundeten Feind auf der Trage ins Gefecht laufen! So fallt ihr doch erst recht auf!“

„Noch viel weniger können wir dich zurücklassen.“ Ihre Stimme war fest.

Du. Sie sagte schon wieder *du* zu ihm. Ja, diese Frau liebte ihn. Ehrlich, aufrichtig, wahrhaftig. Trotzdem mussten sie sich trennen. „Ich bin doch nur ein Hindernis! Ohne mich seid ihr um ein Vielfaches schneller!“ Er wandte den Blick nach vorne zu seiner Schwester. „Franzi, sei du vernünftig. Lasst mich zurück und rennt, so schnell ihr könnt!“

Seine Schwester drehte den Kopf zur Seite und lächelte, dabei liefen ihr Tränen über das Gesicht und hinterließen helle Spuren im Ruß. „Lydia hat recht.“

Sie marschierten los, sanft schaukelnd ging es ... Ja, wohin ging es eigentlich? Mit Sicherheit in den Tod – und zwar nicht nur für ihn, sondern für sie alle drei.

Kapitel 64

Lydia, am Kopfende der Trage, keuchte über den von Trichtern übersäten Weg. Ihr Knöchel, der sich in den drei Tagen im Arrest schon leidlich erholt hatte, schmerzte beinahe wieder unerträglich. „Nicht so schnell, Franzi!“

Ihre Freundin schien das im Lärm der Schlacht nicht zu hören, im Gegenteil lief sie noch schneller. Sie steuerte auf einen Trupp Sanitäter zu, der ebenfalls vorging – allerdings mit leeren Tragen. Früher oder später würden sie auffallen, aber wenn sie getrennt von den anderen gingen, würden sie ebenfalls die Aufmerksamkeit auf sich lenken.

„Lasst mich doch endlich zurück!“, rief Claudinand. „Allein habt wenigstens ihr eine Chance, durchzukommen.“

Lydia gab keine Antwort. Sie konnte ihn ja sogar verstehen. Franzi und sie hatten schon mehrfach für ihn ihr Leben riskiert und taten es gerade wieder. Da wunderte es sie nicht, dass er sein Leben für sie – vermutlich mehr für seine Schwester als für sie – opfern wollte.

Vor ihnen schlug eine Granate ein, Franzi stolperte, konnte sich aber noch soeben fangen, sodass der Graf nicht von der Trage fiel. Zwei Sanitäter blieben liegen, die anderen kümmerten sich um diese.

Franzi voran, machten sie einen Bogen um die Franzosen. Keuchend ging es weiter vorwärts. Lydia flehte lautlos um Hilfe. Auch wenn die Granaten nur noch vereinzelt fielen, standen sie jederzeit in Gefahr, getroffen zu werden.

Von vorne kamen Sanitäter mit Tragen angelaufen, auf denen Verwundete lagen. „He, wo wollen Sie denn hin?“ Ein Trägerpaar stellte sich ihnen in den Weg. „Sie laufen in die falsche Richtung!“

Sie setzten die Trage ab, und Lydia stemmte die Hände in die Seite. „Dorthin brauchen Sie nicht zu laufen. Das Herrenhaus Abancourt hat einen Volltreffer erhalten und steht in Flammen.“

„Das wissen wir selbst. Aber deshalb müssen Sie mit dem Verwundeten doch nicht mitten ins Kampfgeschehen laufen. Und Moment – das ist doch ein deutscher Soldatenmantel!“

Lydias Puls beschleunigte sich noch mehr. „Hauptsache der Mann erfriert nicht.“

„Was machen Sie als Schwestern überhaupt hier?", fragte der andere Träger. „Haben Sie vollkommen die Orientierung verloren?"

Das war ein gutes Stichwort. „Wir sind aus dem Lazarett geflüchtet. Wo ist denn Neuvilly?"

„Neuvilly liegt da." Der Sanitäter deutete dorthin, wo Feuerschein den Himmel erhellte. „Aber Sie werden nicht durchkommen. In dieser Gegend sind die Deutschen weit durchgebrochen."

„Kommen Sie mit." Der andere wies in die Richtung, in die er gelaufen war. „Wir bringen Sie ..."

„Volle Deckung!" Der eine Sanitäter warf sich flach auf die Erde, der andere tat es ihm gleich.

„Weg!" Ächzend riss Franzi die Trage hoch, Lydia ebenfalls, dann rannten sie unter Aufbietung aller Kräfte los.

Ein ekelhaftes Pfeifen, gefolgt von einem Knall.

Lydia spürte einen heftigen Stoß im Rücken, sie wurde nach vorn auf die Trage geschleudert, Claudinand brüllte auf, Franzi stieß einen spitzen Schrei aus.

In Lydias Ohren piepste es, ihre Augen waren voller Erde. Sie schnappte nach Luft – und atmete nur schwefelig stinkenden Qualm ein.

Endlich konnte sie durch Dreck und Rauch wieder etwas erkennen. Claudinand lag auf der Erde direkt neben ihr und hielt sich mit schmerzverzerrtem Gesicht seinen Beinstumpf. Franzi rappelte sich ein paar Meter von ihr entfernt auf und schüttelte ihre aufgelösten Locken. Von den beiden französischen Sanitätern war nichts mehr zu sehen; nur die Trage lag noch dort, verbogen und zertrümmert, der Verwundete schien tot zu sein.

Sie wandte den Blick wieder Claudinand zu. Die Trage, auf der er gelegen hatte, war ebenfalls völlig zerstört, das Gestänge verbogen, die Liegefläche zerrissen. Aber sie lebten alle drei! *Danke, mein Gott. Du wirst uns auch weiter bewahren.*

Als Franzi zu ihr herankroch, wies Lydia auf die Trage. „Ich fürchte, wir müssen deinen Bruder mit den Händen weitertragen."

Franzi stöhnte auf. „Auch das noch."

* * *

Der Schmerz war schier unerträglich. Beim Sturz von der Trage war Wedell mit dem Stumpf aufgekommen und Lydia war noch einmal daraufgefallen.

Lydia, dreck- und rußverschmiert und mit gelöstem Haar, kroch auf ihn zu. „Die Trage ist leider zerstört."

„So laufen Sie doch endlich!", stieß er hervor. „Vor uns gehen die Franzosen noch vor! Laufen Sie, was Sie können! Das ist die einzige Rettung! Und nehmen Sie die deutschen Schwesterntrachten mit!"

Franzi, der das Goldhaar ebenfalls über den Rücken herunterfiel, näherte sich ihm. „Claudinand, du musst jetzt stark sein. Wir nehmen dich zwischen uns ..."

„Ihr lauft und lasst mich liegen! Willst du uns denn alle drei ins Verderben stürzen?" Diese halsstarrigen Frauen brachten ihn noch um den Verstand!

„Nicht ohne dich." Lydia packte ihn an der Schulter. „Gott hat uns bis hierhin gebracht und beschützt, Er wird es auch weiter tun. Und du bist – Sie sind derjenige mit dem militärischen Sachverstand, den wir brauchen, um die deutschen Linien zu erreichen."

Militärischer Sachverstand. Ging es Lydia nur darum? Rettete sie ihn nur, um selbst gerettet zu werden? Aber das war ja Unsinn. Nach allem, was sie seinetwegen getan hatte, sollte er aufhören, ständig Egoismus bei ihr zu wittern.

Franzi fasste seine andere Schulter und legte seinen Arm um ihren Nacken. Lydia tat auf ihrer Seite das Gleiche, dann zogen sie ihn unter Ächzen und Stöhnen hoch, wobei sie sich gleichzeitig die deutschen Schwesterntrachten unter den jeweils anderen Arm klemmten. So kamen sie doch keine zehn Meter weit, das konnten die beiden Frauen unmöglich schaffen!

„Lasst es sein!" Er machte sich so schwer wie möglich, um sie an ihrem Vorhaben zu hindern. „Ich bin nur Ballast für euch!"

„Ich will das nicht mehr hören!", fauchte Franzi ihn an. „Unterstütze uns endlich, oder sollen wir so lange hier stehen bleiben, bis uns die nächste Granate trifft?"

„Aber seht ihr denn nicht ein ..."

„Es reicht. Komm, Lydia." Seine Schwester zog ihn mit sich, und Lydia zog auf der anderen Seite.

Ihm blieb nichts anderes übrig, als mitzumachen – und sie hatten schon recht, bevor sie noch länger dort standen und auf die nächste Granate warteten, sollte er ihnen besser helfen; ohne ihn gingen sie ja doch nicht.

Er biss die Zähne aufeinander, um nicht vom Schmerz übermannt zu werden. Vor ihnen gingen immer noch französische Reserveeinheiten vor, dahinter Sanitätstruppen. Lydia und Franzi mit ihm in der Mitte folgten in sicherem Abstand. Wenn die Deutschen doch nur noch einmal einen Vorstoß wagten, die Franzosen zurückwarfen und sie drei sich einfach nur von den Deutschen überrollen lassen mussten! Doch im Augenblick sah es nicht danach aus; wie sie es dann über die Franzosen hinaus zu den Deutschen schaffen sollten, konnte auch er nicht sagen. Da half alle militärische Erfahrung nichts.

Plötzlich erklang vor ihnen das unverwechselbare Tackern von Maschinengewehren.

„Halt!" Er hielt Franzi und Lydia auf. „Maschinengewehrfeuer!"

Die französische Reserve verschwand in Deckung.

„Offenbar haben unsere Landsleute französische Gräben erobert und verwenden nun deren eigene Waffen gegen sie." Es hatte keinen Sinn, weiterzugehen, sonst würden sie von den eigenen Kameraden niedergemäht. Doch gleichzeitig schoss die Artillerie auch wieder verstärkt auf die französischen Vormarschwege – und damit auf sie. Wer in dieser Situation noch an den Erfolg ihres Vorhabens glaubte, musste den Verstand verloren – oder das unerschütterliche Gottvertrauen der beiden jungen Frauen haben, die ihn rechts und links festhielten. „Wir müssen Deckung suchen. Es ist nur eine Frage der Zeit, bis es uns erwischt. Dort ist ein großer Trichter – schnell hinein!"

„Aber wir müssen doch zu den Deutschen!" Lydia überschrie mühsam den Gefechtslärm.

Trotz seiner Sorge und seiner Schmerzen schaffte er es, ihr ein Lächeln zuzuwerfen. „Ich dachte, Sie vertrauen auf meine militärische Erfahrung."

Franzi warf ihm noch einen zweifelnden Blick zu, doch auch sie schien einzusehen, dass sie so nicht durchkamen. Die beiden wuchteten ihn in den Trichter, dann sahen sie ihn mit der unausgesprochenen Frage an: *Was nun?*

Er wich ihren Blicken aus. Er wusste es auch nicht. Nach menschlichem Ermessen war dies das Ende ihres Fluchtversuchs.

Kapitel 65

Über ihnen nahm der Kampflärm immer mehr zu. Lydia machte sich daran, zum Rand des Trichters hinaufzuklettern.

„Lassen Sie bloß den Kopf unten." Claudinands Stimme war erschreckend schwach und drang kaum durch den Gefechtslärm zu ihr durch.

„Aber wir können doch nicht tatenlos im Trichter liegen bleiben, bis die Deutschen sich wieder zurückziehen!"

„Irgendwo scheinen sie weiter durchgebrochen zu sein. Sprachen die französischen Sanitäter nicht davon, dass die Deutschen seitlich bei Neuvilly einen tieferen Durchbruch erzielt haben? Vermutlich rollen sie das Gefechtsfeld jetzt von der Seite auf und fallen den Franzosen in die Flanke. Lassen Sie sich bloß nicht sehen, sonst rollt binnen weniger Sekunden eine Handgranate in unser Versteck." Die letzten Worte lallte er nur noch, er schien gänzlich am Ende seiner Kräfte zu sein.

„Claudinand!" Franzis Stimme kreischte wie eine Sirene. „Dein Bein! Es blutet wieder!"

Wie elektrisiert kroch Lydia zu Claudinand zurück. Der Verband an seinem Stumpf war mit frischem Blut getränkt und auf der Erde bildete sich schon eine kleine Pfütze.

„Wahrscheinlich ist es bei dem Sturz von der Trage geschehen." Seine Augenlider flatterten. „Ihr müsst eure deutschen Uniformen wieder anziehen. Schnell! Sonst werden wir von unseren eigenen Landsleuten abgeschossen."

„Aber dein Bein!" Franzi liefen Tränen über die Wangen. „Ich muss zuerst die Blutung stoppen!"

„Hör zu, was ich sage!", nuschelte er. „Zuerst die Uniformen, dann das Bein." Er schloss die Augen.

Mit weit aufgerissenen Augen starrte Lydia auf den rinnenden Lebenssaft, während sie sich der französischen Schwesternuniform entledigte. Sie war nicht sicher, ob er die Augen geschlossen hielt, um sie nicht zu kompromittieren, oder ob er schon das Bewusstsein verloren hatte.

Franzi wechselte in fliegender Eile die Uniform. „Hoffentlich hält er durch", raunte sie Lydia zu. „Offenbar war das Problem beim Schließen der Hauptschlagader doch gravierender, als ich angenommen hatte."

„Wir müssen dringend hier hinaus, sonst verblutet er! Gleichgültig, ob wir dann wieder von den Franzosen gefangen genommen werden."

„Nur werden wir im Augenblick nicht gefangen genommen", schnaufte Franzi. „Wir befinden uns mitten im Gefecht, da wird auf alles geschossen, was sich bewegt."

„Auch wenn wir mit erhobenen Händen aus dem Trichter kommen?" Lydia knöpfte mit fliegenden Fingern die Feldbluse zu.

„Sie werden uns bereits erschossen haben, bevor sie merken, dass wir uns ergeben wollen." Franzi wandte sich wieder dem Grafen zu. „Komm, Lydia, wir müssen die Blutung irgendwie aufhalten."

Er schlug die Augen auf und sah Lydia an. Ein Lächeln irrte über sein bärtiges Gesicht. „Danke, Lydia", murmelte er.

Lydia. Ihr Herz wurde warm. Und gleichzeitig würgte sie die Angst. Würde er es schaffen? Würden sie es – gemeinsam – schaffen? Nicht nur, dass sie ohne seine soldatischen Fähigkeiten verloren waren – sollte sie ihn ausgerechnet zu dem Zeitpunkt verlieren, da sich sein Herz für sie zu öffnen begann?

* * *

Wedell spürte, wie ihm die Zeit davonlief. Er konnte die Augen kaum noch offenhalten. Aber er musste! Wenigstens so lange, bis Lydia und Franzi den Trichter sicher verlassen konnten. Aber dort oben tobte immer noch das Gefecht. Schüsse peitschten, Maschinengewehre ratterten, vereinzelt krachten Granaten. Gelang es den Deutschen, die französische Verteidigungslinie aufzurollen und damit einen entscheidenden Durchbruch zu erzielen? Oder zogen sie sich schon wieder zurück und er lag mit den beiden jungen Frauen in dem Trichter weiterhin mitten in französischem Gebiet?

Franzi beugte sich über ihn. „Deine Wunde blutet immer stärker. Ich muss dir die Hauptschlagader abdrücken."

Er sah sie zweifelnd an. „Glaubst du, dass du das schaffst? Sie ist im Oberschenkel nur schwer abzudrücken."

„Ich muss es schaffen." Sie fischte Verbandsmaterial aus ihren Taschen und durchsuchte auch seine Kleidung. „Lydia, du musst dann einen Druckverband anlegen."

Die Baronesse sah fast so weiß aus wie frischgefallener Schnee. Mit zusammengepressten Lippen nahm sie das Verbandsmaterial entgegen.

Franzi tastete an seinem Bein herum, bis sie die Schlagader fand. „Fertig, mein Bruder", flüsterte sie.

Er versuchte zu lächeln. Sie mussten ihn retten, denn allein fanden sie nie den richtigen Zeitpunkt – falls es den überhaupt geben würde –, um aus dem Trichter zu entkommen.

Franzi drückte die Faust in seine Leiste und stemmte sich mit ihrem ganzen Gewicht darauf. Ihr Gesicht lief rot an, sie keuchte.

„Es blutet immer noch." Lydias Stimme klang panisch.

Wedell schloss die Augen. Er konnte nicht mehr. Der Schmerz in seinem Bein, der Blutverlust und die Strapazen der Flucht raubten ihm die Sinne.

„Danke, Herr Jesus!", rief Lydia plötzlich. „Es hört auf!" Ihre Erleichterung war geradezu greifbar.

Und sie war echt. Dieser inbrünstige Ton nahm Wedell die letzten Zweifel. Das war nicht Erleichterung darüber, dass er ihnen weiterhin helfen konnte. Das war mehr. Das musste – so unglaublich es war – zumindest echte Zuneigung, wenn nicht sogar so etwas wie Liebe sein.

Er bekam nur noch unterbewusst mit, dass sie sich an seinem Stumpf zu schaffen machte. Franzis Keuchen drang wie aus weiter Ferne zu ihm. Doch trotz der Kälte, trotz des Kampflärms um ihn herum beschlich ihn ein wohliges Gefühl der Wärme. Er wusste nicht, ob er jemals so glücklich gewesen war wie in diesem Augenblick im Granattrichter zwischen Neuvilly und Vauquois.

„Fertig." Lydia keuchte ebenfalls.

Mit einem Stöhnen ließ Franzi seine Leiste los.

Er öffnete die Augen – und sah geradewegs in Lydias Gesicht. Sie streckte gerade die Hand aus, als wolle sie ihm das Haar aus der Stirn streichen, doch sie zog sie schnell zurück. *Schade.*

Franzi schnaufte und wischte sich den Schweiß von der Stirn. „Jetzt bist du transportfähig, Bruderherz. Und wir sollten nicht zu lange warten. Ich weiß nicht, wie lange das medizinische Kunstwerk der Gouvernante halten wird."

„Ich bin sicher, dass Schwester Lydia es gut gemacht hat – so gut, dass es auch die erfahrene Missionsschwester nicht hätte besser machen können." Konnten sie ihn überhaupt verstehen? Seine Zunge wollte ihm kaum gehorchen.

Aber die Röte, die in Lydias Wangen stieg, verriet ihm, dass sie ihn verstanden hatte. Und auch bemerkt hatte, dass er sie erneut beim Vornamen genannt hatte.

Über ihnen erklang wildes Brüllen, plötzlich kugelten zwei Gestalten in den Trichter. „Donnerwetter, hier sind ja welche!", rief einer auf Deutsch und rappelte sich auf. Blitzschnell fällte er das Bajonett ...

„Wir sind Deutsche!", kreischte Lydia.

Im selben Augenblick stieß der Soldat zu – Franzi warf sich gegen ihn – Wedell stieß mit letzter Kraft den Arm nach vorne, um den Bajonettstich abzuwehren. Doch Lydia fiel mit einem Aufschrei hintenüber.

Kapitel 66

Lydia spürte rasende Schmerzen in ihrem ohnehin schon lädierten Knöchel. Vermutlich war sie beim Sturz erneut umgeknickt. Dann erst bemerkte sie das Blut, das aus dem Ärmel ihrer Schwesterntracht tropfte.

Sie starrte den Angreifer an, der mit blutigem Bajonett dastand und den Mund auf- und zuklappte. Sein Kamerad rappelte sich ebenfalls auf. „Was ist hier los? Zwei Frauen in deutscher Schwesterntracht?"

Der erste Angreifer, ein Unteroffizier, ging auf Wedell zu. „Hier stimmt doch was nicht! Was ist das für ein Kerl?"

„Nicht!" Franzi sprang vor. „Er ist deutscher Offizier!"

„Lächerlich, das ist doch unmöglich! Wo haben Sie die deutschen Uniformen und Trachten her?"

Sein Kamerad, den eine halb abgerissene Schulterklappe als Feldwebel auswies, baute sich vor Franzi auf. „Wenn Sie wirklich Deutsche sind – wie kommen Sie in diesen Trichter? Wir rollen das Gefechtsfeld gerade erst von der Seite auf und bilden die Angriffsspitze. Vor uns können also gar keine Deutschen sein!"

Lydia drückte die Hand auf ihren blutenden Arm. Es schien zum Glück nur eine Fleischwunde zu sein. „Wir waren in französischer Gefangenschaft und sind während des Angriffs geflohen. Er ist deutscher Offizier, Hauptmann Graf Wedell – sehen Sie seine Abzeichen nicht?"

Warum sprach Claudinand nicht selbst? Hatte er inzwischen doch das Bewusstsein verloren?

Der Unteroffizier nestelte an der Feldbluse des Grafen herum. „Er trägt tatsächlich eine Erkennungsmarke. Regiment Nummer 38."

„Er braucht dringend Hilfe." Lydia rang die Hände. „Er wurde erst vor wenigen Tagen amputiert, sein Stumpf blutete wieder ..."

„Wir sollten die drei auf jeden Fall mitnehmen." Der Unteroffizier richtete sich wieder auf. „Vielleicht stimmt ihre Geschichte sogar. Immerhin handelt es sich um einen Offizier und zwei Damen."

„Bitte rufen Sie einen Sanitäter." Franzi wies auf den Stumpf des

Grafen. „Wir konnten nur einen notdürftigen Druckverband anlegen."

Vorsichtig kroch der Feldwebel zum Trichterrand. „Die Franzosen scheinen sich zurückgezogen zu haben. – Sanitäter! Sanitäääter!"

Für Lydia schienen es Stunden zu sein, bis vier Sanitäter mit zwei Tragen in den Trichter sprangen.

Als Claudinand auf eine der Tragen gelegt wurde, gab er immer noch keinen Laut von sich. Lebte er überhaupt noch? Oder war er schon tot?

Lydia konnte es nicht mehr feststellen, denn auch sie wurde auf eine Trage gelegt und von zwei Sanitätern aus dem Trichter gewuchtet. Geduckt rannten die Sanitäter über das von Granaten zerpflügte Schlachtfeld. Franzi hielt sich an ihrer Seite.

Immer noch feuerte die Artillerie, Maschinengewehre tackerten, Soldaten brüllten. Doch darauf achtete Lydia kaum. Sie schrie unablässig zu ihrem Gott, dass Claudinand nicht jetzt noch, so kurz vorm Ziel, starb.

* * *

Stabsarzt Prigge starrte sie an, als sehe er Gespenster. „Schwester Lydia? Schwester Franziska?"

Lydia richtete sich auf ihrer Trage auf. „Wir sind es in der Tat."

„Wo kommen Sie denn her? Sie sind also nicht mit dem Unteroffizier auf dem Weg nach Stenay ums Leben gekommen?" Der sonst so flinke Stabsarzt schien zum ersten Mal in seinem Leben erstarrt zu sein.

„Wie Sie sehen, leben wir noch. Aber bevor Sie die lange Geschichte erfahren, kümmern Sie sich bitte um diesen Offizier. Hauptmann Graf Claus Ferdinand von Wedell. Wir haben ihn von den Franzosen zurückgeholt."

Prigge klappte die Kinnlade hinunter. „Sie haben waaas?"

„Bitte nicht lange fragen." Franzi schlug die Decke zurück, mit dem die Sanitäter den Grafen zugedeckt hatten. „Ihm wurde vor fünf Tagen das Bein amputiert. Leider gab es Komplikationen mit der Hauptschlagader. Der Stumpf begann auf dem Weg hierher erneut zu bluten und ist nur notdürftig mit einem Druckverband verbunden. Und meine Freundin braucht ebenfalls Hilfe." Sie zog an Lydias blutdurchtränktem Ärmel.

„Der Graf geht vor", nuschelte Lydia. Die Zunge lag ihr wie ein dicker Schwamm im Mund.

Prigge beugte sich über Claudinand. „Der ganze Verband ist ja blutig! Was haben Sie da wieder angestellt, Schwester Lydia?"

Lydia schaffte es nicht zu antworten.

„Wir sind mit ihm mitten durchs Gefecht geflohen", erklärte Franzi an ihrer Stelle. „Bitte helfen Sie ihm, er ist schon geraume Zeit ohne Bewusstsein."

Der Stabsarzt hob den Verband an. „Sauber amputiert, das muss man den Franzmännern lassen."

Er sollte sich nicht in medizinischen Gutachten verlieren, sondern Claudinand helfen!

„Ich denke, wir bekommen ihn wieder hin." Prigge deckte ihn zu und sah Lydia an. „Und was ist mit Ihnen geschehen?"

Sie konnte gar nicht mehr aufzählen, wo überall sie Verletzungen davongetragen hatte. „Das ist unwichtig", lallte sie. „Zuerst Graf Wedell."

Prigge gab einen Wink, worauf zwei Sanitäter Claudinands Trage anhoben und ihn wegbrachten.

Sie atmete auf. Dann schwanden ihr die Sinne.

Kapitel 67

Laue Märzwinde wehten durch die weit offenstehenden Fenster des Militärkrankenhauses zu Breslau. Auch wenn es noch nicht sein Hochwald war, genoss Wedell die Heimat in vollen Zügen. Der fischige Geruch der Oder, vermischt mit Pferdemist und Autoabgasen, dazu das Tuten der Lastkähne, das Rumpeln der Kutschen und Knattern der Automobile, das Poltern der Straßenbahn – das alles war ein Stück Heimat. Am wichtigsten war, dass er nach fünfeinhalb Monaten an der Front das Grollen der Geschütze nicht mehr hörte, sondern stattdessen den dumpfen Ton der Breslauer Domglocken. Und bald würde er in seinen Wald zurückkehren.

Aber wie es dann mit ihm weitergehen sollte? Was sollte er noch auf dieser Erde, wo er anderen nur zur Last fiel? Er hatte immer noch keine Ahnung, was Gott mit ihm vorhatte.

Er lehnte sich an das Kopfteil des Bettes und griff nach Papier und Federhalter, die auf dem Nachttisch lagen. Er musste endlich die näheren Umstände des Todes von Matthieu Colbert an dessen Familie berichten. Und auch von Denise musste er erzählen. Es würde ihm helfen, sich diese Erlebnisse von der Seele zu schreiben.

Es klopfte an der Tür und seine Großmama steckte den Kopf herein. „Darf ich eintreten?"

Er legte Papier und Federhalter wieder beiseite. „Selbstverständlich." Da hatte sich seine Großmama mit ihren 86 Jahren auf den Weg bis zu ihm nach Breslau gemacht.

Sie setzte sich auf die Bettkante und legte die Arme um ihn. Minutenlang sagte sie kein Wort – er wusste, dass sie Gott dafür dankte, ihren Enkelsohn in die Arme schließen zu dürfen. Den zerschossenen Enkelsohn.

„Ich bin ein Krüppel, Großmama."

In ihren Augen standen Tränen, aber sie lächelte, dass tausend kleine Fältchen um ihre Mund- und Augenwinkel mitlächelten. „Du lebst, Claudinand."

„Aber wozu? Damit ich dir und allen anderen im Forstschloss zur Last falle?"

„Du hast noch eine Pflicht zu erfüllen."

„Eine Pflicht? Welche Pflicht kann ich schon noch erfüllen?" Er lauschte auf die ersten schüchternen Vogelstimmen, die durchs Fenster hereindrangen. Eine Amsel. Und irgendwo musste auch ein Buchfink sitzen. Nie wieder würde er im Wald den Vogelrufen folgen können, bis er auch den scheuesten seiner gefiederten Freunde ausfindig gemacht hatte.

Seine Großmama nahm seine Hand und sah ihm fest in die Augen. „Wenn man jemandem unrecht getan hat ..."

„Lydia von Gedigk?"

Sie zeigte ihr warmherziges Lächeln. „Du weißt also genau, was du zu tun hast."

Er deutete auf Papier und Federhalter auf seinem Nachttisch. „Ich werde ihr schreiben. Wo befindet sie sich zurzeit? Ich habe schon lange nichts mehr von ihr gehört, da Franzi ja auch wegen der Kugel in der Schulter operiert werden musste. Sie hat mir zuletzt geschrieben, Fräulein von Gedigk sei zur vollständigen Genesung und Erholung nach Bad Ems gereist."

In den Augen seiner Großmama glitzerte es. „Sie hat sich in Bad Ems jedenfalls gut von ihren Wunden und den Strapazen erholt. Den äußeren Wunden, die sie deinetwegen auf sich genommen hat."

„Großmama, wenn eine Frau ..." Er schluckte. Seine weise Großmama war die letzte, die ihm noch eine Bestätigung geben musste. „Franzi hat gesagt – und Schwester Denise ebenfalls ..."

Sie streichelte seine Hand. „Nun? Was haben sie gesagt?"

„Sie sagten – oder deuteten an –, dass eine Frau so etwas nur aus einer Motivation heraus tun würde."

„Und diese Motivation heißt Liebe, nicht wahr?"

„Ist das so? Ich kann mich diesem Eindruck auch nicht länger verschließen, obwohl ich mich dagegen wehren will."

Wieder ihr warmes Lächeln. „Wahre Größe, Claudinand, zeigt sich auch darin, dass man dazu steht, wenn man sich verrannt hat. Und es dann eingesteht."

Wedell seufzte. „Ich weiß. Das ist meine Pflicht, die du meinst. – Aber was denkst du über die Baronesse? Habe ich mich wirklich so sehr in ihr geirrt? Sprach tatsächlich nur der Schein gegen sie? Und ist es wahr, dass es Liebe ist, die sie das tun ließ, was sie getan hat?"

Seine Großmutter strich sich eine graue Haarsträhne hinters Ohr. „Ich hätte Lydia und Franzi niemals meinen Segen zu ihrer Reise gegeben, wenn ich nicht sicher gewesen wäre, dass Lydia es ehrlich mit dir meint. Sonst hätte ich ihnen auch nicht die Briefe mitgegeben, von denen dich leider nicht einer erreicht hat. Und ich habe schon im Sommer tiefer in Lydias Herz geschaut als ihr alle und vielleicht sogar als sie selbst. Ich ahnte etwas von der Liebe, die in ihr schlummerte – und alles, was sie getan hat, hat mir bestätigt, dass ich mich nicht geirrt habe."

Wedell schloss die Augen. Das war die letzte Bestätigung. Und die glaubwürdigste. Wenn seine Großmutter Lydia von Gedigk so einschätzte, gab es keinen Zweifel.

Ein wohliger Strom floss ihm zum Herzen. Er wurde geliebt. Bedingungslos geliebt. Gleichzeitig traf ihn der Schmerz wie ein Bajonettstich. Auch wenn er sie ebenfalls liebte, er durfte Lydia niemals heiraten. Er durfte dieses junge, blühende Mädchen nicht an sich, den Krüppel binden. Bedingungslose Liebe bedeutete auch Selbstlosigkeit, wie er gerade erst von eben dieser Frau hatte lernen müssen. Also würde er diese verlockende Frucht nicht pflücken, darin durfte er nicht hinter ihr zurückstehen. Wahrscheinlich würde er ihr wehtun müssen, aber der Schmerz würde vergehen und sie als Gouvernante glücklicher sein denn als Ehefrau eines verbitterten Krüppels, dem sie mehr Pflegerin als Ehefrau wäre.

Doch er musste sie noch einmal wiedersehen. Ihr erklären, dass er sie falsch eingeschätzt hatte. Dass er ihr unrecht getan und sie damit verletzt hatte. Und das durfte er nicht per Brief tun. Aber danach würden sich ihre Wege trennen. Für immer. Aus Liebe.

„Wenn Fräulein von Gedigk aus Bad Ems zurückkehrt, möchte ich mit ihr sprechen."

Wieder das Glitzern in den Augen seiner Großmama. „Das kann sogleich geschehen. Lydia ist bereits aus Bad Ems zurückgekehrt." Ihr Lächeln wurde jugendhaft schelmisch. „Und ich habe sie wohlweislich gleich mitgebracht." Sie ging zur Tür.

* * *

Als die Tür zum Krankenzimmer aufging und Rahel Grüning herauskam, klopfte Lydias Herz bis zum Hals.

Die alte Dame lächelte sie an. „Die Vorarbeit ist erledigt – aber für Sie ist noch einiges zu tun übrig."

Lydia atmete tief durch. Jetzt würde sich entscheiden, ob sie den Mann ihrer Liebe gewinnen würde oder ob sie ihr Leben als ungeliebte Gouvernante beschließen musste.

Sie richtete noch ein Stoßgebet zum Himmel, dann trat sie ins Krankenzimmer.

Zwei Monate lang hatte sie Claudinand nicht mehr gesehen. Er hatte sich gut erholt in dieser Zeit, war nicht mehr so abgemagert, auch frisch rasiert und trug wieder wie vor dem Krieg seinen Henriquatre, der ihm so gut stand.

Mit kleinen Schritten näherte sie sich dem Krankenbett. Was war alles zwischen ihnen geschehen! Wie sollte sie ihn anreden? Zuletzt hatten sie sich – jedenfalls manchmal – geduzt.

Der Graf lächelte ihr entgegen. „Treten Sie nur näher, Baronesse."

Baronesse. Und *Sie.* Distanz. Sie zog sich einen Stuhl heran und setzte sich neben sein Bett.

„Ich hoffe, Sie haben sich gut erholt, Baronesse?"

Lydia schluckte. Eigentlich wollte sie über ganz andere Dinge mit ihm reden. „Ich habe mich gut erholt, danke. Und Sie sehen auch viel besser aus."

„Eines wird sich leider nie mehr ändern." Sein Blick wanderte zu der Decke, unter der sich deutlich sichtbar nur ein Bein abzeichnete.

Jetzt erst bemerkte sie, welch tiefe Linien sich in sein Gesicht eingegraben hatten. Der Verlust seines Beines konnte ja auch nicht spurlos an ihm vorübergegangen sein. Was musste es für eine Freude sein, in ihm den Lebensmut neu zu wecken! Und sollte das nicht mit Gottes Hilfe und ihrer Liebe möglich sein?

„Baronesse ..." Seine Stimme hörte sich gepresst an. „Ich möchte Ihnen danken."

Sie schenkte ihm ein Lächeln.

„Ich weiß, dass ich während der Zeit im französischen Lazarett ein schwieriger Fall war. Und auch schon davor. Obwohl ich immer noch nicht weiß, warum Gott mich am Leben erhalten hat ..."

Vielleicht, um durch mich glücklich zu werden und mich glücklich zu machen?

„... so habe ich doch inzwischen erkannt, dass Sie es gut mit mir meinen – und immer meinten."

Das war immerhin ein Anfang.

„Dafür möchte ich Ihnen danken." Er streckte ihr die Hand entgegen.

Sie legte die ihre hinein, aber sie brachte keinen Ton heraus. Brach gerade das Eis zwischen ihnen? Was würde er noch sagen? Oder war das schon alles?

Er ließ wie unbewusst ihre Hand nicht los. „Ich muss Ihnen noch mehr sagen, Baronesse."

„Ja?" Die Silbe klang wie das Piepsen eines Spatzen.

„Ich – ich ..." Sein Adamsapfel sprang beim Schlucken auf und wieder ab. „Ich habe Ihnen unrecht getan. Ich habe Ihnen unterstellt, mich belogen zu haben. Inzwischen habe ich Sie anders kennengelernt. Ich weiß, dass ich ..." Wieder sprang der Adamsapfel. „Ich weiß, dass ich Ihnen vertrauen kann."

Warm strömte es zu Lydias Herzen, und unwillkürlich drückte sie seine Hand fester.

„Und was Ihre Vergangenheit betrifft ..."

Kam jetzt der Satz, den sie so lange herbeigesehnt hatte? Der ihr aus seinem Mund so unendlich viel bedeutete – und der doch nicht mehr das Endziel ihrer Wünsche war? Es ging nicht mehr um ihre Vergangenheit, sondern um ihre Zukunft!

„Ich habe kein Recht, darüber zu urteilen. Sie haben bekannt, dass es Sünde war, und Gott hat sie Ihnen vergeben. Also ist sie in die tiefsten Tiefen des Meeres geworfen, nicht mehr existent."

Tränen schossen ihr in die Augen, sie wollte sie zurückhalten, doch schon kullerte die erste ihre Wange hinunter. „Herr Graf ...", würgte sie hervor.

„Ich weiß, dass ich damit eine große Last von Ihnen nehme. Aber auch mir fällt eine Last von der Seele. Ich bitte Sie um Vergebung für das, was ich Ihnen angetan habe."

„Herr Graf ..." Ganze Sturzbäche strömten ihre Wangen hinunter. „Auch ich habe viele Fehler gemacht. Ich hätte Ihnen meine Vergangenheit von vornherein offenbaren und nicht auf eine günstige Gelegenheit warten sollen. Darum bitte ich Sie um Verzeihung."

„Schwester Denise hat einmal gesagt: *Wenn man vergibt, befreit man einen Menschen von einer riesigen Last – und das ist man selbst.* Ich habe das erfahren, als ich Pauline Behrendt vergeben habe."

Pauline Behrendt – der Name elektrisierte sie. „Was ist mit Fräulein Behrendt?"

„Sie hat immer wieder versucht, mich, den Grafen, zu erobern, obwohl ich ihr unmissverständlich deutlich gemacht habe, dass es keine Gemeinschaft, keine Verbindung zwischen einem Gläubigen und einer Ungläubigen geben kann. Sie war nur an dem Reichtum und dem Grafentitel interessiert. Aber ich grolle ihr nicht mehr."

Ein Stein fiel Lydia von der Seele. Das war also der Hintergrund zu Pauline Behrendts Briefen gewesen.

„Aber inzwischen ist ihr Interesse ohnehin erloschen. Auch ihr ist klar, dass ein Einbeiniger nicht heiraten sollte."

Was redete er da? „Warum sollte er das nicht tun?"

Er zog seine Hand zurück und sah sie so ernst an, als wollte er ihr bis in die Seele schauen. Dann ließ er die Worte wie Hagelkörner in ihr Herz fallen: „Ich würde es einer Frau, und sei es die edelste, niemals zumuten, selbst wenn ich sie liebte."

* * *

Wenn er noch eines Beweises bedurft hätte, dass Lydia ihn wirklich liebte – ihr entgeisterter, ja, entsetzter Blick nahm ihm die letzten Zweifel.

Er schloss die Augen. Er wurde geliebt, er, der zerschossene Offizier. Geliebt von der Frau, die ihn schon beim ersten Treffen in Breslau beeindruckt hatte; die ganzen Monate über hatte die Liebe zu ihr in ihm geschlummert, und er hatte sie zurückgedrängt aus lauter Misstrauen und Angst, betrogen zu werden.

Als er die Augen wieder öffnete, war ihr Blick voll auf ihn gerichtet. Wie faszinierend diese vergissmeinnichtblauen Augen aus dem brünetten Gesicht leuchteten!

„Herr Graf, glauben Sie nicht, dass eine wahre, tiefe Liebe alles überwindet? Wenn es diese Frau gäbe, die Sie von Herzen liebte – würde sie danach fragen, ob Sie ein oder zwei Beine haben? Oder überhaupt keine Beine?"

„Sie verstehen nicht, was ich sagen möchte, Baronesse." Er

wandte die Augen ab – ihr Blick überwältigte ihn sonst. „Diese edelste und liebende Frau glaubt vielleicht, sich mit der ganzen Kraft ihrer Liebe für den Krüppel opfern zu können. Eben weil sie durch und durch edel ist, wird sie es glauben. Aber der Mann, der Krüppel – darf er solch ein Opfer annehmen? Es ist doch seine Verantwortung, den Verstand zu gebrauchen und diese edle Frau vor einer großen Torheit zu bewahren."

„Torheit?" Ihre Augen blitzten. „Kann die Erfüllung einer Liebe Torheit sein?"

„Ja – wenn es statt Erfüllung nur Enttäuschung gibt. Was wird jene Frau nach einem – nach fünf – nach zehn – nach zwanzig Jahren sagen? Wenn der Krüppel immer hinfälliger und verbitterter wird? Wenn die Beschwerden zunehmen? Wenn sie ihn pflegen muss? Die Ehe muss doch ein Leben lang halten!"

„Ich glaube nicht an jenen verbitterten Krüppel. Die Liebe der Frau und seine Liebe zu ihr wird ihn davor bewahren, zu verbittern. Und wenn die Beschwerden zunehmen, wird es eine Freude für sie sein, ihm eine Hilfe zu sein. Ihm so viel Behaglichkeit wie möglich in das Leben zu bringen. Ihn durch seinen Wald zu führen, seinen Erklärungen zu den Vogelstimmen zu lauschen ..."

Seine Liebe zu ihr ... Alle Fasern seines Seins zogen ihn zu ihr. „Wenn jener Krüppel sie wirklich liebte – wäre diese seine Liebe nicht der stärkste Grund, dieser edlen Frau die Freiheit zu lassen? Wäre es nicht eine egoistische Liebe, die nur an die eigene Behaglichkeit und das eigene Geliebtwerden denkt?"

„Aber glauben Sie denn, jene Frau, die Sie so edel nennen, dächte nicht auch an sich? Sie will doch ihr Leben an der Seite des Mannes verbringen, den sie liebt. Und denken Sie sich den Fall umgekehrt. Würde der liebende Mann nicht ebenfalls alles für die Frau tun, wenn sie die Versehrte wäre?"

Wedell konnte ihrem Blick nicht mehr ausweichen. Diese Frau kämpfte hartnäckig um ihre Liebe. Die Versuchung war riesig groß, ihre Hände zu nehmen und sie zu fragen: *Willst du mich heiraten? Willst du dafür sorgen, dass ich kein verbitterter Krüppel werde?* Aber er durfte diese untragbare Last nicht auf ihre Schultern legen; sie würde früher oder später darunter zerbrechen.

„Glauben Sie nicht, dass die Liebe stärker ist als alle Bedenken?

Sie ist gewaltsam, hart wie der Scheol ihr Eifer ...[21]" Sanft nahm sie seine beiden Hände in die ihren. „Herr Graf – Claudinand – laufe nicht vor dem Glück davon! Und mache auch mich nicht unglücklich!"

„Was ist das für ein Glück, das du vielleicht nicht heute, aber später einmal unter der drückenden Last der Jahre bereuen wirst? Ich habe kein Recht, deine blühende Jugend an mich zu ketten. Gerade weil – ich dich namenlos liebe!"

Über ihr Gesicht zog ein sieghaftes Lächeln. „Das stimmt. Das Recht hast du nicht."

„Gut, dass du es einsiehst." Er spürte fast etwas wie Enttäuschung in sich aufsteigen.

„Aber es ist ein Geschenk. Ein Geschenk Gottes, von dem jede gute Gabe und jedes vollkommene Geschenk kommt. Ein vollkommenes Geschenk für uns beide. Ich würde es voll inniger Freude annehmen – und du willst es ablehnen?"

Ein Geschenk Gottes ... „Aber ich bin doch kein vollkommenes Geschenk für dich! Im Gegenteil! Sieh mich doch an!"

„Wenn es von Gott kommt, ist es ein vollkommenes Geschenk, mag es für uns Menschen auch unvollkommen aussehen."

Sollte er sich einfach fallen lassen? Mitten in dieses lockende Glück hinein? Durfte er das? Ja, wenn es ein göttliches Geschenk war, *musste* er es geradezu.

Er zog sie an den Händen näher zu sich heran und legte seine Finger zwischen die ihren. „Lydia – ist es wahr? Fühlst du diese starke Liebe in dir, dein restliches Leben mit dem Krüppel zu verbringen?"

„Ich werde mein restliches Leben mit dem Mann verbringen, den ich liebe. Gott wird zu allem die nötige Kraft geben. Und von nun an will ich dieses schreckliche Wort nicht mehr hören."

„Lydia." Er zog sie noch näher zu sich, dass er ihr tief in die Augen sehen konnte. „Ich liebe dich. Und wenn du willst, möchte ich dich als vollkommenes Geschenk Gottes für mich annehmen. Möchtest du meine Frau werden?"

Sie beugte sich vor und küsste ihn. „Es ist meine größte Freude, deine Frau zu werden, Claudinand."

---

21 aus Lied der Lieder 8,6

Kapitel 68

Wölfelsgrund, 8. April 1915 (Freitag)

Die Hochzeitsallee auf dem Osterfelder Kopf stand in vollem Blütenschmuck und auf dem Weg lagen Blütenblätter, als hätte es geschneit.

Lydia lehnte sich an ihren Verlobten und lauschte auf das Zwitschern der Vögel und das sanfte Raunen in den Zweigen.

Claudinand sah lächelnd zu ihr herab. „In fünf Monaten wird hier ein neuer Baum gepflanzt."

„Ein Baum mit unseren Namen." Langsam schritten sie in die duftende Allee, die vom Summen und Brummen der Bienen und Hummeln erfüllt war. Ihr Verlobter hatte seit drei Wochen eine hervorragende Prothese, mit der er kleine Strecken bereits ganz leidlich laufen konnte.

„Es kommt mir so unwirklich vor." Er bog einen Ast beiseite; einige Blütenblätter schneiten auf sie herab. „Draußen im Feld verbluten meine Kameraden für das Vaterland; mein Bruder Fritz hat sich in höchst gefährliche Abenteuer gestürzt, kein Mensch weiß, was er erlebt, ob er überhaupt noch lebt – und ich plane meine Hochzeit!"

Sie kniff ein Auge zu und sah ihn mit dem anderen an. „Beginnt der Mann, der wegen seines fehlenden Beines am liebsten sterben wollte, plötzlich etwas davon zu sehen, was Gott Gutes damit bewirkt hat?"

Claudinand zupfte ein Blütenblatt aus ihrem Haar. „Auch wenn ich Gottes Wege nicht bis ins Letzte verstehe – ich beginne langsam zu begreifen, dass uns alle Dinge zum Guten mitwirken müssen. Und das hoffe ich auch inständig für meinen Bruder Fritz; dass seine Erlebnisse ihn letztlich zu Gott ziehen."

„Unser Gott ist größer als alles. Er überblickt Vergangenheit, Gegenwart und Zukunft und kann deshalb unser Leben vollkommen planen."

„Nur glauben wir oft, es besser zu wissen." Über sein Gesicht glitt ein schmerzliches Lächeln. „Wie froh bin ich nun, dass du mich nicht meiner Verzweiflung und dem Tod überlassen hast."

„Ich konnte dich ja verstehen. Was es für einen Mann wie dich bedeuten muss, ein Bein zu verlieren ..." Ihr Herz krampfte sich zusammen.

„Gott nahm mir mein Bein – aber Er gab mir eine Frau, die es mehr als aufwiegt." Er beugte sich zu ihr herab und küsste sie.

Als sie das Ende der Hochzeitsallee erreichten, blieben sie stehen und wandten sich zurück.

Claudinand hob den Zeigefinger. „Hörst du? Der Dompfaff!"

Sie grinste. „Der Vogel, dessen Lied ich nie vergessen werde. Viola hat mich damals arg in Verlegenheit gebracht."

„Es ist erstaunlich, welch gutes Gespür sie hatte. Als ob sie damals schon geahnt hätte, dass der Dompfaff bald wieder ein Pärchen trauen darf."

Plötzlich raschelte und knackte es im Gebüsch.

„Was ist das?" Lydia klammerte sich an Claudinands Arm.

Er lachte leise. „Habe keine Angst, es gibt hier keine Wölfe und Bären."

Da stürzte eine kleine Gestalt im weißen Kleidchen, begleitet von einem riesigen Schäferhund, aus dem Gebüsch.

Lydia schrie leise auf.

„Hector kennt dich doch inzwischen." Claudinand legte den Arm um sie.

Keuchend blieb Viola vor ihnen stehen. „Hab ich euch doch noch gefunden! Gut, dass Hector so eine feine Nase hat."

Lydia ging vor der Kleinen auf die Knie und strich ihr das zerzauste Haar aus der Stirn. „Hat Mama dir nicht gesagt, dass man Verliebte nicht stören darf?"

„Nein", antwortete Viola gedehnt. „Aber ich ... Meinst du so, wie in dem anderen Dompfafflied?" Und schon trällerte Viola los:

„Ja dann, ja dann
ist der Dompfaff ganz still,
weil er sie nicht stören will."

„Ja, siehst du." Lydia lachte. „Du kannst vom Dompfaff noch eine Menge lernen."

„Und ihr könnt von mir eine Menge lernen." Viola stemmte die

Hände in die Hüften. „Ich habe euch schon im Sommer gesagt, dass ihr einfach heiraten sollt. Aber ihr habt bis jetzt gebraucht, um zu merken, dass ich recht habe."

Claudinand beugte sich herab und nahm Viola in den Arm. „Wir konnten – wir mussten! – alle eine Menge lernen." Er richtete sich auf und drückte Lydias Hand. „Vor allem, nicht vorschnell zu urteilen. Jemanden zu verstoßen, den Gott angenommen hat."

„Und von vornherein ehrlich zu sein, auch wenn es zum Nachteil zu sein scheint", setzte Lydia hinzu.

„Lügen haben kurze Beine", krähte Viola.

„Aber" – Claudinand zog Lydia eng an sich – „das Wichtigste ist: Gott ist gut. Und Gott steht treu an unserer Seite."

Dies weiß ich, dass Gott für mich ist.
Psalm 56,10b

Nachwort

Willkommen in der Gegenwart.

Aber halt! Bevor Sie vollständig aus der Vergangenheit auftauchen, möchten Sie bestimmt wissen, inwieweit ich historische Wahrheit mit meiner fiktiven Geschichte verflochten habe.

Der historische Hintergrund rund um den Ausbruch des Ersten Weltkrieges ist natürlich wahr, allerdings bewusst kurz dargestellt. Die Ermordung von Erzherzog Franz Ferdinand und seiner Frau Sophie in Sarajevo habe ich so korrekt wie möglich geschildert. Auch der Name des verletzten Offiziers Merizzi und des Grafen Boos-Waldeck ist überliefert. Ein Friedrich Wilhelm von Wedell war allerdings nicht im Begleitkommando des Thronfolgers.

Ein leider wenig beachtetes Detail des Ersten Weltkriegs ist der sogenannte Weihnachtsfrieden von 1914. Überwiegend fand diese Verbrüderung zwischen deutschen und englischen Soldaten statt, vereinzelt aber auch – wie von mir dargestellt – zwischen Deutschen und Franzosen. Das von mir erwähnte Fußballspiel, das 3:2 für die Deutschen ausging, ist samt Ergebnis überliefert, fand allerdings gegen englische Soldaten statt.

Der Hügel von Vauquois ist heute noch samt den Resten des Grabensystems zu besichtigen. Das damalige Dorf ist allerdings verschwunden. Im Lauf des Krieges wurde der Ort von beiden Parteien vielfach unterminiert und musste mehr als 500 Sprengungen über sich ergehen lassen. Am Ende des Krieges war das Dorf vollständig ausgelöscht und das Gelände dermaßen mit Leichen und Munition verseucht, dass den ehemaligen Bewohnern der Zutritt verweigert werden musste. Vauquois wurde am Fuß des Hügels neu errichtet.

Traurigerweise hat auch die Geschichte von Lydia von Gedigk wahre Hintergründe. Einerseits ist historisch wahr, dass eine Frau zur damaligen Zeit fast keine andere Wahl hatte, als auf einen geeigneten Ehepartner zu warten. Einzige Alternative war der Lehrerinnenberuf, zu dem sie in der Präparandenanstalt und im Lehrerinnenseminar ausgebildet wurden. Das Lehrerinnenzölibat habe ich mir ebenfalls nicht ausgedacht: Sobald eine Frau heiratete, war sie verpflichtet, ihren Beruf als Lehrerin aufzugeben.

Andererseits ist Lydias Geschichte um Schuld und Vergebung

auch heute noch wahr. Dieses Buch ist sozusagen die „Auftragsarbeit“ einer jungen Christin, die einen ähnlichen Fehltritt wie Lydia begangen und mich gebeten hat, das, was sie erlebt hat, in einem Buch zu verarbeiten. Vorwürfe, Anklagen und Abweisung, die Lydia erlebt, habe ich teilweise wortwörtlich aus den Erzählungen meiner „Auftraggeberin“ übernommen. Es ist mir ein großes Anliegen, mit diesem Buch den Appell hinauszuschicken, niemanden wegen der Sünden seiner Vergangenheit abzulehnen oder zu misstrauen, wenn er sie aufrichtig vor Gott und Menschen bekannt hat.

Doch dazu möchte ich meine Auftraggeberin selbst zu Wort kommen lassen:

Mir ist genau wie Lydia in diesem Buch ein „Fehltritt“ passiert. Und ich kann sagen: Das passiert schnell. Aber es ist ohne jede Frage eine Sünde. Doch Lydia wie auch ich haben es Gott bekannt. Daher ist alles vergeben. Für Zeit und Ewigkeit.

Ich bitte alle, die dieses Buch lesen, uns, denen so etwas passiert ist, nicht zu verurteilen oder zu misstrauen. Jeder begeht Verfehlungen. Der eine größere, der andere kleinere. Und alle vergibt Gott, wenn wir sie bekennen.

Ich danke dir, wenn du in Zukunft Menschen trotzdem vertraust, egal was in ihrer Vergangenheit vorgefallen ist.

In Liebe
eine Betroffene

„Frau, wo sind sie, deine Verkläger? Hat niemand dich verurteilt?“ Sie aber sprach: „Niemand, Herr.“ Er aber sprach zu ihr: „Auch ich verurteile dich nicht; geh hin und sündige nicht mehr.“
Johannes 8,10b und 11

Michael Meinert
Gescheiterte Flucht
Hochwald-Saga I

ISBN 978-3-942258-05-0: Paperback, 420 Seiten
ISBN 978-3-942258-55-5: eBook, ePub-Format

Schlesien, um 1850. Oberförster Albert Grüning lebt zurückgezogen hoch oben im Wald. Erfolgreich verjagt er mit seiner ungehobelten Art jeden, der in seine Einsamkeit vorzudringen wagt. Doch als zunächst ein Wilddieb und wenig später die junge Rahel von Bredow in seinem Forst auftauchen, ist es um seine Ruhe geschehen. Seine Vorgesetzten setzen ihn wegen des Wilddiebs unter Druck. Gleichzeitig muss er sich eingestehen, dass die gottesfürchtige Rahel für ihn mehr als nur eine Sommerfrischlerin ist. Und dann erscheint auch noch ein Feind aus seiner verdrängten Vergangenheit im Forsthaus. Ist seine Flucht vor Gott und der Vergangenheit gescheitert? Aber so schnell gibt Grüning nicht auf ...

Michael Meinert

Der zerissene Graf

Hochwald-Saga II

ISBN 978-3-942258-06-7: Paperback, 593 Seiten

ISBN 978-3-942258-56-2: eBook, ePub-Format

Breslau, 1866. Um seine Schulden loszuwerden, lässt Leutnant Graf von Schleinitz sich auf eine tollkühne Wette ein: Er reitet in preußischer Uniform über die Grenze, um der von allen Offizieren umworbenen Tochter seines Generals einen Strauß Rosen aus dem feindlichen Böhmen zu bringen.

Unterwegs trifft er im schlesischen Hochwald auf Lisa Grüning, die bezaubernde Tochter des Oberförsters von Wölfelsgrund. Und plötzlich befindet sich Schleinitz zwischen zwei völlig verschiedenen Welten. Auf der einen Seite städtisches Amüsement, unheilvolle Intrigen und die verführerische Tochter des Generals – auf der anderen Seite die Ruhe des Waldes, schlichter Glaube und die gottesfürchtige Tochter des Oberförsters. Er ist hin- und hergerissen, dabei erfordern die Dienstpflichten bei der lebensgefährlichen Jagd auf Spione seine ganze Aufmerksamkeit ...

Michael Meinert

Ehrlicher Schwindler

Hochwald-Saga III

ISBN 978-3-942258-07-4: Paperback, 629 Seiten

ISBN 978-3-942258-57-9: eBook, ePub-Format

Schlesien, 1876. Als das Kutschpferd der beiden Baronessen von Hohenau durchgeht, rettet der Student Ferdinand Grüning ihnen das Leben. Sofort fühlt er sich zu den jungen Schönheiten hingezogen. War es eine Fügung Gottes, dass er die Mädchen durch das Unglück kennenlernte? Um sie wiederzusehen, beschließt er, sich mit Hilfe seines adeligen Kommilitonen Max von Bassewitz in die bessere Gesellschaft einzuschleichen. Doch er ahnt nicht, in wessen Visier er durch seine Schwindelei gerät ...

Michael Meinert

Im Aufstand

Hochwald-Saga IV

ISBN 978-3-942258-08-1: Paperback, 636 Seiten

ISBN 978-3-942258-58-6: eBook, ePub-Format

Schlesien, 1905. Komtesse Franziska von Wedell wird des noblen Pensionats, in dem sie standesgemäß erzogen werden soll, verwiesen, weil sie gegen die strengen Regeln rebelliert. Nun möchte sie stattdessen einen medizinischen Beruf erlernen, doch ihr Vater, Graf Ferdinand von Wedell, schlägt ihr diesen Wunsch aufgrund seiner starren Adels- und Glaubensprinzipien ab. Es kommt zum Zerwürfnis und Franziska flieht zu ihrer Freundin Julie von Götzen und mit dieser gemeinsam weiter bis nach Deutsch-Ostafrika. Beim dortigen Gouverneur, dem Onkel ihrer Freundin, finden sie jedoch nicht die erhoffte Sicherheit, sondern sie geraten mitten hinein in die Wirren des Maji-Maji-Aufstands ...

Richard Kilian

Auf getrennten Wegen

ISBN 978-3-942258-00-5: Paperback, 499 Seiten
ISBN 978-3-942258-50-0: eBook, ePub-Format

Sie sind jung. Sie sind Freunde und Pflegebrüder. Und sie teilen eine Leidenschaft: die Naturwissenschaften. Doch während der eine ein überzeugter Christ ist, lehnt der andere den Glauben strikt ab. Als der Zweite Weltkrieg sie plötzlich auseinanderreißt, setzen beide alles daran, den anderen wiederzufinden. Aber unschuldig angeklagt und von Freunden hinters Licht geführt, sind ihre Bemühungen vergeblich.

Doch ihre alte Leidenschaft ist ungebrochen. Und so nimmt die Karriere als Naturwissenschaftler bald alle Aufmerksamkeit in Anspruch. Denn dabei geht es um nichts weniger als den Beweis, dass die eigene Überzeugung auch in Leben und Forschung standhält. Ist der Glaube des Christen stark genug, um alle Krisen zu meistern? Wird der Verstand des Atheisten ausreichen, um die Rätsel der Natur zu knacken? Und werden sich die Wege der beiden je wieder kreuzen?

Irmgard Grunwald

Zarte Pflanze Hoffnung – 15 Kurzgeschichten mit Perspektive

ISBN 978-3-942258-21-0: Hardcover, 160 Seiten

ISBN 978-3-942258-71-5: eBook, ePub-Format

In 15 Kurzgeschichten begegnen Sie Menschen in Alltagssituationen und in tiefen Lebenskrisen. Menschen, die angesichts ihrer Vergangenheit kaum noch Hoffnung haben oder mit schier unüberwindbarem Leid in der Gegenwart konfrontiert sind. Alzheimer, Ehebruch, Behinderung, Unfalltod, Abtreibung, ein Amoklauf - alles so nah an der Realität, dass es schmerzt. Und doch: Mitten in den Stürmen, in der Verzweiflung und Einsamkeit erhalten die Hauptpersonen und auch Sie als Leser neue Hoffnung und Perspektive.

Obwohl die Geschichten alle rein fiktiv sind, spürt man, dass Irmgard Grunwald weiß, wovon sie schreibt. 2001 stellte man bei ihr ALS fest, eine degenerative Erkrankung des motorischen Nervensystems, die u.a. zu einer vollständigen Lähmung führte. Die Geschichten in diesem Buch schrieb sie über einen sprachgesteuerten Computer. Ihre Erfahrung zeigt: Gott ist da, mitten im Leid. Und er ist der Urheber aller Hoffnung.

Gaba Mertins
Von langer Hand geplant

ISBN 978-3-942258-41-8: Paperback, 463 Seiten
ISBN 978-3-942258-91-3: eBook, ePub-Format

Seit Corrie eine Castingshow gewonnen hat, geht es bei ihr von Erfolg zu Erfolg. Nun steht ein großes Konzert in Hamburg an – ein weiterer wichtiger Schritt in ihrer Gesangskarriere. Und sie hofft, damit endlich ihren ihr unbekannten Vater auf sich aufmerksam zu machen und seine Zuneigung zu gewinnen.

Doch dann wird sie von einem Security-Mann, der eigentlich auf sie aufpassen sollte, entführt. Oder hat Jan Wächter sie nur vor den Leuten ihrer Plattenfirma beschützt? Hängt das mit den Drohungen gegen sie zusammen, die ein Unbekannter im Internet postet? Und was hat es mit Jans mächtigem Freund auf sich, der angeblich bei allem seine Hand im Spiel hat?